GARGÂNTUA
& PANTAGRUEL

Conheça os títulos da coleção SÉRIE OURO:

365 REFLEXÕES ESTOICAS
1984
A ARTE DA GUERRA
A DIVINA COMÉDIA - INFERNO
A DIVINA COMÉDIA - PURGATÓRIO
A DIVINA COMÉDIA - PARAÍSO
A IMITAÇÃO DE CRISTO
A INTERPRETAÇÃO DOS SONHOS
A METAMORFOSE
A MORTE DE IVAN ILITCH
A ORIGEM DAS ESPÉCIES
A REVOLUÇÃO DOS BICHOS
ALICE NO PAÍS DAS MARAVILHAS
ALICE ATRAVÉS DO ESPELHO
ANNA KARENINA
CARTAS A MILENA
CONFISSÕES DE SANTO AGOSTINHO
CONTOS DE FADAS ANDERSEN
CRIME E CASTIGO
DOM CASMURRO
DOM QUIXOTE
FAUSTO
GARGÂNTUA & PANTAGRUEL
GENTE POBRE
MEDITAÇÕES
MEMÓRIAS PÓSTUMAS DE BRÁS CUBAS
MITOLOGIA GREGA E ROMANA
NOITES BRANCAS
O CAIBALION
O DIÁRIO DE ANNE FRANK
O IDIOTA
O JARDIM SECRETO
O LIVRO DOS CINCO ANÉIS
O MORRO DOS VENTOS UIVANTES
O PEQUENO PRÍNCIPE
O PEREGRINO
O PRÍNCIPE
O PROCESSO
ORGULHO E PRECONCEITO
OS IRMÃOS KARAMÁZOV
PERSUASÃO
RAZÃO E SENSIBILIDADE
SOBRE A BREVIDADE DA VIDA
SOBRE A VIDA FELIZ & TRANQUILIDADE DA ALMA
VIDAS SECAS

Conheça os títulos da coleção SÉRIE LUXO:

JANE EYRE
O MORRO DOS VENTOS UIVANTES

FRANÇOIS RABELAIS

GARGÂNTUA
& PANTAGRUEL

TEXTO INTEGRAL
EDIÇÃO ESPECIAL DE 461 ANOS

GARNIER
DESDE 1844

Fundador: **Baptiste-Louis Garnier**

Copyright desta tradução © IBC - Instituto Brasileiro De Cultura, 2003

Título original: La vie de Gargantua et de Pantagruel
Reservados todos os direitos desta tradução e produção, pela lei 9.610 de 19.2.1998.

1ª Impressão 2025

Presidente: Paulo Roberto Houch
MTB 0083982/SP

Coordenação Editorial: Priscilla Sipans
Coordenação de Arte: Rubens Martim
Tradução: David Jardim Júnior
Revisão: Cláudia Rajão
Apoio de revisão: Guilherme Aquino, Leonan Mariano, Renan Kenzo
Ilustrações: Gustave Doré
Vendas: Tel.: (11) 3393-7727 (comercial2@editoraonline.com.br)

Foi feito o depósito legal.
Impresso na China.

Dados Internacionais de Catalogação na Publicação (CIP)
de acordo com ISBD

R114g   Rabelais, François

   Gargântua & Pantagruel - Série Ouro / François Rabelais. –
Barueri : Garnier Editora, 2024.
560 p. ; 15,1cm x 23cm.

   ISBN: 978-65-84956-95-7

   1. Literatura francesa. 2. Clássicos. I. Título.

2024-4319   CDD 840
                             CDU 821.133.1

Elaborado por Vagner Rodolfo da Silva - CRB-8/9410

IBC — Instituto Brasileiro de Cultura LTDA
CNPJ 04.207.648/0001-94
Avenida Juruá, 762 — Alphaville Industrial
CEP. 06455-010 — Barueri/SP
www.editoraonline.com.br

SUMÁRIO

VIDA E OBRA DE FRANÇOIS RABELAIS 9

LIVRO PRIMEIRO

MUI HORRIPILANTE VIDA DO GRANDE GARGÂNTUA,
PAI DE PANTAGRUEL 19

AO LEITOR 20

PRÓLOGO DO AUTOR 21

LIVRO SEGUNDO

PANTAGRUEL – REI DOS DIPSODOS 127

DÉCIMA 128

PRÓLOGO DO AUTOR 129

DÉCIMA 131

LIVRO TERCEIRO

DOS FATOS E DITOS HEROICOS DE PANTAGRUEL 217

FRANÇOIS RABELAIS
AO ESPÍRITO DA RAINHA DE NAVARRA 218

PRÓLOGO DO AUTOR 219

LIVRO QUARTO

DOS FATOS E DITOS HEROICOS DO
NOBRE PANTAGRUEL 337

ANTIGO PRÓLOGO DO QUARTO LIVRO....................................338

AO ILUSTRÍSSIMO PRÍNCIPE E REVERENDÍSSIMO
SENHOR ODET, CARDEAL DE CHASTILLON. 343

NOVO PRÓLOGO DO AUTOR 346

LIVRO QUINTO

DOS FATOS E DITOS HEROICOS DO
BOM PANTAGRUEL 469

EPIGRAMA 470

PRÓLOGO 471

FRANÇOIS RABELAIS
1490-1553

Xilogravura de François Rabelais (1490-1553) feita por Gustave Doré (1832–1883). (Wikimedia Commons)

VIDA E OBRA DE FRANÇOIS RABELAIS

Por estranho que possa parecer, a vida de François Rabelais é mais difícil de ser compreendida do que sua obra. Com efeito, as diferenças entre o nosso mundo de hoje e aquele em que viveu o autor de Gargântua exigem de nós um certo esforço e alguma empatia para podermos entender o porquê das atitudes e reações desse personagem tão polêmico já em seu tempo, contestado ao mesmo tempo por Calvino e pela Igreja tradicionalista, ora odiado, ora endeusado por seus contemporâneos. Em sua vida é comuníssimo o amigo de ontem tornar-se inimigo figadal no dia seguinte — mas o contrário já não é tão frequente. Por outro lado, quantos protetores se mantiveram fiéis a ele durante toda a vida, sem embargo de serem até ridicularizados em seus livros — nem sempre eles, pessoalmente, mas seus hábitos, suas crenças, que a pena ácida de "Alcofribas Nasier" jamais poupava. Quantas vezes suas sátiras debocharam dos príncipes da Igreja, e como viveu ele à sombra de bispos e cardeais — D'Estissac, os dois du Bellay, Colligny — inclusive nos momentos em que as perseguições religiosas encabeçadas por fanáticos poderiam voltar-se contra eles pelo simples fato de darem abrigo e sustento àquele "herege" atrevido que fustigava Papa, papistas e papa-hóstias em seus escritos, e cujo procedimento lembrava antes o de um epicurista devasso do que o de um padre secular, que iniciara a vida religiosa num convento de franciscanos!

Para se compreender o vai-e-vem que caracterizou a vida desse clérigo anticlerical, é preciso, antes de tudo, situar a época em que ele viveu — o Renascimento — e seu posicionamento filosófico-religioso: Rabelais era um "humanista". O Humanismo, que sob muitos aspectos se confunde com o próprio Renascimento, visto haurir nos clássicos greco-latinos seus princípios e objetivos, chegou a constituir um quase-cisma na Igreja Católica, cuja orientação geral era tradicionalista e escolástica, e para a qual os ataques e críticas dos reformistas e dos humanistas constituíam atos de rebeldia do mesmo gênero, senão do mesmo grau! Na realidade, as diferenças entre os seguidores de Lutero e Calvino, de um lado, e os de Thomas More e Erasmo, de outro, eram mais que evidentes, porquanto os últimos jamais pretenderam renegar a Igreja, empenhando-se, isto, sim, em corrigir-lhe os abusos, mas sem se desligarem dela. Neste particular cada qual teve seu estilo: More critica com aspereza e exemplifica com lirismo; Erasmo lança mão de ironia temperada com pitadas de sarcasmo; Rabelais, sem peias nem sutilezas, é direito, é sardônico, chega a ser chulo. Aos tapas de luva de seus mestres, prefere o pontapé nos fundilhos; ao eufemismo, o palavrão; ao salgado, o ácido. O leitor de hoje pode não reconhecer os indivíduos criticados, mas compreende perfeitamente a crítica aos costumes e instituições, enquanto se diverte à larga com o estilo, os jogos de palavras (desafios enfrentados bravamente pelo tradutor) e as situações criadas pela mente fértil desse exuberante escritor.

FRANÇOIS RABELAIS

Na tentativa de facilitar ao leitor a compreensão desta obra, vamos relacionar os principais episódios da tumultuada vida de François Rabelais e apontar os traços gerais de sua curiosa obra.

O ano de 1494 é, segundo tudo indica, aquele em que nasceu François Rabelais, quarto e último filho de um casal de burgueses remediados. Destinado à vida religiosa, estudou entre os franciscanos — "os frades mais ignaros", no dizer dos humanistas. Isso fez com que ele recebesse inicialmente uma formação escolástica, que mais tarde repudiou e ridicularizou, porém, que lhe marcou indubitavelmente (e indelevelmente) o espírito e o estilo, levando-o com frequência a querer contrapor o raciocínio ao senso comum — atitude típica dos escolásticos em suas argumentações.

Ainda que sem entusiasmo, seus superiores lhe permitiram estudar o grego — língua pagã, subversiva, então considerada um dos frutos da árvore da ciência do Bem e do Mal. Tal permissão denota tempos de abertura e o declínio do absolutismo eclesiástico, ou então os franciscanos não seriam tão ignaros como afirmavam os humanistas.

Quem desvendou para Rabelais os mistérios da língua grega foi André Tiraqueau, erudito francês de nomeada. Se vivesse em nossos dias, Tiraqueau possivelmente seria chamado de "misógino chauvinista" ou coisa parecida: em seu ensaio "De legibus connubialibus" pregava a tese da legitimidade do extremo rigor da tutela marital, visto ser a mulher "um ser frágil e irresponsável por natureza". O próprio Rabelais deixou-se imbuir por tais ideias, conforme mais de uma vez o demonstra em seus escritos.

Consta que, a título de exercitar-se, teria traduzido toda a obra de Heródoto; se o fez, efetivamente, jamais publicou tal trabalho.

Nesse ínterim, para gáudio e alívio dos tradicionalistas, os teólogos da Sorbonne haviam conseguido suspender as autorizações de se estudar o grego em território francês. Em vista disto, os superiores de Rabelais confiscaram seus livros. O ambiente no convento tornou-se insuportável, e ele houve por bem se transferir para a ordem dos beneditinos, mais liberais. Algum tempo depois, foram-lhe devolvidos todos os livros, e ele pôde retomar os estudos, mas como autodidata.

Por intermédio de suas amizades na corte papal, Rabelais conseguiu oficializar sua transferência para a ordem de S. Bento, tornando-se logo em seguida secretário de Geoffroy d'Estissac, bispo da diocese de Maillezais. Grande apreciador de viagens, D'Estissac gostava de levar consigo Rabelais, fascinado pela prosa brilhante e alegre de seu secretário. Permitiu-lhe ainda se familiarizar com o ambiente acadêmico da Faculdade de Direito de Poitiers, cujos cursos ele não concluiu, mas que certamente frequentou, pois em seus livros revela estar bem a par do funcionamento da Justiça e dos meandros do Direito Civil e Canônico.

Vivendo em Paris durante três anos (de 1528 a 1530), Rabelais decidiu abandonar o hábito beneditino, tornando-se, sem autorização superior, padre secular. Seu herói era então Erasmo, com o qual se correspondia assiduamente. Isto só poderia aumentar a desconfiança dos teólogos da Sorbonne, para os quais, conforme se disse, o mestre de Rotterdam era tão herético e insubordinado quanto Lutero ou Calvino.

O ano de 1530 foi fundamental na vida de Rabelais, que se matriculou na Faculdade de Medicina de Montpellier, bacharelando-se em três meses. Explica-se: ele já era médico prático, faltando-lhe apenas pequena complementação teórica para ter oficializada a condição de cirurgião. Seu conhecimento de grego ajudou-o bastante naquela oportunidade, propiciando-lhe o ensejo de constatar e apontar diversas incorreções e omissões na tradução latina das obras de Hipócrates e Galeno, fato que lhe granjeou fama e autoridade entre os próprios professores.

Em 1532, ei-lo instalado em Lyon, a "cidade dos livreiros". Ali publicou alguns trabalhos médicos, especialmente uma tradução das "Cartas Médicas" de Giovanni Manardi e uma edição crítica dos "Aforismos" de Hipócrates. Conseguiu ainda sua nomeação como médico da Santa Casa local, tornando-se famoso e respeitado como profissional.

Ao lado das obras ligadas à Medicina, começou também a publicar suas sátiras, assinando-as com o anagrama "Alcofribas Nasier". À primeira denominou "Os Horrendos e Pavorosos Feitos e Proezas do Celebérrimo Pantagruel, Rei dos Dipsódios". O que o teria levado a se dedicar a tal gênero de sátiras (ele mesmo o confessa) foi o sucesso alcançado poucos meses antes pelo livro "As Grandes Crônicas do grande e enorme Gigante Gargântua", coletânea de lendas e anedotas de origem medieval, escrita por um anônimo. Registre-se, portanto, não ter sido Rabelais o criador de Gargântua, e tampouco de Pantagruel, ambos mitos surgidos séculos antes. Mas não passa disso sua falta de originalidade, pois em cima desse frágil alicerce constituído de gigantes comilões, beberrões e falastrões, ele construiu um verdadeiro universo de tipos e situações que logo o tornaram um dos escritores mais lidos e apreciados da França de seu tempo. Tais monstrengos, que com dragões e bruxos compunham a equipe de coadjuvantes dos livros de cavalaria, conviviam no dia a dia do anedotário popular. Assim, Gargântua e Pantagruel, além de Ferrabrás, Briareu, Morgante e outros, podem ser considerados ancestrais em linha reta de nosso tão prezado e terrível Adamastor.

Já se disse, portanto, ter sido a quantidade de exemplares vendidos das "Grandes Crônicas de Gargântua" o que teria despertado a inveja de Rabelais. Ele próprio fez tal afirmação em cartas, acrescentando: "Esse livro, em dois meses, vendeu um número maior de exemplares do que o total de Bíblias vendidas em nove anos!".

A vida de Pantagruel pretendia ser, pois, a continuação das crônicas de Gargântua, aproveitando os elementos contidos no livro de autor anônimo. Posteriormente, porém, Rabelais preferiu dar outro início à saga, reescrevendo, à sua maneira, a narrativa da vida de Gargântua, compondo então o que passou a ser o primeiro livro da série.

A característica fundamental da personalidade de Gargântua, qual seja a excepcional avidez por bebidas espirituosas e a capacidade de espalhar sede idêntica à sua ao seu redor, não foi criação de Rabelais. O original, neste, são as descrições e análises das qualidades gigantescas de seu personagem, as novas situações criadas, as caricaturas dos intelectuais de sua época, a verdadeira babel geográfica em que ele transforma seu relato, mesclando realidade e ficção, aqui e ali, detendo-se em pormenores ínfimos com uma falsa seriedade que ainda hoje causa a delícia de tantos quantos o leem. Pelos paralelos que podemos estabelecer com o que ainda se constata hoje em dia, é efetivamente impressionante a perspicácia de Rabelais em apontar as virtudes e vícios dos ambientes literários e acadêmicos de seu tempo.

Por vezes, episódios sérios se imiscuem na sátira e permitem ressaltar os objetivos moralizadores do escritor. É o caso da carta de Gargântua a seu filho Pantagruel, quando este se encontrava cursando a faculdade em Paris.

Antes de escrever sua versão da vida de Gargântua, e certamente respaldado no imediato sucesso alcançado pelo "Pantagruel", Rabelais publicou a continuação da vida deste gigante, num livro denominado "A Prognosticação Pantagruélica", obra que a Sorbonne igualmente condenou, por considerá-la obscena.

Foi por essa ocasião que ele conseguiu aproximar-se de Jean du Bellay, bispo de Paris, que a partir de então passou a dividir com D'Estissac o papel de seu protetor. Foi a Medicina que o aproximou do bispo, pois este, sofrendo de ciática, deu-se bem com o tratamento que Rabelais lhe prescrevera, e assim decidiu levá-lo consigo a Roma, para onde seguia em missão diplomática. O objetivo de du Bellay era conseguir junto ao Papa, a pedido do rei de França, a suspensão da pena de excomunhão imposta a Henrique VIII da Inglaterra. Isto mostra a importância política de seu novo protetor, o qual, embora não tenha concluído com êxito sua missão, pelo menos demonstrou trafegar livremente tanto na corte francesa quanto na de Roma, onde viveu Rabelais de janeiro a abril de 1534.

Em maio desse ano, já novamente em Lyon, resolve publicar sua versão da vida de Gargântua. Já se espalhara além de seu país a fama de seus livros, e fora justamente isto que lhe dera o desejo e a coragem de refazer a narrativa da vida do gigante beberrão, fazendo-a desaguar na "continuação" escrita primeiramente. A ocasião escolhida, infelizmente, não poderia ser mais inoportuna, pois pouco antes explodira o episódio conhecido como "O Caso dos Cartazes", nada favorável a suas pretensões de impunidade de pensamento. Aconteceu que diversos cartazes achincalhando as autoridades e práticas católicas haviam sido pregados em diversas esquinas de Paris, até mesmo na porta da Real Câmara! O povo ficara chocado com a virulência dos ataques, e os teólogos da Sorbonne encontraram campo propício para encetar violentas perseguições contra os suspeitos — e, por extensão não muito "católica", contra todos os seus inimigos, dentre os quais se salientava o atrevidíssimo Rabelais. Quanto a este, temeroso das consequências, achou mais prudente esconder-se até que passasse a tormenta, indo refugiar-se em Poitou, sob a tradicional proteção do fiel D'Estissac.

"Gargântua" é certamente a principal obra de François Rabelais. Guardando do livrete original apenas uns poucos episódios e personagens, ele nesta obra soltou-se inteiramente, escrevendo uma crítica extremamente ferina aos costumes da época e fixando de vez o estilo que continuaria imprimindo às obras editadas posteriormente.

Embora não fosse intenção de Rabelais retornar a Roma tão pouco tempo depois de sua primeira visita, as circunstâncias fizeram-lhe aceitar novo convite de du Bellay para acompanhá-lo como médico particular à corte papal. Dessa vez, foi de sete meses a sua permanência. Corria então seu processo de apostasia, já que ele havia desertado da ordem beneditina sem esperar permissão dos superiores, tornando-se padre secular por sua própria conta e risco. Por intermediação de du Bellay, foi-lhe concedida a absolvição papal, mas imposta uma penitência: teria de reentrar num mosteiro beneditino de sua escolha, sendo-lhe vedado, daí em diante, o uso do bisturi e do cautério em suas práticas médicas.

Assim foi que, retornando à França, ele entrou no mosteiro beneditino de St. Maur-des-Fosses, próximo de Paris. Por sua sorte, ou porque fora advertido nesse sentido por seu protetor, o convento pouco depois se secularizava — estranha coincidência — e todos os seus frades se tornaram cônegos. Foi deste modo que Rabelais teve seus votos suspensos oficialmente, sem quaisquer problemas de apostasia.

Retornando a Montpellier para concluir seu doutorado, fê-lo em seis semanas, regressando a Lyon logo em seguida. Ali passou a lecionar Anatomia, sua matéria predileta. A convite de Francisco I, tornou-se Relator da Corte. Seu prestígio era cada vez maior. Pouco depois, porém, o Rei resolveu abandonar sua política de tolerância religiosa, deixando aos humanistas, como opção única, aceitarem as novas ordens; caso contrário, seriam considerados partidários da Reforma e, como tais, sujeitos às perseguições que daí em diante foram desfechadas contra os protestantes.

Sem conseguir adaptar-se inteiramente à nova política, foi com alívio que Rabelais aceitou o convite do irmão de seu protetor, Guillaume du Bellay, de acompanhá-lo a Turim, já que este fora nomeado governador do Piemonte.

Nesse meio tempo — em 1541 — sai a lume uma nova edição de "Gargântua" e do "Pantagruel", escoimada dos ataques ao clero e das zombarias contra os sorbonistas. Rabelais tentava contemporizar. Retirando as palavras "teólogo", "sorbônico" e que tais, substituiu-as por "sofista", vale dizer "escolástico", ridicularizando deste modo apenas os seguidores de Guilherme de Occam, assim designados naquela ocasião.

Entrementes, movido pelo interesse comercial, um de seus livreiros, Etienne Dolet, sem sua autorização, publicou a reedição integral dos textos originais, isenta de alterações. Apavorado com as possíveis consequências daquela temeridade, e irritado com tamanho desaforo, Rabelais rompe com Dolet, desfazendo uma amizade de mais de vinte anos e passando a desancá-lo desapiedadamente nas edições ulteriores de suas obras.

Consta que um de seus pacientes, menino de dois anos, falecido em Lyon antes de sua partida para Turim, seria seu filho bastardo. Foi o que afirmaram seus inimigos. E ele jamais rebateu tais acusações.

Em Turim, tornou-se historiógrafo de Guillaume du Bellay, publicando em 1542 o relato de seus feitos guerreiros. A obra perdeu-se.

Foi terrível para Rabelais o ano de 1543. Em janeiro, morre Guillaume du Bellay. Em meados do ano, uma perda maior: Geoffroy d'Estissac falece. Ao final do ano, os censores da Sorbonne condenam mais uma vez seus livros, inclusive os "passados a limpo". Apesar de tudo, ele continua escrevendo suas sátiras e, em 1546, publica o "Terceiro Livro dos Feitos e Ditos Heroicos de Pantagruel".

Neste livro, Pantagruel assume nova personalidade. A sua força prodigiosa aparentemente se perdera, pois não mais é mencionada na obra. Seu espírito belicoso também desaparece, e ele não mais participa de guerras. Rabelais volta a enfocar a sua velha tese da inferioridade feminina, colocando-a como principal questão do livro. Essa inferioridade seria congênita e fisiológica; portanto, irremediável: como refutar seus argumentos expostos com tamanha erudição, lançando mão de conhecimentos médicos e anatômicos muito acima dos de seus próprios colegas de profissão? Além disto, o texto constitui curiosíssima relação dos costumes, modismos e superstições correntes na segunda metade do século XVI. As citações em grego e latim, conquanto reforcem a argumentação dificultando sobremodo qualquer tentativa de refutação, por outro lado, dificultam até certo ponto a leitura corrente do livro, mormente para o leitor hodierno, que se vê obrigado a contínuas remessas às notas de pé de página. Deve ser por esta razão que não se costuma traduzir a obra completa de Rabelais, mas tão somente os primeiros livros, de leitura mais fácil.

Apesar de todas as precauções de Rabelais no sentido de não atacar diretamente os teólogos da Sorbonne, isto não sensibilizou seus velhos inimigos, que mais uma vez não hesitaram em também condenar o "Terceiro Livro", acusando-o de estar "recheado de heresias". A perspectiva de novas perseguições fê-lo buscar abrigo em Metz, onde passou a residir com seu amigo Etienne Lorenz.

Com a coroação de Henrique II, Jean du Bellay recuperou o antigo prestígio, tornando-se Superintendente geral da Corte junto à Sé de Roma. Dirigindo-se para seu novo posto em 1548, ele convidou Rabelais para acompanhá-lo como seu médico. Deste modo, Rabelais voltou para Roma, onde, sob a sombra desse poderoso protetor, iniciou o "Quarto Livro de Pantagruel". Nesse mesmo ano foram publicados os onze primeiros capítulos da obra, concluída bem mais tarde, em 1552.

O reencontro de Rabelais com os favores e o prestígio não poderia deixar de lhe trazer consequências desagradabilíssimas. O ciúme e a inveja de seus inimigos chegaram ao ápice. Católicos tradicionalistas e protestantes juntavam-se nas críticas ao "padre libertino", estranhando seu convívio à mesa dos cardeais. O monge Gabriel de Puits-Herbault acusava seus escritos de "ofensivos à fé e aos costumes", dando-o como um indivíduo "sensual e infame". Já Calvino, que a princípio se regozijara com suas contestações à política romana, também passou a atacá-lo, dedicando-lhe algumas linhas no seu famoso tratado "Dos Escândalos". Rabelais foi ali colocado entre os letrados que um dia haviam ficado impressionados com as ideias da Reforma, mas que depois, levados pela sensualidade, se afastaram das linhas mestras do Evangelho, "mergulhando de cabeça na irreligiosidade e no materialismo mais abjeto".

Irritado contra ambos, e sem temer represálias, Rabelais replicou de maneira ácida e grosseira em seu "Quarto Livro", chamando o primeiro de "monge furibundo", e o segundo de "demoníaco" e "impostor de Genebra". Assumindo de vez o Epicurismo como norma de vida, responsabilizou a ambos pelo surgimento do "Antifísio", o monstro antinatural que estava pouco a pouco fazendo a humanidade afastar-se dos princípios e preceitos da natureza.

De volta à França, Rabelais abrigou-se à sombra de outro protetor, outro cardeal, Odet de Colligny, por cujo intermédio obteve o privilégio de reeditar todas as suas obras, inclusive o "Quarto Livro". Também Jean du Bellay não abandona o antigo protegido, oferecendo-lhe dois curatos na diocese de Mans, para espanto e indignação dos tradicionalistas.

Realmente, não deixa de ser estranha essa retomada imediata de prestígio, mas há de se considerar que o recém-coroado Henrique II achava-se em conflito com o Papado, vendo com bons olhos os ataques de Rabelais à Igreja. Porém, sobrevém outra viravolta da sorte e a crise acaba por ser contornada e resolvida. É nesse momento que se dá a publicação da obra mais recente de Rabelais, na qual as críticas ao Papa Júlio III e à corte romana atingiam dureza extrema, escudada na satisfação que isto até então causara ao rei. Resultado: o próprio Parlamento francês se vê na contingência de interditar o "Quarto Livro de Pantagruel".

Nesta obra, o autor relata a odisseia de Pantagruel em busca da deusa "Botelha". Por essa ocasião, estavam em moda as narrativas de viagem. Era a época em que a França se lançava à descoberta dos mares remotos e das terras ignotas, participando com Portugal, Espanha, Inglaterra e Holanda das Grandes Navegações. Cartier há pouco descobrira o Canadá, e a França sonhava com a criação de colônias ultramarinas, fosse nas Américas, fosse na África ou alhures — já fora plantada a semente que iria rebrotar no seu futuro Império. Multiplicavam-se os navegantes que seguiam em busca da "Passagem de Noroeste", que permitiria chegar-se a Catai sem necessidade de cruzar o hemisfério meridional. Vê-se, por conseguinte, que era forte o apelo de vendas daquele livro, aliás uma constante preocupação de Rabelais, que sempre procurou usar como tema os assuntos mais em voga no momento da elaboração de seus livros.

É bastante curioso que o livro pareça efetivamente escrito por um navegante, porquanto o autor usa e abusa da terminologia náutica, certamente captada em leituras e conversas com marujos e viajantes. Recentes pesquisas de Linguística nos revelam que numerosos termos e expressões do jargão náutico empregados no "Quarto Livro" eram, até então, absolutamente inéditos! Eis a cabal demonstração do esmero de Rabelais na concepção e elaboração de suas obras.

A novidade desse livro são as alegorias satíricas, semelhantes às que, 175 anos mais tarde, iriam fazer a fama de Swift, nas suas célebres "Viagens de Gulliver". De maneira similar, Rabelais ataca costumes, modismos e superstições de seu tempo, colocando-os apartados em ilhas que são visitadas uma após a outra pelos companheiros de Pantagruel.

Tendo perdido o apoio da Corte e do Parlamento, além de estar sofrendo a implacável perseguição de sua legião de inimigos, Rabelais acabou renunciando aos curatos que du Bellay lhe concedera, e passou a viver modesta e anonimamente em Paris, vindo a falecer no ano seguinte ao da publicação do "Quarto Livro".

Nove anos mais tarde, sob o título de "A Ilha Sonante", surgiram os 16 primeiros capítulos de uma obra que, em 1564, seria dada a público integralmente como sendo o "Quinto Livro de Pantagruel". Obra de Rabelais, ou de algum discípulo e admirador? O livro constitui a continuação da odisseia de Pantagruel. Novas ilhas aparecem em seu roteiro. Numa delas, o autor desfecha virulento ataque à Santa Sé, num estilo que chega a lembrar o dos mais radicais reformistas. Numa outra, a crítica recai sobre os juízes e a Justiça francesa, em geral. Na ilha denominada "Enteléquia" são criticados os intelectuais que se opunham às ideias de Rabelais. Ao fim da longa peregrinação, chega-se ao templo da deusa Botelha, cujo conselho Pantagruel buscara tão ardentemente. E este conselho é constituído de uma única palavra: — Bebei! E que seja do bom e do melhor, concluem os epicuristas; e que seja das fontes cristalinas da Ciência, interpretam os verdadeiros pantagruelistas. Aos leitores, a decisão.

Autêntico ou apócrifo esse "Quinto Livro"? As opiniões divergem, e todas baseadas em ponderáveis argumentos. O fato é que seu autor, seja lá quem for, a par de revelar profundo conhecimento da geografia de Chinon, terra natal de Rabelais, manifesta aquela mesma vasta erudição que caracteriza os outros quatro livros anteriores. Defendem alguns a ideia de que o "Quinto" seria o desenvolvimento de um esboço deixado por François Rabelais — trata-se da hipótese mais aceita. Para encerrar qualquer discussão posterior, que se teve em consideração o fato de que, se outro for o autor dessa obra, ele teria preferido refugiar-se no anonimato e atribuir a Rabelais sua autoria — as costas largas são o preço da ousadia.

Em síntese, eis quem foi e o que fez Rabelais. Antes de tudo, um contestador. Sem dúvida, um dos primeiros modernistas. Com raro espírito, soube como poucos aliar sátira e erudição. Ao fim de sua vida, deixou-nos um perfil caótico de sua personalidade controvertida: nem santo, nem demônio; muito antes pelo contrário. Um religioso que busca as origens puras de sua fé, ou então um epicurista aproveitador, travestido de humanista. Dentre tantas possibilidades, ressalta uma verdade basilar, acaciana e derradeira: é difícil encontrar outro que, como François Rabelais, tenha encarnado de maneira tão completa o espírito do Renascimento.

Eugênio Amado

A VIDA DE GARGÂNTUA E DE PANTAGRUEL

LIVRO PRIMEIRO

MUI HORRIPILANTE VIDA DO GRANDE GARGÂNTUA, PAI DE PANTAGRUEL

ESCRITA POR

MESTRE ALCOFRIBAS NASIER[1]
EXTRATOR DA QUINTA-ESSÊNCIA
UM LIVRO REPLETO DE PANTAGRUELISMO

---

1. *Alcofribas Nasier*, anagrama de François Rabelais (N. do T.)

AO LEITOR

Antes mesmo de ler, leitor amigo,
Despojai-vos de toda má vontade.
Não escandalizeis, peço, comigo:
Aqui não há nem mal nem falsidade.
Se o mérito é pequeno, na verdade,
Outro intuito não tive, no entretanto,
A não ser rir, e fazer rir, portanto,
Mesmo das aflições que nos consomem.
Muito mais vale o riso do que o pranto.
Ride, amigo, que rir é próprio do homem.

PRÓLOGO DO AUTOR

Bebedores ilustres e preciosíssimos bexiguentos (pois a vós, não a outros se dedica o meu engenho): Alcebíades, no diálogo de Platão intitulado O *Banquete*, louvando o seu preceptor Sócrates (sem controvérsia, príncipe dos filósofos), entre outras coisas disse ser ele semelhante aos "silenos". *Silenos*, para os antigos eram caixinhas, tais como as que hoje vemos nas vendas dos boticários, tendo pintadas umas figuras alegres e frívolas, como harpias, sátiros, gansos ajaezados, lebres chifrudas, patos com cangalhas, bodes voadores, veados atrelados e outras figuras semelhantes, nascidas da imaginação, próprias para provocar o riso, como fazia Sileno, mestre do excelente Baco. Dentro delas, porém, guardavam-se drogas valiosas, como o bálsamo, o âmbar-cinzento, o amomo, o almíscar, joias e outras preciosidades. Tal se dizia ser Sócrates, porque, quem o visse por fora, e estimando apenas a aparência exterior, não lhe daria o mínimo valor, tanto ele era feio de corpo e ridículo em sua aparência, com nariz pontudo, olhos de boi, cara de bobo, simples em seus modos, rústico em suas vestes, parco de riquezas, infeliz com as mulheres, inapto para todos os ofícios da república, sempre rindo, sempre tomando seus tragos, por causa disso, sempre brincalhão, sempre dissimulando o seu divino saber. Quem abrisse aquela caixa, porém, lá dentro encontraria um bálsamo celeste e inapreciável, um entendimento mais que humano, virtudes maravilhosas, coragem invencível, sobriedade sem igual, contentamento certo, segurança perfeita, incrível desprendimento com relação a tudo que os humanos tanto prezam, tudo aquilo que tanto cobiçam e em prol do quê correm, trabalham, navegam e batalham.

A que propósito, em vossa opinião, vem este prelúdio e este esclarecimento? É porque vós, meus bons discípulos, e alguns outros doidivanas ávidos de lazer, lestes os divertidos títulos de alguns livros de nossa invenção, como "Gargântua, Pantagruel, Fessepinte, A Dignidade das braguilhas", e mui levianamente julgais que, dentro, não se tratou senão de brincadeiras, fantasias e mentiras divertidas, visto que, sem se examinar o conteúdo, o rótulo externo (isto é, o título) insinuava zombaria e pândega. Não convém, todavia, encarar tão levianamente a obra dos humanos, pois vós mesmos dizeis que o hábito não faz o monge; pode alguém usar as vestes monacais, e por dentro nada ter de monge, como pode um outro, vestido de capa espanhola, nada ter que ver com a Espanha por sua coragem. Por isso, é preciso abrir o livro e, cuidadosamente, verificar o que contém. Quando conhecerdes a essência que ele encerra, vereis que vale bem mais do que aquilo que a caixa prometia. Em outras palavras: as matérias aqui tratadas não são fúteis como o título sugere. Sem dúvida, no sentido literal, achareis matérias bem divertidas, e que correspondem bem ao nome, mas não vos fieis muito nelas, como no canto das sereias; convém em alto sentido interpretar o que porventura vos parece dito levianamente. Nunca abriste uma garrafa? Pois é: o que importa é o conteúdo. Já vistes um cão encontrando um osso com tutano? É, como diz Platão ("lib. 2, De Rep".), o animal mais filósofo do mundo. Se já vistes, podeis ter notado com que devoção ele o olha, com que cuidado o guarda, com que fervor o segura, com que prudência o parte, com que afeição o quebra, com que diligência o chupa. O que o induz a assim agir? Qual o resultado de seu esforço? Que pretende? Nada mais que um pouco de tutano. Na verdade, esse pouco é mais delicioso que todos os outros muitos, visto que o tutano é o alimento elaborado com perfeição pela natureza, como diz Galeno, ("III Facult. Nat., e XI De Usu Partium"). Seguindo esse exemplo, convém que sejais sábios, para farejar e apreciar estes belos livros, de alto valor, fáceis de procurar, mas difíceis de encontrar. Depois, por curiosa lição e meditação frequente, romper os ossos e sugar o substancioso tutano: eis o que pretendo dizer com esses símbolos pitagóricos, com fundada esperança de ser feita com prudência e zelo a leitura, porquanto nela achareis outro deleite, estudando a doutrina impenetrável, que vos revelará altos segredos e mistérios horríficos, tanto no que concerne à nossa religião, como ao estado político e à vida econômica. Porventura acreditais que Homero, ao escrever a "Ilíada" e a "Odisseia", tivesse imaginado as alegorias que lhe atribuíram Plutarco, Heráclides Pôntico, Eustátio, Fornuto, repetidos mais tarde por Poliziano? Se acreditais, bem longe estais da minha opinião, que é a de que tais alegorias foram tão pouco sonhadas por Homero quanto, o foram, por Ovídio, em suas "Metamorfoses", os Sacramentos do Evangelho, conforme Frei Lubino[2], grande papalvo, se esforçou por demonstrar, julgando ser possível encontrar gente tão idiota quanto ele, ou (como diz o provérbio), uma tampa digna do caldeirão. Se não acreditais, por que não fareis o mesmo com estas novas e divertidas crônicas? Eis que, ditando-as, não pensei senão em vós, que porventura bebeis como eu bebo. Porque, na composição deste livro senhoril, não perdi, e jamais empreguei um outro tempo, do que aquele que gasto para tomar a minha refeição corporal, a saber, bebendo e comendo. São estas as horas mais adequadas para escrever sobre essas altas matérias e ciências profundas, como bem fez saber Homero, paradigma de todos os filólogos, e Ênio, pai dos poetas latinos, assim como testemunha Horácio, embora um grosseirão tenha dito que os seus "Odres" cheiravam mais a vinho do que a azeite. Coisa idêntica disse um bufão dos meus livros; mas merda para ele! O odor de vinho, ó, como é mais saboroso, mais agradável, mais atraente que o do azeite! E sinto-me muito mais lisonjeado, quando se diz que gasto mais vinho do que azeite, do que ficou Demóstenes quando dele disseram que gastava mais azeite do que vinho[3]. Para

---

2. Referência à obra Metamorphosis Ovidiana moraliter explanata, antes creditada ao dominicano inglês Thomas Wallensis e posteriormente a Pierre Bersuire. (N. do R.)
3. Alusão ao fato de passar as noites em claro, à luz das lamparinas de azeite, preparando seus discursos. (E.A.)

mim, só me sinto honrado e jubiloso por ter fama de ser um bom copo e um bom companheiro: graças a isso sou bem recebido em todos os bons grupos de pantagruelistas. Um rabugento disse de Demóstenes que as suas orações fediam como a serapilheira de uma galheta porca e suja. Por isso, interpretai meus atos e meus ditos de maneira perfeitíssima: reverenciai o cérebro caseiforme que vos oferece essas belas fantasias, e na medida que estiver ao vosso alcance, conservai-me sempre alegre.

E agora diverti-vos, meus queridos, e lede alegremente, para satisfação do corpo e benefício dos rins. Mas escutai, sem vergonhas e que a úlcera vos corroa: tratai de beber por mim, que eu começarei sem mais demora.

CAPÍTULO I
DA GENEALOGIA E ANTIGUIDADE DE GARGÂNTUA

Eu vos encaminho à grande crônica pantagruélica, para conhecerdes a genealogia e antiguidade de onde nos veio Gargântua. Nela, ficareis pormenorizadamente a par da maneira como apareceram os gigantes neste mundo, e como deles, por linha reta, proveio Gargântua, pai de Pantagruel, e não vos aborrecereis se, no presente, eu me exceder. Eis que a coisa é tal, que quanto mais seja relembrada, mais agradará a vossas senhorias, visto que tendes a autoridade de Platão, *In Philebo et Gorgias*, e de Flaco[4], segundo os quais certos assuntos, tais como este daqui, sem dúvida são tanto mais deleitáveis quanto tantas mais vezes repetidos.

Quisesse Deus que cada um de nós soubesse com certeza a sua genealogia, desde a arca de Noé até os nossos dias. Penso que vários que são hoje imperadores, reis, duques, príncipes e papas na terra, descenderam de coletores de restos e de lixo. E, ao revés, há mendigos, sofredores e miseráveis, que descendem em linha reta de grandes reis e imperadores: tenha-se em vista a admirável transferência dos reinos e impérios:

> Dos assírios para os medas,
> Dos medas para os persas,
> Dos persas para os macedônios,
> Dos macedônios para os romanos,
> Dos romanos para os gregos,
> Dos gregos para os franceses.

E, no que se refere a este que ora se dirige a vós, cuido descender de um rico rei ou príncipe dos tempos de outrora, pois jamais vistes um homem que tenha mais vocação para ser rei e rico do que eu, a fim de gozar a vida, não trabalhar, não me preocupar com coisa alguma, e enriquecer bastante os meus amigos, e toda a gente de bem e de saber. Consolo-me, porém, sabendo que no outro mundo talvez seja muito mais do que, no presente, ousaria aspirar. Com tal, ou melhor, pensamento, consolai-vos de vosso infortúnio e bebei alguns tragos, se for possível.

Voltando à vaca-fria, quero dizer que, por dom soberano dos céus, foram-nos reservadas a antiguidade e a genealogia de Gargântua mais inteira que qualquer outra, exceto a do Messias, de quem não falo, pois não me pertence; também os diabos (que são caluniadores e hipócritas) a isso se opõem. Ela foi descoberta por Jean Audeau, em um campo que ele tinha perto de Arceau Gualeau, abaixo de Olive, para os lados

---
4. Horácio. (N. do T.)

de Narsay. Tendo ele mandado cavar alguns fossos, os trabalhadores tocaram, com suas enxadas, um grande túmulo de bronze, de comprimento desmesurado, e jamais encontraram o seu fim, porque entrava muito adiante das eclusas do Rio Viena. Os referidos trabalhadores, abrindo um certo lugar, assinalado acima por um copo, em torno do qual estava escrito, em letras etruscas, *HIC BIBITUR*[5], acharam nove garrafões, arrumados na mesma ordem com que se arrumam as bolas de jogar, na Gasgonha. E, no meio achava-se um livro volumoso, gordo, grande, e, todavia, mimoso, pequeno; embolorado, mas cheiroso, embora seu perfume não fosse tão bom como o das rosas.

Nele, foi encontrada escrita a dita genealogia, com letras romanas[6], não em papel, não em pergaminho, não em cera, mas em uma casca de olmo, tão gasta pela velhice que mal se podia reconhecer.

Eu (embora indigno) para ali fui chamado, e com um grande reforço de óculos, praticando a arte graças à qual se pode ler letras não aparentes, como ensina Aristóteles, o traduzi, como podeis ver, pantagrualizando, quer dizer, bebendo à vontade e lendo as façanhas horríficas de Pantagruel. No fim do livro, havia um pequeno tratado intitulado Ninharias Contravenenosas. Os ratos e as baratas e (para que eu não minta) outros bichos malignos tinham destruído o começo. O resto eu ajustei, como se vê a seguir, por reverência à antigualha.

CAPÍTULO II
AS NINHARIAS CONTRAVENENOSAS, ENCONTRADAS EM UM MONUMENTO ANTIGO

Dos cimbros, o vencedor famoso
Saltou pelo ar com medo à tempestade,
E em sua vinda, lá do céu chuvoso,
Caiu manteiga em grande quantidade.
Não faltou de alto-mar a qualidade
E alto gritou: "Pescai-o, que ele nada,
Pois sua barba está pela metade,
Ou lançai, pelo menos, uma escada."

Alguns disseram: "Lamber seu sapato
É melhor do que ser abençoado."
Mas eis que surge um safardana ingrato,
Saído de um buraco ignorado,
Que diz: "Senhor, meu Deus abençoado,
A enguia se agarrou no meu cabelo,

---

5. *Hic bibitur:* aqui se bebe. (N. do T.)
6. No original *lettres cancellaresques*, letras inclinadas, usadas na chancelaria romana. (N. do T.)

A encontrareis no ponto onde foi dado
O sinal de exclusão do seu capelo."
Ao ler, então, capítulo segundo,
somente achou os chifres de um bezerro.
"Da mitra (disse então): eu vou ao fundo,
Tão frio em torno que até dou berro."
É perfume de nabo, se não erro.
Entre os astros ficar está contente,
Se pudesse chegar ao alto serro,
Livre da antipatia dessa gente.

De São Patrício o oco, ele bem quis
E mais ocos, até o de Gibraltar,
Se reduzir pudesse a cicatriz
E parar de tossir e de espirrar.
Impertinente parecia estar,
Vendo eles todos desejar também
Que da aventura ele estivesse a par,
Para que abrisse a boca do refém.

Nessa passagem o corvo foi pelado
Por Hércules, que da Líbia então desceu.
"O quê?" diz Minos, que não foi chamado.
"Todos foram chamados, menos eu.
Depois que a minha inveja emudeceu,
Colhendo muita ostra, em muita lida,
Com ajuda do navio do sandeu,
Mandei para o diabo a minha vida."

Q.B., para rastreá-lo, surge e manca,
Dá o salvo-conduto aos estorninhos.
O primo do ciclope avança e espanca,
E os narizes assoam seus vizinhos.
Nesta seara, à margem dos caminhos,
Irão chamar às armas, entretanto,
Sem que tenham mentido nos moinhos,
Pois, bem trocados, já não custam tanto.
Pouco depois, de Júpiter a ave
Deliberou sair para o pior,
Mas, vendo-os rastejar rumo da nave,
Chegou do Império a cólera supor.

No céu, o fogo ardeu de rubra cor,
E eis que nos bosques, em estradas retas,
Com arenque salgado o vendedor
Sujeitou-se ao querer dos massoretas.
Tudo concluído, fez a ponta afiada,
Mau grado até, a coxa carniceira,
Vendo Pentasileia abandonada,
Que envelhecera presa de canseira.
Todos gritavam: "Torpe carvoeira,
É lícito encontrar-te no caminho,
Hasteando, tão logo, uma bandeira
Feita com uma porção de pergaminho?"

Não fosse Juno o arco-íris ter por lema,
Com o seu duque de muito má vontade,
Armando um conhecido estratagema
Bem molesto e bem falso, na verdade,
Ela estaria em boa sociedade.
Dois ovos recebeu de Prosérpina
E se jamais dela soubessem a idade
A levariam ao monte de Albespina.

Sete meses após, os vinte e dois
Chegam a Cartago, e o vencedor avança
E cortesmente os recebeu depois,
Explicando cabei-lhe a sua herança
E fazendo a partilha sem tardança,
Segundo a lei e da justiça a soma,
Sem piedade impor sua vingança
Aos biltres que rasgaram o seu diploma.

Mas no ano virão, só de uma vez,
Cinco fusos, três fundos de chaleira,
Que verão um rei bem pouco cortês
Tendo de ermita o hábito e a maneira.
Oh! Piedade tenhais a vida inteira
Compreendei a sorte dos doentes
Que se veem vencidos na canseira,
Condenados ao ninho das serpentes.

Passou um ano, e o que é reinará
Tranquilamente, como bom amigo,
E com violência não dominará,
O compromisso há de trazer consigo.
Bom é o consolo como o pão de trigo,
Do seu virá o seu castelo inteiro,
Conseguirá, sem medo e sem perigo,
Triunfar do real palafreneiro.
Há de durar o tempo da destreza
até que março ponha a tudo fim.
Um perfeito há de vir, e com certeza
Perfeito como um anjo, um serafim.

Elevai, pois, os corações, assim,
Ó vós, fiéis, pois eis que trespassado
O vencedor será vencido enfim
Como já foi vencido no passado.

Aquele que faz cera na tormenta
Alvejado será sem remissão
E "Ciro, Ciro!" reclamar não tenta,
A chaleira bimbalha em sua mão.
O bacamarte ele pegou no chão
E limpou o lugar de trapaceiros,
Para coser, com fio grosso, então,
Tudo que se encontrava no celeiro.

CAPÍTULO III
DE COMO GARGÂNTUA FOI LEVADO ONZE MESES NO VENTRE DE SUA MÃE

Grandgousier[7] era um folgazão, gostando de beber à tripa forra e apreciando grandemente as comidas salgadas. Para esse fim, tinha ordinariamente boa provisão de pernis de Mogúncia e Baiona, línguas de boi defumadas, fartura de chouriços, e carne de boi salgada com mostarda; fartura de salsichas, não de Bolonha, pois temia os venenos da Itália, mas de Bigorre, de Longaulnay, da Bre-

---
7. *Gosier* (*gousier* no francês quinhentista) significa "goela". A tradução seria, pois, "goela grande" ou "bocarra". (N. do T.)

ne e de Rouargue. Em sua idade viril, desposou Gargamela, filha do rei dos Borboletos, bela e garbosa moçoila. Os dois gostavam muito de brincar de "bicho de duas costas", tanto que ela ficou grávida de um meninão, e o carregou até o décimo-primeiro mês. Com efeito, tanto tempo, e mesmo mais, podem as mulheres ficar prenhes, mormente quando se trata de uma obra-prima, de um personagem fadado a realizar grandes proezas em seu tempo. Como disse Homero, o menino, do qual Netuno emprenhou a ninfa, nasceu depois de um ano, no décimo-segundo mês. Explica-nos Aulo Gélio (*lib*.3) que tão longo tempo convinha à majestade de Netuno, a fim de que seu filho ficasse formado de maneira perfeita. Por igual motivo, Júpiter fez durar quarenta e oito horas a noite em que se deitou com Alomena, pois em menos tempo não teria podido fabricar Hércules, que limpou o mundo de monstros e tiranos.

Os antigos senhores pantagruelistas confirmaram o que digo, e declararam ser não somente possível, como legítimo, o filho nascido da mãe onze meses depois da morte de seu marido. Ei-los:

Hipócrates, *De alimento*; Plínio, *lib.7, cap. 5*;
Plauto, *in Cistellaria*.
Marco Varrão, na sátira denominada *O Testamento*, invocando a autoridade de Aristóteles;
Censorino, *De Die Natali*;
Aristóteles, *lib. 7, cap. 3 e 4 De Natura Animalium*;
Gélio, *lib.3, cap. 16*;
Sérvio *in Ecl*. expondo este metro de Virgílio:
Matri longa decem, etc.
E mil outros que tais, cujo número pode ser acrescido
pelos legistas: *ff. de Suis, et legit. l. intestato. § fin.*
E *in authent. de Restitut. et ea quae parit in XI mense.*

Por fim, para complementar a lista, menciono Gallus (*ff. de Lib. et post. et l. septimo ff. de Stat. homin.*) e alguns outros que não me atrevo a declinar o nome.

Com respaldo nessas leis, as mulheres viúvas bem que podem divertir à vontade, dois meses após a morte do marido. Peço-vos por favor, meus bons frascários, que se encontrardes algumas pelas quais valha a pena ficar esbraguilhado, trepai à vontade e trazei-as depois para mim. Pois, se no terceiro mês engravidarem, seu fruto há de ser levado à conta dos finados. E as que se sabem grávidas, que aproveitem a hora, e se divirtam mais, já que a pança está cheia mesmo.

Assim fazia Júlia, filha do Imperador Otaviano: não se entregava aos seus tamborileiros senão quando se sentia prenhe, de forma que o navio não recebesse o piloto sem primeiramente estar calafetado e carregado.

E se alguém as censura porque fazem tal coisa durante a prenhez, pois que as fêmeas prenhes dos animais não aceitam jamais o macho, podem responder que as outras são animais, mas elas são mulheres, bem conscientes dos belos e alegres direitos da superfetação, como outrora respondeu Popúlia, segundo relata Macróbio (*lib. 2. Saturnal*). Se o diabo não quiser que elas se engravidem, terá que lhes arrolhar a tampa, e manter fechada a boca do frasco.

CAPÍTULO IV
DE COMO GARGAMELA, ESTANDO GRÁVIDA DE GARGÂNTUA, COMEU GRANDES QUANTIDADES DE TRIPAS

A ocasião e a maneira com que Gargamela pariu foi a seguinte. E, se não acreditais, que se vos caiam os fundos! Pois os fundos dela vieram abaixo no terceiro dia de fevereiro, após ter comido dobradinhas. Dobradinhas são as tripas de bois engordados no estábulo e muito bem cuidados. Daqueles bois gordos foram mortos trezentos e sessenta e sete mil e quatorze para serem salgados na terça-feira gorda; a fim de que, na primavera, se tivesse carne à vontade, para, no começo das refeições, salgar bastante a boca, para melhor se entrar no vinho. As tripas foram abundantes, como é fácil compreender, e estavam tão boas que todos chupavam os dedos. Mas o diabo é que não era possível conservá-las muito tempo, sem que elas apodrecessem, o que seria bem desagradável. De onde se concluiu que teriam de ser comidas sem deixar resto. E, assim sendo convidaram todos os cidadãos de Sannais, de Suillé, da Roche-Clermaud, de Vaugaudry, sem deixar atrás os de Coludray, Montpensier, os do vau do Vede e outros vizinhos: todos bons bebedores, folgazões e bons jogadores de péla. O bom Grandgousier deleitou-se com aquilo e providenciou para que tudo fosse servido com abundância. Recomendava, todavia, à esposa que comesse menos, visto que estava se aproximando do seu termo, e que aquelas tripas não eram pratos muito aconselháveis. "Quem quiser comer merda, tire-a daquele monte" dizia-lhe. Não obstante essas recomendações, ela comeu dezesseis tonéis, uma pipa e seis alqueires. Ó bela matéria fecal que devia se formar dentro dela!

Depois do jantar, todos foram, em confusão, para baixo dos salgueiros, e lá, sobre a relva basta, dançaram ao som de alegres pífanos e doces cornamusas, tão alegres que era um passatempo celeste vê-los assim se divertirem.

CAPÍTULO V
AS CONVERSAS DOS BEBERRÕES

Depois, trataram de se regalar mais uma vez, comendo e bebendo. Os garrafões iam e vinham, presuntos sumiam, pernis desapareciam, os copos voavam, as jarras de metal tilintavam. — Mira! — Tira! — Vira! — Para mim sem água; assim, meu amigo. — Emborca esse copo de uma vez só. — Quero beber este clarete até a última gota. — Trégua na bebida! — Como é, seu tolo, não vais? — Palavra que não quero me complicar, compadre. — Estás gelada, minha amiga. — É mesmo? — Com todos os diabos, falemos de bebida. — Eu não bebo senão às horas certas, como a mula do papa. — E eu só bebo em meu breviário, como um bom frade-guardião. — Que apareceu primeiro: a sede ou a bebida? — A sede, pois quem teria bebido sem sede durante o tempo da inocência? — A bebida, pois *privatio praesupponit habitum*[8]. Sou letrado. *Foecundi calices quem non fecere disertum*?[9] — Nós outros, inocentes, só bebemos quando sentimos sede. — Pois eu, pecador, nunca bebo sem sede; senão presente, pelo menos futura, por previdência, como bem entendeis. Bebo pela sede que virá. — Eu bebo eternamente. É a eternidade da bebedeira e a bebedeira da eternidade. Cantemos, bebamos! Um mote! — Entornemos! — Onde está o meu funil? — Só bebo por procuração. — Molhai-vos para secardes, ou secais para molhardes? — Não entendo de teoria: na prática, sempre dou meu jeito. — Basta. Eu molho, eu me umedeço, eu bebo, e tudo de medo de morrer. — Bebei sempre, não morrereis jamais. Se eu não bebo, fico a seco: eis-me morto! Minha alma fugirá para algum charco: em lugar seco jamais a minha alma habitará. — Copeiros, ó criadores de novas formas, dai-me de beber, de beber! Providenciou perenidade de irrigação para os meus nervos e as minhas secas entranhas. — Só não bebe quem nada sente. A bebida fica nas veias, o urinol nada terá. — Quero lavar bem as tripas daquela vitela que comi hoje de manhã. Guarneci bem o estômago. — Se o papel dos títulos que assino bebessem tanto quanto eu, os meus credores ficariam tontos só de apresentá-los — Esta mão não sai da frente do nariz? — Oh! Quantos ainda entrarão antes que este saia? — Beber a tão pequenos goles pode quebrar o peitoral[10]. — Isto se chama caça às garrafas. — Qual é a diferença entre garrafa e frasco? — Grande, pois a garrafa é fechada com rolha, e o frasco? Com tampa. — Bolas! Nossos pais bebiam bem e esvaziavam mesmo eram potes. — Bem dito. Bebamos. — Não quereis mandar nada para o rio? Aquele ali vai lavar as tripas. — Eu bebo mais que uma esponja. — Eu bebo como um templário. — E eu *tanquam sponsus*[11].

---

8. A privação pressupõe o uso. (N. do T.)
9. Com um bom copo, quem não fica eloquente? (N. do T.)
10. Os cavalos selados, quanto têm de beber em uma água muito baixa, correm o risco de quebrar o peitoral. (N. do T.)
11. Como um noivo. (N. do T.)

— E eu *sicut terra sine aqua*¹². — Um sinônimo de pernil? — Empurrador de bebida. — É uma zorra: com a zorra, faz-se o vinho descer para a adega; com o pernil, faz-se o vinho descer para o estômago. — Ora! Tratemos de beber. Não há carga. *Respice personam, pone pro duo; bus non est in usu.* — Se eu trepasse tão bem quanto bebo, estaria lá no alto do céu:

Assim Tiago enriqueceu,
Assim se corta o mataréu,
Assim conquistou Baco a Úndia,
Assim filosofou Melíndia.

— Chuvinha fraca acaba com vento forte, tragos grandes acabam com a trovoada. — Mas se eu mijasse isso que bebes, porias na boca meu mijador? — Aqui, pajem! Eu também estou inscrito na lista dos bebedores. — Bebe, Guillot! Ainda há um pote. — Requeiro-o, em virtude de sede. Pajem, despacha a minha petição. — Vede só! Antigamente eu queria beber tudo, agora não deixo nada. — Não nos apressemos, e aproveitemos bem. — Bebei ou eu vos... Não, não bebeis, eu vos peço. Os pássaros não comem senão quando lhe batem no rabo; eu só bebo quando me adulam. — *Lagona edatera*¹³. Ou não há uma toca onde se guarde bebida em meu corpo, ou, então, este vinho não mata a sede. — Pois este é bom para estimulá-la. — Este aqui a expulsará de todo. — Vamos ficar por aqui, com estes frascos e garrafas, que ninguém que perdeu a sua sede virá procurar aqui dentro. Tomaram tanto chá-de-bico que tiveram de ir se esvaziar lá fora. — O grande Deus faz os planetas e nós limpamos os pratos¹⁴. — Tenho na boca a palavra de Deus: *Sitio*¹⁵. — A pedra chamada *asbestos* não é mais inextinguível do que minha sede. — O apetite vem comendo, — dizia Angeston —, mas a sede se vai bebendo. — Remédio contra a sede? O contrário daquele contra mordedura de cão: correi sempre atrás do cão, jamais ele vos morderá; bebei sempre antes da sede, jamais ela chegará. — Acorda! Estás cochilando. — Despenseiro que não dorme, protegei-nos do sono. Argos tinha cem olhos para ver: cem mãos são necessárias a um despenseiro para servir a bebida, infatigavelmente¹⁶. — Molhemos, para que se possa secar. — Vinho branco! Vira tudo aqui, até o quinhão do diabo! Assim, bem cheio; minha língua está queimando. — *Lans, tringue*¹⁷, a ti, companheiro. Alegria, alegria! — Ó *lachryma Christi*!¹⁸ Ó vinho divino! — Ó gentil vinho branco! Tão bom para se beber como

---

12. Como uma terra ressecada. (N. do T.)
13. Basco: Bebamos, camarada! (N. do T.)
14. Trocadilho intraduzível: *planètes* (planetas) e *plats nets* (pratos limpos). (N.do T.)
15. Em latim: "*Tenho sede*". Palavras de Jesus Cristo na cruz. (N. do T.)
16. Jogo de palavras intraduzível, com *sommeil* (sono), *sommeiller* (cochilar) e *sommelier* (despenseiro). (N. do T.)
17. Corruptela do alemão: *Landsman, zu trinken* (Camarada, dá-me de beber). (N. do T.)
18. Lágrimas de Cristo, em português, é um vinho de origem italiana, especialmente produzido nas encostas do Monte Vesúvio, perto da cidade de Nápoles. (N. do R.)

o tafetá para se passar a mão. — Ei, ei! — *Exhoc in hoc*[19]. Não há encantamento. Vós todos vistes...[20] — Oh bebedores! Ó alterados! Pajem, meu amigo, enche o copo com esse vinho cardinalício. *Natura abhorret vacuum*[21]. — Estás me dizendo que uma mosca ainda beberia aí? — *À moda da Bretanha*[22], vamos, vamos a este vinho. — Bebei, que é medicinal.

CAPÍTULO VI
DE COMO GARGÂNTUA NASCEU DE UM MODO BEM ESTRANHO

Enquanto os beberrões conversavam dessa maneira, Gargamela começou a sentir dores embaixo, o que fez Grandgousier levantar-se da relva, e tratá-la com carinho, pensando que fossem as dores do parto, e lhe dizendo que se estendesse na relva, embaixo dos salgueiros, que dentro em pouco iria melhorar, pois lhe convinha tomar nova coragem para o nascimento do bebê, e que ainda que a dor fosse um tanto forte, todavia seria breve, e a alegria que viria depois iria fazê-la esquecer o aborrecimento, de modo que só lhe restava resignar-se.

— Eu o provo — disse-lhe. — Nosso Salvador, disse no Evangelho *Johannis XVI*: "A mulher, na hora do parto, tem tristeza; mas depois do parto, não lhe resta coisa alguma da sua angústia". — Ah! — disse ela. — Falais bem: e gosto muito mais de ouvir esses preceitos do Evangelho, muito mais do que de ouvir a vida de Santa Margarida ou alguma outra semelhante[23]. — Tem a coragem da ovelha: despacha esse, que muito em breve faremos outro. — Ah! — disse ela. — falais muito à vontade, vós, os homens. Por Deus, farei força, pois te agrada. Mas quisesse Deus que o tivesse cortado! — O quê? — disse Grandgousier. — Ah!, disse ela, como és inocente! Sabes muito bem o que é. — Meu membro? — disse ele. — Com mil demônios! Se queres isso, manda buscar uma faca. — Ah! — disse ela. — Deus tal não permita! Deus me perdoe, eu falei da boca pra fora, e não penses mais nisso. Mas hoje estou que não me aguento mais, se Deus não me ajudar, e tudo por causa de teu membro, enquanto estás muito à vontade. — Coragem! Coragem! Não te preocupes com o resto, e deixa por conta dos quatro bois da frente. Vou beber mais um pouquinho. Se sentires mal, virei logo para junto de ti; basta assoviares para me chamar.

Pouco tempo depois, ela começou a suspirar, a se lamentar e a gritar. De súbito, apareceram parteiras de todos os lados. E, apalpando por baixo, encontraram

---
19. Tira daí e põe aqui. (N. do T.)
20. Há aqui um período intraduzível, porque são palavras truncadas, imitando o gaguejar dos bêbedos.
21. A natureza tem horror ao vácuo. (N. do T.)
22. À moda da Bretanha: beber até o fundo do copo. (N. do T.)
23. Era costume fazer a leitura da vida de Santa Margarida durante o parto. (N. do T.)

aparas de pele, de muito mau cheiro, e pensaram que fosse o filho; mas eram os fundos que se lhe escapavam, devido ao amolecimento do intestino grosso, por ter comido muita tripa, como dissemos acima. Então, uma horrível velha que lá se encontrava, e que tinha fama de ser grande curandeira, e viera de Brisepaille, perto de Saint-Genou, há mais de sessenta anos, aplicou-lhe um restringente tão terrível, que todas as peles ficaram tão apertadas e cerradas, que muito dificilmente, com os dentes, poderiam ser alargadas, o que é bem horrível de se pensar; mesmo assim, conseguiram alargá-las à maneira do diabo, que na missa de São Martinho, escrevendo tudo o que falavam duas mulheres, teve de esticar seu pergaminho com os dentes.

Por causa desse inconveniente, foram relaxados por cima os cotilédones da matriz pelos quais passou o menino, e entrou na veia cava, trepando pelo diafragma até acima dos ombros, onde a dita veia se divide em duas, tomou caminho à esquerda e saiu pela orelha sinistra. Logo que nasceu, não gritou como as outras crianças: — Nhenhen! —, mas exclamou, em voz bem alta: — Beber, beber, beber! — como convidando todo o mundo a beber, com tanta força que foi ouvido em toda a região de Beusse e Bibarois. Talvez não acrediteis nessa estranha natividade. Se duvidais, nada posso fazer; mas um homem de bem, um homem de bom senso, acredita sempre no que lhe dizem e que vê por escrito. Não diz Salomão, *proverbiorum* XIV: *Innocens credit omni verbo*, etc.[24], e São Paulo, *prim. Corinthior*. XII: *Charitas omnia credit*?[25] Por que não acreditareis? Porque, diríeis, não tem aparência. E eu vos digo que, só por essa causa, devereis acreditar, com fé perfeita, pois os sorbonistas dizem que a fé é argumento das coisas destituídas de aparência.

Será contra a nossa lei, a nossa fé, contra a razão, contra as Santas Escrituras? De minha parte, nada encontro nas Bíblias santas que seja contra tal coisa. Mas se a vontade de Deus assim for, achais que ele não pode fazer? Ah! por favor, não perturbeis jamais os vossos espíritos com esses vãos pensamentos. Pois eu vos digo que, para Deus, nada é impossível. E se ele quisesse que, de agora em diante, as mulheres parissem seus filhos pela orelha? Baco não foi engendrado da coxa de Júpiter? Roquetaillade não nasceu do calcanhar de sua mãe? Papa-Moscas do chinelo de sua ama? Minerva não nasceu da cabeça de Júpiter, saindo pela orelha? Adonis da casca da árvore da mirra? Castor e Pollux não saíram de dentro da casca de um ovo que Leda botou? Mas iríeis ficar muito mais surpresos e espantados se eu aqui vos expusesse todo o capítulo em que Plínio fala de partos estranhos contra a natureza. E, todavia não sou um mentiroso tão seguro como ele foi. Lede o livro sétimo de sua *História Natural*, cap. 3, e não me contesteis mais.

---

24. O inocente acredita em todas as palavras. (N. do T.)
25. A caridade crê em tudo? (N. do T.)

CAPÍTULO VII
DE COMO O NOME FOI DADO A GARGÂNTUA E DE COMO ELE ENTROU NA VINHAÇA

O simpático Grandgousier, bebendo e se divertindo com os outros, ouviu o grito horrível que o filho dera ao entrar na luz deste mundo quando bradava: — Beber, beber, beber! — e exclamou: — Que garganta a tua! — Ouvindo isso, os presentes disseram que, realmente, ele deveria ter o nome de "Gargântua", pois essa fora a primeira palavra de seu pai, depois do seu nascimento, à imitação e ao exemplo dos hebreus. O que foi aceito por aquele e agradou muito à sua mãe. E, para apaziguá-lo, deram-lhe de beber à farta, e foi levado à pia batismal, e batizado, como é costume dos bons cristãos. E mandaram vir dezessete mil novecentas e treze vacas de Paultille e de Brehemon, para aleitá-lo ordinariamente, pois lhe achar ama de leite suficiente não era possível em todo o país, considerando a grande quantidade de leite necessária para alimentá-lo (se bem que alguns doutores scotistas[26] tenham afirmado que sua mãe o amamentou e que podia tirar de seus seios mil e quatrocentas pipas de leite de cada vez).

O que não é verossímil. E a proposição foi declarada mamariamente escandalosa, ofensiva aos ouvidos piedosos e cheirando de longe a heresia. E, naquele estado, ficou o menino até um ano e dez meses, no fim de cujo tempo, por conselho médico, começaram a carregá-lo: e foi construído um carro de bois inventado por Jehan Denyau, dentro do qual o levaram, alegremente, para aqui e para ali; e era agradável vê-lo, pois tinha um bom aspecto e quase dezoito queixos, e gritava pouco, mas defecava a toda a hora, pois era maravilhosamente flegmático das nádegas, tanto por disposição natural como pelo hábito de beber demais. E bebia por qualquer motivo. Se era despido, se se irritava, se se aborrecia, se fazia manha; se tremia, se chorava, se berrava, traziam-lhe bebida, e ele logo ficava quieto e alegre. Uma de suas governantas me disse, jurando por sua fé, que ele estava tão acostumado com aquilo que, ao simples ruído dos copos e garrafas, entrava em êxtase, como se estivesse gozando as delícias do paraíso. De sorte que elas, considerando essa compleição divina, para o alegrar pela manhã, faziam soar os copos com uma faca, ou os frascos e as jarras com as suas tampas. A cujo som ele ficava atento, se estremecia, e ele mesmo se ninava, meneando a cabeça, estalando os dedos e abaritonando o cu.

CAPÍTULO VIII
DE COMO SE VESTIA GARGÂNTUA

Sendo ele chegado à idade, seu pai ordenou que lhe fizessem vestimentas com as suas cores, que eram o branco e o azul. Tratou-se disso, de fato, e foram feitas, cortadas e cozidas as vestes, de acordo com a moda do tempo. Nos ar-

---

26. Discípulos de Duns Scot, teólogo e filósofo escolástico, muito conceituado na Idade Média. (N. do T.)

Gargântua e seus pais, xilogravura de Gustave Doré. (Wikimedia Commons)

quivos antigos que se encontram na contadoria de Montsoreau, verifiquei que ele se vestiu do modo que se segue:

Para a camisa, foram gastas novecentas varas de pano de Chastelerand e duzentas para a parte almofadada que se põe por baixo dos sovacos. Para o perponte do gibão, foram usadas oitocentas e treze varas de cetim branco, e para os alamares, mil quinhentas e nove e meia peles de cães. Então, começou-se a prender o calção ao gibão, e não o gibão ao calção, pois é coisa contra a natureza, como fartamente declarou Ockam[27] sobre o trabalho de M. Haulte-Chaussade. Para os calções foram gastas mil cento e cinco varas e um terço de estamenha branca, e foram recortados em forma de colunas estriadas e ameadas, a fim de não esquentar os rins. E acompanhava por dentro o recorte de damasco azul, tanto quanto era necessário. E notai que ele tinha belas pernas, bem proporcionadas com o resto da estatura.

Para a braguilha, foram gastas dezesseis varas e um quarto daquele mesmo pano, e foi em forma de um arcobotante, bem presa a dois ganchos de esmalte, em cada um dos quais estava engastada uma bela esmeralda, do tamanho de uma laranja. Pois, como diz Orfeu, *Libro de Lapidibus*, e Plínio, *libro ultimo*, a esmeralda tem a virtude eretriz e confortante do membro natural. A abertura da braguilha tinha o comprimento de uma vara, debruada como os calções, com o damasco azul pendente para diante. Vendo o belo bordado de canutilho e os lindos entrelaçamentos de ourivesaria guarnecidos de valiosos rubis, valiosas turquesas, valiosas esmeraldas e pérolas pérsicas, tê-la-íeis comparado a uma bela cornucópia, tal como vemos nas antigualhas e como deu Reia às duas ninfas Adrasteia e Ida, amas de Júpiter: sempre galante, suculenta, sempre verdejante, sempre florescente, sempre frutificante, cheia de humores, cheia de flores, cheia de frutos, cheia de todas as delícias. Confesso a Deus que era agradável de se ver. Mas falarei disso mais amplamente no livro que escrevi sobre "A Dignidade das Braguilhas". De qualquer maneira, ficais sabendo que ela era bem comprida e bem larga, estava bem guarnecida por dentro e bem servida, em nada se parecendo com as hipócritas braguilhas de muitos peralvilhos, que não guardam dentro senão vento, para decepção do sexo feminino.

Para os sapatos, foram usadas quatrocentas e seis varas de veludo azul e carmesim, que foi recortado cuidadosamente em linhas paralelas, juntadas em cilindros uniformes. Para a sola dos mesmos foram empregadas mil e cem peles de vaca escura, cortadas com rabo de merluza.

---

27. William de Ockham (ou Guilherme de Ockham, c. 1287–1347) foi um teólogo, filósofo e frade franciscano inglês, conhecido como uma das figuras mais importantes do movimento escolástico do final da Idade Média. (N. do R.)

Para o saio foram usadas mil e oitocentas varas de veludo azul, bordado com belas figuras, e tendo no meio pintas de prata de canutilho, presas a fios de ouro com muitas pérolas, denotando que ele seria um janota de verdade.

No cinto foram gastas trezentas varas e meia de sarja de seda, metade branca e metade azul, se não me engano.

A sua espada não foi valenciana, nem o seu punhal saragoçano, pois seu pai odiava todos aqueles fidalgos borrachos, brigões como diabos; mas ele teve uma bela espada de pau e um punhal de couro cozido, pintados e dourados capazes de agradar a qualquer um.

A bolsa foi feita do saco de um elefante, oferecido por Pracontal, procônsul da Líbia.

Para a túnica, usaram-se nove mil e seiscentas varas menos dois terços de veludo também azul, todo enfeitado de ouro em disposição diagonal, de que saía, por perspectiva, uma cor que não tem nome, que se vê no pescoço das rolinhas, a qual agradava maravilhosamente os olhos dos espectadores.

Para o barrete, empregaram-se trezentas e duas varas e um quarto de veludo branco, e seu formato era grande e redondo, de acordo com a capacidade da cabeça. Pois seu pai dizia que os barretes em estilo marrano, parecidos com uma casca de empada, poderiam não dar muita sorte a quem os usasse.

O penacho era uma bela pena azul, tirada de um onocrotal[28] da Hircânia, retirada cuidadosamente de perto de sua orelha direita.

Como enfeite, tinha, em uma corrente de ouro pesando sessenta e oito marcos, uma figura de esmalte de fina qualidade, na qual estava representado um corpo humano tendo duas cabeças, uma virada para a outra, quatro braços, quatro pernas e dois cus, tais como disse Platão, *in Symposio* ter sido a natureza humana em seu começo místico, e, em torno, estava escrito em letras jônicas:

Η ΛΓΛΠ ΟΥ ΖΗΤΕΙ ΕΑΥΤΗΣ[29]

Para levar no pescoço, havia uma corrente de ouro pesando vinte e cinco mil e sessenta e três marcos de ouro, feita de grandes elos, entre os quais havia grandes jaspes verdes gravados e talhados em forma de dragões, todos rodeados de raios e faíscas, como levava outrora o rei Necepsos, e descia até a boca do alto-ventre, de onde toda a vida tira o seu emolumento, como sabem os médicos gregos.

---

28. Onocrotal: aquele cujo grito se assemelha ao zurro do asno; derivado do grego ónos (ὄνος, "asno") e krotalon (κροταλον, "ruído" ou "som estridente"). (N. do R.)
29. A caridade não busca os seus interesses (São Paulo, 1 Coríntios 13:5). (N. do R.)

Para as luvas foram gastas dezesseis peles de lontra e três de lobisomens para os punhos bordados: de tal maneira foram feitas por recomendação dos cabalistas de Sainlouand.

Quanto aos anéis (os quais quis seu pai que ele usasse para renovar o sinal antigo da nobreza), havia no dedo indicador de sua mão esquerda um carbúnculo do tamanho de um ovo de avestruz, engastado em ouro puríssimo, com muita arte. No dedo médio, ficou um anel feito de quatro metais misturados, da maneira mais maravilhosa que já se viu, sem que o aço arranhasse o ouro, e sem que a prata alterasse o cobre. Tudo feito pelo capitão Chappuys e por Alcofribas, seu bom auxiliar. No dedo médio da destra, havia um anel feito em forma de espiral, ao qual estavam engastados um rubi perfeito, um diamante pontudo e uma esmeralda de Physon, de valor inestimável. Pois Hans Carvel, grande lapidário do rei de Melinda, calculava o seu preço em sessenta e nove milhões e oitocentos e noventa e quatro mil e dezoito carneiros com toda a lã; a mesma avaliação foi feita pelos Fourques de Augsburgo.

CAPÍTULO IX
AS CORES E A LIBRÉ DE GARGÂNTUA

As cores de Gargântua eram branco e azul, como podeis ter lido há pouco. E por elas queria seu pai dizer que ele era uma alegria celeste. Pois o branco significa alegria, prazer, delícias e regozijo, e o azul, coisas celestiais. Sei muito bem que, lendo estas palavras, ireis zombar do velho bebedor, e dizer que a interpretação das cores que ele fez é falsa e tola; e direis que branco significa fé, e azul, constância. Mas, sem vos irritardes ou exaltardes (pois o tempo é perigoso), respondei-me por favor. Não usarei contra vós nenhum constrangimento; apenas vos direi algumas palavras:

Quem vos induz a acreditar, quem vos diz que o branco significa fé, e azul constância? Um livro, direis, um livro embolorado[30]. Vendido pelos bufarinheiros, intitulado *O Brasão das Cores*.

Quem o fez? Quem quer que tenha sido, foi muito prudente, pois não pôs o seu nome[31]. De resto, não sei o que nele devo mais admirar, se a sua fatuidade ou se a sua tolice.

Sua fatuidade, que, sem razão, sem causa e sem aparência, atreveu-se a prescrever, por sua autoridade privada, que coisas seriam denotadas pelas cores; o que

---

30. No original, trepelu, palavra do francês arcaico que queria dizer barbudo ou bolorento. Trata-se de um trocadilho. O vocábulo soa quase como *"três peu lu"*, muito pouco lido. (N. do T.)
31. O *Blason des Couleurs*, livro bastante popular em sua época, é de autoria desconhecida, embora traga o nome de Sicile, arauto do Rei Afonso V de Aragão. (N. do R.)

é o uso dos tiranos, que querem que seu arbítrio ocupe o lugar da razão; não dos sensatos e dos sábios, que contentam os leitores com razões manifestas.

Sua tolice que estimou que, sem outras demonstrações e argumentos valiosos, o mundo regularia as suas divisas por suas imposições pacóvias.

De fato, como diz o provérbio, "em cu de cagão não falta merda"; e assim foi que ele encontrou alguns pascácios do tempo dos Chapéus altos[32] que acreditaram em seus escritos, de acordo com os quais compuseram seus apotegmas e lemas, ataviaram suas mulas, vestiram seus pajens, esquartelaram os seus calções, bordaram suas luvas, franjaram seus leitos, pintaram suas insígnias, compuseram canções e (o que é pior) praticaram imposturas e falsidades clandestinamente, entre as pudicas matronas. Em iguais trevas estão compreendidos aqueles gloriosos da corte e transferidores de nomes, os quais, querendo que aos vaidosos cortesãos a sua divisa signifique esperança, apresentam uma esfera; penas de aves por pena, pesar; ancolia por melancolia; a lua bicorne por crescimento; um banco quebrado por bancarrota; um leito sem dossel por um licenciado[33].

O que são homonímias tão ineptas, tão tolas, tão rústicas e bárbaras, que se deveria prender um rabo de raposa na gola e fazer uma máscara de bosta de boi para cada um desses que querem de agora em diante abusar na França, depois da restituição das belas letras.

Pela mesma razão (se de razão se pode falar, e não de sonhos) farei tomar um cesto, significando que me faz penar[34]. E um pote de mostarda, porque meu coração mui tarda em se rejubilar. E o urinol é um oficial[35].

De modo bem diferente faziam, em tempos de outrora, os sábios do Egito, quando escreviam por letras que chamavam de hieróglifos, as quais eram entendidas por todo aquele que conhecesse a virtude, a propriedade e a natureza das coisas por elas figuradas; das quais Orus Apolo compôs dois livros em grego, e Polífilo, no Sonho de Amores, as expôs vantajosamente. Na França, tendes um exemplo na divisa do Senhor Almirante, a qual foi usada primeiro por Otaviano Augusto[36]. Mas a minha nau não fará vela entre esses redemoinhos e escolhos desagradáveis. Volto a fazer escala no porto de onde saí. Bem tenho esperança de escrever um dia mais amplamente sobre o assunto, e mostrar, tanto por meio de razões filosóficas,

---

32. Moda que precedera à dos chapelões. (N. do T.)
33. Trocadilho: *lict sans ciel* (leito sem dossel, ou seja, uma cama sem cobertura) e *licentié* (pessoa licenciada, que possui um grau acadêmico). (N. do R.)
34. Trocadilho: *panier* (cesto) e *pener* (sofrer, penar), explorando a semelhança sonora entre as palavras. (N. do R.)
35. "*Official*" = *pot de chambre* (urinol), no francês arcaico. Foram omitidos dois jogos de palavras que não teriam nenhum sentido em português. (N. do T.)
36. O almirante de que aqui se trata é provavelmente Philippe Chabot de Brion, que morreu em 1543. Suas armas eram uma âncora e um golfinho, mas a divisa e o emblema parecem ter pertencido a Tito, e não a Augusto. (N. do T.)

como por autoridades recebidas e aprovadas de toda a antiguidade, quais e quantas cores existem na natureza, e o que cada uma delas pode designar, se Deus me conservar a piolhenta, ou o jarro de vinho, como dizia minha avó[37].

CAPÍTULO X
DO QUE SIGNIFICAM AS CORES BRANCA E AZUL

O branco significa, pois, alegria, despreocupação e júbilo, e não sem razão significa, mas por direito e justo título. O que podereis verificar, se, pondo de lado vossos juízos prévios, ouvirdes o que agora vos exporei.

Aristóteles disse que, supondo-se duas coisas contrárias em sua espécie, como o bem e o mal, a virtude e o vício, o frio e o calor, o branco e o negro, a volúpia e a dor, a alegria e o pesar, e assim outras e outras, se as juntarmos de tal modo que o contrário de uma espécie convenha razoavelmente ao contrário de uma outra, tem-se de deduzir que o outro contrário compete com o outro resíduo. Exemplo: a virtude e o vício são contrários em uma espécie, assim como o bem e o mal. Se o contrário de uma espécie concorda com um da outra, como a virtude e o bem (pois é certo que a virtude é boa), assim se dará com os dois opostos, que são o mal e o vício, pois o vício é mau.

Tendo-se entendido essa regra lógica, tomemos dois contrários, alegria e tristeza; depois outros dois, branco e negro, pois são contrários fisicamente. Se, portanto, o negro significa luto, é claro que o branco significará alegria.

E não é essa significação instituída por imposição humana, mas recebida por consentimento de todo o mundo, o que os filósofos chamam de *jus gentium*, direito universal, válido para todos os países, como sabeis que todos os povos, todas as nações (exceto os siracusanos e alguns argivos[38], que tinham a alma enviesada), todos os idiomas, todos os que quiserem demonstrar exteriormente a sua tristeza, vestem roupas negras; e todo luto é representado pelo negro. E esse consentimento universal não é forjado, a natureza não oferece a seu favor qualquer argumento ou razão; cada um de nós pode, de súbito, por si mesmo, compreendê-lo, sem ser instruído por ninguém, e é o que chamamos de lei natural. Para o branco, pelas mesmas injunções da natureza, todo o mundo tem entendido alegria, júbilo, despreocupação, prazer e deleite.

Nos tempos passados, os trácios e os cretenses assinalavam os seus dias afortunados com pedras brancas, e os tristes e infortunados com pedras negras. A noite não é funesta, triste e melancólica? É negra e escura por privação. A claridade não alegra toda a natureza? Ela é branca mais que qualquer outra coisa. Para provar eu poderia

---
37. Trocadilho com *testa* (em latim: qualquer vaso de barro cozido) e *tête* (cabeça). (N. do T.)
38. Segundo Plutarco, os siracusanos e os habitantes de Argos usavam túnicas brancas para o luto. (N. do T.)

recomendar-vos o livro de Laurens Valle contra Bartolo, mas o testemunho evangélico vos bastará. Mat., XVII diz que, na transfiguração de Nosso Senhor, *vestimenta ejus facta sunt alba sicut lux*: suas vestes tornaram-se brancas como a luz.

Por essa brancura luminosa, dava a entender aos seus três apóstolos a ideia e a figura das alegrias eternas. Pois com a claridade rejubilam-se todos os humanos. Como se conta de uma velha que não tinha dentes na boca, mas ainda dizia: *Bona lux*. E Tobias, cap. V, quando perdeu a vista e Rafael o saudou, respondeu: "Que alegria poderia eu ter, se não vejo a luz do céu?" Em tal cor testemunham os anjos a alegria de todo o universo na ressurreição do Salvador (*João*, 20) e em sua ascensão (Atos, 1). De semelhante roupagem viu São João Evangelista (*Apoc*. 4 e 7) os fiéis vestidos na celeste e beatífica Jerusalém.

Lede a Histórias Antigas da Grécia e de Roma, e vereis que a cidade de Alba (primeira patrona de Roma) foi fundada e assim denominada por causa de uma porca branca. Vereis que todo homem, depois de alcançar vitória sobre inimigos, teria, por decreto, de entrar em Roma em triunfo, e o fazia via de regra num carro puxado por cavalos brancos. O mesmo acontecia com aquele que entrava com ovação: pois por nenhum sinal ou cor melhor poderiam expressar a alegria pela sua vinda do que pela brancura. Vereis que Péricles, general dos atenienses, quis, por parte de seus soldados, que os que estivessem por acaso atacados da febre branca passassem todo o dia em repouso, alegres e descuidados, enquanto os outros batalhavam. Mil outros exemplos a propósito eu poderia citar, mas não é aqui o lugar apropriado.

Mediante esse conhecimento, podeis resolver um problema que Alexandre Afrodiseu considerava insolúvel: "Por que o leão, de quem bastam o grito e o rugido para espantar todos os animais, somente teme e respeita o galo branco?" Pois, como diz Proclo, *libro de Sacrificio et Magia*, é porque a presença das virtudes do Sol, que é o órgão e a fonte de toda a luz terrestre e sideral, se mostra mais simbolizante e competente no galo branco, tanto por sua cor como por sua propriedade e ordem específica, do que no leão. Diz ele ainda que os diabos têm sido muitas vezes vistos sob a forma de um leão e, em presença de um galo branco, desapareceram de súbito.

É por isso que os galos (são os franceses assim chamados porque são naturalmente brancos como o leite, que os gregos chamam de *gala*, gostam muito de trazer plumas brancas em seus chapéus. Pois são, por natureza, alegres, cândidos, graciosos e bem-dispostos; e por seu símbolo e insígnia têm a flor mais branca que qualquer outra: o lírio — a flor-de-lis.

Se perguntais como, pela cor branca, a natureza nos induz à alegria e ao júbilo, eu vos respondo que a analogia e a conformidade assim o ordenam, pois, como o branco exteriormente dispersa e espalha a vista, dissolvendo manifestamente os espíritos videntes, segundo a opinião de Aristóteles, em seus tratados sobre problemas e perspectivas, o mesmo podereis perceber por experiência própria, quando atravessardes montes cobertos de neve vos queixardes de não enxergar direito assim como relata Xenofonte ter acontecido com os seus homens, e como Galeno expõe amplamente, *libro X de Usu Partium*. Assim sendo, o coração quando há alegria excessiva, fica interiormente dilatado e sofre a manifesta atuação dos espíritos vitais, a qual pode crescer tanto, que o coração acabe por ficar privado de seu sustento, e, por conseguinte, a vida se extinguiria por causa daquela alegria excessiva, como diz Galeno, *lib. XII, Method., libro V de Locis affectis, et libro II de Symptomaton causis*. E como, nos tempos passados, testemunharam Marco Túlio, *libro I Quaestion. Tuscul*. Varro, Aristóteles, Tito Lívio, depois da batalha de Canes, Plínio, *li. VII, cap. 32 e 53, A. Gélio, lib. III, 45 e outros*; com Diágoras de Rodes, Quílon, Sófocles; Dionísio, o tirano da Sicília, Filípides Filemon, Polícrates, Filiston, M. Juvento e outros, que morreram de alegria. E, como diz Avicena, *in 2 canone, et libro De Viribus Cordis*, do diafragma, o qual tanto se alegra o coração que o despoja de vida se toma uma dose excessiva, por resolução e dilatação supérflua. Vede a respeito Alex. Afrodiseu, *libro primo Problematum*, cap. 19, que explica bem. Mas, o quê? Estou indo além nesta matéria do que pretendia no começo. Aqui, portanto, arriarei as minhas velas, dando o assunto por encerrado e prosseguindo o livro. Entrementes, só mais uma palavrinha para dizer que o azul certamente significa o céu e as coisas celestiais, pelas mesmas razões e alegações segundo as quais o branco significa alegria e prazer.

CAPÍTULO XI
DA ADOLESCÊNCIA DE GARGÂNTUA

Dos três até os cinco anos, Gargântua foi nutrido e instruído com toda a disciplina conveniente, por ordem de seu pai, e o seu tempo se passou como dos meninos do país: quer dizer, bebendo, comendo e dormindo; comendo, dormindo e bebendo; dormindo, bebendo e comendo.

Sempre rolava na lama, esgaravatava o nariz, perseguia muitas vezes as moscas, gostava de correr atrás das borboletas, mijava nos sapatos, cagava na camisa, limpava o nariz com a manga, cuspia dentro da sopa, e se chafurdava à vontade; bebia em seu chinelo e esfregava frequentemente um cesto no ventre. Tinha os dentes sujos, as mãos pior ainda, sentava-se entre dois bancos, de bunda no chão, cobria-se com um pano molhado, bebia a sopa de uma vez, comia o folhado sem pão, mordia rindo, ria mordendo, escarrava na bacia muitas vezes, peidava à farta, mijava contra o sol, se escondia da chuva na água, esfolava a raposa, ensinava o padre-nosso ao Vigário, voltava à vaca-fria, batia no cão diante do leão, punha o carro adiante dos bois, aparecia onde não era chamado, tirava as castanhas com a mão do gato, metia dois proveitos em um só saco, pegava moscas com vinagre, olhava o dente do cavalo dado, não perdia a sopa do prato à boca, todas as manhãs esfolava a raposa. Os cãezinhos de seu pai comiam em sua escudela; ele também comia com eles. Mordia-lhes as orelhas, e eles lhe mordiscavam o nariz; soprava-lhes o cu, eles lhe lambiam as faces. E sabeis o que são as crianças? Deveis estar tontos. Aquele sem-vergonhazinho já apalpava as governantas na frente e nas costas, e já estava começando a exercitar a sua braguilha. A qual, todos os dias, as suas governantas enfeitavam com belos ramalhetes, belas fitas, belas borlas, e passavam o tempo a fazê-lo crescer dentro de suas mãos, como se fosse um rolo de unguento. Depois, se esbaldavam de rir, quando ele levantava as orelhas, como se estivesse gostando muito da brincadeira. Uma chamava de minha rolinha, outra de meu pedacinho de coral, meu batoque, meu botão, meu broto, meu pingente, meu chouricinho vermelho.

— É minha — dizia uma. — É minha — dizia outra. — E eu não terei nada? — perguntava uma terceira. — Palavra de honra que, então, o cortarei. — Ei! Cortar? — protestava uma outra.

— Faria muito mal. Cortar a coisinha dos meninos? E depois de homem? — E, para distraí-lo, como todas as crianças do país, fizeram um belo moinhozinho de brinquedo com as asas do moinho de vento de Mirebalais.

CAPÍTULO XII
DOS CAVALOS FACTÍCIOS DE GARGÂNTUA

Depois, a fim de que ele fosse um bom cavaleiro por toda a vida, fizeram-lhe um belo e grande cavalo de pau, o qual ele fazia correr, saltar, voltear, escoucinhar e dançar ao mesmo tempo; ir a passo, a trote, a galope, de furta-passo, com a andadura de um cavalo escocês, com passo de camelo e com passo de burro. E o fazia mudar de pelo, como fazem os monges com a dalmática, segundo as festas: baio, alazão, castanho, pedrês, ruço, malhado, preto, branco, cor de burro quando foge.

Ele mesmo, com um grande barrote, fez um cavalo para a caça; um outro do fuste de lagar para todos os dias, e, com um grande carvalho, uma mula com os arreios, para o quarto. E ainda teve dez ou doze para a muda e sete para a posta, e fazia todos se deitarem perto dele. Um dia, o senhor de Painensac visitou seu pai, com todo o aparato e cerimonial, e no mesmo dia tinha ido também o Duque de Francrepas e o Conde de Mouillevent. Palavra de honra que os alojamentos foram pequenos para tanta gente, e principalmente as estrebarias; então, o mordomo e o furriel do dito Senhor de Painensac, para saberem se ainda havia na casa estrebarias vagas, dirigiram-se a Gargântua, jovem adolescente, perguntando-lhe em segredo onde estavam as estrebarias dos grandes cavalos, pensando que as crianças de boa vontade contam tudo que sabem. Quando ele os levou, pela grande escadaria do castelo, passando pela segunda sala de uma grande galeria, pela qual entraram em uma grande torre, e subiram outra escada, disse o furriel ao mordomo: — Esse menino está zombando de nós, pois as estrebarias não ficam jamais no alto das casas. — Estás enganado — retrucou o mordomo —, pois eu sei de lugares em Lião, na Basnette, em Chaisnon e outros, em que as estrebarias ficam em cima dos alojamentos. Assim pode ser que atrás tenha saída para as cavalariças[39]. Mas vou perguntar para ter certeza.

Então perguntou a Gargântua: — Meu menino, aonde nos levas? — À estrebaria dos meus grandes cavalos. Estamos quase chegando. Basta subir esta escada.

Depois, passando por outra grande sala, os levou ao seu quarto e abrindo a porta, disse: — Eis a estrebaria que procurais: eis meu ginete, meu cavalo castrado, meu cavalo da Gasconha, meu furta-passo. — E, entregando-lhes uma pesada trave, acrescentou: — Eu vos dou este frisão; veio de Frankfurt, mas podeis ficar com ele; é um bom cavalinho, muito resistente; com um falcão, meia dúzia de espanhóis e de dois galgos, sereis os reis das perdizes e das lebres durante todo este inverno. — Para o São João — responderam eles —, estamos bem; ficamos com este. — Eu vos nego — disse ele. — Ele não está senão há três dias aqui."

Advinhai qual dos dois tinha mais motivo de se esconder de vergonha, ou de rir por passatempo. Quando desciam eles todo confusos, Gargântua perguntou: — Quereis uma *aubeli re*? — O que é isso? — perguntaram. — São, disse ele, cinco cabrestos para fazer um açaimo. — Por hoje, disse o mordomo, se já estamos assados, não vamos nos queimar, pois acho que já temos bastante. Irás longe, menino. Algum dia te verei papa. — Assim espero, disse ele, mas, nesse dia serás uma borboleta e esse gentil papagaio será um santarrão perfeito. — Vamos ver, vamos ver – disse o furriel. — Vós não dizeis o Evangelho, retrucou Gargântua, pois ele tem sentido adiante e sentido atrás, e os contastes muito mal[40]. — Quando? — perguntou o furriel. — Quando fizestes de vosso nariz um tonel para tirar o moio de merda e de vossa goela um funil para enfiar outra pipa, pois o fundo estava vazio. — Com efeito! — disse o mordomo. — Encontramos um bem falante. Senhor engraçadinho, Deus que te guarde do mal, tanto tens a boca fresca[41].

Assim, descendo apressadamente a escada, deixaram cair a grande trave que estavam levando, o que fez Gargântua dizer: — Que diabo! Sois maus cavaleiros! Ireis sentir falta. Se quereis ir a Cahusac, que podereis querer mais do que cavalgar um ganso ou puxar uma porca pelo cabresto? — Eu quero é beber! — disse o furriel.

E, assim dizendo, entraram na sala de baixo, onde se encontrava todo o bando, e, contando aquele novo caso, fizeram com que todos rissem às gargalhadas.

---

39. As casas apoiadas em uma elevação de terreno podiam ter a estrebaria na parte de cima. (N. do T.)
40. Jogo de palavras, com *sens*, sentido, e *cent*, cem. (N. do T.)
41. *"Bouche fra che"*, a boca de um cavalo espumando ou babando. (N. do T.)

CAPÍTULO XIII
DE COMO GRANDGOUSIER CONHECEU O ESPÍRITO MARAVILHOSO DE GARGÂNTUA COM A INVENÇÃO DO LIMPA-CU

No fim do quinto ano, Grandgousier, voltando da derrota dos canarinos, visitou seu filho Gargântua. Lá se regozijou, como qualquer pai o faria, vendo um tal filho. E beijando-o e abraçando-o, interrogou-o sobre os seus propósitos pueris, de vários modos. E bebeu por isso, com ele e as suas governantas, sobre as quais indagou, com cuidado, se tinham se comportado bem. Ao que Gargântua respondeu que ele fora cuidado a tal ponto que em todo o país não havia menino mais limpo que ele. — Como assim? — perguntou Grandgousier. — Eu — respondeu Gargântua —, por longa e curiosa experiência, inventei um meio de me limpar o cu, o mais senhorial, o mais excelente, o mais expediente que jamais foi visto. — Qual? — disse Grandgousier. — Vou contar como foi — disse Gargântua. — Limpei-me uma vez com uma meia máscara de veludo de uma moça, e achei bom, pois a maciez de sua seda me causou uma voluptuosidade bem grande no traseiro. Uma outra vez com um véu, e foi a mesma coisa. Uma outra vez ainda com uma faixa; outra com orelheiras de cetim carmesim, mas ao arremate de um bolo de merda que lá se achava me arranhou o traseiro todo. Que o fogo de Santo Antônio[42] queime as tripas do ourives que as fez e da donzela que as usou.

— Logo que o mal passou, eu me limpei com um gorro de pajem, bem emplumado à suíça. Depois, andando atrás de uma moita, encontrei uma marta e me limpei com ela, mas as suas unhas me feriram todo o períneo. Logo que me curei, no dia seguinte, limpei-me com as luvas de minha mãe, bem perfumadas de benjoim.

— Depois me limpei com feno, aneto, manjerona, rosas, folhas de abóbora, de couve, de beterraba, de parreira, de alface e de espinafre. Tudo isso me fez muito bem à perna. Mercuriais, persicárias e consolda, mas passei muito mal, e só me curei limpando-me com minha braguilha. Depois, limpei-me com os lençóis, as cobertas, a cortina, uma almofada, um tapete, um outro tapete verde, uma toalha de mesa, um guardanapo, um lenço e um penhoar. Em tudo achei prazer, mais do que coçar uma sarna. — Então — disse Grandgousier —, qual foi o Limpa-cu que achaste melhor? — Lá chegarei — respondeu Gargântua — e bem cedo saberás o *tu autem*[43]. Limpei-me com feno, palha, crina, lã, papel, mas

---
42. No original: "*le feu sainct Antoine*". Parece tratar-se de um trocadilho, pois *le feu* tanto pode ser "o fogo" como "o defunto". (N. do T.)
43. Significa "o fim", porque as lições do breviário terminam muitas vezes com as palavras: *Tu autem Domine*, "mas tu, Senhor". (N. do T.)

Sempre os culhões arranha, com certeza,
Quem com papel do cu faz a limpeza.

— O quê? — exclamou Grandgousier. — Estás adiantado assim, meu filhinho? Já sabes até rimar? — Sim, meu rei — respondeu Gargântua. — Rimo, ritmo e muitas vezes resfrio[44]. Escuta só estes versinhos:

Porcão,
cagão.
Peidorreirão

A gente fica exposta
À tua bosta.

De Santo Antônio o fogo há de queimar-te
Se em toda a parte
Do teu corpo os buracos não limpares
Antes de ires daqui para outros ares.

— Queres mais? — Quero, sim — respondeu Grandgousier. — Então, lá vai — disse Gargântua.

RONDÓ

Compreendi, cagando, um dia:
Vale meu cu bem mais que zero.
E assim pensei, sendo sincero:
É mesmo muita porcaria.

Ah! Se alguém, por cortesia,
Trouxesse aquela que espero,
Cagando.

Pois que assim eu poderia
Seu cu de urina ter como quero,
E ela também meu nobre e fero,
Meu cu de merda apalparia,
Cagando.

---

44. Jogo de palavras com *rimer* (rimar), *rhythmer* (ritmar) e *enrumer* (resfriar-se), explorando a semelhança sonora entre os termos. (N. do R.)

— Dize agora que não sei nada. Para falar a verdade, não fui eu que fiz estes versos, mas os decorei, quando ouvi recitá-los uma grande dama que veio aqui. — Voltemos ao assunto — disse Grandgousier. — Qual? — perguntou Gargântua. — Cagar? — Não — disse Grandgousier. — Mas limpar o cu. — Mas — disse Gargântua —, queres pagar meia pipa de vinho bretão, se eu voltar a esse assunto? — Pois não — concordou Grandgousier. — Não há necessidade de limpar o cu senão quando está sujo. Ora, ele não pode estar sujo se não tivermos cagado; logo, temos de cagar antes de limpar o cu. — Oh! Como és inteligente, meu filhinho! — exclamou Grandgousier. — Dentro de poucos dias vou te fazer doutor na gaia ciência, pois, por Deus, tens o entendimento muito superior à tua idade. E agora voltemos àquele assunto limpacutivo, peço-te. E, por minha barba, terás não meia pipa, mas sessenta pipas desse bom vinho bretão, que, por sinal, não é feito na Bretanha, mas no país de Verron.

— Depois — disse Gargântua —, eu me limpei com um gorro, um chinelo, uma bolsa, um cesto, mas que limpa-cu desagradável! Depois com um chapéu. Mas vê que os chapéus são, uns lisos, outros peludos, outros aveludados, outros de tafetá, outros de cetim. O melhor de todos é o peludo, pois faz boa absorção da matéria fecal.

Depois, eu me limpei com uma galinha, um galo, um frango, um couro de boi, uma lebre, um pombo, um alcatraz, uma pasta de advogado, uma touca.

Mas, concluindo, digo e sustento que não há limpa-cu igual a um ganso novinho, bem emplumado, contanto que se mantenha a cabeça dele entre as pernas. E pode acreditar, palavra de honra. Pois a gente sente no olho do cu uma volúpia mirífica, tanto pela maciez das penas, como pelo calor temperado do ganso, a qual facilmente é comunicada ao cano de cagação e a outros intestinos, até chegar à região do coração e do cérebro.

E não penses que a beatitude dos heróis e semideuses, que estão nos Campos Elísios, esteja no abrótano, na ambrosia ou no néctar, como dizem estas velhas. Está, segundo penso, em limparem o cu com um ganso novo. Esta é a opinião de Mestre Jehan da Escócia.

CAPÍTULO XIV
DE COMO GARGÂNTUA FOI INSTRUÍDO POR UM SOFISTA EM LETRAS LATINAS

Ouvidos esses propósitos, o bom Grandgousier ficou arrebatado de admiração, considerando o alto senso e o maravilhoso entendimento de seu filho Gargântua. E disse às suas governantas: — Filipe, rei da Macedônia, conheceu o bom senso de seu filho Alexandre ao vê-lo dirigir destramente um cavalo. Pois o referido cavalo era tão terrível e desembestado, que ninguém se atrevia a cavalgá-lo, porque ele derrubava todos os cavaleiros: a um quebrando o pescoço, a outro as pernas, a outro a cabeça, e a outro a mandíbula. O que vendo Alexandre no hipódromo (que era o lugar onde se adestravam os cavalos), notou que o furor do cavalo vinha apenas do medo que ele tinha de sua sombra. E assim, cavalgando-o, o fez correr no rumo do Sol, de modo que a sombra caía para trás; e, por esse meio, tornou o cavalo dócil às suas ordens. No que seu pai reconheceu o divino entendimento que nele havia e o fez ser muito bem doutrinado por Aristóteles, que então era estimado acima de todos os filósofos da Grécia. Mas eu vos digo que em um só propósito que, diante de vós, ouvi agora de meu filho Gargântua, reconheço que o seu entendimento participa de alguma divindade, tanto o vejo agudo, sutil, profundo e sereno. E chegará a um grau soberano de sapiência, se for devidamente instruído. Quero, portanto, confiá-lo a algum homem sábio, para doutriná-lo segundo a sua capacidade. E nada pouparei.

De fato, foi ensinado por um grande doutor sofista, chamado Tubal Holofernes, que lhe ensinou a carta de ABC, tão bem que ele a recitava de cor e salteada; e foram cinco anos e três meses. Depois lhe leu o Donato[45], o Faceto, o Teódolo e o *Alanus in parabolis*[46], o que levou treze anos, seis meses e duas semanas.

Mas notai que, enquanto isso, ele aprendia a escrita gótica, e escrevia todos os seus livros. Pois a arte da imprensa ainda não estava em uso.

E carregava ordinariamente uma grande escrivaninha, pesando mais de sete mil quintais, cuja parte onde se colocam as penas era do tamanho das grandes colunas de Enay[47] e o tinteiro estava pendurado por grossas correntes de ferro e tinha a capacidade de uma tonelada de mercadoria.

Depois, ele leu *De modus significandi*, com os comentários de Hurtebise, Fasquin, Tropditeux, Gualehault, Jehan le Veau, Billonio, Brelingandus[48] e muitos outros; e nisso levou mais de dezoito anos e onze meses. E ficou sabendo tão bem que, no exame, recitou de cor e salteado. E provou à sua mãe que *de modis significandi non erat scientia*[49].

Depois, leu o "Compost"[50], no qual ficou dezesseis anos e dois meses, quando o dito preceptor morreu.

Em mil, quatrocentos e vinte, assim
A varíola lhe deu fim.

---

45. Ælius Donatus, célebre gramático latino e preceptor de São Jerônimo, autor de uma gramática latina amplamente utilizada durante a Idade Média. (N. do R.)
46. O *Facetus*, o *Theodulus* e as *Parábolas* de Alano faziam parte dos *Oito Autores Morais em Versos Latinos*, compilação do século XV, destinada à instrução da juventude. (N. do R.)
47. Na Abadia de Ainai, viam-se grandes colunas antigas, ruínas de um templo romano. (N. do T.)
48. Nomes, na maior parte fictícios, atribuídos a ridículos pedantes, como eram, em geral, os comentaristas medievais. (N. do T.)
49. A expressão pode ser traduzida como "não existia conhecimento sobre os modos de significar". Isso se refere a um estudo medieval da linguagem, de Jean de Garland, que abordava os modos e os métodos de como as palavras e os signos transmitem significado. (N. do R.)
50. Tradução de um livro de Aniano intitulado *Computus*, que ensinava a calcular a idade da Lua, do ciclo solar, do "número áureo", etc. (N. do T.)

Em seguida, teve outro velho professor, chamado Mestre Jobelin-Bridé, que lhe leu Hugutio[51], Hebrard Grescime, o Doutrinal, as Partes, o *Quid est*, o Supplementum; Marmotret, de *Moribus in mensa servandis*, Sêneca, *de Quatuor virtutibus cardinalibus; Passavantus cum commento; e Dormi secure*, para as festas. E alguns outros de semelhante teor; após cuja leitura ficou tão sábio quanto estava antes.

CAPÍTULO XV
DE COMO GARGÂNTUA ESTUDOU COM OUTROS PEDAGOGOS

Então, seu pai percebeu que realmente ele estudava muito bem e dedicava todo o seu tempo, e, todavia, nada aproveitava. E, o que era pior, tornava-se tolo, simplório, sempre pensativo e distraído. E se queixando disso a Don Felipe des Marais, Vice-rei de Papeligosse, ouviu dele que melhor lhe valia nada aprender, do que aprender de tais livros, com tais preceptores. Pois o seu saber não passava de tolice, e sua sapiência não passava de pedantismo, abastardando os bons e nobres espíritos e corrompendo a flor da juventude.

— Tomai — disse ele — um desses jovens do tempo presente que não estudaram mais de dois anos; no caso de não terem eles melhores propósitos e desempenho perante os outros que o vosso filho, podeis me considerar um parlapatão consumado.

De boa vontade, Grandgousier concordou com a proposta.

À noite, durante a ceia, o referido des Marais introduziu um jovem pajem seu, chamado Eudemon, tão ajuizado, tão cuidadoso em sua aparência, tão bem-educado, que mais parecia um anjinho do que um homem. Depois disse a Grandgousier:

— Vedes este menino? Ainda não tem doze anos. Vejamos, se concordais, que diferença há entre o saber de vossos sonhadores pedantes dos tempos de outrora e os jovens de hoje.

A proposta agradou a Grandgousier, e ordenou que o pajem se apresentasse. Então Eudemon, pedindo licença ao referido vice-rei, seu amo, com o gorro na mão, o rosto sorridente, a boca vermelha, o olhar firme, e encarando

---

51. Hugutio, autor de uma gramática e de um dicionário. *Gréscisme*, de Ebrard de Béthue, tratado de etimologia grega, ainda utilizado em fins do Século XV. *Docrtinale*, rudimentos da língua latina em versos, de Alexandre de Villedieu (1242). *As Partes do Discurso*, pequena gramática da mesma época. *Quid est?* (O quê é?), obra do mesmo gênero, em forma de perguntas e respostas. *Supplementum chronicorum*, resumo histórico de autoria de Felipe de Bérgamo. *Marmotrel* ou *Mammetractus*, comentários sobre a Bíblia, de Marchesini. O livro sobre os usos a observar na mesa é um pequeno poema de Jean Sulpice. *O Tratado das Quatro Virtudes Cardiais*, falsamente atribuído a Sêneca, é de Martinho, Bispo de Braga, morto em 583. Tiago Passavento, monge florentino do Século XIV, escrevia bem em italiano, mas seus comentários latinos são ridículos. *Dormir Tranquillement* era um livro de sermões, para os dias santificados. (N. do T.)

Gargântua, com juvenil modéstia, sempre de pé, começou a louvar e a exaltar primeiramente as suas virtudes e bons costumes, em segundo lugar o seu saber, em terceiro a sua nobreza e em quarto a sua beleza corporal. E, em quinto lugar, exortou-o, delicadamente, a reverenciar seu pai e obedecer-lhe em todas as circunstâncias, pois ele tanto se esforçava para bem instruí-lo; finalmente, pediu-lhe que aceitasse a homenagem do mais humilde de seus servidores, pois outro dom não pedia aos céus senão a graça de prestar-lhe algum serviço que lhe fosse grato.

Tudo foi por ele proferido com gestos tão adequados, pronúncia tão distinta, voz tão eloquente e linguagem tão ornada e tão bom latim, que mais parecia um Graco, um Cícero ou um Emílio dos tempos passados que um jovenzinho deste século. Mas a única reação de Gargântua foi começar a chorar como um bezerro desmamado, e escondeu o rosto em seu chapéu, não sendo mais possível arrancar-lhe uma palavra do que arrancar um peido de um asno morto.

O que fez seu pai se enfurecer a tal ponto, que quis matar Mestre Jobelin. Mas o referido des Marais o impediu, por uma bela advertência que lhe fez, de sorte que a sua ira se abrandou. Depois ordenou que lhe pagassem o seu salário, e o despediu teologicamente, isto é, o mandou a todos os diabos. — Ao menos —disse ele —, por hoje não custará a seu hospedeiro, se porventura morresse tão bêbado como um inglês.

Mestre Jobelin saiu da casa, e Grandgousier indagou do vice-rei que preceptor poderia contratar, e ficou combinado entre eles que o cargo seria ocupado por Ponocrates[52] pedagogo de Eudemon, e que todos juntos iriam a Paris, para conhe-cer qual era o estudo dos jovens na França, naquele tempo.

CAPÍTULO XVI
DE COMO GARGÂNTUA FOI MANDADO A PARIS, E DA ENORME ÉGUA QUE O LEVOU, E DE COMO A ÉGUA VENCEU OS MOSCARDOS DA BEAUCE

E naquela mesma estação, Fayoles, quarto rei da Numídia, mandou do país da África para Grandgousier uma égua, a maior, a mais enorme e a mais monstruosa égua que já se viu; como sabeis sempre vem da África alguma novidade. Eis que ela era tão grande como seis elefantes, e tinha os pés fendidos em dedos, como o cavalo de Júlio César, as orelhas tão pendentes como as cabras de Languegoc e um chifrezinho na bunda. De resto, tinha

---
52. Representa o homem laborioso ou trabalhador. O nome deriva do grego *ponos* (trabalho) e *kratos* (força), referindo-se à força necessária para o trabalho árduo. (N. do R.)

o pelo alazão tostado, com algumas manchas cinzentas arredondadas. Mas, acima de tudo, tinha um rabo terrível, pois era mais ou menos da grossura da coluna de São Marcos perto de Langes, e também quadrado, com os pelos entrelaçados à semelhança das espigas de trigo.

Se estais admirados, admirai antes a cauda dos carneiros da Cítia, que pesava mais de trinta libras, e a dos carneiros da Síria, a qual, se Tenaud diz a verdade, era tão comprida e pesada que se fazia mister atrelar uma carroça ao traseiro do animal, para ele poder carregá-la.

E foi trazida por mar, em três carracas e um bergantim, até o porto de Olone, em Talmondois. Quando Grandgousier a viu, exclamou: — Eis o que realmente convém para levar meu filho a Paris. Assim, com a ajuda de Deus, tudo correrá bem. Ele será um grande clérigo no futuro. Se não fossem os senhores animais, nós todos seríamos clérigos[53].

No dia seguinte, depois de beberem (como é natural), partiram Gargântua, seu preceptor, Ponocrates, e seus homens; junto com eles ia o jovem pajem Eudemon. E, como o tempo era sereno e de boa temperatura, seu pai mandou lhe fazer sapatos fulvos, chamados borzeguins. Assim, alegremente, seguiram caminho, sempre muito à vontade, até acima de Orleans. Nesse lugar havia uma grande floresta, com trinta e cinco léguas de comprimento por dezessete de largura, mais ou menos. A qual era terrivelmente fértil e copiosa em moscardos e vespões, de sorte que era um verdadeiro suplício para as pobres éguas, asnos e cavalos. Mas a égua de Gargântua se vingou muito bem de todos os ultrajes nela perpetrados pelos bichinhos, de uma maneira que ninguém adivinharia qual foi.

Com efeito, logo que entraram na floresta, e que os moscardos começaram o ataque, ela se pôs a bater com a cauda, e tão bem os afugentou, e os esmagou, que acabou derrubando toda a floresta: daqui para ali, de cá para lá, de cima para baixo, de baixo para cima, para trás e para frente, para um lado e para outro, foi derrubando as árvores como um segador ceifa o trigo. De modo que, depois disso, não houve mais floresta nem moscardos; tudo ficou reduzido a um campo.

E, vendo aquilo, Gargântua ficou muito satisfeito e não pôde deixar de dizer à sua gente: — Acho isso belo. — E o lugar ficou se chamando Beauce desde então[54].

Finalmente, chegaram a Paris, onde descansaram durante dois ou três dias, e indagaram que sábios se encontravam então na cidade e que vinho ali se bebia.

---

53. Froissart dizia: "Os senhores seriam como animais, se o clero não existisse". (N. do T.)
54 *Je trouve beau ce* (acho bonito isso) e Beauce (nome de uma região na França). O jogo de palavras surge da semelhança fonética entre as duas expressões, mas o trocadilho não pode ser traduzido diretamente. (N. do R.)

CAPÍTULO XVII
DE COMO GARGÂNTUA PAGOU AS SUAS BOAS-VINDAS AOS PARISIENSES, E DE COMO TOMOU OS GRANDES SINOS DA IGREJA DE NOTRE DAME

Alguns dias depois, após se terem refeito, Gargântua visitou a cidade e foi visto por todo mundo com grande admiração, pois o povo de Paris é tão tolo, tão basbaque e tão inepto por natureza, que um saltimbanco, um bufarinheiro, uma mula com campainhas, um velho no meio de uma praça, reúnem mais gente do que faria um bom pregador evangélico. E tanto o perseguiram, que ele foi obrigado a se refugiar sob as torres de Notre Dame. E, estando em tal lugar, e vendo tanta gente em torno de si, disse consigo mesmo:

— Creio que esses malandros querem que eu lhes pague aqui minhas boas-vindas e a minha propiciação. É a razão. Vou lhes dar o vinho; mas só para me divertir.

Então, sorrindo, abriu a sua bela braguilha, e tirando para o ar livre o soberbo mastro, os regou tão fartamente, que afogou duzentos e sessenta mil, quatrocentos e dezoito, fora mulheres e crianças.

Alguns deles fugiram daquela mijada com toda a força dos pés. E, quando chegaram além da Universidade, suando, tossindo, escarrando e perdendo o fôlego, começaram a renegar e a praguejar, rogando todas as pragas de Deus, uns furiosos, outros rindo: — *Carymary, Carymara! Je renie biue! fraudienne, vou-tu ben la mer? de po cap de bious! das dich gott leyden send: le martre scen: ventre sainct Quenet ven tre goi! par sainct Fiacre de Brie, sainct Treigan! je fai voeu à saint Thibald; pasques Dieu, le bon prier Dieu! le diable m'emporte! Carymary!*

Carimara! para saint Andouille, par saint Godepin, que fut maryrisé de pommes cuictes! par saint Foutin l'apostre! Ne dia madia![55]

Ali foi depois a cidade chamada Paris, a qual antes se chamava Lutécia, como diz Estrabão, lib. IV, que quer dizer em grego, Branca, por causa da brancura das coxas das damas do referido lugar, e, em consequência dessa nova imposição de nome, todos os assistentes juraram cada um pelos santos de sua Paróquia. Os parisienses, que são feitos de todas as gentes e todas as peças, são, por natureza, bons praguejadores e bons juristas[56] e um tanto exagerados. Pelo que opina Joanninus de Barrauco, *libro de Copiositate*

---

55. Pragas intraduzíveis, na maior parte parisienses, uma da Gasconha, uma alemã e uma grega. Em outra edição francesa de 1913, consta o seguinte trecho: *Carimari, Carimara! Par sainte Mamie, nous sommes baignés par ris*. Essa fala em francês é um trocadilho com o nome da cidade de Paris, e como é dito no parágrafo seguinte é a causa da cidade se chamar Paris. (N. do R.)
56. Trocadilho: "*bons jureurs et bons juristes*". (N. do T.)

reverentiarum[57], que eles são chamados parresianos em grecismo, isto é, altivos no falar.

Isso feito, Gargântua considerou os grandes sinos que estavam nas referidas torres e os fez soar bem harmoniosamente. O que fazendo, veio-lhe ao pensamento a ideia de que eles serviriam bem de campainhas para o pescoço de sua égua, a qual queria mandar de volta a seu pai, carregada de queijos de Brie e de arenque fresco. De fato, levou-os para o seu alojamento.

Toda a cidade foi, então, abalada por uma sedição, como sabeis coisa muito fácil de acontecer, tanto que as nações estrangeiras se espantam com a paciência dos reis da França, que não as refreiam por boa justiça, vistos os inconvenientes que elas provocam no dia a dia. Quisesse Deus que eu soubesse a oficina onde são forjados todos esses cismas e monopólios, para os mostrar às confrarias da minha paróquia! Crede que o lugar que mais convém a essa gente agitada e descontente é Nesle, onde antes havia, e hoje não há mais, o oráculo de Lutécia[58].

Ali foi apresentado o caso e mostrado a inconveniência dos sinos transportados.

Depois de muitos argumentos *pro* e *contra*, concluiu-se, em *Baralipton*, que se enviaria o mais velho e esclarecido da faculdade a Gargântua, para lhe mostrar o horrível inconveniente da perda dos referidos sinos. E, não obstante a opinião de alguns da Universidade, que alegavam que tal encargo melhor caberia a um orador que a um sofista, foi para a missão escolhido o nosso mestre Janotus de Bragmardo.

CAPÍTULO XVIII
DE COMO JANOTUS DE BRAGMARDO FOI ENVIADO PARA RECUPERAR DE GARGÂNTUA OS GRANDES SINOS

Mestre Janotus, com os cabelos cortados à moda cesárea, a murça dos doutores à antiga e com o estômago bem forrado de doce de marmelo e água benta da adega, dirigiu-se ao alojamento de Gargântua, levando adiante de si três bedéis de cabeça vermelha e acompanhado por cinco ou seis mestres inertes[59] devidamente paramentados. Ponocrates os recebeu à entrada, e ficou espantado, vendo-os assim disfarçados, e pensou que se tratava de alguma mascarada sem sentido. Depois, perguntou a um dos referidos mestres inertes

---
57. Livro sobre a abundância das reverências, obra suposta, como o nome do autor. (N. do T.)
58. Até o começo do Século XVI, havia, junto à parede da Abadia de Saint-Germanin, uma estátua de Ísis, que se acreditava ser a divindade tutelar dos parisienses. (N. do T.)
59. Jogo de palavras com "*maêtres ès-arts*", mestres das artes. (N. do T.)

o que significava aquela palhaçada. O outro respondeu que vinham pedir que os sinos lhes fossem devolvidos. Logo que ouviu tal propósito, Ponocrates correu a contar a novidade a Gargântua, a fim de que esse se mostrasse pronto na resposta e deliberasse logo o que convinha fazer. Avisado do que se passava, Gargântua chamou à parte Ponocrates, seu preceptor, Filotimo, seu mordomo, Ginasta, seu escudeiro, e Eudemon, e, em poucas palavras, discutiu com eles o que se deveria fazer, como responder. Todos foram de opinião que os fizessem entrar e beber à farta, e, a fim de que aqueles pedantes não se vangloriassem de lhes serem devolvidos os sinos, se mandasse (enquanto eles bebiam) chamar o preboste da cidade, o reitor da faculdade e o vigário da igreja, aos quais, antes que o sofista explicasse a sua missão, os sinos seriam devolvidos. Depois disso, os presentes ouviriam a sua bela arenga. O que foi feito. E chegados os visitantes foram introduzidos, e o sofista começou, tossindo[60], o que se segue.

CAPÍTULO XIX
A ARENGA DE MESTRE JANOTUS DE BRAGMARDO FEITA A GARGÂNTUA PARA RECUPERAR OS SINOS

— Hen, hen, hen! *Mnadies*, senhor, *Mnadies*[61] e *vobis*[62], senhores, Ser-nos-ia grato que devolvesseis os nossos sinos, eis que deles temos necessidade. Han, ha, hech! Recusamos, outrora, por bom dinheiro, os de Londres, em Cahors; se tivéssemos aceitado os de Bourdéus, em Brie, que os queriam comprar pela substantiva qualidade da compleição elementar entronizada na terrestridade de sua natureza quididativa, para extrainizar das lutas e dos turbilhões sobre as nossas vinhas, verdadeiramente não nossas, mas daqui de perto. Eis que, se perdermos o vinho, perderemos tudo, o senso e a lei. Se vos mos restituirdes, a meu pedido, ganharei dez palmos de salsicha e um bom par de calções, que farão grande bem às minhas pernas. Por Deus, *Domine*, um par de calções é uma grande coisa: *Et vir sapiens non abhorrebit eam*[63]. Ah! Ah! Não há par de calções que queira! Eu sei quanto a mim. Aconselhai, *Domine*, há dezoito dias que venho improvisando esta bela *arenga*. *Reddite quae sunt Caesaris, Caesari, et quae sunt Dei, Deo. Ibi jacet lepus*[64]. Palavra de honra, *Domine*, se quereis cear comigo, *in came ra*, pelo corpo de Deus, *Charitatis, nos faciemus bonum cherubin. Ego occidi unum porcum, et*

---

60. Os pregadores da época costumavam tossir, por pura afetação, chegando a marcar, nos sermões ou discursos escritos, os pontos onde deveria ser intercalada a tosse. (N. do T.)
61. Pronúncia afetada e errônea de alguns pedantes ou bêbedos, por *bona dies*, bom dia. (N. do T.)
62. *Vobis*: a vós. (N. do T.)
63. E o sábio não o desdenhará. (N. do T.)
64. Dai a César o que é de César e a Deus o que é de Deus. Ali jaz a lebre. (N. do T.)

*ego habet bonum vino*⁶⁵. Mas do bom vinho não se pode fazer mau latim. Muito bem, *de parte Dei, date nobis clochas nostras*⁶⁶. Escutai, eu vos dou, pela faculdade, um *Sermones de Utino*⁶⁷, que *utinam* devolvais os nossos sinos. *Vultis etiam pardonos? Per diem vos habetitis, et nihil payabilitis*⁶⁸.

Ó senhor, *Domine, clochidonnaminor nobis. Dea, est bonum urbis*⁶⁹. Todo o mundo se serve deles. Se a vossa égua se dá bem com eles, o mesmo acontece com a nossa faculdade, *quae comparata est jumentis insipientibus, et similis fact est eis. Psalmo nescio quo*⁷⁰ se bem anotei em meus papéis, *et est unum bonum Achilles*. Han, han! Hach! Isso prova que deveis restituí-los. *Ego sic argumentor. Omnis clocha clochabilis in clocherio clochando, clochans clochativo, clochare fa cit clochabiliter clochantes. Parisius habet clochas. Ergo gluc.*Ah! Ah! Ah! Está falado. É *in tertio primae*, em *Darii* ou alhures⁷¹. Por minha alma, houve um tempo em que eu fazia os diabos argumentarem. Mas presentemente só os faço desvairar. E só preciso, de agora em diante, um bom vinho, uma boa cama, as costas para o fogo, a barriga junto da mesa, e uma travessa bem funda. Ai, Domine, eu vos peço, *in nomine Patris et Fili et spiritus Sancti, Amen*, que me devolvais os nossos sinos. E Deus vos guarde e Nossa Senhora da Saúde, *qui vivit et regnat per omnia secula seculorum, Amen*. Han! Hach! Hach! Grenhêhach!

*Verum enim vero, quando quidem, dubio procul, Edepol, quoniam, ita, certe, meus Deus fidius*⁷², uma cidade sem sinos é como um cego sem bastão, um asno sem retranca e uma vaca sem campainha. Até que tenhais devolvido os nossos, não cessaremos de gritar perto de vós, como um cego que perdeu seu bastão; de zurrar como um asno que perdeu a sua retranca, e de berrar como uma vaca que perdeu as suas campainhas. Um *quidam* latinizante, que mora perto do Hotel Dieu, disse certa vez, alegando a autoridade de um Taponnus (engano, é Pontanus), poeta secular⁷³, que desejava que eles fossem de penas e o badalo de uma cauda de raposa, para lhe inspirarem as tripas do cérebro, quando compunha os seus versos carminiformes. Mas *nac petetin pete tic tac*, ele foi declarado herege; não deixamos por menos. E mais não disse o depoente. *Valete et plaudite*⁷⁴. Calepimus recensui⁷⁵.

---

65. Latim macarrônico: "Na casa de caridade, nós nos fartaremos. Matei um porco e temos bom vinho". Rabelais zomba, assim, dos sorbonianos, que afirmavam que a palavra divina dispensa as regras da gramática. (N. do T.)
66. Da parte de Deus, dai-nos os nossos sinos. (N. do T.)
67. Alusão a um famoso pregador, com quem Janotus se compara, fazendo um jogo de palavras com o vocábulo *utinam*, oxalá. (N. do T.)
68. Quereis o perdão? Pela luz do dia, te-lo-eis, e nada pagareis. Sempre em latim macarrônico. (N. do T.)
69. Latim macarrônico, intraduzível, a não ser a frase final: "é o bem da cidade". (N. do T.)
70. "Que comparada com as estúpidas bestas de carga, é semelhante a elas. Salmo não sei qual". (N. do T.)
71. Uma paródia da argumentação escolástica, intraduzível. (N. do T.)
72. Um acúmulo de conjunções e advérbios latinos, um exagero pedantesco do começo de alguns períodos das orações de Cícero. (N. do T.)
74. Referência a um excelente poeta latino da época, que o sofista trata, desdenhosamente, de "poeta secular", como os pedantes de então se referiam a Virgílio e Horácio. (N. do T.)
74. Conclusão das comédias latinas: "Passai bem e aplaudi". (N. do T.)
75. "Eu, Calepino, revi". Fórmula usada pelos antigos comentaristas. (N. do T.)

CAPÍTULO XX
DE COMO O SOFISTA LEVOU O SEU PANO, E DE COMO HOUVE UM PROCESSO CONTRA OS OUTROS MESTRES

Mal terminara o sofista de falar, Ponocrates e Eudemon tiveram um frouxo de riso, a tal ponto que sentiram medo de render a alma a Deus, como aconteceu com Crasso, vendo que um asno comia cardos, ou como Filemon, que, vendo um asno comer os figos que tinham sido preparados para o jantar, morreu de tanto rir. Juntos começaram a rir de Mestre Janotus, e foram rindo cada vez mais, até que as lágrimas lhes vieram aos olhos, pela veemência da concussão da substância do cérebro, a qual produziu aquelas umidades lacrimais, e se estenderam até os nervos óticos. Estando nelas representados Demócrito heraclitizando e Heráclito democritizando.

Cessados de todo aqueles risos, consultou Gargântua sua gente sobre o que convinha fazer. E Ponocrates foi de opinião que se fizesse beber de novo aquele grande orador. E, visto que ele os divertira e os fizera rir mais do que teria feito Songecreus[76] que lhe fossem dados os dez palmos de salsicha mencionados em sua divertida arenga, juntamente com um par de calções, trezentas toras de madeira, vinte e cinco tonéis de vinho, um leito com um tríplice colchão de pena de ganso e uma travessa bem grande e bem funda, os quais, dizia ele, eram necessários para a sua velhice. Foi tudo feito como se havia deliberado, exceto que Gargântua, duvidando que se encontrasse na hora calções cômodos para as suas pernas, duvidando também o que melhor conviria ao referido orador: *ou à la martingale*[77], que é a ponte levadiça do cu para mais facilmente defecar; ou à marinheira[78], para melhor aliviar os rins; ou à suíça, para esquentar a pança; ou do modelo rabo de peixe, de medo de esquentar a bexiga: assim mandou entregar sete varas de pano negro e três de pano branco para o debrum. A madeira foi levada pelos jornaleiros, os mestres de artes levaram as salsichas e a travessa. Mestre Janot fez questão de levar o pano. Um dos mestres, chamado Mestre Jousse Bandouille o censurou, dizendo que isso não era correto e decente para sua posição, e que os entregasse a alguns deles. — Ah! — disse Janotus. — Burro, burro, tu não concluis *in modo et figura*. Eis de que servem as suposições, e *parva logicalia*. *Pannus pro quo supponit*? — Confusa e distributiva — disse Bandouille. — Não te pergunto, burro — disse Janotus —, *quomodo supponit*, mas *pro quo*; é, burro, *pro tibis, meis*. E por isso, eu o levarei, *egomet, sicut suppositum portat adpositum*[79].

— E assim ele mesmo carregou o seu pano.

---
76. Songe Crusius, autor de um almanaque faceto, que consta do catálogo da biblioteca de Saint-Victor, em 1527. (N. do T.)
77. Calções *à la martingale*, cuja abertura era colocada atrás. (N. do T.)
78. Calções à marinheira eram franzidos de alto a baixo e não iam abaixo do joelho. (N. do T.)
79 Novas zombarias sobre a falsa dialética dos escolásticos. (N. do T.)

O bom foi quando o tossidor, gloriosamente, pelo ato realizado entre os maturinos, requisitou os seus calções e as suas salsichas; eis que foram peremptoriamente negados, porquanto ele os recebera de Gargântua, segundo as informações recebidas. Ele demonstrou que aquilo fora gratuito, por liberalidade, pelo que eles não estavam absolvidos de suas promessas. O que, não obstante, foi respondido que ele se contentasse com o que tinha e que outra recompensa não teria. — A razão? — disse Janotus. — Aqui não se usa. Desgraçados tratantes, não valeis nada. A terra não abriga gente mais perversa que vós. Eu bem o sei. Não se deve coxear diante dos mancos[80]. Exerci a perversidade convosco. Por Deus do céu que vou denunciar ao rei os enormes abusos aqui tramados e por vossas mãos praticados.

E que eu fique leproso, se ele não vos mandar queimar vivos como vis traidores, heréticos e sedutores, inimigos de Deus e da virtude.

Diante disso, eles o acionaram, ele, por seu lado, defendeu-se. Em resumo: a corte adiou o julgamento, e adiado está até hoje. Os magistrados prestaram juramento de isenção, Mestre Janot e seus litisconsortes prestaram juramento de não alterarem a lide até sentença definitiva.

E assim jurado e parado, o processo continua até agora, pois a corte ainda não examinou todas as suas peças. A sentença será prolatada nas próximas calendas gregas, isto é, jamais. Como sabeis, os magistrados podem mais que a natureza e que os seus próprios artigos. Os artigos de Paris proclamam que só Deus pode fazer coisas infinitas. A natureza nada cria de imortal, pois põe fim a todas as coisas por ela produzidas: *omnia orta cadunt*, etc[81].

Os magistrados, todavia, fazem os processos que têm diante de si pendentes, infinitos e imortais. O que vem confirmar o que disse o lacedemônio Chilon, consagrado a Delfos: a miséria é companheira do processo, e os querelantes miseráveis, pois alcançam antes o fim da vida que o direito pretendido.

CAPÍTULO XXI
O ESTUDO DE GARGÂNTUA, SEGUNDO A DISCIPLINA DE SEUS PRECEPTORES SOFISTAS

Tendo assim se passado os primeiros dias, e repostos os sinos em seu lugar, os cidadãos de Paris, em reconhecimento por essa prova de honestidade, ofereceram-se para tratar da égua e alimentá-la. O que Gargântua aceitou de muito boa vontade. E a mandaram para a floresta de Biere, onde creio que ainda se encontra.

Isso feito, quis ele dedicar-se inteiramente aos estudos, à discrição de Ponocrates. Esse, porém, ordenou que, no começo, ele fizesse à maneira de costume, a fim de

---

80 Jogo de palavras com *cloche*, "sino" e *clocher*, "coxear". (N. do T.)
81. Tudo que nasce perece (Salústio). (N. do T.)

Gargântua durante sua refeição. (Wikimedia Commons)

entender por que meio, em tão longo tempo, os seus preceptores o tinham tornado tão fátuo, ingênuo e ignorante. Gastou, então, o tempo de tal maneira, que ordinariamente se levantava entre oito e nove horas, fosse dia ou não; assim tinham ordenado os seus regentes antigos, alegando o que disse David: *Vanum est vobis ante lucem surgere*[82]. Depois se revirava, estirava e remexia em cima da cama durante algum tempo, para melhor expandir os seus espíritos animais, e se vestia de acordo com a estação, mas gostava de uma túnica larga e comprida de lã, bem grossa, forrada com pele de raposa; depois, penteava-se com o pente de Almaing, isto é com os quatro dedos e o polegar. Pois os seus preceptores diziam que se pentear de outra maneira, tomar banho e andar limpo era perder um tempo precioso.

Depois, obrava, urinava, limpava a garganta, arrotava, peidava, bocejava, tossia, soluçava e espirrava, e almoçava para afastar o mau hálito e o mau cheiro; belas tripas fritas, bela carne assada, belos pernis, e, naturalmente, sopa de primeira. Ponocrates fez-lhe ver que não deveria comer logo ao levantar-se da cama, sem fazer um pouco de exercício. Gargântua replicou: — O quê? Não fiz bastante exercício? Eu me revirei na cama seis ou sete vezes, antes de me levantar. Não é bastante? O Papa Alexandre (V) assim fazia, a conselho de seu médico judeu, e viveu até a sua morte, a despeito dos invejosos. Meus primeiros mestres a isso me acostumaram, dizendo que o almoço faz ter boa memória; e eis porque bebiam antes de mais nada. Sinto-me muito bem, e ainda janto melhor ainda. E me dizia Mestre Tubal (que foi o primeiro de sua especialidade em Paris), que a vantagem não é correr bem cedo, mas partir na hora certa; assim, não é a saúde total da humanidade beber como os patos, mas sim bem beber de manhã *unde versus*:

Levantar de manhã? Não, senhor.
Beber pela manhã é melhor.

Depois de almoçar muito bem, ia à igreja, levando, dentro de um grande cesto, um grosso breviário, pesando tanto de gordura como de fechos e pergaminhos, mais pesos, menos pesos, onze quintais e seis libras. Ali, ouvia de vinte e seis a trinta missas. Saindo da igreja, o levavam em um carro de bois enorme, e passeava nos claustros, galerias e jardins.

Depois, estudava durante uma maldita meia hora, com os olhos pregados no livro; mas, como diz o cômico, sua alma estava na cozinha. Depois de encher um penico inteiro, assentava-se à mesa. E, como era naturalmente fleumático, começava a refei-

---

82. É inútil levantardes antes do dia. (N. do T.)

ção por algumas dúzias de pernis, de línguas de boi defumadas, de *boutargue*[83], chouriços e outros chamariscos para o vinho. Enquanto isso, quatro de seus servidores lhe lançavam na boca, continuamente, terrinas e mais terrinas de mostarda, uma atrás da outra, depois do que, bebia uma golada gigantesca de vinho branco, para aliviar os rins. Em seguida, comia, segundo a estação, várias espécies de carne à sua escolha, e só parava de comer quando a barriga estivesse bem esticada. O beber não tinha fim nem paradeiro. Pois costumava dizer que as metas e limites do beber eram quando, a pessoa bebendo, a cortiça da sola de seus chinelos inchasse para cima meio pé.

CAPÍTULO XXII
OS JOGOS DE GARGÂNTUA

Depois, ainda pesadamente mastigando uma porção de graças, lavava as mãos com vinho novo, limpava os dentes com um pé de porco e conversava alegremente com a sua gente. Após o quê, estendido o pano verde, traziam-se, ou as cartas ou os dados e os tabuleiros necessários. Então, jogava:

Sequência	Macho
Prima	Despojado
Geral	Tormento
Monte	Ronco
Cento	Glic
Desgraçado	Honras
Tarado	Focinho
Passa-dez	Barba-de-bode
Trinta-e-um	Jogo-do-homem
Par-e-sequência	Despojado
Sequência-e-par	Vaca
Campanhia	Branco
Sorte	Lourche
Três dez	*Barignin*
Mesa	Toda-a-mesa
Nique-noque	Mesa-rebatida
Trezentos	*Reniguebieu*

---

83. *Boutargue*, *botargue* ou *poutargue*: prato tradicional da Europa meridional, composto por ovas de atum ou de múgemo, salgadas e secas ao sol ou defumadas. É frequentemente apreciado como iguaria, sendo consumido em fatias finas ou utilizado em pratos culinários como massas e saladas. (N. do R.)

GARGÂNTUA & PANTAGRUEL

Desgraçado
Condenada
Carta-virada
Lansquenet
Corno
Casamento
Passa-alegre
Opinião
O-que-faz-um-faz-o-outro
Compadre-me-dá-seu-saco
Culhão-de-carneiro
Bota-fora
Mosca
Arqueiro
Esfola-a-raposa
Trenó
Croque-madame
Vender-aveia
Olho-de-cabra
Responsável
Jogo-do-juiz-vivo-e-juiz-morto
Tira-o-ferro-de-fogo
Falso-vilão
Tagarela
Corcunda-da-corte
Saúde-recuperada
Belisca-o-morto
Gamão
Pimpompet
Triori
Porca
Ventre-contra-ventre
Comba
Vareta
Conca
Sigo-adiante
Fouquet

Forçado
Courte boult
Griesche
Amarrotada
Damas
Babou
Primus secundus
Pied-de-cousteau
Chaves
Par-ou-não
Cara-ou-coroa
Martres
Pingres
Quilha
Savata
Coruja
Dengoso-de-lebre
Puxa-puxa
O-porquinho-vai-adiante
Te-belisco-sem-rir
Picotar
Desferrar-o-burro
Jautru
Bourry-bourry-zou
Eu-me-sento
Barba-de-resina
Joga-fora
Tenebroso
Espantado
Lamaçal
Círculo
Fessart
Vassoura
No-dia-de-S. Cosme-venho-te-adorar
Escaravelho
Ganho-de-ti-sem-pano-verde
Logo-se-vai-a-quaresma

Jogo-da-bola
Rampeau
Virotão
Piquarome
Toca-merda
Angenart
Traseau
Boleau
Barra
Vamos-vamos-Boi!
A-propósito
Nove-mãos
Quebra-pote
Carniça
Pirueta
Picado
Blanque
Furão
Cabresto-de-cavalo
Castelinho
Rengé
Covinha
Monge
Macho-morto
Piparote
Lavar-os-cabelos
Naveta
Chapifou
Pont cheu
Colin-com-freio
Gralha-preta
Volante
Colin-com-malha
Salto-da-sarça
Bolsa-de-malha-atrás
Cruzar
Esconde-esconde

Carvalho-torto
Cabelo-curto
Rabo-do-lobo
Peido-na-goela
Guilhermino-me-dá-a-lança
Mato-ralo
Mirelimoffle
Moscardo
Sapo
Coronha
Mola
Bilboquê
Rainha
Barquetas
Pés-na-cabeça
Belusteau
Semear-a-aveia
Irmão-leigo
Molinet
Defendo
Vira-bosta
Retranca
Trabalhador
Corujinha
Escoublette
Besta-morta
Subir-a-escadinha
Porco-morto
Cu-salgado
Pinhãozinho
Terço
Bourrée
Recaída
Picandeau
Quebra-cabeça
Grua
Corta-pescoço

Baileu	Cotovia
Figo	*Chinquenaudes*[84]
Peidorrada	*Cambot*

Depois de ter bem se divertido e passado o tempo, convinha beber um pouco: eram onze garrafões para cada homem; e, logo depois de se banquetear, era a hora de voltar para a cama e dormir umas duas ou três horas, sem pensar nem falar em coisas aborrecidas. Quando acordava, abanava um pouco as orelhas, e, enquanto isso, traziam vinho novo, que ele bebia mais do que nunca. Ponocrates o censurou, dizendo ser má dieta assim beber depois de dormir. — É a verdadeira vida dos Doutores da Igreja[85] — respondeu Gargântua. — Pois, por minha natureza, durmo salgado, e dormir me vale tanto como comer um pernil.

Depois, começava a estudar um pouco, mas logo montava em uma velha mula, que já servira a nove reis, e assim, resmungando Padre-Nossos e balançando a cabeça, ia apanhar alguns coelhos nas redes.

Na volta, ia diretamente para a cozinha, a fim de ver que carne estava sendo assada no espeto.

E ceiava muito bem, e gostava de convidar alguns beberrões seus vizinhos, com os quais bebia à farta.

Entre outros, tinha por servidores os senhores de Fou, de Gourville, de Grignault e de Marigny. Depois da ceia, vinham belos evangelhos de madeira, quer dizer vários tabuleiros; jogava-se, uma, duas, três e tantas vezes quanto fosse preciso para se distraírem, sendo o jogo entremeado de pequenas refeições e contra-refeições. Após o quê, Gargântua dormia sem abrir os olhos, até o dia seguinte às oito horas.

CAPÍTULO XXIII
DE COMO GARGÂNTUA FOI INSTRUÍDO POR PONOCRATES COM TAL DISCIPLINA QUE NÃO PERDIA UMA HORA DO DIA

Quando Ponocrates ficou conhecendo a viciosa maneira de viver de Gargântua, resolveu mudar aquilo e o instruir nas letras, mas nos primeiros dias o tolerou,

---

84. Nesta extensa enumeração, Rabelais, fiel ao seu estilo característico, parece querer destacar a ociosidade, o mau gosto e a mentalidade infantil das classes dirigentes de sua época. Como se pode perceber, essa lista não se restringe a jogos de cartas e dados, mas também inclui esportes como a savata, brincadeiras infantis como o esconde-esconde e danças, como a *bourrée* e o *triori* (uma dança da Bretanha). Além disso, há diversas repetições, como, por exemplo, *lourche* e *barriguin*, que são variações simples do gamão (*trictrac*), entre outras. O tradutor optou por manter no original palavras em desuso e sem equivalentes no francês moderno, preservando a riqueza lexical do texto. (N. do T.)
85. Alusão à regra da Ordem de São Bento, segundo a qual se sentava, após a refeição, para ler a vida dos Doutores da Igreja.

considerando que a natureza não sofre mutações súbitas sem grande violência. Então, para melhor começar a sua obra, solicitou a um sábio médico daquele tempo, chamado Mestre Teodoro, fazer o que achava possível para pôr Gargântua no bom caminho. O qual o purgou, canonicamente, com heléboro de Anticira, e, com esse medicamento, o limpou de toda a alteração e hábitos perversos do cérebro. Por esse meio, assim, Ponocrates o fez se esquecer de tudo que aprendera com os antigos preceptores, como fazia Timóteo com os seus discípulos que tinham sido instruídos por outros músicos. Para melhor o fazer, levou-o para a companhia de pessoas altamente instruídas que lá se encontravam, e cuja emulação lhe abriu o espírito e o desejo de estudar de outra maneira e se fazer valer.

Depois de adotar esse método de estudo, não perdia ele hora alguma do dia; todo o seu tempo se consumia nas letras e no honesto saber. Gargântua levantava-se, então, cerca de quatro horas da manhã. Enquanto o vestiam, liam-lhe alguma página das divinas Escrituras, em voz alta e clara, com a pronúncia devida à matéria, e disso se encarregava um jovem pajem natural de Besché, chamado Anagnostes. Segundo o próprio propósito e o argumento de tal lição, muitas vezes ele era levado a reverenciar, adorar, rezar e suplicar ao bom Deus, cuja majestade e cujos julgamentos maravilhosos eram mostrados pela leitura. Depois disso, ia Gargântua para os lugares secretos, fazer a excreção das digestões naturais. Lá, o seu preceptor repetia o que lhe fora lido, expondo os pontos mais obscuros e difíceis. Voltando, olhavam o estado do céu, se era o que haviam notado na noite anterior, e que sinais dava o Sol, e também a Lua, para aquele dia. Isso feito, ele era vestido, penteado, ataviado e perfumado, e, durante o tempo, repetiam-lhe as lições da véspera. Ele próprio as repetia de cor, e tratava de alguns casos práticos concernentes à condição humana, no que se ocupava, algumas vezes, até duas ou três horas, mas, ordinariamente, terminava quando ele ficava pronto. Depois, eram-lhe feitas leituras, durante três horas. Feito isso, saíam, sempre de acordo com o propósito da leitura, e o levavam a Bracque[86], onde jogavam a bola, a péla ou a pilha trígona, exercitando-lhe devidamente o corpo, como antes já haviam exercitado a alma. Todo o jogo era feito em liberdade, pois deixavam a partida quando lhes agradava, e cessavam ordinariamente quando estavam bem suados e cansados. Eram, então, bem enxugados e esfregados, e iam ver se o jantar estava pronto. Enquanto esperavam, recitavam, clara e eloquentemente, algumas sentenças conservadas da lição. Nesse meio tempo, chegava o senhor apetite, e, na hora devida, assentavam-se à mesa. No começo da refeição, era lida alguma história divertida de antigas proezas, até que tivessem bebido o vinho. Então, se bem lhes parecia, continuava-se a leitura, ou, então, conversavam alegremente, falando, primeiramente, das virtudes, propriedade, eficácia e natureza de tudo que lhes era servido à mesa; do pão, do vinho, da água, do sal, das carnes, dos peixes,

---

86. Estabelecimento para o jogo de péla, então existente em Paris, no bairro de Saint-Marceau. (N. do T.)

das frutas, ervas e raízes, e da maneira de prepará-los. Assim fazendo, aprendiam em pouco tempo todas as passagens nesse sentido de Plínio, Ateneu, Disocrides, Julius Pollux, Galeno, Porfírio, Opiano, Políbio, Heliodoro, Aristóteles, Eliano e outros. Discutindo tais propósitos, muitas vezes, para terem certeza, faziam vir à mesa os respectivos livros. E bem e inteiramente guardavam na memória as coisas ditas, que não havia então médico que soubesse metade do que Gargântua sabia. Depois, repetidas as lições ditas de manhã e acabando a refeição com alguns confeitos de Orleans, limpava os dentes com um talo de lentisco, lavava os olhos e as mãos com água fresca e rendia graças a Deus com alguns belos cânticos, louvando a munificência e a benignidade divina. Isso feito, traziam cartas, não para jogarem, e sim para aprenderem mil e uma gentilezas e invenções novas, todas derivadas da aritmética. Graças a esse meio, Gargântua afeiçoou-se à ciência numeral, e todos os dias, depois do jantar e da ceia, passava o tempo tão agradavelmente que nem o via passar. E tanto ficou sabendo a teoria e a prática, que Tunstal, um inglês que havia amplamente escrito, confessou que, em comparação com ele, só sabia o alto alemão.

E não somente aquela, como outras ciências matemáticas, como a geometria, a astronomia e a música. Pois, acompanhando a ingestão e digestão de suas refeições, faziam mil divertidos instrumentos e figuras geométricas, e do mesmo modo praticavam os cânones astronômicos. Depois, tratavam de cantar musicalmente em quatro ou cinco partes, ou sobre um tema bem cantado. No que diz respeito aos instrumentos musicais, aprendeu a tocar alaúde, espineta, harpa, flauta alemã e de sete furos, viola e sacabuxa.

Tendo assim aproveitado o tempo, e terminada a digestão, ele se purgava dos excrementos naturais; depois, voltava ao estudo principal durante três horas ou mais, tanto repetindo a leitura matinal como fazendo outras leituras, e também escrevendo, aperfeiçoando-se na Escrita das letras antigas e romanas. Isso feito, saía do seu palácio, com um jovem nobre de Touraine chamado escudeiro Ginasta, o qual lhe mostrava a arte da cavalaria. Mudando, então, de vestes, cavalgava um corcel, um rocim, um ginete, um cavalo leve, e o fazia dar cem corridas, voltear, pular o fosso, saltar o obstáculo, correr em círculo, tanto à destra como à sinistra. Não quebrava lanças, pois é a maior fantasia do mundo dizer: "Quebrei dez lanças em torneio ou em batalha!" Um carpinteiro faria a mesma coisa; a glória louvável é ter quebrado dez lanças dos inimigos. Gargântua, com sua lança afiada, derrubava uma porta, atravessava um arnês, arrancava uma sela, um lorigão, um guante. E tudo isso fazia armado dos pés à cabeça. Para dominar um cavalo não havia ninguém melhor que ele. O volteador de Ferrara não passava de um macaco em comparação com ele. Aprendera a saltar de um cavalo para outro, sem pisar no chão (e esses cavalos se chamavam *désutoires*)[87], e também a caval-

---

87. Cavalos de muda. (N. do T.)

gar de qualquer lado, de lança em punho, sem se apoiar no estribo; e, sem pegar na rédea, conduzia o cavalo à vontade. Pois essas coisas são úteis à disciplina militar. Outras vezes, exercitava-se na acha, mostrando-se tão bom que se tornou cavaleiro d'armas em campanha e em todas as provas.

Depois, exercitava-se com o chuço, a espada com duas mãos, a espada bastarda, a espanhola, a adaga e o punhal; armado e desarmado, com escudo ou rodela. Perseguia o veado, o cabrito-montês, o urso, o gamo, o javali, a lebre, a perdiz, o faisão, a abetarda. Jogava com a bola grande, fazendo-a subir bem alto, tanto com o pé como com o punho.

Lutava, corria, saltava, não três passos um salto, não pé-cochinho, não o salto alemão. — Pois — dizia Ginasta —, tais saltos são inúteis e não adiantam na guerra. Mas, de um salto, ele atravessava um fosso, voava sobre uma sebe, subia seis passos de encontro a uma muralha e passava, desse modo, através de uma janela da altura de uma lança.

Nadava em água profunda, para diante e para trás, de peito e de costas, com o corpo todo, só com os pés, com uma das mãos para cima, a tal ponto que, levando um livro, atravessava o Sena a nado sem que o livro se molhasse, como fazia Júlio César. Depois, usando apenas uma das mãos, entrava em um barco; deste se atirava na água, com a cabeça em primeiro lugar; sondava o fundo, passava entre os rochedos, mergulhava nos abismos e profundidades. Depois, empurrava o barco, dirigindo-o, levava-o depressa ou lentamente, fazia-o parar em plena correnteza, guiava-o com uma das mãos, enquanto o outro braço fazia o papel de remo, içava a vela, subia aos mastros, corria pelo madeirame, ajustava a bússola, ajustava as bolinas, imobilizava o leme. Saindo da água facilmente, caminhava de encontro à montanha e a galgava com a mesma destreza, subia nas árvores como um gato, pulava de uma para outra como um esquilo, abatia os grandes ramos como um outro Milon; com dois punhais afiados e dois punhos acostumados, subia ao alto de uma casa como um rato, e descia de lá, com tal composição dos membros que a queda não lhe fazia mal algum.

Lançava o dardo, a barra, a pedra, o chuço, a alabarda, e atirava de arco, acertava no olho com um tiro de arcabuz, apontava o canhão, mirava de baixo para o alto do morro e do alto para baixo, mirava de frente, de lado e de trás, como os partas.

Prendia-se um cabo em alguma torre muito alta, chegando até o chão, e Gargântua subia por ele com ajuda das duas mãos, depois descia tão rápida e seguramente que ninguém poderia igualá-lo. Colocava-se uma grossa trave apoiada em duas árvores, e ele nela se pendurava com as mãos e ia e vinha, sem tocar com os pés no chão, e tão depressa que seria difícil conceber.

Para exercitar o tórax e os pulmões, gritava como todos os diabos. Eu o ouvi uma vez chamando Eudemon da porta de Sainct Victor, estando em Montmartre[88]. Estentor não teria tal voz na batalha de Troia.

E, para relaxar os nervos, tinham-se feito duas grandes massas de chumbo, cada uma pesando oito mil e setecentos quintais, chamadas halteres. As quais ele levantava do chão, com cada uma das mãos, e levantava acima de sua cabeça, e as conservava assim durante três quartos de hora ou mais, sem se mexer, mostrando uma força inimitável.

Disputava as barras com os mais fortes. E, mantendo-se de pé firmemente, considerava-se vencido se alguém, o fizesse mover um pouco que fosse, como outrora fazia Milon. E à semelhança do mesmo, segurava com uma das mãos uma romã e a dava a quem conseguisse abrir-lhe a mão.

Tendo assim empregado o tempo, depois faziam-lhe uma massagem, e, depois de limpo, mudava de roupa. Voltava, então para casa, e, passando por algum prado ou outros lugares cobertos de ervas, examinavam as árvores e plantas, comparando-as com os livros escritos pelos antigos, como Teofraste, Discorides, Marino, Plínio, Nicandro, Macer e Galeno, e levavam muitas mudas, para o alojamento; das quais se encarregava um jovem pajem chamado Rhisotome, que dispunha de pás, enxadas, alviões, ancinhos, enxadões e outras ferramentas próprias para a jardinagem. Chegados ao alojamento, enquanto se preparavam para a ceia, repetiam algumas passagens do que lhes fora lido e se sentavam à mesa. Notai que o seu jantar era sóbrio e frugal, pois só comiam para satisfazer a necessidade do estômago, mas a ceia era copiosa e farta, pois que convinha sustentar e nutrir.

O que é a verdadeira dieta prescrita pela arte da boa e segura medicina, se bem que um punhado de médicos pacóvios, forjados na oficina dos sofistas, aconselhe o contrário. Durante aquela refeição, continuava-se a lição do jantar, se bem lhes parecia; o resto era empregado em bons propósitos, todos letrados e úteis. Depois do quê, rendidas as graças, todos se punham a cantar musicalmente, a tocar instrumentos harmoniosos ou a se divertirem com esses pequenos passatempos que se fazem com as cartas e os copos, e com isso se entretinham, com grande alegria, às vezes até a hora de dormir; algumas vezes iam visitar pessoas letradas, que conheciam países estrangeiros.

Em plena noite, antes de Gargântua se deitar, iam ao local mais descoberto do seu alojamento ver a face do céu; e lá notavam os cometas, se havia algum, e as figuras, situações, aspectos, oposição e conjunção dos astros.

Depois ele, com o seu preceptor, recapitulava em poucas palavras, à moda dos pitagóricos, o que lera, vira, sentira, fizera e ouvira durante todo o dia.

---

88. Os limites extremos de Paris, na época. (N. do T.)

Assim rezavam a Deus, o criador, adorando-o, ratificando a sua fé para com ele, e o glorificando por sua bondade imensa; e lhe rendendo graça por todo o tempo passado e se recomendando à divina clemência para o futuro. Isso feito, começava o repouso.

CAPÍTULO XXIV
DE COMO GARGÂNTUA PASSAVA O TEMPO, QUANDO O DIA ESTAVA CHUVOSO

Se acontecia o dia estar chuvoso e sombrio, todo o tempo antes do jantar era empregado como de costume, com a diferença que era preciso acender um belo e claro fogo, para corrigir a frialdade do ar. Mas, depois do jantar, em lugar dos exercícios, eles ficavam em casa, e, como passatempo, ocupavam-se em enfeixar o feno, cortar e serrar madeira, e bater as espigas no celeiro. Depois, estudavam a arte da pintura e da escultura, ou se divertiam com o antigo jogo de ossinhos, como foi descrito por Leôncio, e como o joga o nosso bom amigo Lascaris. Enquanto jogavam, relembravam as passagens dos autores antigos, que mencionaram aquele jogo ou utilizaram alguma metáfora a seu respeito. Do mesmo modo, iam ver como se trabalhava com os metais ou se fundiam as peças de artilharia; iam ver os lapidários, ourives e cortadores de pedras preciosas, ou os alquimistas, ou os moedeiros, os tecelões, os relojoeiros, vidraceiros, impressores, organistas, tintureiros e outras várias categorias de operários; e a todos oferecendo vinho, aprendiam e consideravam a indústria e invenção dos diversos misteres.

Iam ouvir as lições públicas, os atos solenes, os ensaios, as declamações, as argumentações dos nobres advogados, os sermões dos pregadores evangélicos.

Passavam pelas salas e lugares destinados à esgrima, e lá, os mestres ensaiavam todas as armas ofensivas e defensivas, ensinando pelo exemplo vivo. Em vez de arborizar, visitavam as lojas dos droguistas, herbanários e boticários, e, cuidadosamente, consideravam os frutos, raízes, folhas, gomas, sementes, assim como a maneira de adulterá-los. Iam ver os saltimbancos, pelotiqueiros e malabaristas, e consideravam os seus gestos, suas artimanhas e ilusões, e sua facúndia; em especial os de Chaunys na Picardia, pois são por natureza muito tagarelas e divertidos. Voltando para a ceia, comiam mais sobriamente do que nos outros dias, e carnes mais dessecativas e extenuantes, a fim de que a umidade destemperada do ar comunicada ao corpo por necessária confinidade, fosse por esse modo corrigida e não lhes fosse prejudicial a falta de exercícios que tinham por costume.

Assim foi governado Gargântua, e continuou esse processo de dia a dia, tirando proveito, como entendereis, um jovem, segundo a sua idade, do bom senso, em tal exercício assim continuado.

O qual lhe parecia difícil a princípio, mas, com a continuação se mostrou tão doce, leve e deleitável, que mais parecia um passatempo de rei que o estudo de um escolar. Todavia, Ponocrates, para aliviá-lo daquela veemente intenção do espírito, escolhia, uma vez por mês, um dia bem claro e sereno, no qual saíam pela manhã da cidade, e iam a Gentily, a Bologne, a Mont-rouge, à ponte de Charanton, a Vanves ou a Saint-Clou. Ali passavam todo o dia, divertindo-se à farta: conversando, rindo, bebendo, brincando, cantando, dançando, passeando por algum belo prado, tirando ninhos dos pássaros, pegando codornizes, pescando rãs e lagostins de água doce.

Mas embora aqueles dias fossem passados sem livro e sem leituras, não eram passados sem proveito. Pois, naquele belo prado, recitavam de cor alguns agradáveis versos rurais de Virgílio, de Hesíodo, da *Rustica* de Policiano; repetiam alguns interessantes epigramas em latim, depois o faziam seguir por baladas e rondós na língua francesa. Banqueteando-se, separavam a água do vinho aguado, como ensina Catão em *de Re rust*, e Plínio, com um copo de madeira; lavavam o vinho em uma bacia de água, depois o retiravam com um funil, faziam a água passar de um copo para o outro, acionando vários pequenos engenhos automáticos, quer dizer, movendo-se eles mesmos.

CAPÍTULO XXV
DE COMO SURGIU, ENTRE VENDEDORES DE BOLO DE LERNÉ E OS DO PAÍS DE GARGÂNTUA, UMA GRANDE CONTENDA, DA QUAL SURGIRAM SÉRIAS GUERRAS

Por esse tempo, que foi a estação da vindima, no começo do outono, os pastores do país estavam guardando as vinhas, impedindo que os estorninhos comessem as uvas. E, na ocasião, os vendedores de fogaças de Lerné passaram levando dez ou doze cargas do bolo para a cidade. Os referidos pastores pediram cortesmente que lhes vendessem fogaças pelo preço do mercado. Pois notai que é um manjar celeste, comer pela manhã uvas com fogaça fresca, tanto a uva moscatel como diversas outras variedades, sendo recomendadas as uvas laxativas para aqueles que estão constipados do ventre. Os vendedores não se mostraram inclinados a atender ao pedido, mas, pior ainda, ultrajaram grandemente os outros, chamando-os de parlapatões, desdentados, ruços pacóvios, vagabundos, caga-na-cama, brutamontes, marotos, desordeiros beberrões, fanfarrões, vilões, patifes, ladrões, cretinos, gente sem eira nem beira, boiadeiros de bosta e pastores de merda, e outros epítetos difamatórios, acrescentando que não competia a eles comer as suas belas fogaças, devendo se contentar com pão preto e torta. Diante de cujo ultraje, um dentre eles, chamado Forgier, homem de honesta personalidade e digna apresentação, replicou, delicadamente: — Desde quando mudastes tanto, que vos tornastes tão rudes? Costumáveis vender com tão boa vontade, e agora recusais? Não se faz tal coisa com bons vizinhos, e não vos fazemos assim, quando vindes comprar o nosso belo trigo, com o qual fazeis bolos e fogaças; ainda por cima, nós vos teríamos dado uvas, mas com mil demônios, podereis vos arrepender, quando quiserdes fazer negócio conosco, e nós fizermos o mesmo.

Então Marquet, grande bastonário da confraria dos vendedores de fogaça, disse-lhe: — Verdadeiramente, está bem eloquente esta manhã; comeste muito pão preto à noite passada. Vem, vou te dar de minha fogaça.

Quando Forgier, com toda a simplicidade, se aproximou, tirando uma moeda do cinto, pensando que Marquet lhe fosse vender a fogaça, aquele lhe atirou o chicote entre as pernas com toda a força, depois quis fugir. Mas Forgier, gritou chamando-o de assassino o mais alto que pôde, e, ao mesmo tempo, atirou-lhe um grosso cacete que trazia debaixo do braço, e o atingiu junto à juntura coronal da cabeça, sob a artéria crotáfica, do lado direito; de tal modo, que Marquet caiu de cima de sua égua, mais parecendo um homem morto do que vivo.

Enquanto isso, os jornaleiros, que estavam colhendo as nozes, correram com as suas grandes varas, e espancaram os forasteiros como se estivessem malhando espigas. Os outros pastores e pastoras, ouvindo o grito de Forgier, vieram com as suas fundas e os perseguiram a pedradas, e foram tantas as pedras que pareciam granizo. Finalmente os alcançaram e tiraram cerca de quatro ou cinco dúzias de suas fogaças, que, todavia, pagaram pelo preço costumeiro, dando-lhes cem nozes e três cestos de uvas brancas. Depois, os vendedores de fogaças ajudaram Marquet, que estava seriamente ferido, a montar, e voltaram a Lerné, sem prosseguirem caminho, para Pareillé, ameaçando muito os pastores, boiadeiros e jornaleiros de Sevillé e de Sinais. Isso feito, pastores e pastoras trataram de se fartar com as fogaças e se divertiram ao som da flauta, zombando dos forasteiros valentões, que tinham se saído mal, por culpa de terem mal se comportado naquela manhã. E com grandes cachos de uvas lavaram com todo o cuidado a perna de Forgier, tão bem que ele não tardou a se curar.

CAPÍTULO XXVI
DE COMO OS HABITANTES DE LERNÉ, POR ORDEM DE PICROCHOLE, SEU REI, ATACARAM DE SURPRESA OS PASTORES DE GRANDGOUSIER

Os vendedores de fogaça, tendo voltado a Lerné, antes de beberem ou comerem dirigiram-se ao Capitólio, e lá, diante de seu rei, chamado Picrochole, o terceiro desse nome, apresentaram a sua queixa, mostrando os seus cestos quebrados, seus chapéus amassados, as suas vestes rasgadas, as fogaças esfareladas, e, acima de tudo, Marquet gravemente ferido, dizendo que tudo aquilo fora feito pelos pastores e jornaleiros de Grandgousier, perto de Sevillé.

O qual incontinênti ficou furioso e, sem mais indagar como e quando, fez correr um pregão por seu país, ordenando que todos, sob pena de morte, se reunissem armados na grande praça em frente do castelo, à hora do meio-dia. Para melhor confirmar a sua empresa, mandou tocar o tambor em torno da cidade; ele mesmo, enquanto se preparava para jantar, foi assestar a sua artilharia, desfraldar as suas insígnias e auriflama, e providenciar as munições, tanto de armas como de boca. Enquanto jantava, ordenou as comissões e, por seu edito, foi constituído o Senhor Trepelu comandante da vanguarda, para a qual foram contados dezesseis mil e quatorze arcabuzeiros e trinta mil e onze aventureiros. Para a artilharia foi comissionado o grande escudeiro Toucquedillon, sendo contadas novecentas e quatorze grandes peças de bronze, em canhões, canhões duplos, basiliscos, serpentinas, colubrinas, bombardas, falcões, *passevolants*[89], *spiroles*[90] e outras peças. A retaguarda foi confiada ao Duque Raquedenare. Dispuseram-se para a batalha o rei e os príncipes de seu reino.

Assim, sumariamente preparados, antes de seguirem caminho, mandaram trezentos soldados da cavalaria ligeira, sob o comando do Capitão Engole-vento, para explorarem o país e saberem se havia preparada alguma emboscada. Mas, depois de procurarem diligentemente, acharam toda a região vizinha em paz e silêncio, sem ajuntamento algum. O que ouvindo, Picrochole ordenou que todos marchassem, sem demora, sob a sua insígnia. Então, sem ordem e sem medida, todos avançaram, saqueando e destruindo tudo por onde passavam, sem pouparem pobre ou rico, lugar sagrado ou profano; levando bois, vacas, touros, vitelos, bezerros, ovelhas, carneiros, cabras e bodes; galinhas, capões, frangos, gansos, patos, porcos, porcas, leitões; colhendo as nozes, devastando os vinhedos, derrubando as sebes, não deixando uma fruta nas árvores. Era uma desordem incomparável o que eles faziam. E não encontravam ninguém que resistisse: todos se entregavam à sua mercê, suplicando-lhes que os tratassem mais humanamente, considerando que tinham sido sempre bons e amáveis vizinhos, e que jamais contra eles haviam cometido excessos ou ultrajes, para serem assim subitamente vexados, do que Deus os puniria em breve. A essas alegações, os outros nada respondiam, senão que queriam ensinar-lhes a comer fogaça.

CAPÍTULO XXVII
DE COMO UM MONGE DE SEVILLÉ SALVOU O HORTO DA ABADIA DO SAQUE DOS INIMIGOS

Tanto atacaram e maltrataram, pilhando e furtando, que chegaram a Sevillé e seviciaram homens e mulheres, e tomaram o que puderam: nada lhes foi muito quente ou muito pesado. Embora a peste estivesse na maior parte das casas, entravam em toda a parte e tomavam tudo que encontravam dentro, e nenhum

---
89. Peça de artilharia de grande tamanho. (N. do T.)
90. Pequena colubrina. (N. do T.).

correu perigo; o que é um caso maravilhoso. Pois os curas, vigários, pregadores, médicos, cirurgiões e boticários que iam visitar, tratar, curar, pregar e admoestar os doentes tinham todos morrido da infecção, e aqueles malditos saqueadores e assassinos nada tiveram. De onde vem isso, senhores? Pensai, eu vos peço.

Tendo assim pilhado o burgo, dirigiram-se à abadia, com terrível tumulto, mas a encontraram bem fechada e trancada. De onde o exército principal marchou outra vez para o vau de Vede, exceto sete companhias de pedestres e duzentos lanceiros que lá ficaram, e arrombaram o muro do convento, a fim de gastarem toda a vindima. Os pobres diabos dos monges não sabiam que santos invocar.

De qualquer maneira, fizeram soar *ad capitulum capitulantes*. Ali se decretou que fizessem uma bela procissão reforçada por belas prédicas *contra insidias* e belos responsos *pro pace*[91]. Na abadia havia então um monge enclausurado, chamado Jean des Entommeures, jovem, galante, bem posto, ágil, ousado, aventuroso, deliberado, alto, magro, bem provido de goela, bem avantajado de nariz, bom para se desembaraçar das matinas, bom para despachar as missas, bom para se livrar das vigílias; para dizer em poucas palavras: um verdadeiro monge, um frade realmente fradesco na confraria; de resto, clérigo até a raiz dos cabelos em matéria de breviário. Ouvindo o barulho que faziam os inimigos no vinhedo, saiu para ver o que estava acontecendo. E vendo que o estavam devastando, voltou ao coro da igreja, onde estavam os outros monges: e, vendo-os cantar *Im, im, pe, e, e, e, e, tum, um, in, i, ni, i, mi, co, o, o, o, o, o, rum, um*[92], exclamou: — Que cantoria é essa? Adeus cestos, que a vindima está feita? Quero ir para o inferno se eles não estão dentro do nosso terreno, colhendo as uvas e arrasando as parreiras. Com todos os diabos! O que vamos nós, pobres diabos, beber então, se não vamos ter vinho durante um ano? Senhor Deus, *da mihi potum*.

Disse então o prior do claustro: — Que faz esse bêbedo aqui? Que o levem para a prisão. Perturbar assim o serviço divino! — Mas — disse o monge — e o serviço de vinho? Temos de fazer tudo para que ele não seja perturbado, pois vós mesmo, senhor prior, gostais muito de beber, como todo homem de bem. Jamais homem nobre odiou o bom vinho; é um apotegma monacal.

Mas esses responsos que cantais aqui não estão na boa estação aos olhos de Deus. Por que as nossas horas são mais curtas no tempo da vindima e mais longas no inverno? O defunto de saudosa memória Frei Macé Pelosse, verdadeiro zelador (ou vou para o inferno se estou errado) de nossa religião, me disse, eu me lembro muito bem, que o motivo disso é que, nesta estação temos de colher e fazer ovinho, e no inverno o bebemos. Escutai, senhores, vós queimais o vinho, o corpo de Deus;

---

91. As três expressões latinas querem dizer, respectivamente: "Ao capítulo os que têm direito a voto", "contra as insídias" (do inimigo) e "pela paz". (N. do T.)

93. *Impetum inimicorum:* ataque dos inimigos. (N. do T.)

Santo Antônio me queime se eu entender como é que os que gostam do vinho não vão socorrer a vinha. Com mil diabos, e os bens da Igreja?

São Thomas, o inglês[93], quis morrer por causa deles; se eu morresse não seria santo da mesma maneira? Não vou morrer, porém, vou é matar os outros.

Assim dizendo, despiu o hábito e se armou com a haste da cruz, que era do cerne da soveira, comprida como uma lança, da grossura de um braço e um tanto semeada de flores-de-lis, todas quase apagadas. Assim saiu, de saiote, com o hábito a tiracolo, e, com a haste da cruz, caiu de repente sobre os inimigos, que, sem ordem nem insígnia, sem trombeta nem tambor, vindimavam no meio da quinta do convento. Pois os porta-bandeiras e porta-insígnias tinham deixado as bandeiras e insígnias encostadas no muro; os tamborileiros tinham tirado o tampo dos tambores, para enchê-los de uvas, e as trombetas estavam cheias de cachos; todos estavam descuidados. O monge, caiu então sobre eles tão de rijo, sem dizer uma palavra, que os derrubou como porcos, desfechando as suas pancadas para a direita e para a esquerda. A uns arrebentou o cérebro, a outros quebrou os braços e pernas, a outros deslocou os espôndilos do pescoço, a outros esmagou os rins, afundou o nariz, furou os olhos, partiu a mandíbula, enfiou os dentes para dentro da goela, deslocou as omoplatas, descadeirou a anca.

Se alguém queria se esconder entre as parreiras mais espessas, a esse ele surrava nas costas com mais força, e o maltratava como um cão.

Se alguém tentava se salvar fugindo, o monge lhe fazia a cabeça voar em pedaços pela comissura lambdoide.

Se alguém trepava em uma árvore, pensando estar ali em segurança, o monge, com a sua haste, o empalamava pelo traseiro.

Se algum velho conhecido gritava: — Ei, Frei Jean, meu amigo Frei Jean, eu me rendo — ele dizia, com toda a força: — Mas, antes, irás entregar a tua alma aos diabos.

E o malhava sem mais essa. E se alguém, tomado de temeridade, se dispunha a enfrentá-lo, ele mostrava a força dos seus músculos. Pois lhe trespassava o peito pelo coração ou pelo bofe: a outros castigava no vazio das costelas, subvertendo o estômago, e morriam subitamente; a outros, tanto batia em cima do umbigo que lhes fazia sair as tripas; e a outros, entre os culhões, arrebentava o cano da cagação. Podeis crer que foi o mais horrível espetáculo que já se viu.

Uns gritavam Santa Bárbara; outros São Jorge; outros São Não-me-toques, outros, Nossa Senhora de Cunault, de Laurette, das boas novas, de Lenou, de Riviere. Uns se votavam a São Tiago, outros ao santo sudário de Chambery (mas esse pegou fogo três meses depois, não se tendo podido salvar um pedacinho), outros a Cadouin[94], outros a São João d'Angely; outros a Santa Eutrópia de Xain-

---

93. Thomas Becket, Arcebispo de Cantuária, assassinado junto ao altar, em 1164. (N. do T.)
94. Cadouin, mosteiro em Périgord, onde era mostrado o santo sudário. (N. do T.)

tes, a São Mesmo de Chinon, São Martinho de Candes, São Clodoaldo de Sinays, com as relíquias de Jovrezay e mil outros santinhos. Uns morriam falando, outros falavam morrendo.

Outros gritavam bem alto: — Confissão, Confissão, *Confiteor, Miserere, In manus*! — A gritaria foi tanta, que o prior do convento saiu, acompanhado por todos os monges. Quando perceberam os pobres coitados assim acossados de encontro às parreiras e feridos de morte, confessaram alguns. Mas, enquanto os presbíteros se divertiam confessando, os fradinhos corriam até junto de Frei Jean, perguntando-lhe se queria que o ajudassem. Ao que ele respondeu que degolassem os que tinham caído por terra. Então, deixando as suas grandes capas em uma latada, os fradinhos, mais do que depressa, começaram a degolar e matar os que ele havia ferido. Sabeis com que ferramenta? Com as faquinhas chamadas *gouet* que os meninos da nossa terra usam para abrirem nozes. Depois disso, Frei Jean foi se colocar na brecha que os inimigos tinham aberto no muro, e lá se postou, sempre empunhando a haste da cruz. Alguns dos fradinhos levaram as bandeiras e flâmulas para as suas celas, a fim de fazerem jarreteiras. Mas, quando alguns dos frades que tinham confessado os moribundos quiseram sair pela referida brecha, o monge os atacou a pauladas, dizendo: — Aqueles ali se confessaram e se arrependeram e alcançaram o perdão; vão direitinho para o céu.

E assim, graças à sua proeza, foram abatidos todos os do exército que entraram no horto do convento, sendo em número de treze mil, seiscentos e vinte e dois, fora mulheres e crianças, o que sempre fica entendido. Jamais o ermita Maugis se bateu mais valentemente com o seu bordão contra os sarracenos, como está escrito nas gestas dos quatro filhos Aymon, como fez o monge ao encontro dos inimigos, com a haste da cruz.

CAPÍTULO XXVIII
DE COMO PICROCHOLE TOMOU DE ASSALTO ROCHE-CLERMAULD, E DO PESAR E DA DIFICULDADE DE GRANDGOUSIER FAZER A GUERRA

Enquanto o monge batalhava, como temos dito, contra os que haviam entrado no terreno do convento, Picrochole, sem perder tempo, atravessou o vau de Vede com os seus homens e assaltou Roche-Clermauld, lugar onde não lhe foi oferecida resistência alguma; e, como já era noite, deliberou naquela cidade pernoitar com os seus homens e descansar de sua cólera punitiva. De manhã, tomou de assalto os baluartes e o castelo e lá se fortificou muito bem, tendo lá encontrado as munições necessárias, pensando lá se defender, se fosse atacado. Pois o lugar era forte, tanto pela natureza como pela arte, por causa de sua situação e assentamento.

Mas vamos deixá-lo lá e voltemos ao nosso bom Gargântua, que está em Paris, bem dedicado ao estudo das boas letras e aos exercícios atléticos, e o velho e bom Grandgousier, seu pai, que, depois de comer e se esquentar em um belo fogo, grande e claro, esperando que se assassem as castanhas, contava à sua mulher e à família belos casos dos tempos de outrora.

Um dos pastores que guardavam os vinhedos, chamado Pillot, se transportou para junto dele àquela hora, e contou inteiramente os excessos e pilhagens que fazia Picrochole, rei de Lerné, em suas terras e domínios; e como pilhara, arrasara e saqueara todo o país, exceto o convento de Sevillé, que Frei Jean des Entommeures salvara, para sua honra. E, presentemente, estava o referido rei em Roche-Clermauld, e com grande aparato se fortificara, ele e os seus homens.

— Ah! Ah! — disse Grandgousier. — O que é isso, boa gente? Picrochole, meu velho amigo de todos os tempos, de toda a raça e aliança, vem me atacar? O que o move? O que o empurra? O que o conduz? Quem o aconselhou a tal coisa? Ah, ah, ah, ha! Meu Deus, meu Salvador, ajuda-me, inspira-me, aconselha-me o que devo fazer. Protesto, juro perante ti; assim me sejas favorável, se jamais lhe trouxe desprazer, à sua gente mal e às suas terras pilhagem; mas, bem ao contrário, eu o tenho socorrido com homens, com dinheiro, com favor e com conselho, em todas as ocasiões que assim pediu. Que ele me tenha, pois, ultrajado até esse ponto, só pode ser pelo espírito maligno. Bom Deus, conheces a minha coragem, pois de ti nada se pode ocultar. Se por acaso ele tenha se tornado furioso, e se, para lhe reabilitar o cérebro tu o tenhas para aqui enviado, dá-me o poder e o saber de levá-lo ao jugo do teu santo querer por boa disciplina. Ah, ah, ah! Minha boa gente, meus amigos e meus fiéis servidores, será preciso que eu vos peça que me ajudeis? Ah! A minha velhice só pedia, de agora em diante, repouso, e em toda a minha vida não procurei outra coisa senão a paz; mas é preciso, bem o vejo, que agora têm de suportar o peso da armadura os meus pobres ombros fatigados e fracos e com a mão trêmula tomarei a lança e a clava para socorrer e garantir os meus pobres súditos. A razão assim o quer: pois por seu labor sou sustentado, e seu suor me alimenta, eu, meus filhos e minha família. Mas, no entanto, não empreenderei a guerra senão depois de ter ensaiado todas as artes e os meios da paz; então, resolverei.

Assim sendo, fez convocar o conselho e expôs o caso, tal como se apresentava. E concluiu-se que se enviaria um homem prudente a Picrochole, para saber porque assim subitamente deixara o seu repouso e invadira as terras, sobre as quais não tinha direito algum. Além disso, que se mandasse chamar Gargântua e a sua gente, a fim de ficarem no país e defendê-lo se necessidade houvesse. E com tudo concordou Grandgousier, e mandou que assim se fizesse. Mandou, então, sem tardança, o Basco, seu lacaio, procurar com toda diligência Gargântua. E escreveu-lhe o que se segue.

CAPÍTULO XXIX
O TEOR DA CARTA QUE GRANDGOUSIER ESCREVEU A GARGÂNTUA

"O fervor dos teus estudos exigia que em longo tempo não te privasse desse filosófico repouso, se a confiança de nossos amigos e confederados não tivesse presentemente frustrado a segurança da minha velhice. Mas já que tal é esse fatal destino, que por eles foi inquietado, nos quais mais eu confiava, mister é convocar o subsídio das pessoas e bens que te são por direito natural afiançados. Pois assim como débeis são as armas de fora, se não reina o consenso na casa, assim é vão o estudo e o conselho inútil, que em tempo oportuno pela virtude não é executado, e seu efeito reduzido. A minha preocupação não é de provocar, mas antes apaziguar; não é de assaltar, mas de defender; não é de conquistar, mas de proteger os meus fiéis súditos e as terras hereditárias. Nas quais hostilmente entrou Picrochole, sem causa nem ocasião, e de dia para dia prossegue a sua furiosa empresa, com excessos não toleráveis por pessoas livres.

"Eu me vi no dever, para moderar a sua cólera tirânica, oferecendo-lhe tudo que pensava poder-lhe contentar; e por várias vezes a ele fiz procurar amavelmente, para saber em que, por quem e como ele se sentia ultrajado; mas dele não tive resposta, senão de ultrajante desafio, e que em minhas terras pretendia apenas direito de conveniência. Por onde conheci que Deus eterno o deixou entregue ao seu franco arbítrio e senso próprio, que só pode ser malvado, se pela graça divina não é constantemente guiado: e para contê-lo e reduzir-lhe o conhecimento, para aqui mo enviou, com molestos intentos. Portanto, meu filho bem-amado, o mais cedo que puderes, vista esta carta, volta com diligência para socorrer, não tanto a mim (o que, entretanto, por piedade naturalmente deves) mas os teus, os quais, pela razão, podes salvar e guardar. A façanha se fará com a menor efusão de sangue que for possível; e, se possível for, por engenhos mais expeditos, cautelas e artimanhas de guerra, salvaremos todas as almas, e os enviaremos satisfeitos aos seus domicílios.

"Caríssimo filho, a paz de Cristo, nosso Redentor, seja contigo. Saúda por mim Ponocrates, Ginasta e Eudemon. Vinte de setembro.

Teu pai,

Grandgousier."

CAPÍTULO XXX
DE COMO ULRICH GALLET FOI ENVIADO A PICROCHOLE

Ditada e assinada a carta, Grandgousier ordenou que Ulrich Gallet, seu referendário, homem sábio e discreto, cujas virtudes e bons conselhos experimentara em vários e contenciosos negócios, fosse procurar Picrochole, para mostrar-lhe o que por eles fora decretado. E sem demora partiu Gallet e, passando o vau, perguntou ao moleiro como se comportara Picrochole; e foi-lhe respondido que os seus homens não tinham deixado vivos um só galo ou uma só galinha, e que haviam se encerrado em Roche-Clermauld, e que não o aconselhava a ir adiante, com medo de uma emboscada; pois o furor deles era enorme. O que facilmente Gallet acreditou e, naquela noite, pernoitou com o moleiro. No dia seguinte, transportou-se, com a trombeta, à porta do castelo, e pediu aos guardas que o deixassem falar com o rei, para seu proveito.

Anunciadas tais palavras ao rei, não consentiu ele, de modo algum, que lhe abrisse a porta, mas se transportou para o baluarte e disse ao embaixador: — Que há de novo? O que quereis dizer? Então, o embaixador propôs como se segue.

CAPÍTULO XXXI
A ARENGA FEITA POR GALLET A PICROCHOLE

— Mais justa causa de dor nascer não pode entre os humanos, que se, do lugar de onde por direito esperavam graça e benevolência, recebem desgostos e danos. E não sem causa (e também não sem razão) muitos vindos em tal acidente estimam a própria vida intolerável ante essa indignidade, no caso de nem pela força nem por outro engenho puderem corrigir, sendo eles próprios privados dessa luz.

Portanto, não é de se maravilhar que o rei Grandgousier, meu senhor, esteja com a tua vinda furiosa e hostil tomado de grande desprazer e perturbação do seu entendimento. Maravilha seria se não o tivessem comovido os excessos incomparáveis que contra as suas terras e os seus súditos têm sido por tua gente cometidos; nos quais nenhum exemplo de desumanidade foi poupado.

O que tanto pesar lhe causa pela cordial afeição que sempre dedicou aos seus súditos, que homem mortal mais não poderia. Todavia, mais altamente dolorosa lhe é a estima humana quanto por ti e pelos teus têm sido cometidos esses erros e males; porquanto em toda a memória e antiguidade, tu e os teus pais têm mantido amizade com ele e seus antepassados, até o presente, como que sagrada, e juntos a tendes inviolavelmente mantido até o presente, tanto que não somente os seus, mas as nações bárbaras, como os *Poictevins*, os bretões e os que habitam as ilhas das Canárias e Isabela, têm achado tão fácil abalar o firmamento e levantar os abismos acima das nuvens como desamparar a vossa aliança, e tanto perseverado em seu entendimento, que jamais se ousou provocar, irritar ou prejudicar um por temor do outro.

Há mais. Essa sagrada amizade a tal ponto se ampliou sob o céu, que pouca gente há hoje, entre os que habitam todo o continente e as ilhas do oceano, que não tenha ambiciosamente aspirado a ser recebida em tal aliança, com pactos por vós mesmos condicionados; tanto estimando a vossa confederação como as suas próprias terras e domínios. De sorte que em toda a memória não tem havido príncipe ou liga por mais altiva, ou soberba, que tenha ousado atacar, não digo as vossas terras, mas as de vossos confederados. E se, por conselho precipitado, têm contra elas tentado algum caso de novidade, ouvido o nome e o título da vossa aliança, têm subitamente desistido de suas empresas. Que fúria, pois, te levou agora, rompida toda a aliança, desfeita toda a amizade, trespassado todo o direito, a invadir hostilmente as suas terras, sem nada ter sido por ele ou pelos seus arruinado, irritado ou provocado? Onde está a fé? Onde está a razão? Onde está a humanidade? Onde está o temor de Deus? Cuidas que esses ultrajes ficarão ocultos dos espíritos eternos e do Deus soberano, que é, o justo retribuidor dos nossos feitos? Se cuidas, enganas-te, pois todas as coisas vão ao seu julgamento. São fatais destinos ou influências dos astros que querem pôr fim ao teu bem-estar e repouso? Assim têm todas as coisas seu fim e seu termo. E quando são vindas a seu ponto superlativo, são por baixo arruinadas, pois não podem por longo tempo naquele estado permanecerem. Esse é o fim dos que as suas fortunas e prosperidades não podem pela razão e temperança moderar.

Se algum erro tivesse sido por nós cometido contra os teus súditos e os teus domínios, se por nós tivessem sido favorecidos os que desgostas, se não tivéssemos socorrido os teus negócios, se por nós teu nome e tua honra tivessem sido feridos; ou, para melhor dizer, se o espírito caluniador, procurando arrastar-te ao mal, tivesse, por falazes aparências e fantasmas ilusórios, posto em teu entendimento que contra ti tivéssemos feito coisa não digna de nossa antiga amizade, deverias primeiro inquirir a verdade e depois nos admoestar. E teríamos tanto te satisfeito, que terias tido ocasião de te contentares. Mas, ó Deus eterno, qual é a tua empresa? Queres, como um tirano pérfido, assim pilhar e dissipar o reino de meu senhor? Julgaste-o tão ignavo e estúpido que não quis, ou tão destituído de homens, de dinheiro, de conselho e de arte militar que não pudesse resistir aos teus iníquos assaltos?

Afasta-te daqui sem demora, e amanhã, dia por dia, estejas de volta às tuas terras, sem, no caminho, provocar tumulto nem ato de força. E paga mil besantes de ouro pelos danos que fizeste nestas terras. A metade pagarás amanhã, a outra metade nos idos de maio próximo vindouro; teremos, durante esse tempo, por reféns os duques de Tournemoule, de Bas Defesses e de Menuail, juntamente com o Príncipe de Gratelles e o Visconde de Morpiaille[95].

CAPÍTULO XXXII
DE COMO GRANDGOUSIER, PARA COMPRAR A PAZ, MANDOU DEVOLVER AS FOGAÇAS

Assim falou o bom Gallet; mas Picrochole a todos aqueles propósitos não respondeu outra coisa senão: — Vem procurá-los, vem procurá-los. Vais ver quanto custam as fogaças. — Então, Gallet voltou para junto de Grandgousier, que encontrou de joelhos, em um canto do seu gabinete, rezando a Deus para que abrandasse a cólera de Picrochole, levando-o à razão, sem recorrer à força. Quando viu o mensageiro voltar, perguntou-lhe: — Ah! Meu amigo, meu amigo, que novidade trazes? — Não há novidade — disse Gallet — aquele homem é insensato e não temente de Deus. — Mas, meu amigo — disse Grandgousier —, qual é a causa de tal excesso? — Ele não me expôs causa alguma — respondeu Gallet —, a não ser ter falado, encolerizado, algumas palavras a respeito de suas fogaças. — Quero saber melhor antes de outra coisa deliberar sobre o que convém fazer — disse Grandgousier.

Mandou, então, indagar do caso, e soube que era verdade que haviam tomado à força algumas fogaças de seus homens e que Marquet levara uma cacetada na cabeça. Todavia, tudo fora bem pago e Marquet antes ferira Forgier nas pernas com o seu chicote. E pareceu a todo o seu conselho que com toda a força ele deveria se defender. — Não obstante — disse Grandgousier —, como se trata de algumas fogaças, procurarei convencê-lo, pois me aborrece demasiado ter de fazer a guerra.

Mandou saber então quantas fogaças tinham sido tomadas, e, constatando que tinham sido quatro ou cinco dúzias, mandou que se preparassem cinco carroças de fogaças naquela noite, e que uma delas, com belas fogaças, feitas com boa manteiga, boas gemas de ovo, bom açafrão e boas especiarias, fosse entregue a Marquet; e para as suas despesas, mandou-lhe setecentos mil e três felipes[96] para pagar os barbeiros que tinham tratado dele, e, além disso, concedia a herdade de Pomardière gratuita e perpetuamente a ele e aos seus.

Para tratar de tudo foi mandado Gallet. O qual, no caminho, mandou cortar muitos galhos de videiro e de junco, e os espalhou pelas carroças e pelos carroceiros. Ele próprio foi levando um galho na mão; para dar a conhecer que não queriam senão a paz e que vinham comprá-la.

---

95. Nomes facetos: Duque Gira-massa (ou molho), Duque de Baixas Nádegas, Príncipe da Sarna, etc. (N. do T.)
96. Moeda espanhola de ouro de muito baixo quilate. (N. do T.)

Chegados à porta, pediram para falar com Picrochole, por parte de Grandgousier. Picrochole não quis deixá-los entrar, nem foi com eles falar e perguntar o que queriam, mas eles disseram o que queriam ao Capitão Toucquedillon, que estava assestando algumas peças na muralha. Então, disse Gallet: — Senhor, para vos retirardes de toda essa pendência e tirar toda a desculpa para que volteis à nossa primeira aliança, nós vos devolvemos as fogaças, que geraram a controvérsia. Cinco dúzias tomou a nossa gente; foram muito bem pagas: amamos tanto a paz, que trouxemos cinco carroças, das quais esta aqui é para Marquet, que mais se queixa. Além disso, para contentá-lo inteiramente, eis setecentos mil e três felipes que entrego; e para a compensação que possa pedir, eu lhe cedo a herdade de Pomardière perpetuamente, para que ele e os seus a possuam, livre e desembaraçada; aqui está o contrato da transação. E, por Deus, vivamos de agora em diante em paz, e vós vos retirareis tranquilamente para as vossas terras, cedendo este lugar aqui, sobre o qual não tendes direito algum, como confessais. E amigos como dantes.

Toucquedillon contou tudo a Picrochole, e açulou cada vez mais a sua coragem, dizendo: — Aqueles matutos estão morrendo de medo; por Deus, Grandgousier está se cagando todo, com perdão da palavra. Pobre beberrão! Seu mister não é de ir à guerra, e sim de esvaziar as garrafas. Sou de opinião que fiquemos com as fogaças e com o dinheiro, e, quanto ao resto, tratemos de ficar aqui e prosseguir a nossa boa fortuna. Mas pensarão eles mesmo que estão tratando com um tolo, que se apazígua com fogaças?

Eis o que é: o bom tratamento e a grande familiaridade que lhes tendes concedido vos tornou desprezível perante eles. Tratai bem o vilão, eles vos maltratará; maltratai o vilão, ele vos tratará bem. — Isso mesmo — disse Picrochole. — Por São Tiago, eles vão ver! Faze como dizes. — De uma coisa — disse Toucquedillon — vos quero advertir. Estamos aqui mal abastecidos de vitualhas, mal providos de munições de boca. Se Grandgousier nos sitiar, acabaremos tendo de comer a munição de guerra. — Temos até muitos víveres — disse Picrochole. Estamos aqui para comer ou para batalhar? — Para batalhar — verdadeiramente, disse Toucquedillon. — Mas da pança vem a dança, e quando reina a fome a força foge. — Chega de tagarelar! disse Picrochole. Toma o que eles trouxeram.

Então, tomaram o dinheiro, as fogaças, os bois e as carroças e mandaram os outros de volta sem nada dizer, senão que não se aproximassem muito, pelo motivo que lhes diriam no dia seguinte.

Assim, sem nada conseguirem, voltaram eles para junto de Grandgousier e lhe contaram tudo; ajuntando que não havia nenhuma esperança de se conseguir a paz, senão com uma viva e forte guerra.

CAPÍTULO XXXIII
DE COMO CERTOS GOVERNADORES DE PICROCHOLE, COM CONSELHOS PRECIPITADOS, O PUSERAM EM GRANDE PERIGO

Destroçadas as fogaças, compareceram perante Picrochole, o Duque de Menuail, o Conde Espadachim e o Capitão Merdalha e lhe disseram: — Majestade[97] hoje nós vos tornamos um príncipe mais feliz, mais cavalheiresco do que já houve desde a morte de Alexandre Magno. — Ponde os chapéus, ponde os chapéus — disse Picrochole. — Grande mercê — disseram eles. Majestade, cumprimos o nosso dever. O meio é tal. Deixareis aqui um capitão em guarnição com um pequeno bando de homens, para guardar a praça, a qual nos parece bastante forte, tanto pela natureza como pelos baluartes feitos por vossa invenção. Vosso exército partirá dividido em dois, como melhor o entendais. Uma parte investirá contra Grandgousier e sua gente. Ele será apanhado facilmente de surpresa. Lá arrecadareis dinheiro em montões. Pois o vilão tem muito. Vilão, dissemos, porque um nobre príncipe não tem jamais um soldo. Entesourar é próprio do vilão.

A outra parte, entrementes, tomará o rumo de Onis, Sainctonge, Angomois e Gasconha, juntamente com Perigord, Medoc e Lanés. Sem resistência tomaremos cidades, castelos e fortalezas. Em Bayonn, Saint Jean de Lus e Fontarabie, apoderareis de todas as naves e, costeando para a Galícia e Portugal, pilhareis todos os lugares marítimos, até Lisboa, onde tereis o reforço de toda a equipagem requisitada por um conquistador. A Espanha se renderá, pois os espanhóis não passam de biltres. Passareis pelo estreito de Sibila[98], e lá levantareis duas colunas mais magníficas que as de Hércules, para perpetuarem a memória do vosso nome. E será chamado distrito do Mar Picrocholino.

Passado o Mar Picrocholino, eis Barbarossa que se rende como vosso escravo. — Eu o tomarei à minha mercê — prometeu Picrochole. — Está bem, contanto que ele se faça batizar. E atacareis os reinos de Túnis, Hipes, Argel, Bona, Corona[99], em suma toda a Barbária. Passando além, tomareis em vossas mãos Maiorca, Minorca, Sardenha, Córsega e outras ilhas do Mar Ligústico e Baleares. Costeando à esquerda, dominareis toda a Gália Narbônica, a Provença, os alóbrogos, Gênova, Florença, Luca e adeus Roma! O pobre coitado do Papa já está morrendo de medo. — Bofé — disse Picrochole —, não lhe beijarei as chinelas.

— Tomada a Itália, eis Nápoles, Calábria, Apúlia e Sicília, todas saqueadas, juntamente com Malta. Eu queria bem que os divertidos cavaleiros, outrora de

---
97. No original, "*Cyre*", que Rabelais usa em vez de "*Sire*", tratamento que os franceses davam aos soberanos. (N. do T.)
98. Sibila por Sevilha. Referência ao Estreito de Gibraltar. (N. do T.)
99. Cirene. (N. do T.)

Rodes, vos resistissem, para ver como iriam urinar. — Irei então a Lorette —disse Picrochole. — Nada disso — disseram os outros. — Isso será na volta. De lá tomaremos Cândia, Chipre, Rodes e as Ilhas Cíclades e desceremos na Moreia. Vamos tomá-la. Deus proteja Jerusalém, pois o sultão não é comparável à vossa potência.

— Então vou mandar construir o templo de Salomão — prometeu Picrochole.

— Não, ainda não — disseram eles —, esperai um pouco. Não deveis ser tão arrebatado em vossas empresas. Sabeis o que dizia Otaviano Augusto? *Festina lente*[100]. Convém que, antes, tenhais a Ásia Menor, Cária, Lícia, Panfília, Cilícia, Lídia, Frígia, Misa, Bitínia, Carázia, Satália, Samagéria, Castamena, Luga, e Savasta, até o Eufrates. — Vejamos — disse Picrochole —, e Babilônia e o Monte Sinai? — Por hora não há precisão deles — responderam. — Não vos dais por satisfeito em ter transposto o Mar da Hircânia, atravessado as duas Armênias e as três Arábias? — Bofé! — disse ele. — Somos apressados. Pobres coitados! — O quê? — perguntaram eles. — O quê beberemos nesses desertos? Pois Juliano Augusto e toda a sua hoste morreram de sede, segundo dizem. — Ordenamos tudo — disseram os outros. — Pelo Mar Siríaco tereis nove mil e quatorze grandes naus carregadas dos melhores vinhos do mundo; chegam a Jafa. Lá encontram duzentos e vinte e dois mil camelos e mil e seiscentos elefantes, que apanhastes em caçada nos arredores de Sigeilmes, quando entrastes na Líbia, e, além disso, tendes toda a caravana da Mecha. Não vos fornecerão vinho suficiente? — É certo; mas não vamos beber vinho fresco.

— Por Deus — disseram eles —, um conquistador, pretendente e aspirante ao império universal tem de sacrificar algumas comodidades. Deus seja louvado, por estardes, vós e vossa gente, sãos e salvos até o Rio do Tigre.

— Mas — disse Picrochole —, que faz, durante esse tempo, a parte do nosso exército que foi destroçar aquele vilão Grandgousier? — Não estão descansando, e em breve os encontraremos — disseram eles. — Tomaram para vós a Bretanha, Normandia, Flandres, Hainault, Brabante, Artois, Holanda e Zelândia; passaram o Reno, sobre o ventre dos suíços e lansquenetes, e uma parte deles dominou o Luxemburgo, a Lorena, a Champanhe, a Saboia, até Lião, lugar onde se encontrou com as vossas guarnições que regressavam das conquistas navais do Mar Mediterrâneo. E se reuniram na Boêmia, depois de terem posto a saque a Suábia, Wirtemberg, Baviera, Áustria, Morávia e Estíria. Depois, avançaram ferozmente juntos contra Lubeck, Noruega, Suécia, Riga e Dácia, Gótia, Groenlândia e os estreitos, até o Mar Glacial. Isso feito, conquistaram as Ilhas Órcades e subjugaram a Escócia, Inglaterra e Irlanda. De lá navegaram pelo mar arenoso e pelos sarmatas e venceram e dominaram a

---

100. Apressai-vos devagar. (N. do T.)

Prússia, Polônia, Lituânia, Rússia, Valáquia, Transilvânia, Hungria, Bulgária, Turquia e estão em Constantinopla.

— Vamos nos juntar a eles quanto antes — disse Picrochole —, pois eu quero ser também Imperador de Trebizonda. Não mataremos todos esses cães de turcos e maometanos? — Que diabo haveríamos de fazer senão isso? — disseram eles. — E dareis seus bens e suas terras aos que vos serviram honestamente. — A razão o quer — disse ele. — É a equidade. Eu vos dou a Carmanha, a Síria e toda a Palestina. — Ah! — disseram eles. É digno de vós, Majestade. Grande mercê, Deus vos faça sempre prosperar".

Presente estava um velho fidalgo experimentado em vários perigos, e verdadeiro homem de guerra, chamado Echephron[101], o qual, ouvindo esses propósitos, disse: — Tenho medo de que toda essa empresa seja semelhante à fábula do pote de leite, na qual um sapateiro se fazia rico em sonho; depois de quebrado o pote, não teve o que jantar. Que pretendeis com essas belas conquistas? Qual será o fim de tantos trabalhos e travessias? — Será — disse Picrochole — que, quando regressarmos, descansaremos à vontade. — E se jamais voltardes? — perguntou Echephron. — Pois a viagem é longa e perigosa. Não é melhor repousarmos de uma vez, sem nos metermos em tais aventuras? — Oh! — disse Espadachim. — Eis um bom sonhador; mas vamos nos esconder em um canto da lareira, e lá passaremos com as damas a nossa vida e o nosso tempo, enfiando pérolas, ou fiando como Sardanapalo. Quem não se aventura, não tem cavalo nem mula, diz Salomão. — Quem muito se aventura, perde cavalo e mula — respondeu Echephron. — Basta — disse Picrochole —, vamos adiante. Só temo essas diabas de legiões de Grandgousier: se enquanto estivermos na Mesopotâmia, eles nos atacarem pelas costas, que remédio? — Um remédio muito bom — disse Merdalha: um recado que mandardes aos moscovitas porá em campo, no mesmo instante, quatrocentos e cinquenta mil combatentes de elite. Se me fizerdes vosso tenente, não deixarei pedra sobre pedra! Eu avanço, eu ataco, eu derrubo, eu mato, eu renego. — Sus, sus! — disse Picrochole. — Que se despache tudo, e quem me ama me siga.

CAPÍTULO XXXIV
DE COMO GARGÂNTUA DEIXOU A CIDADE DE PARIS PARA SOCORRER SEU PAÍS; E DE COMO GINASTA ENCONTROU OS INIMIGOS

Naquela mesma hora, Gargântua, que tinha saído de Paris, tão logo lera a carta de seu pai, cavalgando a sua grande égua, já tinha passado pela ponte da Nonnaim: ele, Ponocrates, Ginasta e Eudemon, que, para o seguirem, tinham to-

---

101. Prudente, sensato; *echon* e *phen*, tendo a sabedoria de. (N. do T.)

mado cavalos de muda. O resto de seu séquito vinha em marcha regular, levando todos os seus livros e instrumentos filosóficos. Ele, chegado a Parillé, foi advertido pelo caseiro de Gouguet, que Picrochole se tinha entrincheirado em Roche-Clermauld, e enviara o Capitão Tripot, com grande exército, para assaltar a floresta de Vede e Vaugaudry; e que tinham devastado tudo até o lagar de Billard, e que era coisa estranha e difícil de acreditar os excessos que vinham praticando pelo país; tanto lhe fazia medo, que não sabia bem o que dizer e o que fazer. Mas Ponocrates aconselhou-o que se transportasse até o Senhor de Vauguyon, que em todos os tempos tinha sido seu amigo e confederado, a fim de por ele ser aconselhado sobre todos os negócios. O que fizeram, e o acharam deliberado a socorrê-los, e foi de opinião que ele enviasse algum de seus homens para reconhecer o país e saber em que estado se achavam os inimigos, a fim de proceder pelo conselho tomado segundo a forma da hora presente. Ginasta se ofereceu para ir; mas ficou resolvido que levasse consigo alguém que conhecesse as estradas e as voltas, e os rios das proximidades. Partiram, então, ele e Prelinguand, escudeiro de Vauguyon, e sem temor espiaram por toda a parte. Entrementes, Gargântua descansava, e se refez com os seus homens, e mandou dar à égua um pouco de aveia, isto é, setenta e quatro moios e três alqueires.

 Ginasta e seu companheiro tanto cavalgaram que encontraram os inimigos espalhados e sem ordem, pilhando e roubando tudo que podiam; e logo que o perceberam, correram sobre ele, em multidão, para destroçá-lo. Então ele gritou: — Senhores, sou um pobre diabo, peço-vos que tenhais piedade de mim. Ainda tenho um escudo, nós o beberemos, pois é *aurum potabile*; e o cavalo será vendido para pagar as minhas boas-vindas. Isso feito, conservai-me convosco, pois jamais alguém soube melhor pegar, depenar, limpar, temperar e assar, em suma, preparar uma galinha do que eu, que aqui estou, e por meu *proficiat* bebo à saúde de todos os bons companheiros.

 Abriu, então, seu saco de couro e, sem meter dentro o nariz, bebeu um gole farto. Os tratantes o olhavam, escancarando a boca, com a língua de fora como cães, esperando beber depois, mas, sem demora, o Capitão Tripot acorreu para ver o que havia. A ele Ginasta ofereceu a garrafa, dizendo: — Tomai, capitão, bebei à vontade; fiz o ensaio; o vinho é da Faye Moniau. — O quê? — disse Tripot. — Este sujeito está zombando de nós. Quem és tu? — Sou um pobre diabo — disse Ginasta. — Ah! — disse Tripot. — Se és um pobre diabo passas por tudo sem pedágio nem gabela, mas não é costume que os pobres diabos sejam tão bem providos; portanto, senhor diabo, desce do rocim, e, se ele não me levar bem, vós me levareis, mestre diabo, pois gosto muito que um diabo me leve.

CAPÍTULO XXXV
DE COMO GINASTA LESTAMENTE MATOU O CAPITÃO TRIPOT, E OUTROS HOMENS DE PICROCHOLE

Ouvindo essas palavras, alguns deles começaram a ter medo, e se persignaram prestamente, pensando que estavam tratando com um diabo disfarçado; e um deles, chamado Bon Joan, Capitão dos sapadores, gritou bem alto: — *Hagios ho theos*[102]; se és de Deus, fala; se és do outro, vai-te. — O que foi ouvido por vários do bando, que se afastaram; e todos não tiravam os olhos de Ginasta.

No entanto, este fez menção de apear do cavalo, e, quando se debruçou sobre o estribo, fez destramente a volta no suporte do estribo, com a sua espada bastarda ao lado, e, passando por cima, se atirou no ar e se sentou na sela, com o traseiro voltado para a cabeça do cavalo. Depois no ponto em que estava, fez o giro com apoio em um pé e voltando para a esquerda, não tardou a encontrar a sela, sem nada variar. Então disse Tripot: — Ah, não faria este desta forma — Bem — disse Ginasta —, falhei; vou desfazer este salto.

Então, com grande força e agilidade, fez um giro para a direita, como antes. Isso feito, pôs o polegar da destra sobre o arção da sela e levantou o corpo no ar, sustentando todo o corpo sobre o músculo e o nervo do referido polegar, e assim girou três vezes; na quarta, virando todo o corpo sem nada tocar, se ergueu entre as duas orelhas do cavalo, sustentando todo o corpo no ar sobre o polegar da sinistra: e nessa posição fez a volta do molinete, depois batendo com a palma da mão destra no meio da sela, deu tal impulso que ficou sentado de lado, como as damas.

Isso feito, passou mui facilmente a perna direita sobre a cabeça e se pôs em estado de cavalgar na garupa. — Mas — disse ele —, melhor vale se eu me puser entre os arções. — Então, apoiando-se na garupa com os polegares das duas mãos, fez uma volta, de cabeça para baixo, e se achou entre os arções em boa e firme posição, depois se ergueu de um pulo e assim se manteve, de pés juntos entre os arções, e dando mais de cem voltas, com os braços estendidos em cruz, gritava bem alto: — Estou com raiva, diabos, estou com raiva; sustentai-me, diabos, sustentai-me!

Enquanto assim volteava, os biltres, em grande aturdimento, diziam uns aos outros: — É um trasgo, ou um diabo disfarçado. *Ab hoste maligno libera nos, Domine*"[103]. E fugiam para a estrada, olhando atrás de si, como se estivessem sendo perseguidos por um cão danado.

Vendo-se em vantagem, Ginasta apeou do cavalo, desembainhou a espada, e com grandes espaldeiradas, caiu sobre os mais próximos e os abateu com grande

---

102. "Deus é santo", palavras do Triságio grego, cantados pela Igreja Romana em grego e latim na Sexta-feira Santa. (N. do T.)
103. Do inimigo maligno livrai-nos, Senhor. (N. do T.)

fúria, deixando-os feridos, aflitos e maltratados, sem que nenhum lhe resistisse, pensando que fosse um diabo faminto, tanto pelos maravilhosos volteios que havia feito, como pelos propósitos com que o recebera Tripot, chamando-o de pobre diabo. Mas eis que Tripot à traição lhe quis fender o cérebro com sua espada de lansquenete; mas ele estava bem protegido e daquele golpe só sentiu o peso; e virando-se de súbito, atirou um estoque volante[104] contra o referido Tripot, e, quando esse se abaixava, para proteger a cabeça, abriu-lhe, com uma espaldeirada, o estômago, o cólon e metade do fígado, e ele, caindo por terra, deixou escapar mais de quatro terrinas de sopa e a alma misturada com a sopa.

Isso feito, Ginasta retirou-se, considerando que não se deve abusar do acaso, e que convém a todos os cavaleiros tratar reverentemente a sua boa sorte, não a molestando nem vexando. E, cavalgando seu animal, e, apertando as esporas, seguiu diretamente o seu caminho para Vauguyon, e Prelinguand com ele.

CAPITULO XXXVI
DE COMO GARGÂNTUA DEMOLIU O CASTELO DE VEDE, E DE COMO PASSOU O VAU

Vindo que foi, contou o estado em que achara os inimigos, e o estratagema que usara, ele sozinho, contra toda a sua caterva, afirmando que eles não passavam de biltres, saqueadores e bandidos, ignorantes de toda a disciplina militar, e que tratassem de se pôr a caminho logo, pois lhes seria fácil os abater como animais selvagens. Então, Gargântua, cavalgou a sua grande égua, acompanhado como antes dissemos. E, encontrando em seu caminho uma alta e grande árvore (a qual é chamada comumente a árvore de São Martinho, pois se acreditava que fora um bordão que outrora São Martinho ali plantara) disse: — Eis o que me faltava. Esta árvore me servirá de bordão e de lança. — E a arrancou facilmente da terra e tirou-lhe os ramos e preparou-a à vontade. Enquanto isso, a sua égua mijou, para aliviar o ventre; mas foi com tal abundância, que encheu sete léguas de dilúvio; e toda a urina correu para o vau de Vede, e tanto aumentou o curso d'água, que todo aquele bando de inimigos morreu afogado, com grande horror, exceto alguns que tinham tomado o caminho da encosta, à esquerda. Gargântua chegando ao local do bosque de Vede, foi avisado por Eudemon que no castelo estava um resto dos inimigos, e, para certificar-se, Gargântua gritou, o mais alto que pôde: — Estais aí ou não estais? Se estais, não fiqueis mais; se não estais, nada tenho a dizer. — Mas um maldito artilheiro, que estava na barbacã, disparou um tiro de canhão e o atingiu furiosamente na têmpora direita; todavia isso não lhe fez pior mal do que se tivesse atirado uma ameixa. — O que é isso? — perguntou Gargântua. — Lançais contra nós caroços de uvas? A vindima vos custará caro! — Pensando de verdade que a bala fosse um caroço de uva. Os que estavam dentro do

---
104. Bastão curto e ferrado. (N. do T.)

castelo, divertindo-se com a pilhagem, ouvindo o barulho, correram às torres e baluartes e lhe desfecharam mais de nove mil e vinte e cinco tiros de falconete e arcabuz, todos visando à cabeça, e tanto atiraram nele, que ele exclamou: — Ponocrates, meu amigo, estas moscas estão me cegando; dá-me um ramo desses salgueiros para eu enxotá-las! — Pensando que o chumbo e as pedras da artilharia fossem moscardos. Ponocrates explicou que não eram moscas, mas tiros de artilharia disparados do castelo. Então, ele investiu com a sua grande árvore contra o castelo e com fortes pancadas derrubou as torres e baluartes, arruinando de todo o castelo. Desse modo foram rompidos e feitos em pedaços os que estavam lá dentro.

Partindo de lá, chegaram à ponte do moinho, e acharam todo o vau coberto de cadáveres, em tal multidão que tinham entupido o curso d'água do moinho; e eram aqueles que tinham perecido no dilúvio urinário da égua. Ali se puseram a pensar como poderiam passar, em vista do entupimento dos cadáveres. Mas Ginasta disse: — Se os diabos passaram, eu também passarei. — Os diabos passaram para levar as almas danadas — disse Eudemon. — São Treignan! — disse Ponocrates. — Então, por consequência necessária ele passará. — Vamos, vamos — disse Ginasta —, ou morrerei no caminho. — E, esporeando o cavalo, passou para o outro lado, sem que o animal tivesse se espantado com os cadáveres. Pois o havia acostumado, segundo a doutrina de Eliano, a não temer as almas nem os corpos dos mortos. Não matando as pessoas, como Diomedes matou os trácios, e Ulisses punha os corpos de seus inimigos nas patas de seus cavalos, como conta Homero, mas metendo um fantasma entre o seu feno, e fazendo-o ordinariamente passar sob ele quando o cavalo comia a sua aveia. Os três outros o seguiram sem falha, a não ser Eudemon, cujo cavalo meteu a pata direita, até o joelho, na pança de um gordo e grande vilão que se afogara de barriga para cima, e não conseguiu tirá-la; e assim ficou agarrado, até que Gargântua, com a ponta do bastão, empurrou para dentro d'água o resto das tripas do vilão, e então o cavalo levantou a pata. E, coisa maravilhosa em hipiatria, o referido cavalo curou-se de um tumor que tinha naquela pata, pelo contato com as entranhas do gordo vilão.

CAPÍTULO XXXVII
DE COMO GARGÂNTUA, AO PENTEAR-SE, FEZ CAIR BALAS DE CANHÃO DOS SEUS CABELOS

Saindo do rio de Vede, pouco tempo depois chegaram ao castelo de Grandgousier, que os esperava com ansiedade. À sua vinda, festejaram-se muito, jamais se viu gente tão alegre, pois o *Supplementum supplementi chronicorum* diz que Gargamela ali morreu de alegria; de minha parte, nada sei, e bem pouco me preocupo com ela ou outra qualquer. A verdade foi que Gargântua, ao mudar de roupa e passar na cabeça o seu pente (que tinha cem varas de comprimento, e grandes dentes de elefantes, inteiros) fazia tombar, de cada vez que o passava, mais de sete balas de artilharia que tinham ficado em seus cabelos, no combate do bosque de Vede. Vendo o quê, Grandgousier, seu pai, pensou que fossem piolhos, e lhe disse: —Deus do céu, meu filho, não nos trouxestes os bichinhos de Montagu? Não sabia que tinhas estado lá. — Então, Ponocrates respondeu: — Senhor, não penseis que eu o tenha posto no colégio de piolheira que se chama Montagu; melhor o poria entre os miseráveis de Sainct Innocent, pela enorme crueldade e vilania que ali conheci: pois melhor são tratados os forçados entre os mouros e os tártaros, os assassinos na prisão criminal, e, sem dúvida, os cães em vossa casa, do que são os infelizes alunos do referido colégio. E se eu fosse rei de Paris, o diabo me levasse se eu não pusesse fogo naquilo e não fizesse queimar o diretor e os regentes, que permitem que aquela desumanidade seja exercida diante dos seus olhos.

Depois, apanhando as balas, disse: — Foram tiros de canhão que recebeu vosso filho Gargântua passando diante do bosque de Vede, pela traição dos vossos inimigos. Mas tiveram a recompensa e todos pereceram na ruína do castelo; como os filisteus pelo engenho de Sansão, e os que a torre de Siloé matou, tal como está escrito em *Luc.*, 13. E sou de opinião que os persigamos, enquanto a hora está para nós; pois a ocasião tem todos os cabelos na fronte: quando é ultrapassada, não a podereis mais fazer voltar; ela é calva na nuca, e jamais volta para trás. — Verdadeiramente — disse Grandgousier —, não será agora mesmo, pois quero vos festejar esta noite, e sejais bem-vindos.

Isso dito, preparou-se a ceia; e de acréscimo foram assados dezesseis bois, três novilhas, trinta e dois vitelos, sessenta e três cabritos, noventa e cinco carneiros, trezentos leitõezinhos ainda de leite com molho de uva, mil e cem perdizes, setecentas codornizes, quatrocentos capões de Loudunois e Cornualha, seis mil frangos e outros tantos pombos, seiscentas galinholas, mil e quatrocentas lebres, trezentas e três abertadas e mil e setecentos capões de raça. A caça não se pôde tão de repente arranjar, a não ser onze javalis que mandou o Abade de Turpenay e dezoito outras peças de caça grossa que mandou o Senhor des Essars, e algumas dúzias de pombos bravos, de aves aquáticas, botauros, narcejas, tarambolas, frangos d'água, pavoncinos, tadornos, colhereiros, garças, garças-reais, galeirões, cegonhas, patos, flamengos (que são fenicópteros) e galinhas-d'água, além de muitos cuscus[105] e um reforço de sopas. Sem dúvida, havia mantimento à farta; e tudo foi muito bem preparado por Frippesaulce, Hoschepot e Pilleverjus, cozinheiros de Grandgousier. Janot, Micquel e Verrenet prepararam muito bem as bebidas.

---

105. No original, *coscossons*, palavra que não existe no francês moderno, mas os comentaristas explicam que se trata de uma comida árabe, formada por uma pasta de farinha granulada, com manteiga e molho. (N. do T.)

CAPÍTULO XXXVIII
DE COMO GARGÂNTUA COMEU NA SALADA SEIS PEREGRINOS

O assunto requer que contemos o que aconteceu a seis peregrinos que vinham de Sainct Sebastien perto de Nantes, e para se abrigarem naquela noite, com medo dos inimigos, tinham se escondido na horta, em cima dos pés de ervilhas, entre as couves e alfaces. Gargântua se sentiu um pouco alterado, e perguntou onde poderia encontrar alfaces para fazer uma salada.

E sabendo que ali havia as mais belas e maiores do país, pois eram do tamanho de ameixeiras ou nogueiras, quis ir ele mesmo buscar, e tirou tantas, que levou também os peregrinos, que ficaram tão apavorados, que não se atreveram a falar ou a tossir.

Enquanto eram lavados primeiramente na fonte, os peregrinos disseram entre si, em voz baixa: — O que fazer? Estamos aqui entre estas alfaces. Falaremos? Mas se falarmos, ele nos matará como espiões. — E, enquanto assim deliberavam, Gargântua os pôs, com as alfaces, dentro de uma travessa do tamanho do tonel de Cisteaulx e com azeite, vinagre e sal os comeu para preparar o estômago para a sopa, e já engolira cinco dos peregrinos; o sexto estava escondido dentro do prato, debaixo de uma alface, exceto o seu bordão, que aparecia por cima. Vendo o mesmo, Grandgousier disse a Gargântua: — Creio que é um caramujo. Não comas — Por quê? — disse Gargântua. — Eles são bons todo este mês.

E, tirando o bordão, pegou o peregrino e o comeu muito bem. Depois bebeu um grande gole de vinho, enquanto esperava que se preparasse o jantar.

Os peregrinos, assim devorados, queimavam os miolos imaginando o que melhor poderiam fazer, e pensavam que os tivessem posto na última fossa da prisão. E quando Gargântua bebeu o grande gole, cuidaram que iam se afogar em sua boca, e a torrente de vinho quase os levou ao abismo do estômago; todavia, saltando com os seus bordões como fazem os miqueletes, conseguiram se equilibrar na beirada dos dentes. Mas por desgraça, um deles, experimentando o terreno com o seu bordão, bateu com força no buraco de um dente estragado, e feriu o nervo da mandíbula; o que provocou muita dor em Gargântua, que começou a gritar. Para aliviar-se, mandou, então, buscar um palito e esgaravatou os dentes, para o mal dos senhores peregrinos.

Pois agarrou um pelas pernas, outro pelos ombros, outro pelo alforge, outro pelo bolso, outro pela faixa; e o pobre coitado que o havia machucado com o bordão, agarrou pela braguilha, o que lhe deu muita sorte, pois furou um cancro mole que o vinha atormentando desde o tempo em que passaram por Ancenis. Assim, os peregrinos fugiram correndo, e Gargântua aliviou a sua dor. E nessa hora foi chamado por Eudemon para cear, pois tudo estava pronto. — Vou então expulsar o mal do meu corpo — disse ele. E mijou tão copiosamente que a urina barrou o caminho dos peregrinos, os quais foram obrigados a atravessar o grande canal. Saindo de lá, pela borda do bosque, caíram todos, exceto Fournillier, em uma armadilha para apanhar lobos. De onde escaparam graças à indústria do referido Fournillier, que cortou todos os laços e cordas. De lá saindo, passaram o resto da noite em uma choupana perto de Couldrai. E foram reconfortados em sua desgraça pelas santas palavras de um deles, chamado Las-d'aller[106], o qual demonstrou que aquela aventura tinha sido prevista por David, Psal. *Cum exsurgerent homines in nos, forte vivos deglutissent nos*, quando fomos comidos com salada. *Cum irasceretur furor eorum in nos, forsitan aquabsorbuisset nos*, quando ele bebeu o grande gole. *Torrentem pertransivit anima nostra*, quando atravessamos a grande corrente. *Forsitan pertransisset anima nostra aquam intolerabilem*, de sua urina, quando ele nos cortou o caminho. *Benedictus dominus qui non dedit nos in captionem dentibus eorun. Anima nostra, sicut passer, e repta est de laqueo venantium*, quando caimos na armadilha. *Laqueus contritus est* por Fournillier, *et nos liberati sumus. Adjutorium nostrum*, etc[107].

CAPÍTULO XXXIX
DE COMO O MONGE FOI FESTEJADO POR GARGÂNTUA, E DOS BELOS PROPÓSITOS QUE EXPÔS ENQUANTO CEIAVA

Quando Gargântua foi para a mesa e foram servidos os primeiros pratos, Grandgousier começou a contar a fonte e a causa da guerra travada entre ele e Picrochole e chegou ao ponto em que narrou como o Frei Jean des Entommeures triunfara em defesa do horto do convento, e o louvou acima das proezas de Camilo, Cipião, Pompeu, César e Temístocles. Então, pediu Gargântua que sem demora o mandassem procurar, a fim de consultá-lo sobre o que convinha fazer. E seu mordomo saiu em busca do frade, e o trouxe logo, com a sua haste de cruz, montado na mula de Grandgousier.

Quando ele chegou, mil carícias, mil abraços, mil bons dias lhe foram dados. — Ei, Frei Jean, meu amigo, Frei Jean meu primo, Frei Jean de parte do diabo. Um abraço, meu amigo.

Frei Jean correspondia às efusões: jamais um homem não foi tão cortês e tão gracioso. — Assim — disse Gargântua —, um escabelo aqui perto de mim, ali. — De muito boa vontade, já que vos agrada — disse o monge. — Pajem, água:

---

106. *Las-d'aller*: cansado de ir.
107. Quando os homens se levantassem contra nós, talvez nos tivessem comido vivos... Como o seu furor se irritava contra nós, talvez a irritasse contra nós, talvez a água nos engolisse... Nossa alma atravessou a torrente... Talvez a nossa alma tenha passado a torrente intransponível... Bendito seja o Senhor, que não nos entregou como presa aos seus dentes. Nossa alma, como o passarinho, foi arrancada da armadilha dos caçadores... Os laços foram rompidos e fomos libertados... Nossa ajuda (no Senhor), etc. (N. do T.)

bastante, meu amigo, bastante, ela me refrescará o fígado. Bastante, para eu gargarejar.

— *Deposita capa* — disse Ginasta. — Tiremos este hábito. — Ah, por Deus, meu amigo — disse o monge. — Há um capítulo *in statutis Ordonis*, que tenho de obedecer. — Bolas — disse Ginasta —, bolas para o vosso capítulo. Este hábito vos machuca os ombros; tirai-o. — Deixai-o, meu amigo — disse o monge —, pois por Deus, eu bebo melhor com ele. Ele me dá alegria no corpo. Se eu o tirasse, os senhores pajens fariam jarreteiras com ele como me aconteceu uma vez em Coulaines. Além disso, eu não teria apetite. Mas se me sentar à mesa com este hábito, beberei, por Deus, em honra de ti e do teu cavalo. E Deus que proteja todos! Já ceei, mas por isso não vou comer menos, pois tenho um estômago fundo como a bota de São Benedito; sempre aberto como a bolsa de um advogado. Todos os peixes, menos a espinha; tomai a asa da perdiz ou a coxa de uma freirinha; não é tão ruim morrer quando se morre de barriga cheia. Nosso prior gosta muito do peito branco[108] do capão. — Nisso — disse Ginasta — ele não se parece com as raposas; pois dos capões, galinhas e frangos elas jamais comem o peito. — Por quê? — perguntou o monge. — Porque — respondeu Ginasta — não têm cozinheiros para cozinhá-lo. E quando não são competentemente cozidos, ficam vermelhos e não brancos. O vermelho das carnes é índice de que não estão bem cozidas. Exceto os gamaros e as lagostas, que se enrubescem com o cozimento. — *Feste Dieu Bayard*[109] — disse o monge. — O enfermeiro de nosso convento não tem, então, a cabeça bem cozida, pois tem os olhos vermelhos como uma gamela de madeira de amieiro. Esta coxa de lebre é boa para os gotosos. A propósito, por que é que as coxas de uma donzela são sempre frescas? — Esse problema — disse Gargântua — não está nem em Aristóteles, nem em Alexandre Afrodiseu, nem em Plutarco. — Por três causas o lugar é naturalmente fresco — disse o monge. — *Primo*, porque a água escorre em toda a sua extensão. *Secundo*, porque é um lugar sombreado, escuro e tenebroso, no qual jamais brilha o sol. Em terceiro lugar, porque é um lugar onde sopra vento continuamente. E vamos adiante.

Crac, crac, crac! Como Deus é bom por nos dar este bom vinho. Confesso a Deus que, se eu existisse no tempo de Jesus Cristo, teria impedido que os judeus o prendessem no Jardim das Oliveiras. O diabo me leve se eu não tivesse cortado os jarretes dos senhores apóstolos que fugiram tão covardemente, depois de terem ceiado tão bem, e deixaram seu mestre em apuros. Odeio acima de tudo um homem que foge quando tem de brigar. Ah! por que não sou rei da França por oitenta ou cem anos? Por Deus que eu iria dar uma lição aos fujões de Pávia. Pestes! Por que não morrer antes que deixar o seu bom príncipe em apuros? Não é melhor e mais honroso morrer virtuosamente batalhando, do que viver fugitivo

---
108. No original, *blanc*, gordura que fica logo embaixo da epiderme. (N. do T.)
109. Exclamação preferida pelo Cavaleiro Bayard. (N. do T.)

vilmente? Não vamos comer mais aves este ano. Ah!, meu amigo, serve-me desta carne de porco. Diabo! Acabou-se o molho adocicado. *Germinavit radix Jesse*[110]. Renego a minha vida, estou morrendo de sede. Este vinho não é dos piores. Que vinho bebeis em Paris? O diabo me leve se eu não tiver lá casa aberta a todos os passantes. Conheceis Frei Claude do alto Barrois? Oh! que bom companheiro ele é. Mas que mosca o picou? Não faz nada senão estudar, há não sei quanto tempo. Eu, de minha parte, não estudo. Em nosso convento, não estudamos jamais, com medo de apanhar uma doença nos olhos. O nosso defunto abade costumava dizer que não há coisa mais monstruosa do que um frade sábio. Por Deus, senhor meu amigo, *magis magnos clericos non sunt magis magnos sapientes*[111]. Nunca se viu tanta lebre como houve este ano. Não pude conseguir um açor nem um terçô[112] em lugar algum. O Senhor de la Bellonière me prometeu um falcão, mas me escreveu depois que ele ficou bobo. As perdizes já vamos comer de agora em diante. Não gosto de ficar parado. Se não corro, se não me mexo, não acho graça. É verdade que, saltando as sebes e os matinhos, o meu hábito costuma deixar os seus pelos. Arranjei um ótimo galgo. O diabo me leve se ele deixa escapar uma só lebre. Um lacaio o levava para o Senhor de Maulevrier; eu fiquei com ele; fiz mal? — Não, frei Jean — disse Ginasta —, de modo algum, com todos os diabos. — Não é mesmo? — disse Frei Jean. — O que teria feito com ele aquele coxo? Com mil demônios, ele fica muito mais alegre quando lhe dão dois bois de presente. — Como? — disse Ponocrates. — Praguejais, Frei Jean. — É para ornar a minha linguagem — explicou o monge. — São as flores da retórica ciceroniana.

CAPÍTULO XL
PORQUE OS MONGES FUGIRAM DO MUNDO, E PORQUE UNS TÊM O NARIZ MAIOR DO QUE OS OUTROS

Bofé! — exclamou Eudemon. — Fico pensativo, ao ver a honestidade deste monge. Pois ele nos alegrou, nós todos. Por que é, então, que os monges são afastados de toda boa companhia, chamados de desmancha-prazeres, como as abelhas expulsam os zangões de suas colmeias? *Ignavum fucos pecus a praesibus arcent*[113] diz Maro. — Ora — disse Gargântua —, não há maior verdade do que dizer que o hábito e a cogula atraem para si os opróbrios, as injúrias e as maldições do mundo, assim como o vento dito Cecias[114] atrai as nuvens. A razão peremptória

---
110. A raiz de Jessé germinou. (N. do T.)
111. Latim macarrônico: os maiores clérigos não são os maiores sábios. (N. do T.)
112. No original, *tiercelet*, falcão macho. (N. do T.)
113. "Expulsam da colmeia o indolente bando dos zangões." (Virgílio, Geórgica, IV, v. 168.) (N. do T.)
114. Vento do nordeste. (N. do T.)

é porque eles comem a merda do mundo, quer dizer os pecados e, como papa-merdas, são rejeitados para as suas retretes, que são os seus conventos e abadias, separados de toda a conversação polida, como são as retretes de uma casa. Mas se entendeis porque um macaco em uma família é sempre ridicularizado e maltratado, compreendereis porque os monges são sempre repelidos, pelos velhos e pelos moços. O macaco não guarda a casa como um cão; não puxa a charrua, como o boi; não produz leite nem lã, como a ovelha; não carrega fardos, como o cavalo. O que faz é só cagar e estragar, e isso é a causa de receber zombarias e bastonadas.

Semelhantemente um monge (refiro-me àqueles monges ociosos) não trabalha, como o camponês; não guarda o país, como o soldado; não cura as moléstias, como o médico; não prega nem doutrina o mundo, como o bom doutor evangélico e pedagogo; nem transporta as mercadorias e as coisas necessárias à vida, como o negociante. É a causa de todos eles serem repelidos e odiados.

— Mas eles rezam a Deus por nós — disse Grandgousier. — Só isso, respondeu Gargântua. A verdade é que eles incomodam a vizinhança, de tanto bimbalharem os seus sinos. Na verdade — disse o monge —, uma missa, umas matinas, umas vésperas bem bimbalhadas já estão, ditas pela metade. — Eles resmungam muitas ladainhas e muitos salmos que não entendem. Contam muitos padres-nossos, entrelaçados com muitas ave-marias, sem prestarem atenção no que estão dizendo. É o que chamo de blasfêmia, e não de oração. Todos os verdadeiros cristãos, de todas as condições, em todos os lugares, em todos os tempos. Dirigem as suas preces a Deus, e seu espírito reza e interpela por eles; e Deus lhes concede a sua graça. Presentemente, tal é o nosso bom Frei Jean. Portanto, todos se deleitam em sua companhia. Ele não é carola, não é petulante; é simples, alegre, bem-disposto, bom companheiro. Trabalha, defende os oprimidos. Conforta os aflitos, socorre os sofredores, guarda o horto do convento. — Faço bem mais — disse o monge. — Pois deixando as matinas e os aniversários no coro, faço cordas para bestas, dou brilho em suas peças, teço redes para apanhar coelhos. Jamais fico ocioso. Mas sem deixar de beber. Trago as frutas. São castanhas do bosque de Estroc, que, com um bom vinho novo, não há coisa melhor. — Frei Jean — disse Ginasta —, tirai esse catarro que está escorrendo do vosso nariz. — Ah! Ah! — disse o monge. — Correrei perigo de me afogar, visto que estou na água até o nariz? Não, não. *Quare? Quia?* Ela sai bem, mas lá não entra.

— Por que será que Frei Jean tem um nariz tão bonito? — disse Gargântua — Porque Deus assim quis — respondeu Grandgousier —, o qual nos faz de tal forma e para tal fim segundo o seu divino arbítrio, do mesmo modo que um oleiro faz os seus potes. — Porque — disse Ponocrates —, ele foi um dos primeiros a ir à feira dos narizes. Escolheu os mais bonitos e maiores. — Ora — disse o monge —, segundo a verdadeira filosofia monástica, foi porque a minha ama tinha as tetas moles, e, quando eu mamava, o meu nariz se afundava nelas como em manteiga, e lá crescia como a uva esmagada cresce no lagar. As tetas duras das amas fazem os meninos ter nariz chato. Mas vamos, vamos, *ad formam nasi cognoscitur ad te levari*. Não gosto de confeitos. Pajem, aos assados!

CAPÍTULO XLI
DE COMO O MONGE FEZ GARGÂNTUA DORMIR, E DE SUAS HORAS E BREVIÁRIO

Terminada a ceia, discutiram os seus negócios durante um instante, e resolveram sair em escaramuça à meia-noite, a fim de ver que ciladas e diligências preparavam os seus inimigos. Enquanto esperavam, resolveram descansar um pouco, para ficarem mais bem-dispostos. Mas Gargântua não podia dormir, qualquer que fosse a posição em que se pusesse. Pelo que lhe disse o monge: — Não durmo ao meu gosto, senão quando ouço um sermão, ou quando rezo a Deus. Peço-vos, comecemos, eu e vós, os sete salmos, para ver se logo não adormeceremos. — A invenção agradou muito a Gargântua, e, tendo começado o primeiro salmo, no ponto de *Beati quorum* ambos já estavam dormindo. Mas o monge não deixou de acordar antes da meia-noite, tanto estava habituado à hora das matinas claustrais. Despertado, despertou todos os outros, cantando a plena voz a canção:

Ei, Regnault, acorda, vela,
Ei, Regnault, desperta.

Quando todos acordaram, disse-lhes: — Senhores, dizem que as matinas começam com o tossir, e a ceia com o beber. Façamos o contrário, comecemos agora as nossas matinas pelo beber, e à noite, antes da ceia, vamos ver quem tosse melhor. — Então — disse Gargântua —, beber logo depois de dormir? Não o permite a dieta da medicina. É preciso primeiro limpar o estômago de demasias e excrementos. — Está bem medicinado — disse o monge. Os diabos me levem se não há mais beberrões velhos do que médicos velhos. Componho o meu apetite de tal sorte, que ele sempre se deita comigo, e isso me assegura uma boa ordem durante o dia; e também está comigo quando me levanto. Fazei como quiserdes as vossas curas, enquanto vou procurar o meu garrafão. — A que garrafão estais referindo? — perguntou Gargântua. — Meu breviário — disse o monge. — Pois, assim como os falcoeiros, antes de alimentarem as aves, as fazem pegar um pé de galinha, para lhes purgar o cérebro das fleumas e lhes dar apetite, assim, pegando de manhã esse alegre breviariozinho, eu limpo bem o pulmão, e fico pronto para beber.

— Para que uso dizeis essas belas horas? — disse Gargântua. — Para o uso de Fecan[115] — disse o monge —, com três salmos e três lições, ou coisa nenhuma quem não quiser. Jamais me sujeitei às horas; as horas são feitas para o homem, e não o homem para as horas. Portanto, faço com elas o que se faz com o loro do estribo, eu as encurto ou as alongo, como bem me parece. *Brevis oratio penetrat coelos, longa potatio evacuat scyphos*[116]. Onde está escrito isso? — Bofé — disse Ponocrates —, eu não sei, meu fradezinho, mas sei que vales muito. — Nisso nós nos parecemos — disse o monge. — Mas *venite apotemus*"[117].

Preparou-se muita carne assada nas brasas e uma boa sopa, o frade bebeu a vontade. Alguns lhe fizeram companhia, outros se retiraram. Depois, todos começaram a se armar e a se preparar. E armaram o monge contra a sua vontade, pois ele não queria outras armas que o hábito diante do seu estômago, e a haste da cruz em sua mão. Todavia, como queriam os outros, foi armado dos pés à cabeça e montado em um bom corcel do reino, com um grande bacamarte a tiracolo. Juntaram-se Gargântua, Ponocrates, Ginasta, Eudemon e vinte e cinco dos mais aventurosos da casa de Grandgousier, todos bem armados, de lança em punho, montados como São Jorge; cada um tendo um arcabuzeiro na garupa.

CAPÍTULO XLII
DE COMO O MONGE DEU CORAGEM AOS SEUS COMPANHEIROS, E DE COMO FICOU PENDURADO EM UMA ÁRVORE

Lá se foram os nobres campeões à sua aventura, bem deliberados a saber que encontro deveriam buscar, e de qual convinha se precaver, quando chegasse o dia da grande e horrível batalha. E o monge lhes deu coragem, dizendo: — Meus filhos, não tenhais medo nem dúvida, eu vos conduzirei com segurança. Deus e São Benedito estejam conosco. Se eu tiver tanta força como coragem, pelos chifres do diabo que os depenarei como patinhos. Não tenho medo de nada, a não ser da artilharia. Todavia, sei uma oração que o subsecretário do nosso convento me ensinou, a qual garante a pessoa contra todas as bocas-de-fogo. Mas ela não me aproveitaria nada, pois me falta a fé. Todavia a minha haste de cruz fará o diabo. Por Deus, quem se amedrontar vai se ver comigo: o diabo me leve se eu não o fizer monge em meu lugar, e o vista com meu hábito: é um santo remédio para a covardia. Já ouvistes falar no galgo do Senhor de Meurles, que não valia nada nas caçadas? Puseram-lhe um hábito no pescoço; pelo corpo de Deus que não escapou mais lebre ou raposa diante dele, e, além disso, cobriu todas as cadelas da terra, ele que antes estava atacado *de frigidis et maleficiatis*.

---

115. Convento da região de Caux, na França, cujo relaxamento era proverbial. (N. do T.)
116. Uma prece curta entra no céu; um longo gole esvazia os copos. (N. do T.)
117. Vinde beber, no lugar de venite *adoremus*, vinde adorar. (N. do T.)

Dizendo estas palavras, em cólera, o monge passou sob uma nogueira, rumando para o bosque de salgueiros, e prendeu a viseira de seu elmo na ponta de um grande galho da nogueira. Não obstante, esporeou com força o seu cavalo, o qual era muito coceguento, de sorte que o animal deu um pulo para a frente; e o monge, querendo tirar a viseira de onde estava presa, largou as rédeas, e agarrou-se aos galhos da árvore, enquanto o cavalo se ia embora. Desse modo, o frade ficou pendurado na nogueira, gritando aqui del rei e também protestando que havia traição. Eudemon foi o primeiro que percebeu, e chamou Gargântua: — Senhor — disse ele —, vede Absalão pendurado. — Gargântua foi, contemplou a atitude do monge e a forma com que ele estava pendurado, e disse a Eudemon: — Errastes, comparando-o a Absalão. Pois Absalão ficou pendurado pelos cabelos, mas o monge, de cabelo curto, está pendurado pelas orelhas.

— Ajudai-me, com todos os diabos — disse o frade. — Achais que é hora de conversar? Pareceis os pregadores decretalistas, que dizem que, quem vir o próximo em perigo de vida, deve, sob pena de excomunhão tricúspide[118], antes admoestá-lo para se confessar e pôr-se em estado de graça do que ajudá-lo. Quando, então, eu vos veria caídos no rio e prestes a se afogarem, em lugar de ir estender-lhes o braço, eu lhes faria um belo e longo sermão *de contemptu mundi et fuga seculi*[119], e, então eles morreriam, e eu iria pescar. — Não mexas, meu pequeno — disse Ginasta —, vou curar-te, pois és um simpático fradinho.

> Monachus in claustro
> Non valet ova duo
> Sed quando est extra,
> Bene valet triginta[120]

Eu já vi mais de quinhentos pendurados[121], mas não vi nenhum pendurado de maneira mais graciosa, e se eu tivesse a mesma graça, quisera ficar pendurado o resto da vida. — Já pregastes bastante? — disse o monge. — Ajudai-me agora, pelo amor de Deus, pois pelo amor do outro não vos peço. Pelo hábito que trago, ireis arrepender, *tempore et loco praelibatis*[122].

Então, Ginasta apeou do seu cavalo, e, trepando na nogueira, levantou o frade pelos sovacos com uma das mãos e com a outra tirou a viseira do galho da árvore, e assim o deixou cair em terra, e deixou-se cair em seguida. Descido que foi, o monge se desfez de toda a sua armadura e atirou peça por peça no campo, e, retomando a sua haste de cruz, tornou a montar em seu cavalo, que Eudemon pegara quando fugia. Assim se foram alegremente, seguindo o caminho do bosque de salgueiros.

---

118. Tricúspide como sinônimo de "soberana", por causa das três pontas dos raios de Júpiter e do tridente de Netuno. (N. do T.)
119. Da necessidade de desprezar o mundo e fugir do século. (N. do T.)
120. Um monge no claustro não vale dois ovos, mas fora vale bem trinta. (N. do T.)
121. *Pendu* é tanto "pendurado" como "enforcado". (N. do T.)
122. Em tempo e lugar convenientes. (N. do T.)

CAPÍTULO XLIII
DE COMO A ESCARAMUÇA DE PICROCHOLE FOI ENFRENTADA POR GARGÂNTUA, E DE COMO O FRADE MATOU O CAPITÃO PASSAVANT E DEPOIS CAIU PRISIONEIRO DOS INIMIGOS

Picrochole, ouvindo a relação dos que haviam fugido derrotados, quando Tripot foi estripado, foi tomado de grande irritação, sabendo que os diabos tinham posto sua gente para correr, e reuniu o conselho durante toda a noite, no qual Hastiveau e Toucquedillon concluíram que o seu poderio era tanto que poderia desfazer todos os diabos do inferno se viessem. O que Picrochole não acreditou de modo algum, e assim os desafiou. Portanto mandou sob a chefia do Conde Tiravant para percorrerem o país mil e seiscentos cavaleiros, todos montados em cavalos velozes em escaramuça, todos bem aspergidos de água-benta, e cada um tendo por insígnia uma estola em bandoleira, a fim de que, se por acaso encontrassem os diabos, tanto essa água gringoriana[123] como as estolas os fizessem desaparecer e sumir. Correram então até perto de Vauguyon e de Maladerie, mas não encontraram ninguém com quem falar, e então tornaram a passar por ali e na cabana e tugúrio pastoril, perto de Couldray, lá encontraram os cinco peregrinos.

Os quais levaram amarrados e amordaçados, como se fossem espiões, não obstante as exclamações, súplicas e pedidos que faziam.

Descendo de lá, rumo a Sévillé, foram avistados por Gargântua, que disse aos seus homens: — Companheiros, vai haver encontro, e eles são muito mais de dez vezes que nós, vamos entrar em choque com eles? — Que diabo — disse o monge. — O que faremos então? Estimais os homens pelo número, e não pela virtude e ousadia? — Depois gritou: — Vamos entrar em choque, diabos, vamos entrar em choque! — O que ouvindo os inimigos pensaram que fossem mesmo diabos; então começaram a fugir à rédea solta, exceto Tiravant, o qual empunhou a lança e a atirou com toda a força no monge, no meio do peito, mas encontrando o terrível hábito, o ferro embotou, como acontece quando se bate com uma vela em uma bigorna. Então o frade, com a haste da cruz, lhe desfechou uma tão rude pancada entre o pescoço e o peito por cima do osso acrômio, que ele perdeu todos os sentidos e o movimento e caiu junto às patas do cavalo.

E vendo a estola que ele trazia a tiracolo, disse o monge a Gargântua: — Estes não passam de presbíteros, não passam do começo de monge: por São João, eu sou monge perfeito, eu os matarei como moscas. — Depois, com o animal galopando, correu em perseguição dos outros e os abateu como se estivesse ceifando uma seara, ferindo a torto e a direito. Ginasta perguntou a Gargântua se deveriam persegui-los. — De modo nenhum. Pois, segundo a verdadeira disciplina militar, jamais se deve levar o inimigo ao desespero. Porque tal necessidade lhe multiplica a força e aumenta a sua coragem, que já estava abatida

---

123. No original, *gringoriane*, por "gregoriana". O Papa Gregório I (590 a 604) foi um grande defensor do uso da água-benta. (N. do T.)

e fraca. Não há melhor remédio para as pessoas que estão desorientadas e cansadas do que não esperar salvação alguma. Quantas vitórias têm sido arrebatadas das mãos do vencedor pelos vencidos, quando estes não se contentam com a razão, mas tentam destruir inteiramente os inimigos, sem deixar um só para ir contar a notícia? Abri sempre aos vossos inimigos todas as portas e caminhos, e dai-lhes uma ponte de prata para se retirarem. — Sim — disse Ginasta —, mas eles aprisionaram o monge. — Aprisionaram o monge? — disse Gargântua. — Por minha honra, que vão pagar caro. Mas não nos retiremos, esperemos aqui em silêncio. Pois penso que já sei bastante sobre o engenho dos nossos inimigos: eles se guiam pela sorte, e não por conselho.

Assim eles esperaram sob as nogueiras, enquanto o frade prosseguia, atacando todos que encontrava, sem ter misericórdia de ninguém, até que encontrou um cavaleiro que levava na garupa um dos pobres peregrinos. E o vendo atacar, exclamou o peregrino: — Ah! Senhor Prior, meu amigo Senhor Prior, salvai-me, eu vos peço. — E ouvindo essas palavras, os inimigos olharam para trás, e vendo que era apenas um monge que fazia escândalo, o moeram de pancadas; mas nada ele sentia mesmo quando batiam em cima do hábito, tanto era dura a sua pele. Depois o puseram sob a guarda de dois arqueiros, e voltando para trás, não viram ninguém, pelo que estimaram que Gargântua fugira com o seu bando. Correram então para as nogueiras, para tornar a encontrá-los, e deixaram o monge sozinho com os dois arqueiros de guarda. Gargântua ouviu o ruído e os relinchos dos cavalos, e disse aos seus homens: — Companheiros, ouço o ruído dos nossos inimigos e vejo alguns deles que vêm contra nós em multidão; cerremos as nossas fileiras e defendamos o caminho em boa ordem, para que os possamos receber para a sua perdição e nossa honra.

CAPÍTULO XLIV
DE COMO O MONGE SE LIVROU DOS GUARDAS E DE COMO A ESCARAMUÇA DE PICROCHOLE FOI DERROTADA

Vendo-os assim partir em desordem, o frade conjeturou que iam atacar Gargântua e a sua gente, e se contristava nervosamente com o que lhes poderia acontecer. Depois, olhou a fisionomia dos dois arqueiros de guarda, os quais de boa vontade teriam seguido a tropa para pilhar alguma coisa, e olhavam sempre para o vale, no qual tinham eles descido. O frade continuou os seus silogismos, dizendo: — Estes homens estão bem mal exercitados nos feitos d'armas, pois não me fizeram jurar e nem tiraram o meu bacamarte.

Subitamente, disparou o referido bacamarte, e feriu o arqueiro que estava à direita, cortando-lhe inteiramente as veias jugulares e artérias espagitidas do pescoço, com a goela, até as duas glândulas; e tornando a atirar lhe abriu a medula espinhal entre a segunda e a terceira vértebra; e o arqueiro caiu bem morto. E o monge, virando o seu cavalo para a esquerda, correu sobre o outro. E este vendo o seu companheiro morto e o monge investindo contra ele, gritou bem alto: — Ah! Senhor Prior, eu me rendo, Senhor Prior meu amigo, Senhor Prior. — E o monge gritou na mesma altura: — Senhor posterior, meu amigo, senhor posterior, recebereis sobre os vossos pósteros. — Ah! — disse o arqueiro. — sSnhor prior, meu amigo, senhor priorzinho, que Deus voz faça abade. — Pelo hábito que trago, vou vos fazer cardeal aqui mesmo. Quereis profanar os religiosos? Agora mesmo recebereis o prêmio da minha mão. — E o arqueiro gritava: — Senhor prior, senhor prior, senhor futuro abade, senhor cardeal, senhor tudo. Ah, ah, ah! Senhor prior, meu bom senhor priorzinho, eu me entrego a vós. — E eu te entrego a todos os diabos — disse o monge.

Então, de um golpe lhe cortou a cabeça, abrindo o crânio sobre os ossos da têmpora, e arrancando os dois ossos bregmáticos e a comissura sagital, com grande parte dos ossos coronoides, com o que lhe cortou as duas meninges e abriu profundamente os dois ventrículos posteriores do cérebro; e o crânio ficou pendurado nos ombros, com a pele do pericrânio por trás, na forma de um capelo de doutor, negro por cima e vermelho por dentro. Assim caiu bem morto em terra. Isso feito, o monge apertou as esporas no cavalo e seguiu o caminho por onde tinham passado os inimigos, os quais tinham encontrado Gargântua e os seus companheiros na estrada, e tanto haviam diminuído em número, pela enorme mortandade que fizera Gargântua com a sua grande árvore, Ginasta, Ponocrates, Eudemon e os outros, que começavam a se retirar, assustados e perturbados dos sentidos e do entendimento, como se tivessem diante dos olhos a própria aparência e forma da morte. E como vedes um asno, quando tem no cu um estro junônico[124] ou quando um moscardo o pica, correr, desorientado, sem rumo nem direção, atirando a carga por terra, rompendo o freio e as rédeas, sem poder respirar nem descansar, e não se sabe o que o incita (pois nada se vê que o toque), assim fugia aquela gente desprovida de sentidos, sem saber do que fugia, pois somente a perseguia um terror pânico que se apossara de suas almas. Vendo o monge que todo o seu pensamento não era senão fugir, apeou do cavalo e subiu a um grande rochedo que havia à beira do caminho, e, com seu grande bacamarte, atacou os fugitivos, sem descanso nem misericórdia. Tantos matou e derrubou, que o seu bacamarte se partiu em dois pedaços. Então pensou consigo mesmo que já havia massacrado e matado bastante, e que o resto devia escapar para levar a notícia. Portanto, apanhou um machado dos que jaziam mortos, e voltou ao rochedo, passando o tempo a ver fugirem os inimigos, tropeçando nos cadáveres, exceto que a todos fazia deixar seus chuços, espadas, lanças e arcabuzes, e aos que levavam os peregrinos amarrados, fez apearem e entregarem os seus cavalos aos referidos peregrinos, retendo-os consigo, junto da sebe, e Toucquedillon, o qual fez prisioneiro.

---

124. No original: *oestre junonique*, um moscardo como o que Juno mandou atormentar Io. (N. do T.)

CAPÍTULO XLV
DE COMO O MONGE LEVOU OS PEREGRINOS, E AS BOAS PALAVRAS QUE LHES DISSE GRANDGOUSIER

Derrotada a escaramuça, retirou-se Gargântua com os seus homens, exceto o monge, e ao romper do dia, compareceram perante Grandgousier, o qual, em seu leito, rezava a Deus por sua salvação e vitória. E vendo todos sãos e salvos, os abraçou efusivamente, e pediu notícias do monge. Mas Gargântua respondeu-lhe que sem dúvida os inimigos estavam com o monge. — Então eles terão um mau encontro — disse Grandgousier. O que era bem verdade. Portanto ainda é usado o provérbio de dar o monge a alguém. Ordenou então Grandgousier que se preparasse um bom almoço, para que eles se refizessem. Tudo preparado, chamou-se Gargântua; mas tanto ele se aborrecia porque o monge não aparecera, que não queria comer nem beber. De súbito, o monge chegou e desde a porta do pátio foi gritando: — Vinho fresco, vinho fresco, Ginasta, meu amigo!

Ginasta saiu e viu que era Frei Jean, que trazia cinco peregrinos e Toucquedillon prisioneiro; então Gargântua saiu à frente e lhe fizeram o melhor acolhimento que puderam, e o levaram a Grandgousier, o qual o interrogou sobre toda a sua aventura. O monge contou tudo: como o tinham aprisionado, como se livrara dos arqueiros, a matança que fizera no caminho, e como libertara os peregrinos e aprisionara o Capitão Toucquedillon. Depois, trataram de se banquetearem alegremente, todos juntos. Enquanto isso, Grandgousier interrogou os peregrinos, para saber de que país eram, de onde vinham e onde iam. Lasdaller respondeu por todos: — Senhor, sou de Sainct Genou em Berry; este é de Paluau; este de Onzay, este é de Argi e este de Villebrenin. Estamos vindo de Sainct Sebastian, perto de Nantes, e voltamos por pequenas jornadas. — Que fostes fazer em Sainct Sebastian? — disse Grandgousier. — Fomos lhe oferecer votos contra a peste. — Oh! Coitados — disse Grandgousier —, achais que a peste vem de São Sebastião? — Sim — verdadeiramente, disse Lasdaller. — Os nossos pregadores nos afirmam. — Os falsos profetas vos anunciam tal abuso? — disse Grandgousier. — Blasfemam desse modo os justos e santos de Deus, que fazem semelhantes aos diabos que só fazem mal entre os humanos? Como Homero escreveu que a peste foi posta na hoste dos gregos por Apolo, e como os poetas inventam um montão de Vejoves[125] e deuses malfazejos. Assim pregava em Sinays um santarrão que Santo Antônio punha fogo nas pernas; Santa Eutrópia fazia os hidrópicos; São Gildo os loucos; São Januário os gotosos. Mas eu o puni, conquanto ele me chamasse herético, e, depois de então, santarrão algum se atreveu a entrar em minhas terras. E não sei como o vosso rei deixa pregar em seu reino tais escândalos. Pois mais merecem punição que

---

125. *Vejove*: deus malfazejo, um dos apelidos de Plutão, irmão de Júpiter, (*Vae*, desgraça) e *Jovis*, de Júpiter. (N. do T.)

os que por arte mágica ou outro engenho tivessem trazido a peste para o país. A peste só mata o corpo; mas tais impostores envenenam as almas.

Ao dizer estas palavras, entrou o monge, e perguntou-lhes: — De onde sois, vós outros, pobres mortificados? — De Sainct Genou — disseram eles. — E como vai — disse o monge, o Abade Tranchelion, o grande beberrão? E os monges como estão se divertindo? Pois eles não se descuidam de vossas mulheres, enquanto estais em peregrinação. — Ora, ora! disse Lasdaller, não tenho medo da minha. Pois quem a vir de dia não vai quebrar o pescoço para visitá-la de noite. — Ela pode ser tão feia como Prosérpina que terá companhia, pois há monges em torno. Pois um bom artífice trabalha indiferentemente com todas as peças. Que eu apanhe varíola, se não as encontrardes prenhes no vosso regresso, pois basta a sombra da torre de um convento para engravidar. — É — disse Gargântua — como a água do Nilo no Egito, se acreditarmos em Estrabão e Plínio, liv. 7, cap. 3. — Então, ide, pobres homens — disse Grandgousier —, em nome de Deus o criador, o qual vos guie perpetuamente. E de ora em diante, não vos entregueis às vossas ociosas e inúteis viagens. Tratai de vossas famílias, trabalhai cada um em sua vocação, instruí vossos filhos, e vivei como vos ensina o bom apóstolo São Paulo. Assim fazendo, tereis a guarda de Deus, dos anjos e dos santos convosco, e não haverá peste nem mal que vos afete. — Depois Gargântua os levou para tomarem a sua refeição na sala; mas os peregrinos não faziam senão suspirar, e disseram a Gargântua: — Oh! feliz é o país que tem por senhor um tal homem! Ficamos mais edificados e instruídos por seus propósitos, do que por todos os sermões que foram sempre pregados em nossa cidade — É — disse Gargântua — o que disse Platão, *lib. 5, De Rep.*, que as repúblicas seriam felizes, quando os reis filosofassem ou os filósofos reinassem.

Depois, mandou encher os seus alforjes de víveres, as suas garrafas de vinho, e a cada um deu um cavalo para fazer o resto da viagem e algumas moedas para se sustentar.

CAPÍTULO XLVI
DE COMO GRANDGOUSIER TRATOU HUMANAMENTE TOUCQUEDILLON PRISIONEIRO

Toucquedillon foi apresentado a Grandgousier e interrogado por ele sobre a empresa e negócio de Picrochole, e o que pretendia om o tumultuário alarido. Ao que respondeu que o seu fim e o seu destino era de conquistar todo o país se pudesse, pela injúria feita aos seus vendedores de fogaças. — É querer demais — disse Grandgousier. — Quem muito quer, pouco alcança. Os tempos já não são de conquistar assim os reinos, com dano para o seu próximo irmão cristão; essa imitação dos antigos Hércules, Alexandres, Aníbals, Cipiões, Césares e outros tais é contrária à profissão do Evangelho, pelo qual nos é ordenado guardar, salvar, reger e administrar cada um o seu país e as suas terras, não hostilmente invadir as dos outros. E o que os sarracenos e os bárbaros outrora chamavam de proezas, hoje chamamos de banditismo e maldade. Melhor teria ele feito governando em sua casa realmente do que insultando a minha, hostilmente a pilhando, pois por bem governar o teria aumentado, por me pilhar será destruído. Ide em nome de Deus, segui o bom caminho, mostrai ao vosso rei os erros que conheceis, e jamais o aconselheis tendo em conta o vosso proveito particular, pois com o comum também o próprio é perdido. Quanto ao vosso resgate, eu vo-lo dou inteiramente, e quero que vos sejam devolvidas as armas e o cavalo; assim se deve fazer entre vizinhos e antigos amigos, visto que a nossa diferença não é propriamente guerra.

Como Platão, *lib.* 5, *De Repub.*, queria que não se chamasse de guerra, e sim de sedição, quando os gregos pegavam em armas uns contra os outros. O que se, por infortúnio, acontecesse, ele recomendava que se usasse toda a modéstia. Se de guerra a chamais ela é apenas superficial; não está na profundeza de nossos corações. Pois ninguém está ultrajado em sua honra, e só se trata, no total, de reparar uma falta cometida por nossas gentes, a minha e a vossa, assim entendo. As quais, ainda que conheçais, deveis relevar, pois os querelantes estão mais para serem apaziguados que para serem açulados de novo; mesmo os satisfazendo segundo o dano como me ofereci. Deus será o justo avaliador de nossa divergência, ao qual eu suplico antes pela morte me tirar desta vida e de meus bens privar-me diante dos meus olhos, que por mim ou pelos meus algo seja ofendido.

Terminadas estas palavras, chamou o monge, e diante de todos a ele perguntou: — Frei Jean, meu bom amigo, fostes vós que aprisionastes o Capitão Toucquedillon aqui presente? — Majestade — disse o monge —, ele está presente, tem idade e discrição; eu preferia que se ficasse sabendo por sua confissão do que por minha palavra. — Senhor — disse Toucquedillon —, foi ele realmente que me aprisionou e eu me entreguei prisioneiro francamente. — Haveis lhe estabelecido resgate? — disse Grandgousier ao monge. — Não — disse o monge. — Disso não cuidei. — Quanto quereis pelo resgate? — perguntou Grandgousier. — Nada, nada, disse o monge, isso não me preocupa.

Então, mandou Grandgousier que, presente Toucquedillon, fossem contadas ao monge setenta e dois mil *saluts*[126] pelo aprisionamento. Isso feito, e enquanto se fazia a colação ao referido Toucquedillon, perguntou ao mesmo Grandgousier se queria ficar com ele ou se gostaria mais de voltar ao seu rei. Touquedillon respondeu que escolheria o partido que ele aconselhasse.

— Então, disse Grandgousier, voltai ao vosso rei, e que Deus esteja convosco. Depois lhe deu uma bela espada de Viena, com a bainha de ouro, ornada com belas vinhetas de ourivesaria, cravejada de pedras preciosas, estimada em cento e sessenta e dois mil ducados, e dez mil escudos por presente honroso. De-

---

126. Moeda de ouro do século XV. (N. do T.)

pois desses propósitos, cavalgou Toucquedillon o seu animal; Gargântua, para sua segurança, mandou trinta homens d'armas[127] e cento e vinte arqueiros, sob o comando de Ginasta, levá-lo até as portas de Roche-Clermauld, se necessário fosse.

Tendo partido aquele, o monge devolveu a Grandgousier os setenta e dois mil *saluts* que havia recebido, dizendo: — Senhor, não é hora de fazerdes dons. Esperai o fim desta guerra, pois não se sabe que negócios poderão sobrevir. E a guerra feita sem boa provisão de dinheiro só tem um respiradouro de vigor. O nervo das batalhas é a pecúnia. — Então — disse Grandgousier —, no fim vos contarei uma honesta recompensa; e a todos aqueles que me tiverem bem servido.

CAPÍTULO XLVII
DE COMO GRANDGOUSIER MANDOU CHAMAR AS SUAS LEGIÕES E DE COMO TOUCQUEDILLON MATOU HASTIVEAU, DEPOIS FOI MORTO POR ORDEM DE PICROCHOLE

Naqueles mesmos dias, os de Besse, Marché Vieulx, Sainct-Jacques, Traineau, Parillé, Rivière, Roches Sainct-Pol, Vau-breton, Pautillé, Pont de Clain, Cravant, Grandmont, Bourdes, Villaumere, Huymes, Segré, Husse, Sainct-Louant, Panzoust, Coldreaux, Verron, Coulaines, Choise, Verenes, Bourgueil, Isle Bouchard, Croullay, Narsay, Cande, Montsoreau e outros lugares próximos enviaram a Grandgousier embaixadas, para dizerem que estavam advertidos dos agravos que lhe fazia Picrochole, e por sua antiga confederação, ofereciam-lhe todo o seu poder de homens, dinheiro e munição de guerra. O dinheiro de todos montava pelos pactos que lhe enviavam a cento e vinte e quarenta milhões e dois escudos e meio de ouro. Seus homens eram quinze mil homens d'armas, trinta e dois mil da cavalaria ligeira, oitenta e nove mil arcabuzeiros, cento e quarenta mil aventureiros, onze mil e duzentos canhões, canhões duplos basiliscos e colubrinas; sapadores, quarenta e sete mil; todos com soldos e mantimentos para seis meses e quatro dias. Oferta essa que Gargântua nem rejeitou, nem aceitou de todo.

Mas, grandemente os agradecendo, disse que comporia aquela guerra por tal engenho, que necessidade não haveria de prejudicar tanta gente de bem. Somente enviou quem poria em ordem as legiões, as quais estacionavam ordinariamente em seus lugares de Devinière, Chaviny, Gravot e Quinquenais, montando o seu número a dois mil e quinhentos homens

---

127. No original, *hommes d'armes*, cavaleiros armados com todas as peças da armadura. (N. do T.)

d'armas, sessenta e seis mil infantes, vinte e seis mil arcabuzeiros, duzentas grandes peças de artilharia, vinte e dois mil sapadores e seis mil homens da cavalaria ligeira, todos por companhias, todos bem sortidos de tesoureiros, vivandeiras, ferradores, armeiros e outras gentes necessárias ao andamento da batalha, tão bem instruídos na arte militar, bem armados, bem-dispostos e seguindo as suas insígnias, prontos a ouvir e obedecer aos seus capitães, expeditos no correr, fortes no combater, prudentes na aventura, que mais pareciam uma harmonia de órgão ou concordância de relógio, que um exército ou uma gendarmeria.

Toucquedillon chegou e se apresentou a Picrochole, e contou-lhe longamente o que fizera e ouvira. No fim, aconselhou-o, com fortes palavras, que entrasse em negociação com Grandgousier, o qual mostrara ser o melhor homem do mundo, ajuntando que não havia motivo ou vantagem de assim molestar seus vizinhos, dos quais jamais não haviam recebido senão o bem. E quanto ao principal: que jamais saíriam daquela empresa senão à custa de grande dano e desgraça, pois a potência de Picrochole não era tal que pudesse ser facilmente desfeita. Não havia terminado estas palavras, quando Hastiveau disse bem alto: — Bem infeliz é o príncipe que de tal gente é servido, que tão facilmente é corrompida, como vejo com Toucquedillon; pois vejo a sua coragem tão mudada que de boa vontade teria ele se juntado aos nossos inimigos para contra nós batalhar e nos trair, se eles tivessem querido retê-lo; mas como a virtude é por todos, amigos e inimigos, louvada e estimada, também a malícia é por todos conhecida e suspeita. E mesmo quando os inimigos dela se servem em seu proveito, sempre abominam os maliciosos e traidores.

A estas palavras, Toucquedillon, impaciente, desembainhou a espada, e trespassou Hastiveau um pouco acima da mama esquerda, do que ele morreu incontinênti. E tirando a espada do corpo, disse francamente: — Assim pereça quem caluniar os leais servidores. — Picrochole foi tomado de furor, e vendo a espada e a bainha ensanguentada, disse: — Dei-te este bastão para, em minha presença, matares o meu bom amigo Hastiveau?

Então, ordenou aos seus arqueiros que o despedaçassem. O que foi feito sem demora, tão cruelmente que a sala ficou coberta de sangue. Depois, mandou enterrar com honras o corpo de Hastiveau e o de Toucquedillon lançar das muralhas ao fosso.

A notícia desses ultrajes foi sabida por todo o exército, e vários começaram a murmurar contra Picrochole, tanto que Grippepinault lhe disse: — Senhor, não sei que fim terá essa empresa. Vejo os homens pouco confiantes em sua coragem. Acham que estamos aqui mal providos de víveres e já muito diminuíram em número, em duas ou três sortidas.

CAPÍTULO XLVIII
DE COMO GARGÂNTUA ATACOU PICROCHOLE DENTRO DE ROCHE-CLERMAULD E DESBARATOU O EXÉRCITO DO REFERIDO PICROCHOLE

Gargântua teve o encargo total do exército; seu pai ficou no forte. E dando-lhes coragem por boas palavras, prometeu grandes dons a quem praticasse alguma proeza. Depois chegaram ao vau de Vede e por barcos e pontes improvisadas passaram para a outra margem sem demora. Depois Gargântua, considerando a posição da cidade, que ficava em um lugar alto e vantajoso, deliberou naquela noite o que haveria de fazer. Mas Ginasta lhe disse: — Senhor, tal é a natureza e compleição dos franceses, que eles só valem no primeiro ímpeto. Então, são piores que diabos. Mas se demoram são menos que mulheres. Sou de opinião que, agora mesmo, depois que os vossos homens tenham respirado e repousado um pouco, deveis desfechar o assalto.

Gargântua achou bom o conselho. Então colocou todo o seu exército em campo, colocando as tropas auxiliares do lado da subida. O monge tomou consigo seis companhias de infantes e duzentos homens d'armas, e, com grande diligência, atravessou o pântano, e subiu para Puy, até a estrada real de Loudun. O assalto continuou então; os homens de Picrochole não sabiam se era melhor fazer uma sortida e enfrentar os atacantes, ou guardar a cidade sem se moverem. Mas ele saiu furiosamente com um bando de homens d'armas de sua casa, e foi recebido e festejado por tiros de canhão, que choviam sobre as encostas, de onde os gargantuístas tinham se retirado para o vale, para melhor dar lugar à artilharia. Os da cidade defenderam o melhor que podiam, mas os projéteis passavam por cima sem ferir ninguém. Alguns do bando, salvos da artilharia, atacaram furiosamente a nossa gente, mas com pouco proveito, pois todos foram recebidos entre as ordens e lançados por terra. Vendo o quê, quiseram retirar-se; mas entrementes o monge tinha ocupado a passagem, pelo que fugiram sem ordem nem resistência. Alguns quiseram persegui-los, mas o monge os reteve, temendo que, seguindo os fugitivos, abandonassem as suas fileiras, e, então, os da cidade investissem contra eles. Depois, esperando algum tempo, e ninguém se apresentando ao encontro, mandou o Duque Phrontiste admoestar Gargântua que deveria avançar para ocupar a encosta à esquerda, para impedir a retirada de Picrochole por aquela porta. O que fez Gargântua com toda a diligência e enviou quatro legiões da companhia de Sebaste; mas mal chegaram ao alto, encontraram-se de frente com Picrochole, e aqueles que com ele tinham se espalhado.

Então, atacaram furiosamente; todavia grandemente foram fustigados pelos que estavam nas muralhas, com dardos e tiros de artilharia. Vendo tal coisa, Gargântua, com grandes forças foi socorrê-los, e sua artilharia começou a castigar aquele lance da muralha; tanto que toda a força da cidade para lá foi chamada. O monge, vendo que o lado que mantinha sitiado ficara carente de homens e guardas, valentemente investiu contra o forte; e tanto fez que o galgou, com alguns dos seus homens, pensando que menos sobrevivem a um conflito os que têm medo e se apavoram dos que aqueles que o enfrentam com valor. Todavia, não investiu enquanto todos os seus não tivessem subido à muralha, exceto os duzentos que deixou de fora, para os azares.

Depois, deu gritos horríveis, junto com os seus; e sem resistência, mataram os guardas da porta, e a abriram para os homens d'armas, e sem demora correram juntos para a porta do oriente, onde se travava a peleja. E atacaram por trás com toda a força.

Vendo os sitiados terem os gargantuístas conquistado a cidade por todos os lados, renderam-se ao monge à sua mercê. O monge os fez entregar os bastões e armas e mandou que se recolhessem às igrejas, tirando todas as hastes de cruz e colocando seus homens às portas, para impedi-los de sair. Depois, abrindo a porta oriental, saiu em socorro de Gargântua. Mas Picrochole pensou que o socorro viesse da cidade, e temerariamente se aventurou mais adiante; até que Gargântua exclamou: — Frei Jean, meu amigo, Frei Jean, em boa hora chegastes. — Então, vendo Picrochole e os seus que tudo estava perdido, se puseram em fuga para todos os lados. Gargântua os perseguiu até perto de Vaugaudry, matando e massacrando, depois tocou a retirada.

CAPÍTULO XLIX
DE COMO PICROCHOLE FUGINDO ENFRENTOU INFORTÚNIOS, E O QUE FEZ GARGÂNTUA DEPOIS DA BATALHA

Desesperado, Picrochole fugiu para a Ilha Bouchart, e, na estrada de Rivière, seu cavalo caiu por terra, e ele ficou tão indignado que com a sua espada o matou em sua cólera, depois, não encontrando nenhum que pudesse cavalgar, quis tomar um asno do moinho que ficava lá perto; mas os moleiros o espancaram dos pés à cabeça e o despojaram de todas as suas vestes, atirando-lhe para se cobrir uma camisola suja e rasgada. Assim se foi o pobre colérico, depois, tendo atravessado o rio em Port-Hual e contando os seus infortúnios, foi avisado por uma velha feiticeira que o seu reino lhe seria restituído no dia da vinda dos Cocquecigrues, depois, não se sabe o que lhe aconteceu. Todavia, disseram-me que ele é presentemente um pobre jornaleiro em Lião, colérico como antes. E sempre pergunta aos estrangeiros quando chegarão os Cocquecigrues, esperando certamente, segundo a profecia da velha, ser reintegrado em seu reino.

Depois de sua retirada, Gargântua recenseou os seus homens e verificou que poucos tinham perecido na batalha, a saber alguns infantes do bando do Capitão Tolmere, e Ponocrates, tomara um tiro de arcabuz no gibão. Depois mandou que se refizessem, cada um em seu bando, e ordenou aos tesoureiros que aquela refeição fosse custeada e paga, e que não se cometesse ultraje algum na cidade, visto que ela era sua; e, depois da comida, comparecessem à praça diante do castelo, e lá seriam pagos por seis meses.

O que foi feito; depois fez comparecer diante dele na referida praça todos os que restavam da parte de Picrochole, aos quais, presentes todos os seus príncipes e capitães, falou o seguinte.

CAPÍTULO L
O DISCURSO QUE FEZ GARGÂNTUA AOS VENCIDOS

— Nossos pais, avós e antepassados de que se tem memória foram no sentido e na natureza que as batalhas por eles consumadas tivessem, por signo memorial dos triunfos e vitórias, de preferência erguido troféus e monumentos nos corações dos vencidos pela graça, do que nas terras por eles conquistadas por arquitetura. Pois mais estimavam a memória dos homens adquirida pela liberalidade, que a muda inscrição dos arcos, colunas e pirâmides, sujeitas às calamidades do tempo e à inveja de cada um. Podeis vos lembrar da mansuetude que usaram para com os bretões na batalha de Sainct Aulbin du Cormieer e à demolição de Parthenay[128]. Já ouvistes falar e deveis admirar o bom tratamento que deram aos bárbaros de Spagnola[129] que tinham pilhado, despovoado e arrasado as fronteiras marítimas de Olone e Thalmondois.

Todo o céu se encheu de louvores e congratulações que vós mesmos e vossos pais fizeram quando Alpharbal, rei de Canárias, não contente com a sua fortuna, invadiu furiosamente o país de Oni, exercendo a pirataria em todas as ilhas Armóricas e regiões confinantes. Ele foi em justa batalha atingido, aprisionado e vencido por meu pai, ao qual seja Deus guarda e protetor. Mas o quê? No caso em que os outros reis e imperadores, mesmo os que se fazem chamar católicos, o teriam miseravelmente tratado, duramente aprisionado e

---
128. Referências à luta de Carlos VIII contra os bretões, quando a região foi incorporada à França. As muralhas de Parthenay foram demolidas por ordem de Carlos, depois que tomou a cidade, em 1485. (N. do T.)
129. Spagnola por Espanha. (N. do T.)

exigido um altíssimo resgate, ele o tratou cortesmente, amavelmente, hospedou-o consigo em seu palácio, e, por incrível generosidade, o despediu com salvo-conduto, carregado de dons, carregado de todas as provas de amizade; o que veio disso? Ele, voltando às suas terras, fez reunir todos os príncipes e estados de seu reino, expôs-lhes a humanidade que conhecera, e pediu-lhes para deliberarem de modo que o mundo ali tivesse um exemplo; como já havia graciosidade honesta, tivesse um exemplo de honestidade graciosa. E foi decretado, por consentimento unânime, que se oferecessem inteiramente as suas terras, domínios e reino, para que obrássemos segundo o nosso arbítrio. Alpharbal em pessoa voltou com nove mil e trinta e oito naus onerárias, levando não somente os tesouros de sua casa e da linhagem real, mas quase todos do país. Pois, ao embarcarem para fazer vela ao vento nordeste, cada um da multidão lançava dentro delas ouro, prata, pedras preciosas, joias, especiarias, drogas e odores aromáticos, papagaios, pelicanos, macacos, almiscareiros, porcos-espinhos. Não houve filho de mãe de boa reputação que ali não lançasse o que tinha de singular. Chegado que foi, quis beijar os pés do referido meu pai; o que foi estimado indigno e não foi tolerado; então o abraçou socialmente; ofereceu seus presentes, que não foram recebidos, por serem por demais excessivos; deu-se em mancípio e servidão voluntária, por si e sua posteridade, o que não foi aceito, por não parecer equitativo; cedeu por decreto dos estados as suas terras e reino, oferecendo a transação e transferência assinados, selados e ratificados por todos a quem competia fazê-lo; o que foi totalmente recusado e os contratos lançados ao fogo.

O fim foi que meu pai começou a se lamentar de piedade e a chorar copiosamente, considerando a franqueza e a simplicidade dos camarinos; e por palavras requintadas e sentenças convenientes diminuiu a benevolência que mostrara, dizendo que não lhe fizera bem que estivesse à altura das ofertas. Mas Alpharbal o exaltava cada vez mais.

Qual foi o resultado? Por resgate extremo exigido, teríamos podido exigir vinte vezes cem mil escudos e manter como reféns seus filhos mais velhos; eles se fizeram tributários perpétuos, e se obrigaram a nos pagar cada ano dois milhões de ouro de vinte e quatro quilates; assim foram pagos no primeiro ano; no segundo ano, por sua livre e espontânea vontade pagaram trezentos e vinte mil escudos; no terceiro, seiscentos e vinte mil; no quarto, três milhões, e foi sempre crescendo segundo a sua vontade, de tal maneira, que seremos constrangidos a inibi-los para nada mais nos trazer. É a natureza da gratuidade.

Pois o tempo, que todas as coisas corrói e diminui, aumenta e acresce os benefícios, pois uma boa ação liberalmente feita a homem de razão cresce continuamente por nobre pensamento e lembrança.

Não querendo, portanto, degenerar da generosa hereditariedade de meus maiores, agora vos absolvo e continuareis francos e livres como dantes.

Além disso, sereis à saída das portas pagos cada um por três meses, para que possais voltar às vossas casas e às vossas famílias, e vos conduzirão em segurança seiscentos homens d'armas e oito mil infantes sob a chefia de meu escudeiro Alexander, a fim de que pelos camponeses não sejais ultrajados. Deus esteja convosco. Lamento do fundo do coração que Picrochole não esteja aqui. Pois o teria feito saber que sem minha vontade, sem esperança de acrescer nem os meus bens, nem o meu nome, esta guerra foi feita. Mas como ele está perdido, e não se sabe onde nem como desapareceu, quero que o seu reino fique inteiro para seu filho. O qual, como é muito novo de idade (pois ainda não tem cinco anos feitos) será governado e instruído pelos antigos príncipes e homens sábios do reino. E porquanto um reino tão desolado seria facilmente arruinado, se não se refrear a cobiça e avareza dos seus administradores, ordeno e quero que Ponocrates seja aquele com quem todos os governadores se entendam, e assíduo junto ao menino, até que ele chegue à idade de poder por si mesmo reger e reinar.

Considero que a facilidade demasiada de perdoar os malfeitores, lhes dá ocasião de mais ligeiramente mal fazer, por essa perniciosa confiança de graça.

Considero que Moisés, o homem mais benevolente que em seu tempo havia sobre a terra, rigorosamente punia os amotinados e sediciosos do povo de Israel. Considero que Júlio César, imperador tão benevolente que dele disse Cícero que a sua fortuna nada mais soberano tinha do que poder, e sua virtude melhor não tinha do que querer sempre salvar e perdoar a todos; ele todavia em certos casos puniu rigorosamente os autores de rebelião.

A esses exemplos, quero que me entregueis antes de partir: primeiramente, aquele distinto Marquet que foi fonte e causa primeira dessa guerra, por sua vã arrogância; em segundo lugar, os seus companheiros vendedores de fogaças, que se negligenciaram de corrigir no mesmo instante a sua loucura; e finalmente os conselheiros, capitães, oficiais e criados de Picrochole, que o incitaram, louvaram ou aconselharam a sair dos seus limites, para assim nos inquietar.

CAPÍTULO LI
DE COMO OS VITORIOSOS GARGANTUÍSTAS FORAM RECOMPENSADOS DEPOIS DA BATALHA

Feito esse discurso por Gargântua, foram entregues os sediciosos por ele requeridos; exceto Espadachim, Merdalha e Menuail, que tinham fugido seis horas antes da batalha: um até a garganta de Laignel de um arranco, outro até o vale de Vire, o outro até Logroine, sem olhar para trás nem tomar fôlego no caminho; e dois vendedores de fogaças, que tinham morrido no combate.

Outro mal não lhes fez Gargântua, senão ordenar que trabalhassem nas prensas de sua impressora, que ele havia estabelecido há pouco tempo. Os mortos ele fez inumar honrosamente no vale de Noirettes e no campo de Bruslevieille. Os feridos fez socorrer e tratar em seu grande nosocômio. Depois, apurou os danos feitos na cidade e nos habitantes; e os fez reembolsar de todos os seus prejuízos, mediante confissão e juramento. E fez ali construir um forte castelo: lá estacionou soldados e vigílias, para no futuro melhor se defender contra motins súbitos.

Ao partir, agradeceu graciosamente a todos os soldados de suas legiões, que tinham participado do combate, e os mandou invernar em seus postos e guarnições. Exceto alguns da legião decumana, os quais vira na batalha praticar algumas proezas, e os capitães dos bandos, os quais levou consigo a Grandgousier.

À vista e chegada do filho, o bom homem se mostrou tão alegre que descrever a sua alegria não seria possível. Ofereceu-lhes, então, um festim mais magnífico, mais abundante e mais delicioso que jamais se vira desde os tempos do rei Assuero. À saída da mesa, distribuiu a cada um todos os paramentos do banquete, valendo um milhão e oitocentos mil e quatorze besantes de ouro, em grandes vasos antigos, grandes potes, grandes bacias, grandes taças, copos, potinhos, candelabros, cestos, caixas e outras vasilhas todas de ouro maciço, pedras preciosas, esmalte e trabalhadas de maneira que, na opinião de todos, o trabalho excedia em preço a matéria de cada uma. Além disso, fez contar de seus cofres duzentos mil escudos a cada um. E de quebra a cada um deles deu à perpetuidade (exceto se morressem sem herdeiros) seus castelos e as terras vizinhas, escolhendo os que mais cômodos lhes parecessem. A Ponocrates, deu Roche-Clermauld; a Ginasta, Culdray; a Eudemon, Montpensier; Rivau a Tolmere; a Ithybole, Montsoureau; a Acamas, Candé; Varenes a Chironacte; Gravot, a Sebaste; Quinquenais, a Alexandre; Ligres a Sophrone[130], e assim seus outros lugares.

CAPÍTULO LII
DE COMO GARGÂNTUA FEZ CONSTRUIR PARA O MONGE A ABADIA DE THELEME

Restava somente o monge a recompensar, o qual Gargântua queria fazer abade de Seuville; mas ele recusou. Quis lhe dar as abadias

---

130. Tolmère, audacioso; do grego *tolmeros*. Ithybole, homem bem feito; de *iithys*, reto e *balô*, eu balanço. Acamas, infatigável; de a, negativo, e *kammos*, eu trabalho. Sebaste, venerável; grego, *sebastos*. Sophrone, prudente; grego, *sophron*. (N. do T.)

de Bourgueil ou de Saint Florent, a que melhor lhe conviesse, ou ambas, se assim o preferisse. Mas o monge lhe deu resposta peremptória que de monges não queria cargo nem governo. — Pois — disse ele — como poderia governar os outros, se a mim mesmo governar não sei? Se vos parece que algo vos tenha feito, e que possa no futuro vos prestar serviço agradável, permite-me fundar uma abadia ao meu gosto.— O pedido agradou a Gargântua, que lhe ofereceu todas as suas terras de Thélème, até o rio Loire, a duas léguas da grande floresta de Port Huault. E pediu a Gargântua que instituisse a sua regra ao contrário de todas as outras. — Primeiramente, então — disse Gargântua —, não se precisará construir muros no circuito; pois todas as outras abadias são fortemente muradas. — É certo, e não é sem motivo — disse o monge — onde muro há adiante e atrás, por força há murmúrios, inveja e conspiração mútua.

Além disso, visto que em certos conventos deste mundo em uso, se ali entra uma mulher qualquer (refiro-me às honestas e pudicas) limpa-se o lugar por onde ela passou, foi ordenado que, se religioso ou religiosa lá entrasse por caso fortuito, se limpassem cuidadosamente todos os lugares por onde tivessem passado. E porque nos conventos deste mundo tudo é compassado, limitado e regulado por horas, foi decretado que lá não haverá relógio nem quadrante algum. Mas segundo as ocasiões e oportunidades serão todas as obras praticadas. — Pois — disse Gargântua — a mais verdadeira perda de tempo que existe é se contar as horas. Que bem vem disso? A maior ilusão deste mundo é se governar ao som de um sino, e não ditado pelo bom senso e pelo entendimento.

Item para que não se dedicassem à religião senão as mulheres zarolhas, caolhas, coxas, feias, defeituosas, loucas, insensatas, enfeitiçadas e velhas; e os homens encatarrados, malnascidos, néscios e trapalhões, (— A propósito — disse o monge —, uma mulher que não é bela nem boa, para o que serve? — Para se tornar religiosa — disse Gargântua. — Isso mesmo — disse o monge. — E para fazer camisas), foi ordenado que lá não serão recebidas senão as belas, bem-formadas e de boa natureza; e os belos, bem-formados e de boa natureza.

Item, porque nos conventos de mulheres não entram homens, senão furtiva e clandestinamente, foi decretado que lá não estarão mulheres, no caso que não estivessem os homens; nem os homens, no caso que não estivessem as mulheres.

Item, porque tanto os homens como as mulheres, uma vez recebidos no claustro, após um ano de noviciado, eram forçados e obrigados a ali permanecerem perpetuamente durante a sua vida, ficou estabelecido que tanto os homens como as mulheres de lá sairão quando muito bem lhes parecer, franca e inteiramente.

Item, porque ordinariamente os religiosos fazem três votos, a saber, de castidade, de pobreza e de obediência, ficou instituído que lá honestamente se podia ser casado, que cada um fosse rico e vivesse em liberdade. A respeito da idade legítima, as mulheres ali serão recebidas depois dos dez e até os quinze anos; os homens depois dos doze e até os dezoito.

CAPÍTULO LIII
DE COMO FOI CONSTRUÍDA E DOTADA A ABADIA DOS THÉLEMITES

Para a construção e conveniência da abadia, Gargântua fez entregar em espécie vinte e sete mil, oitocentos e trinta e um carneiros de muita lã, e para cada ano, até que tudo estivesse perfeito, destinou da receita divina mil seiscentos e sessenta e nove escudos do sol, e outros tantos da estrela. Para a fundação e manutenção da mesma doou à perpetuidade, dois milhões trezentos e sessenta e nove mil e quinhentos e quatorze *nobles*[131] da rosa, de renda territorial, livres, amortecidos e solváveis para cada ano à porta da abadia. E disso se comprometeu por escrito.

A construção era de figura hexagonal, de tal modo que em cada ângulo foi erguida uma grande torre redonda, com sessenta passos de diâmetro; sendo todas iguais em largura e na aparência.

O rio Loire corria do lado do setentrião. Junto dele achava-se uma das torres, chamada Arctice. No rumo do oriente ficava uma outra chamada Calaer. A seguinte chamava-se Anatole, a outra Mesembrine, a outra seguinte Hesperie; a última Crière[132]. Entre cada torre ficava o espaço de trezentos e doze passos. Todas as torres tinham sido construídas com seis andares, sendo um deles o porão subterrâneo. O segundo andar era abobadado com a forma de um arco. O resto era revestido de visgo Flandres, em forma de ornamentos. A parte de cima era coberta de ardósia fina, com sustentadores de chumbo, em forma de pequenos bonecos e animais bem trabalhados e dourados, com goteiras saindo fora da parede, entre janelas, pintadas em riscos diagonais de ouro e de azul, até a terra, onde terminavam em grandes canais que iam desaguar no rio, abaixo do prédio.

O referido prédio era cem vezes mais magnífico que os de Bonivet, Chambourg e Chantilly: pois nele havia nove mil, trezentos e trinta e dois apartamentos, cada um dos quais contando com uma sala do fundo, gabinete,

---

131. Moeda inglesa de ouro, gravada com uma rosa e um navio. (N. do T.)
132. *Calaer*: bons ares ou belos ares (do grego *kalos* e aer). *Anatole*: oriental (do grego anatolê). *Mesembrine*: meridional (do grego *mesê* e *brine*). *Hesperie*: ocidental (de Hesperus, estrela vesper). *Crière*: fria (do grego kryeros). (N. do R.)

guarda-roupa, capela e um salão. Entre cada torre, no meio do referido corpo de alojamento, havia uma escada em caracol dentro daquele mesmo corpo. Os degraus da qual eram em parte de pórfiro, em parte de pedra da Numídia, em parte de mármore serpentino, com vinte e dois pés de comprimento, três dedos de espessura, sendo os degraus em número de doze entre cada patamar. Em cada patamar havia dois belos arcos, pelos quais era recebida a claridade; e por eles se entrava em um gabinete feito com aberturas da largura da referida escada; e se subia até em cima da cobertura, que terminava em platibanda. Pela referida escada se entrava em cada lado de uma grande sala, e das salas aos apartamentos. Desde a torre Artice até a Crière ficavam as belas e grandes bibliotecas, em grego, latim, hebraico, francês, toscano e espanhol, repartidas em diversas estantes, segundo os seus idiomas. No meio ficava uma maravilhosa escada, cuja entrada estava fora do aposento, em um arco com seis toesas de largura. A qual era feita com tal simetria e apuro, que seis homens d'armas, com a lança sobre a coxa, poderiam juntos de frente subir até em cima de toda a construção. Da torre Anatole até a Mesembrine, havia grandes e belas galerias, todas pintadas com antigas proezas, histórias e descrições da terra. No meio ficava uma entrada e porta semelhante à do lado do rio. Sobre essa porta estava escrito em grandes letras o que se segue.

CAPÍTULO LIV
INSCRIÇÃO SOBRE A GRANDE PORTA DE THELEME

Afastai-vos, hipócritas carolas;
Não entreis, monges sujos, preguiçosos,
Do que os godos mais vis, e gabarolas;
Não achareis aqui tolos ou tolas;
Aqui não entram rufiões e ociosos.
Afastai-vos, farsantes, mentirosos;
Ide pregar além vossas patranhas,
Ide usar mais além as artimanhas.

Os vossos abusos
Tornaram-se em usos
De pura abusão,
E eis que então
Se mostram difusos
Os vossos abusos
Vós que explorais os autores e os réus,

FRANÇOIS RABELAIS

Afastai-vos daqui, falsos juristas,
Traficantes, escribas, fariseus,
Que lesais os sabidos e os sandeus,
Com autos, citações, liças e listas,
Estendendo os processos; chicanistas,
Afastai-vos, livrando-nos assim
Das demandas inúteis e sem fim.

Processos e pleitos
São feitos, desfeitos,
Sem lucro nenhum
Para cada um.
Não trazem proveitos
Processos e pleitos.

Afastai-vos, malditos usurários,
Malsãos adoradores do dinheiro,
Que, com muita má-fé e embustes vários,
O ouro acumulai, vis onzenários,
Furtando, de janeiro até janeiro,
O que luta e trabalha o ano inteiro,
Tão vorazes, e magros como um galgo,
E só depois de mortos valeis algo.

Não é vossa face
Humana, não faz-se
Humana a ninguém.
Sois ricos, porém,
Humana e ferace
Não é vossa face.

Não entreis, não entreis, velhos mastins,
Que alimentais os ódios, rancorosos,
Nem vós, insufladores de motins,
Que sois das feras vis meros afins,
Insensíveis, covardes invejosos,
Cegos pela ambição ambiciosos.
Com os lobos ide o ódio saciar,
Não desonreis com o ódio este lugar.
O ódio aqui não cabe,

GARGÂNTUA & PANTAGRUEL

Tudo aqui se acabe
Que do ódio vem.
A ira não convém,
Pois como se sabe,
O ódio aqui não cabe.

A porta está aberta, é só entrar;
Sede bem-vindos, nobres cavaleiros.
Aqui é vossa casa, este lugar
Há de sempre acolher-vos, abrigar
Os joviais, os bons, os justiceiros;
Aqui são todos francos companheiros,
E se cultivam o entusiasmo e a calma,
A alegria do corpo e a paz da alma.

Reina a amizade,
O mal não há de
Aqui entrar;
É o nosso lar,
Nele em verdade
Reina a amizade.
Entrai, entrai, ó vós que o Evangelho
Com bom senso e verdade anunciais;
Aqui tereis refúgio, honra e conselho,
Proteção contra o erro, ou novo ou velho,
E separados não sereis jamais
Da fé sincera, dessa fé que amais.
Não entra aqui, não fala, não encanta
O inimigo da palavra santa.

O verbo sagrado
Não fica calado
Aqui nesta casa.
Tem vozes, tem asa,
E voa, e é falado
O verbo sagrado.
Entrai, nobres damas da alta linhagem,
Aqui vos esperam virtudes e ventura.
Entrai, belas damas de grande coragem,

Entrai, e encontrareis nessa viagem
Um porto amigo, abrigo à vossa altura,
Uma angra tranquila e bem segura.
Nobres damas entrai, aqui tereis
O que bem desejais e mereceis.

A vida é suave
Qual canto de ave,
Nem pranto nem dor,
Mas hinos de amor
Quais cantos de ave.
A vida é suave.

CAPÍTULO LV
DE COMO ERA O SOLAR DOS THÉLEMITES

No meio do pátio havia uma fonte magnífica de belo alabastro. Acima, as três graças, com cornucópias, lançavam a água pelas mamas, boca, orelhas, olhos e outras aberturas do corpo. Na parte superior de dentro, sobre o referido pátio, havia grossas colunas de calcedônia e pórfiro, formando belos arcos. Dentro das quais viam-se belas galerias compridas e amplas, ornadas de pinturas, de chifres de unicórnios, rinocerontes e hipopótamos, dentes de elefante e outras coisas semelhantes. O alojamento das damas ia desde a torre Arctice até a porta Mesembrine. Os homens ocupavam o resto. Diante do referido alojamento das damas, a fim de que pudessem folgar, entre as duas primeiras torres, por fora, havia liças, o hipódromo, o teatro e piscinas de natação, com banheiros miríficos de três pavimentos, bem guarnecidos de todos os sortimentos e abundância de água de mirto. Junto ao rio, ficava o belo jardim de recreio. No meio dele, havia um belo labirinto. Entre as duas outras torres, ficava o terreno para o jogo de bola. Do lado da torre Crière, ficava o vergel cheio de árvores frutíferas dispostas em ordem quincunce. No fim, estava o grande parque, com as árvores crescidas selvagemente. Entre as terceiras torres, ficavam os espaços para o exercício de arcabuz, arco e besta. As copas fora da torre Hesperie, com um só pavimento. As cavalariças mais adiante. A falcoaria diante delas, dirigida por falcoeiros bem peritos na arte. E eram anualmente fornecidas pelos candiotas, venezianos e samatas todas as sortes de aves, águias, gerifaltes, açores, gaviões, falcões, esmerilhões e outras; tão bem domesticadas, que saindo do castelo para voarem sobre os campos, pegavam tudo o que encontravam. O alojamento dos couteiros ficava um pouco mais longe, perto do parque.

Todas as salas, quartos e gabinetes estavam atapetadas de diversos modos, segundo a estação do ano. Todo o pavimento estava coberto de pano verde. Os leitos eram guarnecidos com bordados.

No fundo de cada quarto, havia um espelho de cristal com moldura de ouro fino e guarnecido de pérolas, de tal tamanho que podia verdadeiramente representar toda a pessoa. Depois das salas dos alojamentos das damas ficavam perfumadores e penteadores, por cujas mãos passavam os homens, quando iam visitar as damas. Os quais forneciam cada manhã aos quartos das damas água de rosa, água de nafta, água dos anjos, e a cada um precioso incensador vaporizante de todas as drogas aromáticas.

CAPÍTULO LVI
DE COMO SE VESTIAM OS RELIGIOSOS E RELIGIOSAS DE THELEME

No começo da fundação, as damas se vestiam ao seu arbítrio e prazer. Depois foram reformadas, por sua livre e espontânea vontade, da maneira que se segue. Usavam calções escarlates ou vermelho mais claro, e chegavam os referidos calções acima dos joelhos exatamente três dedos. E na extremidade eram ornados com belos bordados e recortes. As jarreteiras eram da cor dos braceletes e abarcavam os joelhos, acima e abaixo. Os sapatos, escarpins e pantufas de veludo carmesim, vermelho ou roxo, bem enfeitados.

Por cima da camisa vestiam uma bela saia de chamalote de seda, sobre a qual se colocava uma anquinha de tafetá branco, vermelho, cinzento, etc. Por cima, um corpete de tafetá de prata com bordados de fios de ouro, ou (como bem lhes parecia e de acordo com o estado do tempo) de cetim, damasco, veludo, alaranjado, verde, cinzento, azul, vermelho, branco, com canutilhos, com bordados, de acordo com as festas. Os vestidos, de acordo com a estação, de pano de ouro com debruns de prata, de cetim vermelho coberto com canutilhos de ouro, de tafetá branco, azul, sarja de seda, chamalote de seda, veludo e cetim debruados de ouro com diversos desenhos.

No verão, alguns dias, em lugar de vestidos, usavam belas marlotas dos tecidos já referidos ou um albornoz mourisco, de veludo violeta com debruns de ouro sob canutilhos de prata ou cordões de ouro guarnecidos de pequenas pérolas indianas. E sempre um belo penacho de acordo com as cores das mangas, bem guarnecido de palhetas de ouro. No inverno, vestidos de tafetá das cores acima descritas, forrados de pele de lobo-cerval, doninhas negras, martas da Calábria, zibelinas e outras peles preciosas. Os rosários, anéis, cadeias de ouro e pulseiras eram de belas pedras preciosas, carbúnculos, rubis, diamantes, safiras, esmeraldas, turquesas, granadas, ágatas, berilos, pérolas excelentes. A cabeça era recoberta de acordo com o tempo; no inverno, à moda francesa; na primavera, à espanhola; no verão, à turca. Exceto nos dias santos e domingos, quando usavam sempre a moda francesa, por ser a mais distinta, e que melhor se ajusta à pudicícia das matronas.

Os homens vestiam-se segundo a sua moda: calções, sendo a parte de baixo de estamenha, ou sarja, escarlate, vermelha, branca ou preta, a parte de cima de veludo das mesmas cores, ou aproximadas, bordada ou recortada, de acordo com sua invenção. O gibão de pano de ouro, prata, veludo, cetim, damasco, tafetá, das mesmas cores, recortado, bordado e ataviado de acordo. Os alamares de seda das mesmas cores, as agulhetas de ouro bem esmaltadas. Os saios e samarras de pano de ouro, pano de prata, veludo, com o feitio à vontade. As túnicas tão luxuosas quanto as das damas. Os cintos de seda das cores do gibão; cada um trazia uma bela espada na cintura, com o punho dourado, a bainha de veludo da cor do calção, a ponta de ouro e trabalhada; o punhal semelhante. O chapéu, de veludo negro, guarnecido de pedras preciosas e botões de ouro. O penacho branco era belamente guarnecido de palhetas de ouro, no fim das quais pendiam belos rubis, esmeraldas, etc.

Mas tal era a simpatia reinante entre os homens e as mulheres, que cada dia eles se vestiam de maneira igual. E para que isso fosse possível, certos fidalgos se encarregavam de dizer cada manhã aos homens que traje desejavam as mulheres que eles vestissem naquele dia. Pois tudo era feito segundo o arbítrio das damas. E nessas vestes tão adequadas e tão ricas, não penseis que eles perdessem algum tempo, pois os guardas-roupas tinham tudo pronto cada manhã, e as criadas de quarto eram tão diligentes que em um momento as damas se vestiam dos pés à cabeça.

E para que todos tivessem tais ingredientes em melhor oportunidade, junto ao bosque de Theleme se estendia um grande lance de casas com meia légua de comprimento, onde moravam ourives, lapidários, bordadores, alfaiates, tapeceiros e tecelões, e lá cuidava cada um de seu ofício, para servir aos referidos religiosos e religiosas. Era-lhes fornecido o material pelas mãos do Senhor Nausiclete[133], o qual cada ano lhes fornecia sete navios das ilhas das Pérolas e dos canibais, carregados de lingotes de ouro, de seda crua, de pérolas e de pedras preciosas. Se algumas pérolas começavam a envelhecer, e mudavam a sua límpida brancura, aquelas por sua arte a renovavam dando-lhes a comer alguns galos robustos, como se diz que se curam os falcões.

---

133. *Nausiclete*: que tem muitos navios. Do grego *kleos* (glória) e *nausi* (navios). (N. do T.)

CAPÍTULO LVII
DE COMO SE AJUSTARAM OS THÉLEMITES À SUA MANEIRA DE VIVER

Toda a sua vida era empregada não por leis, estatutos ou regras, mas segundo a sua livre e espontânea vontade. Levantavam-se da cama quando muito bem queriam; bebiam, comiam, trabalhavam, dormiam quando lhes dava vontade. Ninguém os acordava, ninguém os obrigava a beber, a comer ou a fazer qualquer outra coisa. Assim estabelecera Gargântua. Em sua regra só havia esta cláusula:

FAZE O QUE QUISERES.

Porque as pessoas liberadas, bem-nascidas, bem instruídas, convivendo com gente honesta, têm por natureza um instinto e estímulo que sempre as impele para a virtude e as afasta do vício; a que chamam honra. Aquelas, quando por vil sujeição e constrangimento, ficam deprimidas e escravizadas, desviam a nobre afeição pela qual tendem francamente às virtudes, para contestar e infringir o jugo da servidão. Pois sempre fizemos as coisas proibidas e desejamos o que nos é negado. Com aquela liberdade entraram em louvável emulação de fazerem todos o que a um só viam agradar. Se algum ou alguma dizia bebamos, todos bebiam. Se dizia brinquemos, todos brincavam. Se dizia vamos passear no campo, todos iam. Se era para caçar, as damas, montadas em suas belas hacaneias, com seus palafréns ricamente ajaezados, nos punhos lindamente enluvados levavam cada uma um falcão, ou um açor ou um esmerilhão; os homens levavam as outras aves. Tão bem haviam estudado, que não havia aquele ou aquela que não soubesse ler, escrever, cantar, tocar um instrumento, falar cinco a seis línguas e nelas compor, tanto em verso como em prosa. Jamais se viram cavaleiros tão bravos, tão galantes, tão destros a pé e a cavalo, tão ágeis, tão bem manejando todas as armas.

Jamais se viram damas tão decorosas, tão graciosas, menos rabugentas, mais doutas, na mão, na agulha, em todo ato feminil honesto e livre do que as que lá estavam.

Por essa razão, quando chegava a ocasião em que algum daquele convento, ou a pedido de seus pais, ou por outra causa, quisesse sair, consigo levava uma das damas, a qual a ele se dedicara, e os dois se casavam. E se bem tinham vivido em Theleme em devoção e amizade, ainda melhor continuavam no casamento: tanto se amavam no fim de seus dias como no primeiro dia das núpcias. Não quero me esquecer de descrever um enigma que foi encontrado nos alicerces da abadia, em uma grande placa de bronze. Tal era, como se segue.

FRANÇOIS RABELAIS

CAPÍTULO LVIII
ENIGMA EM PROFECIA

Pobres humanos que esperais o bem,
De coração ouvir-me aqui convém.
Se é permitido ter convencimento
Que dos corpos que estão no firmamento
O espírito humano pode se servir
Para saber as coisas que hão de vir;
Ou que se pode, com poder divino,
Devassar os caminhos do destino,
De modo a, com certeza, anunciar
O que irá no futuro se passar,
Quem quiser escutar que saiba, pois,
Que no próximo inverno e não depois,
Talvez mais cedo, aqui neste local
Hão de surgir, isso será fatal,
Homens em numerosa companhia
Que irão abertamente, à luz do dia,
Gente de toda a espécie seduzir,
Homens de toda a casta conduzir,
E aquele que os ouvindo acreditar
(Seja o que for preciso lhe custar)
Irá lutar, ouvindo aquela gente,
Contra um amigo e até contra um parente.
O filho, assim, ousadamente vai
Desafiar, ingrato, o próprio pai;
Mesmo os nobres fidalgos bem nascidos
Pelos seus súditos se verão traídos,
E os deveres de honra e deferência
Violados serão sem complacência,
Pois eis que a cada um eles dirão
Pra tomar o destino em sua mão,
E haverá certamente a essa altura
Tantas idas e vindas e mistura,
Que mesmo as lendas mais maravilhosas
Não viram tantas coisas portentosas.
Ver-se-ão agora homens de valor
Da mocidade sustentando o ardor,
Enfrentando o combate fero e rude

E morrendo na flor da juventude.
E ninguém fugirá dessa voragem
Se nela entrar com força e com coragem.
O rumor encherá o céu e a terra,
O rumor dos embates e da guerra,
E não terão menor autoridade
Homens sem fé que os donos da verdade;
A crença e o estudo todos seguirão
Da ignorante e tola multidão.
O mais boçal é que será juiz,
Ó lamentáveis tempos e país!
Um dilúvio em verdade ocorrerá,
Eis que a terra livre não será
Enquanto não baixar a água escura,
Graças a muito ardor, muita bravura;
Não poderá furtar-se a boa gente
A sustentar essa tarefa ingente.
E quem assim fizer terá razão:
Os desertores não terão perdão.
sofrerão mesmo os pobres animais
Que carecem de almas imortais,
Que em brutos trabalhos se consomem
E servem não a Deus, porém ao homem.
Eu vos deixo portanto ora pensar
Como de tantos males nos livrar
E que repouso, sem que nada esconda,
Alcançará a máquina redonda.
Os mais afortunados irão tê-la,
Deixando de comer pra não perdê-la.
E esforçados serão dessa maneira,
Para tentar mantê-la prisioneira.
E a pobre derrotada dessa vez
Terá de recorrer a quem a fez.
E agravando o tristíssimo acidente,
O claro sol, antes de ir ao Ocidente,
Sobre ela faz escuridão total
Mais que o eclipse ou noite natural.
De uma vez perderá a liberdade
E do céu o favor da claridade
Ou pelo menos ficará deserta.

Frontispício da edição de 1854. (Wikimedia Commons)

Mas ela, ante a ruína atroz e certa,
Muito tempo exporá com sentimento
Um tremor demorado e violento.
O Etna não ficou tão agitado
Quando contra o Titã fora lançado
Nem mais violenta, é certo, pareceu
A investida feroz de Inarimeu
Contra o fero Tifeu, que fez lançar
Uma montanha inteira ao fundo do mar.
Em pouco tempo, assim, será levada
A um triste estado, e muita vez mudada,
Que mesmo aqueles próprios que a terão
Para os sobreviventes deixarão.
Perto então estará tempo propício
De pôr fim a tão grande sacrifício.
As grandes águas hão de aconselhar
A cada um para se retirar.
E antes da partida, nesse dia,
O ar estará livre, todavia.
A canícula das chamas emanada
Há de pôr fim às águas e à empreitada.
Após tais acidentes bem perfeitos
voltará a alegria dos eleitos;
Os bens serão de todos, e o maná
Do céu, recompensando, choverá
Para os eleitos. E os demais enfim
Danados sejam. Razão quer assim.
E o trabalho em tal ponto terminado,
Se torne cada um recompensado.
Tal foi o acordo. Ó como há de lucrar
Aquele que no fim perseverar!

Terminada a leitura desse monumento, Gargântua suspirou profundamente e disse aos circunstantes: — Não é de hoje que são perseguidas as pessoas reduzidas à crença evangélica. Mas bem-aventurado aquele que não será escandalizado, e que sempre procurará com empenho o que por seu querido filho por Deus nos foi ditado, sem que pelas afeições carnais seja distraído ou divertido. — Disse o monge: — Que pensais, em vosso entendimento, ser por este enigma designado e significado? — O quê? — disse Gargântua. — O declínio e a manutenção da vontade divina. — Por Santo Goderan —

disse o monge. — Tal não é a minha opinião; o estilo é de Merlin, o profeta. Dai-lhe as alegorias e inteligências tão graves quanto quiserdes, vós e todo o mundo. De minha parte, não penso que haja outro sentido incluso senão uma descrição do jogo de pela, sob palavras obscuras. Os que subornam as gentes são os diretores da partida, que são ordinariamente amigos. E depois de dois lances sai do jogo aquele que lá estava e entra outro. Acredita-se no primeiro que diz se a bola estava sobre a corda ou abaixo dela. As águas são o suor; as cordas de raquete são feitas de tripas de carneiros ou cabras. A máquina redonda é a pelota ou bola. Depois do jogo, descansa-se junto de um fogo bem claro e se muda a camisa. E de boa vontade todos se banqueteam, mas muito mais alegremente os que ganharam. E bom proveito![134]

FIM DO PRIMEIRO LIVRO.

---

[134]. Os comentaristas explicam que a profecia não é, evidentemente, do encantador Merlin, que viveu no século V, mas de um tal Merlin ou Meslin, contemporâneo de Rabelais. Da autoria desse último somente são os dez primeiros e os dois últimos versos. (N. do T.)

LIVRO SEGUNDO

PANTAGRUEL
REI DOS DIPSODOS

RESTITUÍDO AO SEU NATURAL

COM

FATOS E PROEZAS ESPANTOSAS

DESCRITAS PELO DEFUNTO

MESTRE ALCOFRIBAS
EXTRATOR DA QUINTA-ESSÊNCIA.

DÉCIMA

DE MESTRE HUGHES SALEL AO AUTOR DESTE LIVRO

———————

Se combinar graça e proveito
É um dom que exalta o escritor,
Hei de louvar-te, eu te respeito,
És com certeza um grande autor:

Neste livrinho sabes dispor

Sob a alegria, luta renhida,
Tal que dos fatos da humana vida
Rir-se Demócrito ver me parece.

Prossegue ovante a tua lida:

Quanto mais anda, tanto mais cresce.

PRÓLOGO DO AUTOR

Ilustríssimos e mui cavalheirescos campeões, nobres e outros, que voluntariamente vos dedicais a todas as gentilezas e honestidades, há pouco tendes visto, lido e sabido as grandes e inestimáveis crônicas do enorme gigante Gargântua; e como verdadeiros fiéis acreditastes em tudo, assim como no texto da Bíblia ou do santo Evangelho, e tendes muitas vezes passado o vosso tempo com as distintas damas e donzelas, fazendo-lhes belas e longas narrativas, quando vos sobrava o tempo; sois portanto dignos de louvor e de memória sempiterna. E a minha vontade é que cada um deixasse os seus próprios encargos, não se preocupasse com o seu mister, e se esquecesse dos seus próprios negócios, sem que o seu espírito fosse alhures distraído ou impedido, até que as tivesse de cor, a fim de que, se porventura se perdesse a arte da impressão, cada um pudesse facilmente ensinar a seus filhos e seus sucessores e sobreviventes falando como de mão em mão, à maneira de uma cabala religiosa. Pois há ali mais frutos do que pensam muitos fanfarrões chaguentos, que entendem muito menos dessas pequenas patuscadas do que Raclet[135] do Instituto. Conheci altos e poderosos senhores de bom nome, que indo à caça de grandes animais ou à caça com o falcão, se acontecia que o animal não fosse encontrado pelo rastro, ou que o falcão se pusesse a planar, deixando a presa fugir, ficavam aborrecidos, como haveis de entender, mas o seu refúgio de conforto, a fim de não se entristecerem, era relembrar os inestimáveis feitos do referido Gargântua. Outros há no mundo (e não desprezíveis) que, estando grandemente afligidos pela dor de dentes, e depois de terem gastado todos os seus bens em medicamentos sem nada aproveitarem, não encontraram remédio mais expedito do que colocar as referidas crônicas entre dois bons panos bem esquentados, e aplicá-los no lugar dolorido, com um sinapismo de pó de resina. Mas o que diria eu dos pobres variólicos e gotosos? Oh! Quantas vezes nós os vimos, à hora em que estavam bem untados e gordurosos: e o rosto reluzente como um osso descarnado, e os dentes batiam como as teclas de um teclado de órgão ou de espineta quando se toca, e a boca espumando como um javali acuado. Que faziam eles então? Todo o seu consolo era o de ouvir ler alguma página do referido livro. E vimos quem se entregasse aos diabos se não tivesse sentido alívio manifesto com a leitura do referido livro, nem mais nem menos como as mulheres que, sofrendo as dores do parto, ouvem a leitura da vida de Santa Margarida. Isso não vale nada?

Achai-me um livro em qualquer língua, em qualquer faculdade ou ciência que seja, que tenha tais virtudes, propriedades e prerrogativas, e eu pagarei um *chopine*[136] de tripas. Não, senhores, não. Ele é sem par, incomparável e sem exemplo; sustento, até a fogueira *exclusive*. E os que quiserem contra ele se pronunciar,

---

135. Segundo os comentaristas, trata-se de Rebenert Raclit, professor de Direito em Dole. (N. do T.)
136. *Chopine*, medida de volume equivalente, aproximadamente, a meio litro. (N. do T.)

sejam reputados enganadores, predestinadores[137], impostores e sedutores. Se bem que é verdade que se encontram em alguns livros de alto valor certas propriedades ocultas, no número dos quais estão Fessepinte, Orlando Furioso, e Roberto o Diabo, Ferrabraz, Guilherme sem medo, Huon de Bordeus, Monteville e Matabrune. Mas não são comparáveis a esse de que falamos. E o mundo bem reconheceu por experiência infalível o grande emolumento e utilidade que vinha da referida crônica gargantuana: pois ela foi mais vendida pelos impressores em dois meses do que as Bíblias serão compradas em nove anos. Querendo então (eu vosso humilde escravo) aumentar ainda mais o vosso passatempo, vos ofereço, presentemente, um outro livro do mesmo quilate, senão que seja um pouco mais equitativo e digno de fé do que o outro. Não acrediteis (se não quereis errar em vosso julgamento) que eu fale dele como os judeus da lei. Não nasci em tal planeta, e não costumo pois mentir, ou assegurar coisa que não seja verdadeira. Falo como um sujeito onocrotal, isto é, crotenotário dos mártires amantes e croquenotário dos amores[138]; falo como São João do Apocalipse, *quod vidimus testamur*[139]. Dos terríveis feitos e proezas de Pantagruel estive a serviço desde que deixei o outro livro até o presente, quando vim visitar a minha terra e saber se ainda me resta algum parente. Portanto, pondo fim a este prólogo, quero que me entreguem a cem mil cestadas de diabos, corpo e alma, tripas e entranhas, se eu estiver mentindo uma só palavra em toda a história; igualmente, o fogo de Santo Antônio vos queime, o raio vos parta, a peste vos mate, e como Sodoma e Gomorra possais cair em enxofre e fogo no abismo, no caso de não acreditardes firmemente em tudo que vos conto na presente crônica.

---

137. Predestinadores: pregadores da predestinação. (N. do T.)
138. Zombaria com os protonotários apostólicos da época. (N. do T.)
139. O que vimos testemunhamos. (N. do T.)

DÉCIMA

NOVAMENTE COMPOSTA EM LOUVOR DO ALEGRE ESPÍRITO DO AUTOR.

Quinhentas décimas até,
Em rimas ricas e discretas,
Por bons e eméritos poetas,
Desde Marot a Saint Gelais,
Ditas com ênfase e com fé,
Perante as musas bem seletas
E de beleza bem repletas
Pouco seriam, o certo é,
Para exaltar, sendo completas,
O grande e douto Rabelais.

CAPÍTULO I
DA ORIGEM E ANTIGUIDADE DE PANTAGRUEL

Não será coisa inútil, nem ociosa, visto que estamos descansados, vos levar à primeira fonte e origem de onde nasceu o bom Pantagruel. Pois vejo que todos os bons historiadores assim trataram as suas crônicas, não somente os árabes bárbaros, os latinos étnicos e os gregos gentis, que foram bebedores eternos, mas também os autores da Santa Escritura, como o Senhor São Lucas igualmente e São Mateus. Convém vos notar, portanto, que no começo do mundo (falo de longe, há mais de quarenta quarentenas de noite, para numerar à moda dos antigos druidas), pouco depois que Abel foi morto por seu irmão Caim, a terra, empapada do sangue do justo, foi certo ano tão grandemente fértil em todos os frutos que em suas encostas produziram tanto e singularmente nêsperas, que ele ficou chamado para sempre de ano das grandes nêsperas; pois três delas faziam um alqueire. Nele as calendas eram encontradas pelos breviários dos gregos: o mês de março ficou sem quaresma e os meados de agosto caíram em maio. No mês de outubro, ao que me parece, ou então em setembro (para que eu não erre, pois isso quero evitar com todo o cuidado) houve uma semana tão renomada nos anais, que se chama a semana das três quintas-feiras, pois houve realmente três, por causa das irregularidades bissextas, que o sol desviou-se um pouco como *debitoribus*[140] para a esquerda e a lua variou de seu curso mais de cinco toesas, e foi manifestamente visto o movimento de trepidação no firmamento dito Aplano; a tal ponto que a Plêiade média, deixando as suas companheiras, declinou para o equinócio; e a estrela chamada Espiga deixou a Virgem, retirando-se para a Balança; o que são casos tão espantosos e matérias tão duras e difíceis que os astrólogos não podem morder[141]. Também precisavam ter os dentes bem compridos para que chegassem até lá.

Vereis que o mundo comia de boa vontade as referidas nêsperas; pois eram belas à vista e deliciosas ao paladar. Mas assim como Noé, o santo homem (ao qual somos gratos devedores por ter plantado a vinha, de onde nos vem o nectáreo, delicioso, precioso, celestial, jovial, divino licor chamado vinho) se enganou bebendo, pois ignorava as grandes virtudes e a potência daquele, semelhantemente os homens e mulheres daquele tempo comiam com grande prazer aquele belo e grande fruto. Mas acidentes bem diversos lhes ocorreram, pois a todos adveio no corpo um inchaço horribilíssimo; mas não a todos no mesmo lugar. Pois alguns incharam no ventre, e o ventre se arredondou como um grande tonel; sobre os quais se escreveu: *Ventrem omnipotentem*; os quais eram todos gente de bem e bons trocistas. E dessa raça nasceram São Pansart e Mardigras[142]. Outros incharam nos ombros, e a tal ponto ficaram corcundas

---

140. Alusão à frase *sicut et nos dimittimus debitoribus nostris* (assim como nós perdoamos aos nossos devedores) do Padre-Nosso, promessa cumprida por bem poucos cristãos. (N. do T.)
141. Esse movimento, realmente difícil de se compreender, foi invenção de um astrônomo árabe do Século IX, Thebit ben Corith. (N. do T.)
142. *Mardigras*: terça-feira gorda. (N. do T.)

que foram chamados montíferos, como porta-montanhas, os quais ainda são vistos pelo mundo em diversos sexos e dignidades. E dessa raça saiu Esopet[143], do qual tendes belos feitos e ditos por escrito. Outros inchavam em comprimento no membro que se chama o trabalhador da natureza; de sorte que o tinham maravilhosamente longo, grande, grosso, gordo, verde e imponente, a tal ponto que serviam de cinto, dando cinco ou seis vezes a volta da cintura. E se acontecia que ficassem no ponto, ao vê-los dir-se-ia que eram homens que tinham as lanças em riste para uma peleja. E desses se perdeu a raça; assim dizem as mulheres. Pois elas lamentam continuamente que não os há mais bem grandes, etc. Sabeis o resto da canção. Em outros, inchavam os culhões a tal ponto que os três encheriam um tonel. Deles descendem os culhões da Lorena, que jamais habitam as braguilhas, mas caem para o fundo dos calções.

Outros cresceram nas pernas, e, ao vê-los, dir-se-ia que eram grous ou flamengos, ou então gente caminhando com pernas de pau. E os ignorantes o chamam em gramática *Iambus*[144].

Em outros, tanto crescia o nariz, que parecia o tubo de um alambique, todo matizado, todo cheio de bolhas, pululante, vermelho. E tais tendes visto a Abadessa Panzolult e Piedebois, médico de Angers. Nasão e Ovídio dali tiraram a sua origem. Outros cresciam pelas orelhas, que tão grande tinham, que de uma se faziam gibão, calções e saio, outros se cobriam com a orelha como uma capa espanhola. E diz-se que em Bourbonnois ainda dura a herança, pelo que são ditas orelhas de Bourbonnois. Outros cresciam ao longo do corpo; e de lá vieram os gigantes e, por eles, Pantagruel. E o primeiro foi Charbroth,

> Que gerou Sarabroth,
> Que gerou Faribroth,
> Que gerou Hurtlay, que foi grande comedor de sopas e reinou no tempo do dilúvio,
> Que gerou Membroth,
> Que gerou Atlas, que, com os seus ombros, impediu que o céu caísse,
> Que gerou Golias,
> Que gerou Eryx, o qual foi o inventor do jogo de dados,
> Que gerou Tito,
> Que gerou Erion,
> Que gerou Polifemo,
> Que gerou Caco,
> Que gerou Etion, o qual foi o primeiro que teve varíola, por ter bebido muito no verão, como testemunha Bartachin,
> Que gerou Encelado,
> Que gerou Ceu,

---

143. *Esopet* ou *Isopet* era o nome dado a Esopo na Idade Média. (N. do T.)
144. Confusão com a palavra latina *iambus*, metro poético, e a francesa (hoje em desuso) *jambus*, pessoa de pernas compridas. (N. do T.)

Que gerou Tifoé,
Que gerou Aloé,
Que gerou Oto,
Que gerou Egeon,
Que gerou Briareu, que tinha cem braços,
Que gerou Porfírio,
Que gerou Adamastor,
Que gerou Anteu,
Que gerou Agato,
Que gerou Poro, contra o qual batalhou Alexandre Magno,
Que gerou Arantas,
Que gerou Gabara, que inventou beber com motivo,
Que gerou Golias Secundino,
Que gerou Ofot, o qual foi grande bebedor,
Que gerou Aratchu,
Que gerou Oromedon,
Que gerou Gemagog, que foi o inventor dos sapatos com ponta comprida e virada,
Que gerou Sísifo,
Que gerou os Titãs, dos quais nasceu Hércules,
Que gerou Enai, que foi perito em matéria de tirar borbulhas da mão,
Que gerou Ferrabraz, o qual foi vencido por Olivier, par de França, companheiro de Rolando.
Que gerou Morgan, o qual foi o primeiro deste mundo que jogou dado com os seus óculos,
Que gerou Fracasso, sobre o qual escreveu Merlin Coccaie,
Que gerou Ferragus
Que gerou Happemousche, o qual inventou defumar as línguas de boi no fogão, pois antes as salgavam como se faz com os pernis,
Que gerou Bolivorax,
Que gerou Longis,
Que gerou Gayoffe, que tinha os culhões de choupo e a vara de sobreiro,
Que gerou Machefaim,
Que gerou Bruslefer,
Que gerou Engolevento,
Que gerou Galehault, o qual foi inventor dos garrafões,
Que gerou Mirenangault,
Que gerou Gallafre,
Que gerou Falordin,
Que gerou Roboastro,
Que gerou Sortibrant de Conimbres,
Que gerou Brushant de Mommière,
Que gerou Mabrun,

Que gerou Foutasnon,
Que gerou Hacquelabac[145],
Que gerou Vitdegrain,
Que gerou Grandgousier,
Que gerou Gargântua,
Que gerou o nobre Pantagruel, meu senhor.

Sei bem que, lendo esta passagem, tereis dentro de vós uma dúvida bem razoável. E perguntais, como é possível que assim seja, visto que no tempo do dilúvio todo o mundo pereceu, menos Noé, e sete pessoas com ele na arca, no número das quais não estava o referido Hurtlay? A pergunta é bem feita, sem dúvida, e bem aparente; mas a resposta vos contentará, ou quero ficar gafento. E, como eu não me encontrava lá naquele tempo, para vos dizer por conhecimento próprio, invocarei a autoridade dos massoretas, os quais afirmam que verdadeiramente o referido Hurtlay não estava dentro da arca, e nem ali poderia entrar, pois era grande demais[146]; mas ele se sentou na arca, com uma perna de um lado e a outra do outro lado, como as crianças, quando montam em um cavalo de pau, e como o grande touro de Berna, que foi morto em Marignan[147], cavalgava como montaria um canhão pedreiro. E desse modo, salvou abaixo de Deus, a referida arca; pois a sustentava com as pernas e com o pé a virava para o lado que queria, como se faz com o leme do navio. Os que estavam dentro lhe enviavam víveres por uma chaminé, em quantidade suficiente, como pessoas reconhecidas pelo bem que ele lhes fazia. E algumas vezes parlamentavam com ele, como fazia Icaromenipo com Júpiter, segundo conta Luciano. Entendestes bem? Então bebei um gole sem água. Pois, se não acreditardes, não fui eu quem fiz, foi ela.

CAPÍTULO II
DA NATIVIDADE DO TEMIBILÍSSIMO PANTAGRUEL

Gargântua, com a idade de quatrocentos e oitenta e quatro anos gerou seu filho Pantagruel de sua mulher chamada Badebeca, filha do rei dos Amaurotes em Utopia, a qual morreu de parto; pois ele era maravilhosamente grande e tão pesado que não pôde vir à luz sem sufocar sua mãe. Mas para se entender plenamente a causa e a razão do seu nome, que lhe foi dado em batismo, deveis saber que naquele ano a seca foi tão grande em todo o país da África, que se passaram

---

145. Segundo conta o historiador Commines (1445-1509), havia, em seu tempo, no Castelo d'Amboise, um guarda gigantesco, chamado Hackebach. (N. do T.)
146. Os rabinos contam essa lenda, falando em Og, rei de Basan. (N. do T.)
147. Trata-se de Poviner, um dos chefes dos suíços naquela famosa batalha, que era apelidado "o Touro", por causa de sua altura e de seu vozeirão. (N. do T.)

trinta e seis meses, três semanas, quatro dias, treze horas e um pouco mais sem chuva, com um calor solar tão forte que toda a terra ficou árida.

E o tempo de Hélia não foi mais devastado do que então. Pois não havia árvore sobre a terra que tivesse folha ou flor; as ervas não tinham verdura, os rios desapareceram, as fontes secaram, os pobres peixes, privados de seus próprios elementos vagavam e gritavam horrivelmente pela terra, as aves caíam do ar por falta de orvalho; os lobos, raposas, cervos, javalis, gamos, lebres, coelhos, doninhas, fuinhas e outros animais eram encontrados nos campos, mortos, de boca aberta.

Com respeito aos homens, era uma grande piedade: haveríeis de vê-los, com a língua para fora, como galgos depois de correrem durante seis horas. Vários se atiraram nos poços. Outros se colocavam sob a barriga de uma vaca, para ficarem à sombra.

Toda a região estava devastada; fazia pena ver o trabalho dos homens para se protegerem contra aquela horrível alteração. Pois não foi coisa fácil salvar a água benta para as igrejas, para que não fizesse falta; mas se deu ordem, pelo conselho dos senhores cardeais e do Santo Padre, que ninguém a pudesse usar mais de uma vez. Ainda assim, quando alguém entrava em uma igreja, veríeis mais de vinte pobres sedentos, que vinham atrás dele com a boca aberta, para ter alguma gotinha, como o mau rico, a fim de que nada se perdesse. Oh! Bem-aventurados naquele ano os que tinham um porão fresco e bem provido! O filósofo conta, abordando a questão, porque a água do mar ficou salgada, que no tempo em que Febo confiou o governo de seu carro a seu filho Faetonte, o referido Faetonte, pouco versado na arte, e não sabendo seguir a linha elíptica entre os dois trópicos da esfera do sol, variou de caminho, e tanto se aproximou da terra, que pôs a seco todos os países subjacentes, queimando grande parte do céu, que os filósofos chamam de *via láctea e os leigos* caminho de São Tiago. Como os poetas mais dotados dizem ser a parte onde caiu o leite de Juno, quando amamentava Hércules. Então, a terra ficou tão esquentada, que lhe veio um suor enorme, suando todo o mar, que, por isso é salgado; pois todo suor é salgado. O que podereis dizer se é verdade se quiserdes experimentar o vosso próprio, ou então o dos variólicos, quando os fazem suar: é tudo a mesma coisa.

Caso quase igual aconteceu naquele referido ano: pois em um dia de sexta-feira, quando todo o mundo se entregara à devoção, e fazia uma bela procissão, com muitas ladainhas e belas prédicas, suplicando a Deus onipotente que se dignasse de olhar com a sua misericórdia para aquele desconforto, visivelmente foram vistas sair da terra grossas gotas de água, como quando alguma pessoa sua copiosamente. E o pobre povo começou a se regozijar, como se fosse coisa a ele proveitosa; pois alguns diziam que de humor não havia gota no ar, de onde se esperasse ter chuva, e que a terra supria a falta. As outras pessoas sábias diziam que era a chuva dos antípodas; como Sêneca narra no quarto livro *Quaestionum naturalium*, falando da origem e fonte do Nilo. Mas estavam enganados; pois, acabada a procissão, quando cada um quis recolher aquele orvalho, e beber à vontade, viu que não passava de salmoura pior e mais salgada do que água do mar. E, como naquele mesmo dia nasceu Pantagruel, seu pai lhe pôs tal nome; pois *Panta* em grego quer dizer tudo, e *Gruel* na língua hagarena quer dizer alterado. Querendo significar que, na hora de seu nascimento, o mundo estava todo alterado, e vendo em espírito de profecia que um dia seria o dominador dos alterados: o que lhe foi mostrado naquela mesma hora, por um outro sinal mais evidente. Pois, quando sua mãe Badebeca o paria, e as parteiras esperavam para o receber, saíram primeiro do seu ventre sessenta e oito almocreves, cada um puxando pelo cabresto uma mula carregada de sal, depois dos quais saíram nove dromedários carregados de pernis e línguas de boi defumadas, sete camelos carregados de enguias salgadas, depois vinte e cinco carroças de alho, alho-porro, cebola, cebolinha; o que muito espantou as referidas parteiras, mas algumas delas disseram: — Eis uma boa provisão; assim não vamos beber sem acompanhamento.

E, enquanto estavam conversando, eis que saiu Pantagruel, peludo como um urso, pelo que disse uma delas com espírito profético: — Nasceu com muito pelo, fará coisas maravilhosas.

CAPÍTULO III
DO LUTO QUE TOMOU GARGÂNTUA COM A MORTE DE SUA MULHER BADEBECA

Quando Pantagruel nasceu, quem ficou espantado e perplexo foi Gargântua, seu pai; pois vendo de um lado sua mulher Badebeca morta, e do outro seu filho Pantagruel nascido, tão belo e tão robusto, não sabia o que dizer nem o que fazer. E a dúvida que perturbava o seu entendimento era saber se deveria chorar pela perda de sua mulher, ou rir pela alegria de seu filho. De um lado e de outro havia argumentos sofísticos que o sufocavam; pois ele os apresentava muito bem *in modo et figura*, mas não sabia resolvê--los. E desse modo ficou desorientado como um rato que caiu na ratoeira ou um milhafre apanhado em um laço.

— Chorarei? dizia ele, sim; mas por quê? Está morta minha boa mulher, que era a mais isso, a mais aquilo que existia no mundo. Jamais tornarei a vê-la, jamais a recuperarei; é uma perda inestimável! Ó meu Deus, o que fiz para assim me punires? Por que não me enviaste à morte antes dela? Pois viver sem ela é apenas sofrer. Ah! Badebeca, minha querida, minha amiga, minha pequena c... (todavia ela media bem três jeiras e quatro alqueires), minha pomba-rola, minha braguilha, minha chinela, jamais te verei. Ah! Pobre Pantagruel, perdeste tua boa mãe, tua ama de leite, tua dama bem-amada. Ah! Falsa morte, és má, és ultrajante, roubando-me aquela à qual a imortalidade pertencia por direito.

Assim falando, chorava como uma vaca, mas, ao mesmo tempo, ria como um bezerro, quando lhe vinha à memória seu filho Pantagruel. — Ah! Meu filhinho, meu pezinho, meu culhão, como és bonito! E como sou grato a Deus, que me deu um filho tão belo, tão alegre, tão risonho, tão bonito. Ah, ah, ah, ah! Estou feliz. Vamos beber, deixar de lado toda a melancolia; traze-me o melhor vinho, enche os copos, põe a toalha, enxota os cães, sopra o fogo, acende a vela, fecha esta porta, distribui estas sopas, atende a esses pobres, dá-lhes o que pedem, prepara a minha roupa, vou me preparar para melhor festejar com as comadres.

Assim dizendo, ouviu as ladainhas e os mementos dos padres que levavam o corpo de sua mulher; então deixou os seus bons propósitos e de súbito se arrebatou, dizendo: — Senhor Deus, é preciso que eu ainda me contriste? Isso me aborrece; não sou mais jovem, estou ficando velho, o tempo está mau, poderei apanhar alguma febre, eis-me transtornado. Palavra de fidalgo, conviria chorar menos e beber mais. Minha mulher está morta, e bem morta; por Deus, *da jurandi*[148], eu não a ressuscitarei com o meu pranto; ela está bem, está no Paraíso pelo menos, se não estiver melhor; ela ora a Deus por nós, está bem feliz, não se preocupa mais com as nossas misérias e calamidades.

Deus a guarda; tenho de pensar em achar uma outra. Mas eis o que fareis —disse ele às parteiras (onde estão elas? Boas mulheres, não vos posso ver). — Ide ao enterro dela, e, entrementes, embalarei meu filho; pois me sinto bem alterado, e correrei o risco de ficar doente. Mas bebei um bom trago antes; pois vos sentireis bem, podeis acreditar, sob minha honra.

Ao que as obtemperantes foram ao enterro e aos funerais, e o pobre Gargântua continuou no palácio. E entrementes fez o epitáfio para ser gravado, da maneira que se segue:

>Morreu a pobre Badebeca,
>Morreu de parto, e era tão bela,
>Pois tinha cara de rabeca
>E um corpanzil como uma pela.
>Rezai a Deus, rezai por ela,
>Pra ter a paz que mereceu.
>Deixou o mundo, pura e bela,
>No ano e dia em que morreu.

CAPÍTULO IV
DA INFÂNCIA DE PANTAGRUEL

Vejo, pelos antigos historiógrafos e poetas, que muitos nasceram neste mundo de modo bem estranho, o que seria muito longo contar; lede o sétimo livro de Plínio, se tiverdes tempo. Mas não ouvistes jamais um tão maravilhoso como foi o de Pantagruel: pois é coisa difícil de acreditar como lhe cresceram o corpo e as forças em pouco tempo. Não foi nada Hércules, que, no berço matou duas serpentes; pois as referidas serpentes eram bem pequenas e frágeis. Mas Pantagruel, estando ainda no berço, fez coisas espantosas. Limito-me a dizer como, em cada um de seus repastos ele mamava o leite de quatro mil e setecentas

---

148. *Da jurandi facutaten*, permitam-me jurar. (N. do T.)

vacas. E como, para fazer a panela que se cozinhava o seu mingau foram empregados todos os paneleiros de Saulmur em Anjou, de Villedieu na Normandia, de Bramont na Lorena; e ele tomava o referido mingau em uma grande tigela, que ainda se encontra em Bruges, perto do palácio, mas os seus dentes já estavam então tão crescidos e fortes, que ele arrancou um grande pedaço da referida tigela, como se pode ver muito bem.

Certo dia pela manhã, quando se queria que ele mamasse em uma de suas vacas (pois não teve jamais outra ama de leite, como diz a história), ele desatou o nó que prendia ao berço um dos seus braços, e agarrou a referida vaca por debaixo das pernas e lhe comeu as duas tetas e metade do ventre, com o fígado e os rins: e a teria devorado inteiramente, se a vaca não tivesse berrado horrivelmente, como se tivesse um lobo entre as patas: a cujo grito acorreu gente, e tiraram a referida vaca de Pantagruel. Mas não conseguiram fazê-lo tão bem que ele soltasse o jarrete, o qual continuou a comer, como faríeis com uma salsicha, e, quando o quiseram tirar, ele o engoliu logo, como um alcatraz faria com um peixinho, e depois começou a dizer: — Bom, bom, bom! — pois ainda não sabia falar direito; querendo dar a entender que tinha achado bom. E vendo isso, os outros o amarraram com grossos cabos, como se faz em Tain para a viagem do sal a Lião; ou como são aqueles da grande nau francesa no porto de Grace na Normandia. Mas certa vez, quando um grande urso que seu pai criava escapou, e lhe foi lamber o rosto, ele se desfez dos laços tão facilmente como fez Sansão com os filisteus, e agarrou o senhor urso, e o despedaçou como se fosse um frango, tendo feito dele um bom prato quente para o seu repasto. Pelo quê, temendo Gargântua que ele se machucasse, mandou fazer quatro grossas correntes de ferro para prendê-lo, e mandou fazer em seu berço arcobotantes bem ajustados. E dessas cadeias, tendes uma em La Rochelle, que se levanta ao anoitecer entre as duas grandes torres do porto. A outra está em Lyon. A outra em Angiers.

A quarta foi levada pelos diabos, para prender Lúcifer, que tinha se desacorrentado naquele tempo, por causa de uma cólica que o atormentava, por ter almoçado a alma de um meirinho em fricassê. De onde bem podeis crer no que diz Nicolas de Lyra sobre a passagem do saltério em que se acha escrito: *Et Og Regem Basan*: que diz que Og, sendo ainda pequeno, era tão forte e robusto que tinha de ser acorrentado com cadeias de ferro em seu berço. E assim ficou quieto e pacífico Pantagruel, pois não podia tão facilmente romper as referidas cadeias, tanto mais quanto não tinha espaço no berço para mover com força o braço. Mas eis que chegou o dia de uma grande festa, quando seu pai Gargântua ofereceu um grande banquete a todos os príncipes de sua corte. Creio bem que todos os funcionários da corte estavam tão ocupados no serviço do festim, que não se preocuparam com o pobre Pantagruel, que ficou assim ao Deus dará. Que fez ele? Que fez ele, minha boa gente? Escutai... Tentou romper as cadeias do berço com os braços, mas não pôde, pois elas eram muito fortes; então tanto sacudiu com os pés, que quebrou a extremidade do berço, que, todavia, era uma tão grossa trave com sete palmos quadrados, e, logo que pôs os pés de fora mexeu-se o melhor que pôde, de sorte que tocou com os pés em terra. E então, com grande esforço se levantou, levando o berço preso nas costas, como uma tartaruga caminhando junto de uma muralha; e, ao vê-lo, parecia uma carraca de quinhentas toneladas que estivesse em pé. E nessas condições entrou na sala onde se banqueteava, tão apressadamente que assustou bem a assistência; mas, porquanto tinha ele os braços acorrentados, não podia comer; com grande dificuldade todavia se inclinou para apanhar com a língua estendida algum bocado. Vendo o quê, seu pai compreendeu que o haviam deixado sem poder comer, e ordenou que ele fosse solto das referidas cadeias, por conselho dos príncipes e senhores assistentes; juntamente os médicos de Gargântua disseram que, se ele ficasse assim preso ao berço, estaria toda a vida sujeito aos cálculos. Então, foi solto e o fizeram sentar-se, e ele ficou muito à vontade, e fez de seu referido berço mais de quinhentos mil pedaços, com um murro que lhe desferiu furioso, com o protesto de jamais ali voltar.

CAPÍTULO V
DOS FEITOS DO NOBRE PANTAGRUEL EM SUA JUVENTUDE

Assim crescia Pantagruel de dia para dia e progredia a olhos vistos, e seu pai se regozijava por afeição natural. E mandou-lhe fazer, quando era pequeno, uma besta para se divertir matando passarinhos, que se chama presentemente a grande besta de Chantelle. Depois o mandou à escola, para aprender e passar a juventude. De fato, veio a Poitiers para estudar, e aproveitou muito. Em cujo lugar, vendo que os estudantes algumas vezes ficavam de folga e não sabiam como passar o tempo, teve compaixão. E um dia tomou um grande rochedo chamado Passelourdin, uma grande pedra tendo cerca de doze toesas de quadrado, e espessura de quatorze palmos, e o colocou sobre quatro pilares, no meio de um campo, bem à vontade; a fim de que os referidos estudantes, quando não tivessem outra coisa para fazer, passassem o tempo subindo à referida pedra, e lá se banqueteando com muitos garrafões, pernis e massas, e escrevendo seus nomes na pedra com uma faca; e presentemente se chama a Pedra suspensa.

E depois, lendo as belas crônicas de seus antepassados, descobriu que Geoffroy de Lusignan, chamado Geoffroy do dente grande, avô do primo por afinidade da irmã mais velha da tia do genro do tio da nora de sua madrasta, estava enterrado em Maillezais; pelo que seguiu um dia pelos campos, para visitá-lo, como homem de bem. E partindo de Poitiers com alguns dos seus companheiros, passaram por Legugé, visitando o nobre Ardillon, abade; por Lusignan, por Sansay, por Celles, por Colonges, por Fontenay le Comte, saudando o douto Tiraqueau, e chegando a Maillezais, onde ele visitou a sepultura do referido Geoffroy do dente grande, onde sentiu algum medo, vendo o seu retrato; pois era a imagem de um homem furioso, tirando pela metade seu espadagão da bainha. E perguntou a causa disso. Os cônegos do referido lugar lhe disseram que não era outra coisa senão que *Pictoribus atque poetis*, etc., querendo dizer que os pintores e os poetas têm liberdade de pintar ou escrever o que quiserem. Mas ele não se contentou com essa resposta e disse: — Não foi pintado assim sem motivo. E duvido que sua morte não tenha tido algum erro, pelo qual ele pede vingança aos seus parentes. Vou tratar de saber melhor, e farei o que ditar a razão. — Depois voltou, não a Poitiers, mas quis visitar as outras universidades da França; então, passando por La Rochelle, se fez ao mar e chegou a Bordéus, lugar em que não encontrou um grande exercício, a não ser os bateleiros jogando na praia o jogo dos caroços. De lá foi a Toulouse, onde aprendeu a dançar muito bem, e a manobrar a espada com as duas mãos, como era de uso entre os alunos da referida universidade; mas não se demorou lá, quando viu que faziam ser queimados vivos os seus regentes, como arenque defumado, dizendo: — Deus queira que eu assim não morra, pois já sou por natureza bastante esquentado, mesmo sem fogo!

Depois foi à Montpellier, onde encontrou muito bons vinhos de Mirevaulx, e alegre companhia, e cuidou de estudar Medicina; mas considerou que o mister era por demais aborrecido, e melancólico, e que os médicos cheiravam a clister como velhos diabos. Portanto, quis estudar Direito; mas vendo que lá não estavam senão três perucas e uma careca de juristas, partiu do referido lugar. E no caminho viu a ponte de Gard e o anfiteatro de Nimes, em menos de três horas, que, todavia lhe pareceu obra mais divina do que humana. E veio a Avinhão, onde não levou três dias a se apaixonar; pois as mulheres de lá são muito sedutoras, pois é terra papal. Vendo isso, o seu pedagogo, chamado Epistemon[149] o levou para Valence, no Delfinado; mas ele viu que ali não havia grande exercício, e que os brutamontes da cidade espancavam os estudantes, o que o aborreceu; e um belo domingo, em que todo o mundo dançava publicamente, um estudante quis dançar, o que não permitiram os referidos brutamontes. Vendo o quê, Pantagruel os escorraçou até a margem do Ródano e quis afogá-los, mas eles se enfiaram na terra como toupeiras bem meia légua debaixo do Ródano. O buraco ainda ali se pode ver. Partiu depois e de um pulo chegou a Angiers, onde se achou muito bem, e teria se demorado por algum tempo, se não fosse a peste que os expulsou.

Assim, veio a Bourges, onde estudou durante muito tempo e aproveitou muito na Faculdade de Direito. E dizia algumas vezes que os livros de Direito lhe pareciam uma bela túnica de ouro triunfal e maravilhosamente preciosa, que fosse bordada com merda; pois, dizia ele, no mundo não há livros tão belos, tão ornados,

---

149. Epistemon: sábio; do grego *epistamai*, eu conheço. (N. do T.)

tão elegantes, como são os textos das Pandectas; mas o seu bordado, quer dizer, as glosas de Acúrcio, são sujas, tão infames e malcheirosas, que não passam de sujeira e vilania. Partindo de Bourges, foi a Orleans, e ali encontrou grande número de estudantes que saudaram a sua vinda com grande alegria; e em pouco tempo aprendeu com eles a jogar a pela, de tal modo que logo se tornou mestre. Pois os estudantes do referido lugar fazem um bom exercício, e o levaram algumas vezes às ilhas para jogarem. E quanto a encher a cabeça de estudo, não o fazia, com medo de lhe diminuir a vista. Porquanto um dos regentes dizia muitas vezes em suas palestras que não há coisa que faça mais mal à vista do que a moléstia dos olhos. E em um dia em que saiu licenciado em Direito um dos estudantes de seu conhecimento, que de ciência nada tinha na cabeça, mas em compensação sabia muito bem dançar e jogar a pela, fez o brasão e a divisa dos licenciados da referida universidade, dizendo:

> A bola junto ao culhão,
> Uma raquete na mão,
> Capelo bem colocado,
> Os pés dançando no chão,
> E eis-te doutor formado.

CAPÍTULO VI
DE COMO PANTAGRUEL REENCONTROU UM LIMOSINO, QUE DETURPAVA A LÍNGUA FRANCESA

Certo dia, não sei quando, Pantagruel passeava depois de ter ceado com alguns companheiros, junto à porta que vai a Paris, e encontrou um estudante muito pimpão, que vinha por aquele caminho, e, depois de terem se cumprimentado, perguntou-lhe: — Meu amigo, de onde vens a esta hora? — O estudante respondeu-lhe: — Da ilustre, ínclita e célebre academia, que se apelida Lutécia. — Que quer dizer isso? — perguntou Pantagruel a um de seus companheiros. — É Paris — respondeu o outro. — Então, vens de Paris? E como passais o tempo, vós outros, senhores estudantes, na referida Paris? — Respondeu o estudante: — Trafegamos pelo Sequano ao dilúculo e ao crepúsculo; perambulamos pelos compites[150] e quadrivias da urbe; dedicamo-nos à verbalização latinizante; e, como veríssimos amoríferos, captamos a benevolência do onipresente, onipotente e onisciente sexo feminino. Certos diecules[151] procuramos os lupanares de Champ-gaillard, Matcon,

---
150. Do latim *compitum*: encruzilhada; aqui, evidentemente, no sentido de praça para a qual convergem várias ruas. (N. do T.)
151. Do latim *diecula*, diminutivo de *dies*, dia. (N. do T.)

Cul de sac, Bourbon, Huslieu e em êxtase venéreo inculcamos as nossas hastes nos profundíssimos recessos de meretricules amicabilissimes. Após, refazemo-nos nas meritórias tabernas de Pomme de pin, Castes de la Magdalene e da Mule, com belas *spatules vervecines*[152], odorificadas com *petrosil*[153]. E se por acaso da fortuna houver raridade ou penúria de pecúnia em nossas *marsupies*[154], e estejam elas exaustas do metal ferruginoso, por penhor nos despojamos dos nossos códigos e vestes, aguardando o numerário chegar de nossos penates e lares patrióticos.

Ao que disse Pantagruel: — Que diabo de linguagem é essa? Por Deus que és um herético. — Senhor, não — disse o estudante —, pois libentissimamente, desde que surgem as primeiras luzes matinais, busco um daqueles tão bem arquitetados monastérios; e lá, aspergindo-me da santa água lustral, atentamente escuto as místicas prédicas de nossos *sacrificules*[155]. Não olvido as minhas preces horárias, fortifico e protejo minha alma contra as inquietitudes noturnas. Reverencio os olímpios. Venero idolatricamente o supremo arquipotente. Estimo e amo o meu próximo. Sirvo aos preceitos decalógicos e deles não me afasto, na medida de minhas forças, *late unguicules*[156]. Se bem seja veraz que já que Mamon[157] não superabunda os meus *locules*[158], mostro-me um tanto raro e lento em ofertar o óbolo que os pedintes imploram.

— Então, então — disse Pantagruel —, o que é que quer dizer este homem? Acho que ele está inventando alguma linguagem diabólica e que nos encanta como os feiticeiros. — Ao que disse um de seus companheiros: — Senhor, sem dúvida este moço quer imitar a língua dos parisienses, mas só sabe maltratar o latim, e ele pensa que é um grande orador em francês, porque desdenha o uso comum de falar. — Ao que disse Pantagruel: — É verdade? — Respondeu o estudante: — Ilustre Senhor, meu verbo nem de longe se assemelha ao que diz este desprezível mendace, nem é apto para escoriar a cutícula de nosso gálico vernáculo: mas vice-versamente, eu *gnave*[159] opero e, por velas e remos, locupleto-me com a redundância latínica. — Por Deus — disse Pantagruel —, vou te ensinar a falar. Mas, antes, responde, de onde és? — Ao que disse o estudante: — A origem primeva de meus maiores e antepassados foi indígena das regiões lemusínicas, *onde requiesce*[160] o *corpore do agiotate*[161] São Martial. — Estou entendendo muito bem — disse Pan-

---

152. Do latim *spatula vervecina*: lombo de carneiro. (N. do T.)
153. Do latim *petroselinum*: aipo. (N. do T.)
154. Do latim *marsupium*: bolsa. (N. do T.)
155. Do latim *sacrificulus*: sacerdote de ordem inferior. (N. do T.)
156. Do latim *lato unguicolo*: à unha larga, isto é, do tamanho de uma unha. (N. do T.)
157. Mamon: deus do dinheiro. (N. do T.)
158. Do latim *loculus*: burra, cofre. (N. do T.)
159. Do latim *gnavus* ou *navus*: diligente, ativo. (N. do T.)
160. Do latim *requiescere*: repousar, descansar. (N. do T.)
161. *Agiotate*: santo, sacrossanto; do grego *hagios*, no superlativo *hagiotatos*. (N. do T.)

tagruel. — És limosino de nascimento e criação. E queres passar por parisiense. Ora, isso vai te dar trabalho.

Então, o agarrou pelo pescoço, dizendo: — Esfolas o latim, por São João que te farei esfolar vivo. — Então começou o pobre limosino a dizer: — Vée dicou gentilastre. Ai São Marsault. Ai! Ai! Deixai-me em nome de Deus! — Ao que disse Pantagruel: — Agora estás falando naturalmente.

E assim o deixou; pois o pobre limosino estava se borrando todo, ao que disse Pantagruel: — Santo Alipantino, que porcalhão! Que vá para o diabo! — E o deixou ir. Mas o outro teve um tal remorso o resto da vida e ficou tão alterado que dizia muitas vezes que Pantagruel lhe estava apertando o pescoço. E, depois de alguns anos, morreu da morte de Rolando, segundo a vingança divina, e demonstrando o que disse o filósofo, e Aulo Gelio, que nos convém falar segundo a linguagem usada: e como dizia Otaviano Augusto, que é preciso evitar as palavras esquisitas como os patrões dos navios evitam os rochedos do mar.

CAPÍTULO VII
DE COMO PANTAGRUEL FOI A PARIS, E DOS BELOS LIVROS DA BIBLIOTECA DE SAINT VICTOR

Depois de Pantagruel ter bem estudado em Orleans, deliberou visitar a grande universidade de Paris; mas antes de partir foi advertido de que um grande e enorme sino estava em Saint Aignan do referido Orleans, no chão, passados duzentos e quatorze anos: pois era tão grande, que por engenho algum se podia pô-lo sequer fora do chão, se bem que lhe tivessem aplicado todos os meios que apresentam *Vitruvius de Architectura, Albertus de Re aedificatoria, Euclides, Theon, Archimedes* e *Hero de Ingeniis*; pois tudo de nada servia. Então, de boa vontade, sensível à humilde súplica dos cidadãos e habitantes da referida cidade, deliberou levá-lo ao seu destino. De fato, foi ao lugar onde ele estava; e o levantou da terra com o dedo mindinho, tão facilmente como levantaria um cincerro. E antes de levá-lo à torre, Pantagruel quis tocar uma alvorada na cidade, e o fez soar por todas as ruas, levando-o na mão, pelo que todo o mundo muito se regozijou; mas lhe adveio um inconveniente bem grande; pois o levando assim e o fazendo soar pelas ruas, todo o bom vinho de Orleans se agitou e se estragou. O que todo o mundo sentiu na noite seguinte; pois cada um se sentiu tão alterado de ter bebido aquele vinho sacudido, que só faziam escarrar tão branco como algodão de Malta, dizendo: — Temos Pantagruel, e temos a goela salgada.

Isso feito, veio a Paris, com a sua gente. E, à sua entrada, todo o mundo saiu para vê-lo, como sabeis muito bem que o povo de Paris é tolo por natureza, por bequadro e por bemol; e o olharam com grande espanto, e não sem grande medo que ele levasse o Palácio alhures em algum país *a remotis*, como seu pai levara os sinos de Notre Dame para pendurar no pescoço de sua égua. E depois de algum espaço de tempo que ele ali ficou e estudou muito bem todas as sete artes liberais, dizia que era uma boa cidade para se viver, mas não para se morrer; pois os mendigos de Saint Innocent se esquentavam com as ossadas dos mortos. E achou a biblioteca de Saint Victor mui magnífica, mormente alguns livros que ali encontrou, dos quais se segue o repertório, e *primo*:

Bigua salutis[162].
Bragueta juris.
Pantophla decretorum.
Malogranatum vitiorum.
O Pelotão de Teologia.
O Andrajo dos pregadores, escrito por Turelupin.
A Coragem elefantina dos cavaleiros.
Os Meimendros dos bispos.
Marmotretus de Baboinis et singis, cum comeno Dorbellis.
Decretum universitatis parisiensis super gorgiasitate muliercularum ad placitum.
A Aparição de Santa Gertrudes a uma monja de Poissy em trabalhos do parto.
Ars honeste pettandi in societate per M. Ortuinum.
A Mostardeira da penitência.
As Polainas aliás as Botas da paciência.
Formicarium artium.
De Brodiorum usu, et honestate chopinandi, per Sylvestrem
Pieratem jacobinum.
O despojado em juízo.
O Cabaz dos notários.
O Pacote do matrimônio.
O Crisol de contemplação.
As frivolidades do direito.
O Aguilhão do vinho.
A Espora de queijo.
Decrotatorium scholarium.
Tartaretus de Modo cacandi.
As Fanfarras de Roma.
Bricot, de Differentiis souparum.

---

162. Os livros mencionados neste catálogo realmente existiram, com um título às vezes menos ridículo. Na opinião de alguns bibliófilos, ocorreram alterações mais ou menos acentuadas na citação de Rabelais. (N. do T.)

O Rabinho de disciplina.
A savata de humildade.
O Tripeiro de bom pensamento.
O Caldeirão de magnanimidade.
Os Dilaceramentos das curas.

Reverendi patris fratris Lubini, provincialis Bavardiae, de Croquendis larbonibus libri tres.
Pasquilii, doctoris marmorei, de Capreolis cum chardoneta comedendis tempore papali ab Ecclesia interdicto.
A Invenção Santa Cruz, com seis personagens, representada por clérigos de escol.

Os óculos dos Romipetos.
Majoris, de Modo faciendi boudinos.
A Cornamusa dos prelados.
Beda, de Optimate triparum.
A Queixa dos advogados sobre a reforma dos confeitos.
O Cobertor dos procuradores.
Ervilha com toucinho, cum commento.
O proveito das indulgências.
Praeclarissimi juris utriusque doctoris maistre Pilloti
Raquedenari, de Bobelinandos glossae Accursianae baguenaudis repetitio enucidiluculidissima.
Stratagemata Francarchieri de Baignolet.
Franctopinus, de Re militari, cum figuris Tevoti.
De usu et utilitate escorchandi equos et equas, auctore
M. nostro de Quebecu.
A Rusticidade dos pretores.
M.N. Rostocostojambedanesse, de Moustarda post pradium
servienda, lib. quatuordecim, apostilati per M. Vaurriollonis.
O Escoamento dos promotores.
Jabolenus, de Cosmographia Purgatorii.
Quaestio subtilissima, Utrum Chimaera, in vacuo bombinans, possit comedere secundas intentiones; et fuit debatuta per decem hebdomadas in concilio Constantiensi.
O Devorador dos advogados.
Barbouillamenta Scotti.
A Pena dos Cardeais.
De Calcaribuns removendis decades undecim, per M. Albericum de Rosata.
Ejusdem de Castrametandis crinibus lib. tres.

GARGÂNTUA & PANTAGRUEL

A Entrada de Antoine de Leive em terras dos gregos.
Marfori bacalarii, cubantis Romae, de Pelendis mascarendisque cardinalum mulis.
Apologia deste, contra aqueles que dizem que a mula do papa não come senão em suas horas.
Prognosticatio quase incipit, Silvii Triquebille, balata per M. N. Songe crusium.
Boudarini episcopi, de Emulgentiarum profectibus, enneades novem, cum privilegio papali ad triennium, et postea non.
A Chiabrena das donzelas.
O Cu pelado das viúvas.
A Tosse dos monges.
As Frioleiras dos padres celestinos.
A Barragem do apetite devorador.
O Bater de dentes dos tratantes.
A Ratoeira dos teólogos.
O Bocal dos mestres de artes.
Os moços de Occam de simples tonsura.
Magistri N. Fripesaulcetis, de Grabelationibus horarum canonicarum b. quadraginta.
Cullebutatorium confratriarum, incerto auctore.
O Capucho dos fradinhos.
O Faguenas dos Espanhóis supercoquelicantiqué, por frei Inigo.
A Barbotina dos miseráveis.
Poltronismus rerum Italicarum, auctore magistro Bruselfer.
R. Lullius de Batisfolagiis principum.
Callibistratotium caphardiae, auctore M. Jacobo Hocstraten, haereticometra.
Chaultcouillonis de Magistro nostrandorum magistro nostrarorumque buvetis, lib, octo galantissimi.
As Peidorradas de bulários, copistas, escritores, abreviadores, referendários, e datários, compiladas por Regis.
Almanaque perpétuo para os gotosos e variólicos.
Maneries remonandi fournellos, per M. Eccium.
A Corda dos mercadores.
As Satisfações da vida monástica.
O Guisado dos Beatos.
A História dos duendes.
A Mendicância dos soldados.
As Pedras Falsas dos oficiais.
A Estopa dos Tesoureiros.
Badinatorium sophistarum.
Antipericatanentanaparbeugedamphicribrationes merdicantium.

O caracol dos poetastros.
O Fole dos alquimistas.
O Acinte dos Questores, por Frei Serratis.
Os Entraves da religião.
A Raquete dos agitados.
O Peitoril da velhice.
O Açaimo da nobreza.
O Padre Nosso do Macaco.
As Algemas da devoção.
A Panela dos quatro tempos.
A Argamassa da vida política.
O Enxota-moscas dos eremitas.
A Máscara dos penitentes.
O Gamão dos frades flagelantes.
Lourdaubus, de Vita et honestate bragardorum.
Lirippii sorbonici Moralisationes per M. Lupoldun.
As Misérias dos viajantes.
Os Copázios dos bispos titulares.
Tarraballationes doctorum Coloniensium adversus Reuchlin.
Os Címbalos das damas.
A Gamarra dos fiadores.
Virevoustorium naquetorum per F. Pedebilletis.
Dos Sapatões de franca coragem.
A Dissimulação dos trasgos e duendes.
Gerson, de *Auferibilitate papae ab Ecclesia.*
O Ajuntamento dos nomeados e graduados.
Jo. Dytebrodii, de Terribilitate excommunicationum, libellulus acephalos.
Ingeniositas invocandi diabolos et diabolas, per M. Guingolfum.
O Guisado de Carne dos monges perpétuos.
O Arabesco dos heréticos.
Os Contos de fada de Gaietan.
Moillegroin, doctoris cherubici, de Origine patepelutarum, et torciollorum
  ritibus, lib. septem.
Sessenta e nove Breviários de alta gordura.
A Pança das cinco ordens de mendicantes.
A Pelaria dos parasitas, extraída da bota fulva incornifistibulada na suma angélica.
O Depreciador dos casos de consciência.
A Barriga dos presidentes.
A Zombaria dos abades.

Sutoris, adversus quemdam qui vocaverat eum fripponmatorem, et quod fripponatores non sunt damnati ab Ecclesia.
Cacatorium medicorum.
O Limpa-chaminés da astrologia.
Campi clysteriorum per S.C.
O Tirapé dos boticários.
O beija-cu da cirurgia.
Justinianus, de Cagotis tollendis.
Antidotarium animae.
Merlinus Coccaius, de Patria diabolorum.
Dos quais alguns já impressos, e os outros estão sendo impressos presentemente, nesta nobre cidade de Tubinge.

CAPÍTULO VIII
DE COMO PANTAGRUEL, ESTANDO EM PARIS, RECEBEU CARTA DE SEU PAI GARGÂNTUA, E A CÓPIA DA MESMA

Pantagruel estudava muito bem, como já vistes, e aproveitava igualmente, pois tinha o entendimento profundo e uma capacidade de memória correspondente a mais de dez alqueires. E quando se encontrava lá, recebeu, certo dia, carta de seu pai, da maneira que se segue:

"Caríssimo filho, entre os dons, graças e prerrogativas, as quais o soberano plasmador Deus todo-poderoso conferiu e dotou a natureza humana em seu começo, a que me parece singular e excelente é aquela pela qual ele pode em estado mortal adquirir uma espécie de imortalidade, e no decurso da vida transitória perpetuar seu nome e sua semente. Isso é feito por linhagem saída de nós em casamento legítimo; pelo que não foi de modo algum por nós instaurado o que foi tolhido pelo pecado de nossos primeiros pais, dos quais foi dito que porque não foram obedientes ao mandamento de Deus o Criador, morreram, e pela morte seria reduzida ao nada esta tão magnífica formação, na qual tinha sido o homem criado. Mas, por esse meio de propagação seminal, fica com os filhos o que se perdera com os pais, e com os netos o que se perder com os filhos, e assim sucessivamente até a hora do juízo final, quando Jesus Cristo entregará a Deus Pai seu reino pacífico, fora de todo perigo e contaminação do pecado; pois então cessarão todas as gerações e corrupções, e ficarão os elementos fora de suas transmutações contínuas, visto que a paz tão desejada será consumada e perfeita, e que todas as coisas estarão reduzidas a seu fim e período. Não portanto sem justa e equitativa causa rendo graças a Deus meu conservador, por ter me dado o poder de ver minha antiguidade encanecida reflorescer em tua juventude. Pois, quando, pelo nuto daquele que tudo rege e modera, minha alma deixar esta habitação humana, eu não me reputarei de todo morto, mas sim passando de um lugar a outro, visto que em ti e por ti continuo em minha imagem visível neste mundo, vivendo, vendo e conversando, entre gente de honra e meus amigos, como me comprazo. A qual minha conversação tem sido, mediante a ajuda e a graça divina, não sem pecado (pois nós todos pecamos, e continuamente pedimos a Deus que perdoe os nossos pecados) mas sem mácula. Porque, assim como em ti se encontra a imagem do meu corpo, se paralelamente não reluzissem os costumes da alma, eu não te julgaria ser o guardião e tesouro da imortalidade do nosso nome, e o prazer que sentiria ao ver isso seria pequeno, considerando que a menor parte de mim, que é o corpo, perduraria, e a melhor, que é a alma, e pela qual o nosso nome permanece abençoado pelos homens, seria degenerada e abastardada. O que não digo por desconfiança que tenha de tuas virtudes, que já me foi até agora provada, mas para mais fortemente te estimular para aproveitá-la da melhor maneira. E isto que presentemente te escrevo não é tanto a fim de que de modo virtuoso vivas, e que de assim viver e ter vivido te rejubiles, e te dê coragem igual para o futuro. E a esse perfeito desempenho podes te dedicar com subsídio, eis que nada poupei; mas assim te socorri, como se não tivesse outro tesouro neste mundo que de te ver uma vez em minha vida absoluto e perfeito, tanto em virtudes, honestidade e prudência, como em toda sabedoria liberal e honesta, de modo a deixar-te, após a minha morte, como um espelho representando a pessoa de teu pai, e senão tão excelente e tão completo como almejo, certamente bem assim na vontade.

"Mas ainda que meu defunto pai de boa memória Grandgousier tivesse feito todo o esforço para que eu me aproveitasse com toda a perfeição e saber político, e que o meu labor e estudo correspondessem muito bem, ou mesmo ultrapassando o seu desejo, todavia, como podes bem compreender, o tempo não era tão idôneo e cômodo às letras como é o presente, e não havia abundância de tais preceptores como tens tido. Os tempos ainda eram tenebrosos, e sentia-se a infelicidade e calamidade dos godos, que tinham levado à destruição toda a boa literatura. Mas a bondade divina, a luz e a dignidade foram, no meu tempo, devolvidas às letras, e ocorreu tal melhoria que no presente a dificuldade seria ser eu recebido na primeira classe dos ignorantezinhos, quando, em minha idade viril, não sem razão, tive fama de ser o mais sábio do referido século.

"O que não digo por vã jactância (ainda que pudesse retamente fazer te escrevendo, como tens a autoridade de Marco Túlio em seu livro sobre a Velhice, e a sentença de Plutarco no livro intitulado Como se pode louvar sem inveja), mas para te mostrar afeição do mais alto teor. "Presentemente, todas as disciplinas estão restituídas, as línguas restauradas, a grega (sem a qual é vergonha uma pessoa se dizer sábia), a hebraica, a caldaica, a latina; expressões tão elegantes e corretas em uso, que foram inventadas em meu tempo, por inspiração divina, como o foi a artilharia por sugestão diabólica. Todo mundo está cheio de sábios, de preceptores doutíssimos, de bibliotecas muito amplas; e na minha opinião, nem nos tempos de Platão, nem nos de Cícero, nem nos de Papiniano, havia tal facilidade para o estudo como se vê agora. E, de agora em diante, não se esforçará muito para se encontrar lugar ou companhia que não sejam uma oficina de Minerva. Vejo os bandidos, os carrascos, os palafreneiros de hoje mais doutos que os doutores do meu tempo.

"Que diria eu? As matronas e donzelas aspiraram a esse louvor e o maná celeste da boa doutrina. A tal ponto que na idade em que estou me vi obrigado a aprender as letras gregas, as quais não condenara como Catão, mas não tivera tempo disponível de compreender em minha mocidade. E voluntariamente me deleito em ler as moralidades de Plutarco, os belos diálogos de Platão, os monumentos de Pausânias e as antiguidades de Ateneu, esperando a hora em que Deus meu criador queira chamar-me e mandar-me deixar esta terra.

"Porque, meu filho, admoesto-te que empregues a tua mocidade bem aproveitando o estudo e as virtudes. Estás em Paris tens o teu preceptor Epistemon, dos quais um por suas vivas e vocais instruções, o outro por exemplos louváveis podem doutrinar-te. Entendo e quero que aprendas as línguas perfeitamente: primeiramente o grego, como quer Quintiliano; segundo, o latim; depois o hebraico para as santas letras; e o caldaico e o árabe igualmente; e que forme o teu estilo, tanto no grego, imitando Platão, como no latim, imitando Cícero. Que não haja história que não tenhas em tua memória presente, o que te ajudará a cosmografia daqueles que escreveram. Das artes liberais, para a geometria, a aritmética e a música te dei algum gosto, quando ainda eras pequeno, com a idade de cinco a seis anos; prossegue o resto, e da astronomia sabes todos os cânones? Deixa a astrologia divinatória e a arte de Lullius como abuso e vaidade. Do direito civil, quero que saibas de cor os belos textos e os confira com a filosofia.

"E quanto ao conhecimento dos fatos da natureza, quero que a eles te apliques curiosamente, que não haja mar, rio ou fonte cujos peixes não conheças; todas as aves do ar, todas as árvores, todos os arbustos e frutos das florestas, todas as ervas da terra, todos os metais escondidos no ventre dos abismos, as pedras de todo o Oriente e do Meio-dia, nada te seja desconhecido." Depois cuidadosamente revisita os livros dos médicos gregos, árabes e latinos, sem desprezar os talmudistas e cabalistas, e por frequentes anatomias adquire perfeito conhecimento do outro mundo, que é o homem. E por algumas horas do dia começa a visitar as santas letras: primeiramente, em grego, o Novo Testamento e as Epístolas dos apóstolos; e depois, em hebraico, o Velho Testamento. Em suma, vejo um abismo de ciência; pois, de agora em diante, quando te tornas homem e te fazes grande, é preciso deixar essa tranquilidade e repouso de estudo, e aprender a cavalaria e as armas, para defender a minha casa, e os nossos amigos socorreres em todos os bons negócios contra o ataque dos malfazejos. E quero que em breve mostres como bem aproveitaste, o que não poderás melhor fazer do que tirando conclusões de todo o saber publicamente para todos e contra todos, e frequentando os homens de letras que estão tanto em Paris como alhures.

"Mas porque, segundo o sábio Salomão, a sapiência não deve existir em alma maligna, e ciência sem consciência não é senão a ruína da alma, convém-te servir, amar e temer Deus, e nele pôr todos os teus pensamentos, toda a tua esperança, e pela fé aliada à caridade estar perto dele, de sorte que jamais não sejas desamparado pelo pecado. Desconfia dos abusos do mundo. Não entregues o teu coração à vaidade; pois esta vida é transitória, mas a palavra de Deus permanece eternamente. Sê serviçal a teu próximo, e o ama como a ti mesmo. Reverencia os teus preceptores, foge da companhia daqueles com quem não queres parecer; e não recebas em vão as graças que Deus te dá. E quando conheceres que adquiriste todo o saber, volta para junto de mim, a fim que eu te veja e te dê a minha bênção antes de morrer.

"Meu filho, a paz e a graça de Nosso Senhor esteja contigo. Amém. De Utopia, dia dezessete do mês de março, teu pai Gargântua".

Recebida e lida esta carta, Pantagruel tomou nova coragem, e dispôs-se entusiasmado a aproveitar mais que nunca, de sorte que ao vê-lo estudar e aproveitar, ter-se-ia dito que tal era o seu espírito entre os livros, que parecia o fogo entre os arbustos secos, tanto era infatigável e estridente.

CAPÍTULO IX
DE COMO PANTAGRUEL ENCONTROU PANÚRGIO, DE QUEM FOI AMIGO TODA A VIDA

Certo dia, Pantagruel, passeando fora da cidade, rumo à abadia Saint Antoine, conversando e filosofando com os seus homens e alguns estudantes, encontrou um homem de boa estatura e elegante em todos os contornos do corpo; mas lamentavelmente afligido em diversos lugares e em tal desordem, que parecia ter escapado dos cães, ou melhor, parecia um colhedor de maçãs da região de Perche. De longe que o viu, Pantagruel disse aos seus circunstantes: — Estais vendo aquele homem, que vem pelo caminho da ponte de Charenton? Por minha fé, que ele não é pobre senão pela fortuna: pois eu vos asseguro que, em sua fisionomia, Natura produziu uma rica e nobre linhagem, mas as aventuras de gente curiosa o reduziu a tal penúria e indigência. — E assim que ele se aproximou, perguntou-lhe: — Meu amigo, peço-vos que vos detenhais aqui um pouco para responder o que eu vos perguntar, e não vos arrependereis, pois é mui grande a minha intenção de vos dar ajuda segundo o meu poder, para aliviar a calamidade em que vos vejo, pois me despertais grande piedade. Portanto, meu amigo, dizei, quem sois? De Onde vindes? Aonde ides? O quê buscais? E qual é o vosso nome?

O homem respondeu em língua germânica: — *Junker, Gott geb euch Glück und Heil zuvor. Lieber Junker, ich lass euch wissen, das da ihr mich von fragt, ist ein arm und erbarmlich Din, und wer viel darvon zu sagen, welches euch verdruslich zu hören, und mir zu erzelen wer; wiewol die Poeten und Orators vorzeiten haben gesagt in iren sprüchen und Sentenzen, dass die Gedechtnus des Ellends und Armuot vorlangst erlitten ist ain grosser lust*[163]. — Ao que respondeu Pantagruel: — Meu amigo, não entendo essa algaravia; portanto, se quereis que eu vos entenda, falai em outra língua.

Então o outro lhe respondeu: — *Al barildim gotfano dech min brin alabo dordin falbroth ringuam albaras. Nin porth zadilbrin almucathin milko prim al elmin enthoth dal heben ensouim: kuth im al dim alkatim nim broth dechoth porth min michas im endoth, pruch dal marsouimm hol moth dansrikim lupaldas im voldemoth. Nin hur diaaolth mnabothim dal gousch pal frapin duch im scoth pruch galeth dal Chinon, min foulthrich al conin butbathen doth dal prim*[164].

— Entendestes isso? — disse Pantagruel aos circunstantes. Ao que disse Epistemom: — Creio que é a linguagem dos Antípodas; o diabo me morda. — Então disse Pantagruel: — Compadre, não sei se as muralhas vos entenderão, mas de nós ninguém entende uma palavra.

Disse então o outro: — *Signor mio, voi vedete per essempio che la cornamusa non suona mai, s'ella non ha il ventre pieno: cosi io parimente non vi saprei contare le mie fortune, se prima il tribulato ventre non a la solita refettione. Al quale è adviso che le mani e li dent habbiano perso il loro ordine naturale e del tuto annichillati*[165]. — Ao que respondeu Epistemon: — Tanto de uma como da outra.

Então disse Panúrgio: — *Lord, if you be so vertuous of intelligence, as you be naturally releaved to the body, you should have pity of me: for nature hath made us equal, but fortune hath some exalted, and others deprived: nevertheless is vertue often deprived, and the vertuous men despised: for before the last end none is good*[166]. — Ainda menos! — respondeu Pantagruel.

---

163. Em alemão: "Cavalheiro, que primeiramente Deus vos conceda ventura e prosperidade. Caro cavalheiro, eu vos previno que a narrativa que me pedis é triste e digna de compaixão. Seria necessário dizer-vos muitas coisas penosas tanto para ouvir como para dizer; se bem que os poetas e os oradores da Antiguidade tenham pretendido, em seus adágios e suas sentenças, que a lembrança das desgraças e da pobreza que se sofreu outrora constitui um grande prazer". (N. do T.)
164. Árabe. Deve ter mais ou menos o mesmo sentido que o alemão. (N. do T.)
165. Em italiano: "Senhor, vedes, como exemplo, que a cornamusa não ressoa se o ventre não está cheio; igualmente, não posso vos contar as minhas aventuras, se meu ventre faminto não tiver antes a sua costumeira refeição. Parece que as mãos e os dentes perderam as suas funções naturais e se reduziram a nada".
166. Em inglês: "Senhor, se tendes sentimentos que correspondam ao vosso corpo, deveis ter piedade de mim. Com efeito, a natureza nos fez todos iguais; mas a fortuna elevou uns e abaixou outros. Não obstante, a virtude é muitas vezes desprezada, e os virtuosos humilhados; pois antes do fim de tudo nada pode ser tido como bom". (N. do T.)

Então disse Panúrgio: — *Jona andie guaussa goussy etan beharda er remedio beharde versela ysser landa. Anbat es otoy y es nausu ey nessassust gourray proposian ordine den. Nonyssena bayta facheria egabe gen herassy badia sadassu noura assia. Aran hondauan gualde eydassu naydassuna. Estou oussyc eg vinam soury hien er dastura eguy harm. Genicoa plasar vadu[167]*. — Estais lá — respondeu Eudemon —, Genicoa?

Ao que disse Carpalim: — São Treignan que vos valha, se entendi uma só palavra. — Respondeu Panúrgio então: — *Prug frest frinst sorgdmand strochdt drnds pag brlelang gravot chavygny pomardiere rusth pkalhdracg Deviniere pres Nays. Couille kalmuch monach drupp del meupplist rincq drlnd dodelb up drent loch minc stz rinq iald de vins ders cordelis bur jocst stzampenards[168]*.

Ao que disse Epistemon: — Falais em cristão, meu amigo, ou na língua patelínica?[169]

Então disse Panúrgio: — *Heere, ik ken spreeke anders geen taale, dan kersten taale, my dunkt nochtans al en zeg ik u niet een woord, mijnen nood verklaart genoeg wat ik begeere: geef my uit bermhertigheid net, waar van ik gevoed mag zyn[170]*. — Ao que respondeu Pantagruel: — Fiquei na mesma.

Então disse Panúrgio: — *Senor, de tanto hablar yo soy cansado, por que yo suplico a vuestra reverencia que mire a los preceptos evangelicos, para que ellos movan vuestra reverencia a lo que es de consciencia; y si ellos non bastaren, para mover vuestra reverencia a piedad, yo suplico que mire a la piedade natural, la qual yo creo que le movera, como es de razon: e con eso non digo mas[171]*. — Ao que respondeu Pantagruel: — Por Deus, meu amigo, não duvido que sabeis falar diversas línguas; mas dizei-me o que quereis em uma língua que possamos entender.

Então disse o outro: — *Min Herre, endog ieg med ingen tunge talede, ligeson born, oc uskellige creature: Mine klædebon oc mit legoms magerhed udviser alligevel klarlig hvad ting mig best behof gioris, som er sandelig mad oc drickhe: Hvorfor forbarme dig over mig, oc befal at give mig noguet, af hvilcket ieg kand styre min gioendis mage, ligerviis som man Cerbero en suppe forsetter. Saa skal du lefve længe oc lycksalig[172]*. — Creio que os godos

---

167. Trata-se, ao que parece, de basco. Com efeito, Genicoa em basco quer dizer Deus, o que explica a pergunta de Eudemon. (N. do T.)
168. Palavreado sem sentido, com palavras de vários idiomas. (N. do T.)
169. Alusão à peça de teatro *A Farsa do Advogado Pathelin*, que retrata um advogado astucioso e sem escrúpulo, que usava uma linguagem complicada. (N. do T.)
170. Em holandês: "Senhor, não sei falar outra língua além de uma língua cristã. Parece-me, no entanto, que mesmo sem vos dizer uma palavra, o meu estado indica o que desejo: por caridade, dai-me o que comer". (N. do T.)
171. Em espanhol, o que dispensa a tradução, embora a ortografia seja um tanto estranha. (N. do T.)
172. Em dinamarquês: "Senhor, se bem que eu me exprima bem diferente das crianças e dos animais irracionais, minhas vestes e magreza do meu corpo mostram claramente do que tenho premente necessidade, isto é, de alguma coisa capaz de apaziguar os gritos do meu estômago, da mesma maneira que se oferece uma sopa a Cérbero. Assim possais viver muito tempo e feliz". (N. do T.)

falavam assim — disse Eustenes. — E, se Deus quiser, assim falaremos nós pelo cu.

Então disse o forasteiro: — *Adoni, scholom lecha: im ischar harob hal habdeca, bimeherah thithen li kikar lehem: cham cathub: laah al adonai cho nen ral*[173].

Ao que respondeu Epistemon: — A esta altura, compreendi: pois é a língua hebraica, bem retoricamente pronunciada.

Então disse o forasteiro: — *Despota tinyn panagathe, diati sy mi ouk artodotis? horas gar limo analiscomenon eme athlion, ke en to metaxy me ouk eleis oudamos, zetis de par emou ha ou chre. Ke homos philologi pantes homologousi tote logous te ke remata peritta hyparchin, hopote pragma afto pasi delon esti. Entha gar anankei monon logi isin, hina pragmata (hon peri amphisbetoumen) me phosphoros epiphenete*[174]. — O quê? — disse Carpalim, lacaio de Pantagruel. — É grego, compreendi. — E como? Moraste na Grécia?

Então disse o forasteiro: — *Agonou dont oussys vous denaguez algarou, nou den farou zamist vou mariston ulbrou, fousquez vou brol tam bredaguez mou-preton den goul houst, daguez daguez non croupys fost bardounoflist nou grou. Agou paston tol nalprissys hortou los ecbatonous, prou dhouqys brol panygou den bascrou nou dous caguous goulfren goul oust troppasou*[175].

— Parece-me que entendo — disse Pantagruel —, pois é a língua do meu país de Utopia, ou, pelo menos, me parece, quanto ao som. — E, quando queria acrescentar mais alguma coisa, disse o forasteiro: — *Jam toties vos per sacra perque Deos Deasque omnes obstetatus sum, ut qua si vos pietas permovem, egestatem meam solaremini, nec hilum proficio clamans e ejulans. Sinite, quaeso, sinite, viri impii, quo me fata vocant abire, nec ultra vanis interpellationibus obtudantis, memores veteris illius adagii, quo venter famelicus auriculis carere decititur*[176].

— Por Deus, meu amigo — disse Pantagruel —, não sabeis falar francês? — Sei muito bem, senhor — respondeu o forasteiro —, graças a Deus: é minha língua natural e materna, pois nasci e fui criado no jardim da França, que é a Touraine.

---

173. Em hebraico: "Senhor, eu vos saúdo. Se vos apraz atender a vosso servidor, vós lhe dareis prontamente um pedaço de pão; pois está escrito: "Quem dá aos pobres empresta ao Senhor". (N. do T.)
174. Em grego: "Excelente senhor, por que não me dais pão? Pois me veis perecer miseravelmente de fome, e no entanto não tendes piedade de mim, mas me perguntais coisas inúteis. No entanto, todos os sábios concordam que os discursos e as palavras não têm razão de ser, quando uma coisa é por si mesma evidente. Pois os discursos só são necessários quando as coisas discutidas não se mostram claramente". (N. do T.)
175. Nenhum comentarista de Rabelais traduziu esta passagem. Há dúvidas se se trata do franco-gascão, do bearmês ou do baixo bretão. (N. do T.)
176. Em latim: "Já vos implorei, tantas vezes, por todos os deuses e deusas, que, se tivésseis alguma piedade, já teríeis aliviado a minha necessidade: mas nada consigo com meus gritos e meus gemidos. Deixai-me, então, homens ímpios, ir para onde me chama o destino, e não me fatigueis mais com vãs perguntas; lembrai-vos do vosso antigo ditado de que ventre faminto não tem ouvidos. (N. do T.)

— Então — disse Pantagruel —, dizei o vosso nome e de onde vindes; pois, bofé, eu vos tomei tão grande amizade, que, se concordardes com a minha vontade, não deixareis jamais a minha companhia, e nós faremos um novo par de amigos, como ocorreu com Eneias e Acates.

— Senhor — disse o forasteiro —, meu nome de batismo verdadeiro e próprio é Panúrgio, e presentemente estou vindo da Turquia, para onde fui levado prisioneiro, após o que em má hora aconteceu em Letelin[177]. E de boa vontade vos contarei as minhas aventuras, que são mais maravilhosas que as de Ulisses; mas já que vos agrada manter-me convosco, aceito de boa vontade a oferta, prometendo jamais vos deixar; e mesmo se vos aliardes a todos os diabos, teremos outro tempo mais cômodo com bastante folga para contá-las, pois, a uma hora destas, tenho necessidade urgente de repasto: dentes aguçados, ventre vazio, garganta seca, apetite estridente, tudo está em condições. Se quiserdes me ver disposto, para mim será um bálsamo comer: por Deus, ordenai.

Então mandou Pantagruel que o levassem para o seu alojamento e lhe levassem comida em profusão. O que se fez, e ele comeu muito bem naquela noite, e foi se deitar e dormiu até a hora de jantar do dia seguinte, de modo que só deu três passos e um pulo do leito à mesa.

CAPÍTULO X
DE COMO PANTAGRUEL EQUITATIVAMENTE JULGOU UMA CONTROVÉRSIA MARAVILHOSAMENTE OBSCURA E DIFÍCIL, TÃO JUSTAMENTE QUE O SEU JULGAMENTO FOI DITO MUITO ADMIRÁVEL

Pantagruel, bem se lembrando das cartas e admoestações de seu pai, quis certo dia ensaiar o seu saber. De fato, por todos os bairros da cidade chegou a conclusões, em número de nove mil, setecentas e sessenta e quatro, em todo o saber, nelas abordando as maiores dúvidas que havia em todas as ciências. E primeiramente, na rua du Feurre enfrentou todos os regentes, mestres de artes e oradores e os pôs todos na chinela. Depois, na Sorbonne, enfrentou todos os teólogos, durante seis semanas, desde as quatro horas da manhã até as seis horas da tarde; exceto duas horas de intervalo para se refazer e tomar a refeição, não que impedisse os referidos teólogos sorbonianos de se refazerem com as suas costumeiras bebidas. E a isso assistira a maior parte dos senhores da corte, referendários, presidentes, conselheiros, financistas, secretários, advogados e outros; juntamente com os escabinos da referida cidade, com os médicos e canonistas. E notai que daqueles a maior parte tomou o freio nos dentes: mas não

---

177. Cidade sitiada em 1501 pelos franceses, que acabaram derrotados pelos turcos. (N. do T.)

obstante seus ergotismo e falácias, ele deu quinau a todos e mostrou-lhes claramente que não passavam de pedantes.

Pelo que todo o mundo começou a falar e comentar seu saber tão maravilhoso, até as boas mulheres lavadeiras, adeleiras, trapeiras, faqueiras e outras, as quais, quando ele passava na rua, diziam: — É ele. — Com o que se aprazia, como Demóstenes príncipe dos oradores gregos se sentiu satisfeito, quando uma velha agachada disse, apontando-o com o dedo: — É este.

Ora, nessa própria ocasião, havia um processo pendente na Corte entre dois grandes senhores, um dos quais era o Senhor de Baisecul querelante de uma parte, o outro o Senhor de Humevesne[178] defensor, de outra. Cuja controvérsia era tão alta e difícil em direito, que a corte do parlamento dela só entendia o alto alemão. Pelo que, por ordem do rei, foram reunidos quatro dos mais sábios e maiores de todos os parlamentares da França, formando o grande conselho, e todos os principais regentes das universidades, não somente da França, mas também da Inglaterra e da Itália, como Jason, Philippe Déce, *Petrus de Petronibus* e muitos outros velhos doutores. Assim reunidos pelo espaço de quarenta e seis semanas, não tinham conseguido examinar o caso, nem compreendê-lo para dar-lhe forma jurídica de qualquer maneira, e estavam tão despeitados que morriam de vergonha. Mas um deles, chamado Douhet[179], o mais sábio, o mais sagaz e prudente de todos, um dia em que eles queimavam os miolos, disse-lhes: — Senhores, já há muito tempo que aqui estamos sem nada fazer a não ser gastarmos, e não conseguimos encontrar rumo algum nessa matéria, e quanto mais a estudamos, menos a entendemos, o que nos é grande vergonha e nos faz pesar a consciência, e, a meu ver, disso não sairemos senão com desonra: pois nada mais fizemos do que devanear em nossas consultas. Mas eis o que sugiro. Tendes ouvido falar daquele grande personagem chamado Mestre Pantagruel, o qual se sabe ser sábio acima da capacidade dos tempos de hoje, nas grandes disputas que manteve com todos publicamente. Sou de opinião que o chamemos, e lhe confiemos esse caso; pois jamais alguém o resolverá, se ele não resolver. — No que de boa vontade concordaram todos aqueles conselheiros e doutores; de fato, mandaram procurá-lo sem demora, e pediram-lhe que estudasse e pusesse em ordem o processo, e apresentasse-lhes um relatório tal como lhe parecesse na conformidade da verdadeira ciência jurídica: e lhes entregaram os sacos com os autos, que constituíam quase uma carga para quatro burros.

Mas Pantagruel lhes disse: — Senhores, os dois senhores que disputam entre si este processo ainda estão vivos? — Ao que lhe foi respondido que sim. — Para que diabo então — disse ele — serve esta papelada que me apresentais? Não será melhor ouvir de viva voz o seu debate do que ler este palavrório, que não passa

---

178. Nomes irreverentes, típicos do estilo de Rabelais. Baise (do verbo *baiser*, que significa "beijar", e *cul*, "traseiro"), Hume (do verbo *humer*, "chupar"), e Vesne, forma arcaica de *vesse*, que em francês moderno significa "ventosidade". (N. do T.)

179. Professor de Direito em Pisa e Pávia e conselheiro no tempo de Luís XII. (N. do T.)

de mentiras, cautelas diabólicas de Cepola[180] e subversão do direito? Pois estou certo de que vós e todos aqueles por cujas mãos passou este processo o tendes obscurecido e maquinado o que pudestes, *pro et contra*, e no caso de que sua controvérsia seja patente e fácil de ser julgada, vós a obscureceste por tolas e irracionais razões e ineptas opiniões de Acúrcio, Baldo, Bartolo, Castro, Imola, Hipólito, Panorme, Bertachim, Alexander, Cúrcio e outros velhos mastins que jamais entenderam qualquer lei das Pandectas, e que não passavam de parlapatões, ignorantes de tudo que é necessário à inteligência das leis.

Pois, como é fora de dúvida, não tinham conhecimento da língua grega nem da latina, mas somente da gótica e bárbara. E todavia as leis foram primeiramente feitas pelos gregos, como tendes o testemunho de Ulpiano, *l. posteriori de Origine juris*, e todas as leis estão cheias de sentenças e palavras gregas; e em segundo lugar estão redigidas no latim mais elegante e ornado que há em toda a língua latina, sem excetuar Salústio, Varrão, Cícero, Sêneca, Tito Lívio e Quintiliano.

Como, então, poderiam entender aqueles velhos tontos o texto das leis, se jamais viram um bom livro da língua latina? Como está manifestamente provado por seu estilo, que é o estilo do limpador de chaminés, ou do cozinheiro e do mendigo, não de jurisconsulto.

Ademais, visto que as leis são extraídas do seio da filosofia moral e natural, como as entenderão esses loucos, que, por Deus, não estudaram mais filosofia do que a minha mula? Quanto às letras de humanidade e conhecimento das antiguidades e história, eles estão tão bem providos quanto um sapo de penas, matéria das quais todavia o direito está cheio, sem as quais não pode ser compreendido, como mostrarei mais claramente por escrito. Pois, se quereis que eu estude este processo, mandai queimar primeiramente toda esta papelada, e em segundo lugar façai vir os querelantes pessoalmente diante de mim, e, quando os tiver ouvido, direi a minha opinião, sem ficção ou dissimulação alguma.

Ao que alguns deles se opuseram, e como sabeis em toda a companhia há mais tolos do que sensatos, e a maior parte sempre vence a melhor, assim como disse Tito Lívio falando dos cartagineses. Mas o referido Douhet enfrentou os outros virilmente, sustentando que Pantagruel falara bem que os registros, inquirições, réplicas, tréplicas, razões finais e todas aquelas diabruras não passavam de subversão do direito e prolongamento do processo, e que o diabo os levasse todos, se não procedessem de outro modo, segundo a equidade evangélica e filosófica. Em resumo, todos os papéis queimados, e os dois querelantes pessoalmente convocados.

E então Pantagruel lhes disse: — Sois vós que sustentais essa grande divergência? — Sim, senhor — disseram eles. — Qual de vós é o autor do feito? — Sou eu — disse o Senhor de Baisecul. — Então, meu amigo, exponde o vosso caso de começo a fim, segundo a verdade: assim tende o cuidado de nada acrescentar nem diminuir. Dizei.

---

180. Barthelemi Cepola, jurisconsulto do século XVI, autor do livro *Cautelae Juris*. (N. do T.)

CAPÍTULO XI
DE COMO OS SENHORES DE BAISECUL E DE HUMEVESNE QUERELARAM PERANTE PANTAGRUEL, SEM ADVOGADO

Então, começou Baisecul da maneira que se segue: — Senhor, é verdade que uma boa mulher da minha casa levava ovos para vender no mercado. — Ponde o chapéu na cabeça, Baisecul — disse Pantagruel. — Grande mercê, senhor — disse o Senhor de Baisecul. — Mas, a propósito, ocorria entre os dois trópicos seis espaços brancos, rumo ao zênite, pelo que os Montes Rifeus se encontravam naquele ano com grande esterilidade de pedras falsas, mediante uma sedição de frioleiras movida entre os indecisos e os reduzidos, pela rebelião dos suíços, que se tinham reunido até o número de bômbices para irem à aguilhada, a primeira abertura do ano, quando se dá a sopa aos bois e a chave de carvão às mulheres, para dar aveia aos cães. Toda a noite não se faz (com a mão sob a panela) senão despachar bulas de postas a pé e lacaio a cavalo para reter os barcos, pois os alfaiates querem fazer de retalhos de roupas uma sarabatana para cobrir o mar Oceano, que então estava repleto de uma panelada de couves, segundo a opinião dos barqueiros de feno; mas os médicos diziam que em sua urina não reconheciam sinal evidente, ao passo de abetarda, de comer machados com mostarda, senão que os senhores da corte davam por bemol ordem à varíola, para não rebuscar perante os bichos-da-seda, já que os tratantes tinham já um bom começo para dançarem o estrindor ao diapasão, ao pé do fogo, e com a cabeça no meio, como dizia o bom Ragot. Ah! Senhores, Deus governa tudo ao seu nuto, e contra o destino um carroceiro rompeu o seu chicote; o que se deu no regresso da Bicoque, então que saiu licenciado Mestre Antitus des Cressonières com toda a grosseria, como dizem os canonistas. *Beati lourdes, quoniam ipsi trebuchaverunt.* Mas o que faz a quaresma tão alta? Por Saint Ficare de Brie, não é por outra coisa, que o Pentecostes não venha quando a vez não me custa: mas avante, pouca chuva traz muito vento; entendido que o meirinho não pôs tão alto o branco no botaréu que o escrivão não deixasse orbicularmente seus dedos empenados de calão, e vemos manifestamente que cada um se intromete em perspectiva ocularmente para a chaminé, no lugar de onde pende a tabuleta do vinho de quarenta cilhas, que são necessários a vinte passos de moratória de cinco anos: ao menos que não se quisesse deixar a ave diante da queijada que o descobriu; pois a memória muitas vezes se perde quando se calça ao contrário. Isso, Deus guarde do mal Thibault mitene.

Então disse Pantagruel: — Muito bem, meu amigo, falai devagar e sem cólera. Estou entendendo o caso; prossegui-o — Ora, senhor — disse Baisecul —, a referida boa mulher, dizendo as suas alegações e *audi nos*, não pode se proteger de um revés falso subindo pelas virtudes dos privilégios da universidade, senão para bem se aquecer angelicamente, cobrindo-se com um dos sete quadrados e lhe atirando um estoque volante, bem perto do lugar onde se vendem as bandeiras velhas, que usam os pintores de Flandres, quando querem bem corretamente ferrar as cigarras, e me surpreendeu muito como o mundo não aponta, já que faz tão bela cobertura.

    Nesse ponto quis interpelar e dizer alguma coisa o Senhor de Humevesne, pelo que lhe disse Pantagruel: — Pelo ventre de Santo Antônio, achas que podes falar sem ser chamado? Estou aqui atento, para ouvir o processo de vossa divergência, e me vens ainda importunar? Paz, pelo diabo, paz! Falarás à vontade quando este tiver acabado. Prossegui — disse a Baisecul —, e não vos apresseis.

    — Vendo ainda — disse Baisecul — que a Pragmática Sanção não fazia qualquer menção, e que o Papa dava liberdade a cada um de peidar à vontade, se a estamenha não era rajada, qualquer pobreza que houvesse no mundo, contanto que não se assinasse a velhacaria, o arco-íris teria de pouco surgido em Milão para desabrochar as cotovias, consentiu que a boa mulher osculasse os isquiáticos pelo protesto dos peixinhos que eram então necessários para se entender a construção das velhas botas. Portanto, Jean le Veau, seu primo irmão, saindo de uma acha de molhe, aconselhou-a que não se arriscasse a secundar a lixívia bimbilhatória sem primeiro queimar o papel; para tanto pilha, nada, folga, perfura, pois *non de ponte vadit, qui cum sapientia cadit*, tendo-se que os senhores da contadoria não concordaram com a convocação das ondas do alemão, do qual se tinham construído lunetas dos príncipes, impressas novamente em Antuérpia. E eis, senhores, o que faz o mau relato. E nisso crê a parte adversa, *in sacer verbo dotis*[181]. Pois querendo obtemperar à vontade do rei, estou armado os pés à cabeça com uma costura de ventre para ver como os meus vinhateiros tinham rasgado os seus chapéus altos, para melhor se fingirem de manequins; pois a ocasião era um tanto perigosa na feira, onde vários arqueiros tinham sido recusados ao monstro, não obstante as chaminés fossem bastante altas segundo a proporção do javardo e dos esparvões. E por esse meio, foi ano de que fazeres em todo o país de Artois, o que não constituiu pequeno embaraço para os senhores portadores de facas, quando se comia sem nada desdenhar à tripa forra. E era minha vontade que cada um tivesse assim bela voz; jogar-se-ia melhor a pela, e essas pequenas delicadezas que constituem a etimologia dos sapatos descerão mais facilmente o Sena, para sempre servirem na Ponte dos Moleiros, como outrora foi decretado pelo rei de

---

181. Por *in verbo sacerdotis*, pela palavra do sacerdote. (N. do T.)

Canarra, e o aresto ainda se encontra no estilo da casa. Por isso, senhor, requeiro que por vossa senhoria seja dito e declarado sobre o caso o quê de direito, com custas, perdas e danos.

Então, disse Pantagruel: — Meu amigo, não quereis dizer mais nada? — Respondeu Baisecul — Não, senhor; pois eu disse todo o *tu autem*, e nada mudei, palavra de honra. — Então vós, Senhor de Humevesne — disse Pantagruel — dizei o que quiserdes, e sede breve, sem todavia deixar de dizer o que for a propósito.

CAPÍTULO XII
DE COMO O SENHOR DE HUMEVESNE PLEITEOU PERANTE PANTAGRUEL

Então começou o Senhor de Humevesne o que se segue: — Senhor e senhores, se a iniquidade dos homens fosse tão facilmente reconhecível como se conhecem as moscas no leite, o mundo, bofé! Não seria tão comido pelos ratos como é, e não haveria na terra tantos ouvidos roídos covardemente. Pois, embora tudo que disse a parte adversa seja bem verdade, quanto à letra e história do *factum*, todavia, senhores, a astúcia, a fraude e a malícia estão ocultas sob o vaso de rosas.

Devo eu tolerar que à hora em que como a minha sopa, sem mal pensar nem mal dizer, venham me afrontar e atazanar o cérebro, tocando o *antiquaille*[182], e dizendo: quem bebe comendo a sua sopa, quando é morto não vê uma gota? E, Nossa Senhora! Quantos capitães não temos visto em pleno campo de batalha, enquanto se distribuía o pão abençoado da confraria, tocar alaúde, ressoar o cu e dar pequenos saltos na plataforma, com os seus belos escarpins recortados com barbas de lagosta? Mas atualmente o mundo está de todo destravado do canto das balas de Lucestre: um se desprende, o outro cinco, quatro e dois; e se a corte não imposer a ordem, será tão difícil respigar este ano, que foram feitos ou far-se-ão baldes. Se um pobre coitado vai às estufas para esquentar o nariz queimando bosta de boi ou compra botas de inverno, e os meirinhos que passam, ou então os que espreitam, recebem a decocção de um clister, ou a matéria fecal de uma latrina sobre sua samarra, deve-se, portanto, roer os tostões e quebrar as escudelas de madeira? Algumas vezes pensamos uma coisa, mas Deus faz outra, e quando o sol se põe, todos os animais ficam na sombra. Não quero ser acreditado, se não provar claramente em plena luz do dia. No ano de trinta e seis eu tinha comprado um cão da Alemanha, alto e curto, de bastante boa lã, e pintado de semente, segundo asseguravam os ourives; todavia o notário ali pôs o *et cetera*. Não sou clérigo para

---
182. Dança da época, de andamento muito vivo. (N. do T.)

tomar a lua nos dentes; mas no pote de manteiga onde se selavam os instrumentos vulcânicos, o ruído era de que a carne salgada fazia achar o vinho em plena noite sem vela, e estivesse ele escondido no fundo do saco do carvoeiro, coberto e recoberto com a testeira, e as grevas necessárias para bem estragar a *rusterie* (é a cabeça de carneiro). E como bem diz o provérbio, que é fácil ver vacas negras em mato queimado, quando se tem os seus amores. Mandei consultar sobre a matéria os senhores clérigos, e por resolução concluíram, em *frisesomorum*, que não há tal como ceifar o verão em adega bem guarnecida de papel e tinta, de penas e canivetes de Lião no Ródano, tarantin taratá; pois incontinênti o arnês cheira a alho, a ferrugem lhe come o fígado e depois não se faz senão recalcitrar prejudicando o sono depois do jantar; e eis o que torna o sal tão caro. Senhores, não acrediteis que na ocasião em que a referida boa mulher tragou o colhereiro, para o registro do meirinho melhor aparelhar, e a fressura do chouriço tergiversou pelas bolsas dos usurários, nada houve melhor do que se proteger dos canibais, do que tomar uma réstea de cebolas de trezentos nabos, e um pouco de morango de carne do melhor quilate que tenham os alquimistas, e bem lutar e calcinar as suas chinelas com um belo molho de rodo, e se perder em um pequeno buraco de toupeira, salvando sempre os motejos. E se não quiserdes de outro modo dizer o que sempre há ternos de grande ponta, colocai a mulher no canto do leito, tirai o torreão de lá e bebei à vontade, *depiscando grenouillibus*, a todas as belas perneiras cotúrnicas: isso será para os pequenos gansos de muda que se debatem no jogo do *fouquet*[183], esperando bater o metal, e esquentar a cera para os tagarelas da comezaina. É bem verdade que os quatro bois em questão tinham a memória um tanto curta, todavia, para saber a gama, não temiam alcatraz nem pato da Savoia; e a boa gente da terra mantinha a esperança, dizendo: "Estas crianças vão ficar grandes em algarismos: o que nos será uma rubrica de direito; não podemos, portanto, deixar de pegar o lobo fazendo as nossas sebes acima do moinho de vento a respeito do qual falou a parte adversa".

Mas o grande diabo teve inveja; e pôs por trás, os alemães, que derramaram o humor nos diabos, com *her tringue tringue*, o duplo no caso. Pois nenhuma aparência há em dizer que em Paris sob a Ponte Pequena há galinha de ferro, e fossem eles tão importantes quanto os lograods do pântano, senão que verdadeiramente se sacrificassem os narizes vermelhos dos beberrões com a palha queimada diluída em letras versais ou cursivas, o que dá no mesmo, contanto que a tesoura lá não engendre vermes. E dado o caso que no cruzamento dos cães corredores as figurinhas tivessem se enviesado antes que o notário tivesse entreaberto a sua relação pela arte cabalística, não se segue (salvo melhor juízo da corte) que seis geiras de pastagem com grande folga fizessem três botas de boa tinta sem soprar a bacia, considerando-se que nos funerais do rei Carlos não se tinha em pleno mercado o

---

183. Jogo que consistia em pôr uma estopa inflamada no nariz, sem se queimar. (N. do T.)

tosão por dois e *ar*, sustento sob juramento, de lã. E vejo ordinariamente em todas as boas cornamusas que quando à caça de aves, fazendo três voltas de vassoura pela chaminé, e insinuando a sua nomeação, nada mais se faz do que cingir os rins e soprar no cu, se porventura estiver fazendo muito calor, o que lhe arrocha.

       Mal as cartas foram lidas
       Foram as vacas devolvidas.

    E foi dado igual paradeiro à gamarra no ano de dezessete pelo mau governante de Louzefougerouse, pelo que ele a corte se dignará de atentar. Não digo verdadeiramente que não se possa por equidade desapossar com justo título aqueles que da água benta bebem como se faz com o resgate do tecelão, com o que se fazem supositórios aos que não querem se resignar, a não ser à custa de dinheiro. *Tunc*, senhores, *quid juris*? Eis que o uso comum da lei sálica é tal, que o primeiro botafogo que esfola a vaca, que espevita em pleno canto a música sem os pontos dos remendões, deve em tempo de uma grande pança sublimar a penúria de seu membro pelo musgo colhido quando se ia à missa da meia-noite, para infligir o suplício àqueles vinhos brancos de Anjou, que fazem a perninha agarrada à moda da Bretanha. Concluindo, como exposto com custas, perdas e danos".

    Depois que o Senhor de Humevesne concluiu, Pantagruel disse ao Senhor de Baisecul — Meu amigo, quereis replicar? — Ao que respondeu Baisecul: — Não, senhor, pois eu não disse senão a verdade, e por Deus ponde fim à nossa divergência, pois não estamos aqui sem grandes despesas.

CAPÍTULO XIII
DE COMO PANTAGRUEL SENTENCIOU SOBRE A DIVERGÊNCIA DOS DOIS SENHORES

    Então Pantagruel levantou-se e reunindo todos os presidentes, conselheiros e doutores presentes, disse-lhes: — Assim, senhores, ouvistes (*vivae voce oraculo*) a divergência de que se trata; o que vos parece? — Ao que responderam: — Verdadeiramente ouvimos, mas não entendemos patavina da causa. Pelo que vos solicitamos, *una voce*, e suplicamos por graça que vos digneis de sentenciar como bem vos parecer, *et ex nunc pro ut ex tunc* concordamos e ratificamos com o nosso pleno consentimento. — Está bem, senhores — disse Pantagruel —, já que vos apraz, eu o farei; mas não acho o caso tão difícil como achais. Vede a rubrica Catão, a lei *Frater*, a lei *Gallus*, a lei *Quinque pedum*, a lei *Vinum*, a lei *Si Dominus*, a lei *Mater*, a lei *Mulier bona*, a lei *Si q*uis, a lei *Pomponius*, a lei *Fundi*, a lei *Emptor* a lei *Praetor*, a lei *Venditor* e tantas outras, que são bem difíceis na minha opinião.

E isso dito deu uma ou duas voltas pela sala, meditando bem profundamente como podia estimar, pois arquejava, como um asno que tem a cilha muito apertada, pensando que teria de fazer justiça a cada um, sem prejudicar nem favorecer ninguém, depois tornou a sentar-se e começou a pronunciar a sentença que se segue:

— Vistos, examinados e meditados estes autos da ação entre os senhores de Baisecul e de Humevesne, decide a corte que, considerando a horripilação dos morcegos declinando bravamente o solstício estival para solificar as bolas cheias de vento que puseram fora de jogo o pião pelas vexações dos lucífugos nicticoráceos, que estão vinculados ao clima diarreico da mastreação a cavalo ostentando uma besta nos rins, o autor teve justa causa de calafetar o galão da boa mulher inchada com um pé calçado e o outro descalço, reembolsando a torto e a direito em sua consciência tanto de bagatelas como há pelo em dez vacas e outro tanto para o bordador. Semelhantemente, é declarado inocente do caso privilegiado das ramelas, que se pensava que tivesse incorrido no que não podia prometer jovialmente pela decisão de um par de luvas perfumadas de peidorradas à vela de noz, como se usa em seu país de Mirebalois, deixando a bolina com as bolas de bronze cujos ajudantes de cozinha amassam contestavelmente os seus legumes espicaçados do Loire a todas as campainhas dos marmoristas feitos a ponto da Hungria, que o seu cunhado levava memorialmente em um quadro limítrofe, bordado de goela de três pelos extenuados de cânhamo, com o arco de ponte de onde se tira o papagaio vermiforme com a cauda da raposa. No que diz respeito ao réu, todavia, verifica-se ter sido ele remendão, comedor de queijo e artífice de múmia; o que ficou provado, como bem debateu o referido réu; a corte o condena a três verassadas de caibotas assimentadas, prelorelitantadas e gaudepisadas como é de costume no país para com dito réu, pagáveis em meados de agosto, no mês de maio; mas dito réu será obrigado a fornecer feno e estopas para a embocadura das armadilhas guturais *embureloucoquées*[184] de guilverdões bem grabelados à rodela, e amigos como antes; isento de custas, não sem motivo[185].

Pronunciada a sentença, as duas partes se retiraram, ambas satisfeitas com o aresto, o que foi uma coisa quase incrível. Pois não ocorreu depois das grandes chuvas[186] e nem ocorrerá em treze jubileus que duas partes litigantes fiquem igualmente satisfeitas com a sentença definitiva. A respeito dos conselheiros e outros doutores que lá assistiam, ficaram em êxtase, desmaiados durante bem três horas; e todos arrebatados de admiração pela prudência de Pantagruel mais que humana, a qual tinha conhecido claramente na decisão daquele julgamento tão difícil e

---

184. Coisas à feição dos monges de capuz (*coqueluchons*) de burel (*bure*). Na passagem foram adaptadas para o português várias palavras que Rabelais inventou, e cujo significado se ignora. (N. do T.)
185. No original: *et pour cause*, aparentemente um jogo de palavras com "causa judicial" (*cause*). (N. do T.)
186. Refere-se, evidentemente, ao dilúvio. (N. do T.)

espinhoso. E ainda estariam desmaiados, se não tivessem levado vinagre e água de rosa para fazê-los recuperar os sentidos e o entendimento costumeiro, pelo que Deus seja louvado por tudo.

CAPÍTULO XIV
DE COMO PANÚRGIO CONTOU A MANEIRA PELA QUAL ESCAPARA DAS MÃOS DOS TURCOS

O julgamento de Pantagruel foi incontinênti sabido e conhecido por todo o mundo, e impresso, e redigido nos arquivos do palácio, de sorte que todos começaram a dizer: — Salomão, que devolveu, por sua sabedoria, o filho à mãe, jamais mostrou uma tal obra-prima de prudência como fez Pantagruel; somos felizes de tê-lo em nosso país.

De fato, quiseram fazê-lo referendário e presidente da corte; mas ele recusou, agradecendo graciosamente.

— Pois há — disse ele — servidão grande demais em tais ofícios, e só com mui grandes sacrifícios podem ser salvos os que os exercem, em vista da corrupção dos homens. E creio que os lugares vagos dos anjos não são preenchidos por outra espécie de gente, que de trinta e sete jubileus não teremos o juízo final, e que Cusanus[187] se enganou em suas conjeturas. Eu vos adverti em tempo oportuno. Mas se tendes alguns tonéis de bom vinho, de boa vontade os receberei de presente.

O que fizeram de boa vontade, e lhe mandaram o melhor da cidade, e ele bebeu à farta. Mas o pobre Panúrgio bebeu mais ainda, pois estava seco como um arenque defumado. E então ia dos pés como um gato magro. E alguém o admoestou no meio de uma grande taça de vinho tinto, dizendo: — Compadre, nunca vi beber tão depressa. — Ora, disse ele, só conheces esses beberrõezinhos de Paris que não bebem mais que um tentilhão, e que não tomam a sua dose senão quando lhes tocam no rabo, à moda dos passarinhos. Ora, compadre, se pudesse subir tanto quanto bebo, a uma hora destas já estaria acima da esfera da lua, com Empedocles. Mas não sei que diabo isto quer dizer: este vinho é muito bom, é delicioso, mas quanto mais bebo, mais sede tenho. Creio que a sombra do Senhor Pantagruel provoca a sede, como a lua faz os catarros. — Ao que os circunstantes se puseram a rir.

Vendo o quê, disse Pantagruel: — Panúrgio, o que tendes para rir? — Senhor — disse ele —, eu lhes conto como aqueles diabos de turcos são desgraçados por não beberem uma gota de vinho. Se outro mal não houvesse do Alcorão de Maomé, ainda assim eu não me sujeitaria à sua lei. — Mas dizei-me agora — disse Pantagruel —, como escapaste de suas mãos? — Por Deus, senhor — disse Panúrgio —, não vos mentirei uma só palavra.

---

187. O Cardeal de Cusa, autor de um livro intitulado *De Novissimo Die*. (N. do T.)

Aqueles malditos turcos tinham me posto no espeto, envolto em toucinho, como um coelho, pois sou tão magro que, de outro modo, a minha carne seria muito ruim de gosto, e, dessa maneira, iam me assar bem vivo. Assim, enquanto eles me assavam, recomendei-me à graça divina, tendo na memória o bom São Lourenço, e sempre esperando em Deus, para que me livrasse daquele tormento, o que foi feito bem estranhamente. Pois, assim que eu me recomendava de todo o coração a Deus, gritando: "Senhor, ajuda-me! Senhor Deus, salva-me! Senhor Deus, tira-me deste tormento ao qual esses cães infiéis me prendem para a manutenção da sua lei!" o assador adormeceu pelo querer divino, por artes de algum bom Mercúrio que conseguiu fazer dormir Argos que tinha cem olhos. Quando vi que ele não estava mais me fazendo girar no espeto, olhei e vi que estava dormindo; então, peguei com os dentes um tição pela ponta que não estava queimada e o atirei na barriga do meu assador, e lancei um outro, o melhor que pude, debaixo de uma cama de campanha, que estava perto da chaminé, onde se encontrava o enxergão do senhor meu assador. Incontinênti o fogo se espalhou na palha e da palha na cama, e da cama no soalho. Mas o melhor foi que o fogo que eu tinha jogado na barriga de meu assador lhe queimou o pentelho todo e chegou aos culhões, mas o homem era tão sujo que não sentiu senão quando já era dia, e se levantou atordoado, gritando à janela o mais alto que pôde: "Dal baroth, dal baroth!" o que quer dizer fogo, fogo; e veio diretamente a mim para me lançar de todo ao fogo, e já tinha cortado as cordas que tinham me ligado as mãos e cortava os laços dos pés; mas o dono da casa, ouvindo o grito de fogo, e sentindo a fumaça da rua onde passeava com alguns outros paxás e monges, correu o mais depressa que pôde, para prestar socorro e salvar as joias.

Logo que chegou, pegou o espeto onde eu estava espetado, e matou, sem mais nem menos, o meu assador, que morreu por falta de socorro ou outra causa; pois ele lhe enfiou o espeto pouco acima do umbigo, no rumo do flanco direito, e lhe atravessou o terceiro lóbulo do fígado, e a espetada subindo lhe penetrou no diafragma e, através da cápsula do coração, o espeto saiu pelo alto do ombro, entre os espondilos e o omoplata esquerdo. É verdade que quando tirou o espeto do meu corpo eu caí no chão perto do fogão, e a queda me machucou um tanto, não muito, pois o toucinho sustentou o baque. Depois, vendo o meu paxá que a situação era desesperadora, e que sua casa estava queimada sem remissão e todos os seus bens perdidos, se deu a todos os diabos, chamando Grilgoth, Astarost, Rapalo e Gribuli por nove vezes.

Vendo isso, tive muito medo, pensando: se os diabos vierem agora para levar este doido, não seriam capazes de me levar também? Já estou meio assado; a gordura é a causa do meu mal, pois os diabos aqui são gulosos de gordura, como tendes a autoridade do filósofo Iamblique e Mumault[188], na apologia *Bossutis et contrefactis pro magistros nostros*: mas fiz o sinal da cruz, gritando *agios, athana-*

---

188. Poeta latino do século XVI. (N. do T.)

tos ho Theo[189] e nenhum apareceu. O que conhecendo, meu vilão paxá quis se matar com o meu espeto, atravessando o coração; de fato tentou, mas o espeto não era bastante pontudo para furar-lhe o peito, e sua mão tremia tanto que não adiantou o esforço. Então, aproximei-me dele, dizendo: "Seu tratante, estás perdendo tempo; pois jamais te matarás assim; vais é te machucar e passar o resto da tua vida na mão dos barbeiros; mas se quiseres, eu te matarei logo, de sorte que nada sofrerás, e pode acreditar em mim, pois já matei muitos outros, que ficaram muito satisfeitos.", "Ah meu amigo", disse ele, "eu te peço, e se assim fizeres te dou a minha bolsa; ei-la, tem dentro seiscentos *saraphs*[190] e alguns diamantes e rubis perfeitos." — E onde estão eles? — disse Epistemon. — Por São João — disse Panúrgio —, estão bem longe, se é que ainda existem. Mas onde estão as neves d'antanho? Essa era a maior preocupação de Villon, o poeta parisiense. — Continua — disse Pantagruel —, peço-te, para ficarmos sabendo como dispuseste do teu paxá. — Pela fé de homem de bem — disse Panúrgio —, não minto uma só palavra. Eu o amarrei com uma corda meio queimada que achei, e prendi-lhe tão bem os pés e as mãos que ele ficou sem poder se mexer: depois, atravessei-lhe a garganta com o espeto, e o pendurei, prendendo o espeto em dois grandes ganchos onde se penduravam as alabardas. E acendi um bom fogo por baixo, como se faz com os arenques no fogão. Depois, levando a sua bolsa e um pequeno dardo que encontrei embaixo dos ganchos, parti a galope. Só Deus sabe como cheirava a pernil de carneiro assado.

Quando desci para a rua, encontrei todo o mundo que tinha acorrido para apagar o fogo jogando água. E me vendo assim meio assado, tiveram pena de mim naturalmente, e jogaram toda a água em cima de mim, e eu me refresquei muito, o que me fez muito bem; depois me deram um pouco de comer, mas não comi nada, pois não me deram senão água para beber, à sua moda. Outro mal não me fizeram, a não ser um maldito turco, corcunda na frente, que furtivamente tirou meu toucinho para comer; mas meti-lhe o meu pequeno dardo nos dedos com tanta força que ele não repetiu a tentativa. E uma jovem corintiana, que me tinha trazido um pote de *myrobolans emblics*[191], confeitados à sua moda, não tirou os olhos de minha roupa chamuscada, como se tivesse saído do fogo, pois não me chegava até os joelhos. Mas notai que aquela assadura me curou inteiramente de uma ciática, à qual eu estava sujeito havia mais de sete anos, do lado que meu assador, dormindo, me deixou queimar.

Ora, enquanto eles se divertiam comigo, o fogo se espalhava, não me pergunteis como, incendiando mais de duas mil casas, até que um deles notou e exclamou: "Ventre de Mafoma, toda a cidade está se incendiando, e nós nos divertindo aqui!"

---

189. Deus santo, imortal. (N. do T.)
190. Moeda do Egito, de ouro muito puro. (N. do T.)
191. Parece que se trata de mais um jogo de palavras, tão comuns em Rabelais. Myrobolan (ou mirabolan) é o nosso "mirabolante", mas, no francês quinhentista era também o nome de uma fruta, e emblic uma espécie dessa mesma fruta. (N. do T.)

Assim, todos tomaram o seu rumo. Quanto a mim, segui pelo caminho da porta da cidade. Quando subi a uma pequena elevação que havia perto dela, olhei para trás, como a mulher de Loth, e vi toda a cidade em chamas, pelo que fiquei tão alegre, que tive até medo de morrer de alegria; mas Deus me castigou bem. — Como? — disse Pantagruel. — Quando — disse Panúrgio — eu contemplava aquele fogaréu, deleitando-me e dizendo: "Ah, pobres pulgas, pobres ratos, tereis um mau inverno, o fogo destruiu vossa casa", mais de seis, ou melhor, mais de mil trezentos e onze cães saíram juntos da cidade, fugindo do fogo. Imediatamente correram diretamente em cima de mim, sentindo o cheiro de carne assada, e teriam me devorado sem mais nem menos, se o meu bom anjo da guarda não me tivesse inspirado, ensinando-me um remédio contra a dor de dentes. — E a que propósito — disse Pantagruel — temias a dor de dentes? Não tinhas te curado do reumatismo? — Com todos os diabos — respondeu Panúrgio —, há pior dor de dentes do que quando os cães nos mordem as pernas? Mas de súbito, lembrei-me do toucinho e o atirei no meio deles; os cães começaram a brigar, cada um querendo ficar com o toucinho. Assim me deixaram em paz, e eu tratei de pôr sebo nas canelas, e saí são e salvo!

CAPÍTULO XV
DE COMO PANÚRGIO ENSINA UMA MANEIRA BEM NOVA DE CONSTRUIR AS MURALHAS DE PARIS

Certo dia, Pantagruel, para descansar dos seus estudos, passeava no bairro de Saint Marceau, querendo visitar o estabelecimento Gobelin[192]. Panúrgio estava com ele, sempre levando escondidos debaixo da roupa um garrafão e um pedaço de presunto; pois jamais prescindia deles, dizendo que fazia parte de suas vestes, e que outra espada não levava. E quando Pantagruel quis lhe dar uma, recusou, dizendo que ela o incomodaria. — E se te assaltarem — disse Epistemon. — Como te defenderias? — Com grandes sapatadas — respondeu ele —, se os estoques fossem proibidos.

Ao regressar, Panúrgio olhou para as muralhas de Paris e sorrindo disse a Pantagruel: — Estais vendo estas belas muralhas? Ó como são fortes e capazes de proteger contra as aves! Por minha barba, não são dignas de uma cidade como esta, pois uma vaca com um peido derrubaria mais de seis braças. — Ó meu amigo! — disse Pantagruel. — Sabes o que disse Agesilau, quando lhe perguntaram porque a grande cidade de Lacedemônia não era cingida de muralhas? Mostrando os habitantes e cidadãos da capital, todos bem hábeis na disciplina militar e bem armados, disse "Eis as muralhas da cidade". Significando que não há muralhas senão de os-

---

192. A célebre manufatura de tapetes Gobelin foi fundada por Giles Gobelin, no reinado de Francisco I. (N. do T.)

sos, e que as cidades não poderiam ter muralha mais segura e mais forte do que as virtudes dos cidadãos e dos habitantes. Assim, esta cidade é tão forte pela multidão de gente belicosa que há dentro dela, que não se preocupa de se construírem outras muralhas. Além disso, se se quisesse murá-la como Estrasburgo, Orleans e Ferrara, não seria possível, pois as despesas seriam excessivas. — Mas — disse Panúrgio —, é bom ter alguma cara de pedra, quando se é invadido pelos inimigos, ainda que não seja senão para se perguntar: "O que é aquilo ali?" Quanto às enormes despesas que dizeis serem necessárias, se se quisesse murar de novo a cidade, se os senhores da cidade estivessem dispostos a me dar um bom tonel de vinho, eu lhes ensinaria uma maneira bem nova, que ficaria bem barata. — Como? — disse Pantagruel. — Não conteis a ninguém, se eu vos ensinar — respondeu Panúrgio. Pelo que vejo, as callibistris das mulheres deste país custam mais barato que as pedras; com elas construiria as muralhas, arrumando-as em boa simetria arquitetônica, e pondo as maiores nas primeiras filas, indo depois baixando gradativamente, até colocar as menores. Depois faria um bom entrelaçamento, como a grande torre de Bourges, com os chifarotes mofados que habitam as braguilhas claustrais. Que diabo derrubaria tal muralha? Não há metal que seja tão resistente às pancadas. E quando as colubrinas se encostassem ali, logo se veria, por Deus, distilar de lá um fluido fruto da sífilis, miúdo como chuva. Com todos os diabos! Além disso o raio jamais tombaria ali. Sabe por quê? Tudo é abençoado e sagrado. Só vejo um inconveniente. — Qual é? — É que as moscas que gostam muito do material iriam colhê-lo, e lá deixariam seu sujo; e eis a obra estragada. Mas eis como se poderia remediar. Ter-se-ia de enxotá-las com um rabo de raposa ou então com uma *vietdaze*[193] da Provença.

E a propósito quero vos contar, enquanto nos preparamos para cear, um belo exemplo que apresenta *Frater Lubinus, libro de Compotationibus mendicantium*.

No tempo em que os animais falavam (não há mais de três dias) um pobre leão, na floresta de Bièvre, ao passear entregue aos seus pensamentos, passou por baixo de uma árvore, na qual estava trepado um malvado carvoeiro, para apanhar lenha. O qual, vendo o leão, atirou-lhe o seu machado, e o feriu gravemente na coxa. Pelo que o leão coxeando, tanto correu e andou pela floresta procurando ajuda, que acabou encontrando um carpinteiro, o qual de boa vontade examinou o ferimento, limpou-o o melhor que pôde e encheu-o de musgo, dizendo que aquilo protegeria bem o ferimento, impedindo que as moscas o sujassem, enquanto ia buscar a erva. Assim, o leão curado foi passear pela floresta, à hora em que uma velha muito velha apanhava lenha na referida floresta, a qual, vendo chegar o leão, teve tanto medo que caiu de costas, de tal modo que levantou o vestido e a camisa até acima dos ombros. Vendo isso, o leão aproximou-se, cheio de piedade, para ver se não se tinha machucado, e vendo a sua como é que se chama, disse: "Ó pobre mulher

---

193. *Vietdaze*: cabeça de burro, em provençal. Termo injurioso. (N. do T.)

quem te feriu assim?" E, ao dizer isso, percebeu uma raposa, a qual chamou, dizendo "Comadre raposa, olha isso aqui e me ajuda".

Quando a raposa se aproximou, ele lhe disse: "Comadre, feriram esta pobre mulher aqui entre as pernas mui gravemente, e há uma manifesta solução de continuidade; vê que a chaga é grande, indo do cu até o umbigo; deve medir uns quatro, ou melhor uns cinco palmos e meio; foi uma machadada; a ferida não me parece velha, portanto, a fim de que as moscas não a contaminem, enxota-as com bastante força, peço-te, por dentro e por fora. Tens uma cauda boa e comprida; enxota as moscas, suplico-te, enquanto vou procurar musgo para pôr no ferimento. Pois devemos socorrer e ajudar uns aos outros. Enxota bem as moscas, comadre, pois essa ferida precisa ser tratada com muito cuidado, pois, de outro modo a pessoa não pode ficar à vontade. Cuida bem dela, comadre, cuida bem. Deus te deu uma cauda grossa e conveniente; enxota bem as moscas, comadre, enxota bem, o bom enxotador não para de enxotar".

Depois, foi procurar musgo, e quando estava a uma certa distância, gritou, dirigindo-se à raposa: "Enxota, comadre, enxota sempre; eu te farei enxotadora de Dom Pedro de Castela. Enxota, só isso, enxota sem parar".

A pobre raposa enxotava muito bem, para cá e para lá, por dentro e por fora; mas a velha fedia como cem diabos. A pobre raposa estava se sentindo bem mal com aquele cheiro; não sabia, porém, para que lado se virar, a fim de fugir do perfume das partes pudendas da velha; e assim que se virava via que atrás havia um outro buraco, não tão grande como aquele de onde estava enxotando as moscas, mas de onde vinha o vento infecto e fedorento. O leão afinal voltou, trazendo musgo que daria para encher dezoito sacos, e começou a colocá-lo dentro da chaga, com um bastão que trouxera. E já havia posto bem uns dezesseis sacos e meio, pensando: Que diabo de chaga profunda! E já estava enfiando quase tudo, quando a raposa recomendou: "Compadre leão, meu amigo, peço-te para não pores aí todo o musgo, mas guarda um pouco; pois ainda há aqui embaixo um outro buraquinho, que fede como cem mil diabos; estou envenenada pelo cheiro, tal é o fedor".

Assim, convém proteger as muralhas contra as moscas e pôr os enxotadores em ação".

Então disse Pantagruel: — Como sabes tu que as vergonhas das mulheres custam tão barato? Pois nesta cidade há muitas mulheres honestas, castas e donzelas.

— *Et ubi prenus*? — disse Panúrgio. — Eu vos direi a minha opinião, mas certa, verdadeira e segura. Não me vanglorio de ter tido contato com mais de quatrocentos e dezessete desde que me encontro nesta cidade, há nove dias.

Mas hoje de manhã encontrei um homem, que em um saco parecido com o de Esopo, carregava duas menininhas de dois ou três anos no máximo, uma adiante e a outra atrás. Pediu-me esmola, mas eu lhe respondi que tinha muito mais culhões do que moedas.

E perguntei-lhe depois: "Bom homem, essas duas meninas são donzelas?", "Meu irmão", disse ele, "há dois anos que eu as carrego assim, e, quanto a esta aqui da frente, que eu vejo continuamente, a minha opinião é que ela é donzela, mas não poria a minha mão no fogo. Quanto a que está atrás, nada posso afirmar."

— Verdadeiramente — disse Pantagruel —, tu és um bom companheiro; quero vestir-te com a minha libré.

E ele o fez vestir galantemente segundo a moda do tempo que corria, exceto que Panúrgio quis que a braguilha de seu calção tivesse três pés de comprimento, e fosse quadrada e não redonda, o que foi feito, e ficou bem visível. E dizia muitas vezes que o mundo não descobrira ainda a vantagem e a utilidade de ter uma braguilha bem grande; mas o tempo haveria de ensinar-lhe algum dia, como acontece com todas as coisas que são inventadas.

— Deus livra do mal —dizia ele — aquele a quem a braguilha comprida salvou a vida. Deus livra do mal aquele que com a braguilha comprida salvou toda uma cidade de morrer de fome. E por Deus! Vou escrever um livro sobre a vantagem das braguilhas compridas, quando tiver mais tempo. — De fato, escreveu um livro grande e belo, com figuras; mas que ainda não foi impresso, ao que eu saiba.

CAPÍTULO XVI
DOS HÁBITOS E CONDIÇÕES DE PANÚRGIO

Panúrgio era de estatura mediana, nem muito alto, nem muito baixo, e tinha o nariz um pouco aquilino, do feitio de cabo de navalha; e tinha então trinta e cinco anos de idade, pouco mais ou menos, tão pronto a se dourar como uma adaga de chumbo[194], homem de presença muito agradável, se bem que fosse um tanto devasso, e sujeito por natureza a uma moléstia que se chamava naquele tempo:

A falta de dinheiro é dor sem par[195].

Todavia, tinha sessenta e três maneiras de arranjá-lo segundo a necessidade, das quais a mais honrosa e comum era a subtração de bens furtivamente praticada; também trapaceiro, batoteiro, beberrão, vagabundo se estava em Paris.

E, ao mesmo tempo, um ótimo rapaz[196] e sempre maquinando alguma coisa contra os mantenedores da ordem.

Às vezes, reunia três ou quatro malandros, fazia-os beber como templários até altas horas da noite, depois os levava acima de Sainte Geneviève ou perto do colégio

---

194. Isto é, tão disposto a tomar os bens de outros quanto o chumbo a receber a douradura. (N. do T.)
195. Tradução do verso de Clément Marot (1496-1544): "Faulte d'argent, c'est douleur non pareille." (N. do T.)
196. Outro verso de Marot: *Au demourant, le meilleur fils du monde*. (N. do T.)

de Navarra, e à hora em que a ronda aparecia por lá (o que ele conhecia pondo a sua espada na calçada, e quando a espada era sacudida ficava sabendo que era o sinal certo de que a ronda estava se aproximando), a essa hora, então, ele e os seus companheiros pegavam uma carroça e a empurravam com toda a força no rumo do vale, e assim lançavam por terra todos os coitados dos homens da ronda, como porcos; depois fugiam pelo outro lado; pois, em menos de dois dias, conhecia todas as ruas de Paris como seu *Deus det*[197]. Outras vezes, colocava em algum lugar por onde a referida ronda tinha que passar, um rastilho de pólvora; e a hora em que ela passava punha-lhe fogo, depois se divertia a valer, vendo a maneira com que os rondantes fugiam, pensando que o fogo de Santo Antônio lhes queimasse as pernas. E quanto aos pobres mestres-de-cerimônia e teólogos, ele os perseguia mais que quaisquer outros. Quando se encontrava com algum deles na rua, jamais deixava de lhes pregar alguma peça, atirando uma porcaria em seus capelos de borla ou lhes pregando por trás um rabo de raposa ou uma orelha de lebre, ou alguma coisa semelhante.

Certo dia, quando todos os teólogos tinham sido convocados para irem à Sorbonne, ele fez uma torta *borbonnoise*, composta de muito alho, galbano, assafétida, castóreo, bem quentes, e temperou com o pus de feridas cancerosas, e de manhã bem cedo untou com aquela porcaria todo o locutório da Sorbonne, de modo que nem o diabo aguentaria ficar ali. E todos aqueles bons sujeitos vomitaram na frente de todo o mundo, e morreram dez ou doze de peste, quatorze ficaram leprosos, dezoito ficaram paralíticos e mais de vinte e sete apanharam varíola; ele, porém, nem se preocupou com aquilo. E levava escondido dentro da roupa um chicote, com o qual chicoteava sem remissão os pajens que encontrava levando vinho para os seus patrões, a fim de impedi-los de ir. Trazia mais de vinte e seis saquinhos de couro, um com frascos de água de barrela, outro com uma faquinha mais afiada do que agulha de peleiro, com a qual cortava as bolsas; outro com agraço, que jogava nos olhos de quem encontrava; outro de plantas espinhentas enfeitadas com penas de pássaros ou de capões, que atirava contra as becas e capelos da boa gente; e muitas vezes lhes fazia belos chifres, que eles levavam por toda a cidade, às vezes pelo resto da vida. Também às mulheres, por cima de suas toucas, do lado de trás, às vezes pendurava figuras em forma do membro masculino.

Em um outro, uma porção de cartuchos cheios de pulgas e piolhos, que tomara emprestado dos mendigos de Saint Innocent, e lançava com os pequenos tubos ou plumas já descritos, nas golas das mulheres mais compenetradas que via, até mesmo na igreja; pois jamais ficava no coro, ao alto, mas sempre ficava na nave entre as mulheres, tanto na missa e nas vésperas como no sermão.

Além disso, levava grande quantidade de ganchos e anzóis com os quais muitas vezes prendia homens e mulheres uns aos outros, quando havia muita gente junta,

---

197. Deus (nos) dá; primeiras palavras da oração de graças. (N. do T.)

principalmente quando elas traziam vestidos de tafetá leve, e que, quando queriam sair rasgavam a roupa.

Em outros, dois ou três espelhos ardentes, com que irritava às vezes homens e mulheres e os fazia perder a compostura na igreja, pois dizia que havia uma antístrofe entre uma mulher louca na missa e uma mulher de nádegas macias[198].

Em outro, tinha provisão de fios e agulhas, com os quais armava mil pequenas diabruras.

Certa vez, na saída do Palácio, quando um franciscano se preparava para dizer a missa dos Príncipes, ele o ajudou a se paramentar, mas assim fazendo, coseu a alva com a roupa e a camisa, depois se retirou, quando os senhores da corte foram se assentar para ouvirem a missa. Mas depois do *Ite missa est*, quando o pobre frade quis despir a alva, levou junto o hábito e a camisa, que estavam bem cosidos juntos, e se desnudou até os ombros, mostrando a todo o mundo o seu callibistris, que, por sinal, não era dos menores. E o frade continuava a puxar, se desnudando cada vez mais, até que um dos senhores da corte disse: — Então, esse padre quer que a gente venha aqui fazer a oferenda e beijar seu cu? Que o fogo de Santo Antônio o beije. — Desde então foi ordenado que os pobres padres não tirassem mais a alva diante dos outros, mas na sacristia, mormente em presença de mulheres; pois isso lhes seria ocasião para o pecado da inveja. E os outros perguntavam. — Por que é que esses frades têm o seu negócio tão comprido? — Mas o referido Panúrgio resolveu muito bem o problema, dizendo: — É que o fato de serem tão compridas as orelhas do asno é porque suas mães não lhes põem uma touca na cabeça, como diz *D'Alliaco* em suas suposições[199]. Por igual razão, o que faz o negócio dos padres ser comprido é que eles não usam calções apertados e o pobre membro se espicha em liberdade e acaba lhes batendo nos joelhos, como acontece com os rosários das mulheres. Mas o motivo de o terem muito grosso, é que com esse batimento os humores do corpo descem para o referido membro; pois segundo os legistas a agitação e o movimento causam a atração.

Item, tinha um outro saco cheio de *alun de plume*[200], que jogava nas costas das mulheres que via ser as mais importantes e as fazia se coçarem diante de todo o mundo; outras dançarem como um galo em cima de brasas; outras saírem correndo pelas ruas, e ele correndo atrás; e as que arrancavam a roupa, ele cobria-lhe as costas com a sua capa, como homem cortês e delicado.

Item, em um outro saco tinha um pequeno frasco cheio de azeite rançoso, e, quando encontrava uma mulher ou homem muito bem-vestido, ele os sujava de óleo e estragava as roupas mais bonitas, fingindo que ia tocá-las, dizendo: — Que pano bom, um bom cetim, um bom tafetá, madame, Deus vos dá o que o vosso nobre coração deseja; tendes roupa nova, amigo novo, que Deus vos conserve! —

---

198. Jogo de palavras intraduzível: *"entre femme folle à la messe, et femme molle à la fesse"*. (N. do T.)
199. Pierre d'Ailli, doutor da Sorbonne, arcebispo de Cambarai, falecido em 1425. (N. do T.)
200. A tradução literal seria "alume de pena". Deve se tratar de um equivalente do nosso pó-de-mico. (N. do T.)

Assim dizendo, enfiava a mão embaixo da gola, e deixava a mancha perpetuamente, tão enormemente gravada em corpo e alma e renome que nem o diabo a teria apagado. Depois, finalmente, lhe dizia: — Madame, cuidado para não cair; pois há um buraco muito grande e perigoso diante de vós.

Em outro, tinha eufórbio pulverizado bem sutilmente, e o punha em um lindo lencinho bordado que subtraíra da rouparia do Palácio. E quando se achava em companhia de algumas damas, conversava a respeito da roupa branca, e lhes punha a mão no peito, perguntando: — Este trabalho é de Flandres ou de Hainault? — E depois tirava o lencinho, dizendo: — Veja este aqui, que belo trabalho; é de Foutighan ou de Foutaribie —. E lhes esfregava o lenço no nariz, fazendo-as espirrar quatro horas sem descanso. Enquanto isso, ele próprio peidava como um rocim; e as mulheres riam-se, dizendo-lhe: — Como peidais, Panúrgio? — Não é à toa, madame — dizia ele —, mas estou fazendo contraponto com a música que entoais pelo nariz.

Em outro, uma pinça de dentista, um gancho e algumas outras ferramentas, graças às quais não havia porta nem cofre que ele não abrisse.

Em outro levava muitos copinhos usados na prestidigitação, que manejava com perfeição, pois tinha as mãos iguais às de Minerva ou Aracne, e tinha sido outrora vendedor ambulante de teriagas. E quando trocava um tostão, ou uma outra moeda, o cambista precisava ser mais esperto do que ninguém para impedir que Panúrgio fizesse desaparecer, de cada vez, cinco ou seis moedas maiores, visivelmente, abertamente, manifestamente, sem provocar lesão nem ferimento algum, sem que o cambista tivesse sentido senão o vento.

CAPÍTULO XVII
DE COMO PANÚRGIO GANHOU AS INDULGÊNCIAS E CASOU AS VELHAS, E DOS PROCESSOS QUE TEVE EM PARIS

Certo dia, encontrei Panúrgio um tanto triste e taciturno, desconfiei que ele estivesse sem dinheiro, e então lhe disse: — Panúrgio estais doente, pelo que vejo de vossa fisionomia, e entendo de doenças; tivestes um fluxo em vossa bolsa; mas não vos preocupeis, ainda tenho três soldos e meio, que não viram pai nem mãe, que vos servirão mais que a varíola em vossa necessidade. — Ao que ele me respondeu: — Nada disso, quanto ao dinheiro, algum dia vou ter demais: pois tenho uma pedra filosofal que atrai o dinheiro das bolsas como o ímã atrai o ferro. Mas quereis vir ganhar as indulgências? — disse ele. — Bofé — respondi-lhe. — Sou muito indulgente neste mundo aqui; não sei se serei no outro; bem, vamos, em nome de Deus, por uma moeda, nem mais nem menos. — Mas — disse ele —, então emprestai-me uma moeda a juros. — Nada, nada — disse eu. — Eu vos dou a moeda, de boa vontade. — *Grates vobis, dominos*[201] — disse ele.

Assim fomos primeiramente a Saint Gervais; e ganhei as indulgências, só na primeira caixa de esmolas (pois me contento com pouco nessa matéria); depois fiz os meus pedidos, e disse as minhas orações a Santa Brígida. Mas ele ganhou indulgências em todas as caixas e sempre dava dinheiro a cada um dos indulgenciários[202]. De lá nos dirigimos a Notre Dame, Saint-Jean, Saint-Antonine e assim a outras igrejas onde havia bancos de indulgências. De minha parte, não ganhei mais, mas ele em todas as caixas de esmolas beijava as relíquias, e não deixava de pagar. Em resumo, quando voltamos, ele me levou para beber em uma taverna do Chateau, e me mostrou dez ou doze de seus saquinhos cheios de dinheiro. Ao que fiz o sinal da cruz, dizendo:

— Como recuperastes o dinheiro em tão pouco tempo? — Ao que ele me respondeu que o tirara da bacia das indulgências: — Pois quando lhes dei o primeiro níquel — disse ele —, o coloquei tão destramente que pareceu que era uma moeda de prata; assim, com uma das mãos tirei doze níqueis, veja bem, doze: e com a outra três ou quatro dúzias; e assim em todas as igrejas onde estivemos. — Meu Deus — disse eu. — Então estais danado como uma serpente, e sois ladrão e sacrílego. — Está bem — disse ele — se vos parece; mas a mim não parece. Pois os indulgenciários me dizem, quando apresentam as relíquias para serem beijadas, *centuplum accipies*[203], e então por um níquel eu tomo cem: pois *accipies* é dito à maneira dos hebreus, que usam o futuro em vez do imperativo, como tendes na lei *Dilliges dominum, id est, dilige*[204]. Assim, quando o indulgenciário me diz *centuplum accipies*, está querendo dizer *centuplum accipe*[205], e assim expõe o rabino Kimi, e o rabino Aben *Ezra e todos os massoretas; et ibi Bartolus*. Além disso, o Papa Xisto me deu mil e quinhentas libras de renda sobre o seu domínio e tesouro eclesiástico, por eu ter lhe curado um tumor canceroso, que muito o atormentava, a tal ponto que ele pensava que iria ficar coxo o resto da vida. Assim eu me pago por minhas mãos, pois não me é pago pelo referido tesouro eclesiástico.

Sim, meu amigo, se soubesses quanto dinheiro tenho ganhado, ficarias espantado. Mais de seis mil florins. — E aonde diabo esse dinheiro foi? Pois não tens vintém. — Foram-se como vieram, nada mais fizeram do que mudar de dono. Mas empreguei bem três mil para casar, não as moças (pois elas arranjam demais) mas as velhas desdentadas, sem dentes na boca. Realmente, aquelas boas damas daqui empregaram muito bem o seu tempo de juventude, e abriram as pernas diante do primeiro que apa-

---

201. Gratias ago tibi, Domine: eu vos agradeço, Senhor. (N. do R.)
202. Tradução literal do termo que Rabelais emprega, *pardonnaires*, e que também os dicionários franceses não registram. (N. do T.)
203. Receberás "cem vezes mais", ou "ser-vos-á multiplicado". (N. do T.)
204. O verbo *diligo/diligere* quer dizer: considerar, honrar, etc. A frase seria, pois: "Honrarás senhor, isto é, honra o senhor". Por outro lado, o verbo *deligo/deligere* significa "escolher". (N. do T.)
205. O verbo *accipio/accipere*, respectivamente na segunda pessoa singular do futuro e do imperativo. (N. do T.)

receu, até que ninguém mais as quis. E por Deus as farei se sacudirem um pouco antes de morrerem. Para isso, a uma dei cem florins, a outra cento e vinte, a outra trezentos, segundo eram mais ou menos infames, detestáveis e abomináveis, pois quanto mais eram horríveis e execráveis, tanto mais lhes era preciso dar vantagem, de outro modo nem o diabo as quereria abiscoitar. Incontinênti, eu me dirigia a algum portador de membro gordo e grosso, e fazia eu mesmo o casamento, mas antes de lhe mostrar a velha, eu lhe mostrava os escudos, dizendo: "Compadre, eis o que terás se quiseres dar uma boa estocada". Logo os pobres coitados se punham a tremer como mulas velhas. Assim eu os fazia se banquetearem, beber do melhor e ingerir muita especiaria, para porem as velhas fogosas e no cio. No fim de contas, eles se serviam de todas aquelas boas almas, a não ser as que eram mesmo horrivelmente feias e acabadas, que eu fazia esconder o rosto dentro de um saco.

Além disso, perdi muito em demandas. — E em que demandas podes ter te metido? — disse eu. — Não tens terras nem casa. — Meu amigo — disse ele —, as damas desta cidade tinham encontrado por instinção do diabo do inferno uma gola tão alta que lhes escondia tão bem os seios que não se podia mais meter a mão por baixo; pois a abertura era posta atrás, e era bem fechada pela frente, de sorte que os pobres amantes, dolentes, contemplativos, não estavam nada satisfeitos. Um belo dia de terça-feira, apresentei pedido à corte contra as ditas damas, e mostrei o grande interesse que tinha na causa, protestando que pelo mesmo motivo eu faria coser a braguilha de meu calção na parte de trás, se a corte não me desse ganho de causa. As damas então se reuniram, mostraram as suas razões e deram procuração para defender a sua causa; mas eu demandei com tanta veemência, que, por decisão da corte ficou estabelecido que as golas altas não seriam mais usadas, a não ser que fossem um tanto abertas na frente. Mas isso me custou caro.

Tive um outro processo bem feito e bem sujo contra Mestre Fyfy e seus subordinados, para que não bebessem nem lessem mais de noite clandestinamente o Quarto das Sentenças[206], mas sim em pleno dia, na vista de todos; pois fui condenado ao pagamento das custas por causa de alguma formalidade com relação ao meirinho.

Uma outra vez, apresentei queixa à corte contra as mulas dos presidentes e conselheiros e outros, a fim de que, quando no pátio do Palácio onde as deixam roendo seus freios, os conselheiros lhes pusessem babadouros, a fim de que a sua baba não estragasse o calçamento, de sorte que os pajens do Palácio ali pudessem jogar dados à vontade, sem estragarem os calções nos joelhos. E nesse caso tive a sentença a meu favor; mas me custou caro.

Ora, soma a isso o que me custam os pequenos banquetes que proporciono todos os dias aos pajens do Palácio. — E para que fim? — disse eu. — Meu amigo — disse ele —, não tens nenhum passatempo neste mundo, eu tenho mais que o rei. E se quisesses te juntar

---

206. Livro de Pierre Lombard, que teve inúmeras edições. (N. do T.)

comigo faríamos o diabo. — Não, não — disse eu —, por Santo Adauras[207] pois tu acabarás enforcado. — E tu acabarás enterrado — disse ele. — O que é mais honroso, o ar ou a terra?

Enquanto aqueles pajens se banqueteiam, fico tomando conta das mulas e corto o loro do lado por onde se monta, de modo a deixá-lo por um fio. Quando o conselheiro ou um outro vai montar, cai de cheio, como um porco, diante de todo o mundo, e a risada é geral. Mas eu me rio mais ainda, pois os que caem, quando chegam em casa mandam chicotear o senhor pajem com gosto; assim não me queixo do dinheiro que gastei com o banquete.

No final de contas, como foi dito antes, ele tinha sessenta e três maneiras de recuperar o dinheiro, mas duzentas e quatorze de gastá-lo.

CAPÍTULO XVIII
DE COMO UM GRANDE CLÉRIGO DA INGLATERRA QUIS DISCUTIR COM PANTAGRUEL E FOI VENCIDO POR PANÚRGIO

Naqueles mesmos dias, um sábio chamado Thaumaste, ouvindo falar no renome do saber incomparável de Pantagruel, veio do país da Inglaterra apenas com a intenção de ver Pantagruel, conhecê-lo e verificar se a sua sabedoria era mesmo tão grande quanto se dizia. De fato, chegado a Paris, dirigiu-se ao palácio do referido Pantagruel, que estava alojado no palácio de Saint enis, e que então estava passeando no jardim em companhia de Panúrgio, filosofando à feição dos peripatéticos. Logo que entrou, o sábio estremeceu de horror, o vendo tão alto e tão grande; depois o saudou como é de costume, cortesmente, dizendo-lhe: — Bem é, disse Platão príncipe dos filósofos, que se a imagem da ciência e da sapiência fosse corporal e visível aos olhos dos homens, ela provocaria a admiração de todo o mundo. Pois somente o ruído que dela se espalha no ar, se é recebido pelos ouvidos dos estudiosos e de seus amantes, que se chamam filósofos, não mais os deixa dormir nem repousar, tanto os estimula e os impele a correr ao lugar, e ver a pessoa, na qual a referida ciência é dita ter estabelecido o seu templo e produzido os seus oráculos. Como nos foi manifestamente demonstrado pela rainha de Sabá, que veio dos limites do Oriente e do mar Pérsico, para ver a ordem da casa do sábio Salomão, e ouvir a sua sapiência. Em Anarcasis, que da Cítia foi até Atenas para ver Sólon. Em Pitágoras, que visitou os vaticinadores menfíticos. Em Platão, que visitou os magos do Egito, e Arquitas de Tarento. Em Apolônio Tianeu, que foi até o Monte Cáucaso, passou pelos citas, massagetas e indianos, navegou pelo grande rio Fison, até Bracmane, para ver Hiarcas; e pela Babilônia, Caldeia, Média, Assíria, Pártia, Síria, Fenícia, Arábia, Palestina, Alexandria, até a Etiópia, para

---

207. Santo imaginário, cujo nome é um jogo de palavras com a frase latina: *"Vacuas pendebit ad auras"*, literalmente "estava suspenso no ar vazio", referente a um enforcado. (N. do T.)

ver os ginosofistas[208]. Igual exemplo temos em Tito Lívio, para ver e ouvir o qual, vários estudiosos foram a Roma, vindos dos limites da França e da Espanha. Não me atrevo a recensear-me no número e ordem de gente tão perfeita: mas quero ser tido como estudioso e amador, não somente das letras, mas também dos letrados. De fato, ouvindo a fama de teu saber, deixei o meu país, os meus parentes e o meu lar, e para aqui me dirigi, sem atentar para a extensão do caminho, o tédio do mar, a novidade de outras terras, somente para ver-te e discutir contigo algumas passagens da filosofia, da geomancia e da cabala, das quais duvido e não posso contentar o meu espírito; se puderes resolver os quais, eu me torno, desde agora teu escravo, eu e toda a minha posteridade, pois outro dom não tenho por bastante alto como recompensa. Eu os redigirei por escrito e amanhã os farei saber a todos os sábios da cidade, a fim de que diante deles publicamente discutamos.

Mas eis a maneira como entendo que discutiremos; não quero discutir *pro et contra*, como fazem os tolos sofistas dessa cidade e de alhures. Semelhantemente, não quero discutir à maneira dos acadêmicos, por declamação, nem também por números, como fazia Pitágoras, e como quis fazer Pico de Mirándola em Roma. Mas quero discutir por sinais somente, sem falar: pois as matérias são tão árduas que as palavras humanas não seriam suficientes para explicá-las ao meu gosto. Por isso, que se digne tua magnificência de lá se encontrar; será na grande sala de Navarra, às sete horas da manhã.

Terminadas estas palavras, disse Pantagruel decorosamente: — Senhor, das graças que Deus me deu, não quero negar a ninguém que compartilhe de meu poder: pois tudo dele vem; e seu prazer é que seja multiplicado, quando se acha entre gente digna, e idônea para receber esse maná celeste do honesto saber. No número de cujas pessoas, como bem percebo, ocupas a primeira ordem, e assim até notifico que em qualquer hora me encontro pronto a obtemperar a cada um dos teus pedidos, de acordo com o meu pouco saber. Quanto mais de ti devo aprender do que tu de mim; mas como protestaste, examinaremos juntos as tuas dúvidas, e procuraremos a solução até o fundo do poço inesgotável, no fundo do qual dizia Heráclito estar escondida a verdade. E louvo grandemente a maneira de arguir que propuseste, a saber por sinais sem falar; pois assim fazendo eu e tu nos entenderemos, e ficaremos livres dessas pancadas de mão que dão esses tolos sofistas quando argumentam, ao chegarem ao fim do argumento. Amanhã não deixarei de estar no lugar e à hora que marcaste; mas peço-te que entre nós não haja debate, nem tumulto, e que não busquemos honras nem aplausos dos homens, mas somente a verdade.

— Ao que respondeu Thaumaste: — Senhor, Deus te conserve em sua graça,

---

208. Filósofos ascetas e contemplativos (de *ginos*, nu e *sofos*, sábio). Rabelais os coloca na Etiópia, mas na verdade existiram na Índia. (N. do T.)

agradecendo-te por tua alta magnificência ter condescendido com a minha humilde insignificância. Com Deus, até amanhã. — Adeus — disse Pantagruel.

Senhores, vós que ledes o presente escrito, não penseis que jamais houve pessoas mais elevadas e transportadas em pensamento, do que foram, toda aquela noite, tanto Thaumaste quanto Pantagruel. Pois o referido Thaumaste disse ao porteiro do palácio de Cluny, onde se alojara, que em toda a sua vida nunca se sentira tão emocionado quanto naquela noite: — Grande tarefa é discutir com Pantagruel — dizia ele —, dai ordem para que bebamos, eu vos peço; e façai que tenhamos água fresca para eu gargarejar.

Por outro lado, Pantagruel não descansava, e a noite inteira não fez outra coisa senão consultar

O livro de Beda, *De numeris et signis*.
O livro de Plotino, *De inenarrabilibus*.
O livro de Proclo, *De magia*.
Os livros de Artemidoro, *Peri oneirocriticôn*.
De Anaxoras, *Peri sêmeiôn*.
Dinarius, *Peri aphatôn*.
Os livros de Philistion.
Hipponax, Peri anecphônetôn[209].

E muitos outros; tanto que Panúrgio lhe disse: — Senhor, deixai todos esses pensamentos e ide dormir; pois vos vejo tão afoito que bem cedo caireis com alguma febre efêmera por esse excesso de pensamento; mas primeiro, bebendo vinte e cinco boas vezes, retirai-vos e dormi à vontade, pois amanhã responderei e arguirei contra o senhor inglês, e no caso de eu não pô-lo *ad metam non loqui*[210], podeis falar mal de mim. — Mas Panúrgio, meu amigo — disse Pantagruel —, ele é maravilhosamente sábio; como lhe poderás satisfazer? — Muito bem — respondeu Panúrgio. — Peço-vos, não faleis mais nisso, e deixai-me agir: há homens tão sábios como os diabos? — Não, verdadeiramente — disse Pantagruel —, sem graça divina e especial. — E, todavia — disse Panúrgio —, argumentei muitas vezes contra eles, e lhes dei quinaus. Por isso, ficai tranquilo quanto àquele glorioso inglês, eu o farei cagar vinagre amanhã, diante de todo o mundo.

Assim passou a noite Panúrgio a beber com os pajens, e a jogar as agulhetas de seus calções no *primus* e *secundus* e na varinha. E quando chegou a hora designada, conduziu o seu senhor Pantagruel ao local escolhido. E podeis acreditar que não havia pequenos ou grandes dentro de Paris que ali não estivessem, pensando: — Esse diabo de Pantagruel,

---

209. Os títulos em grego significam: *Do Conhecimento dos Sonhos*; *Dos Prodígios*; *Das Coisas Inefáveis*; *Das Coisas Inexprimíveis*. (N. do T.)
210. Se eu não o fizer calar-se. (N. do T.)

que venceu todos os convencidos e tolos sofistas, agora vai se ver em palpos de aranha. Pois esse inglês é um outro diabo de Vauvert[211]. Vamos ver quem ganhará.

Assim, com todo o mundo reunido, Thaumaste os esperava. E quando Pantagruel e Panúrgio chegaram à sala, todos aqueles pedantes, ignorantes e intrometidos começaram a bater palmas, com a sua algazarra costumeira.

Mas Pantagruel exclamou com uma voz tão alta que parecia o troar de um canhão duplo: — Paz, pelo diabo, paz; por Deus, tratantes, se fizerdes algazarra aqui, eu vos cortarei a cabeça. — Diante destas palavras, todos ficaram quietos como cães com o rabo entre as pernas, e não se atreviam nem mesmo a tossir, como se tivessem engolido quinze libras de penas. E ficaram tão alterados só com aquela voz, que puseram meio pé de língua para fora da boca, como se Pantagruel lhes tivesse salgado a goela.

Então Panúrgio começou a falar, dizendo ao inglês: — Senhor, vieste aqui para discutir contenciosamente as proposições que apresentaste, ou para aprender e saber a verdade? — Ao que respondeu Thaumaste: — Senhor, outra coisa não me traz senão o bom desejo de aprender e saber aquilo de que tenho duvidado toda a vida, e não encontrei livro nem homem que me tivesse contentado na solução das dúvidas que propus. E quanto a disputar por contenção, não o quero fazer, eis que isso é coisa vilíssima, e eu as deixo àqueles sofistas tratantes, os quais em suas disputas não procuram a verdade, mas a contradição e o debate. — Então — disse Panúrgio —, sendo eu humilde discípulo de meu mestre senhor Pantagruel, hei de contentar-te e satisfazer-te em tudo e por tudo, que seria indigno de ocupar o meu referido mestre; melhor portanto será que ele fique como catedrático julgando os nossos propósitos, e te contentarás ao mais se te parecer que eu não satisfaço a teu estudioso desejo. — Verdadeiramente — disse Thaumaste —, é bem dito. Comecemos pois.

Ora, notai que Panúrgio pusera na ponta de sua comprida braguilha uma bela borla de seda vermelha, branca, verde e azul; e dentro pusera uma bela laranja.

CAPÍTULO XIX
DE COMO PANÚRGIO DEU QUINAU NO INGLÊS, QUE ARGUÍA COM SINAIS

Então, enquanto todo o mundo via e ouvia em grande silêncio, o inglês levantou no ar as duas mãos separadamente imobilizando todas as extremidades dos dedos em forma do que se chama em chinês cu de galinha, e bateu uma na outra, pelas unhas quatro vezes, depois as abriu; e assim com as mãos abertas bateu palmas uma vez, depois as juntando como antes, bateu duas vezes; e quatro vezes depois as abrindo. Depois juntou as mãos, como se estivesse devotadamente orando a Deus. Panúrgio levantou de súbito a mão direita, depois pôs o polegar

---

211. Um castelo que tinha fama de ser mal-assombrado e visitado pelos demônios. (N. do T.)

na narina daquele lado, mantendo os outros quatro dedos estendidos e apertados segundo a sua ordem em linha paralela à ponta do nariz, fechando inteiramente o olho esquerdo e piscando com o direito com profunda depressão da sobrancelha e da pálpebra. Depois levantou bem alto a mão esquerda, estendendo e apertando fortemente os quatro dedos e levantando o polegar, e a manteve em linha diretamente correspondente à posição da destra, com uma distância entre as duas de um côvado e meio. Isso feito, da mesma forma baixou para o chão ambas as mãos; finalmente as manteve no meio, apontadas para o nariz do inglês.

— E assim Mercúrio — disse o inglês. Panúrgio o interrompeu, dizendo: — Falaste. — Então fez o inglês este sinal: levantou a mão esquerda bem aberta, depois fechou sobre o punho os seus quatro dedos e encostou o polegar na ponta do nariz. De súbito, depois, levantou a destra bem aberta e a baixou bem aberta, juntando o polegar no lugar fechado pelo dedo mínimo da esquerda, e moveu os seus quatro dedos lentamente no ar. Depois, ao contrário, fez com a mão direita o que fizera com a esquerda, e com a esquerda o que tinha feito com a direita. Panúrgio, sem se mostrar espantado, levantou sua trismegiste[212] braguilha com a mão esquerda e com a direita de lá tirou um pedaço de costela de boi e dois pedaços de pau de forma igual, um de ébano negro, outro de pau-brasil vermelho, e os colocou entre os dedos daquela com boa simetria; e batendo um no outro produziu um som semelhante ao que fazem os leprosos da Bretanha com suas matracas, mas ressoando melhor e com mais harmonia; e com a língua contraída dentro da boca, assoviava alegremente, olhando sempre para o inglês.

Os teólogos, médicos e cirurgiões pensaram que, com aquele sinal, ele queria dizer que o inglês era leproso. Os conselheiros, legistas e decretalistas pensavam que assim fazendo ele queria concluir alguma espécie de felicidade humana consistindo em estado de lepra, como outrora manteve o Senhor. O inglês com isso não se assustou, e levantando os dois braços, manteve as mãos de forma que os três dedos maiores apertavam o punho e os polegares passavam entre os dedos indicador e médio, enquanto os dedos auriculares ficavam em posição normal; assim os apresentou a Panúrgio, depois os juntou, de modo que o polegar da mão direita tocava o da esquerda, e o dedo mínimo da mão direita tocava o da esquerda. A isso, sem dizer uma palavra, Panúrgio levantou os braços, e fez o seguinte sinal; na mão esquerda juntou a unha do dedo indicador à unha do polegar, fazendo no meio da distância como que um anel, e com a mão direita apertou todos os dedos no punho, exceto o indicador, o qual meteu e tirou muitas vezes entre os dois outros dedos da mão esquerda; depois, estendeu o dedo indicador e o médio, afastando-os o mais que pôde e os apontou para Thaumaste; depois pôs o polegar da mão esquerda sobre o canto do olho esquerdo, estendendo o braço como uma asa de ave, e a

---

212. Três vezes grande; *treis*, três vezes, e *megistos*, muito grande. (N. do T.)

movendo devagarinho de cá para lá; fazendo o mesmo com a mão direita no canto do olho direito.

Thaumaste começou a empalidecer e a tremer, e fez-lhe um sinal: bateu com o dedo médio da mão direita no músculo da palma da mão que fica por baixo do polegar, depois pôs o indicador da direita em igual anel da esquerda, mas o colocou por baixo e não por cima como fizera Panúrgio. Então Panúrgio bateu palmas e soprou as palmas das mãos; isso feito, pôs ainda o dedo indicador da mão direita no anel formado pela esquerda, empurrando-o e tirando-o várias vezes; depois estendeu o queixo, encarando Thaumaste atentamente. Os circunstantes, sem nada entenderem daqueles sinais, compreenderam então muito bem que ele estava perguntando a Thaumaste sem dizer uma palavra: — Que quereis dizer? De fato, Thaumaste começou a suar em bicas, e parecia um homem arrebatado em alta contemplação. Depois se refez, e apertou todas as unhas da mão esquerda nas da direita, abrindo os dedos, como se fossem semicírculos, e levantou os braços o mais que pôde, nesse sinal.

Panúrgio de súbito pôs o polegar da mão direita sob a mandíbula e o dedo auricular da mesma mão no anel da esquerda, e ao mesmo tempo fazia soar os dentes bem melodiosamente, os de baixo contra os de cima.

Thaumaste levantou-se com um grande esforço; mas ao levantar-se soltou um grande peido de padeiro (pois o farelo vem depois)[213], e mijou vinagre bem forte e fedia como todos os diabos. Os circunstantes trataram de tapar o nariz, pois ele estava se cagando todo de angústia; depois levantou o braço direito, de tal modo que ajuntava as pontas de todos os dedos, e colocou a mão esquerda sobre o peito. Ao que Panúrgio puxou a braguilha com a borla e a estendeu por um côvado e meio, mantendo-a no ar com a mão esquerda, enquanto com a direita pegava a laranja e a atirou para cima sete vezes e da oitava vez a escondeu na manga da mão direita, mantendo-a no alto; depois começou a sacudir o seu belo membro, mostrando-o a Thaumaste.

Depois disso Thaumaste começou a inchar as bochechas como um tocador de cornamusa, e a soprar como se estivesse enchendo uma bexiga de porco. Ao que Panúrgio enfiou um dedo da mão esquerda no olho do cu, e fez um ruído com a boca como quando se come ostra na casca, ou quando se chupa a sopa; isso feito, abriu um pouco a boca, e deu um tapa por cima com a palma da mão direita, fazendo um ruído profundo, como se viesse da superfície do diafragma pela traqueia artéria, e isso fez por seis vezes.

Mas Thaumaste continuava a soprar como um ganso. Panúrgio pôs na boca o dedo indicador da destra, apertando-a bem fortemente com os músculos da boca, depois o tirou; e fazia um ruído forte, e o fez por nove vezes.

---

213. Trocadilho. *Bran* significa tanto "farelo" como "excremento". (N. do T.)

Então Thaumaste exclamou: — Ah! Meus senhores, o grande segredo! Ele enfiou o braço até o cotovelo. — Depois sacou um punhal, que segurou pela ponta, para baixo. Ao que Panúrgio pegou o seu comprido membro e o sacudiu quanto pôde contra as coxas; depois pôs as mãos apertadas em forma de pinhão sobre a cabeça, espichando a língua o mais que podia, e revirando os olhos, como uma cabra morrendo. — Eu entendo — disse Thaumaste —, mas o quê? — Apertando no peito o cabo do seu punhal, enquanto punha a palma da mão na sua ponta girando um pouquinho a ponta dos dedos.

Ao que Panúrgio abaixou a cabeça do lado esquerdo, e pôs o dedo médio no ouvido direito, apertando o polegar. Depois cruzou os dois braços sobre o peito, tossindo cinco vezes, e da quinta bateu com o pé direito no chão; depois levantou o braço esquerdo, apertando todos os dedos no punho, e o polegar na testa, batendo a mão direita por seis vezes no peito. Mas Thaumaste, como se não contente com isso, pôs o polegar da mão esquerda na ponta do nariz, fechando o resto da referida mão. Então Panúrgio pôs os dois dedos médios de cada lado da boca, puxando-a o mais que pôde e mostrando todos os dentes; e com os polegares abaixava as pálpebras o mais possível, fazendo uma careta bem feia, segundo pareceu aos espectadores.

CAPÍTULO XX
DE COMO THAUMASTE CONTOU AS VIRTUDES E O SABER DE PANÚRGIO

Então levantou-se Thaumaste, e tirando o chapéu da cabeça, agradeceu cortesmente ao referido Panúrgio. Depois, disse em voz alta a todos os circunstantes: — Senhores, a esta hora, posso bem dizer a palavra evangélica: *Et ecce plus quam Salomon hic.* Tendes em vossa presença um tesouro incomparável: é o senhor Pantagruel, cujo renome me atraiu do fundo da Inglaterra, a fim de conferenciar com ele sobre problemas insolúveis tanto da magia, alquimia, cabala, geomancia e astrologia, como da filosofia, os quais tinha em meu espírito. Mas presentemente me oponho ao renome, que me parece nutrir inveja contra ele, pois ele não corresponde à milésima parte do que deveria para ser eficaz. Vistes o seu discípulo, que me satisfez e disse mais o que lhe foi perguntado: abundantemente me esclareceu e resolveu outras dúvidas inestimáveis. Pelo que vos posso assegurar que ele me abriu o verdadeiro poço e abismo de enciclopédia, de um modo mesmo que eu não pensava encontrar homem que soubesse os primeiros elementos somente: foi quando discutimos por sinais, sem dizer meia palavra. Mas redigirei por escrito o que dissemos e resolvemos, a fim de que não se pense que tudo não passou de momices, e mandarei imprimir, para que todos aprendam, como aprendi. Então podereis julgar o que poderia ter dito o mestre, visto que o discípulo realizou tal proeza, pois *non est discipulus super magistrum.*

Em todo caso, Deus seja louvado, e bem humildemente vos agradeço pela honra do vosso comparecimento. Deus vos retribua eternamente.

Semelhantes ações de graça rendeu Pantagruel a toda a assistência, e, ao partir, levou Thaumaste para jantar com ele, e podeis crer que beberam a ventre desabotoado (pois naquele tempo se usavam ventres com botões como os coletes de hoje) até dizer: — De onde vindes? — Nossa Senhora, como beberam! Garrafões e mais garrafões, e eles gritando: — Traze mais, pajem! Vinho! Pelo diabo, serve! — E não beberam menos de vinte e cinco ou trinta tonéis. E sabeis como? *sicut terra sine aqua*[214], pois estava fazendo calor e além disso eles estavam com sede. No que diz respeito à exposição das proposições apresentadas por Thaumaste, e à significação dos signos que usaram discutindo, eu vos exporei, segundo a relação entre eles mesmos; mas me disseram que Thaumaste escreveu um grande livro impresso em Londres, no qual tudo expõe, sem se esquecer de coisa alguma; pelo que me dispenso presentemente[215].

CAPÍTULO XXI
DE COMO PANÚRGIO SE APAIXONOU POR UMA DAMA DE PARIS

Panúrgio começou a se tornar famoso na cidade de Paris, devido à vantagem que alcançara sobre o inglês, e fazia então bem valer a sua braguilha, tendo mandado enfeitá-la com um bordado românico. E o povo o louvava publicamente, e fizeram a seu respeito uma canção, que as crianças gostavam de cantar; e era bem recebido em toda a companhia de damas e donzelas, de sorte que se tornou entusiasmado, até o ponto de apaixonar-se por uma das grandes damas da cidade.

De fato, deixando de lado muitos e longos prólogos e protestos que fazem de ordinário os dolentes e contemplativos apaixonados de quaresma, que não se atrevem a tocar na carne, ele disse um dia: — Madame, seria muito útil a toda a república, deleitável para vós, honroso para a vossa estirpe, e para mim necessário que sejais coberta pela minha raça; e podeis crer que a experiência vos demonstrará.

A estas palavras a dama recuou mais de cem léguas, dizendo: — Louco desprezível, como vos atreveis a me fazer tal proposta? Com quem pensais que estais falando? Ide e não apareçais diante de mim, pois, do contrário eu vos farei cortar os braços e as pernas. — Ora — disse ele —, ser-me-ia bom ter os braços e as pernas cortadas, com a condição de que fizéssemos, eu e vós, um tronco unido, juntando os manequins pela parte de baixo; pois (acrescentou, mostrando seu com-

---

214. Terra seca. (N. do T.)
215. Todo o capítulo é uma zombaria da pretensa ciência dos sinais e dos números ensinada pelo inglês Beda (c. 673-735). (N. do T.)

prido membro) eis mestre João Quinta-feira, que vos tocará uma *antiquaille* que sentireis até a medula dos ossos. Ele é galante e conhece bem o seu ofício.

Ao que respondeu a dama: — Ide, desaforado, ide; se disserdes mais uma palavra vou chamar gente e mandarei moer-vos de pancada. — Ora, não sois tão má quanto dizeis — disse ele — ou então eu me enganei muito com a vossa fisionomia; pois antes a terra subiria aos céus, e os altos céus desceriam no abismo, e toda a ordem da natureza seria pervertida, se em uma tão grande beleza e elegância como a vossa existisse uma gota de fel ou de maldade. Dizem que, com grande pesar:

Mulher bela não há não
Que tenha bom coração.

Mas isso se diz das belezas vulgares. A vossa é tão excelente, tão singular, tão celeste, que eu creio que a natureza a colocou em vós como exemplo para mostrar o que nos pode fazer, quando emprega todo o seu poder e toda a sua sabedoria. É mel, é açúcar, é maná celeste tudo que há em vós. Era a vós que Páris deveria entregar o Pomo de ouro, e não a Vênus, nem a Juno, nem a Minerva; pois não havia tanta magnificência em Juno, tanta prudência em Minerva, tanta elegância em Vênus, como há em vós. Ó deuses e deusas celestes, quão feliz será aquele a quem concederdes a graça de cingi-la, de beijá-la, e de esfregar a sua pele na dela! Por Deus, serei eu, eu o vejo bem, pois ela já me ama muito, tenho certeza, e sou o predestinado das fadas. Então, para não perder tempo, vamos trançar logo as nossas pernas.

Quis beijá-la, mas ela fez menção de ir à janela para chamar os vizinhos. Então Panúrgio saiu, dizendo-lhe enquanto se retirava: — Madame, esperai-me aqui, eu mesmo virei procurar-vos. Não tomeis o trabalho. — Assim se foi, sem se preocupar muito com a recusa que sofrera e não deixou de comer muito bem.

No dia seguinte, ele se encontrava na igreja à hora em que ela foi à missa, e à entrada ofereceu-lhe água benta, inclinando-se profundamente diante dela; depois se ajoelhou ao seu lado, familiarmente, e disse-lhe: — Madame, sabei que estou a tal ponto apaixonado por vós que já não consigo mijar nem cagar; já imaginastes se me acontecer algum mal por vossa causa? — Ide — disse ela —, ide, isso não me preocupa; deixai-me rezar a Deus. — Mas — disse ele —, equivocais sobre "A Beaumont o visconde..." E por isso rezai a Deus para que ele me dê o que o vosso nobre coração deseja, e dai-me esse rosário por graça. — Vede — disse ela —, e não me importuneis mais.

Isto dito, quis lhe puxar o seu rosário, que era de fina madeira odorífera com grandes incrustações de ouro; mas Panúrgio prontamente tirou uma faca e o cortou muito bem e o guardou, dizendo: — Quereis a minha faca? — Não, não

— disse ela. — Mas está à vossa disposição, corpo e bens, tripas e entranhas — disse ele.

No entanto, a dama não estava muito contente com o seu rosário, pois era um de seus deveres na igreja, e pensava: "Esse sujeito aqui é um desmiolado, um estrangeiro, não recuperarei jamais o meu rosário; o que irá dizer meu marido? Vai ficar furioso; mas eu lhe direi que um ladrão o cortou na igreja, o que ele vai acreditar facilmente, vendo ainda a extremidade em minha cintura".

Depois do jantar, Panúrgio foi procurá-la, levando na manga uma grande bolsa cheia de escudos do Palácio e de tentos, e começou a dizer-lhe:

— Qual dos dois ama mais ao outro, eu a vós, ou vós a mim? — Ao que ela respondeu: — Quanto a mim, não vos odeio, pois, como Deus ordena, amo todo o mundo. — Mas a propósito — disse ele —, não estais apaixonada por mim? — Já vos disse muitas vezes que não me dissésseis mais tais palavras — ela respondeu. Se ainda disserdes, hei de mostrar-vos que não é a mim que assim deveríeis falar de desonra. Saí daqui e devolvei o meu rosário, antes que meu marido me pergunte. — Como, madame — disse ele —, o vosso rosário? Não o farei, por meu criado, mas quero vos oferecer outros; preferis de ouro bem esmaltado em forma de grandes esferas ou de belos lagos de amor, ou então maciços como grossas barras, ou, se quiserdes, de ébano, ou de jacintos, de grandes granadas lapidadas e com as marcas de belas turquesas, ou de belos topázios marcados com lindas safiras, ou de diamantes de vinte e oito quilates? Não, não, é muito pouco. Sei de um belo rosário de lindas esmeraldas combinadas com âmbar cinzento granulado, e com argola de pérolas pérsicas, do tamanho de uma laranja; não custam mais de vinte e cinco mil ducados; quero vos presentear, pois tenho com o quê. (E assim falando fazia soar os tentos, como se fossem escudos com o sol)[216]. Quereis uma peça de veludo violeta, uma peça de cetim com desenhos em relevo ou carmesim? Quereis cordões de ouro, brincos, anéis? Dizei-me que sim. Até cinquenta mil ducados, não é nada para mim.

Pelas virtudes dessas palavras, ele lhe fazia vir água na boca. Mas ela lhe disse: — Não, eu vos agradeço, mas nada quero de vós. — Por Deus — disse ele —, eu quero bem uma coisa de vós, mas é coisa que não vos custará nada e nada tereis de menos. Eis (mostrando sua vara) eis mestre João Pimpão que vos pede pousada. E quis beijá-la. Mas ela começou a gritar, embora não muito alto. Então Panúrgio deixou de fingir e disse-lhe: — Não quereis então deixar-me divertir um pouquinho? Pior para vós. Mas por Deus, ireis vos arrepender.

E isso dito, fugiu, com muito medo das pancadas, que naturalmente temia.

---

216. Moeda de ouro de Luís XI, com a imagem do Sol. (N. do T.)

CAPÍTULO XXII
DE COMO PANÚRGIO SE VINGOU DA DAMA QUE O DESDENHOU

Ora, sabei que no dia seguinte era a festa do Corpo-de-Deus, na qual todas as damas se apresentavam com as suas mais belas roupas; e naquele dia a referida dama trajava um lindo vestido de cetim com relevo e uma blusa de veludo branco mui precioso. No dia da vigília, Panúrgio tanto procurou de um lado para o outro, que encontrou uma cadela no cio, a qual amarrou com o seu cinto e a levou para o seu quarto, e a alimentou muito bem durante aquele dia e toda a noite; de manhã a matou e tirou aquilo que conhecem os geomantes gregos, e o partiu em pedaços os mais miúdos que pôde, levou-os bem escondidos, e foi aonde a dama devia ir acompanhar a procissão, como é de costume na referida festa. E, quando ela entrou, Panúrgio ofereceu-lhe água benta, bem cortesmente; e algum tempo depois de ter ela dito as suas orações, foi se sentar perto dela em seu banco, e entregou-lhe um rondó por escrito, na forma que se segue:

RONDÓ

Por esta vez, dama mui bela,
Triste fiquei, pois sois aquela
Que me expulsou, sem dó, senhora,
Por ser a flor da castidade
Em que a pureza se revela.
Minha paixão, ó pobre dela!
Sofreu, ouvindo-a, em sequela
Dize-me: "Ide, ide embora,
Por esta vez."
Do coração meu a procela
Mal não vos faz se a vós apela,
Mal não vos faz mesmo se chora.
Não morro assim, não morro, embora
Vos deixe pura qual donzela
Por esta vez.

E assim que ela abriu o papel para ver o que era, Panúrgio prontamente espalhou o material que tinha consigo em diversos lugares, e mesmo nas dobras das mangas e do vestido; depois lhe disse: — Madame, os pobres amantes nem sempre são felizes. Quanto a mim, espero que as noites em claro, os percalços e os aborrecimentos que o amor me impôs, me serão descontados nas penas do purgatório. Pelo menos, pedi a Deus que me dê paciência.

Não terminara Panúrgio de dizer essas palavras, quando todos os cães que se achavam na igreja correram para aquela dama, por causa do cheiro das drogas que ele nela espalhara: pequenos e grandes, gordos e magros, todos vinham, de membro duro, e a cheiravam e mijavam em suas pernas: a maior patifaria do mundo.

Panúrgio os enxotou um pouco, depois se despediu, e se retirou para uma capela, a fim de ver a continuação: pois os tratantes dos cães a sujaram toda, inundando todas as suas vestes, a ponto de um grande galgo lhe ter mijado na cabeça, outros nos braços, outros nas ancas; os pequenos mijavam nos sapatos. De sorte que todas as mulheres de perto tratavam de se proteger. E Panúrgio ria às gargalhadas, e disse a alguns senhores da cidade: — Creio que aquela dama está no cio, ou então que algum galgo a cobriu recentemente.

E quando viu que todos os cães continuavam a rodeá-la, como rodeiam uma cadela no cio, saiu de lá e foi procurar Pantagruel. Em todas as ruas onde encontrava cães os tocava com um pontapé, dizendo: — Não ireis às núpcias com os vossos companheiros? Ide, ide, com todos os diabos! — E chegando em casa, disse a Pantagruel: — Senhor, peço-vos vinde ver todos os cães do país que se juntaram em torno da dama mais bela desta cidade, e a querem joquetar. — Com o que Pantagruel concordou de boa vontade, e viu o mistério, que achou muito belo e uma perfeita novidade. O melhor porém foi na procissão, na qual foram vistos mais de seiscentos mil e quatorze cães em torno da dama, sem lhe dar sossego; e em toda a parte por onde ela passava novos cães vinham se juntar ao cortejo, mijando pelo caminho onde o seu vestido tocara. Todo o mundo parava para admirar o espetáculo, contemplando a incontinência dos cães, que lhe subiam até o pescoço e lhe estragaram todos os belos adornos, de sorte que ela não viu outro remédio senão o de refugiar-se em seu palácio. E os cães foram atrás dela, e ela teve de se esconder, enquanto as camareiras riam com gosto. Quando ela entrou em casa e fechou a porta, acorreram todos os cães em um raio de meia légua, e tanto mijaram na porta da casa, que a sua urina formou um regato, o qual muitos cães tiveram de atravessar a nado. É o regato que presentemente passa por Saint Victor, e do qual Gobelin tira o escarlate, graças às virtudes específicas daquele mijo canino, como outrora pregou publicamente nosso mestre Duribius. Assim Deus vos deu um moinho e o que moer. Não tanto todavia como os de Basacle em Toulouse.

CAPÍTULO XXIII
DE COMO PANTAGRUEL PARTIU DE PARIS AO OUVIR A NOTÍCIA DE QUE OS DIPSODOS TINHAM INVADIDO O PAÍS DOS AMAUROTAS. E PORQUE AS LÉGUAS SÃO TÃO PEQUENAS NA FRANÇA.

Pouco tempo depois, Pantagruel ouviu a notícia de que seu pai Gargântua fora levado ao país das fadas por Morgue[217], como aconteceu outrora com Ogier e Artus; assim como que, ouvindo a notícia da translação, os dipsodos tinham saído de suas fronteiras, e invadindo o país de Utopia, tinham sitiado a grande cidade de Amaroutas. Então, ele saiu de Paris sem se despedir de ninguém pois o caso requeria diligência, e chegou a Ruão. Ao seguir o seu caminho, viu Pantagruel que as léguas na França eram muito pequenas em comparação com as dos outros países, e perguntou a causa e a razão a Panúrgio, o qual lhe contou uma história que põe *Maroutus* do Lago, *monachus*, nas gestas dos Reis das Canárias. Dizendo que — Na Antiguidade os países não se distinguiam por léguas, milhas, estádios nem parasangas, até que o rei Faramundo os distinguiu; o que fez da maneira que se segue. Pois escolheu dentro de Paris cem rapagões bem jovens, fortes e belos e bem-dispostos e cem belas moças picardas, e os fez bem tratar e bem se cuidarem por oito dias, depois os chamou: e a cada um entregou uma rapariga, com bastante dinheiro para as despesas, ordenando-lhes que fossem a diversos lugares nessa ou naquela direção. E que assinalassem com uma pedra todos os lugares em que se divertissem com as moças, e isso marcaria uma légua. Assim os jovens partiram alegremente, e como estavam fortes e bem-dispostos, não perderam ocasião; e eis porque as léguas da França são tão curtas.

Mas depois de seguirem um caminho longo, estavam cansados como pobres diabos, e não havia *olif en li caleil*[218], assim não se divertiam tantas vezes e se contentavam (bem entendido, quanto aos homens) com uma vez por dia, e ainda assim fraca e desenxabida. E eis o que fez as léguas da Bretanha, de Lanes, da Alemanha e de outros países mais afastados serem tão grandes. Outros apresentam outras razões; mas essa me parece a melhor.

Com o que concordou plenamente Pantagruel. Saindo de Ruão, chegaram a Honfleur, de onde se fizeram ao mar, Pantagruel, Panúrgio, Epistemon, Eustenes e Carpalim. Naquele lugar, enquanto esperavam vento propício e calafetavam a sua nave, recebeu de uma dama de Paris, a qual mantivera bom espaço de tempo, uma carta subscritada:

"Ao mais amado das belas, e menos leal dos cavaleiros.

P.N.T.G.R.L."

---
217. A fada Morgana. (N. do T.)
218. Provençal: óleo na lâmpada. (N. do T.)

FRANÇOIS RABELAIS

CAPÍTULO XXIV
CARTA QUE UM MENSAGEIRO LEVOU A PANTAGRUEL DE UMA DAMA DE PARIS, E A EXPLICAÇÃO DE PALAVRAS ESCRITAS EM UM ANEL DE OURO

Quando Pantagruel leu o subscrito, ficou bem admirado, e perguntou ao mensageiro o nome daquela que mandara a carta, que abriu nada encontrando escrito, mas apenas um anel de ouro com um diamante. Então chamou Panúrgio e mostrou-lhe o que recebera. Ao que disse Panúrgio que a folha de papel estava escrita, mas com tal sutileza que não se viam as letras. E para saber, o pôs junto do fogo, para ver se estava escrita com sal amoníaco dissolvido na água. Depois a colocou dentro da água, para saber se a carta fora escrita com suco de titímalo. Depois a examinou diante da vela, para ver se não fora escrita com sumo de cebola branca.

Depois esfregou-a com um pouco de óleo de noz, para ver se fora escrita com lixívia de figueira. Depois a esfregou uma parte com leite de mulher amamentando o primeiro filho, para ver se não fora escrita com sangue de rã venenosa. Depois esfregou um canto com cinza de ninho de andorinha, para ver se não fora escrita com o orvalho que se encontra nas maçãs de Alicabut. Depois esfregou um outro canto com cera de ouvido, para ver se não fora escrita com fel de corvo. Depois molhou-a com vinagre, para ver se não fora escrita com leite de medronheira. Depois a untou com enxúndia de morcego, para ver se estava escrita com esperma de baleia, que se chama âmbar cinzento. Depois a colocou com todo o cuidado em uma bacia de água fresca, e logo a tirou, para ver se estava escrita com *alun de plume*. E vendo que não descobria nada, chamou o mensageiro, e perguntou-lhe: — Camarada, a dama que te mandou aqui não te mandou trazer um bastão? (pensando na esperteza de Aulo Gelo), — E o mensageiro respondeu-lhe: — Não, senhor[219].

Então Panúrgio quis mandar raspar-lhe os cabelos, para ver se a dama não escrevera com tinta forte na cabeça raspada a mensagem que queria mandar; mas vendo que os cabelos estavam muito grandes, desistiu, considerando que em tão pouco tempo os seus cabelos não poderiam estar tão compridos. Então disse a Pantagruel: — Senhor, pelas virtudes de Deus, não saberei o que dizer nem o que fazer. Empreguei para saber se há alguma coisa escrita aqui, uma parte do que expõem Messere Francesco di Nianto o Toscano, que escreveu sobre a maneira de ler letras não aparentes, e o que escreveu Zoroastro *peri Grammatôn acritôn*[220], e

---

219. Alusão à cítala, um bastão utilizado pelos lacedemônios (espartanos) para transmitir mensagens secretas. Tiras de couro, previamente preparadas, eram enroladas em torno do bastão, e a mensagem só poderia ser lida corretamente quando a tira fosse enrolada em uma cítala de mesmo tamanho e forma. Esse método era uma técnica primitiva de criptografia usada na Grécia Antiga. (N. do R.)
220. *Das Letras Duvidosas*, livro suposto, assim como o seguinte. (N. do T.)

calphurnius Bassus de literis illegibilibus; mas nada vi, e creio que nada mais há do que o anel. Vamos vê-lo.

Olhando-o, então, encontraram escrito por dentro em hebreu *Lamah hasabhtani*[221], pelo que chamaram Epistemon, perguntando-lhe o que queria aquilo dizer. Ao que respondeu que eram palavras hebraicas significando: "Por que me deixaste?" Então de súbito replicou Panúrgio: — Entendo o caso, vedes o diamante? é um diamante falso. Tal é portanto a explicação do que quis dizer a dama: "Dize, amante falso, por que me deixaste?"

Explicação essa que Pantagruel entendeu incontinênti: e se lembrou de súbito como em sua partida não tinha dito adeus à dama, e se entristeceu, e de boa vontade teria voltado a Paris para fazer as pazes com ela. Mas Epistemon lhe trouxe à memória a separação de Eneias e Dido, e o que disse Heraclides Tarentino: que estando o navio ancorado, quando a necessidade se faz sentir, é preferível cortar a corda do que perder tempo desatando-a. E que ele deveria deixar todos os outros pensamentos, para se lembrar de sua cidade natal, que estava em perigo.

De fato, uma hora depois começou a soprar o vento chamado nor-noroeste, com o qual zarparam de velas pandas, e ganharam o alto mar, e dentro de poucos dias, fazendo escala em Porto Santo e em Madeira, chegaram às Ilhas Canárias. De lá partindo passaram por Cabo Branco, Senegal, Cabo Verde, Gâmbia, Sagre, Melile, Cabo da Boa Esperança e fizeram escala no reino de Melinda; de lá partindo, velejaram para a Transmontana, passando por Meden, Uti, Uden, Gelasin, pelas ilhas das fadas e junto ao reino de Achoria[222] finalmente chegaram ao porto de Utopia, distante três léguas e pouco da cidade de Amaurotas.

Quando estavam em terra, após terem se refeito um pouco, disse Pantagruel: — Meus filhos, a cidade não fica longe daqui; antes de irmos, seria bom deliberarmos o que vamos fazer, a fim de não nos parecermos com os atenienses, que não se consultavam jamais, senão depois do fato acontecido. Estais dispostos a viver e morrer comigo? — Senhor — disseram todos —, podeis ter confiança em nós como em vós mesmo. — Ora — disse ele —, só há um ponto em que tenho o espírito em suspenso e duvidoso: é que não sei a ordem nem o número dos inimigos que estão sitiando a cidade; pois se soubesse avançaria com maior confiança. Por isso, descubramos juntos um meio que nos permita saber. — Ao que todos disseram juntos: — Deixai-nos ir ver e esperai-nos aqui: pois ainda hoje vos traremos notícia certa.

— Eu — disse Panúrgio — pretendo entrar em seu acampamento no meio dos guardas e da ronda, banquetear com eles e fartar-me à sua custa sem ser reconhecido por ninguém, visitar a artilharia, as tendas de todos os capitães e andar por toda a parte sem jamais ser des-

---

221. Ou "*Eli, lama sabactâni?*", "Senhor por que me abandonaste?", palavras de Jesus Cristo na cruz, segundo os evangelhos de Marcos e Mateus. (N. do T.)
222. *Meden, uti, uden, gelasis* e *achoria* significam, respectivamente, em grego, nulo, nada, coisa alguma, trocista e sem medida. (N. do T.)

coberto; nem o diabo me pegará, pois sou da linhagem de Zopiro. — Eu — disse Epistemon — conheço todos os estratagemas e todas as proezas dos valentes capitães e campeões dos tempos passados, e todas as artimanhas e embustes da disciplina militar; e irei, e ainda que fosse descoberto e reconhecido, eu escaparia, fazendo-lhes crer a vosso respeito tudo que eu quiser, pois sou da linhagem de Sinon. — Eu — disse Eustenes — entrarei através de suas trincheiras, apesar da ronda, e de todos os guardas, pois lhes passarei sobre o ventre e lhes quebrarei braços e pernas, mesmo que sejam fortes como o diabo; pois sou da linhagem de Hércules. — Eu — disse Carpalim — entrarei lá como as aves entraram; pois tenho o corpo tão ágil que saltarei sobre suas trincheiras, e atravessarei todo o seu acampamento antes que eles tenham me percebido. E não temo dardo nem flecha, nem cavalo por mais ligeiro que seja, fossem eles o Pégaso de Perseu ou Pacolet[223], pois diante deles escapo são e salvo; sou capaz de caminhar sobre as espigas de trigo e sobre a erva dos prados sem que elas se dobrem; pois sou da linhagem da amazona Camila.

CAPÍTULO XXV
DE COMO PANÚRGIO, CARPALIM, EUSTENES E EPISTEMON, COMPANHEIROS DE PANTAGRUEL, DESBARATARAM SUTILMENTE SEISCENTOS E SESSENTA CAVALEIROS

Enquanto assim falavam, avistaram seiscentos e sessenta cavaleiros da cavalaria ligeira, que acorriam para ver que navio era aquele que chegara ao porto, e correram a toda a brida para os alcançarem, se pudessem. Então disse Pantagruel: — Meus filhos, retirai-vos para o navio; vede aqueles inimigos que se aproximam, mas eu os matarei como animais selvagens, fossem eles dez vezes mais; afastai-vos e aproveitai o vosso tempo. — Então respondeu Panúrgio: — Não, senhor, não há razão para que assim façais; mas, ao contrário, retirai-vos para o navio, vós e os outros; pois sozinho eu os desbaratarei; mas é preciso andar depressa; ide. — Ao que disseram os outros: — É bem dito. Senhor, afastai-vos, e nós ajudaremos Panúrgio aqui, e vós conheceis que sabemos fazer. — Então disse Pantagruel: — Está bem, mas no caso de serdes mais fracos, eu não vos faltarei.

Então Panúrgio pegou duas grandes cordas da nave, e as amarrou à roda que ficava sobre o convés, e as pôs em terra e fez um grande círculo, um maior e o outro dentro desse. E disse a Epistemon: — Entrai no navio, e quando eu der o sinal, girai a roda do convés, puxando para junto de vós estas duas cordas. — Depois disse a Eustenes e a Carpalim: —Meus filhos, esperai aqui e enfrentai os inimigos

---
223. Nome de um cavalo maravilhoso do romance de cavalaria *Valentim e Orson*.

francamente, e entregai-vos a eles, fingindo terdes rendido; mas cuidado para não entrardes no centro das cordas, retirai-vos sempre.

E incontinênti entrou no navio e tomou um feixe de palha e um pote de pólvora, que colocou no centro das cordas e ficou por perto com um tição de fogo. De súbito chegaram com grande ímpeto os cavaleiros, e os primeiros foram até junto do navio; e como o chão estava escorregadio, caíram eles e os seus cavalos, até o número de quarenta e quatro. Vendo isso, os outros se aproximaram, pensando que lhes haviam resistido à chegada. Mas Panúrgio lhes disse: — Senhores, creio que não fostes bem, perdoai-nos, pois não foi por nossa culpa, e sim da lubricidade da água do mar, que é sempre untuosa. Nós nos rendemos à vossa discrição.

O mesmo disseram os seus dois companheiros e Epistemon que estava no convés. Enquanto isso, Panúrgio se afastava e vendo que todos estavam no meio das cordas e que os seus dois companheiros tinham se afastado, cedendo lugar a todos os cavaleiros que acorriam para ver o navio, gritou de súbito a Epistemon: — Puxa, puxa! — Então Epistemon começou a girar a roda, e as cordas se embaraçaram nas patas dos cavalos, jogando-os por terra facilmente, com os cavaleiros; mas estes desembainharam as espadas querendo atacar; então Panúrgio pôs fogo no rastilho, fazendo com que todos fossem queimados como almas danadas; homens e cavalos, nenhum escapou, exceto um que estava montado em um cavalo turco, que conseguiu fugir; mas quando Carpalim percebeu, correu atrás dele tão veloz e agilmente que o alcançou em menos de cem passos, e pulando na garupa do seu cavalo, o agarrou por trás e levou-o para o navio.

Consumada a derrota, Pantagruel ficou muito alegre e grandemente louvou a indústria de seus companheiros, e os fez descansar e bem se refazerem na praia, alegremente, e beber bastante, de barriga no chão, e o seu prisioneiro com eles, familiarmente: mas o pobre diabo não escondia o seu medo que Pantagruel o devorasse inteirinho, pois com a sua bocarra o engoliria tão facilmente como uma pílula, e não lhe teria sido na boca mais que um grão de milho na goela de um asno.

CAPÍTULO XXVI
DE COMO PANTAGRUEL E SEUS COMPANHEIROS FICARAM ABORRECIDOS POR COMEREM CARNE SALGADA, E DE COMO CARPALIM FOI À CAÇA PARA ARRANJAR CARNE MELHOR

Enquanto se banqueteavam, Carpalim disse: — Ventre de Saint Quenet, não vamos comer jamais carne de caça? Esta carne salgada me altera a saúde. Vou trazer aqui um pernil daqueles cavalos que queimamos; já deve estar bem assado. — Quando assim se levantava para fazer o que prometera, avistou na ourela do bosque um belo e grande cabrito-montês, que segundo penso, tinha vindo do mato vendo o fogo de Panúrgio. Incontinênti ele correu, com tal ímpeto, que parecia o projétil de uma besta, e o agarrou em um momento; e ao correr levantou os braços e pegou no ar quatro grandes abetardas,

Sete *bitars*[224]
Vinte e seis perdizes-cinzentas,
Trinta e duas vermelhas,
Dezesseis faisões,
Nove galinholas,
Dezenove garças-reais,
Trinta e dois pombos bravos.
E com os pés pisou dez ou doze lebres novas e coelhos
que andavam fora da toca, dezoito galinhas d'água e mais
Quinze filhotes de javali,
Dois filhotes de raposa
Três raposas grandes.

Ferindo, então, o cabrito-montês com uma espaldeirada na cabeça, matou-o, e, quando o trazia, recolheu as lebres, as galinhas d'água e os filhotes de javali. E logo que se aproximou bastante para ser ouvido, gritou, dizendo: — Panúrgio, meu amigo, vinagre, vinagre! — Pelo que pensou o bom Pantagruel que ele estava se sentindo mal do coração e mandou que lhe levassem vinagre. Mas Panúrgio entendeu bem que se tratava de lebre no espeto; de fato, mostrou ao nobre Pantagruel como vinha carregando nos ombros um belo cabrito-montês e toda a cintura rodeada de filhotes de lebre. Sem demora Epistemon fez, em homenagem às nove Musas, nove bons espetos de pau à moda antiga. Eustenes ajudou a esfolar, e Panúrgio dispôs duas selas dos cavaleiros de tal modo que serviram de suporte dos espetos; e transformaram o prisioneiro em assador, e no fogo que queimava os cavaleiros fizeram assar a caça. E depois, bom apetite à custa do vinagre; foi uma comedoria triunfal. Então disse Pantagruel: — Quisesse Deus que cada um de vós tivesse dois pares de campainhas de missa no queixo, e eu tivesse no meu os grandes relógios de Renes, de Poitiers, de Tours e de Cambray, para se ver a alvorada que tocaríamos com o movimento de nossas mandíbulas! — Mas — disse Panúrgio — vale mais a pena pensarmos um pouco em nosso negócio e ver por que meio vamos cair em cima dos nossos inimigos. — É bem pensado — disse Pantagruel. Portanto, perguntou ao prisioneiro: — Meu amigo, dize a verdade, e não nos mintas em nada, se não queres ser esfolado vivo, pois sou eu que como as criancinhas: conta-nos inteiramente a ordem, o número e a fortaleza do exército.

---

224. Uma espécie de abetarda. (N. do T.)

Ao que respondeu o prisioneiro: — Senhor, sabei em verdade que no exército estão trezentos gigantes todos armados de pedras de cantaria, maravilhosamente grandes, não tanto quanto vós, a não ser o seu chefe, de nome Lobisomem, que está armado com forjas ciclópicas. Cento e sessenta e três mil peões todos armados com peles de duendes, fortes e corajosos; onze mil e quatrocentos homens d'armas, três mil e seiscentos canhões duplos e espingardas sem número; noventa e quatro mil sapadores, cento e cinquenta mil putas belas como deusas (— Isso é comigo — disse Panúrgio), das quais algumas são amazonas, outras lionesas, parisienses, de Tours, angevinas, normandas, alemãs; há de todos os países e de todas as línguas. — Vamos adiante — disse Pantagruel —, o rei está aí? — Sim, majestade — disse o prisioneiro —, está em pessoa, e nós o chamamos Anarche, rei dos Dipsodos, o que equivale a dizer gente alterada, pois nunca se viu gente tão alterada nem beberrões mais dispostos a beber. E a guarda de sua tenda é de gigantes. — É bastante — disse Pantagruel. — Sus, meus filhos, estais dispostos a vir comigo? — Ao que respondeu Panúrgio: — Deus confunda a quem vos abandonar. Já pensei como vos entregarei todos eles mortos como porcos, ninguém escapará. Mas estou preocupado com uma coisa. — Com o que é? — disse Pantagruel. — É — disse Panúrgio — como conseguirei chifarotar todas as putas que lá estão depois deste jantar, sem que me escape uma. — Há, há, há — disse Pantagruel. — E Carpalim disse: — *au diable de biterne!*[225] Por Deus, eu cuidarei de alguma. — E eu — disse Eustenes — o quê? Só é preciso esperar que o ponteiro chegue às dez ou onze horas; e o meu está duro e forte como cem diabos. — Verdadeiramente — disse Panúrgio —, terás as mais gordas e refeitas. — Como — disse Epistemon — todo o mundo vai cavalgar e ficarei com o asno? O diabo leve quem nada fizer! Usaremos o direito de guerra, *qui potest capere capiat*[226]. — Não — disse Panúrgio. — Mas amarra o teu asno em um gancho e cavalga como todo o mundo".

E o bom Pantagruel ria de tudo, depois lhes disse: — Não contais com o inimigo. Tenho muito medo de que, antes que seja noite, não estejais muito dispostos a combater e que eles é que vos cavalguem com chuços e lanças. — Nada disso — disse Epistemon. — Eu os trarei para serem assados ou cozidos; picados ou amassados. Não são em tão grande número como tinha Xerxes, pois ele dispunha de trezentos mil combatentes, se acreditarmos em Heródoto e Troge Pompeu; e todavia Temístocles com um punhado de homens o desbaratou. Não vos preocupeis, por Deus. — Estão perdidos — disse Panúrgio. — Minha braguilha sozinha se encarregará de todos homens e São Balletrou[227], que repousa lá dentro se encarregará das mulheres. — Sus, então, meus filhos — disse Pantagruel —, comecemos a andar.

---

225. Uma praga de Toulouse; significa "Que vá para o grande diabo". (N. do T.)
226. Quem pode tomar, toma. (N. do T.)
227. Mais um trocadilho irreverente de Rabelais: *baller*, dançar, saltar; *trou*, buraco. (N. do T.)

CAPÍTULO XXVII
DE COMO PANTAGRUEL ELEVOU UM TROFÉU EM MEMÓRIA DE SUA PROEZA, E PANÚRGIO UM OUTRO, EM MEMÓRIA DAS LEBRES. E DE COMO PANTAGRUEL COM SEUS PEIDOS ENGENDROU HOMENZINHOS E MULHERZINHAS. E DE COMO PANÚRGIO QUEBROU UM BASTÃO SOBRE DOIS COPOS.

— Antes de partirmos daqui — disse Pantagruel, em memória da proeza que fizestes —, quero erguer aqui um belo troféu. — Então todos eles, muito alegres e entoando canções bucólicas, ergueram um grande mastro, no qual penduraram uma sela de cavaleiro, uma testeira de cavalo, joelheiras do cavalo, estribos, esporas, uma cota de malha, um machado, um estoque d'armas, uma luva, uma clava, *goussets*[228], grevas, um gorjal, e assim toda a aparelhagem necessária a um arco de triunfo ou um troféu. Depois, em memória eterna, escreveu Pantagruel o moto da vitória, como se segue:

> Aqui se demonstrou bem a virtude
> De quatro grandes, fortes campeões,
> Que com o engenho só, sem arma rude,
> Rivais assim de Fábio e os dois Cipiões,
> Seiscentos e sessenta rufiões
> Massacraram e queimaram facilmente.
> Sabei vós todos, reis, duques, peões,
> Que muito mais que a força vale a mente.
> Pois a vitória,
> Coisa é notória,
> Certo é o penhor
> Dessa memória
> Que faz a glória
> Do alto Senhor.
> Não será o mais forte o vencedor,
> Como se crê, fiado na vanglória.
> O prêmio certamente há de repor
> Quem nele tem a fé, a honra e a glória.

Enquanto Pantagruel escrevia a poesia acima, Panúrgio colocava em uma grande estaca os chifres do veado, e a pele e as patas dianteiras do mesmo. Depois as

---
228. *Gousset*: sovaco; a parte da armadura que protege a articulação ombro e braço. (N. do T.)

orelhas de três lebres, o lombo de um coelho, as asas de duas abetardas, os pés de quatro pombos, uma garrafa de vinagre, um chifre onde punham o sal, o seu espeto de pau, uma frigideira, um velho caldeirão todo estragado, uma tigela onde salgavam a comida, um saleiro de barro e um copo de Beauviois. E, em imitação dos versos e do troféu de Pantagruel, escreveu o que se segue:

Foi aqui que firmaram seus traseiros,
Honrando Baco à moda verdadeira,
Quatro bem decididos companheiros,
E se fartaram assim dessa maneira,
Com muita comezaina e bebedeira,
Comendo sem parar, e cada qual
De lebre se fartou a tarde inteira
Com bom tempero de vinagre e sal.
E como fecho
De tal desfecho,
Desse calor,
Faltar não há de
Vinho à vontade
E do melhor.
Comer, porém, a lebre não faz bem
Sem o vinagre para temperar.
Do prato ele é a alma, assim convém
Dessa verdade sempre se lembrar.

Então disse Pantagruel: — Vamos, meus filhos, já se comeu demais; pois dificilmente se veem grandes banqueteadores praticarem belos feitos de armas. Não há sombra senão dos estandartes, nem fumaça senão dos cavalos, nem tinidos senão dos arneses.

O que fez Epistemon sorrir e dizer: — Não há sombra senão da cozinha, fumaça senão da comida e tinidos senão das taças.

Ao que replicou Panúrgio: — Não há sombra senão do cortinado, nem fumaça senão dos mamilos, nem tinido senão dos culhões. — Depois, levantando-se, deu um pulo, um assovio e um peido, e gritou bem alto, alegremente: — Viva sempre Pantagruel!

O que vendo Pantagruel quis fazer o mesmo, mas com o peido que deu a terra tremeu em um raio de nove léguas, e com o ar que escapou engendrou mais de cinquenta e três mil homenzinhos, anões e disformes; e de uma ventosidade que se seguiu, engendrou outras tantas mulherzinhas agachadas, como se veem em vários lugares, que não crescem senão como o rabo das vacas, para baixo, ou então como os rábanos de Limosin, em volta. — E por que — disse Panúrgio — os vossos peidos são tão frutuosos? Por Deus, eis uma bela penca de homens e uma bela penca de mulheres; é preciso acasalá-los, vão gerar moscardos. — O que fez Pantagruel, e os chamou pigmeus. E os mandou viver em uma ilha próxima, onde muito se multiplicaram depois. Mas os grous lhes fazem continuamente a guerra; dos quais eles se defendem corajosamente, pois esses ticos de homens (que na Escócia são chamados cabos-de-raspadeira) são muito coléricos. A razão física disso é que têm o coração perto da merda.

Naquela mesma hora, Panúrgio tomou dois copos que lá estavam, ambos do mesmo tamanho, encheu-os de água até em cima, e pôs um em um escabelo e outro em outro escabelo, afastados um do outro por uma distância de cinco pés; depois tomou o fuste de um dardo de cinco pés e meio de comprimento e o pôs em cima dos dois copos, de sorte que as suas extremidades tocassem justamente as bordas do copo. Isso feito, pegou uma estaca bem grossa e disse a Pantagruel e aos outros: — Senhores, considerai como alcançaremos facilmente a vitória sobre os nossos inimigos. Pois assim como quebrarei este fuste aqui em cima dos copos, sem que os copos se partam ou se quebrem, e mais ainda, sem que uma só gota de água se derrame, assim arrebentaremos a cabeça dos nossos Dipsodos, sem que nenhum de nós seja ferido, e sem perdermos os nossos trabalhos. Mas a fim de que não penseis que há encantamento — disse ele a Eustenes —, batei no meio desta estaca, com toda a força.

O que fez Eustenes, e a haste se partiu em dois pedaços, sem que uma só gota de água caísse dos copos. Depois disse: — Sei muitas outras coisas; vamos em segurança.

CAPÍTULO XXVIII
DE COMO PANTAGRUEL ALCANÇOU BEM ESTRANHAMENTE VITÓRIA CONTRA OS DIPSODOS E OS GIGANTES

Depois desses propósitos, Pantagruel chamou o seu prisioneiro e o libertou, dizendo: — Vai ao teu rei em seu acampamento, e dá-lhe a notícia do que viste, e que ele delibere me receber festivamente amanhã ao meio-dia: pois incontinênti virão as minhas galeras, de manhã ao mais tardar, e lhe provarei, por oitocentos mil combatentes e sete mil gigantes maiores do que me vês, que ele agiu loucamente e, sem razão, invadindo o meu país. — Com o que fingia Pantagruel ter um exército no mar.

Mas o prisioneiro repetiu que se entregava como seu escravo, e que estava contente de jamais voltar ao seu povo, antes combater com Pantagruel contra ele, e por Deus que assim o permitia. Ao que Pantagruel não quis consentir, mas mandou que ele partisse de lá sem tardança, e fosse para onde lhe dissera, e lhe entregou uma caixa cheia de eufórbio e de grãos de pimenta conservados em aguardente em forma de compota, que mandou levar ao seu rei, e dizer-lhe que, se conseguisse comer uma onça sem beber, poderia resistir-lhe sem medo. Então o prisioneiro suplicou de mãos juntas que na hora da batalha tivesse piedade dele; então disse-lhe

Pantagruel: — Depois de teres tudo anunciado ao teu rei, põe toda a tua esperança em Deus, e ele não há de desamparar-te. Pois quanto a mim, ainda que seja poderoso, como podes ver, e tenha infinito número de homens em armas, todavia não espero em minha força, nem em minha indústria: mas toda a minha confiança está em Deus meu protetor, o qual jamais abandona aqueles que nele depositam a sua esperança e o seu pensamento.

Isso feito, o prisioneiro pediu-lhe que, quanto ao seu resgate, ele se dignasse de pedir quantia razoável. Ao que respondeu Pantagruel que o seu fim não era pilhar nem cobrar resgate de homens, mas de enriquecê-los e reformá-los em liberdade total. — Vai-te — disse ele — na paz do Deus vivo, e não sejas jamais má companhia, para que não te venha a desgraça.

Partido o prisioneiro, disse Pantagruel à sua gente: — Meus filhos, dei a entender ao prisioneiro que temos um exército no mar, e que desfecharemos o assalto até amanhã ao meio-dia, isso a fim de que eles, receando a chegada de tanta gente, passem a noite se pondo em ordem e se fortificando; no entanto, a minha intenção é atacá-los à hora do primeiro sono.

Deixemos Pantagruel com os seus apóstolos, e falemos do rei Anarche e de seu exército.

Quando o prisioneiro chegou, dirigiu-se ao rei, e contou-lhe como vira um grande gigante chamado Pantagruel, que desbaratara e fizera assar cruelmente todos os seiscentos e cinquenta e nove cavaleiros, e ele só tinha sido salvo para trazer a notícia. Além disso, fora encarregado pelo referido gigante de dizer-lhe que se preparasse no dia seguinte ao meio-dia para jantar, pois ele deliberara atacá-lo àquela hora.

Depois entregou-lhe a caixa onde estavam os confeitos. Mal porém ele engolira uma colherada, a garganta lhe esquentou a tal ponto, que a língua parecia estar pegando fogo. E o único remédio que achou para lhe trazer algum alívio foi beber sem parar: pois logo que tirava o copo da boca, a língua queimava. Por isso, não parou de jogar vinho na goela, com um funil. Vendo isso, seus capitães, paxás e homens da guarda provaram as referidas drogas, para ver se eram mesmo tão alteradoras; mas todos ficaram no mesmo estado que o rei. E todos beberam tanto que logo correu o rumor por todo o acampamento que o prisioneiro estava de volta e que deveriam ter o assalto no dia seguinte, e que para isso já se preparavam o rei e os capitães, juntamente com os homens da guarda, bebendo sem parar. Pelo que cada um do exército tratou de provar, entornar e beber da mesma maneira. Em resumo: beberam tanto e tanto, que adormeceram como porcos, sem ordem, no meio do acampamento.

Agora voltemos ao bom Pantagruel, e contemos como ele se comportou nesse negócio. Saindo do lugar do troféu, tomou o mastro do seu navio na mão como um bordão e pôs no cesto da gávea duzentas e trinta e sete pipas de vinho branco de

Anjou, aliás de Ruão, e amarrou à cintura o barco todo cheio de sal, tão facilmente como os lansquenetes seus cestinhos. E assim se pôs a caminho com os seus companheiros. Quando chegaram perto do acampamento dos inimigos, Panúrgio lhe disse: — Senhor, quereis bem fazer? Tirai esse vinho branco do cesto da gávea, e vamos beber aqui à vitória.

Com o que prontamente concordou Pantagruel, e beberam tanto que não sobrou uma só gota das duzentas e trinta e sete pipas, exceto um saco de couro curado de Tours que Panúrgio chamava o seu *Vademecum*, e uns restos de vinho para fazer vinagre. Depois de terem bem matado a sede, Panúrgio deu a Pantagruel para comer um diabo de drogas compostas de *lithontripon, nephrocatarticon*[229], cantáride e outras espécies diuréticas. Isso feito, disse Pantagruel a Carpalim: — Ide à cidade, trepando como um rato na muralha, como tão bem sabeis fazer, e dizei-lhes que agora saiam e caiam sobre os inimigos com toda a fúria que puderem, e, isso dito, descei trazendo uma tocha acesa, com a qual ponde fogo a todas as tendas e pavilhões do acampamento: gritai tanto quanto puderdes, com o vosso vozeirão que é mais espantoso que foi o de Estentor, o qual foi ouvido no meio de todos os ruídos da batalha dos troianos, e deixai o referido acampamento. — Está bem, mas — disse Carpalim — seria bom que eu encrave toda a sua artilharia? — Não, não — disse Pantagruel —, mas ponde fogo em toda a sua pólvora.

Ao que obedecendo, Carpalim partiu sem demora e fez tudo que fora ordenado por Pantagruel, e saíram da cidade todos os combatentes que lá encontravam. E depois de ter posto fogo nas tendas e pavilhões, passou no meio deles sem que percebessem nada, tão profundamente dormiam e roncavam. Mas (esse foi o perigo) o fogo se alastrou tão de repente que quase queimou o pobre Carpalim. Se não fosse a sua maravilhosa agilidade, ele teria ficado assado como um porco; mas ele se afastou tão bem que um projétil de besta não teria andado mais depressa.

Quando se viu fora das trincheiras, gritou tão espantosamente, que parecia que todos os diabos tivessem se desembestado. E o grito acordou os inimigos: mas sabeis como? Ficaram tão aturdidos como com o primeiro som das matinas, que se chama em Lussane esfregaculhão.

Enquanto isso, Pantagruel começou a espalhar o sal que tinha em seu barco, e porque eles dormiam de boca escancarada encheu-lhes a goela, tanto que os pobres diabos tossiam como raposas gritando: — Ah! Pantagruel, assim nos esquentas o tição! — De súbito, Pantagruel sentiu vontade de mijar, por causa das drogas que Panúrgio lhe havia dado, e mijou no acampamento tão bem e copiosamente que afogou todos e houve um dilúvio particular em um raio de dez léguas. E diz a história que se a égua de seu pai estivesse ali e também tivesse mijado, haveria

---

229. *Lithontripon*, remédio que quebra os cálculos de bexiga; do grego *lithos*, pedra, e *tribo*, eu quebro. *Nephrocatarticon*, remédio para os rins, do grego *nephro*, rins, e *kartartilo*, eu curo. (N. do T.)

um dilúvio mais enorme que o de Deucalião; pois ela não mijava sem formar um rio maior que o Ródano ou o Danúbio. Vendo isso, os que tinham saído da cidade disseram: — Eles foram todos mortos cruelmente, vede o sangue correndo. — Mas estavam enganados, pensando que a urina de Pantagruel fosse o sangue dos inimigos; pois não viam senão o clarão do incêndio dos pavilhões e um pouco de claridade da lua. Os inimigos, depois de acordados, vendo de um lado o incêndio do seu acampamento, e a inundação e o dilúvio urinário não sabiam o que dizer ou o que pensar. Alguns diziam que era o fim do mundo e o juízo final, que o mundo seria consumido pelo fogo; outros que os deuses marinhos Netuno, Proteu, Tritões e outros os perseguiam, e que de fato se tratava de água do mar e salgada.

Ó quem poderá contar agora como se portou Pantagruel contra os trezentos gigantes? Ó minha musa! Minha Calíope, minha Tália, inspira-me agora! Restaura o meu espírito, pois eis o a-bê-cê da lógica, eis a armadilha, a dificuldade de não se poder expressar a terrível batalha que se travou. Ah! A minha vontade de ter agora um garrafão do melhor vinho que jamais beberão os que lerem esta história tão verídica!

CAPÍTULO XXIX
DE COMO PANTAGRUEL DESBARATOU OS TREZENTOS GIGANTES ARMADOS COM PEDRAS DE CANTARIA E LOBISOMEM, SEU CAPITÃO

Os gigantes, vendo que todo o seu acampamento estava inundado, levaram o seu rei Anarche nos ombros para fora do forte, o melhor que puderam, como Eneias com seu pai Anquises na conflagração de Troia. E quando Panúrgio os avistou, disse a Pantagruel: — Senhor, vede os gigantes que saíram; recorrei com o vosso mastro à velha esgrima, pois é a esta hora que convém mostrar-se homem de bem, e de nossa parte não falharemos. E vos afirmo que matarei muitos. E então? David matou Golias bem facilmente. E além disso esse grandalhão de Eustenes, que é forte como quatro bois, não se poupará. Tomai coragem, e investi. — Ora — disse Pantagruel — coragem eu tenho para mais de cinquenta francos. Mas então? Hércules não ousou jamais lutar contra os dois. — Que ideia é essa comparar-vos com Hércules? Por Deus! Tendes mais força nos dentes e mais ânimo no cu do que Hércules em todo o corpo e em toda a alma. O homem vale tanto quanto se estima.

Enquanto diziam estas palavras, eis que chega Lobisomem com todos os gigantes, o qual vendo Pantagruel sozinho, foi tomado de temeridade e arrogância, na esperança de que iria matar o bom homem. Então disse aos seus companheiros gigantes: — Patifes da planície, por Mafoma, se algum de vós tentar combater contra estes aqui, eu vos farei morrer cruelmente. Quero que me deixeis combater sozinho; enquanto isso, vós vos divertireis nos olhando.

Então se retiraram todos os gigantes com o seu rei para lá perto, onde estavam os garrafões, e Panúrgio e seus companheiros com eles, e Panúrgio imitou os que tiveram varíola, pois contorcia a boca e encolhia os dedos, e lhes disse, com voz rouca: — Eles que se arranjem, companheiros, não façamos a guerra, vinde comer conosco, enquanto os nossos chefes se batem. — Com o que de boa vontade concordaram o rei e os gigantes, e foram se banquetear com eles.

Entrementes Panúrgio lhes contava as fábulas de Turpin, os exemplos de São Nicolau e os contos da cegonha. Lobisomem então se dirigiu a Pantagruel com uma maça de aço pesando nove mil e setecentos quintais e duas arrobas de aço de Chalybes, no fim da qual havia treze pontas de diamante, a menor das quais era do tamanho do maior sino da igreja de Notre Dame de Paris e era encantada, de maneira que jamais podia quebrar-se, mas, ao contrário, tudo em que tocava se quebrava incontinênti. Assim pois, quando ele se aproximou furioso, Pantagruel, levantando os olhos para o céu, recomendou-se a Deus, do fundo do coração, fazendo o voto que se segue. "Senhor Deus, que sempre tens sido meu protetor e conservador, vês a dificuldade em que me encontro agora. Nada me traz aqui, senão o zelo natural, assim como outorgaste aos homens de se protegerem e se defenderem, a si mesmos, suas mulheres, seus filhos, sua pátria e sua família, no caso de não ser o teu próprio negócio, que é a fé; pois em tal negócio não queres coadjutor, senão a confissão católica e o serviço de tua palavra, e nos proibiste toda arma e defesa, eis que és Todo-Poderoso, que em teu negócio próprio ou em tua própria causa quando levados à ação, podes defender-te muito mais do que se saberia estimar, tu que tens mil milhares de centenas de milhões de anjos, o menor dos quais pode matar todos os humanos, e girar o céu e a terra à sua vontade, como outrora ficou bem patente com o exército de Senacherib. Portanto, se te apraz nesta hora vir em minha ajuda, como em ti somente está a minha total confiança e esperança, faço o voto de em todos os países, tanto no país de Utopia como alhures onde eu tiver poder e autoridade, farei pregar o teu Evangelho puramente, simplesmente e inteiramente, de sorte que os abusos de uma multidão de parlapatões e falsos profetas que têm, por constituições humanas e invenções depravadas, envenenado o mundo inteiro, serão de todo exterminados.

Ouviu-se, então, uma voz vinda do céu, dizendo: — *Hoc fac et vinces*, o que quer dizer: Faze assim e terás a vitória. — Depois Pantagruel vendo que Lobisomem se aproximava de boca escancarada, investiu contra ele ousadamente e exclamou o mais alto que pôde: —À morte, tratante, à morte! — Para fazer-lhe medo, segundo a disciplina dos lacedemônios, com o seu grito horrível. Depois atirou-lhe, do barco que carregava na cintura, mais de dezoito barricas e meia fanga de sal, que lhe encheram a boca, a garganta, o nariz e os olhos. Irritado, Lobisomem desfechou uma pancada com a maça querendo lhe esmagar o cérebro. Mas Pantagruel foi ágil, e se manteve bem firme e bem atento, e recuou, dando um passo para trás com o pé esquerdo; mas não conseguiu evitar que a pancada da maça atingisse o barco que se partiu em quatro mil e oitenta e seis pedaços, espalhando no chão o resto do sal. Vendo isso, Pantagruel, agilmente desdobrou os braços, e, como se usasse um machado, desfechou-lhe forte pancada com o mastro acima da mama, e repetindo a pancada para a esquerda o atingiu junto do pescoço; depois avançou com o pé direito lhe aplicou entre os culhões uma pancada com a ponta do mastro, o que fez arrebentar o cesto da gávea e derramou três ou quatro pipas de vinho que tinham sobrado. E Lobisomem pensou que lhe tivesse rompido a bexiga e que o vinho era a urina que estava saindo. Insatisfeito, Pantagruel quis aplicar novo golpe, mas Lobisomem levantando a maça avançou contra ele e investiu com toda a força contra Pantagruel; de fato, se Deus não tivesse socorrido o bom Pantagruel, ele o teria rasgado desde o alto da cabeça até o púbis. Mas o golpe se desviou para a direita, graças ao brusco movimento de Pantagruel, e a maça se enterrou mais de setenta e três pés de profundidade pela terra a dentro, atravessando um grande rochedo, fazendo sair um fogaréu, do tamanho de nove mil e seis pipas. Vendo Pantagruel que ele procurava retirar a maça que se enterrara no chão, investiu contra ele, querendo logo lhe esmagar a cabeça; mas o seu mastro, por má fortuna, tocou quase na ponta da maça de Lobisomem, que era encantada (como já dissemos antes). Em vista disso, o mastro se quebrou a três dedos do seu punho. Com o quê ele ficou mais espantado que um fundidor de sinos, e exclamou: — Ah! Panúrgio, onde estás? — Vendo isso, Panúrgio disse ao rei dos gigantes: — Por Deus! Eles vão se machucar, se não forem apartados. — Mas os gigantes não pensavam senão em se divertirem. Então Carpalim quis levantar-se para socorrer seu senhor, mas um gigante lhe disse: — Por Golfarim, sobrinho de Mafoma, se mexeres daí, eu te meterei no fundo do meu calção, como se faz com os supositórios, pois estou constipado do ventre e não consigo cagar senão à força de rilhar os dentes.

Depois Pantagruel, assim destituído de bastão, conseguiu pegar de novo a ponta do mastro, e desfechou várias pancadas contra o gigante, mas não lhe fazia mais mal do que estivesse dando piparotes em uma bigorna de ferreiro. Entrementes, Lobisomem levantara do chão a sua maça e tratou de atacar Pantagruel, que era presto em se livrar de todos os golpes, até que vendo Lobisomem que o ameaçava dizendo: — Tratante, agora mesmo vou te esmagar como carne amassada. Jamais hás de fazer mal aos pobres coitados! — Pantagruel lhe desfechou um pontapé contra o ventre com tanta força, que o atirou para trás, de pernas para cima e se arrastou assim em um completo esfrega-cu por grande extensão. E Lobisomem gritou, pondo sangue pela boca: — Mafoma, Mafoma, Mafoma! — À sua voz todos os gigantes se levantaram para socorrê-lo. Mas Panúrgio lhes disse: — Senhores não façais tal coisa, podeis crer, pois o nosso chefe é louco e ataca a torto e a direito, e não olha quem nem aonde! — Mas os gigantes não lhe deram atenção, vendo que Pantagruel estava sem bastão. Vendo-os aproximar, Pantagruel agarrou Lobisomem pelos dois pés e levantou seu corpo no ar como um chuço, e com aquele corpo armado de bigornas desfechou pancada atrás de pancada no meio dos gigantes armados de pedras da cantaria, e os derrubou, pois ninguém se postava em sua frente que ele não jogasse por terra. Então, a ruptura daquelas armas pedregosas provocou um tumulto tão horrível, que me fez lembrar quando a grande torre de manteiga, que havia na igreja de Santo Estêvão se derreteu com o sol.

Entrementes, Panúrgio, juntamente com Carpalim e Eustenes, degolava os que tinham caído. É fácil ver que não escapou um só; e era de se ver Pantagruel parecendo um segador, ceifando com a sua foice (era Lobisomem) a erva do prado (eram os gigantes). Mas nessa esgrima, Lobisomem perdeu a cabeça. Foi quando Pantagruel derrubou um que se chamava Riflandouille, que estava armado de um alto aparelho, formado por pedras de Grisão, uma lasca das quais cortou inteiramente o pescoço de Epistemon; pois a maior parte dos outros estava armada levemente: uns tinham pedra porosa e outros ardósia. Finalmente, vendo que todos estavam mortos, atirou o corpo de Lobisomem com toda a força que pôde contra a cidade, e ele caiu como um sapo de barriga para baixo na maior praça da referida cidade, e, ao cair matou um gato queimado, uma gata molhada, uma cadela peidorreira e um ganso amarrado.

CAPÍTULO XXX
DE COMO EPISTEMON, QUE TEVE A CABEÇA CORTADA, FOI CURADO HABILMENTE POR PANÚRGIO. E DAS NOTÍCIAS DOS DIABOS E DOS DANADOS.

Terminado aquele desbaratamento gigantesco, Pantagruel voltou para o lugar dos garrafões, e chamou Panúrgio e os outros, os quais se apresentaram a eles sãos e salvos, exceto Eustenes, que um dos gigantes tinha arranhado um pouco no rosto, quando o esganava, e Epistemon, que não compareceu. Então Pantagruel ficou tão triste, que quis se matar também. Mas Panúrgio lhe disse: — Por Deus, senhor, esperai um pouco, procuraremos entre os mortos, e saberemos toda a verdade.

Assim, quando o procuravam, o encontraram morto e inteiriçado, com a cabeça entre os braços toda ensanguentada. Então Eustenes exclamou: — Ah! Maldita morte, arrebatou-nos o mais perfeito dos homens! — Àquela voz, levantou-se Pantagruel, na maior tristeza que já se viu no mundo. E disse a Panúrgio: — Ah! Meu amigo, o auspício de vossos dois copos e da haste de dardo foi bem falaz! — Mas Panúrgio disse: — Meus filhos, não choreis; ele ainda está bem quente; vou curá-lo e pô-lo tão bom como nunca foi.

Assim falando, pegou a cabeça e a apertou contra a sua braguilha, a fim de que não tomasse vento. Eustenes e Carpalin levaram o corpo para o lugar onde tinham se banqueteado, não com a esperança de que ele jamais se curasse, mas a fim de que Pantagruel o visse. Todavia Panúrgio os confortava, dizendo: — Se eu não o curar, quero perder a cabeça (que é o penhor de um doido). Deixai esses prantos e ajudai-me.

Então, lavou muito bem com vinho branco o pescoço e depois a cabeça e espalhou em cima pó de diamerdis, que trazia sempre em um de seus saquinhos de couro; depois os untou com não sei qual unguento e os ajustou exatamente, veia com veia, nervo com nervo, espondilo com espondilo, a fim de que não ficasse de pescoço torto, pois detestava mortalmente gente assim. O que feito, deu em torno de quinze ou dezesseis pontos com agulha, a fim de que a cabeça não caísse; depois untou em torno com um pouco de um unguento que ele chamava de ressuscitador. De súbito Epistemon começou a respirar, depois abriu os olhos, depois bocejou, depois espirrou, depois deu um peido com todo o gosto. Então disse Panúrgio: — A estas horas ele já está seguramente curado. — E deu-lhe a beber um copo de vinho branco, com um assado açucarado. Dessa maneira, Epistemon se curou, exceto que ficou resfriado durante mais de três semanas, e com uma tosse seca de que não conseguiu curar-se senão bebendo muito. E então começou a falar, dizendo que tinha visto os diabos, conversado familiarmente com Lúcifer e se divertido muito no inferno e nos Campos Elísios. E afirmava na frente de todos que os diabos eram bons sujeitos. A respeito dos danados, disse que estava aborrecido por ter Panúrgio tão cedo lhe feito voltar à vida.

— Pois — disse ele — eu me divertia muito em vê-los. — Como? — disse Pantagruel. — Não são tratados tão mal como pensais — disse Epistemon —, mas o seu estado é mudado de modo bem estranho. Pois vi Alexandre, o Grande que remendava velhos calções e assim ganhava a vida"[230].

Xerxes vende mostarda.
Num pregueiro,
Pisão camponês[232]
Ciro é vaqueiro,
Epaminondas espelheiro,
Demóstenes vinhateiro,
Fábio enfiador de rosários,
Eneias moleiro,

Rômulo é lenhador,
Tarquino implicante[231]
Sila bateleiro,
Temístocles vidreiro,
Bruto e Cássio agrimensores,
Cícero atiça-fogo,
Artaxerxes cordeiro,
Aquiles malcriadão,

---

230. Esta passagem parodia a descrição de Virgílio sobre as atividades dos mortos nos Campos Elísios, presente no *Livro VI* da *Eneida*. (N. do R.)
231. Um jogo de palavras: *tarquin taquin*. (N. do T.)
232. Outro jogo de palavras: *piso paysan*. (N. do T.)

Agamenon lambedor de panelas,   Ulisses ceifeiro,
Nestor vagabundo,   Dario limpador de latrinas,
Anco Márcio calafate,   Camilo tamanqueiro,
Marcelo colhedor de favas,   Druso fanfarrão,
Cipião Africano vende borra de vinho   Asdrubal é lanterneiro,
Anibal caldereiro,   Príamo vende panos velhos
Lancelote do Lago é esfolador de   Cavalos Mortos.

Todos os cavaleiros da mesa redonda são pobres remadores, que fazem a travessia dos rios Cócito, Flegeton, Estige, Aqueronte e Leto, quando os senhores diabos querem passear na água, como fazem os bateleiros de Lião e os gondoleiros de Veneza. Mas para cada passagem só ganham um piparote no nariz e à noite um pedaço de pão duro.

Trajano é pescador de rãs,   Antonino lacaio,
Cômodo tocador de cornamusa,   Pertinax abridor de nozes,
Lúculo cozinheiro de assados,   Justiniano fabricante de brinquedos.
Heitor mau cozinheiro,   Páris um pobre andrajoso,
Aquiles enfeixador de feno,   Cambises arrieiro.

Nestor é um velho, e Ferrabraz seu criado; mas o serve muito mal, fazendo-o comer pão seco e beber vinho azedo, enquanto ele come e bebe do melhor.

Júlio César e Pompeu são janotas,
Valentino e Orson trabalham nas
Estufas do inferno e são massagistas,
Giglano e Gauvano são pobres Porqueiros,
Godofredo do dente grande é Fosforeiro,
Balduino é fabriqueiro,
Nerva bicho de cozinha,
O Papa Júlio vendedor de pastéis, mas não usa mais sua comprida barba.
Jean de Paris é engraxador de sapatos,
Artur da Bretanha limpador de chapéus,
Don Pedro de Castela poetastro,
Morgant carregador de caixão de defunto,
Huon de Bordéus ajustador de tonéis,
Pirro ajudante de cozinha,
Antíoco é limpador de chaminés
Rômulo cerzidor de sapatos,

Otaviano rapador de papéis,
Bonifácio papa terceiro é limpador de panelas,
Nicolau papa terceiro é fabricante de papel,
O Papa Alexandre é apanhador de ratos,
O Papa Xisto tratador de varíola.

— Como — disse Pantagruel — há variólicos lá? — Sem dúvida — disse Epistemon. — Não vi poucos, há mais de cem milhões. Pois saiba que quem teve varíola neste mundo, tem no outro.

— Graças a Deus que estou livre — disse Panúrgio. — Pois estive até no buraco de Gibraltar e passei os limites de Hércules e matei muito mouro.

— Ogier o dinamarquês é fabricante de arreios,
O rei Tigrandes é telhador,
Galieno Restaurado[233] caçador de toupeiras,
Os quatro filhos de Aymon arrancadores de dentes,
Dido vendedora de vinho,
Pentasileia cultiva agriões,
Lucrécia é estalajadeira,
O Papa Calixto é barbeiro,
O Papa Urbano pasteleiro,
Melusina trabalha na cozinha
Matabruna[234] é limpadora de lixívia,
Cleopatra vendedora de cebolas,
Helena criada-grave
Semíramis acompanhante
Hortênsia fiandeira,
Lívia preparadora de cogumelo

Dessa maneira os que foram grandes senhores neste mundo, terão uma vida pobre e trabalhosa lá embaixo. Ao contrário os filósofos, e os que foram indigentes neste mundo, lá serão grandes senhores por sua vez. Vi Diógenes que andava magnificamente, com uma grande túnica de púrpura e um cetro na destra, e ralhava com Alexandre, o Grande quando este não remendava direito os calções, e lhe pagava com grandes bastonadas. Vi Epiteto galantemente vestido à francesa, debaixo de um belo caramanchão, conversando alegremente, bebendo, dançando,

---
233. Personagem de um romance medieval, considerado o restaurador da Cavalaria, desaparecido com a morte dos doze Pares. (N. do T.)
234. Também personagem dos romances de cavalaria. (N. do T.)

divertindo-se à farta com muitas damas, e perto dele muitos escudos de sol. Acima da latada estavam escritos estes versos que lhe serviam de divisa:

Cantar, dançar com alegria,
E beber vinho de escol,
E além disso, todo o dia,
Contar escudos de sol.

Quando me viu, convidou-me cortesmente a beber em sua companhia, e nos fartamos de vinho teologicamente. Então, apareceu Ciro pedindo-lhe um níquel em honra de Mercúrio, para comprar um pouco de cebola para a sua ceia. "Nada, nada, disse Epiteto, não te dou níqueis. Toma um escudo, maroto, sê homem de bem".

Ciro ficou bem satisfeito de ter conseguido tal esmola. Mas os outros tratantes de reis que estão lá embaixo, como Alexandre, Dairo[235] e outros o furtaram durante a noite. Vi Pathelin, tesoureiro de Radamanto, querendo comprar os pastéis que o Papa Júlio vendia, perguntar-lhe quanto custava uma dúzia. "Três *blancs*", disse o papa. Mas Pathelin lhe disse: "Três bordoadas é o que mereces; sai daqui, vilão, sai daqui, vai procurar outros". O pobre papa foi-se embora chorando; quando se viu diante de seu patrão pasteleiro, disse-lhe que tinham lhe tirado os pastéis. Então o seu senhor lhe deu uma chicotada tão forte que a sua pele não serviria para fazer cornamusas.

Vi Mestre Jean le Maire[236], que se fazia de Papa e obrigava todos os pobres reis e Papas deste mundo a lhe beijar os pés, enquanto os abençoava, dizendo:

"Recebei as indulgências, tratantes, recebei; estão baratas; eu vos absolvo de todos os pecados e vos dispenso de valer algo".

E chamou Caillette e Triboulet[237], dizendo: "senhores cardeais, entregai as bulas a cada um, com uma bordoada nos rins".

O que foi feito incontinênti.

Vi mestre François Villon perguntar a Xerxes quanto custava a mostarda "Um *denier*"[238], disse Xerxes. Ao que disse o referido Villon: "Uma febre quartã para ti, vilão. Isso não vale mais que um *pinard*[239], e estás cobrando esse preço?" Então mijou dentro do seu tabuleiro, como fazem os vendedores de mostarda de Paris. Vi o arqueiro de Bagnolet, que era inquisidor dos heréticos. Ele encontrou Perceforest mijando na parede em que estava pintado o fogo de Santo Antônio.

---

235. Diário. (N. do T.)
236. Autor de um tratado sobre os cismas, muito desfavorável aos papas. (N. do T.)
237. Caillette foi um líder da revolta camponesa conhecida como Jacquerie em 1358. Capturado por Carlos, o Mau, foi cruelmente executado ao ser coroado com um tripé de ferro em brasa. Triboulet, por outro lado, foi o famoso bobo da corte do Rei Francisco I da França. (N. do R.)
238. *Denier*, moeda de valor muito pequeno. (N. do T.)
239. Moeda de valor insignificante. (N. do T.)

Declarou-o herético e o teria feito queimar vivo, se não fosse Morgana[240] que, por suas boas-vindas e outros direitos menores, lhe deu nove barris de cerveja.

— Ora — disse Pantagruel —, reserva-nos esses belos relatos para uma outra vez. Dize-nos somente, como lá são tratados os usurários? — Eu os vi — disse Epistemon — ocupados em procurar alfinetes enferrujados e pregos velhos nas sarjetas das ruas, como vedes fazer os mendigos deste mundo. Mas um quintal daquelas quinquilharias não vale um pedacinho de pão; e ainda há a má colheita: assim os pobres esfarrapados às vezes ficam sem comer uma migalha sequer por mais de três semanas, e trabalham noite e dia esperando a próxima feira; mas ativos e malditos como são não conseguem com esse trabalho senão ganhar alguns magros níqueis no fim do ano. — Agora — disse Pantagruel —, tratemos de comer e beber bem, eu vos peço, meus filhos; pois temos de beber bastante todo este mês.

Então abriram muitos garrafões, e a comezaina também não faltou. Mas o pobre rei Anarche é que não se divertia. Então disse Panúrgio: — Que profissão daremos ao senhor rei aqui, para que ele já esteja bem perito na arte quando estiver lá com todos os diabos? — Verdadeiramente — disse Pantagruel —, tens razão; escolhe tu mesmo: eu te cedo a vez. — Grande mercê — disse Panúrgio —, o presente não é mesmo para se recusar.

CAPÍTULO XXXI
DE COMO PANTAGRUEL ENTROU NA CIDADE DOS AMAUROTAS; E DE COMO PANÚRGIO CASOU O REI ANARCHE E O FEZ VENDEDOR DE TEMPERO VERDE.

Depois daquela vitória maravilhosa, Pantagruel mandou Carpalim à cidade dos Amaurotas, dizer e anunciar que o rei Anarche estava prisioneiro e todos os seus inimigos desbaratados. Ouvindo a notícia, saíram e compareceram perante ele todos os habitantes da cidade em boa ordem e em grande pompa triunfal, com um júbilo divino, e o conduziram à cidade, e foram acesas belas fogueiras por toda a cidade, e armadas nas ruas belas mesas redondas, com muitas iguarias. Foi uma renovação dos tempos de Saturno, tão grande e animada foi a alegria que ali reinou.

Mas Pantagruel disse, reunindo todo o senado: — Senhores, enquanto o ferro está quente é que convém bater; igualmente antes de nos divertirmos mais, quero que tomemos de assalto todo o reino dos Dipsodos. Portanto, os que comigo quiserem vir se apresentem amanhã depois de terem bebido; pois então começarei a

---

240. Da variação de seu nome em inglês Morgant, se trata da Fada Morgana. (N. do R.)

marchar. Não que me falte gente suficiente para me ajudar a conquista; pois terei quantos quiser; mas vejo que esta cidade está tão cheia de habitantes que eles mal podem caminhar nas ruas, portanto eu os levarei como uma colônia para Dipsódia, e lhes darei todo o país, que é belo, salubre, fértil e agradável mais que todos os países do mundo, como vários de vós sabem por lá já terem ido outrora. Que cada um de vós que quiser ir se apresente, como eu já disse.

Esse conselho e deliberação foi divulgado na cidade; e no dia seguinte se encontraram na praça diante do palácio um milhão oitocentos e cinquenta e seis mil e onze, fora mulheres e crianças. Assim começaram a marchar diretamente para Dipsódia, em tão boa ordem que pareciam os filhos de Israel quando saíram do Egito, para atravessarem o Mar Vermelho. Mas antes que prossiga essa empresa, quero vos contar como Panúrgio tratou seu prisioneiro o rei Anarche. Lembrou-se do que lhe contara Epistemon, como eram tratados os reis e ricaços deste mundo nos Campos Elísios, e como ganhavam a vida em tarefas vis e sujas.

Portanto, certo dia vestiu o referido rei com um belo gibãozinho de pano mais rasgado que uma touca de albanês e belos calções à marinheira, descalço (pois dizia que os sapatos lhe fariam mal à vista) e um chapeuzinho verde-azulado, com uma grande pena de capão. Estou enganado, aliás: eram duas penas; e mais um cinto verde-azulado e verde, dizendo-lhe que aquela libré lhe convinha bem, pois ele fora perverso[241]. Nesse ponto, levou-o a Pantagruel e perguntou-lhe: — Conheceis este labrego? — Não, de modo algum — disse Pantagruel. — É o senhor rei das três comezainas. Quero fazer dele um homem de bem; esses diabos de reis daqui não passam de vagabundos, que nada sabem fazer, a não ser fazer mal aos seus pobres súditos, e perturbar todo o mundo com a guerra, por seu iníquo e detestável prazer. Quero dar-lhe uma profissão e fazê-lo vendedor de tempero verde. Começa a gritar logo: Quem quer comprar tempero verde? — E o pobre diabo gritou. — Está muito baixo — disse Panúrgio e puxou-lhe a orelha, dizendo: — Canta mais alto, em sol, ré, dó. Assim, diabo, tens boa voz; nunca foste tão feliz, como de não ser mais rei.

E Pantagruel se rejubilava. Pois posso afirmar que não havia homem melhor que ele. Assim Anarche se tornou um bom vendedor de tempero verde. Dois dias depois, Panúrgio o casou com uma velha alcoviteira, e lhe preparou as núpcias com belas cabeças de carneiro, bela carne assada com mostarda e belas tripas com alho, das quais mandou cinco cargas para Pantagruel, que comeu todas, achando-as muito apetitosas, e para beber um bom *piscantine* e um bom *cormé*[242].

---

241. Trocadilho: *pervers*, perverso; *pers*, verde-azulado; *vert*, verde. (N. do T.)
242. *Piscantine* e *cormé*, vinhos de qualidade inferior, feitos, respectivamente, de amoras silvestres e dos frutos de uma espécie de abrunheiro. (N. do T.)

E para os fazer dançar alugou um cego que tocava música com a sua sanfona. Depois do jantar, levou-os ao Palácio e os apresentou a Pantagruel, e lhe disse mostrando a recém-casada: — Esta não tem perigo de peidar. — Por quê? — disse Pantagruel. — Porque — disse Panúrgio — está cortada. — O que estás dizendo? — disse Pantagruel. — Não vedes — disse Panúrgio — que quando se cozinha as castanhas no fogo, se estão inteiras peidam furiosamente; é para evitar que elas peidem que são cortadas. Ora essa velha está bem cortada por baixo, assim não vai peidar.

Pantagruel lhes deu um alojamento junto da rua e um almofariz de pedra para socar o tempero. E os dois ali fizeram o seu lar: e ele foi assim o melhor vendedor de tempero verde que já se viu em Utopia. Mas dizem que sua mulher o espanca muito, e ele não sabe defender-se, tão tolo é.

CAPÍTULO XXXII
DE COMO PANTAGRUEL COM A SUA LÍNGUA COBRIU TODO UM EXÉRCITO, E O QUE O AUTOR VIU DENTRO DA SUA BOCA

Assim que Pantagruel, com toda sua tropa, entrou nas terras dos Dipsodos, todo o mundo ali estava alegre, e incontinênti se rendeu a ele, e por livre e espontânea vontade lhe trouxe os chefes de todas as cidades por onde andou, exceto os Almirodas que quiseram resistir-lhe, e responderam aos seus arautos que não se renderiam sem muito boas condições.

— Que melhores condições querem do que a mão no pote e o copo no punho? — disse Pantagruel. — Vamos pô-los a saque. — Então todos se colocaram em boa ordem, prontos para desfechar o assalto. Mas no caminho, ao passarem por um grande campo, foram apanhados por uma forte pancada de chuva. Pelo que começaram a tremer e se apertarem uns contra os outros. Vendo isso, Pantagruel lhes fez dizer pelos capitães que não era nada, que ele via bem acima das nuvens que seria apenas uma pancada passageira, mas que, em todo o caso, eles se pusessem em ordem; e que ele iria cobri-los. Então todos se puseram em boa ordem e bem cerrados. E Pantagruel estendeu a língua, apenas pela metade, e cobriu todos, como uma galinha faz com os pintos.

Enquanto isso, eu, que vos descrevo tantos casos verdadeiros, me encontrava escondido embaixo de uma folha de bardana, que não eram menores que o arco da ponte de Monstrible; mas quando os vi tão bem cobertos, quis abrigar-me lá também, mas não consegui, tantos eles eram. O melhor que pude fazer então foi passar para cima e caminhei bem duas léguas em sua língua, tanto que entrei em sua boca. Mas ó deuses e deusas, o que vi ali!

Júpiter me confunda com o seu raio tricúspide se estou mentindo. Caminhei como se faz na Sofia da Constantinopla, e avistei grandes rochedos, como os montes da Dinamarca, creio que eram os dentes, e grandes prados, grandes florestas, fortes e grandes cidades, não menores do que Lião ou Poitiers. O primeiro que ali encontrei foi um homem que plantava couves. Então muito espantado perguntei-lhe: — Meu amigo, o que fazes aqui? — Planto couves — disse ele. — E para o quê e como? — disse eu. — Ah, senhor — disse ele —, nem todos podem ter culhões tão pesados como argamassa, e não podemos ser todos ricos. Ganho assim a minha vida, e levo as couves para vender no mercado da cidade que fica ali atrás. — Jesus — disse eu. — Há aqui um novo mundo? — Certamente — disse ele — ele não é novo, mas dizem que fora daqui há uma terra, onde têm sol e lua, e é toda cheia de belas coisas; mas este aqui é mais antigo. — Muito bem, meu amigo — disse eu — como se chama essa cidade aonde levas as tuas couves para vender? — Ela se chama Aspharage[243] — disse ele — e seus habitantes são cristãos, gente de bem, e passam muito bem. — Logo resolvi chegar até lá.

Ora, em meu caminho, encontrei um homem preparando armadilhas para os pombos. Ao qual perguntei: — Meu amigo, de onde vêm esses pombos aqui? — Senhor — disse ele —, vêm do outro mundo. — Pensei então que, quando Pantagruel abria a boca, os pombos em pleno voo entravam por sua garganta adentro, pensando que fosse um pombal.

Depois entrei na cidade, que achei muito bela, muito forte e de bom clima; mas na entrada os porteiros me pediram meu passaporte, pelo que fiquei muito surpreendido e perguntei: — Senhores, há aqui perigo de peste? — Ó Senhor — disseram eles —, aqui perto se morre muito. — Meu Deus — disse eu —, onde? — Ao que me disseram que era em Laringe e Faringe, que são duas grandes cidades tais como Ruão e Nantes, ricas e de bom comércio. E a causa da peste é uma pútrida e infecta exalação que sai dos abismos, devido à qual já morreram mais de um milhão, duzentos e sessenta mil e dezesseis pessoas, em oito dias. Pelo que penso e calculo, deduzo que se trata de um cheiro pútrido que saiu do estômago de Pantagruel, depois que ele comeu tanto alho, como foi dito acima.

Saindo dali, passei entre os rochedos que eram os seus dentes, e tanto fiz que consegui subir em um deles, e lá encontrei os lugares mais belos do mundo, com grandes jogos de pela, belas galerias, belos prados, muitas vinhas e uma infinidade de caramanchões à moda italiana pelos campos cheios de delícia; e lá permaneci durante cerca de quatro meses, e nunca passei tão bem em minha vida. Depois desci pelos dentes de trás para chegar ao lábio inferior, mas ao passar fui roubado por bandidos em uma grande floresta que

---

243. Boca, do grego *spharagos*: gorgolejo. (N. do T.)

fica para o lado das orelhas. Depois encontrei uma pequena vila na descida (esqueci o seu nome), onde passei muito bem e ganhei algum dinheiro. Sabeis como? Dormindo; pois lá se alugam as pessoas para dormir a cinco ou seis soldos por dia; mas os que roncam bem forte ganham bem os seus sete soldos e meio. E contei aos senadores como me tinham despojado no vale, e me disseram que a verdade é que os habitantes de lá eram malfeitores e bandidos por natureza. Pelo que fiquei sabendo que, como temos regiões de além e de aquém montes, eles têm de além e de aquém dentes. Mas do lado de cá o clima é melhor. Ali comecei a pensar que é bem verdade o que se diz, que metade do mundo não sabe como vive a outra metade. Visto que ninguém ainda escreveu sobre aquele país, onde há mais de vinte e cinco reinos habitados, sem desertos e um grande braço de mar; mas escrevi um grande livro intitulado *A História dos Górgias*, assim chamados porque vivem na garganta[244] de meu mestre Pantagruel. Finalmente resolvi voltar e passando pela barba pulei para o seu ombro, e dali deslizei para o chão, e caí diante dele. Quando ele me percebeu, perguntou: — De onde vens, Alcofribas? — Respondi-lhe: — De vossa garganta, senhor. — E há quanto tempo estavas lá? — disse ele — Desde que fostes atacar os Almirodas. — Há mais de seis meses — disse ele. — E do que vivias? O que bebias? — Respondi: — Do mesmo que vós, senhor, e dos pedaços menores que passavam por vossa garganta eu escolhia alguns. — Eu sei — disse ele — mas onde cagavas? — Em vossa garganta, senhor. — Ah, ah! És bem divertido — disse ele. — Com a ajuda de Deus, conquistamos o país dos Dipsodos; eu te dou a castelania de Salmigondin[245]. — Grande mercê, senhor, estais me dando muito mais do que mereço.

CAPÍTULO XXXIII
DE COMO PANTAGRUEL ADOECEU, E DO MODO COMO SE CUROU

Pouco tempo depois, o bom Pantagruel adoeceu e sentia tanta dor no estômago que não podia beber nem comer, e como uma desgraça nunca vem só, veio-lhe uma urina quente que o atormentava mais do que podeis imaginar; mas os médicos o trataram muito bem, e com muitas drogas lenitivas e diuréticas o fizeram mijar o seu mal. A sua urina estava tão quente que ainda não se esfriou desde aquele tempo. Existe na França em diversos lugares, conforme a direção que tomou; e são chamados banhos quentes, como

---

244. *Gorge* em francês. (N. do T.)
245. Por *salmigondis* entendemos confusão, mixórdia. (N. do T.)

Em Coderets,   Em Limons,
Em Dast,   Em Balleruc,
Em Neric,   Em Bourbonnensy, e alhures,
Na Itália,   Em Mons Grot,
Em Appone,   Em San Petro di Padua,
Em Sainte Helene,   Em Casanova,
Em Santo Bartholomeu,   No condado de Boulogne,
Em Porrette, e em mil outros lugares.

E me espanto muito com muitos tolos filósofos e médicos, que perdem tempo discutindo de onde vem o calor das referidas águas, ou se é por causa do bório, do enxofre, do alume ou do salitre que há na fonte: pois nada mais fazem do que conjecturar em vão, e melhor fariam se fossem esfregar o cu no cardo do que discutir sobre uma coisa cuja origem desconhecem. Pois a solução é fácil, e não se pode mais discutir que as referidas águas são quentes porque saíram de uma mijada quente do bom Pantagruel. Ora, para vos dizer como ele se curou de seu mal principal, aqui conto como, para minorativo, ele tomou quatro quintais de escamônea colofoniada, cento e trinta e oito carroças de cássia, onze mil e novecentas libras de ruibarbo, além de outros. Devereis saber que foi decidido pelo conselho dos médicos que se verificasse o que lhe fazia mal ao estômago. Pelo que se fizeram dezessete grandes bolas de cobre, maiores que as que há em Roma na agulha de Virgílio, de tal maneira que foram abertas no meio e fechadas com uma mola. Em cada uma entrou um homem, levando uma lanterna e uma tocha acesa. E assim Pantagruel os engoliu como uma pequena pílula. Em cinco outras entraram três camponeses, cada um com uma panela pendurada no pescoço. Em sete outras entraram sete latagões cada um tendo um cesto pendurado no pescoço. E assim foram engolidos como pílulas. Quando chegaram ao estômago, cada um abriu a sua mola, e todos saíram de suas cabanas, indo à frente o que levava a lanterna, e assim caminharam mais de meia légua em um abismo horrível, mais pútrido e infecto do que Mefitis, do que o pântano de Camarine, mais fedorento do que o lago de Sorbonne[246], sobre o qual escreveu Estrabão. E se não tivessem muito bem preservado o coração, o estômago e o jarro de vinho (que se chama cabeça), teriam sido sufocados e mortos por aqueles vapores abomináveis. Ó que perfume! Ó que vaporização capaz de arrancar a meia máscara das jovens gaulesas! Depois, tateando e desviando, aproximaram-se da matéria fecal e dos humores corrompidos. Finalmente encontraram um

---

246. Sem perder uma oportunidade de achincalhar a Sorbonne, Rabelais confunde Sorbone com Sodoma. (N. do T.)

montão de porcaria, que os sapadores atacaram para derrubá-lo, e os outros, com suas panelas encheram os cestos, e quando tudo ficou limpo, cada um se retirou para a sua esfera.

Isso feito, Pantagruel arrotou e facilmente os pôs para fora, e todos saíram de suas pílulas muito satisfeitos. Lembrei-me de quando os gregos saíram do cavalo de Troia. E por esse meio ele se curou, e voltou à sua primeira convalescença. E daquelas pílulas de bronze, tendes uma em Orleans, na torre da igreja de Santa Cruz.

CAPÍTULO XXXIV
A CONCLUSÃO DO PRESENTE LIVRO, E AS DESCULPAS DO AUTOR

Ora, Senhores, ouvistes o começo da história espantosa de meu mestre e senhor Pantagruel. Aqui termino este primeiro livro; a cabeça me dói um pouco, e sinto que os registros do meu cérebro estão um tanto embrulhados nesta confusão de setembro. Tereis o resto da história na próxima feira de Francfort, e vereis como Panúrgio se casou, e ganhou chifres desde o primeiro mês de suas núpcias; e como Pantagruel encontrou a pedra filosofal, e a maneira de encontrá-la e de usá-la; e como ele atravessou os montes Cáspios, como navegou pelo mar Atlântico, e desbaratou os canibais e conquistou as Ilhas das Pérolas; como desposou a filha do rei da Índia chamada Presthan; como combateu contra os diabos, fez queimar cinco câmaras do inferno, e como quebrou cinco dentes de Lúcifer e um chifre no rabo; e como visitou as regiões da Lua, para saber se na verdade a lua não estava inteira, mas que as mulheres ali têm três quartos na cabeça; e mil outras coisinhas divertidas, todas verdadeiras. É uma boa tarefa. Boa noite, Senhores. *Perdonnate mi*, e não penseis tanto em meus erros quanto pensais bem dos vossos.

Se me disserdes: "Mestre, parece que não fostes muito sábio nos escrevendo essas frioleiras e zombarias divertidas. Eu vos respondo que teríeis mais que ler que simples diversão. Todavia, se por alegre passatempo os lestes, como por passatempo os escrevi, eu e vós somos mais dignos de perdão do que aquele montão de frades vagabundos, de carolas, fingidos, hipócritas, beatos, e outras seitas de gente que se disfarça como mascarados para enganar todo o mundo. Pois dando a entender ao comum do povo que não se ocupam senão com a contemplação e a devoção, em jejuns e maceração da sensualidade, e não na verdade para sustentar e alimentar a pequena fragilidade de sua humanidade, ao contrário passam à tripa forra, Deus sabe qual, *et Curios simulant, sed Bacchanalia vivunt*[247]. Vós

---
247. Fingem ser Cúrios, mas vivem nas bacanais (Juvenal). (N. do T.)

não o podeis ler em grossas letras e iluminuras de seus narizes rubicundos e seus ventres proeminentes senão quando eles se perfumam de enxofre. Quanto ao seu estudo, ele é todo consumido na leitura de livros pantagruélicos: não tanto para passar o tempo alegremente, mas para prejudicar alguém perversamente, a saber articulando, monocorticulando, torticulando, culetando, culhetando e diabolicando, quer dizer, caluniando. No que fazem se parecem com os vagabundos da aldeia, que remexem a merda das crianças, na estação das cerejas e ginjas, para encontrarem caroços e os venderem aos boticários que fazem o óleo de maguelet. Daqueles fugi horrorizados e odiai-os tanto quanto eu os odeio, e ficareis bem por minha fé. E se desejais ser bons pantagruélicos (quer dizer, viver em paz, alegria, saúde, sempre se divertindo) não vos fieis jamais nas pessoas que olham pelo buraco da fechadura.

Fim das Crônicas de Pantagruel, rei dos Dipsodos restituídas ao seu natural, com fatos e proezas prodigiosas; escritas pelo defunto *M. Alcofribas*, extrator da quinta essência.

FIM DO SEGUNDO LIVRO.

LIVRO TERCEIRO

DOS FATOS E DITOS HEROICOS DE PANTAGRUEL

POR
FRANÇOIS RABELAIS

FRANÇOIS RABELAIS
AO ESPÍRITO DA RAINHA DE NAVARRA

Espírito magnífico e abstrato,
Do céu, de onde essa alma se origina,
Deixando aqui teu servo humilde e grato,
Conformando esta vez com nova sina,
Aos editos da vida peregrina,
Sem sentimento e quase em apatia,
Acaso poderás sair um dia
Do teu divino abrigo e teu dossel
E ouvir as aventuras e a alegria
Do livro três do bom Pantagruel?

JEAN FAVRE AO LEITOR

O bom proveito e o límpido prazer
Nem preciso lembrar, leitor amigo,
Que tu terás se este livrinho ler.
Assim minhas palavras não prossigo,
Fique pois o livrinho aí contigo,
E que o leias com muita inteligência,
Que hás de encontrar, é certo, em consequência,
Ao mesmo tempo raciocínio e paz.
E ao lado da preclara sapiência,
Um belo passatempo tu terás.

PRÓLOGO DO AUTOR

Beberrões ilustres e preciosíssimos comilões, não vistes Diógenes o filósofo cínico? Se o vistes, o perdestes de vista, ou então sou inteiramente destituído de inteligência e de sentido lógico. É uma bela coisa ver a claridade do (vinho e escudos) sol. Peço conselho ao cego de nascença tão renomado pelas sacratíssimas Bíblias: o qual tendo opção de pedir tudo o que quisesse, por determinação daquele que é todo-poderoso e de dizer o que era em um determinado momento, nada mais pediu do que ver. Também vós não sois jovem, o que é a qualidade competente para o vinho, podeis, não em vão, mas apenas fisicamente filosofar, e de agora em diante pertencer ao conselho báquico, para examinando opinar sobre a substância, e cor, odor, excelência, eminência, propriedade, faculdade, virtudes, efeito e dignidade do abençoado e desejado vinho. Se não o vistes (como facilmente sou induzido a crer), pelo menos ouvistes falar a seu respeito. Pois pelo ar e por todo este céu o ruído de seu nome até o presente ficou memorável e bastante célebre. Além disso, tendes todos sangue da Frígia[248], ou estou muito enganado. E se não tendes tantos escudos como tinha Midas, e se deles tendes não sei o quê, que bem outrora louvavam os persas em todos os seus Otacustos, e que mais cobiçava o imperador Antonino[249]. Se não ouvistes falar dele[250], quero agora vos narrar uma história, para entrar o vinho, bebei e no assunto escutai pois, devo vos advertir, a fim de não serdes atrapalhados pela candura, que, em seu tempo, ele foi filósofo raro e jovial entre mil. Se tinha algumas imperfeições, também tendes vós, também temos nós. Nada é perfeito, a não ser Deus. O fato é que Alexandre, o grande, conquanto tivesse Aristóteles por preceptor e servidor, o tinha em tal estima, que desejaria, se Alexandre não fosse, ser Diógenes sinopiniano.

Quando Felipe da Macedônia tratou de sitiar e arruinar Corinto, os corintianos, foram advertidos por seus espiões que contra eles marchava um exército aguerrido e numeroso, e não se apavoraram todos, e não se negligenciaram de pôr cuidadosamente, cada um em seu ofício e dever, para resistir ao inimigo e defender a cidade. Uns levaram dos campos para as fortalezas móveis, gado, grãos, vinhos, frutas, vitualhas e munições necessárias. Os outros reparavam muralhas, erguiam bastiões, ajustavam rampas, cavavam fossos, abriam contraminas, montavam defesas, completavam plataformas, esvaziavam casamatas, abriam falsos canais, levantavam cavaleiros, terminavam contra-escarpas, construíam cortinas, faziam guaritas móveis, cortavam parapeitos, suspendiam barbacãs, experimentavam matacães, renovavam grades, cercas e sebes, colocavam sentinelas, expediam patrulhas. Todos estavam alertas, todos se mostravam diligentes. Uns poliam corseletes, envernizavam *hallecrets*[251], limpavam bardas, testeiras, lorigas, brigandinas,

---

248. Alusão jocosa a certos historiadores franceses que atribuíam a fundação da monarquia a Francus, suposto filho de Príamo. (N. do T.)
249. A referência é ao imperador Caracala, que segundo se diz, queria, como, Midas, ter espiões em toda a parte. (N. do T.)
250. Refere-se a Diógenes. (N. do T.)
251. Couraça de ferro batido. (N. do T.)

capacetes, elmos, capelinas, baviires[252], morriões, malhas, braçais, escarcelas, *goussets*, gorjais, coxotes, couraças, *lamines*[253], cotas de malha, escudos, paveses, *caliges*[254], grevas, sapatas, esporas. Outros aprestavam arcos, fundas, bestas, projeteis, catapultas, granadas, panelas com brasas, círculos e lanças de fogo, balistas, escorpiões e outras máquinas bélicas, defensivas e ofensivas. Amolando foices, chuços, *rancons*[255], alabardas, *hanicroches*[256], lanças, azagaias, garfos, partazanas, venábulos, maças, machados, achas, dardos. Afiavam cimitarras, *bade-laires*[257], espadas, *verduns*[258], estoques, *virolets*[259], adagas, *mandosianes*[260], punhais, facas, flechas. Todos se exercitavam com os seus punhais e chivarotes: as mulheres por mais recatadas e mais velhas que fossem não deixavam de vestir as armaduras: como sabeis, as antigas corintianas eram corajosas no combate.

Diógenes, vendo-os entregues a tão fervente azáfama, e não estando os ma-gistrados empregados em fazer coisa alguma, contemplou por alguns dias a sua atitude, sem nada dizer; depois, como que tomado de espírito marcial, cingiu a sua pá a tiracolo, arregaçou as mangas até os cotovelos, ajeitou a roupa como um colhedor de maçãs, entregou a um velho companheiro o seu alforge, os seus livros e opistógrafos, saiu da cidade, dirigindo-se ao Crânio, que é uma colina e promontório perto de Corinto, uma bela esplanada, ali fez rolar o tonel[261] que por casa lhe valia contra as injúrias do tempo, e, com grande veemência de espírito, abrindo os braços, o empurrava, virava, sacudia, fazia dançar, pular, espinotear, revirava, emborcava, levantava, abaixava; fê-lo descer morro abaixo, precipitando-se do Crânio, depois fê-lo subir morro acima, como Sísifo com a sua pedra; tanto que pouco faltou para que fraquejasse. Vendo isso, um de seus amigos perguntou-lhe qual a causa de mover assim seu corpo, seu espírito e seu tonel e assim se atormentar. Ao que respondeu o filósofo que, não sendo empregado pela república em outro ofício, daquela maneira movia o seu tonel, para que, entre um povo tão fervorosamente ocupado, ele não fosse visto como único parado e ocioso.

Eu, igualmente, ainda que fora do esforço, não estou todavia fora da emoção; de mim vendo nada ter feito digno de obra, e considerando que em todo este nobre reino, aquém e além montes, cada um tem que dedicadamente servir e trabalhar, parte na fortificação de sua pátria, e em sua defesa; parte em repelir os inimigos, e ofendê-los; tudo em polícia tão bela, em ordem tão mirífica e proveitosa para o futuro (pois de agora em diante será a França soberbamente protegida, terão os franceses assegurado o repouso), pouca coisa me retém de compartilhar a opinião do bom Heráclito, afirmando ser a guerra o pai de

---

252. Parte da armadura que ficava acima da boca. (N. do T.)
253. Couraça formada de pequenas lâminas de aço. (N. do T.)
254. Do latim *caliga*, sapatos militares. (N. do T.)
255. Arma com ganchos recurvados; do italiano *rampicone*, gancho. (N. do T.)
256. Arma cujo ferro era recurvado em forma de gancho. (N. do T.)
257. Arma curta e recurvada. (N. do T.)
258. Espada longa, de lâmina estreita, fabricada na cidade de Verdun. (N. do T.)
259. Espécie de bengala com um dardo. (N. do T.)
260. Espécie de espada espanhola. (N. do T.)
261. No original, um adjetivo qualifica a palavra *tonneau* (tonel), *fictile*, mas não se sabe exatamente qual o seu significado no caso. (N. do T.)

todos os bens, e creio que a guerra seja chamada bela em latim[262] não por perífrase, como cuidam certos explicadores de velhas sucatas latinas, porque na guerra nada de beleza se via, mas absoluta e simplesmente pela razão de que na guerra aparece toda a espécie de bom e de belo e se revela toda a espécie de mal e feiúra. Sendo assim, o rei sábio e pacífico Salomão não pôde melhor descrever a perfeição indizível da sapiência divina, que a comparando à disposição de um exército em acampamento bem equipado e ordenado. Então, por não ter sido incluído em parte ofensiva pelos nossos, que me estimaram por demais imbecil e impotente; e na parte defensiva não ter sido de modo algum empregado, fosse carregando cestos, tapando lamaçais ou quebrando torrões de terra[263] (tudo me é indiferente): considero vergonha mais que medíocre ser visto como espectador ocioso de tantos valentes, diligentes e cavalheirescos personagens, quem diante do espetáculo de toda a Europa, representa essa insígne fábula e trágica comédia; não me esforçar e não aplicar o pouco que me restava. Pois pouca glória me parece acrescer àqueles que somente empregam os seus olhos, poupando as suas forças, ocultando os seus escudos, escondendo o seu dinheiro, coçando a cabeça com um dedo como ociosos enfastiados, bocejando como vitelos, mexendo as orelhas como os asnos da Arcádia ouvindo o canto dos músicos, e, por gestos em silêncio, significando que aceitam a prosopopeia.

Levado a essa escolha e eleição, pensei não fazer exercício inútil e importuno, se empurrasse o meu tonel diogênico, única coisa que me restou do naufrágio feito pelo passado no farol do Mau-Encontro. Que farei, na vossa opinião, com essa movimentação do tonel? Pela Virgem que levanta os braços[264] que não sei ainda. Esperarei um pouco até que eu beba um tanto desta garrafa; é o meu verdadeiro e único Hélicon; é minha fonte cabalina; é o meu único entusiasmo. Aqui bebendo, delibero, discurso, resolvo e concluo. Depois do epílogo, eu rio, escrevo, componho, bebo. Ênio bebendo escrevia, escrevendo bebia. Ésquilo (se Plutarco merece fé, in *Symposiacis*, bebia compondo, bebendo compunha; Homero jamais escreveu em jejum; Catão jamais escreveu senão depois de beber: a fim de que não me digam para viver sem o exemplo dos bem louvados e melhor avaliados. Deus, o bom Deus Sabaoth, quer dizer dos exércitos, seja eternamente louvado. Se beberdes um pouco, não vejo inconveniente algum, contanto que não deixeis de louvar a Deus.

Assim, pois desde que tal é a minha sorte e o meu destino (pois todos não são obrigados a entrar e morar em Corinto), minha deliberação é de servir a uns e a outros, contanto que não fique ocioso e inútil. Para os forrageiros, sapadores e construtores de fortificações, farei o que fizeram Netuno e Apolo em Troia sob Laomedonte, o que fez Renauld de Montaulban em seus últimos dias: ajudarei os pedreiros, trabalharei fazendo argamassa, e terminada a refeição, ao som de minha gaita de foles, acompanharei a vagabundagem do vagabundos. Para com os guerreiros, vou de novo rolar o meu tonel: do que dele contiver (o que pelos dois prece-

---

262. *Bellum.* (N. do T.)
263. Jogo de palavras: *portant hotte, cachant crotte, ou cassant motte.* (N. do T.)
264. Parece que se trata da *madonna scoperta* dos italianos, representada atravessando um regato de braços erguidos. (N. do T.)

dentes volumes, se pela impostura dos impressores não tivessem sido pervertidos e confundidos, o teríeis conhecido) tirar do oco dos nossos passatempos um galante terço e consequentemente um alegre quarto de sentenças pantagruélicas. Por mim ser-vos-á lícito chamá-las de diogênicas. E ter-me-ão (pois por companheiro não pode ser) por arquitriclino leal, refazendo, na medida do meu fraco poder, seu regresso das sortidas; e louvador, eu digo infatigável, de suas proezas e gloriosos feitos de armas. Não faltarei a isso por *lapathum acutum*[265] de Deus, se março não cair na quaresma; mas o preguiçoso que se cuide.

Lembro-me todavia de ter lido que Ptolomeu, filho de Lago, entre outras presas e despojos de suas conquistas, apresentou aos egípcios em pleno teatro um camelo bactriano inteiramente negro e um escravo matizado, de tal modo que o seu corpo de uma parte era negra, a outra branca (não em compartimento de latitude pelo diafragma, como foi o caso daquela mulher consagrada à Vênus Índica, a qual foi conhecida pelo filósofo Tianeu[266] entre o rio Hidaspes e o Monte Cáucaso), mas em dimensão perpendicular (coisa não ainda vista no Egito), e esperava pela oferta de tais novidades que aumentasse o amor do povo por ele. O quê aconteceu então? À apresentação do camelo, todos ficaram assustados e indignados; à vista do homem matizado, alguns zombaram, outros o abominaram como monstro infame criado por erro da natureza. Em suma, a esperança que ele tinha de agradar os seus egípcios, e por esse meio ampliar a afeição que eles lhe tinham naturalmente, lhe escapou das mãos; entendeu mais que o prazer e o deleite vêm de coisas belas, elegantes e perfeitas do que ridículas e monstruosas.

Depois desprezou tanto o escravo como o camelo; tão bem que, pouco depois, por negligência e falta de tratamento comum, ambos trocaram a vida pela morte. Esse exemplo me faz variar entre a esperança e o temor, duvidando que, por contentamento meditado, eu encontre o que aborreço, meu tesouro seja carvões, em vez de Vênus venha o cão Barbet[267]: em lugar de servir eu importune; em vez de alegar, eu ofenda; em lugar de agradar eu desagrade, e seja a minha aventura tal como a do galo de Euclion tão celebrado por Plauto em sua Panela[268] e por Ausônio em seu Grifo, e alhures, o qual, por ter descoberto um tesouro ciscando a terra, teve a garganta cortada. Acontecendo o caso, não seria para se sapatear? Aconteceu outrora; poderia acontecer de novo. Reconheço em todos eles uma forma específica e propriedade individual, a qual os nossos maiores chamavam de pantagruelismo: mediante a qual jamais em mau sentido se tomará qualquer coisa. Eles sabiam fazer surgir a boa, franca e leal coragem. Eu os vi ordinariamente bem-dispostos a receber o pagamento, e nisso concordar, quando debilidade de potência a tal se associava.

Expedido esse ponto, ao meu tonel regresso. Sus a esse vinho, companheiros. Meus filhos, bebei à farta. Se bom não vos parece, deixai-o. Não sou desses importunos *lifrelofres*

---

265. Nome latino de uma planta chamada *patience* (paciência) em francês. (N. do T.)
266. Apolônio de Tiana. (N. do T.)
267. No jogo dos ossinhos, o melhor jogo se chamava Vênus, e o pior, cão. (N. do T.)
268. A comédia *Aulularia* de Plauto (de *aulula, panelinha*). (N. do T.)

GARGÂNTUA & PANTAGRUEL

que por força, por ultraje e violência obrigam os *lans*[269] e companheiros a beber, mesmo excessivamente e até à embriaguez, o que é pior. Todo beberrão de bem, todo comilão de bem, que vem ao meu tonel, não bebem se não quiserem; se querem, e o vinho está a gosto da senhoria de suas senhorias, que bebam livremente, ousadamente, sem nada pagar e nada poupar. Tal é o meu decreto. E medo não tenhais que falte o vinho, como aconteceu nas bodas de Caná, na Galileia. Ora tirai-o pela torneira, ora tirai-o pelo batoque. Assim o tonel ficará inesgotável. Tem fonte viva e veia perpétua. Tal era a bebida contida na taça de Tântalo, representada por figuras entre os sábios brâmanes; tal era na Ibéria a montanha de sal, tão celebrada por Catão; tal era o ramo de ouro sagrado, tão celebrado por Virgílio[270]. É uma verdadeira cornucópia da alegria e da zombaria. Se algumas vezes vos parecer esgotada até as fezes, todavia não estará a seco. Boa esperança jaz no seu fundo, como na garrafa de Pandora; não desespero como no tonel das Danaides. Notai bem o que digo, e qual a qualidade de gente que convido. Pois, a fim de que a pessoa não seja enganada, a exemplo de Lucílio, o qual protestava não escrever senão para os seus tarantinos e consentinos, eu não o faço senão para vós, beberrões da primeira *cuvée*[271] e comilões eméritos. As pessoas dorófogas[272], lunáticas guardam consigo muitas paixões e carregam sacos bastantes para a caçada; que façam bom proveito: não está aqui a sua caça. Dos cérebros complicados, à cata de correções, não me faleis, eu vos suplico, em nome e reverência das quatro nádegas que vos engendraram e da vivificante cavilha que as uniu. Dos carolas ainda menos; que todos sejam espezinhados, que todos apanhem varíola, que todos se cubram de feridas, que se revistam de uma alteração inextinguível e de uma fome insaciável. Por quê? Porque não pertencem ao bem e sim ao mal, desse mal do qual diariamente rogamos a Deus que nos livre, conquanto se finjam às vezes de pobres coitados. Macaco velho jamais faz cara bonita. Para trás, mastins, fora daqui; fora de meu sol, canalha, vai para o diabo! Vindes aqui, vagabundos, estragar meu vinho e mijar no meu tonel? Vede aqui o bastão que Diógenes por testamento determinou que fosse colocado perto dele depois da morte, para escorraçar e destroçar as larvas bustuárias e mastins cerbéricos. Para trás, portanto, carolas! Às ovelhas, mastins! Fora daqui, hipócritas, da parte do diabo! Ainda estais aí? Renuncio a minha parte no papado se vos apanho. G22, g 222, g 222222[273]. Fora, fora! Irão eles? Jamais podemos nos livrar deles sem chicotadas bem aplicadas! Jamais podemos escorraçá-los senão com muita bordoada!

(O autor suplica aos leitores benévolos que se reservem para rir no capítulo LXXX-VIII)

---

269. *Lifrelofre*, alemão ou suíço no francês quinhentista. *lan* por *Landsmann*, camarada, companheiro, em alemão. (N. do T.)
270. *Eneida*, L. VI, versos 136 e seguintes. (N. do T.)
271. *Cuvée*: porção de uvas contida em uma tina ou absorção copiosa de vinho. (N. do T.)
272. No original *dorophages*, que vive de presentes; *dôron*, presente, *phagos*, eu como. (N. do T.)
273. *G deux deux* (gê dois dois) etc., para imitar a maneira usada para espantar cachorros: *je de de, je de de de*, etc. (N. do T.)

CAPÍTULO I
DE COMO PANTAGRUEL LEVOU UMA COLÔNIA DE UTOPINIANOS PARA DIPSÓDIA

Pantagruel, depois de ter conquistado inteiramente o país de Dipsódia, para lá transportou uma colônia de utopinianos, em número de 9.876.543.210, sem contar as mulheres e crianças, artistas de todos os ofícios e professores de todas as ciências liberais, para povoarem e ornarem o referido país, de outro modo pouco habitado, e deserto em grande parte. E os transportou, não tanto pela excessiva multidão de homens e mulheres que havia em Utopia se multiplicado como gafanhotos (vós entendeis bastante, não preciso mais para mostrar que os utopinianos tinham os órgãos genitais tão fecundos e as utopinianas possuíam matrizes tão amplas, ávidas, tenazes e construídas com boa arquitetura, que no fim de cada nove meses, sete filhos pelo menos, tanto machos como fêmeas, nasciam de cada casamento, à imitação do povo judaico no Egito, se De Lyra[274] não delira); não tanto também pela fertilidade do solo, salubridade do ar e comodidade do país de Dipsódia, como para o manter em ordem e obediência, pelo novo transporte de seus antigos e leais súditos. Os quais, desde tempos imemoriais, outro senhor não tinham conhecido, reconhecido, confessado e servido senão ele; e os quais, desde que nasceram e entraram no mundo, com o leite de suas mães nutrizes tinham igualmente sugado a doçura e alegria do seu reino, e nela se nutriam e confiavam: pelo que era certo que antes se desfariam da vida corporal que daquela primeira e única sujeição naturalmente devida ao seu príncipe, em qualquer lugar aonde fossem transpor tados e espalhados. E não somente tais seriam eles e os filhos sucessivamente nascidos do seu sangue, mas também com aquela lealdade e obediência manteriam as nações de novo juntadas ao império. O que verdadeiramente ocorreu, e de modo algum se frustrou a sua deliberação. Pois se os utopinianos, antes daquela remoção, tinham sido leais e bem reconhecidos, os dipsômanos, depois de com eles conviverem poucos dias, se mostravam ainda mais, por não sei que fervor natural que ocorre em todos os humanos no começo de todas as obras que os agrada. Somente, lamentavam invocando céus e inteligências superiores, que antes não tivessem conhecido o renome do bom Pantagruel.

Notai pois aqui, beberrões, que a maneira de manter e conservar um país recém--conquistado não é (como tem sido a opinião errônea de certos espíritos tirânicos para seu dano e vergonha) pilhar, forçar, perseguir, arruinar e governar com mão de ferro os povos, em resumo, comendo e devorando o povo, à feição do rei iníquo que Homero chama de Demoboron, quer dizer, devorador do povo. Não vos lembrarei a esse propósito as histórias antigas, somente vos farei recordar o que viram vossos pais, e vós mesmos, se demasiadamente jovens ainda é-reis... Como criança recém-

---

274. Judeu convertido ao catolicismo que se tornou monge, e, em seus comentários da Bíblia, introduziu as concepções dos rabinos. (N. do T.)

-nascida, é preciso apoiá-los, protegê-los, defendê-los de todos os prejuízos, injúrias e calamidades. Como uma pessoa que vem de prolongada e grave enfermidade, e chega à convalescença tem de ser cuidada, bem tratada, restaurada: de sorte que adquiram a opinião de que não há no mundo rei ou príncipe que menos queiram como inimigo e mais desejam como amigo. Assim Osíris, o grande rei dos egípcios, toda a terra conquistou, não tanto pela força das armas, como pelo alívio dos desvalidos, por ensinamentos da virtude de bem viver, leis justas, benevolência e benefícios. Portanto foi ele no mundo chamado o grande rei Euergetes (quer dizer o benfeitor), por ordem de Júpiter a uma certa Pamila. De fato, Hesíodo, em sua Hierarquia, coloca os bons demônios, chamados se quereis anjos, como intermediários e mediadores entre os deuses e os homens: superiores aos homens, inferiores aos deuses. E porque por suas mãos nos chegam as riquezas e bens do céu, e são continuamente benevolentes para conosco, sempre do mal nos preservando, se diz ser esse o ofício dos reis: o bem sempre fazer, jamais o mal, é unicamente o ato real.

Assim foi o imperador do universo Alexandre macedônio. Assim foi por Hércules todo o Continente possuído, livrando os humanos dos monstros, opressões, malversações e tiranias, de boa maneira os governando, com equidade e justiça os sustentando, com boa polícia e leis convenientes ao bem do país os protegendo, suprindo o que lhes faltava, barateando o que sobrava e perdoando todo o passado, com olvido sempiterno de todas as ofensas precedentes: como foi a anistia dos atenienses, quando por proeza e indústria de Trasíbulo os tiranos foram exterminados; depois em Roma, exposta por Cícero, e renovada sob o imperador Aureliano. Esses são os filtros, *iyngues* e atrativos do amor, mediante os quais pacificamente se retém o que penosamente foi conquistado. E melhor não pode o conquistador reinar, seja rei, seja príncipe ou filósofo do que fazendo justiça às virtudes. Sua virtude se faz sentir na vitória e conquista. Sua justiça aparecerá, pela vontade e boa afeição do povo, promulgando leis, publicando editos, estabelecendo religiões, assegurando o direito de cada um, como de Otaviano Augusto disse o nobre poeta Maro (Georg.IV, 561)[275]:

> Vitorioso é, por seu querer,
> Faz do vencido, entanto, a lei valer

Eis porque Homero, em sua Ilíada, chama os bons reis e príncipes *Kosmêtoras laôn*, quer dizer ornadores do povo. Tal era a consideração de Numa Pompílio, segundo rei dos romanos, justo, político e filósofo, quando ordenou ao deus Término o dia de sua festa, que se chamava Terminais, nada sacrificar que tivesse de ser morto: ensinando-nos que os términos fronteiros

---

275. *Cesar.../vitorque volentes/Per populos dat jura...* (N. do T.)

e anexos do reino convém em paz, amizade e tranquilidade guardar e reger, sem suas mãos sujar de sangue e de pilhagem.

Quem de outro modo fizer, não somente perderá o adquirido, mas também sofrerá escândalo e opóbrio, estimando-se que pelo erro e pelo mal adquiriu: em consequência o adquirido entre suas mãos expirou. Pois as coisas mal adquiridas mal perecem. E ore para que tenha em toda a sua vida pacífica satisfação; se todavia o adquirido perece em seus herdeiros, igual será o escândalo sobre o defunto, e sua memória será maldita como de conquistador iníquo. Pois dizeis em conhecido provérbio: Das coisas mal adquiridas, o terceiro herdeiro não gozará.

Notai também, refinados bebedores, como por esse meio Pantagruel fez de um anjo dois, que é acidente oposto ao conselho de Carlos Magno, o qual fez de um diabo dois, quando levou os saxões para Flandres e os flamengos para a Saxônia. Pois não podendo em sujeição conter os saxões por ele ajuntados ao Império, sem que a todo o momento entrassem em rebelião se por acaso estava distraído na Espanha ou em outras terras longínquas, os transportou para país seu e naturalmente obediente, a saber a Flandres, e os *Hannuiers*[276] e flamengos, seus súditos naturais, transportou para a Saxônia, não duvidando de sua lealdade, ainda que transmigrados para regiões estranhas. Mas aconteceu que os saxões continuaram sua primeira rebelião e obstinação, e os flamengos habitantes da saxônia adquiriram os hábitos e costumes dos saxões.

CAPÍTULO II
DE COMO PANÚRGIO FOI FEITO CASTELÃO DE SALMIGONDIN EM DIPSÓDIA E GASTOU OS SEUS RENDIMENTOS

Dando Pantagruel ordem ao governo de toda a Dipsódia, doou a Panúrgio a castelania de Salmigondin, valendo para cada ano 6.789.106.789 reais[277] em dinheiro certo, não compreendida a renda de besouros e caçarolas, montando aproximadamente de 2.435.768 a 2.435.769 carneiros de muita lã. Algumas vezes chegava a 1.234.554.321 *seraphs*, quando era um bom ano para a procura de caçarolas e besouros; mas isso não acontecia todos os anos. E se governou e prudentemente o senhor novo castelão, que em menos de quatorze dias dilapidou a renda certa e incerta de sua castelania por três anos. Não propriamente dilapidou, como poderíeis supor, em fundações de mosteiros, elevações de templos, construções de colégios e hospitais, ou esbanjando. Mas gastou-a em mil pequenos banquetes e festins alegres, abertos a todos os passantes, do mesmo modo a todos os folgazões, mulheres jovens e cortesãs; derrubando

---
276. Habitantes de Hainault, antiga região do Império Carolíngio, que tirava o seu nome do Rio Haine, que a banhava. (N. do T.)
277. *Royaulx*, moeda do tempo de Felipe, o Belo. (N. do T.)

bosques, queimando grandes troncos para vender as cinzas, tomando dinheiro emprestado, comprando caro, vendendo barato e gastando antes de receber. Pantagruel, advertido do caso, não se mostrou de modo algum indignado, irritado ou aborrecido.

Eu já vos disse e ainda torno a dizer que melhor homenzinho ou homenzarrão que ele jamais cingiu a espada. Encarava todas as coisas pelo lado bom, interpretava favoravelmente todos os atos. Jamais se atormentava, jamais se escandalizava. Em verdade sairia do deífico castelo da razão se de outro modo ficasse contristado ou alterado. Pois todos os bens que o céu cobre e que a terra contém em todas as suas dimensões, altura, profundidade, longitude e latitude não são dignos de abalar as nossas afeições e perturbar os nossos sentidos e espírito. Apenas chamou Panúrgio à parte e docemente o admoestou que, se assim quisesse viver, e não se comportasse de outro modo, impossível seria, ou pelo menos muito difícil, jamais torná-lo rico. — Rico? — respondeu Panúrgio. — É esse o vosso pensamento? Cuidais me fazer rico neste mundo? Pensai em viver alegre, de bem com Deus e com os homens. Outro cuidado, outra preocupação não seja acolhido no sacrossanto domicílio de vosso celeste cérebro. A serenidade daquele não seja perturbada por pensamento passamanado de tristeza ou descontentamento. Se viverdes alegre, jovial, tranquilo, serei mais do que rico. Todo o mundo grita menagem, menagem, sem saber o que é.

É de mim que convém tomar conselho. E de mim agora recebei a advertência que o que se me imputa de vício foi imitação da universidade e do parlamento de Paris: lugares em que consiste a verdadeira fonte e ideia viva da panteologia, de toda a justiça também. Herético quem duvida deles e firmemente neles não crê. Eles todavia em um dia devoram o seu bispo, ou a renda do bispado (tudo é a mesma coisa) por um ano inteiro, ou mesmo por dois algumas vezes. É no dia em que ele ali faz a sua entrada. E não há lugar para desculpa, se não quiser ser lapidado no mesmo instante. Também tem havido ato das quatro virtudes principais:

Da prudência, tomando o dinheiro adiantado. Pois não se sabe quem morde nem quem escoiceia. Quem sabe se o mundo ainda vai durar três anos? E mesmo se ele dure até mais, há homem tão louco que prometa viver três anos?

> Que homem protegem os deuses tão de perto
> Que estar vivo amanhã tenha por certo?[278]

Da justiça comutativa, comprando caro (eu digo a crédito), vendendo barato (eu digo à vista). Que diz Catão, em seus preceitos sobre economia doméstica, a esse respeito? É preciso, diz ele, que o chefe de família seja vendedor perpétuo. Por esse meio é impossível que enfim rico não se torne se sempre dura o celeiro.

Distributiva, dando de comer aos bons (notai: bons) e gentis companheiros, os quais a Fortuna lançou como Ulisses no rochedo do bom apetite, sem provisões

---

278. Sêneca, *Thyeste*. (N. do T.)

de boca; e às boas (notai: boas) e jovens galesas (notai: jovens). Pois, segundo a sentença de Hipócrates, a juventude se mostra impaciente com a fome, mormente se é vivaz, alegre, brusca, movediça, volúvel, jovial. As quais voluntariamente e de boa vontade dão prazer às pessoas de bem; e são platônicas e ciceronianas, até o ponto de se reputarem ter nascido no mundo não por si somente, mas que as suas próprias pessoas devem parte à sua pátria, parte aos seus amigos.

Da Força, abatendo as grandes árvores como um segundo Milão, arruinando as obscuras florestas, covis de lobos, de javalis, de raposas, receptáculos de bandidos e assassinos, antros de homicidas, oficinas de moedeiros falsos, refúgios de heréticos; e as dispondo em claras charnecas e belos prados, tocando oboés e gaitas de fole, e preparando os lugares para a noite do juízo final.

Da Temperança, comendo meu trigo em grão[279] como um eremita, vivendo de saladas e raízes, emancipando-me dos apetites sensuais, e poupando para os estropiados e sofredores. Pois, assim fazendo, poupo os ceifeiros que ganham dinheiro, os colhedores que bebem muito e sem água, os debulhadores que não deixam alho, cebola nem chalota nas hortas, pela autoridade de Testília virgiliana[280], os moleiros que são ordinariamente ladrões, e os padeiros que não valem mais que eles. É pouca a poupança? Sem falar na calamidade dos arganazes, na quebra nos celeiros e na praga dos gorgulhos e lagartas.

Com o trigo ainda em grão[32] faz-se uma bela salada verde, de leve concocção, de fácil digestão, a qual nos areja o cérebro, estimula os espíritos animais, alegra a vista, abre o apetite, deleita o gosto, satisfaz o coração, mexe com a língua, torna a cútis mais clara, fortifica os músculos, tempera o sangue, afrouxa o diafragma, refresca o fígado, desopila o baço, abranda os rins, desentorpece os espondilos, esvazia os ureteres, dilata os vasos espermáticos, abrevia o cremaster, expurga a bexiga, infla os órgãos genitais, corrige o prepúcio, incrusta a glande, retifica o membro; faz-nos ter bom ventre, arrotar bem, bem peidar, cagar, urinar, espirrar, soluçar, tossir, cuspir, escarrar, vomitar, bocejar, assoar-se, cheirar, inspirar, respirar, roncar, suar, e mil outras raras vantagens.

— Entendo bem — disse Pantagruel. — Quereis dizer que pessoas de pouco espírito não saberão muito em breve passar o tempo. Não sois o primeiro a conceber essa heresia. Nero a sustentava, e entre todos os humanos admirava C. Calígola seu tio, o qual em poucos dias, por invenção mirífica, gastou todos os bens e patrimônio que Tibério lhe deixara.

Mas, em lugar de observar as leis cenárias[281] e suntuárias dos romanos, a Órquia, a Fânia, a Dídia, a Licínia, a Cornélia, a Lapídia, a Ância, e os corintianos, pelos quais era rigorosamente a cada um proibido gastar mais do que permitia o

---

279. Trocadilho: *manger son blé en herbe* (comer seu trigo no começo, ou no grão) significa "gastar antecipadamente", "gastar antes de receber". (N. do T.)
280. Testilia, na Écloga II de Virgílio, prepara a comida dos ceifeiros com alho, serpilho, etc. (N. do T.)
281. Leis cenárias: leis que coibiam a suntuosidade nos banquetes. (N. do T.)

seu rendimento anual, fizestes Protérvia[282], que era entre os romanos, sacrifício semelhante ao anho pascal dos judeus: convém comer tudo que seja comestível, atirar o resto ao fogo, nada guardar para o dia seguinte. Posso de vós dizer justamente, como disse Catão de Albídio, o qual havia por excessiva despesa comido tudo o que possuía: restando-lhe somente uma casa, pôs-lhe fogo, para dizer, *Consummatum est*, assim como depois disse São Tomás de Aquino, quando comeu toda a lampreia[283]. Isso não força.

CAPÍTULO III
DE COMO PANÚRGIO LOUVA OS DEVEDORES E OS QUE PEDEM EMPRESTADO

— Mas — pergunta Pantagruel — quando estareis livre das dívidas? — Nas calendas gregas — respondeu Panúrgio —, quando todo mundo estiver contente, e for herdeiro de si mesmo. Deus me livre estar sem dívidas, como se eu não fosse confiável. Quem não deixa o fermento de noite, de manhã não pode fazer o pão. Deveis sempre a alguém? Por esse será constantemente rogado a Deus que vos dê uma longa, boa e feliz vida, temendo perder a sua dívida; sempre falará bem de vós em qualquer companhia, sempre vos arranjará novos credores, a fim de que tomando emprestado deles possais pagar o que lhe deveis, e com a terra de outro encha o seu fosso. Quando outrora na Gália, por instituição dos druidas, os servos, criados e servidores eram todos queimados vivos nos funerais e exéquias de seus senhores, não tinham eles medo que seus amos e senhores morressem? Pois juntos forçoso lhes era morrer. Não rogavam eles continuamente ao seu grande deus Mercúrio, com Di[284], pai do dinheiro, longamente em saúde os conservar? Não se mostravam cuidadosos em bem tratá-lo e servi-lo? Pois juntos poderiam viver, pelo menos até a morte. Podeis crer que com a mais fervente devoção os vossos credores rogarão a Deus para que vos conserve a vida e vos livre da morte, tanto mais amam a manga que o braço e o dinheiro que a vida. Testemunham os usuários de Landerrousse, que há pouco tempo se enforcaram vendo o trigo e o vinho baixar de preço e o bom tempo voltar.

Nada replicando Pantagruel, Panúrgio continuou: — Censurais as minhas dívidas e os meus credores. Por Deus somente nessa qualidade é que me reputo augusto, reverendo e temível, que acima da opinião de todos os filósofos (que dizem que do nada nada se faz) de nada dispondo, nem de matéria-prima, sou fator e criador.

---

282. Sacrificium propter viam, sacrifício antes de pôr-se a caminho, antes de iniciar-se uma viagem. (N. do T.)
283. Convidado para jantar com Luís IX, Tomás de Aquino, esquecendo-se onde se encontrava, distraiu-se e comeu uma lampreia destinada ao rei. Ao terminar, exclamou: *Consummatum est*, palavras de Jesus Cristo na cruz, segundo o quarto Evangelho. (N. do T.)
284. Plutão, deus das riquezas subterrâneas. (N. do T.)

Criei o quê? muitos belos e bons credores. Os credores são (eu os mantenho até o fogo exclusivamente) criaturas belas e boas. Quem nada empresta é criatura feia e má, criatura do grande vilão diabo do inferno. E o que faz? Débitos. Ó coisa rara e antiquária! Débitos, digo eu, excedendo o número de sílabas resultantes da combinação de todas as consoantes com todas as vogais, outrora projetado e contado pelo nobre Xenócrates. Pelo número dos credores se estimais a perfeição dos devedores, não errareis na aritmética prática. Cuidais que me sinto contente quando, em todas as manhãs, em torno de mim, vejo os credores tão humildes, serviçais e copiosos em reverências? E quando noto que a um deles mostrando a fisionomia mais aberta e cara melhor do que aos outros, o tratante pensa ser despachado primeiro, pensa ser o primeiro a ser pago, e por meu riso conta que seja em dinheiro de contado. Apraz-me ainda representar o deus da paixão de Saumur[285], acompanhado de seus anjos e querubins. São meus candidatos, meus parasitas, meus lisonjeadores, meus cumprimenteiros, meus oradores perpétuos. E penso verdadeiramente que as dívidas constituem a montanha de virtudes heroicas, descrita por Hesíodo, na qual tenho o primeiro grau de minha licença, à qual todos os humanos parecem aspirar (mas poucos a galgam devido à dificuldade do caminho), vendo-se hoje todo o mundo mostrar o fervente e estridente apetite de fazer dívidas e novos credores. Todavia, não é devedor quem quer; não faz credores quem quer. E vós quereis me privar dessa felicidade sublime; perguntais-me quando ficarei livre das dívidas! Bofé, dar-me-ei a São Babolin o bom santo, no caso em que em toda a minha vida não tenha considerado as dívidas como sendo uma conexão e coligação dos céus e da terra; uma ligação única da linhagem humana, afirmo, sem a qual bem cedo todos os humanos pereceriam: sendo porventura a grande alma do universo, a qual segundo os acadêmicos todas as coisas vivifica. Que assim seja, representais com espírito sereno a ideia e forma de algum mundo (tomai, se vos apraz, o trigésimo daqueles que imaginou o filósofo Metrodoro) no qual não exista devedor nem credor algum. Um mundo sem dívidas! Lá entre os astros não haverá curso regular algum. Todos estarão em desordem. Júpiter, não se considerando devedor a Saturno, o expulsará de sua esfera, e com a sua cadeia homérica suspenderá todas as inteligências, deuses, céus, demônios, gênios, heróis, diabos, terra, mar, todos os elementos. Saturno brigará com Marte, e lançarão todo o mundo em perturbação. Mercúrio não quererá mais se sujeitar aos outros; não mais será a sua Camila, como em língua etrusca era chamado; pois não lhes é devedor. Vênus não será venerada; pois nada terá emprestado. A Lua ficará sangrenta e tenebrosa. A que propósito se privará o Sol da sua luz? Não seria obrigado a isso. O Sol não iluminará a sua terra; os astros não trarão para a terra uma boa influência; pois a terra desistiria de lhes emprestar nutrição por seus vapores e exalações com os quais dizia Heráclito, provavam os estoicos

---

285. Mistério (peças de longa duração) com quatro dias de duração, representado em Saumur, em 1534. (N. do T.)

e sustentava Cícero serem alimentadas as estrelas. Entre os elementos não haverá simbolização, alternação nem transmutação alguma; pois nenhum se sentirá obrigado para com outro: nada lhe tomou emprestado. De terra não será feita água; a água em ar não será transmudada; do ar não se fará o fogo; o fogo não aquecerá a terra. A terra nada produzirá, senão monstros, titãs, gigantes; não choveria chuva, não luziria a luz, não ventaria o vento, não haveria verão nem outono. Lúcifer se livraria das cadeias, e saindo do profundo inferno com as fúrias, as penas e os diabos cornudos, há de querer arrancar dos céus todos os deuses, tanto dos maiores como dos menores povos. Deste mundo tudo o que presta não passará de uma vilania, de uma briga mais anômala que a do reitor de Paris; que uma trapalhada dos diabos mais confusa que as representações de Doué[286]. Entre os humanos, um não salvará o outro; não adiantará pedir socorro, gritar que está morrendo queimado, afogado ou assassinado; ninguém lhe prestará socorro. Por quê? Ele não teria prestado; ninguém lhe deve nada. Ninguém se interessará por seu incêndio, seu naufrágio, sua ruína, sua morte. Do mesmo modo que ele não prestou, ninguém lhe prestará[287]. Em resumo, deste mundo serão banidas a fé, a esperança, a caridade; pois os homens nasceram para a ajuda e o socorro aos outros homens. Em lugar delas sucederão a desconfiança, o menosprezo, o rancor, com a corte de todos os males, de todas as maldições e todas as misérias. Pensareis com toda razão que Pandora derramou a sua garrafa. Os homens serão os lobos dos homens; lobisomens e duendes como foram Licaonte, Belerefonte, Nabucodonosor: bandidos, assassinos, envenenadores, malfeitores, mal pensantes, mal querentes, portadores de ódio; cada um contra todos, como Ismael, como Metabo, como Timon ateniense, que por essa causa foi chamado Misantropo. Tanto que a coisa mais fácil seria alimentarem-se no ar os peixes, pastarem os veados no fundo do oceano, que suportar aquela porcaria de mundo que não presta. Bofé, eu o detestaria. E se nada prestasse neste tedioso e triste mundo, se imaginais o outro pequeno mundo, que é o homem, ali encontrarieis uma tremenda balbúrdia. A cabeça não quereria emprestar a visão aos olhos para guiarem os pés e as mãos; os pés não se dignariam de transportar; as mãos cessariam de trabalhar para ela. O coração se aborreceria de tanto mover-se para a pulsação dos membros e não lhes emprestaria mais. O pulmão não lhes cederia o seu sopro. O fígado não lhes enviaria sangue para o seu sustento. A bexiga não quereria ser devoradora dos rins; a urina seria suprimida. O cérebro, considerando essa tendência desnaturada, tornar-se-ia pensativo e não transmitiria os seus sentimentos aos nervos, nem movimento aos músculos. Em suma, nesse mundo desordenado, sem ninguém devendo, ninguém emprestando, ninguém tomando emprestado vereis uma conspiração mais perniciosa do que a figurada por Esopo em seu apólogo.

---

286. Pequena cidade do Poitou, em que havia as ruínas de um anfiteatro romano, onde se representavam mistérios. (N. do T.)
287. *Prester* (*prêter* no francês moderno) significa tanto emprestar como prestar, dar, atribuir. (N. do T.)

E perecerá sem dúvida; não perecerá somente, mas bem cedo perecerá ainda que seja o próprio Esculápio. E o corpo será tomado sem demora pela putrefação; a alma indignada tomará o rumo de todos os diabos, atrás do meu dinheiro.

CAPÍTULO IV
CONTINUAÇÃO DO DISCURSO DE PANÚRGIO EM LOUVOR DOS DEVEDORES E DOS QUE PEDEM EMPRESTADO

Ao contrário, imaginai um outro mundo, no qual todos emprestam, todos devem; todos são devedores, todos são emprestadores. Ó que harmonia haverá entre os regulares movimentos dos céus! Creio que o entendo tão bem como não o fez Platão jamais. Que simpatia entre os elementos! Ó como a natureza há de deleitar-se em suas obras e produções! Ceres carregada de trigo, Baco de vinho, Flora de flores, Pomona de frutos; Juno com seu ar sereno, serena, saudável, agradável. Perco-me nessa contemplação. Entre os humanos, paz, amor, deleite, fidelidade, repouso, banquetes, festins, alegria, júbilo, ouro, prata, dinheiro, colares, anéis, mercadorias correndo de mão em mão. Nenhuma demanda, nenhuma guerra, nenhuma disputa, ninguém será usurário, nem avarento, nem sovina, nem recusante. Verdade de Deus, não será a idade de ouro, o reinado de Saturno, a ideia das regiões olímpicas, nas quais cessam todas as outras virtudes, e somente a caridade reina, governa, domina, triunfa? Todos serão bons, todos serão belos, todos serão justos. Ó mundo feliz! Ó gente desse mundo feliz! Ó três e quatro vezes feliz! Valha-me Deus eu lá estivesse! Eu vos juro em verdade que se esse mundo tivesse papa, rodeado de cardeais e associado ao sacro colégio, em poucos anos ali veríeis os santos mais fortes, mais milagrosos, com mais lições, mais votos, mais bastões e mais velas do que existem em todos os nove bispados da Bretanha, exceto apenas Saint Yves. Peço-vos, considerai como nobre Patelin, querendo deificar e por divinos louvores elevar até o terceiro céu o pai de Guillaume Jousseaulme, não mais disse, senão:

E emprestava

A quem quisesse os seus bens.

Ó belas palavras! Por esse padrão figurais o nosso microcosmo em todos os seus membros, emprestadores, os que tomam emprestado, devedores: quer dizer em seu natural. Pois a natureza só criou o homem para emprestar e tomar emprestado. Maior não é a harmonia dos céus que será a de sua política. A intenção do fundador deste microcosmo é de alimentar a alma, a qual lá é posta como hóspede, e a vida. A vida consiste em sangue; sangue é a sede da alma; portanto, um único trabalho aflige esse mundo: é o de fabricar sangue continuamente. Para esse trabalho todos os membros são adequados; e sua hierarquia é tal que sem cessar um toma emprestado, e outro empresta, um é devedor do outro. A matéria, e o metal conveniente para ser em sangue transmudado é oferecido pela natureza: pão e vinho. Nesses dois estão compreendidas todas as espécies de alimentos. E são chamados de *companage* na língua dos godos[288]. Para encontrá-los, preparar e cozer, trabalham as mãos, caminham os pés e transportam toda essa máquina; os olhos a conduzem. O apetite, no orifício do estômago, mediante um pouco de melancólica acidez que lhe é transmitido pelo baço, admoesta para que se propicie o alimento. A língua o experimenta; os dentes o trituram; o estômago o recebe, digere e quilifica. As veias mesaraicas[289] dele sugam o que é bom e idôneo, e rejeitam os excrementos, os quais por virtude repulsiva são esvaziados através de condutos expressos; depois o levam ao fígado, que o transmuda de novo, e o torna em sangue. Que alegria imaginais haver entre esses oficiais quando viram aquele regato de ouro, que é o seu único restaurante? Maior não é a alegria dos alquimistas quando, após demorados trabalhos, grandes cuidados e despesas, veem metais transmudados dentro de seus fornos. Então, cada membro se prepara e se esforça de novo para purificar e melhorar aquele tesouro. Os rins, pelas veias emulgentes, dele tiram a aquosidade que chamais de urina e pelos ureteres a levam para baixo. Embaixo, encontra um receptáculo próprio: é a bexiga, a qual em tempo oportuno se esvazia para fora. O baço dele tira o sedimento que chamais de melancolia[290]. A garrafa do fel dali subtrai a cólera supérflua. Depois é transportado para outra oficina a fim de ser melhorado: é o coração, o qual, por seus movimentos diastólicos e sistólicos, o sutiliza e inflama, de tal modo que pelo ventrículo direito o torna perfeito e pelas veias o envia a todos os membros.

Cada membro o atrai para si, e dele se alimenta à vontade: pés, mãos, olhos, tudo; e então se tornam devedores os que antes eram emprestadores. Pelo ventrículo esquerdo o torna tão sutil, que é dito espiritual, e o envia a todos os membros por suas artérias, para o outro sangue das veias aquecer e arejar. O pulmão não cessa de refrescá-lo com seus lóbulos e alvéolos[291]. Reconhecendo esse bem, o coração fornece-lhe o melhor por sua veia arterial. Enfim, tudo é ajustado dentro do conjunto maravilhoso, e dele se fazem depois os espíritos animais, mediante os quais ele imagina, fala, julga, resolve, delibera, raciocina e rememora. Por Deus! eu me confundo, eu me perco, eu me extravio, quando entro no profundo abismo desse mundo, assim emprestando, assim devendo. Crede que coisa divina é emprestar; dever é virtude heroica. E ainda não é tudo. Esse mundo que empresta, que deve, que toma emprestado,

---

288. Rabelais chama de "língua dos godos" o provençal, ou língua *d'oc*, uma vez que os godos haviam ocupado o Sul da França. *Companage* designava os alimentos consumidos como acompanhamento do pão (*cumpane*, do latim *companaticum*). (N. do R.)
289. Mesaraicas: relativas ao mesentério. (N. do T.)
290. Melancolia: bílis. (N. do T.)
291. No original *soufflets*: foles. (N. do T.)

é tão bom, que trata de ministrar aquela alimentação completa aos que ainda não nasceram, e por prestação se perpetuar, se puder, e multiplicar as imagens a semelhantes: são seus filhos. Para esse fim, cada membro mais precioso de sua nutrição decide destinar uma parte, e a manda para baixo. A natureza ali preparou vasos e receptáculos oportunos, pelos quais descendo para as partes genitais, em longos rodeios e flexuosidades, recebe forma competente e encontra lugares idôneos, tanto no homem como na mulher, para conservar o gênero humano. Tudo se faz por empréstimos de um a outro, no que se diz o Dever do matrimônio. Impõe a natureza ao recusante interminável e acre vexação entre os membros, e fúria entre os sentidos; ao que empresta recompensa assegurada, prazer, alegria e volúpia.

CAPÍTULO V
DE COMO PANTAGRUEL DETESTA OS DEVEDORES E EMPRESTADORES

Entendo — respondeu Pantagruel — e me pareceis bom argumentador e entusiasmado com a vossa causa. Mas pregai e patrocinai de hoje até o Pentecostes, e afinal ficareis logrado, pois nada me tereis persuadido, e por vossas belas palavras não me faríeis contrair dívidas. Nada, diz o santo enviado, deveis a quem quer que seja, salvo o amor e o afeto mútuo. Utilizais aqui belas metáforas e alegações, que me agradam muito. Mas eu vos digo que, se imaginais um afrontador impudente e importuno pedinchão, entrando de novo em uma cidade já advertida de seus hábitos, vereis que em sua entrada os cidadãos estarão mais assustados e amedrontados do que se a peste ali entrasse vestida, tal como a encontrou o filósofo Tianeu em Éfeso. E sou de opinião que não erravam os persas, estimando que o segundo vício é mentir, o primeiro dever. Pois dívidas e mentiras se mostram ordinariamente juntas. Não quero porém inferir que jamais se possa emprestar: não há tão rico que algumas vezes não deva, não há tão pobre que algumas vezes não possa emprestar. A ocasião será tal que a admite Platão em suas leis, quando ele ordena que não se deixe em sua casa os vizinhos tirarem água, se primeiramente não tiverem escavado bem o seu terreno, até terem encontrado aquela espécie de terra que se chama cerâmica (é a terra para fazer potes e outras vasilhas) e lá não tenham encontrado fonte ou corrente d'água. Pois aquela terra, por sua substância, que é gorda, forte, lisa e densa, retém a umidade, e não faz facilmente a sua exalação. Assim é uma grande vergonha sempre, em todos os lugares, que cada um tome emprestado, antes que trabalhar e ganhar. Somente se deveria emprestar, segundo o meu entendimento, quando a pessoa, trabalhando, não pôde com seu labor conseguir o ganho, ou quando é atingida de súbito pela perda inopinada de seus bens. Deixemos, pois, esses propósitos, e de agora em diante não vos prendais a credores; do passado eu vos livro.

— O menos de meu mais nesse assunto — disse Panúrgio — será vos agradecer, e se os agradecimentos devem ser medidos pela afeição dos benfeitores, serão eles infinitamente, sempiternamente: pois o amor que por vossa graça me dedicais é inestimável: transcende todo o número, todo o peso, toda a medida, é infinito, sempiterno. Mas se for medido pelo calibre dos benefícios e contentamento dos recipientes, o será bem frouxamente. Vós me ofertais muitos bens, muito mais do que me pertence, mais do que tenho vos servido, mais do que requerem os meus méritos (força é confessar), mas não é tanto quanto pensais a respeito. Não é isso que me dói, não é isso que me aborrece e me preocupa; pois sendo livre de agora em diante, que atitude assumirei? Crede que não me daria bem nos primeiros meses, pois não estou preparado nem acostumado. Tenho muito medo. Além disso, não se dará um peido em toda essa confusão que não feda no meu nariz. Todos os peidorreiros do mundo, peidando dizem: Eis para os quites. A minha vida acabará bem cedo, prevejo. Recomendo-vos o meu epitáfio. Morrerei todo cheio de peidos. Se algum dia, para fazer peidar as respeitáveis comadres, em extrema paixão de cólica ventosa, os medicamentos ordinários não satisfizerem aos médicos, a múmia de meu porco e empeidorrado corpo lhes servirá de pronto remédio. Tomando um pouquinho, elas peidarão mais do que precisam. Eis porque eu de boa vontade vos pediria que de dívidas me deixassem uma centúria. — Deixemos esse assunto — disse Pantagruel —, já vos disse uma vez.

CAPÍTULO VI
PORQUE OS RECÉM-CASADOS ESTÃO ISENTOS DE IR À GUERRA

— Mas — perguntou Panúrgio — em que lei está constituído e estabelecido que os que plantarem uma nova vinha, os que construírem casa nova e os recém-casados estão isentos de ir à guerra no primeiro ano? — Na lei de Moisés — disse Pantagruel. — Por que — perguntou Panúrgio — os recém-casados? Quanto aos plantadores de vinha, estou muito velho para me preocupar: deixo aos cuidados dos vinhateiros, e também os construtores novos de pedras não estão inscritos em meu livro da vida. Não construo senão pedras vivas: são homens. — Segundo o meu entendimento — respondeu Pantagruel —, é a fim de que, no primeiro ano, gozem de seus amores à vontade, dediquem-se à produção da linhagem e façam provisão de herdeiros. Assim, pelo menos, se no segundo ano forem mortos na guerra, seu nome e suas armas ficarão para os filhos. Também, para que tornando-se conhecido certamente serem as suas mulheres estéreis ou fecundas (pois o ensaio de um ano lhe parecia suficiente, dada a maturidade da idade em que contraiam núpcias), melhor, depois do óbito dos primeiros maridos, fossem levadas a fazer novo casamento: as fecundas para aqueles que quisessem multiplicar os filhos; as estéreis para aqueles que não se preocupassem com isso e as tomassem por suas virtudes, saber, lisa conduta. Somente para conforto doméstico e manutenção do lar. — Os pregadores de Varenes — disse Panúrgio — detestam as segundas núpcias, tendo-as por extravagantes e desonestas. — Elas lhes são — disse Pantagruel — suas fortes febres quartã. — Realmente — disse Panúrgio —, e também a Frei Engainnant[292], que em pleno sermão que pregava em Panreilly, e detestando as segundas núpcias, jurava que se entregaria ao mais expedito diabo do inferno, se não preferisse deflorar cem donzelas do que andar com uma viúva. Acho a vossa razão boa e bem fundada. Mas que diríeis, se tal isenção lhes é outorgada pela razão de que, no decurso do primeiro ano, eles teriam tanto fornicado com seus amores recém-possuídos, como é de equidade e dever, tanto esgotado os seus vasos espermáticos, se não estiverem todos acerados, sem que fiquem casados, esgotados, enervados e murchos? Tanto que, chegando o dia da batalha, antes iriam para a retarguarda, com a bagagem, do que com os combatentes e bravos campeões. E sob o estantarte de Marte não desfechariam golpes que valessem; pois os grandes golpes já teriam sido desfechados sob o cortinado de Vênus, sua amiga. Que assim seja, ainda agora vemos, entre outras relíquias e monumentos da Antiguidade, que em todas as casas respeitáveis, depois de não sei quantos dias, mandavam os recém-casados visitar seus tios, para se absterem de suas mulheres, e, enquanto isso, repousarem e se refazerem para melhor combaterem na volta, embora muitas vezes não tivessem tio nem tia. Da mesma maneira, o rei Petault, depois da batalha de Cornabons[293], não destituiu, propriamente falando, mas nos mandou descansar em nossas casas. Ele está ainda procurando a sua. A madrinha de meu avô me dizia, quando eu era pequeno, que

> Somente pra quem os usa, conservando,
> Rosários e orações têm valia.
> Um pífaro de manhã cedo tocando
> É mais alto que dois no fim do dia.

O que me induz a essa opinião é que os plantadores de vinha mal comem as uvas ou bebem o vinho de seu trabalho durante o primeiro ano; e que os constru-

---
292. Monge conhecido por sua luxúria, que também foi mencionado por Marot. (N. do T.)
293. Parece que se trata de uma alusão ao Rei Carlos VIII, que, depois da batalha de *Saint-Aubin des Cormiers*, em 1418, foi obrigado a licenciar alguns oficiais, por falta de dinheiro. (N. do T.)

tores no primeiro ano não habitam os seus alojamentos recém-construídos, sob pena de morrerem sufocados por falta de expiração, como doutamente observou Galeno, lib.2, da Dificuldade de respirar. Não perguntei sem causa bem causal, nem sem razão bem razoável; não vos aborreçais.

CAPÍTULO VII
DE COMO PANÚRGIO FICOU COM A PULGA NA ORELHA, E DESISTIU DE USAR A SUA MAGNÍFICA BRAGUILHA

No dia seguinte, Panúrgio mandou furar a sua orelha direita à judaica, e ali prendeu um anelzinho de ouro trabalhado com tauxia, tendo na ponta uma pulga engastada. E era uma pulga negra, a fim de que ninguém duvidasse. É uma bela coisa estar bem informado a respeito de tudo. A despesa comunicada ao seu gabinete não ia além da correspondente ao casamento de uma tigresa[294], como podereis dizer 609.000 maravedis. Com tão excessiva despesa se aborreceu, quando ficou quite, e depois a alimentou, à feição dos tiranos e dos advogados, com o suor e o sangue de seus súditos. Tomou quatro varas de burel, mandou fazer uma túnica comprida de simples costura, desistiu de usar os calções por cima e prendeu óculos no chapéu. Em tal estado se apresentou diante de Pantagruel, o qual achou a vestimenta tão estranha, mormente não vendo mais a sua bela e magnífica braguilha, que soía constituir, como âncora sagrada o seu último refúgio contra todos os naufrágios da adversidade. Não entendendo o bom Pantagruel esse mistério, perguntou-lhe o que pretendia com aquela nova prosopopeia. — Estou com a pulga na orelha — disse Panúrgio. — Quero me casar. — Será em boa hora — disse Pantagruel —, fico muito satisfeito. Mas não é hábito dos amorosos andar assim com os calções arriados e deixar a camisa escondendo o alto dos calções, com uma túnica comprida de burel, que é cor inusitada em vestes talares entre gente de bem e de virtude. Se algumas personagens de heresias e seitas particulares a vestiram outrora, que vários a tenham imputado à trapaça, impostura e afetação de tirania sobre o aspecto popular, não quero pois os censurar e por isso deles fazer julgamento sinistro. Cada um tem sua opinião, mormente em coisas estranhas, externas e indiferentes, as quais por si mesmas não são boas nem más, porquanto não saem de nossos corações e pensamentos, que é a oficina de todo o bem e de todo o mal: bem, se pelo espírito mundano regula a afeição; mal, se fora da equidade é pelo espírito malígno a afeição depravada. Somente me desagrada a novidade e o desprezo pelo uso comum.

— A cor — respondeu Panúrgio — é meu burel[295]; quero tê-lo daqui para diante, e de perto olhar para os meus negócios. Depois, uma vez que estou quite, não vistes

---
294. O neologismo recém-criado no Brasil parece aqui mais adequado que a expressão "tigre fêmea". (N. do T.)
295. Há, na passagem, um jogo de palavras intraduzível: "La couleur... est aspre aux pots, à propos". Também parece haver um trocadilho com a palavra bureau (escrivaninha, escritório), que, no francês quinhen-

homem mais desagradável do que eu, se Deus me ajudar. Vede os meus óculos. Vendo-me de longe, diríeis com justeza que é Frei Jean Bourgeois[296]. Creio bem que no ano que vem vou pregar ainda uma vez a cruzada. Deus proteja do mal os pelotões[297]. Vedes este burel? Crede que nele existe uma oculta propriedade por pouca gente conhecida. Só o tomei esta manhã mas já me movo, já agito, já me mexo, por estar casado e estar trabalhando em cima de minha mulher sem ter medo de bordados. Ó que grande marido serei! Depois da minha morte vão me queimar em fogueira honorífica, para guardarem as cinzas em memória e exemplo do marido perfeito. Bofé! Sobre esse meu burel[298] meu tesoureiro não alongará os ss[299]. Vede-o diante e atrás: tem a forma de uma toga antiga, a veste dos romanos em tempo de paz. Copiei o seu formato da coluna de Trajano em Roma, também no arco triunfal de Sétimo Severo. Estou cansado de guerra, cansado de sedas e fardas. Meus ombros estão gastos de tanto carregar arneses. Cedam as armas, reinem as togas, ao menos por todo este ano subsequente, se eu me casar, como vós ontem alegastes, pela lei mosaica.

No que diz respeito ao alto dos calções, minha tia-avó Laurence dizia outrora que ele era feito para a braguilha. Creio, em igual indução, que o gentil gracejador Galeno, *lib.* 9, do uso de nossos membros, diz que a cabeça foi feita para os olhos. Pois a natureza poderia ter posto as nossas cabeças nos joelhos ou nos cotovelos; mas ordenando os olhos para descobrir ao longe, fixou a cabeça como um bastão no alto do corpo; como vemos os faróis e torres altas nos portos do mar serem erigidos, para de longe ser vista a lanterna. E porque eu desejaria algum espaço de tempo, um ano pelo menos, afastar-me da arte militar, quer dizer, casar-me, não trago a braguilha e por conseguinte o alto do calção. Pois a braguilha é a primeira peça da armadura para armar homem de guerra. E agora até o fogo (exclusivamente, compreendeis) os turcos não são aptamente armados, visto que trazer a braguilha é coisa em sua lei proibida.

CAPÍTULO VIII
DE COMO A BRAGUILHA É A PRIMEIRA PEÇA DA ARMADURA ENTRE OS GUERREIROS

— Quereis — disse Pantagruel — sustentar que a braguilha é a primeira peça das armaduras militares? É uma doutrina muito paradoxal e nova. Pois dizemos que pelas esporas começa-se a armar. — Sustento — disse Panúrgio —, e não sem razão sustento. Vede como a natureza, querendo as plantas, árvores, arbus-

---

tista também significa burel. (N. do T.)
296. Franciscano muito zeloso, morto em 1494. (N. do T.)
297. O comentarista Le Duchat explica assim esta passagem: "Considerando o casamento uma cruz e se apresentando como Frei Bourgeois, Panúrgio diz, como São Francisco, adeus às pelotas de neve que até então tinham lhe servido de mulher". (N. do T.)
298. O mesmo trocadilho, aparentemente: *bureau*, burel e escritório. (N. do T.)
299. Quer dizer: transformando os *ss* em *ff*, isto é, o soldo, moeda de pequeno valor, em *franco*. (N. do T.)

tos, ervas e zoófitos, uma vez por ela criada, perpetuar e fazê-las durar em toda a sucessão do tempo sem jamais perecerem as espécies, ainda que os indivíduos pereçam, curiosamente armou germes e sementes, nos quais consiste essa perpetuidade; e os guarneceu e cobriu por admirável indústria de vagens, vaginas, tegumentos, núcleos, calículos, cascas, espigas, penugens, que são como belas e fortes braguilhas naturais. O exemplo disso é manifesto em ervilhas, favas, faséolos, nozes, alperches, algodão, colocintidas, trigo, papoula, limões, castanhas, todas as plantas geralmente, nas quais vemos abertamente o gérmen e a semente serem mais cobertos, guarnecidos e armados que as outras partes delas.

Assim não cuidou a natureza da perpetuidade do gênero humano. Mas criou o homem nu, tenro, frágil, sem armas, quer ofensivas quer defensivas, em estado de inocência na primeira idade de ouro: como ser animado, não planta; como ser animado, digo, nascido para a paz, não para a guerra; ser animado nascido para o gozo mirífico de todos os frutos e plantas vegetais; ser animado nascido para a dominação pacífica sobre todos os animais. Surgindo a multiplicação da malícia entre os humanos em sucessão da idade do ferro e do reinado de Júpiter, a terra começou a produzir urtigas, cardos, espinhos, e outras maneiras de rebelião contra o homem entre os vegetais. De outra parte, quase todos os animais por fatal disposição se emanciparam dele, e juntos tacitamente conspiraram para não mais servir-lhe, não mais obedecer-lhe, tanto quanto pudessem resistir, mas prejudicá-lo segundo a sua faculdade e potência. O homem então, querendo manter o seu primeiro deleite e continuar o seu primeiro domínio, não podendo comodamente se privar do serviço de vários animais, teve necessariamente de se armar de novo.

— Pelo santo ganso Guenet[300] — exclamou Pantagruel —, depois das últimas chuvas, te tornaste um grande *lifrelofre*, quero dizer, filósofo. — Considerai — disse Panúrgio — como a natureza o inspirou a se armar, e que parte de seu corpo começou por armar. Foi pelas virilhas; e o bom mestre Príapo, quando isso foi feito, não lhe pediu mais[301]. Assim nos testemunha o capitão e filósofo hebreu Moisés, afirmando que se armou de uma forte e bela braguilha, feita por mui bela invenção de folhas de figueira: as quais são naturais e de todo cômodas em dureza, incisão, friso, polimento, tamanho, cor, odor, virtudes e faculdades para cobrir e armar virilhas, exceto os horríficos culhões de Lorena, os quais à brida solta descem para o fundo dos calções, abominam o abrigo das altas braguilhas e são avessos a todo método: testemunha Viardiere o nobre Valentin[302], o qual, em um certo dia primeiro de maio, para mais se vangloriar, se achava em Nancy, pondo os culhões estendidos sobre uma mesa, como uma capa espanhola.

---

300. Um santo da Bretanha, ordinariamente representado como ganso. (N. do T.)
301. Jogo de palavras: *priapus...ne la pria plus*. (N. do T.)
302. Em Lorena, como na Escócia, as moças, no dia 1º de maio, escolhiam um *valentim*, isto é, um namorado. (N. do T.)

Portanto, não se deverá dizer dàgora em diante, se não se quiser falar impropriamente, quando se enviar um *franc-taupin* à guerra "Salve Tevot o jarro de vinho!"[303] Deve-se dizer: "Salve Tevot, o jarro de leite!" que são os culhões, por todos os diabos do inferno. Perdida a cabeça, só perece a pessoa; perdidos os culhões, perece toda a natureza humana. É o que leva o galante Cl. Galeno, *lib. 1 de Spermate*, a concluir bravamente que melhor (quer dizer menos mal) seria não ter coração do que não ter os órgãos genitais. Pois ali se encontra, como em sagrado repositório, o germen conservador da humana linhagem. E sou capaz de acreditar, por menos de cem francos, que são as próprias pedras mediante as quais Deucalião e Pirra restabeleceram o gênero humano, abolido pelo dilúvio poético. É o que moveu o valente justiniano, *lib. 4, de Cagotis tollendis,* a por *summum bonum in braguibus et braguetis*. Por essa e outras causas, o senhor de Merville, ensaiando certo dia uma armadura nova, para acompanhar seu rei na guerra (pois da sua antiga e em parte enferrujada já não mais podia bem se valer, já que depois de alguns anos a pele de seu ventre se afastara muito dos rins), sua esposa considerou, em espírito contemplativo, que pouco cuidado tinha ele com o estojo e o bastão comum de seu casamento, visto que só os protegia com uma cota de malha, e aconselhou-o a que se protegesse melhor e usasse um grande elmo de justas que estava esquecido em seu gabinete. Sobre o que foram escritos os seguintes versos, no terceiro livro de Chiabrena das donzelas:

> Ela, vendo o marido, bem armado
> Fora a braguilha, para a guerra ir,
> Disse: Alguém vos poderá ferir,
> Protegei pois o que é mais amado.
> Há de ser o conselho rejeitado?
> Digo que não, pois ela é temerosa
> De que de seu marido idolatrado
> Se perca a parte de que é mais gulosa.

Não vos admireis pois desta minha nova indumentária.

CAPÍTULO IX
DE COMO PANÚRGIO SE ACONSELHOU COM PANTAGRUEL, PARA SABER SE DEVERIA CASAR-SE

Nada replicando Pantagruel, Panúrgio continuou, e disse, dando um suspiro profundo: — Senhor ouvistes a minha deliberação, que é de me casar; se da fa-

---

303. No original: *pot au vin. Franc taupin* eram soldados recrutados nas aldeias, em geral depois de embriagados pelos recrutadores. (N. do T.)

talidade não estão todas as fendas fechadas, tampadas e trancadas, eu vos suplico, pelo amor que há tanto tempo me dedicais: dizei qual é a vossa opinião. — Uma vez que lançastes o dado, e assim decretastes e tomastes a firme deliberação, não convém mais falar a respeito: resta somente pô-la em execução. — É certo — disse Panúrgio —, mas não queria executá-la sem vosso conselho e boa opinião. — Sou da opinião que sim e vos aconselho — disse Pantagruel. — Mas — disse Panúrgio — se reconhecerdes que o melhor é eu continuar como estou, eu preferiria não me casar. — Então, não vos caseis — respondeu Pantagruel. — Quereis então que eu fique o resto da vida sem companhia conjugal? Sabeis o que está escrito: *Vae soli*. O homem sozinho jamais tem o bem-estar que se vê entre as pessoas casadas. — Então, casai-vos, por Deus — respondeu Pantagruel. — Mas — disse Panúrgio — se minha mulher me pusesse chifres, como sabeis que é tão comum, isso seria bastante para me fazer perder de todo a paciência. Gosto muito dos cornos, que me parecem gente de bem, e me dou bem com eles; mas de modo algum desejaria ser um deles. É coisa que não tolero[304]. — Então, não caseis — respondeu Pantagruel —, pois a sentença de Sêneca é verdadeira, fora de toda exceção: O que fizeres a outrem, certamente outro te fará. — Dizei-me — perguntou Panúrgio —, isso é sem exceção? — Sem exceção, foi dito — respondeu Pantagruel. — Oh! Oh! — disse Panúrgio. — Está certo, mas como preciso mais de mulher que um cego de seu bastão (pois é mister que a varinha se mexa, de outro modo viver não poderá) não será melhor que eu me associe a uma mulher honesta e ajuizada, do que mudar de dia para dia, com o perigo de alguma bordoada ou da varíola[305] que é pior? Pois mulher de bem jamais tive, sem desagradar a seus maridos. — Casai-vos, pois com as bênçãos de Deus — respondeu Pantagruel.

— Mas — disse Panúrgio — se Deus quisesse e acontecesse que eu me casasse com uma mulher honesta e ela me batesse, eu não iria tolerar de modo algum. Pois dizem que as mulheres honestas frequentemente não são boas da cabeça, e tornam o lar insuportável com o seu mau gênio. E nesse caso, eu faria ainda pior, eu a espancaria tanto, maltrataria tanto o seu corpo (braços, pernas, cabeça, pulmão, fígado e baço), despedaçaria tanto as suas vestes com bordoadas, que o diabo iria esperar à porta a alma danada. Desse aborrecimento eu me livraria bem por este ano, e contente seria de nunca tê-lo. — Não vos caseis, portanto — respondeu Pantagruel. — Mas — disse Panúrgio — estando eu no estado em que estou, quite e não casado (notais que digo quite em má hora, pois estando muito endividado, meus credores se preocupariam com a minha paternidade); mas quite e não casado, não tenho ninguém que se preocupe comigo, e me dedique, tal como dizem que é, o amor conjugal. E se adoecesse tratado não seria senão ao contrário. Diz o sábio: "Onde não há mulher (refiro-me a mãe de família e em casamento legítimo)

---
304. Trocadilho: *c'est un poinct, qui trop me poinct*. (N. do T.)
305. Os antigos confundiam a varíola com a sífilis. (N. do T.)

o doente muito sofre." Vi muito bem a experiência de papas, legados, cardeais, bispos, abades, priores e monges. Nessa não caio eu. — Casai-vos, pois, com as bênçãos de Deus — respondeu Pantagruel. — Mas e se eu adoecer e ficar impotente para cumprir o dever matrimonial, e minha mulher, impaciente com a minha frieza, a outro se entregasse, e não somente deixasse de me socorrer como seria necessário, mas até mesmo zombasse de minha calamidade, e, pior do que isso, me furtasse, como vi muitas vezes acontecer, seria para mim coisa insuportável ser despojado de tal maneira. — Não vos caseis, então — respondeu Pantagruel. — Mas — disse Panúrgio — nesse caso eu não teria filhas nem filhos legítimos em que pudesse perpetuar o meu nome e as minhas armas, para quem eu pudesse deixar meus bens e rendimentos (se eu o fizesse, não duvideis, eu seria um grande arrecadador de rendas), com os quais pudesse me consolar, quando alhures me molestassem, como vi tantas vezes vosso benigno e jovial pai fazer convosco, e fazem tantos homens de bem em seu lar e sua intimidade. Pois, estando quite e não casado, se por acaso me visse aborrecido não teria quem me consolasse, mas, ao contrário quem risse de meu sofrimento — Casai-vos, pois, com a graça de Deus — respondeu Pantagruel.

CAPÍTULO X
DE COMO PANTAGRUEL MOSTRA A PANÚRGIO SER COISA DIFÍCIL ACONSELHAR A RESPEITO DO CASAMENTO, E DAS SORTES HOMÉRICAS E VIRGILIANAS

— Vosso conselho — disse Panúrgio — se parece com a canção de Ricochete: são apenas sarcasmos, zombarias, paronomásias, epanalepses e réplicas contraditórias. Uns destroem os outros. Não sei a que me apegar. — Também — respondeu Pantagruel —, em vossas proposições há tanto Se e Mas, que eu em nada poderia me basear, nada resolver. Não tendes certeza do que quereis? O ponto principal nisso reside; todo o resto é fortuito e dependente das fatais disposições do céu. Vemos um bom número de pessoas tão felizes naquele encontro, que em seu matrimônio parece refletir-se alguma ideia ou representação das alegrias do paraíso. Outros nele são tão desgraçados, que mais não o são os diabos que tentam os eremitas nos desertos da Tebáida e Monserrat. Convém andar-se ao acaso, de olhos vendados, abaixando a cabeça, beijando o chão e se recomendando a Deus, pois que uma vez se quer ali se meter. Outra garantia eu não vos saberia dar. Ou vede o que fareis, se bem vos parecer. Trazei-me as obras de Virgílio, e abrindo-as por três vezes com o dedo, exploremos pelo verso do número entre nós combinado, a sorte futura do vosso matrimônio. Pois, como pelas sortes homéricas, muitas vezes alguns puderam ler o seu destino.

Testemunhou Sócrates, o qual, ouvindo na prisão ser recitado este metro de Homero, dito de Aquiles, Iliad., X, 363.

Ημκτι κεγ τριτατο φριην εριξωλον ιΧοιμεν

Eu chegarei, sem longa romaria,
À bela Fítia no terceiro dia

previu que iria morrer dali a três dias, e isso assegurou a Esquines, como escrevem Platão, *in Critone*; Cícero, *primo de Divinatione*, e Diógenes Laércio.

Testemunhou Opílio Macrino, o qual, querendo ver se seria imperador de Roma, tirou à sorte esta sentença da Ilíada, VIII, 102:

Ω γερσν, η μαλα τη φε νεοι τειρουει μΧχηται
Ση δε βιη λελυται χαλεπογ υε γηρχζ οπαζει

Soldados jovens, fortes, por enquanto
Hão de apoiar-te, velho; no entanto
O teu vigor o tempo já devora
E há de vir a velhice sem demora.

De fato, ele já era velho, e, tendo conseguido o império somente por um ano e dois meses, foi destronado e morto por Heliogabalo, jovem e poderoso.

Testemunhou Brutus, o qual, querendo explorar a sorte na batalha de Farsália, encontrou este verso dito de Pátroclo, Iliad., XVI, 849:

Αλλα με μοιρ ολοη χχι Αητουζ εχτ αγεν νιοζ

Por decisão que a cruel Parca abona
Fui morto pelo filho de Latona.

Foi Apolo que serviu de senha no dia daquela batalha. Também por sortes virgilianas foram antigamente conhecidas e previstas coisas insígnes e casos de grande importância, até mesmo a obtenção do Império Romano, como aconteceu com Alexandre Severo, que encontrou dessa maneira de sorte este verso, Eneida, VI, 851:

Tu regere imperio populos, Romane, memento.

Quando ao Império chegares, ó romano,
Governa o mundo sobranceiro e humano.

Pois de fato, depois de alguns anos, tornou-se imperador de Roma. Adriano, imperador romano, estando em dúvida e preocupado em saber qual a opinião que dele tinha Trajano e que afeição lhe dedicava, valeu-se das sortes virgilianas, e encontrou estes versos, Eneida, VI, 809;

> *Quis procul ille autem ramis insignis olivae*
> *Sacra ferens? nosco crines, incanaque menta*
> *Regis Romani.*
> Quem é figura tal, tão altaneira,
> Que mostra, ao longe um ramo de oliveira?
> Na alva barba e na branca coma
> Reconheço um antigo rei de Roma.

Depois foi adotado por Trajano e sucedeu-lhe no Império.

"Ainda Cláudio segundo, imperador de Roma, bem louvado, ao qual saiu por sorte este verso, Eneida, I, 269:

> *Tertia dum latio regnantem viderit aestas.*
>
> Tendo do Lácio a rédea em sua mão,
> Três estios verá, reinando então.

De fato, ele só reinou dois anos.

"Àquele mesmo, indagando sobre seu irmão Quintílio, o qual queria levar ao governo do império, adveio este verso, Eneida, VI, 869:

> *Os tendent terris hunc tantum fata.*
>
> O destino o mostrou somente às terras.

Coisa que aconteceu, pois ele foi morto dezessete dias depois de ter assumido os encargos do império.

"A mesma sorte caiu para o imperador Gordiano o Jovem.

"A Cláudio Albino, preocupado em saber a sua sorte, saiu este escrito, Eneida, VI, 858:

> *Hic rem romanam, magno turbante tumultu,*
> *Sistet eques, etc.*
> No meio do tumulto o cavaleiro

> O Estado romano sobranceiro
> Manterá, vencerá cartagineses,
> Também a rebeldia dos gauleses.

"Também D. Cláudio, antecessor de Aureliano, ao qual, indagando sobre sua posteridade, adveio em sorte este verso, Eneida, I, 278:

> *His ego nec metas rerum nec tempore pono.*
> Proponho a eles longa duração,
> No tempo os bens limite não terão."

E ele teve sucessores em longas genealogias.
"Também M. Pierre Amy[306] quando tirou a sorte para saber se escapava da emboscada dos duendes, encontrou este verso, Eneida, III, 44:

> *Heu! Fuge crudeles terras, fuge littus avarum.*
>
> Ah! Foge, foge dessas cruas gentes,
> Dessas terras inóspitas te ausentes.

Depois escapou de suas mãos são e salvo.
Mil outros, dos quais seria prolixo narrar as aventuras, foram afetados segundo a sentença do verso por tal sorte encontrados. Não quero todavia inferir que essa sorte seja universalmente infalível, a fim de que não sejais enganado.

CAPÍTULO XI
DE COMO PANTAGRUEL CONSIDERA A SORTE DOS DADOS COMO ILÍCITA

— Isso seria — disse Panúrgio — antes feito e expedido com três belos dados.
— Não — disse Pantagruel. — Essa sorte é abusiva, ilícita e grandemente escandalosa. Jamais fieis nela. O maldito livro do Passatempo dos dados foi, há muito tempo, inventado pelo caluniador inimigo, em Acaia, perto de Boure; e diante da estátua de Hércules Bouráico ali era praticado outrora, e logo em vários lugares, fazendo muitas almas simples errar e em secos lagos cair. Sabeis como Gargântua, meu pai, em todos os seus reinos o proibiu, e de todo o exterminou, suprimiu e aboliu, como peste muito perigosa. E o que dos dados eu vos digo, digo semelhantemente dos ossinhos: É um jogo igualmente abusivo. E não me alegueis ao contrário o afortu-

---

[306]. Amigo íntimo de Rabelais. Os duendes eram os monges. (N. do T.)

nado lançamento de ossinhos que fez Tibério dentro da fonte de Apona ao oráculo de Gerionte. São os anzóis com os quais o caluniador arrasta as almas simples à perdição eterna. Para todavia vos satisfazer, estou de acordo que lanceis três dados nesta mesa: pelo número de pontos marcados tomaremos o verso da folha que tereis aberto. Tendes dados na bolsa? — Tenho uma bolsa cheia — respondeu Panúrgio. — É o pano verde do diabo, como expõe Merl. Coccaius, *libro secundo de Patria diabolorum*. O diabo me levaria seu pano verde se me encontrasse sem dados.

Os dados foram tirados e lançados, e caíram os pontos cinco, seis, cinco. — São — disse Panúrgio — dezesseis. Tomemos o décimo sexto verso da folha. O número me agrada e creio que os nossos reencontros serão felizes. Eu me entrego através de todos os diabos, como uma bolada através de um jogo de bolas, ou como um tiro de canhão no meio de um batalhão de infantes (atenção, diabos que quiserem) no caso de que tantas vezes eu não examine minha futura mulher na primeira noite de minhas núpcias. — Não duvido — disse Pantagruel. — Eu, necessidade não tenho de fazer tão terrífica devoção. A primeira vez será uma falta, e valerá quinze; ao desempoleirar, vós emendareis e por esse meio serão dezesseis. — E assim — disse Panúrgio — o entendeis? Jamais pode ocorrer solecismo por parte do valente campeão que por minha fé monta sentinela no baixo ventre. Tendes me encontrado na confraria dos faltosos? Jamais, jamais, um completo jamais. Refiro-me aos jogadores.

Ditas estas palavras, foram trazidas as obras de Virgílio. Antes de abri-las, Panúrgio disse a Pantagruel: — O coração me bate dentro do peito como uma mitene[307]. Tomai meu pulso nesta artéria do braço esquerdo; pela sua frequência e elevação diríeis que enfrento um exame na Sorbonne. Não sois de opinião que, antes de proceder qualquer coisa, invocássemos Hércules e as deusas Tenitas[308], as quais segundo se diz presidem a câmara das sortes? — Nem um nem as outras — respondeu Pantragruel —, abri o livro com a unha.

CAPÍTULO XII
DE COMO PANTAGRUEL EXPLORA, POR SORTE VIRGILIANA, QUAL SERÁ O CASAMENTO DE PANÚRGIO

Então abrindo o livro Panúrgio encontrou na décima sexta ordem este verso:

Nec deus hunc mensa, dea nec dignata cubili est

Digno não foi de usá-los, com efeito,
Do deus a mesa e da deusa o leito.

---

307. Alusão a um costume do Poitou, nas festas de casamento, quando os convidados, antes de se separarem, davam tapas uns nos outros, com as mãos revestidas de mitenes. (N. do T.)
308. Deusas da sorte; do latim *tenere*. (N. do T.)

— Esta não vos é vantajosa — disse Pantagruel. — Denota que vossa mulher será impudica e vós sereis corno, em consequência. A deusa que não vos será favorável é Minerva, virgem mui temível, fulminante, inimiga dos cornos, dos conquistadores, dos adúlteros; inimiga das mulheres lúbricas, que não respeitam a fidelidade prometida a seus maridos e a outro se entregando. O Deus é Júpiter, tronante e fulminante dos céus. E notai que, pela doutrina dos antigos etruscos, os manúbios (assim chamavam os jatos do fogo vulcânico) competiam somente a ela (exemplo o que ocorreu no incêndio dos navios de Ajax Oileu) e a Júpiter, seu pai capital. Aos outros deuses olímpicos não é lícito lançar raios. Portanto, não são eles tão temidos pelos humanos. Dir-vos-ei mais, e tomai-o como extrato da alta mitologia: quando os gigantes fizeram a guerra contra os deuses, os deuses no começo zombaram de tais inimigos, e diziam que não era coisa nem para os seus pajens. Mas quando viram, pelo trabalho dos gigantes, o Monte Pélion colocado em cima do Monte Ossa, e já abalado o Monte Olimpo, para ser posto em cima dos dois, todos se assustaram. Então Júpiter reuniu o capítulo geral. Lá ficou concluído por todos os deuses que se pusessem corajosamente em defesa. E como tinham visto várias vezes batalhas perdidas pelo impedimento das mulheres que se encontravam entre os exércitos, foi decretado, de imediato, expulsar dos céus para o Egito e os confins do Nilo, toda aquela multidão de deusas, disfarçadas em doninhas, fuinhas, morcegos, e outras metamorfoses. Somente Minerva foi retida, para lançar raios com Júpiter, como a deusa das letras e da guerra, do conselho e da execução, deusa nascida armada, deusa temível no céu, no ar, no mar e na terra.

— Ventre sobre ventre, serei eu Vulcano, de que fala o poeta? Não. Não sou coxo, nem moedeiro falso, nem ferreiro, como ele era. Porventura minha mulher será tão bela e sedutora como Vênus, mas não frascária como era ela; nem eu corno como ele. O vilão perna-torta se fez declarar corno por decreto, e em presença de todos os deuses. Portanto, entendei ao contrário. Essa sorte denota que minha mulher será ajuizada, pudica e fiel, não armada, feroz, nem descerebrada, extraída do cérebro, como Palas; e não me será rival esse belo Júpiter, nem salgará seu pão em minha sopa, quando estivermos juntos à mesa. Considerai seus gestos e grandes feitos. Tem sido o maior rufião, o mais infame pu... digo bordeleiro que jamais existiu, devasso sempre fogoso como um varrão, parece ter sido alimentado por uma porca, em Diteia de Cândia, se Agatocles babilônico não mente; e mais lúbrico do que um bode; também dizem que ele foi amamentado pela cabra Amalteia. Por virtude do Aqueronte, fornicou por um dia com a terça parte do mundo, bestas e gente, rios e montanhas: foi a Europa. Por isso os amonianos o retratavam na figura de um carneiro, carneiro chifrudo, fornicador[309]. Mas sei como me defender

---

309. Há aqui uma série de trocadilhos com a palavra belier, carneiro, e o verbo *beliner*, que designa a cópula de carneiros, mas que Rabelais também usa para significar o coito humano. (N. do T.)

desse cornudo[310]. Creio que ele não teria encontrado um tolo Anfitrião, um ingênuo Argus com os seus cem óculos, um covarde Acrísio, um alcoviteiro como Lico de Tebas, um sonhador como Agenor, um Asopo fleumático, um Licaonte adulador, um disforme Corito da Toscânia, um Atlas de grande espinhaço. Poderia cem e cem vezes transformar-se em cisne, em touro, em sátiro, em ouro, em cuco, como fez quando deflorou Juno sua irmã; em águia, em carneiro, em fogo, serpente, ou quem sabe mesmo em pulga, em átomos epicuristas ou magistralmente em segundas intenções. Eu o apanharia com um gancho. E sabeis o que lhe faria? O que faz Saturno com o Céu, seu pai: Sêneca disse antes de mim, e Lactâncio confirmou. O que Réa fez com Átis: eu lhe cortaria os culhões bem rente ao cu, sem deixar um pedacinho. Por essa razão não será jamais papa: pois *testiculus non habet*.

— Muito bonito, meu filho — disse Pantagruel —, muito bonito. Abri pela segunda vez.

Então encontrou este verso:

Membra quatit, gelidusque coit formidine sanguis[311].

Os membros lhe fratura cruelmente,
E o medo torna em gelo o sangue quente.

— Isso denota — disse Pantagruel — que ela vos espancará de um lado e de outro. — Ao contrário, o prognóstico me é favorável, diz que a espancarei furiosamente se ela me aborrecer. Martim bastão fará o seu ofício. Em falta de bastão, o diabo me coma, se eu não a comer viva, como a sua comeu Candaules, rei dos lídios. — Sois — disse Pantagruel — bem corajoso. Hércules não vos combateria em tal furor, mas é que se diz que Jan vale por dois, e Hércules não ousou sozinho combater com dois. — Eu sou Jan? — disse Panúrgio. — Nada, nada — respondeu Pantagruel. — Eu estava pensando no jogo de gamão.

Da terceira vez encontrou este verso:

Femineo praedae et spoliorum amore[312]

De saquear ardia em feminil anseio.

— Isso denota — disse Pantagruel — que ela vos roubará. E vejo com muita clareza, segundo estas três sortes: sereis corno, sereis espancado e sereis furtado. — Ao contrário — respondeu Panúrgio —, esse verso denota que ela me amará

---

310. Na mitologia, o chifre não era símbolo da infelicidade conjugal, como entre nós, mas ao contrário, sinal de força e virilidade. (N. do T.)
311. *Eneida*, L. III, V. 30. (N. do T.)
312. *Eneida*, L. XI, V. 782. (N. do T.)

com amor perfeito. Porquanto não mentiu o satírico, quando disse que a mulher arrebatada por um amor supremo, às vezes tem prazer de furtar do amante. Sabeis o quê? Uma luva, um alamar, para fazê-lo procurar. Pouca coisa, nada de importância, do mesmo modo que essas pequenas rusgas, essas pequenas desavenças que surgem entre os amantes servem como novo estimulante e aguçamento do amor. Como vemos, por exemplo, os cuteleiros martelando às vezes as armas brancas que fabricam para melhor afiá-las. Eis porque considero as três sortes como de grande vantagem para mim. De outro modo, eu apelo. — Apelar — disse Pantatagruel — jamais se pode dos julgamentos decididos por sorte e fortuna, como atestam os antigos jurisconsultos; e disse Balde, *1. ult. de leg*. O motivo é que a fortuna não reconhece superior, para a qual dela e das suas sortes se pudesse apelar. E não pode nesse caso o menor ser em seu inteiro restituído, como claramente diz *1. ait Praetor. S ult. ff. de Minor*.

CAPÍTULO XIII
DE COMO PANTAGRUEL ACONSELHA PANÚRGIO A PREVER A VENTURA OU DESVENTURA DE SEU CASAMENTO POR SONHOS

— Ora, já que não concordamos na exposição das sortes virgilianas, tomemos outra via de advinhação. — Qual? — perguntou Panúrgio. — Uma boa, antiga e autêntica é aquela por meio de sonhos — respondeu Pantagruel. — Pois sonhando, com as condições que descrevem Hipócrates, *lib. Peri enupnion*, Platão, Plotino, Jamblique, Sinésio, Aristóteles, Xenofonte, Galeno, Plutarco, Artemidoro, Daldiano, Herófilo, Q. Calaber, Teócrito, Plínio, Ateneu e outros, a alma muitas vezes prevê as coisas futuras. Não há necessidade de alongar-me para vos provar. Entendeis por exemplo vulgar, quando vedes, quando as criancinhas, bem tratadas, bem alimentada e aleitadas, dormem profundamente, as amas vão folgar, tendo liberdade naquela hora de fazer o que quiserem, pois a sua presença junto do berço pareceria inútil. Do mesmo modo, a nossa alma, quando o corpo dorme, e a concocção está em todos os pontos completa, nada mais se tornando necessário até o despertar, sai para rever a sua pátria, que é o céu. De lá recebe participação insígne de sua primária e divina origem; e, na contemplação daquela infinita esfera, cujo centro está em cada lugar do universo, a circunferência em plena perfeição (é Deus, segundo a doutrina de Hermes Trismegisto), à qual nada advém, nada passa, nada decai, todos os tempos são presentes, nota não somente as coisas passadas em movimentos inferiores, mas também as futuras; e as trazendo ao seu corpo, e pelos sentidos e órgãos do mesmo as expondo aos amigos, se mostra vaticinante e profética. Na verdade não as revela em tal clareza como as viu, obstando a imperfeição e fragilidade dos sentidos corporais; como a lua recebendo do sol a sua luz, não nos a comunica tão lúcida, tão pura, tão viva e ardente como a recebeu. Portanto, resta a tais vaticínios soníferos intérprete que seja destro, sábio, industrioso, experimentado, racional e absolutamente onirócrito e onirópolo, como são chamados pelos gregos. Eis porque Heráclito dizia: nada nos é exposto por sonhos, nada nos é oculto; somente nos é dada significação e indicação das coisas futuras, para ventura ou desventura nossa, ou para ventura ou desventura de outro. As letras sagradas o testemunham, as histórias profanas o asseguram, expondo-nos mil casos acontecidos segundo os sonhos, tanto com a pessoa que sonhou como com outra igualmente. Os atlânticos e os habitantes da Ilha de Thasos, uma das Cíclades, são privados dessa comodidade, pois em seus países jamais alguém sonhou. Assim foram Cléon de Daulie, Trasimenes e, em nosso tempo, o douto Villanovus[313], francês, os quais jamais sonharam.

Amanhã, pois, à hora em que a jovial Aurora de dedos róseos expulsar as trevas noturnas, tratai de sonhar profundamente.

Entrementes, despojai-vos de toda afeição humana, de amor, de ódio, de esperança e de temor. Pois como outrora o grande vaticinador Proteu, estando disfarçado e transformado em fogo, em água, em tigre, em dragão e outras máscaras estranhas, não predizia as coisas futuras; e sim para predizê-las mister era que fosse restituído à sua própria e simples figura: assim também não pode o homem receber divindade e arte de vaticinar, senão se a parte que lhe é mais divina (é *Nous e Mens*) esteja sossegada, tranquila, bem disposta, não ocupada, nem distraída por paixões e afeições estranhas. — Eu o quero — disse Panúrgio. — Devo cear pouco ou muito esta noite? Não pergunto sem motivo. Pois, se bem e fartamente não ceio, não durmo nada que valha a noite, não faço senão sonhar sonhos vazios como o meu estômago. — Não cear — respondeu Pantagurel — seria o melhor, atendendo vossa gordura e vossos hábitos. Anfiaro, vaticinador antigo, queria que aqueles que por sonhos recebessem os seus oráculos nada comessem durante todo o dia, e vinho não bebessem três dias antes. Não usaremos de tão extrema e rigorosa dieta. Estou bem certo de que um homem repleto de comidas e de crápula dificilmente conceberá notícia das coisas espirituais; não sou todavia da opinião daqueles que, depois de longos e obstinados jejuns, cuidam mais longe entrar na contemplação das coisas celestes. Podeis vos lembrar bastante de como Gârgantua meu pai (o qual me honro em mencionar) nos disse muitas vezes os escritos daqueles eremitas jejuadores, tanto eram insossos, jejunos e de má saliva, como eram os seus corpos, quando eles os compunham: e difícil coisa é bons e serenos ficarem os espíritos, estando o corpo em inanição, visto que os filósofos e médicos afirmam que os espíritos animais surgem, nascem e praticam pelo sangue arterial puro e afinado com perfeição dentro da rede admirável que fica sob os ventrículos do cérebro. Haja vista o exemplo de um filósofo, que, na solidão, pensando estar

---

313. O médico Simon de Villeneuve, morto em 1530. (N. do T.)

longe da turba, para melhor comentar, discorrer e compor, no entanto em torno dele latiam os cães, uivavam os lobos, rugiam os leões, relinchavam os cavalos, barriam os elefantes, silvavam as serpentes, zurravam os asnos, chiavam as cigarras, arrulhavam as rolas, quer dizer, ele era mais perturbado do que se estivesse na feira de Fontenay ou de Niort; pois a fome está no corpo; para a remediar, dilata-se o estômago, turba-se a vista, as veias sugam a própria substância dos membros carniformes e retiram em baixo esse espírito vagabundo, negligenciam o tratamento de sua cria e hóspede natural, que é o corpo: como se a ave, estando no punho, quisesse alçar voo no ar, e incontinênti pela correia fosse para baixo puxada. E a esse propósito, lícito é alegar a autoridade de Homero, pai de toda a filosofia, que diz que os gregos, então, logo, puseram fim às suas lágrimas de luto por Pátroclo, o grande amigo de Aquiles, quando a fome se declarou e seus ventres protestaram, mais lágrimas não os fornecendo. Pois, no corpo esgotado por longo jejum, mais não havia para chorar e lacrimejar.

A mediocridade é em todos os casos louvada e estimada; e aqui a mantereis. Comereis na ceia não favas, não lebres, nem outra carne; nem polvo (que se chama polipo), nem couve, nem outras comidas que possam perturbar e ofuscar os vossos espíritos animais. Pois, como os espelhos não podem representar os simulacros das coisas objetivadas e a ele expostas, se o seu polimento foi pelo hálito ou pelo tempo nebuloso ofuscado, também o espírito não recebe as formas de advinhação por sonhos, se o corpo está inquietado e perturbado pelos vapores e fumaças dos alimentos precedentes, por causa da simpatia, a qual é entre os dois indissolúvel. Comereis boas peras e *crustuménies*[314] e bergamotas, uma maçã, algumas ameixas de Tours, algumas cerejas de meu pomar. E não haverá por quê receeis que os vossos sonhos sejam duvidosos, falazes ou suspeitos, como os têm declarado alguns peripatéticos, no tempo do outono: Porquanto os humanos usam mais copiosamente as frutas que em outras estações. É o que os antigos profetas e poetas misticamente nos ensinam, dizendo que vãos e falaciosos sonhos jazem e estão escondidos sob as folhas caídas na terra, porque no outono as folhas caem das árvores. Pois esse fervor natural, o qual abunda em frutos novos e que por sua ebulição facilmente evapora partes animais, como vemos fazer o mosto, já há muito tempo passou. E bebereis boa água de minha fonte.

— As condições — disse Panúrgio — me são um tanto duras. Concordo, todavia, que valha o sacrifício. Protesto almoçar amanhã bem cedo, logo depois dos meus sonhos. Além disso, recomendo-me às duas portas de Homero, a Morfeu, a Icelon, a Fantasius e Fobetor. Se me ajudarem e socorrerem, como preciso, hei de erigir-lhes um belo altar, todo feito de fina penugem.

Depois perguntou a Pantagruel: —Não seria bom que eu pusesse debaixo do meu travesseiro alguns ramos de loureiro? — Não há necessidade — respondeu

---

314. Peras de Crustumino, de que fala Virgílio (*Geórgicas*, L. II, v. 88). (N. do T.)

Pantagruel. — É coisa supersticiosa e não passa de abusão, como escreveram Serpião ascalonita, Antifo, Filocoro, Artemon e Fulgêncio Planciades. O mesmo vos diria eu do ombro esquerdo do crocodilo e do camaleão, salvo a honra do velho Demócrito. O mesmo da pedra dos bactrianos chamada eumetrides. O mesmo do corno de Hamon; assim chamavam os etíopes uma pedra preciosa cor de ouro e em forma de um chifre de carneiro, como o chifre de Júpiter Hamoniano, que afirmavam serem verdadeiros e infalíveis os sonhos dos que as usam, que são os oráculos divinos. Porventura é o que escreveram Homero e Virgílio das duas portas dos sonhos, as quais vos têm sido recomendadas. Uma é de marfim, pela qual entram os sonhos confusos, falazes e incertos, como através do marfim, por mais fino que seja, não é possível ver coisa alguma: sua densidade e opacidade impedem a penetração dos espíritos videntes e recepção das espécies visíveis. A outra é de chifre, pela qual entram os sonhos certos, verdadeiros e infalíveis, como através do chifre por seu resplendor e diafaneidade aparecem todas as espécies certa e distintamente. — Vós — disse Frei Jean — quereis inferir que os sonhos dos cornos chifrudos, como será Panúrgio (querendo Deus e sua mulher) são sempre verdadeiros e infalíveis.

CAPÍTULO XIV
O SONHO DE PANÚRGIO E A SUA INTERPRETAÇÃO

As sete horas da manhã seguinte, Panúrgio se apresentou diante de Pantagruel, estando em seu quarto Epistemon, Frei Jean des Entommeures, Ponocrates, Eudemon, Carpalim e outros, aos quais, à vista de Panúrgio, disse Pantagruel — Vede o nosso sonhador. — Essa palavra — disse Epistemon — outrora custou muito, e foi bem cara vendida aos filhos de Jacó. — Então — disse Panúrgio — estou bem com Guillot o sonhador. Sonhei tanto, sonhei demais, mas não entendo patavina. A não ser que, em meus sonhos, eu tinha uma mulher jovem, grácil, de uma beleza perfeita, a qual me tratava e entretinha com todo o carinho, como um menino mimado. Jamais houve homem mais bem tratado, mais satisfeito. Ela me agradava, me mimava, me acariciava, me apalpava, me abraçava, me beijava e por brincadeira me fazia dois belos chifrinhos em cima da testa. Eu lhe dizia rindo que ela os deveria pôr abaixo dos olhos, para melhor ver o que eu quisesse ferir; a fim de que Momo[315] nela não encontrasse coisa alguma imperfeita e digna de correção, como fazia na posição dos chifres bovinos. A brincalhona não obstante a minha observação, os colocava ainda

---

315. Momo, ou Mómus em grego, é a divindade dos escritores e poetas, sendo apontada como a personificação do sarcasmo. (N. do R.)

mais adiante. E nesse caso não me fazia mal algum, o que é coisa admirável. Pouco depois me pareceu que fui, não sei como, transformado em tambor e ela em coruja. Ali foi o meu sono interrompido, e acordei em sobressalto, aborrecido, perplexo e indignado. Tendes aí um grande pratarraz de sonhos; fartai-vos. E explicai-o como entenderdes. Vamos almoçar, senhor mestre Carpalim. — Entendo — disse Pantagruel. — Se tenho algum julgamento na arte da advinhação dos sonhos, que vossa mulher não vos fará realmente e em aparência exterior ter chifres na testa, como têm os sátiros, mas não guardará fidelidade conjugal, e a outro se entregará, e vos fará cabrão. Esse ponto é abertamente esposado por Artemidoro, como o diz. Também não vos será feita metamorfose em tambor, mas vos baterá, como se bate em um tambor; nem ela será coruja, mas vos furtará, como é o natural da coruja. E vede os vossos sonhos conforme as sortes virgilianas: sereis corno, sereis espancado, sereis furtado.

— Ah! — exclamou Frei Jean, e disse: — Ele disse a verdade, bofé, serás corno, homem de bem, eu te asseguro; terás belos chifres. Ah, ah, ah! Nosso mestre *de Cornibus*. Deus te guarde; faze-me duas palavras de pregação e eu farei a coleta entre a paróquia. — Ao contrário — disse Panúrgio —, meu sonho pressagia que o meu casamento será repleto de todos os bens, com o corno da abundância. Dizeis que são os chifres dos sátiros. *Amen, amenn, fiat, fiatur*[316] *ad differentiam Papae*. Assim terei eu eternamente o rolete no ponto e infatigável, como têm os sátiros, coisa que todos desejam e pouca gente consegue do céu. Por consequência, corno jamais. Pois a falta dele é a causa *sine qua non*, a causa única, que faz os maridos cabrões. O que faz os miseráveis mendigar? O que não têm em sua casa com o quê encher o seu saco. O que faz o lobo sair do bosque? a falta de carne. O que faz as mulheres adúlteras? Vós me entendeis muito bem. Pergunto aos senhores clérigos, aos senhores presidentes, conselheiros, advogados, procuradores e outros glosadores da venerável rubrica, *de Frigidis et maleficiatis*. Vós (perdoai-me se me excedo) pareceis evidentemente errar, interpretando chifres por traição conjugal[317]. Diana os leva na cabeça em forma de um belo crescente. Ela é cabrona por acaso? Como diabo seria ela cabrona, se não se casou? Falai corretamente, por favor, para que ela não vos faça o que fez com Actéon[318].

O bom Baco tem chifres semelhantemente; Pã, Júpiter Hamoniano, tantos outros. São cabrões? Juno seria puta? pois era o que teria de se deduzir pela figura dita metalepse[319]. Como, chamando um menino, em presença de seu pai e sua mãe,

---

316. Depois de empregar a palavra sacramental *fiat* (faça-se), usada pelo papa, Panúrgio usa o macarrônico *fiatur*, "para diferenciar do papa". (N. do T.)
317. No original a expressão é *cocuage*, que corresponderia em português a "*cornice*", se existisse a tal palavra, mas, no caso, é intraduzível. Realmente o *cocu* (marido traído) dos franceses, não deveria, a rigor, ser traduzido por "corno", pois nada tem a ver com chifres. (N. do T.)
318. Acteão foi transformado em veado por Diana, por tê-la surpreendido no banho (Ovídio, *Met*. III, vs. 138/252). (N. do T.)
319. Aqui usada no sentido de transposição. (N. do T.)

de enjeitado ou bastardo, é, honestamente, tacitamente, dizer que o pai é cabrão e a mãe adúltera. Falemos melhor. Os cornos que minha mulher me fazia eram cornos da abundância e repletos de todos os bens. Eu vos afirmo. Enquanto isso, serei alegre como um tambor de festa, sempre fazendo barulho, sempre cantarolando e peidando. Crede que é a hora de meu bem. Minha mulher vai ser quieta e bonita como uma corujinha. — Noto — disse Pantragruel — a última coisa que dissestes e a comparo com a primeira. No começo, vos mostrastes convicto das delícias do vosso sonho. Enfim acordastes em sobressalto, aborrecido, perplexo e indignado. — É claro — disse Panúrgio —, porque eu não tinha jantado. Tudo caminhará para a desolação, prevejo. Sabeis ser verdade que todo sonho que termina em sobressalto e deixando a pessoa aborrecida e indignada, ou mal significa, ou mal pressagia.

Mal significa, quer dizer doença rebelde, maligna, pestilenta, oculta e latente dentro do centro do corpo, a qual pelo sono, que sempre reforça a virtude inibidora, segundo os teoremas da medicina, começa a se declarar e mover-se para superfície. Com esse movimento o repouso é removido, e a primeira sensibilidade admoestada de ali acomodar-se e prover. Como no provérbio que diz: irritar os vespões, mover a Camarine, acordar o gato que dorme.

Mal pressagia, quer dizer, quanto ao fato da alma em matéria de advinhação sonífera nos dá a entender que alguma desgraça está destinada e preparada, a qual em breve sairá de seu efeito. Exemplo é o sonho e o despertar assustador de Hécuba; o sonho de Eurídice mulher de Orfeu, as quais disse Ênio terem acordado em sobressalto e assustadas.

Como Eneias sonhando que conversava com Heitor defunto e de súbito em sobressalto despertou: também naquela mesma noite foi Troia saqueada e incendiada. Outra vez sonhando que via seus Deuses familiares e penates, e sobressaltado despertando, passou no dia subsequente horrível tormenta no mar. Como Turno, o qual levado por visão fantástica da fúria infernal ao começar a guerra contra Eneias, acordou em sobressalto indignado, depois foi, após longas desolações, morto pelo mesmo Eneias. Mil outros. Quando vos falo de Eneias, notai que Fábio Pictor diz nada por ele ter sido feito ou empreendido, nada lhe ter advindo, que previamente não tivesse conhecido e previsto por adivinhação sonífera. Razão não falta a esse exemplo. Pois, se o sono é repouso e dádiva e benefício especial dos Deuses, como mantêm os filósofos e atesta o poeta, dizendo[320]:

> Hora em que o sono vem, doce, aos humanos
> Por graça e dom dos deuses soberanos.

Tal dom em contrariedade e indignação não pode terminar sem grande infelicidade pretendida. De outro modo, o repouso não seria repouso, o dom não seria

---
320. Virgílio, *Eneida*, L. II, vs. 268/269. (N. do T.)

dom, não dos deuses amigos procedendo, mas dos diabos inimigos, segundo a palavra vulgar: εχθρων αζωφα δωρα. Como se o pai de família estando à mesa opulenta, com bom apetite no começo do repasto, fosse visto levantar-se em sobressalto e assustado. Quem não soubesse a causa poderia surpreender-se. Mas o quê? Ele ouvira seus criados gritarem que havia fogo; os servos gritarem que havia ladrão; os filhos gritarem que havia um assassino. Era preciso, deixando o repasto, correr a remediar e manter a ordem. Verdadeiramente me recordo que os cabalistas e massoretas intérpretes das letras sagradas, expondo em que se poderia por discrição conhecer a verdade das aparições angélicas (pois muitas vezes o anjo de Satanás se transfigura em anjo da luz), dizem que a diferença entre os dois ser a de o anjo benigno e consolador, aparecendo ao homem, o assusta no começo, o consola no fim, o torna contente e satisfeito; o anjo maligno e sedutor no começo faz o homem rejubilar-se, no fim o deixa perturbado, aborrecido e perplexo[321].

CAPÍTULO XV
EXCUSA DE PANÚRGIO E EXPOSIÇÃO DE CABALA MONÁSTICA EM MATÉRIA DE CARNE SALGADA

— Deus — disse Panúrgio —, protege do mal quem vê bem e nada ouve. Eu vos vejo muito bem, mas não vos ouço e não sei o que dizeis. Ventre faminto não tem ouvidos. Estou faminto. Excedi-me na corveia. Será mais que mestre Mousche[322] aquele que me fizer preocupar-me com os sonhos.

Quando eu tiver almoçado bem e tiver o estômago bem ajustado e satisfeito, então, por precisão e em caso de necessidade, posso deixar de jantar. Mas não cear? Diabo, é um erro, é um escândalo da natureza. A natureza fez o dia para se exercitar, para se trabalhar e cada um tratar de seus negócios; e para mais aptamente se fazer, ela nos forneceu a vela, que é a clara e alegre luz do sol. À noite ela começa a nos tolher e nos diz tacitamente: "Meus filhos, sois homens de bem; já trabalhastes muito, a noite chega; convém cessar o labor e restaurar as forças com bom pão, bom vinho, boas carnes; depois divertir um pouco, deitar e repousar, para que, no dia seguinte, estejais descansados e bem-dispostos para o trabalho, como antes." Assim fazem os falcoeiros, quando recolhem as aves. Não as fazem voar, mas descansar em seus poleiros. É o que muito bem entendeu o bom papa, primeiro instituidor do jejum. Ordenou que se jejuasse até a hora das nonas, o resto do dia fosse posto em liberdade para se comer. Nos tempos de outrora, pouca gente jantava, como os monges e cônegos. Também não têm eles outra ocupação; todos os seus dias são de festa e observam diligentemente um provérbio claustral: *De missa ad mensam.*

---

321. Os dons dos inimigos não são dons. (N. do T.)
322. Antoine de Mouchi, doutor da Sorbonne e inquisidor no tempo de Francisco I. (N. do T.)

E não se diferenciavam, esperando só a vinda do abade para se acomodarem à mesa. Ali, regalando-se, os monges esperam o abade enquanto ele quiser; não de outro modo nem em outras condições. Mas todo o mundo ceiava, exceto alguns sonhadores visionários; porquanto a ceia é dita como *Coene*, quer dizer, comum a todos. Sabes disso bem, Frei Jean. Vamos, meu amigo, vamos, com todos os diabos. Meu estômago uiva de fome como um cão. Vamos lançar-lhe muita sopa na goela para apaziguá-lo, a exemplo da Sibila com Cérbero: Gostas das sopas da prima[323], eu, mais me agradam as sopas do galgo[324] com um bom pedaço de lavrador salgado a nove lições.

— Eu te entendo — disse Frei Jean. — Essa metáfora é extraída da panela claustral. O lavrador é o boi que trabalha, que trabalhou; as nove lições querem dizer perfeitamente cozido. Pois os bons pais de religião, por certa cabalística instituição dos antigos, não escrita, mas levada de mão em mão, quando se levantavam, em meu tempo, por matinas executavam certos preâmbulos notáveis antes de entrarem em ação. Cagavam no cagadouro, mijavam no mijadouro e escarravam na escarradeira; tossiam no tossidor melodiosamente, a fim de que nada de imundo levassem ao serviço divino. Feitas essas coisas, devotamente se dirigiam à santa capela (assim era em sua linguagem chamada a cozinha claustral) e devotamente solicitavam que desde então fosse levado ao fogo o boi destinado ao almoço dos religiosos, irmãos de Nosso Senhor. Eles próprios muitas vezes acendiam o fogo embaixo da panela. Ora, como as matinas têm nove lições, mais cedo se levantavam. Mais também multiplicam o apetite do que se houvesse na manhã uma ou duas lições somente. Quanto mais cedo se levantem para a dita cabala, mais cedo vai o boi para o fogo; quanto mais tempo estiver no fogo, mais cozido fica; quanto mais cozido, mais macio se mostra, menos se gastam os dentes, mais se deleita o paladar; menos se esforça o estômago, mais se nutrem os bons religiosos. Que é a única finalidade e intenção primordial dos fundadores: em contemplação de que não comem para viver, mas vivem para comer, e não têm senão a sua vida neste mundo. Vamos, Panúrgio. — Agora — disse Panúrgio — eu te entendi, culhão aveludado, culhão claustral e cabalístico. Assumo o próprio cabal[325]: a sorte, a usura e os interesses eu perdoo... Contento-me com as despesas, pois que tanto discernimento nos levou à repetição do capítulo singular da cabala culinária e monástica. Vamos, Carpalim, Frei Jean, meu amigo do coração, vamos. Bom dia, todos vós, meus bons senhores. Já sonhei bastante para beber. Vamos.

Mal Panúrgio acabara de falar, Epistemon em voz alta exclamou, dizendo: — Coisa bem comum e vulgar entre os humanos é a desgraça de outro ouvir, prever, conhecer

---

323. A primeira das sete horas canônicas. (N. do T.)
324. *Soupe de lévrier*: pão ensopado em água. (N. do T.)
325. Trata-se de um jogo de palavras com o termo *cabal*, usado no direito consuetudinário para designar mercadoria recebida com um lucro correspondente à metade ou a um terço de seu valor. (N. do R.)

e predizer. Mas ó coisa rara é sua própria desgraça predizer, conhecer, prever e ouvir! E prudentemente o figurou Esopo em seus apólogos, dizendo: Cada homem nasce neste mundo carregando no pescoço um saco, dentro do qual estão todos os erros e desgraças dos outros, sempre expostos à nossa vista e ao nosso conhecimento; e carregando nas costas um saco com os seus próprios erros e desgraças; e jamais não são vistos nem ouvidos, fora aqueles que dos céus têm o benévolo aspecto.

CAPÍTULO XVI
DE COMO PANTAGRUEL ACONSELHA PANÚRGIO A CONSULTAR UMA SIBILA DE PANZOUST

Pouco tempo depois, Pantagruel mandou chamar Panúrgio, e disse-lhe: — O amor que vos dedico, inveterado por sucessão de longo tempo, me solicita pensar em vosso bem e proveito. Ouvi minha concepção: disseram-me que em Panzoust, perto de Croulay, há uma sibila muito insígne, a qual prediz todas as coisas futuras; levai Epistemon por companhia e transportai-vos até junto dela, para ouvirdes o que ela vos dirá. — É — disse Epistemon — porventura uma Canídia, uma sagana, pitonisa e feiticeira. O que me faz pensar tal coisa é que aquele lugar tem má fama, dizem que abunda em feiticeiras, mais do que abundou a Tessália. — Não gostaria de ir lá. A coisa é ilícita e proibida pela lei de Moisés. — Não somos judeus — disse Pantagruel —, e não é coisa confessada nem admitida que ela seja feiticeira. Deixemos para o vosso regresso o exame e decisão desse assunto. Que sabemos nós se é a undécima sibila, uma segunda Cassandra? E ainda que sibila não fosse, e de sibila não merecesse o nome, que prejuízo teríeis em conversar com ela acerca de vossa perplexidade, sabendo-se que ela tem fama de mais saber, mais entender do que é de costume no país e no sexo? Que mal faz saber sempre, e sempre aprender, fosse com um tolo, com um pote, com uma garrafa, uma luva, um chinelo? Lembrais que Alexandre, o Grande, tendo alcançado a vitória contra o rei Dario em Arbeles, presentes seus sátrapas, algumas vezes recusou audiência a um companheiro, depois em vão mil e mil vezes se arrependendo. Estava vitorioso na Pérsia, mas tão afastado de Macedônia, seu reino hereditário, que grandemente se entristecia, por não poder de modo algum de lá ter notícia, tanto por causa da enorme distância dos lugares, como da interseção dos grandes rios, impedimento dos desertos e objeção das montanhas. Naquele estrito e cuidadoso raciocínio que não era pequeno (pois tinha podido o país e reino ocupar, e lá instalar rei novo e nova colônia, muito tempo antes do que de ser advertido para ali reverter), diante dele se apresentou um homem de Sidônia, mercador perito e de bom senso, mas no resto bastante pobre e de parca aparência, denunciando-lhe e afirmando ter inventado um caminho e um meio, pelo qual seu país poderia de suas vitórias indianas, e ele do Estado da Macedônia e do Egito, tomarem conhecimento em menos de cinco dias. Ele estimou a promessa tão absurda e impossível, que não lhe quis prestar ouvidos nem lhe dar audiência. Que lhe teria custado ouvir e entender o que aquele homem tinha inventado? Que prejuízo, que dano lhe teria causado saber qual era o caminho que o homem queria lhe mostrar? A natureza não parece sem motivo nos ter formado ouvidos abertos, ali não colocando tampa nem fechamento algum, como fez com os olhos, com a língua e outras partes do corpo. A causa é, cuido ser, a fim de que todos os dias, todas as noites, continuamente, possamos ouvir, e ouvindo perpetuamente aprender: pois é o sentido mais que todos os outros apto às disciplinas. E talvez aquele homem fosse anjo, quer dizer mensageiro de Deus, enviado como Rafael a Tobias. Mui precipitadamente o condenou, por muito tempo depois se arrependeu.

— Dizeis bem — respondeu Epistemon —, mas não me fizestes entender que coisa mui vantajosa seja tomar de uma mulher, e uma tal mulher, em tal país, conselho e aviso. — Eu — disse Panúrgio — me dou muito bem com o conselho das mulheres, mesmo das velhas[326]. Eu as chamo advertidas como a Juno dos romanos. Pois delas sempre nos vêm conselhos salutares e proveitosos. Perguntai a Pitágoras, Sócrates, Empedocles e ao nosso mestre Ortuinos[327]. Juntamente louvo até os altos céus a antiga instituição dos germanos, os quais cordialmente reverenciavam os conselhos das velhas; por seus avisos e respostas felizmente prosperavam, como os tinham prudentemente recebidos. Testemunham a velha Aurínia e a boa matrona Velede, no tempo de Vespasiano.

Crede que a velhice feminina assume sempre qualidade sublime, quero dizer sibilina. Vamos, pela ajuda, vamos, pelo bem da virtude, vamos. Adeus, Frei Jean, recomendo-te a minha braguilha. — Está bem — disse Epistemon —, eu vos seguirei, protestando que, se ela usar de sorte ou encantamento em suas respostas, eu vos deixarei na porta, e não sereis mais por mim acompanhado.

CAPÍTULO XVII
DE COMO PANÚRGIO FALA COM A SIBILA DE PANZOUST

Sua viagem foi de seis dias. No sétimo, no alto de uma montanha, sob um grande e amplo castanheiro, lhes foi mostrada a casa da vaticinadora. Sem dificuldade, entraram na cabana, mal construída, mal mobiliada, toda enfumaçada. — Basta — disse Epistemon. — Heráclito, grande scotista[328] e tenebroso filósofo,

---

326. Há aqui uma série de trocadilhos, absolutamente intraduzíveis, com as expressões *sage femme* ("parteira" e também "mulher sabida") e *présages femmes* (que pressagiam), e ainda com as expressões *maunette* (suja, porca) e *monète*, "que adverte". (N. do T.)

327. Personagem fictício. (N. do T.)

328. Gracejo de Rabelais, insinuando ser Heráclito (século V a.C.) discípulo de Duns Scotus (1265-1308). (N. do T.)

não se espantou ao entrar em casa semelhante, observando aos circunstantes e discípulos que ali também residiam os deuses, como nos palácios mais repletos de delícias. E creio que tal era a cabana de Hiereu ou Enópio, na qual Júpiter, Netuno e Mercúrio juntos não desdenharam de entrar, comer e se hospedar; e na qual oficialmente unidos fizeram Órion.

Em um canto do fogão, encontraram a velha. — Ela é — exclamou Epistemon — verdadeira sibila e verdadeiro retrato candidamente representado por *Grei Kaminoi* de Homero[329]. — A velha estava maltratada, mal vestida, mal nutrida, desdentada, remelenta, curvada, encarquilhada, suja, cansada, e fazia uma sopa de couve, com um pedaço de toucinho e pedaços de ossos. — Falhamos — disse Epistemon. — Não teremos dela resposta alguma, pois não temos o ramo de ouro. — Estou provido — respondeu Panúrgio. — Tenho aqui dentro da sacola uma vara de ouro maciço, acompanhada de belos e joviais *carolus*[330].

Ditas estas palavras, Panúrgio a saudou profundamente, apresentando-lhe seis línguas de boi defumadas, uma grande vasilha cheia de cuscus, um frasco de couro cheio de bebida, um saco de carneiro cheio de *carolus* recém-fabricados; enfim, com profunda reverência lhe pôs no dedo médio uma haste de ouro na qual estava engastada magnificamente uma *crapaldine*[331] de Beusse. Depois, em breves palavras, expôs o motivo de sua vinda, pedindo-lhe para aconselhá-lo, e expor a boa sorte do seu casamento.

A velha ficou em silêncio durante algum tempo, pensativa e rilhando os dentes; depois sentou-se, pegou três velhos fusos, virou-os e girou-os entre os dedos de diversas maneiras, depois experimentou as suas pontas; conservou o mais pontudo em sua mão e atirou os dois outros para uma grande pilha de sorgo. Em seguida, pegou as suas dobadouras, e por nove vezes as girou; na nona volta observou, sem mais tocar, o movimento das dobadouras, e esperou seu repouso perfeito. Depois, vi que ela descalçou os tamancos, colocou o avental sobre a cabeça, como os presbíteros põem o amicto quando vão dizer missa; depois o amarrou embaixo do queixo com um pano rajado de diversas cores. Assim paramentada, tomou um grande gole do frasco, tirou três moedas do saco de carneiro, colocou-as em três cascas de nozes, que deixou em cima de um pote; deu três voltas em torno do fogão, lançando ao fogo meio feixe de gravetos e um ramo de loureiro seco; olhou-o queimar-se em silêncio, e viu que queimando ele não provocava chiado nem ruído algum. Então gritou horrivelmente, dizendo entre os dentes algumas palavras bárbaras e de estranha terminação; de modo que Panúrgio disse a Epistemon — Bofé, estou tremendo; acho que estou encantado. Ela não fala língua cristã. Vede como parece quatro palmos mais alta com aquele avental na cabeça. O que significa

---

329. As velhas defumadas, *Odisseia*, XVIII, 27. (N. do T.)
330. Moeda de uma liga de cobre e prata, emitida por Carlos VIII. (N. do T.)
331. Pedra-de-sapo, um dente petrificado, que se acreditava ser uma pedra gerada na cabeça do sapo. (N. do T.)

esses trejeitos? O que pretende com aquele movimento de ombros? Para que fim ela remexe os beiços como um macaco desmenbrando lagostas? Meus ouvidos proclamam, tenho impressão de que ouço Prosérpina ardente; os diabos surgirão em breve. Ó que feios animais! Fujamos. Deus que me perdoe, estou morrendo de medo. Não gosto de diabos. Aborrecem-me, são desagradáveis: fujamos. Adeus, madame, muito obrigado pela boa vontade. Não me casarei. Renuncio desde agora como então. — Tratou, assim, de sair do aposento; mas a velha antecipou-se, tendo o fuso na mão, e saiu para um jardim ou vergel perto da casa. Lá havia um velho sicômoro; ela o sacudiu por três vezes, e, nas oito folhas que caíram, sumariamente escreveu com o fuso alguns breves versos. Depois as lançou ao vento, e disse-lhes: — Ide procurá-las, se quiserdes; achai-as, se puderes; a sorte fatal de vosso casamento ali está escrita. — Ditas estas palavras, a velha se retirou para a sua casa, e no solar da porta levantou o vestido, a anágua e a camisa até os sovacos e lhes mostrou o cu. Vendo-o, observou Panúrgio a Epistemon: — Pelos cornos do diabo, eis o buraco da sibila, onde vários pereceram por quererem ver; fugi desse buraco. — De súbito, ela bateu a porta, e depois não foi mais vista. Eles correram atrás das folhas e as apanharam, não sem grande trabalho; pois o vento as havia espalhado nas moitas do vale. E as ordenando, uma depois da outra, encontraram esta sentença em versos:

> Expelirá
> O renome.
> Engordará
> Sem teu nome.
> Sugar-te-á
> Com engodo.
> Te esfolará,
> Mas não todo.

CAPÍTULO XVIII
DE COMO PANTAGRUEL E PANÚRGIO DIVERSAMENTE INTERPRETAM OS VERSOS DA SIBILA DE PANZOUST

Recolhidas as folhas, regressaram Epistemon e Panúrgio para a corte de Pantagruel, em parte satisfeitos, em parte aborrecidos. Satisfeitos pelo regresso, aborrecidos pelas canseiras do caminho, que acharam áspero, pedregoso e mal ordenado. De sua viagem apresentaram amplo relatório a Pantagruel e sobre o estado da sibila; afinal lhe entregaram as folhas de sicômoro, e mostraram o escrito de pequenos versos. Depois de ter lido, Pantagruel disse a Panúrgio, suspirando: — Não resta dúvida. A profecia da sibila abertamente expõe o que já nos fora denotado, tanto pelas sortes virgilianas quanto por vossos próprios sonhos; é que por vossa mulher sereis desonrado; que ela vos fará corno, entregar-se-á a outro e dele ficará grávida; que vos furtará uma boa parte e vos espancará, esfolando o vosso corpo de algum modo. — Nada entendeis da exposição dessas recentes profecias — respondeu Panúrgio. — Não quero vos desagradar dizendo isso, mas estou um tanto aborrecido. O contrário é que é verdadeiro. Atentai bem para as minhas palavras. A velha disse: Assim como a fava não é vista se não é descascada, assim as minhas virtudes e a minha perfeição jamais gozarão renome se eu não estiver casado. Quantas vezes vos tenho ouvido dizer que o magistrado e o ofício descobrem o homem e põem em evidência o que ele tinha oculto? Quer dizer que se conhece certamente quem é o personagem e quanto ele vale, quando é chamado à direção dos negócios. Antes, a saber estando o homem em sua vida privada, não se pode saber ao certo quem ele é, como uma fava dentro da casca. Eis quanto ao primeiro artigo. De outro modo quereis sustentar que a honra e o bom nome de um homem de bem está nas virilhas de uma puta?

O segundo diz: Minha mulher se engravidará (entendeis aqui a primeira felicidade do casamento) mas não de mim. Está bem, eu creio. Estará grávida de uma criancinha. Já o amo muito, já me sinto todo enternecido. Será meu filhinho querido. Não haverá nada mais divertido do que ouvi-lo balbuciar seu linguajar infantil. E bendita seja a velha: quero lhe atribuir uma boa renda, não instável, como jovens[332] insensatos, mas fixa, como sensatos doutores regentes. De outro modo, quereis que minha mulher me levasse em seus flancos? Me concebesse? Me desse à luz? E que se dissesse: Panúrgio é um segundo Baco. Nasceu duas vezes. Renasceu, como aconteceu com Proteu: uma vez de Tétis, e a segunda vez da mãe do filósofo Apolônio; como sucedeu com os dois Palices, perto do rio Simetos, na Sicília. Sua mulher estava grávida dele. Nele se renovou a antiga palintocia[333] dos megarianos, e a palingenésia de Demócrito. Erro. Não me faleis mais disso.

O terceiro diz: Minha mulher me sugará. Estou disposto a isso. Deveis saber bastante que se trata do bastão que me pende entre as pernas. Juro e prometo mantê-lo sempre suculento e bem abastecido. Ela não me sugará em vão, com certeza. Eternamente ali haverá uma raçãozinha ou coisa melhor. Apresentais alegoricamente aquele lugar e falais em apropriação indébita e furto. Louvo a exposição, a alegoria me satisfaz, mas não no vosso sentido. Talvez que a afeição sincera que me dedicais vos impele à parte adversa e refratária, como dizem os clérigos: coisa maravilhosamente temerosa é o amor, e jamais o bom amor não existe sem temor. Mas, segundo meu julgamento, deveis entender que furto, nessa passagem, como em tantas outras dos escritores latinos e antigos, significa o furto de carícias, as quais Vênus quer que sejam secreta e furtivamente colhidas. Por quê? Direis.

---

332. No original *bacheliers*, que tanto pode ser "bacharéis" como "jovens, donzéis". (N. do T.)
333. Nascimento renovado; de *palin*, outra vez, e *tokos*, nascimento. (N. do T.)

Porque a coisinha, feita às escondidas, entre duas portas, atrás da tapeçaria, furtivamente, mais agrada à deusa de Chipre (e estou com ela, salvo melhor juízo) que feita à luz do sol, à moda cínica, ou entre os preciosos leitos, entre cortinados dourados, a longos intervalos, com um leque de seda carmesim e um penacho de penas índicas, enxotando as moscas em torno, e a mulher limpando os dentes com um pedacinho de palha, que enquanto isso, tirou do fundo do colchão. Por outro lado, quereis dizer que sugando, ela vai tirar algo de mim, como acontece quando a gente come as ostras na casca, e como as mulheres da Cilícia (testemunha Discórides) colhem a semente da alquequenge? Erro. Sugará para deleite, não para prejuízo.

O quarto diz: Minha mulher me esfolará, mas não todo. Que bela promessa! Vós a interpretais como ameaçadora e mortal. Está bem, trolha; Deus te livre do mal, pedreiro. Suplico-vos, elevai um pouco os vossos espíritos, do pensamento terreno para a contemplação altiva das maravilhas da natureza; e assim vos condenareis a vós mesmos pelos erros que tendes cometido, perversamente expondo os ditos proféticos da diva sibila. Apresentado, mas não admitido nem concedido, o caso de que minha mulher, por instigação do inimigo do inferno, quisesse e tentasse me pregar uma peça de mau gosto, me difamar, me tornar cabrão até o fundo do cu, me furtar e me ultrajar: ainda assim não conseguiria alcançar a sua vontade e tentativa. A razão que me leva a afirmar tal coisa é bem fundamentada e extraída do fundo da panteologia monástica. Frei Artus Culletant me disse outrora, e foi em uma segunda-feira de manhã, e estávamos comendo juntos uma porção de tripas de boi, e estava chovendo, bem me lembro; Deus lhe dê um bom dia:

"As mulheres, no começo do mundo ou pouco depois, conspiraram juntas para esfolarem os homens bem vivos, porque queriam dominar tudo. E foi esse decreto prometido, confirmado e jurado entre elas pelo santo sangue. Mas ó vãs empresas das mulheres! Começaram a esfolar o homem ou *glubere*, como chama Catulo, pela parte que mais lhes alegrava: o membro nervoso, cavernoso. Há mais de seis mil anos, e todavia não esfolaram até o presente senão a cabeça. Pelo que por despeito os próprios judeus em circuncisão a cortam e retalham, preferindo serem chamados de cortados e retalhados marranos do que serem esfolados pelas mulheres, como acontece nas outras nações."

Minha mulher, não degenerando dessa empresa comum, vai me esfolar. Consinto, de boa vontade, mas não de todo; eu vos asseguro, meu bom rei.

— Vós — disse Epistemon — não atentais para o fato de que ela nos vendo, e exclamando com voz furiosa e temível, o ramo de louro queimava sem ruído nem chiado algum. Sabeis ser isso triste augúrio e sinal grandemente atemorizador, como atestam Propécio, Tíbulo, Porfírio filósofo arguto, Eustácio sobre a Ilíada homérica, e outros. — Verdadeiramente — respondeu

Gravura presente na primeira edição de Obras de Rabelais(itálico), de 1873, um livro compilando as obras e a vida do autor, com ilustrações de Gustave Doré. (Wikimedia Commons)

Panúrgio —, vós mencionais uns parlapatões. Eles foram loucos como poetas e sonhadores como filósofos, repletos de fina loucura como era a sua filosofia.

CAPÍTULO XIX
DE COMO PANTAGRUEL LOUVA O CONSELHO DOS MUDOS

Pantagruel, terminadas estas palavras, calou-se durante bastante tempo, e parecia muito pensativo. Depois disse a Panúrgio: — O espírito maligno vos seduz; mas escutai. Li que nos tempos passados os mais verdadeiros e seguros oráculos não eram os que por escrito se manifestavam ou por palavra proferiam. Muitas vezes cometem erros mesmo aqueles que são estimados finos e engenhosos, tanto por causa das anfibologias, equívocos e obscuridade das palavras, como de brevidade das sentenças. Portanto foi Apolo, deus do vaticínio, chamado Lexias[334]. Os que expunham por sinais eram estimados os mais verdadeiros e certos. Tal era a opinião de Heráclito; e assim profetizava Apolo entre os assírios. Por essa razão o pintavam com uma longa barba e vestido como um personagem velho e de fisionomia cansada, e não nu, jovem e sem barba como faziam os gregos. Usemos dessa maneira, e por sinais, sem falar, tomai conselho com algum mudo. — Concordo — disse Panúrgio. — Mas — disse Pantagruel —, convém que o mudo seja surdo de nascença e por consequência mudo. Pois não há mudo mais ingênuo do que aquele que não ouve. — Como — perguntou Panúrgio — o entendeis? Se verdade fosse que o homem não falasse, que não tivesse ouvido falar, deduzo que logicamente inferisses uma proposição bem errônea e um paradoxo. Mas deixemos isso. Não credes, pois, no que escreveu Heródoto sobre os dois meninos guardados dentro de uma caixa, por vontade de Psametico, rei dos egípcios, e conservados em perpétuo silêncio, os quais, depois de certo tempo, pronunciaram esta palavra, *Becus*, que em língua frígia significa pão? — De modo algum — respondeu Pantagruel. — É abusão dizer que temos uma língua natural; as línguas são instituições arbitrárias e convenientes aos povos; as vozes, como dizem os dialéticos, nada significam naturalmente, mas conforme o que se queira. Não vos afirmo tal coisa sem motivo. Pois Bartolo, *l.I de Verbor. obligat.*, conta que, em seu tempo, houve em Eugubo um homem chamado Nello de Gabriellis, o qual, por acidente, ficou surdo; não obstante, entendia o que falava todo italiano, o mais secretamente que fosse, somente à vista de seus gestos e do movimento dos lábios. Também li, em autor douto e elegante, que Tiridates, rei da Armênia, no tempo de Nero, visitou Roma e foi recebido com honrosa solenidade e pompa magnífica, a fim de conservar amizade sempiterna para com o senado e o povo romano; e não houve coisa memorável na cidade que não lhe fosse mostrada e exposta. Em seu departamento, o imperador lhe ofereceu grandes e excessivos presentes; além disso, deu-lhe opção de escolher o que em Roma mais o agradasse, com promessa jurada de não negar o que ele pedisse. Ele pediu apenas um

---
334. Sutil em grego. (N. do T.)

ator de farsas, que vira no teatro, e não entendendo o que ele dizia, entendeu o que ele exprimia por sinais e gesticulações; alegando que, sob o seu domínio, havia povos de diversas linguagens, para responder e falar com os quais tinha de se valer de vários intérpretes; aquele sozinho a todos seria suficiente. Pois, em matéria de se fazer entender pelos gestos era tão excelente, que parecia falar com os dedos. Portanto, convém escolher um surdo-mudo de nascença, a fim de que os seus gestos e sinais vos sejam candidamente proféticos, não fingidos, preparados, nem afetados. Resta ainda saber se tal conselho quereis de homem ou de mulher tomar.

— Eu — disse Panúrgio —, de boa vontade, tomaria de uma mulher, a não ser que temo duas coisas:

Uma, é que as mulheres, algumas coisas que veem, que representam no espírito, pensam, imaginam que seja a entrada do sagrado Itifalo[335]; alguns sinais, alguns gestos que façamos em sua vista e presença, elas interpretam e referem como ato móvel da conjunção. Seríamos, portanto, logrados: pois a mulher pensaria que todos os sinais seriam sinais venérios. Lembrai-vos do que aconteceu em Roma CCXL anos depois de sua fundação. Um jovem nobre romano, encontrando no Monte Célio uma dama latina chamada Verona, muda e surda de nascença, perguntou-lhe com gesticulações itálicas, na ignorância de sua surdez, quantas horas eram no relógio da rocha Tarpeia. Ela, não entendendo o que ele dizia, imaginou que lhe propunha o que um homem jovem naturalmente pede a uma mulher. Então, por sinais (que no amor são incomparavelmente mais atraentes, eficazes e valiosos que as palavras) o levou para a sua casa, sinais lhe fazendo que o jogo a agradava. Enfim, sem que a boca dissesse uma palavra, os dois fizeram muito barulho em cima da cama.

A outra é que elas não dariam resposta alguma aos nossos sinais: cairiam para trás de súbito, como realmente concordando com os nossos tácitos pedidos. Ou, se sinais alguns fizessem respondendo às nossas proposições, seriam tão tolos e ridículos, que nós mesmos estimaríamos serem venéreos os seus pensamentos.

Sabeis como, em Brignoles, quando a freira Irmã Fessue[336] foi engravidada pelo jovem monge Dom Royddimet, e a gravidez conhecida, chamada pela abadessa ao capítulo e acusada de incesto, ela se desculpou, dizendo que não tinha sido por seu consentimento, e sim por violência e por força de Frei Royddimet. A abadessa replicou, dizendo: "Mentirosa, foi no dormitório, por que não gritaste que estavas sendo forçada? Nós todas teríamos corrido em tua ajuda". Respondeu que não se atreveria a gritar no dormitório, pois no dormitório há silêncio sempiterno. "Mas", disse a abadessa, mentirosa que és, "porque não fizeste sinal a tuas vizinhas de quarto?", "Eu lhes fazia sinal pelo cu tanto quanto podia, mas ninguém me socorreu.", "Mas", perguntou a abadessa, mentirosa, "por que não vieste me dizer incontinênti e o acusar regularmente? Assim

---

335. Atributo de Priapo. (N. do T.)
336. Mais outra brincadeira apimentada de Rabelais: Irmã Bunduda. (N. do T.)

eu teria feito, se comigo tal acontecesse, para mostrar a minha inocência.", "Porque", respondeu a Fessue, "temendo morrer em pecado e estado de danação, de medo que eu viesse a morrer de repente, eu me confessei com ele, antes de sair do quarto, e ele me deu a penitência de nada dizer nem revelar a pessoa alguma. Teria sido enorme o pecado de revelar a confissão, e mui detestável perante Deus e os anjos. Talvez causasse o fogo do céu queimar toda a abadia, e nós todas cairmos no abismo com Datan e Abiron".

— Vós — disse Pantagruel — já não me fazeis rir. Sei muito bem que toda a fradaria teme menos os mandamentos de Deus do que os seus estatutos provinciais. Tomai pois um homem; Nazdecabre[337] me parece idôneo. Ele é surdo-mudo de nascença.

CAPÍTULO XX
DE COMO NAZDECABRE POR SINAIS RESPONDE A PANÚRGIO

Mandaram chamar Nazdecabre, que chegou no dia seguinte. À sua chegada, Panúrgio lhe deu um vitelo gordo, meio porco, uma pipa de vinho, uma medida de trigo e trinta francos em dinheiro; depois o levou perante Pantagruel, e na presença dos fidalgos de sua câmara lhe fez um sinal. Bocejou durante muito tempo, e enquanto bocejava, fazia fora da boca com o polegar da destra a figura da letra grega chamada Tau, por frequentes reiterações. Depois levantou os olhos para o céu, e os girou na cabeça, como uma cabra que aborta, tossiu assim fazendo e deu um suspiro profundo. Isso feito, mostrou a abertura de sua braguilha; depois, sob a camisa, segurou a pistola com a mão toda e a fez estalar melodiosamente entre as coxas; inclinou-se dobrando o joelho esquerdo, e ficou com os dois braços cruzados sobre o peito. Nazdecabre o olhava com curiosidade, depois levantou a mão esquerda, e fechou todos os dedos, exceto o polegar e o indicador, cujas unhas uniu de leve. — Entendo — disse Pantagruel — o que ele pretende com esse sinal. Denota casamento, e além disso o número trintenário, segundo a profissão dos pitagóricos. Casareis. — Grande mercê — disse Panúrgio —, voltando-se para Nazdecabre, meu arquitriclinozinho, meu companheiro, meu *algosan*"[338].

Depois, levantou mais alto a referida mão esquerda, estendendo todos os seus cinco dedos, e afastando uns dos outros o mais que podia. — Agora — disse Pantagruel —, mais amplamente nos insinua, por significação do número quinário, que sereis casado; e não somente noivo, desposado e casado; mas além disso que habitareis, e será bem antes da festa. Pois Pitágoras chamava o número quinário número nupcial, núpcias e casamento consumado, pela razão que ele é composto de tríades, que é número primo ímpar e supérfluo, e de dias, que é número primo

---

337. Focinho de cabra em gascão. (N. do T.)
338. Homem sem importância. (N. do T.)

par; como de macho e fêmea conjugados. De fato, em Roma, outrora, no dia de núpcias se acendiam cinco tochas de cera, não era lícito acenderem mais, mesmo nas núpcias mais ricas; nem menos, mesmo nas núpcias mais indigentes. Além disso, no tempo passado os pagãos imploravam cinco deuses, ou um deus com cinco benefícios para abençoar os que se casavam: Júpiter nupcial, Juno que presidia a festa, Vênus a bela, Pito deusa da persuasão e das boas palavras, e Diana para socorro nos trabalhos de parto. — Ó — exclamou Panúrgio —, gentil Nazdecabre! Quero lhe dar uma herdade perto de Cinais e um moinho de vento em Mirebalais.

Isso feito, o mudo espirrou com insigne veemência e concussão de todo o corpo, virando-se para a esquerda. — Com mil demônios — disse Pantagruel —, o quê é isso? Não é em vossa vantagem. Denota que o vosso matrimônio será infausto e desgraçado. Esse espirro, segundo a doutrina de Terpsion, é o demônio socrático; o qual, feito à destra, significa que com segurança e decisão se pode fazer e ir à parte que se deliberou, e as entradas, progressos e sucessos serão bons e felizes; feito à esquerda, é o contrário. — Vós — disse Panúrgio — sempre tomais as coisas pelo lado pior, e sempre perturbais, como um outro Davo. Não creio em nada disso. E não conheço senão em decepção esse velho tratante Terpsion. — Todavia — disse Pantagruel —, Cícero o disse não sei o quê no segundo livro de Advinhação.

Depois se voltou para Nazdecabre e fez este sinal: revirou as pálpebras, contorceu a mandíbula da direita para a esquerda, e pôs metade da língua para fora da boca. Isso feito, colocou a mão esquerda aberta, exceto o dedo médio, o qual manteve perpendicular sobre a palma da mão, e assim o levou ao lugar de sua braguilha; a destra manteve junto ao punho, exceto o polegar, o qual virou para trás, sob o sovaco direito, e o levou acima das nádegas, no lugar que os árabes chamam de *al-Katin*. Logo depois mudou: a mão direita tomou a posição da esquerda e ele a colocou sobre o lugar da braguilha, enquanto a esquerda tomava a posição da direita e ele a colocou sobre o *al-katim*.

Essa troca de mãos repetiu por nove vezes. À nona, as pálpebras voltaram à sua posição natural; o mesmo fez com a mandíbula e a língua, depois lançou um olhar vesgo a Nazdecabre, movendo os lábios como fazem os macacos em repouso e os coelhos comendo aveia no feixe. Então Nazdecabre levantou a mão direita bem aberta; depois pôs o seu polegar, até a primeira articulação, entre a terceira juntura do dedo médio e do anular, apertando-os com força em torno do polegar; o resto das junturas daquele baixando para o punho, e estendendo bem retos o indicador e o mínimo. Com a mão assim disposta, tocou o umbigo de Panúrgio; depois o queixo e dentro da boca lhe pôs o referido polegar estendido; depois esfregou-lhe o nariz, e subindo até os olhos queria furá-los com o polegar. A tanto Panúrgio se irritou, e tratou de se desvencilhar e afastar-se do mudo. Mas Nazdecabre continuava o tocando com o polegar estendido, ora os olhos, ora a testa e a beirada do seu chapéu. Afinal

Panúrgio exclamou, dizendo: — Por Deus, mestre doido, sereis espancado, se não me deixardes; se continuardes me importunando tereis com a minha mão uma máscara para essa cara miserável. — Ele é surdo — disse Frei Jean. — Não entende o que dizes, queridinho. Como sinal, dá-lhe um murro nas fuças. — Que diabo — disse Panúrgio — pretende esse mestre Aliboron. Quase me furou os olhos. Por Deus, *da jurandi*[339], vou festejar-vos com um banquete de sopapos, temperado com piparotes duplos. — Depois o deixou.

O mudo, vendo Panúrgio afastar-se, avançou, deteve-o e fez-lhe este sinal: abaixou o braço direito para o joelho, tanto quanto o podia estender, cerrando todos os dedos no punho, e passando o polegar entre o dedo médio e o indicador. Depois, com a mão esquerda, esfregou o cotovelo do referido braço direito, e pouco a pouco levantou a mão daquele, até o cotovelo e acima; de súbito, abaixou-a e mostrou-a a Panúrgio.

Panúrgio, irritado com isso, levantou o braço para bater no mudo; mas respeitou a presença de Pantagruel e se conteve. Então disse Pantagruel: — Se os sinais vos irritam, ó quanto vos irritariam as coisas significadas! A verdade consoante com a verdade. O mudo pretende e denota que sereis casado, corneado, espancado e furtado. E vos pede acreditar que jamais homem teve, em mulher e em cavalos, o que vos está predestinado.

CAPÍTULO XXI
DE COMO PANÚRGIO SE ACONSELHA COM UM VELHO POETA FRANCÊS CHAMADO RAMINAGROBIS

— Eu não pensava — disse Pantagruel — jamais encontrar um homem tão obstinado em suas apreensões, como vos vejo. Para que de uma vez por todas as vossas dúvidas se esclareçam, sou de opinião que não poupemos esforços. Entendeis a minha concepção. Os cisnes, que são as aves consagradas a Apolo, não cantam jamais, senão quando se aproximam da morte, mesmo assim no Meandro, rio da Frígia (eu o digo porque Eliano e Alexandre Míndio escrevem dizendo que viram vários morrer, mas nenhum morrer cantando); de modo que o canto do cisne é presságio certo de sua morte próxima, e ele não morre sem previamente ter cantado. Semelhantemente os poetas, que estão sob a proteção de Apolo, ao se aproximarem da morte ordinariamente se tornam profetas, e cantam por apolínea inspiração, vaticinando coisas futuras.

Tenho ouvido muitas vezes dizer que todo homem velho, decrépito e perto de seu fim, facilmente adivinha casos futuros. E lembro-me que Aristófanes, em uma de suas

---

339. Subentendido *veniam*. "Peço licença para jurar". (N. do T.)

comédias, chama as pessoas de sibila, *eith ho gerôn sibulia*[340]. Pois como nós, estando no molhe e de longe vendo os marinheiros e viajantes dentro de suas naves em alto mar, somente em silêncio os olhamos e rezamos para a sua próspera abordagem; mas quando eles se aproximam do porto, e por palavras e gestos os saudamos e nos congratulamos por terem chegado sãos e salvos até nós, assim também os anjos, os heróis, os bons demônios (segundo a doutrina dos platônicos) vendo os homens próximos da morte como o porto seguríssimo e salutar, porto de repouso e tranquilidade, fora das perturbações e solicitudes terrenas, os saúdam, os consolam, falam com eles e já começam a lhes comunicar a arte da adivinhação. Não vos alegaria exemplos antigos de Isaac, de Jacó, de Pátrocolo para com Heitor, de Heitor para com Aquiles, do ródio celebrado por Possidônio, de Calano indiano para com Alexandre, o Grande, de Orodes para com Mezêncio, e outros; somente vos relembrarei o douto e prudente cavaleiro Guilherme du Bellay, senhor outrora de Langey, o qual morreu no Monte de Tarare, em dezesseis de janeiro, no ano de sua idade de climatério[341] e de nossa suputação o ano de 1543 em conta românica. Três ou quatro horas antes de seu passamento empregou palavras vigorosas, em sentido tranquilo e sereno, nos predizendo o que em parte temos visto, em parte o que esperamos acontecer, embora então nos parecessem aquelas profecias um tanto desagradáveis e estranhas, porque não nos aparecia causa, nem sinal algum presente, prognóstico do que ele predizia. Temos aqui, perto de Villaumere, um homem velho e poeta, é Raminagrobis[342], que em segundas núpcias desposou a grande Gourre[343], da qual nasceu a bela Bazoche. Ouvi dizer que ele está na iminência e último momento de sua morte; transportai-vos para junto dele e ouvi o seu canto. Pode ser que dele tereis o que pretendeis, e por ele Apolo a vossa dúvida esclarecerá.

— Eu o quero — respondeu Panúrgio. — Vamos lá — Epistemon —, sem demora, de medo que a morte chegue antes. Queres vir, Frei Jean? — Quero — respondeu Frei Jean, de boa vontade — por amor de ti, culhãozinho; pois gosto muito de ti.

Sem demora eles partiram, e chegando ao tugúrio poético, encontraram o bom velho agonizando, com aparência jovial, fisionomia franca e olhar luminoso.

Panúrgio, saudando-o, pôs-lhe no dedo anular da mão esquerda um anel de ouro, no qual estava engastada uma safira oriental, grande e bela; depois, à imitação de Sócrates, ofereceu-lhe um belo galo branco, o qual incontinênti, colocado sobre o seu leito, levantou a cabeça, muito alegre, sacudiu as penas e cantou em tom bem alto.

---

340. "De certo, o velho fala como uma sibila". (N. do T.)
341. O climatério, ou o ano climatérico por excelência, nas velhas doutrinas fatalistas médicas, era o sexagésimo terceiro (nove vezes sete). (N. do T.)
342. Segundo o comentarista Le Duchat, a palavra se compõe em *raoul, ermine e grosbis*, o que quereria dizer: "Um gato que se faz de alto senhor sob uma veste forrada". Parece tratar-se do poeta Guillaume Cretin, de quem é, efetivamente, o rondó transcrito mais adiante. (N. do T.)
343. Sem dúvida a Sainte-Chapelle de Paris, onde surgiu a associação de clérigos chamada Bazoche. (N. do T.)

Isso feito, Panúrgio pediu-lhe cortesmente dizer e expor sua opinião sobre a dúvida do pretendido casamento.

O bom velho pediu que lhe trouxessem tinta, pena e papel. Tudo foi prontamente entregue. Então escreveu o que se segue:

> Tomai-a, não a tomando.
> Se a tomais é bem feito.
> O contrário, com efeito.
> É juízo certo e brando.
> Galopai, a passo andando.
> Recuai e ponde peito.
> Tomai-a, não.
> Comei muito, jejuando.
> Desfazei o que está feito.
> Refazei o que é desfeito.
> A vida e a morte almejando.
> Tomai-a, não.

Depois o entregou em mãos, dizendo: — Ide, meus filhos, com a guarda do grande Deus dos céus, e não me inquieteis mais com esse negócio nem com outro qualquer. Hoje, que é o último dia de maio e de mim, fora de casa, com grande fadiga e dificuldade, tive de escorraçar um bando de vis, imundas e pestilentas bestas negras, pardas, fouveiras, brancas, cinzentas, sarapintadas, as quais não queriam me deixar morrer à vontade, e por enlaçamentos fraudulentos, agarramentos harpíacos, importunidades vespídeas, todas forjadas na oficina de não sei que insaciabilidade, me arrancavam dos doces pensamentos a que eu me entregava, contemplando, vendo e já tocando e gozando o bem e a felicidade que o bom Deus preparou para os seus fiéis e eleitos, na outra vida e em estado de imortalidade. Afastai-vos de seu caminho, não sejais a eles semelhantes; não me molesteis mais e deixai-me em silêncio, suplico-vos.

CAPÍTULO XXII
DE COMO PANÚRGIO PATROCINA A ORDEM DOS FRADES MENDICANTES

Saindo do quarto de Raminagrobis, Panúrgio, como se muito assustado, disse: — Pelas virtudes de Deus, creio que ele é herético ou me entrego ao diabo. Falou mal dos bons frades mendicantes franciscanos e jacobinos, que são os dois hemisférios da cristandade, e pela girognômica circumbilivaginação dos quais, como por dois filipêndulos celivage[344], todo o autonomático matagrobolismo[345], da igreja romana, quando se sente emburelucocada[346] por alguma baragonagem[347] de erro ou heresia, homocentricamente se corrige. Mas que diabo lhe fizeram os pobres diabos de capuchinhos e mínimos? Já não têm bastante sofrimento os pobres diabos? Já não são bastante enfumaçados e perfumados de miséria e calamidade, os pobres coitados extratos de ictiofagia? Ele está, Frei Jean, por tua fé, em estado de salvação? Ele está indo, por Deus, danado como uma serpente, ao encontro de trinta mil panelas de diabos. Chamais a isso furor poético? Não posso aceitar: ele prega vilmente, blasfema contra a religião. Estou muitíssimo escandalizado. — Eu — disse Frei Jean — pouco me preocupo com isso. Eles maldizem todo mundo; se todo o mundo os maldiz, eu é que não tenho nenhum interesse. Vejamos o que ele escreveu.

Panúrgio leu atentamente o escrito do bom velho, depois disse: — Ele sonha, o pobre beberrão. Eu o desculpo, todavia. Creio que está perto de seu fim. Vamos fazer o seu epitáfio. Pela resposta que ele nos dá estou mais esclarecido do que jamais fui. Escuta isso, Epistemon, meu querido. Não estimas tudo bem resolvido em sua resposta? Ele é, por Deus, sofista arguto, argumentador e natural. Aposto que ele é marrano. Com todos os diabos, como tem cuidado de não se comprometer! Só responde por disjuntivos. Não pode deixar de dizer a verdade. Pois basta uma parte ser verdadeira para haver verdade no conjunto. Que untuosidade! Santo Iago de Bressure, ainda há de tua linhagem? — Assim — disse Epistemon — protestava Tirésias o grande vaticinador no começo de todas as suas adivinhações, dizendo abertamente aos que lhe pediam conselho: "O que vou dizer acontecerá ou não acontecerá". E é o estilo dos prognósticos prudentes. — Todavia — disse Panúrgio —, Juno lhe furou os dois olhos. — É verdade — respondeu Epistemon. — Por despeito de ter ele mais bem sentenciado do que ela sobre a dúvida proposta por Júpiter. — Mas — disse Panúrgio — que diabo tem esse mestre Raminagrobis, para assim, sem propósito, sem razão, sem ocasião, maldizer os pobres beatos padres jacobinos, menores e mínimos? Estou grandemente escandalizado, eu vos afirmo, e não posso calar-me. Ele pecou gravemente. Sua alma[348] vai ao encontro de trinta mil fornadas de diabos. — Não vos entendo — disse Epistemon. — E vós mesmo me escandalizais sobremaneira, interpretando perversamente como frades mendicantes o que o bom poeta dizia das bestas negras, fouveiras e outras. Ele não o entende, segundo o meu julgamento, em tão sofística e fantástica alegoria. Fala absoluta e propriamente de pulgas, percevejos, ácaros, moscas, moscardos e outros bichos tais; os quais são uns negros, outros fouveiros, outros cinzentos, outros

---

344. Filipêndulos: pesos suspensos em dois fios; *celivages*: voltados para o céu. (N. do T.)
345. Indecisão. (N. do T.)
346. Do verbo *emburelucoquer* (s') = embaraçar-se de quimeras, como os monges de *coqueluchon* (capuz) de *bure* (burel). (N. do T.)
347. Indecisão. (N. do T.)
348. No original "*son asne*", trocadilho com *âme* (alma) e *âne* (asno). (N. do T.)

sarapintados, todos importunos, tirânicos e molestos, não somente aos doentes, mas também às pessoas sãs e vigorosas. Talvez ele tenha ascarídeos, lombrigas e vermes dentro do corpo. Talvez sofra, como é no Egito e lugares confinantes com o mar Eritreu coisa vulgar e usada, nos braços e pernas, picadas dos vermes rajados que os árabes chamam de *vènes Meden*[349]. Fazeis mal, por outro lado, expondo as suas palavras. Prejudicais o bom poeta por difamação e os frades por imputação de erro. É preciso sempre interpretar bem as coisas para o seu próximo. — Ensinai-me a conhecer as moscas no leite — disse Panúrgio. — Ele é, bofé, herético. Digo hereticamente formado, hereticamente preso, hereticamente queimável, como um belo reloginho[350]. Sua alma vai ao encontro de trinta mil carroças de diabos. Sabeis aonde? Nada menos, meu amigo, que para a cadeira furada de Prosérpina, dentro da própria bacia infernal, na qual executa a operação fecal de seus clisteres, ao lado esquerdo do grande caldeirão, a três toesas das garras de Lúcifer, rumo à câmara negra de Demogorgon. Ah! O vilão!

CAPÍTULO XXIII
DE COMO PANÚRGIO FAZ DISCURSO PARA VOLTAR A RAMINAGROBIS

Voltemos — disse Panúrgio, continuando — para admoestá-lo sobre a sua salvação. Vamos em nome e pelas virtudes de Deus. Será uma obra de caridade que vamos fazer. Ao menos se ele perder o corpo e a vida, que não se dane a sua alma. Nós o induziremos à contrição de seu pecado, a pedir perdão aos referidos tão beatos padres, os ausentes como os presentes. E assim agiremos a fim de que depois de seu óbito eles não o declarem herético e danado como os fradecos fizeram com o preboste de Orleans; e se satisfaçam do ultraje, ordenando em todos os conventos desta província, aos bons pais religiosos, ora espórtulas, ora missas, ora óbitos e aniversários; e que no dia do seu passamento sempiternamente, todos eles tenham quíntupla pitança, e que o grande garrafão, cheio do melhor, ande de cá para lá em suas mesas, tanto para os *burgots*[351], leigos e *briffaux*[352], como para os padres e clérigos; tanto para os noviços como para os professores. Assim poderá ele de Deus ter o perdão.

Ei, ei, eu me excedo e me extravio em meus discursos. O diabo me leve se eu for. Virtude de Deus, o quarto já está cheio de diabos. Eu já os ouço conversando e discutindo entre si, como legítimos diabos, para saber quem carregará a alma raminagrobídica, e quem primeiro a levará no espeto para o mestre Lúcifer.

---

349. Quer dizer: vindo de Medina. (N. do T.)
350. Alusão a um relojoeiro de La Rochelle, chamado Clavèle, que foi queimado como herético, com um relógio que fabricara. (N. do T.)
351. Monge vestido de burel. (N. do T.)
352. Irmãos leigos. (N. do T.)

Afastai-vos de lá. Eu é que não vou. O diabo me leve se eu for. Quem sabe se eles não cometerão um quiproquó e em lugar de Raminagrobis levarão o pobre e inocente Panúrgio? Afastai-vos de lá. Eu é que não vou. Por Deus, estou morrendo de medo. Meter-me entre diabos famintos? Entre diabos facciosos? Entre diabos negociantes? Afastai-vos de lá. Aposto que no seu enterro não haverá jacobino, franciscano, carmelita, capuchinho nem mínimo. E fazem bem. Ele nada ordenou por testamento. O diabo me leve se eu for lá. Se ele está danado, que se dane sozinho. Por que foi falar mal dos bons pais religiosos? Por que os expulsou de seu quarto na hora em que tinha mais necessidade de sua ajuda, de suas devotas preces, de suas santas admoestações? Por que por testamento não deixou ao menos alguns bocados, algum pedacinho, uma lembrancinha, para os coitadinhos, que só têm a sua vida neste mundo? Que vá lá quem quiser ir. O diabo me carregue se eu for. Cancro! Afastai-vos de lá.

Frei Jean, queres que agora mesmo trinta carroças de diabos te levem? Faze três coisas: Dá-me a tua bolsa, pois a cruz é contrária ao encantamento. E lembra-te do que há pouco tempo aconteceu com Jean Dodin, recebedor de Couldray no vau do Vede, quando os homens d'armas romperam as planchas. Encontrando na beira do rio Frei Adam Couscoil, franciscano observante de Mirebeau, prometeu-lhe um hábito, com a condição de que o passasse para o outro lado, carregando-o nos ombros; pois era um forte latagão. O pacto foi acordado. Frei Couscoil arregaçou o hábito até os culhões e carregou nas costas, como se fosse um São Cristovãozinho, o referido suplicante Dodin. Assim o carregou facilmente, como Eneias carregou seu pai Anquises para fora do incêndio de Troia, cantando uma bela *Ave, maris stella*. Quando estavam no lugar mais fundo do vau, acima da roda do moinho, perguntou-lhe se não trazia dinheiro consigo. Dodin respondeu que tinha uma bolsa cheia, e que não desfazia a promessa feita de um hábito novo. "Como", disse frei Couscoil, "sabes muito bem que, por capítulo expresso de nossa regra, nos é rigorosamente proibido carregarmos dinheiro. Desgraçado és bem certo, pois me fizeste pecador até esse ponto. Por que não deixaste tua bolsa com o moleiro? Sem dúvida serás imediatamente punido. E se jamais te apanho em nosso capítulo em Mirebeau, terás *miserere* até os *vitulos*". E de repente atirou Dodin dentro da água, de cabeça para baixo.

Em vista deste exemplo, Frei Jean, meu doce amigo, a fim de que os diabos te carreguem com mais facilidade, entrega-me a tua bolsa; não carregues cruz alguma. O perigo é evidente. Tendo dinheiro, levando cruz, eles te lançarão sobre algum rochedo, como as águias lançam as tartarugas, para quebrar-lhes o casco, testemunha a cabeça pelada do poeta Ésquilo. E irias te machucar, meu amigo; e eu ficaria muito aborrecido. Ou te deixariam cair dentro de algum mar, não sei onde, bem longe, como caiu Úcaro; e será chamado depois o mar Entomérico[353].

Em segundo lugar, fica quite; pois os diabos gostam muito dos quites; sei bem quanto a mim. Os safados não cessam de me adular, de me cortejar: o que não faziam quando eu estava encalacrado e endividado. A alma de um homem endividado é de todo héctica e debilitada. Não é comida para o diabo.

Em terceiro lugar, com teu hábito e tua unção, volta para junto de Raminagrobis; no caso em que mil fornadas de diabos te carreguem assim qualificado, pagarei uma golada de bebida. E se por segurança, quiseres ter companhia, não me procures. Eu te aconselho. Tira-me dessa. Não irei lá. O diabo me carregue se eu for."

— Eu não me preocuparia tanto — respondeu Frei Jean —, tendo a minha espada na mão. — Tu a usas bem — disse Panúrgio —, como um doutor sutil na arte. No tempo em que eu estudava na escola de Tolete, o reverendo *père en diable*[354] Picatris, reitor da faculdade diabológica, nos dizia que naturalmente os diabos temem o brilho das espadas tanto quanto a luz do sol. De fato, Hércules, descendo ao inferno de todos os diabos, tendo somente sua pele de leão e sua maça, não lhes fez tanto medo como depois fez Eneias, estando coberto de uma armadura resplandecente e guarnecido de sua espada bem pontuda e desembainhada com a ajuda e conselho da sibila cumana. Essa foi, talvez a causa de ter o senhor Jean Jacques Trivolse, morrendo em Chartres, pedido a sua espada, e morreu de espada nua na mão, esgrimindo em volta do leito, como valente e cavalheiresco, e com essa esgrima pondo em fuga todos os diabos que espreitavam na passagem da morte. Quando se pergunta aos massoretas e cabalistas porque os diabos não entraram jamais no paraíso terrestre, eles não dão outra razão senão que à porta estava um querubim, tendo na mão uma espada flamejante. Pois falando em verdadeira diabologia de Tolete, confesso que os diabos verdadeiramente não podem morrer feridos pela espada, mas sustento, segundo a referida diabologia, que podem sofrer solução de continuidade, como se cortasses com a tua espada uma chama de fogo ardente ou uma grossa e escura fumaça. E gritam como diabos com essa sensação de solução, a qual lhes é dolorosa como o diabo.

Quando vês o choque de dois exércitos, pensas, queridinho, que o ruído tão grande e horrível que se ouve provém de vozes humanas, do entrechocar das armaduras, do retinir dos arneses, das pancadas das maças, do embate dos chuços, da fratura das lanças, dos gritos de dor dos que caem, do som dos tambores e trombetas, do relincho dos cavalos, do trovão das escopetas e canhões? Isso na verdade representa alguma coisa, força é confessar. Mas o grande ruído e barulho principal provém da fúria e do ulular dos diabos, que ali espreitando, desordenadamente, as pobres almas dos feridos, recebem espaldeiradas de repente, e sofrem

---

353. De *entommer*: cortar, abrir, encetar. (N. do T.)
354. Professor de demonologia. (N. do T.)

solução de continuidade em sua substância aérea invisível: como se em algum lacaio, surrupiando às pressas um pedaço de toucinho no espeto, mestre Hordoux desse uma porretada nos dedos. Depois eles gritam e ululam como o diabo; como Marte, quando foi ferido por Diomedes diante de Troia, segundo Homero gritou em tom mais alto e terrífico do que teriam feito dez mil homens juntos. Mas o quê? Estamos falando de armaduras polidas e espadas resplandecentes. Assim não é tua espada; pois, pela descontinuação do ofício e por falta de operar, ela está, bofé, mais enferrujada que a fechadura de um velho cemitério. Portanto, faze de duas uma: ou a desenferruges bem, ou a deixe enferrujada, e não voltes à casa de Raminagrobis. Quanto a mim, eu é que não vou lá. O diabo me leve se eu for.

CAPÍTULO XXIV
DE COMO PANÚRGIO SE ACONSELHA COM EPISTEMON

Saindo de Villaumere e voltando para junto de Pantagruel, no caminho, Panúrgio dirigiu-se a Epistemon, e disse-lhe: Compadre, meu velho amigo, estais vendo a perplexidade do meu espírito. Sabeis tantos bons remédios! Podereis socorrer-me? — Epistemon aproveitou a oportunidade, e mostrou a Panúrgio como a voz do povo zombava de seu disfarce, e aconselhou-o a tomar um pouco de heléboro, a fim de purgar aquele humor que o perturbava, e retomar a sua indumentária ordinária. — Alimento — disse Panúrgio —, Epistemon, meu compadre, a fantasia de me casar. Mas temo ser corno e infeliz no casamento. Portanto, fiz voto a São Francisco o jovem, o qual é em Plessis les Tours invocado pelas mulheres com grande devoção (pois foi o fundador dos *bons-hommes*[355], os quais elas estimam naturalmente), de usar óculos no chapéu e não trazer braguilha nos calções enquanto a minha perplexidade de espírito não se desfizer abertamente. — É — disse Epistemon —, verdadeiramente, um belo e proveitoso voto. Muito me surpreendeis, não sei como não voltais a vós mesmo, e não afastais o vosso senso desse triste descaminho, para que volte à sua tranquilidade natural. Ouvindo-vos falar, vem-me à lembrança o voto dos argivos de grande cabeleira, os quais, tendo perdido a batalha contra os lacedemônios na controvérsia de Tireu, fizeram o voto de não trazer cabelo na cabeça, até que tivessem recuperado a sua honra e a sua terra; e o voto do divertido espanhol Michel Doris, que carregou um pedaço de armadura na perna. E não sei qual dos dois seria mais digno e merecedor, usar um capuz verde e amarelo com orelhas de lebre, ou Enguerrant que dele fez o tão longo, curioso e fascinante conto, esquecendo a arte e a maneira de escrever histórias

---

355. Nome que se dava tanto aos mínimos como aos leprosos. (N. do T.)

seguidas pela filosofia samosatiana[356]. Pois, lendo aquela longa narração, pensa-se que deve ser o começo e ocasião de alguma forte guerra, ou insígne mutação de reinos; mas no fim de contas zomba-se tanto do bem-aventurado campeão como do inglês que o desafiou, e de Enguerrant, seu tabelião mais loquaz que um pote de mostarda[357]. A zombaria é tal como a da montanha de Horácio, a qual gritava e se lamentava enormemente, como mulher em trabalho de parto; aos seus gritos e lamentações acorreu toda a vizinhança, na expectativa de ver algum admirável e monstruoso parto, mas afinal só nasceu um ratinho. — De qualquer maneira — disse Panúrgio —, tenho de cumprir o meu voto. Ora, longo tempo há que temos, eu e vós, jurado amizade por Júpiter. Filhinho, dizei-me a vossa opinião. Devo casar-me ou não? — Sem dúvida — disse Epistemon — o caso é arriscado; sinto-me demasiadamente insuficiente para a resolução. E se jamais foi verdadeiro, na arte da medicina, o velho dito de Hipócrates de Lango, JULGAMENTO DIFÍCIL, é neste ponto veríssimo. Sei bem em imaginação alguns discursos mediante os quais teríamos determinação sobre vossa perplexidade. Mas não me satisfariam abertamente. Alguns platônicos dizem que quem pode ver seu Gênio pode entender o seu destino. Não compreendo bem a sua disciplina, e não sou de opinião que a adoteis. Há muito abuso nela. Vi a experiência em um fidalgo estudioso e curioso do país de Estangourre[358]. É o primeiro ponto.

Há um outro. Se ainda reinassem os oráculos de Apolo em Lebadia, Delfos, Delos, Cirra, Pataro, Tegires, Preneste, Lícia, Colofonte; de Baco, em Dodona; de Mercúrio, em Faros, perto de Patras; de Ápis, no Egito; de Serápis, em Canopa; de Fauno, em Menália e Albuneia, perto de Tívoli; de Tirésias, em Orchomene; de Mopso, na Cilícia; de Orfeu, em Lesbos; de Trofônio em Leucádia, eu seria de opinião (ou talvez não fosse) de procurá-los e saber qual era o seu julgamento sobre a vossa dúvida. Mas sabeis que todos eles se tornaram mais mudos do que peixes, depois do advento daquele rei conservador, que pôs fim a todos os oráculos e todas as profecias: como o aparecimento da luz do claro sol faz desaparecer todos os duendes, larvas, lêmures, lobisomens, diabretes e fantasmas noturnos. E mesmo se ainda estivessem reinando, eu não aconselharia a acreditardes em suas respostas. Muita gente foi enganada por eles. Antes de todas me recordo que Agripina mandou Lólia interrogar o oráculo de Apolo, Clário, para saber se desposaria Cláudio, o imperador. Por esse motivo foi primeiro banida e depois morta ignominiosamente.

— Mas — disse Panúrgio —, façamos melhor. As ilhas Ogígias não ficam longe do porto de Samalo; façamos uma viagem até lá, depois de termos falado ao nosso rei. Em uma das quatro, a qual mais se destaca ao sol poente (eu o li em bons e antigos autores) dizem que habitam vários advinhos, vaticinadores e profe-

---

356. Luciano, natural de Samosata. (N. do T.)
357. No original, *baveux*, baboso, mas que no francês arcaico significa também "loquaz, parlapatão". (N. do T.)
358. *East-angle-ryk*, a Inglaterra oriental. (N. do T.)

tas, e que ali está Saturno, preso por belas cadeias de ouro dentro de um rochedo de ouro, alimentado com ambrosia e néctar divino, os quais diariamente dos céus lhe são mandados com abundância, por não sei que espécie de ave (talvez sejam os mesmos corvos que alimentavam no deserto São Paulo o primeiro eremita) e abertamente predizer a qualquer um que queira ouvir sua sorte, seu destino e o que lhe deve acontecer. Pois as Parcas nada tecem, Júpiter nada propõe e delibera, que o bom pai dormindo não conheça. Ser-nos-ia uma grande abreviação de trabalho, se os ouvíssemos um pouco acerca dessa minha perplexidade. — É — disse Epistemon — abusão por demais evidente, e fábula por demais fabulosa. Não irei.

CAPÍTULO XXV
DE COMO PANÚRGIO SE ACONSELHOU COM HERR TRIPPA[359]

Vede — disse Epistemon, continuando — todavia o que fareis, antes de voltarmos para junto do nosso rei, se me ouvirdes. Aqui, perto da Ilha Bouchart, mora Herr Trippa; sabeis como, por artes da astrologia, geomântica, quiromancia, metopomancia e outras da mesma farinha, ele prediz todas as coisas futuras; vamos conferir com ele o vosso negócio. — Disso — respondeu Panúrgio — nada sei. Bem sei dele que certo dia, falando ao grande rei[360] das coisas celestes e transcendentes, os lacaios da corte se engraçavam à vontade com a sua mulher, que era bastante condescendente. E ele, vendo todas as coisas etéreas e terrestres sem óculos, discorrendo sobre todos os casos passados e presentes, predizendo o futuro, só não via sua mulher se divertindo, e nunca ficou sabendo. Bem, vamos procurá-lo, pois que assim quereis. Nunca é demais aprender. — No dia seguinte chegaram ao apartamento de Herr Trippa. Panúrgio lhe deu um casaco de pele de lobo, uma grande espada dourada com bainha de veludo e cinquenta belos *angelots*[361] depois familiarmente com ele conversou sobre o seu caso. Logo que o viu, Herr Trippa, encarando-o, disse: — Tens a metoposcopia e fisiognomia de um cabrão. Digo cabrão proclamado e difamado. — Depois, examinando a mão direita de Panúrgio em todos os seus lugares, disse: — Este falso traço que vejo aqui acima do monte *Jovis*, jamais existiu que não fosse na mão de um corno. — Depois, com um estilete, fez apressadamente um certo número de pontos, ligou-os pela geomancia, e disse: — A verdade não é mais verdadeira do que é certo que serás corneado, bem pouco tempo depois de teres casado. — Isso feito, perguntou a Panúrgio o horóscopo de sua natividade. Panúrgio tendo lhe dito, ele fabricou prontamente sua casa do céu em todas as suas partes, e, examinando a posição e os aspectos de sua

---
359. Alusão ao célebre médico e filósofo Henrique Cornélio Agrippa (1486-1535). (N. do T.)
360. Francisco I. (N. do T.)
361. Moedas de ouro da França durante o domínio inglês, com a efígie de São Miguel. (N. do T.)

triplicidade, deu um grande suspiro, e disse: — Eu tinha previsto abertamente que serias corno, disso não podes escapar; tenho aqui novas e abundantes provas. E te afirmo que serás corno. Além disso, serás espancado por tua mulher, e ela furtará de ti. Pois encontro na sétima casa aspectos de todo malignos, e uma série de todos os sinais trazendo chifres, como Aries, Taurus, Capricórnio e outros. Na quarta, encontro decadência de *Jovis*, conjunto aspecto tetragonal de Saturno, associado com Mercúrio. Serás esfolado, homem de Deus. — Serei — respondeu Panúrgio — tuas fortes febres quartãs, velho sem graça que és. Quando todos os cabrões se reunirem, tu serás o porta-bandeira. Mas de onde me vem essa feridinha entre esses dois dedos? — Assim dizendo apontava para Herr Trippa os dois primeiros dedos em forma de chifres, fechando todos os outros sobre o punho. Depois disse a Epistemon: — Vede, este aqui é o verdadeiro Olus de Marcial, o qual em seus estudos dedicava-se a observar e entender os males e misérias dos outros. Isso enquanto sua mulher se divertia à vontade. Ele, por seu lado, mais pobre do que foi Irus, continuando glorioso, compenetrado, intolerável, mais do que dezessete diabos, em uma palavra *ptôcha-lazón*[362], como muito apropriadamente chamavam os antigos essa cambada de idiotas. Vamos, deixemos esse louco furioso, *matto di catena*[363], se regalar com os diabos privados. Ele ignora o primeiro princípio da filosofia, que é: Conhece-te a ti mesmo. E se glorificando de ver um argueiro no olho de outro, não vê uma grande trave, que lhe atravanca os dois olhos. É como um tal *polipragmon*[364] de que fala Plutarco. É uma outra Lâmia, a qual em casas estranhas, em público, entre a gente comum, via mais penetrantemente que um lince, e em sua própria casa era mais cega que uma toupeira; em sua casa não via coisa alguma. Pois, ao voltar para o lar, tirava da cabeça os seus olhos portáteis, como óculos, e os escondia atrás da porta do quarto. — A estas palavras, Herr Trippa tomou um ramo de tamariz. — Ele escolheu bem — disse Epistemon — Nicandro chama a planta adivinha. — Quereis — disse Herr Trippa — saber mais amplamente a verdade pela piromancia; pela aeromancia, celebrada por Aristófanes em suas Nuvens; pela hidromancia; pela lecalomancia, outrora tão celebrada entre os assírios e experimentada por Hermolau Bárbaro? Dentro de uma bacia cheia de água eu te mostraria tua futura mulher se divertindo com dois labregos.

— Quando — disse Panúrgio — meteres o nariz em meu cu, tem o cuidado de tirar os óculos.

— Pela catoptromancia, mediante a qual Dídio Juliano, imperador de Roma, previa tudo que lhe devia acontecer, não terás precisão de óculos. Tu a verás em um espelho, remexendo-se tão abertamente, como se eu a mostrasse na fonte do templo de Minerva, perto de Patras. Pela coscinomancia, tão religiosamente ob-

---

362. "Pobre glorioso" em grego. (N. do T.)
363. "Doido de corrente". (N. do T.)
364. Factótum, que se intromete nos negócios alheios. (N. do T.)

servada entre as cerimônias dos romanos, tendo-se uma peneira e tesourinhas, verás diabos. Pela alfitomancia, designada por Teócrito em sua Farmaceutria, e pela aleuromancia, misturando frumento com farinha. Pela astragalomancia; tenho os projetos prontos. Pela tiromancia: tenho um queijo de Brehemont a propósito. Pela giromancia: eu te farei aqui girar em muitos círculos, todos os quais cairão à esquerda, eu te asseguro. Pela esternomancia; bofé, tens o peito bastante mal proporcionado. Pela libanomancia, só é necessário um pouquinho de incenso. Pela gastromancia, da qual, em Ferra, usou longamente a dama Jacoba Rhodigina em gastrimito. Pela cefaleonomancia, a qual soem usar os alemães, queimando a cabeça de um asno com brasas. Pela ceromancia: pela cera derretida na água, verás a figura de tua mulher e de seus amantes. Pela capnomancia, colocaremos sobre brasas a semente da papoula e do sésamo. Ó que bela coisa! Pela axinomancia, bastam apenas um machado de cabo estreito e comprido e uma pedra gágata[365], a qual colocaremos sobre brasas. Oh! Como Homero a usou bravamente para com os amorosos de Penélope! Pela onicomancia, precisamos de óleo e de cera. Pela teframancia, verás a cinza no ar figurando a mulher com boa aparência. Pela botonomancia, tenho as folhas de salva necessárias. Pela sicomancia, ó arte divina! com folhas da figueira. pela ictiomancia, outrora celebrada e praticada por Tirésias e Polidamas, sendo também certo que foi praticada no fosso Dina, no bosque sagrado de Apolo na terra dos lícios. Pela queromancia: tendo bastante porcos, terás a bexiga. Pela cleromancia, como se acha na fava do bolo na vigília da Epifania. Pela antropomancia, a qual usou Heliogabalo imperador de Roma. Ela é um tanto fastigiosa, mas tu a suportarás bem, pois és corno nato. Pela esticomancia sibilina, pela onomantocia. Como é o nome? — Mascamerda — respondeu Panúrgio. — Ou então pela alectriomancia: farei aqui um círculo bem feito, o qual dividirei, contigo vendo e considerando, em vinte e quatro porções iguais. Em cada uma escreverei uma letra do alfabeto; sobre cada uma colocarei um grão de frumento; depois soltarei dentro do círculo um galo virgem. Vereis, eu vos afianço, que ele comerá os grãos colocados sobre as letras C.O.C.U.S.E.R.A.[366]; tão fatidicamente como sob o imperador Valente, encontrando-se ele perplexo para saber o nome de seu sucessor, o galo vaticinador alectriomânico comeu os grãos das letras T.E.O.D.[367]. Quereis saber pela arte aruspicina? Pela extispicina? Pelo augúrio tomado nos voos das aves? Pelo canto dos pássaros? Pelo baile solistimo[368] das patas? — Pela estronspicina — respondeu Panúrgio. — Ou então pela necromancia? Eu faria ressuscitar alguém falecido há pouco, como fez Apolônio de Tiana com Aquiles, como fez a pitonisa em presença de Saul: o qual vos dirá tudo, nem mais nem menos que, por invocação de Ericto, um defunto predisse a Pompeu todo o

---

365. Pedra da Lícia, assim chamada por causa do Rio Gages. (N. do T.)
366. *Cocus sera*: será corno. (N. do T.)
367. Quer dizer "Teodósio", nome do sucessor de Valente. (N. do T.)
368. Em latim "*tripudium solistimum*". Dizia-se dos frangos sagrados, quando comiam. (N. do T.)

progresso e desfecho da batalha farsálica. Ou, se tendes medo dos mortos, como têm naturalmente todos os cornos, usarei apenas a ciomancia.

— Vai para o diabo, doido varrido — respondeu Panúrgio —, e diverte-te com algum albanês, se arranjares um chapéu pontudo[369]. Diabo, como não me aconselhas também a meter uma esmeralda ou uma pedra de hiena[370] debaixo da língua? Ou de me munir de línguas de poupas e de corações de rãs verdes, ou de comer o coração e o fígado de algum dragão, a fim de que pela voz e pelo canto do cisne e dos pássaros entender o meu destino, como faziam outrora os árabes no país da Mesopotâmia? Que vá para o diabo o cabrão, marrano cornudo, feiticeiro; para o diabo o encantador do anticristo. Voltemos para junto do nosso rei. Estou certo de que não ficará contente conosco, se souber que viemos ao covil deste diabo metido em vestes de doutor. Arrependo-me de ter vindo. E daria de boa vontade cem nobres e quatorze plebeus[371], com a condição de que aquele que antes soprava no fundo do meu calção presentemente lhe colorisse o bigode. Meu Deus, como ele me cobriu de descontentamento e diabrura, de encantamentos e feitiçarias! O diabo que o carregue. Dizei amém e vamos beber. Sou capaz de não comer bem, dois, ou quatro dias.

CAPÍTULO XXVI
DE COMO PANÚRGIO SE ACONSELHA COM FREI JEAN DES ENTOMMEURES

Panúrgio estava muito aborrecido com os propósitos de Herr Trippa, e depois de ter passado pelo burgo de Huymes, dirigiu-se a Frei Jean, beberrando e coçando a própria orelha esquerda: — Alegra-me um pouco, meu caro. Estou com o espírito todo atrapalhado, com os propósitos daquele endiabrado. Escuta,

Pequenininho.	Peitudo.
Leitoso.	Malhado.
Grotesco.	Comportado.
Reservado.	Enfraldado.
Cortês.	Bondoso.
Amado.	Desenfreado.
Comportado.	Querido.
Ativo.	Gigantesco.

---
369. Refere-se à carocha, espécie de mitra, com a qual as vítimas da Inquisição eram queimadas. (N. do T.)
370. Ignora-se que pedra seja essa. (N. do T.)
371. *Noble* (nobre) era uma moeda de ouro inglesa. (N. do T.)

Superior.
Colossal.
Viril.
Cordato.
Impoluto.
Inteligente.
Vivo.
Robusto.
Senhor.
Tocante.
Fulminante.
Missionário.
Sanhudo.
Levantado.
Organizado.
Estampado.
Jeitoso.
Forçado.
Polido.
Pitoresco.
Claustral.
Lascivo.
Passante.
Urgente.
Insinuante.
Notável.
Afeito.
Instrutor.
Cristão.

Irmão.
Magistral.
Ativo.
Brilhante.
Ardente.
Fascinante.
Memorável.
Perfeito.
Professor.
Relicário.
Fascinante.
Fradinho.
Gostoso.
Arabesco.
Calandrado.
Maltês.
Desejado.
Multiplicado.
Genitivo.
Vital.
Sutil.
Pacato.
Absoluto.
Diligente.
Persuasivo.
Venusto.
Dominador.
Perturbador.
Tonante.

    Frei Jean, meu amigo, eu te dedico bem grande reverência, e te reservo um bom bocado; peço-te, dize-me a tua opinião. Devo casar-me, ou não? — Frei Jean respondeu-lhe com alegria no espírito, dizendo: — Casa-te, da parte do diabo, casa-te, e repica com os duplos carrilhões dos culhões. Digo e entendo que deves fazer o mais depressa que puderes. Desde hoje à noite manda correr os banhos e preparar a cama. Bofé, para quando queres deixar? Não sabes tanto que o fim do mundo se aproxima? Hoje estamos mais perto dele duas varas e meia toesa do que estávamos ontem. O Anticristo já nasceu, ao que me dizem. Na verdade, ele só faz beliscar sua ama e suas governantas, e ainda não mostra os seus tesouros; pois ainda é pequeno. *Crescite. Nos qui vivimus, multiplicamini*; está escrito, é matéria de breviário; "tanto que o saco de trigo não vale três patacas, e o tonel de vinho não vale três moedas". Querias bem que te encontrasses com os culhões cheios no juízo, *dum venerit judicare*? — Tens — disse Panúrgio — o espírito assaz límpido e sereno, frei Jean, querido, metropolitano, e falas pertinentemente... É isso que Leandro de Abido na Ásia, nadando no mar Helesponto, para visitar sua amiga Hero de Sesta na Europa, suplicava a Netuno e a todos os deuses marinhos:

Se na ida me derdes proteção,
Afogar-me na volta aceito então.

Não queria morrer com os culhões cheios. E sou de opinião que de agora em diante, em todo o meu Salmigondionis, quando se quiser por justiça executar algum malfeitor, que um ou dois dias antes se faça com que ele se biribite em onocrotale tão bem que em todos os seus vasos espermáticos não reste com que se retratar um Y. Coisa tão preciosa não deve ser tolamente perdida. Talvez gere um homem. Assim morrerá ele sem pesar, deixando homem por homem.

CAPÍTULO XXVII
DE COMO FREI JEAN JOVIALMENTE ACONSELHA PANÚRGIO

— Por Santo Rigomeu — disse Frei Jean —, Panúrgio, meu doce amigo, não te aconselho coisa que eu não fizesse, se estivesse em teu lugar. Somente tenha em mente sempre bem ligar e continuar os esforços. Se fizeres interrupção, estás perdido, pobrezinho, e acontecerá contigo o que acontece com as amas de leite. Se desistem de amamentar as crianças, perdem seu leite. Se continuamente não exercitares tua pistola, ela perderá seu leite, e só te servirá como mijadeira; teus culhões também não passarão de um saco vazio. Aviso-te, meu amigo. Tenho visto a experiência em vários, que não puderam quando quiseram; pois não tinham querido quando podiam. Assim, pelo desuso se perdem todos os privilégios, como dizem os clérigos. Portanto, filhinho, conserve bem esse baixo e delicado popular, troglodita, braguilhodita, em estado de sempiterna atividade. Ordena que eles não vivam como fidalgos, de suas rendas, sem nada fazer. — É claro — respondeu Panúrgio —, Frei Jean, meu culhão esquerdo, acredito em ti.

Foste diretamente ao assunto. Sem exceções nem reticências, abertamente afastaste todo o terror que poderia intimidar-me. Assim te seja dado pelos céus sempre manteres as atividades de baixo. Em vista de tuas palavras, vou me casar. Nada faltará. E haverá sempre belas camareiras, e quando fores me visitar serás o protetor de sua irmandade. Eis quanto à primeira parte do sermão. — Escuta — disse Frei Jean —, o oráculo dos sinos de Verenes; que dizem eles? — Eu os ouço — respondeu Panúrgio. — Seu som é para minha sede mais fatídico do que os caldeirões de Júpiter em Dodona. Escuta: *Casa-te, casa-te; casa, casa. Se tu te casas, casas, casas, muito bem te acharás, verás, verás. Casa, casa.* Afirmo-te que me casarei; todos os elementos me convidam a isso. Esta palavra te seja como uma muralha de bronze. Quanto ao segundo ponto, pareces de certo modo duvidar, ou mesmo menosprezar a minha paternidade; como sendo pouco favorável, o duro deus dos mortos[372]. Suplico-te me fazer acreditar que eu o tenho a propósito, dócil, benévolo, atento, obediente em tudo e por tudo. Basta soltá-lo, mostrar-lhe a presa e dizer: Pega, companheiro. E mesmo se minha mulher fosse tão gulosa do prazer venéreo quanto foi Messalina ou a Marquesa de Oincestre[373] na Inglaterra, pode acreditar que ainda assim eu lhe proporcionaria copioso contentamento. Não ignoro o que disse Salomão, e falava como sábio e perito. Depois dele, Aristóteles declarou serem as mulheres insaciáveis; mas quero que se saiba que, por minha parte, sou infatigável. Não me alegueis aqui como exemplo os fabulosos femeeiros Hércules, Próculo, César e Maomé, que se vangloria em seu Alcorão de ter em seus órgãos genitais a força de sessenta latagões. Ele mentiu, o tratante. Não me alegueis o indiano tão celebrado por Teofrasto, Plínio e Ateneu, o qual, graças a certa erva, fazia em um dia setenta vezes ou mais. Não o creio. O número é suposto. Peço-te que não creias. Peço que creias (e não acreditarias coisa que não fosse verdadeira), o meu natural, o sagrado itiófalo, Mestre Cotal d'Alibinge, ser o primeiro *del mondo*. Escuta só, meu caro. Não vês o hábito do monge de Castres? Quando o colocavam em alguma casa, fosse a descoberto, fosse às escondidas, todos os moradores do lugar ficavam no cio, gente e bichos, homens e mulheres, até os ratos e gato. Juro-te que em minha braguilha outrora conheci uma energia ainda mais anômala. Não te falarei de casa nem de burel, de sermão nem de mercado; mas na paixão que se representava em Saint Maxance, entrando certo dia diante do recinto, vi por suas virtudes e oculta propriedade, de súbito todos, tanto os atores como os espectadores entrarem em tentação tão terrífica, que não houve anjo, homem, diabo ou diaba que não quisesse fornicar. O ponto abandonou

---

372. Priapo, protetor das hortas e jardins, deus da fecundidade. (N. do T.)
373. Winchester, cidade da Inglaterra, conhecida outrora pela devassidão de seus habitantes. (N. do T.)

sua cópia; o que fazia o papel de São Miguel desceu para a volataria; os diabos saíram do inferno, e carregaram as pobres mulherinhas; até mesmo Lúcifer se livrou das cadeias. Em suma, vendo a desordem, eu me afastei do local, à semelhança de Catão o censor, o qual, vendo por sua presença as festas Florais em desordem, desistiu de ser espectador.

CAPÍTULO XXVIII
DE COMO FREI JEAN RECONFORTA PANÚRGIO ACERCA DE SUA DÚVIDA DE CORNICE

— Entendo — disse Frei Jean —, mas o tempo acaba com todas as coisas. Não há mármore nem pórfiro que não tenha sua velhice e decadência. Se não estiveres presente na hora certa, dentro de poucos anos depois eu te ouvirei confessando que os culhões pendem por falta de saco. Já vejo teus cabelos grisalhando na cabeça. Tua barba, pela disposição do cinzento, do branco, do pardo e do preto, me parece um mapa-múndi. Olha aqui. Eis a Ásia; aqui estão o Tigre e o Eufrates. Eis a África; aqui está a montanha da Lua. Vês os paludes do Nilo? Deste lado está a Europa; vês Theleme? Este topete aqui, todo branco, são os montes Hiperbóreos. Bofé, meu amigo, quando as neves estão nas montanhas, quer dizer, a cabeça e o queixo, não há grande calor pelos vales da braguilha.

— Não entendes do assunto — respondeu Panúrgio. — Quando as neves estão sobre as montanhas, o raio, os relâmpagos, os *lancis*[374], a tormenta, a tempestade, todos os diabos estão no vale, Queres ter a experiência? Vai ao país da Suíça, e olha o lago de *Wunderberlich*[375], a quatro léguas de Berna, na direção de Sion. Tu me censuras meu cabelo grisalhando e não consideras o alho-porro, que tem a cabeça branca e a cauda verde, firme e vigorosa. É verdade que em mim reconheço alguns sinais indicadores da velhice; mas não digo a ninguém; será um segredo entre nós dois. É que acho o bom vinho melhor e a meu gosto mais saboroso quando não embriaga; mais do que isso, temo o encontro do mau vinho. Isso significa que o meio-dia passou. Mas o quê? Gentil companheiro sempre, tanto ou mais que nunca. Não receio isso, com todos os diabos. Não é isso que me dói. Receio que, por alguma longa ausência de nosso rei Pantagruel, ao qual forçoso é que eu faça companhia, mesmo se fosse a todos os diabos, minha mulher me pusesse chifres. Eis a palavra peremptória. Pois todos aqueles a quem falei me ameaçam de tal coisa e afirmam que isso me está

---
374. Raios que caem na Terra. (N. do T.)
375. "Maravilhoso" em alemão. Trata-se do Lago Pilate. (N. do T.)

destinado pelos céus. — Não é corno quem queira — respondeu frei Jean.
— Se és corno, *ergo* tua mulher será bela; *ergo* serás por ela bem tratado; *ergo* terás muitos amigos; *ergo* serás salvo. São tópicos monacais. Não podes querer melhor do que isso, pecador. Jamais estivestes tão bem. Teu bem ainda vai aumentar mais. Se és assim predestinado, hás de querer contrariar? Dize:

Domado.
Transido.
Cansado.
Mitrado.
Retraído.
Desgostoso.
Assumidor.
Carecedor.
Sentido.
Maneiro.
Rodado.
Engolido.
Cosseguento.
Disparado.
Tomador.
Tremente.
Ultrapassado.
Calorento.
Retardado.
Sonhador.
Aparador.
Usado.
Decadente.
Meeiro.
Desmaiado.
Temente.
Cruzado.
Transportador.
Mantido.
Peidorreiro.

Molhado.
Pendente.
Esgotado.
Friorento.
Maltratado.
Perdedor.
Amortecedor.
Mortificado.
Temente.
Caseiro.
Ensopado.
Avariado.
Reduzido.
Pavoroso.
Merecedor.
Passado.
Desprezado.
Distraído.
Dadivoso.
Perecedor.
Supurador.
Caído.
Costumeiro.
Empalhado.
Fedido.
Tomado.
Portador.
Desolado.
Patente.
Grosseiro.

Culhões do diabo, Panúrgio meu amigo, já que estás predestinado, quererias fazer retrogradar os planetas, desmanchar todas as esferas celestes, propor erros às inteligências motrizes, desgastar os fusos, desarticular as roças, caluniar as bobinas, censurar as dobadouras, condenar os fios, desfiar os novelos das Parcas? Que as febres quartãs te peguem, culhudo. Farias pior que os gigantes. Ouve aqui, meu caro. Gostarias mais de ser ciumento sem causa do que corno sem conhecimento? — Não quero — respondeu Panúrgio — ser um nem outro. Mas se for advertido alguma vez, porei tudo em ordem, ou faltarão bastões no mundo. Bofé, Frei Jean, será melhor não me casar. Escuta o que dizem os sinos, agora que estamos mais perto:

Casa não, casa não, não, não, não, não. Se casar, casar não, não, não, não: tu te arrependes, pendes, pendes; corno serás. Virtude de Deus! Estou começando a ficar com raiva. Vós outros, cérebros fradescos, não sabeis remédio algum? A natureza destituiu a tal ponto os humanos que o homem casado não possa atravessar este mundo sem cair nos abismos e nos perigos da cornice? — Quero — disse Frei Jean — ensinar-te um expediente, por meio do qual tua mulher jamais te tornará corno sem tua ciência e teu consentimento. — Peço-te que me reveles qual é — disse Panúrgio — culhão aveludado. Dize, meu amigo. — Toma — disse Frei Jean — o anel de Hans Carvel, grande lapidário do grei de Melinda. Hans Carvel era homem douto, perito, estudioso, homem de bem, de bom senso, de bom julgamento, bonachão, caridoso, filósofo, jovial; de resto bom companheiro, divertido como jamais houve um outro, um tanto barrigudo, e de aparência não muito bela. Já velho, casou-se com a filha do Bailio Concordat, jovem, bela, delicada, graciosa, simpática, muito agradável para com os vizinhos e servidores. Do que resultou, no fim de algumas hebdômadas, que ele se tornou ciumento como um tigre, e começou a desconfiar que ela alhures fornicava. Para evitar tal coisa, não cessava de contar-lhe belos contos contando as desolações advindas do adultério; lia-lhe muitas vezes a lenda das mulheres virtuosas; pregava-lhe a pudicícia; estendia-se em louvores da fidelidade conjugal, detestando muito e com firmeza a má conduta das casadas levianas, e deu-lhe um belo colar de safiras orientais. Não obstante isso, ele a via tão alegre e tratando tão bem os vizinhos, que o seu ciúme só fazia crescer. Uma certa noite, estando com ela deitado entregue a tais paixões, sonhou que conversava com o diabo, e contava-lhe as suas amarguras. O diabo o confortou e pôs-lhe um anel no dedo anular, dizendo: "Dou-te este anel; enquanto o tiveres no dedo, tua mulher não será por outro carnalmente conhecida sem tua ciência e consentimento.", "Grande mercê", disse Hans Carvel, "senhor diabo. Renego Maomé, se jamais o tirar do dedo." O diabo desapareceu. Hans Carvel acordou todo satisfeito e viu que tinha metido o dedo na como-é-que-chama de sua mulher. Esqueci de contar como sua mulher, sentindo-o, encolhia o cu para trás, como dizendo: "Sim, meu bem, não é isso que deves meter aí!", e então pareceu a Hans Carvel que tinham querido lhe roubar o anel. Não é um remédio infalível? Mediante esse exemplo, faze, se me crês, com que continuamente tenhas o anel de tua mulher no dedo.

Aqui terminou a conversa e a viagem.

CAPÍTULO XXIX
DE COMO PANTAGRUEL FEZ SE REUNIREM UM TEÓLOGO, UM MÉDICO, UM JURISTA E UM FILÓSOFO, POR CAUSA DA PERPLEXIDADE DE PANÚRGIO

Chegando ao palácio, contaram a Pantagruel o resultado de sua viagem e mostraram-lhe o que Raminagrobis escrevera. Pantagruel, após ter lido e relido, disse: — Ainda não vira resposta que mais me agrada. Ele quer dizer sumariamente que, em matéria de matrimônio, cada um deve ser árbitro de seus próprios pensamentos, e tomar conselho consigo mesmo. Tal foi sempre a minha opinião, e foi o que vos disse da primeira vez que me falastes. Mas a rejeitastes tacitamente, lembro-me; e vi que a filáucia e o amor próprio vos iludiam. Façamos de outro modo. Eis como; tudo o que somos e temos consiste em três coisas; na alma, no corpo, nos bens. Para conservação dos três respectivamente estão hoje destinadas três categorias de pessoas; os teólogos para a alma, os médicos para o corpo, os jurisconsultos para os bens. Sou de parecer que domingo tenhamos aqui para jantar um teólogo, um médico e um jurisconsulto. Com os três juntos conferenciaremos sobre a vossa perplexidade.

— Por São Picaut — respondeu Panúrgio —, nada conseguiremos que valha, já o vejo bem. E vede como o mundo está errado. Entregamos a guarda da nossa alma aos teólogos, que são na maior parte heréticos; os nossos corpos aos médicos, que todos detestam os medicamentos, que jamais tomam remédio; e os nossos bens aos advogados, que jamais terminaram um processo. — Falais como um cortesão — disse Pantagruel. — Mas o primeiro ponto eu nego, porquanto a ocupação principal, ou quiçá única e total dos bons teólogos está empregada, por fatos, por ditos, por escritos, a extirpar os erros e heresias (tanto é mister que sejam desmentidas) e plantar profundamente nos corações humanos a verdadeira e viva fé católica. O segundo ponto eu louvo, vendo os bons médicos atribuírem tal ordem à parte profilática e conservadora de seu ofício, que não têm necessidade de terapêutica e curativa por medicamentos. O terceiro admito, vendo os bons advogados tão abstraídos em seus patrocínios e respostas do direito de outros, que não têm tempo nem folga para cuidarem do seu próprio. Portanto, domingo próximo teremos por teólogo nosso Padre Hipotadeu; por médico o nosso mestre Rondibilis; por jurista o nosso amigo Bridoye. Além disso, sou de opinião que entremos na tétrade pitagórica, e, para completar tenhamos o nosso fiel filósofo Trouillogan, uma vez que o filósofo perfeito, e tal é Trouillogan, responde acertadamente a todas as dúvidas propostas. Carpalim, dai a ordem para que tenhamos todos os quatro domingo próximo no jantar.

— Creio — disse Epistemon — que em toda a parte não poderíeis ter melhor escolhido. Não digo apenas no que concerne às perfeições de cada um e em seu ofício, os quais estão acima de todo o julgamento; mas principalmente pelo fato de que Rondibilis casado é e não tinha sido; Hipotadeu jamais o foi e não é; Bridoye foi e não é; Trouillogan é e foi. Aliviarei Carpalim de um trabalho; irei convidar Bridoye (se bom vos pareça), o qual é de meu antigo conhecimento, e com o qual tenho de falar, para o bem e vantagem de um seu honesto e douto filho, o qual estuda em Tholose, aos cuidados do doutíssimo e virtuosíssimo Boissoné...

— Fazei como melhor vos parecer — disse Pantagruel. — E avisai-me se algo posso fazer em prol do filho e dignidade do senhor Boissoné, ao qual prezo e venero, como um dos mais capazes de hoje em seu ofício. Eu o faria com prazer.

CAPÍTULO XXX
DE COMO O TEÓLOGO HIPOTADEU ACONSELHA PANÚRGIO A RESPEITO DA CONVOLAÇÃO DE NÚPCIAS

Mal se aprontara o jantar no domingo subsequente, os convidados compareceram, exceto Bridoye, lugar-tenente de Fonsbeton. Servida a segunda mesa, Panúrgio, com profunda reverência, disse: — Senhores, trata-se de mim. Devo casar-me ou não? Se por vós a minha dúvida não for resolvida, eu a terei por insolúvel, como são *insolubilia de Alliaco*. Pois fostes eleitos, escolhidos e selecionados em vossos ofícios, como as mais belas ervilhas no tabuleiro.

O Padre Hipotadeu, depois da solicitação de Pantagruel e da reverência de todos os cicunstantes, respondeu, com incrível modéstia: — Meu amigo, pedis-me conselho, mas é preciso que antes de mais nada vós mesmos vos aconselheis. Sentis importunamente em vosso corpo os aguilhões da carne? — Bem fortes — respondeu Panúrgio —, sem vos ofender, nosso pai. — Compreendo, meu amigo — disse Hipotadeu. — Mas, diante desse percalço, não tendes de Deus a graça especial da continência? — Bofé que não. — Casai-vos, então, meu amigo — disse Hipotadeu — pois é melhor casar-se que arder no fogo da concupiscência. — Está falado — exclamou Panúrgio, jovialmente. — Grande mercê, senhor nosso pai. Vou casar-me sem falta, e bem depressa. Convido-vos para as minhas núpcias. Vai ser uma festa. Vamos nos fartar e se comermos ganso, garanto que não será minha mulher que o assará[376]. Ainda vos pedirei para dirigir a primeira dança das donzelas, se vos dignares de me conceder tal honra.

Resta um pequeno escrúpulo para resolver. Bem pequeno, quase nada. Não vou ser corno? — De modo algum, meu amigo — respondeu Hipotadeu —, se Deus quiser. — Oh! As virtudes de Deus — exclamou Panúrgio — nos venha em ajuda. Aonde me mandais, boa gente? Às condicionais, as quais em dialética recebem todas as contradições e impossibilidades. Se o meu mulo transalpino quisesse, meu mulo transalpino teria asas. Se Deus quiser, não serei corno; serei corno, se Deus quiser. Bofé, se fosse uma condição que eu pudesse evitar, eu de modo algum me desesperaria. Mas vós me enviais ao conselho privado de Deus, ao arbítrio de suas decisões quotidianas. Que caminho seguis para lá chegar, vós franceses? Senhor nosso pai, acho que será melhor não irdes às minhas núpcias o ruído e a agitação dos convivas vos perturbarão. Amais o repouso, o silêncio e a solidão. Não convém irdes, acho eu. E além disso, dançais bem mal, e ficaríeis envergonhado dirigindo a primeira dança. Eu mandarei ao vosso quarto o que sobrar das iguarias e bebidas e também as fitas nupciais[377], Podereis beber à nossa saúde, se quiserdes.

— Meu amigo — disse Hipotadeu —, pesai bem as minhas palavras, eu vos peço. prejudico-vos quando vos digo se Deus quiser? Será mau assim falar? Será condição blasfema ou escandalosa? Não é honrar o Senhor, criador, protetor, conservador? Não é reconhecê-lo como único doador de todos os bens? Não é nos declararmos todos dependentes de sua benevolência? Que sem ele nada existe, nada vale, nada pode, se sua santa graça não nos impregna? Não é oferecer uma exceção canônica a todos os nossos empreendimentos, e tudo que propomos entregarmos ao que será disposto pela sua santa vontade, tanto na terra como no céu? Não será verdadeiramente santificar seu bendito nome? Meu amigo, não sereis corno, se Deus quiser. Para saber qual é a sua vontade, não convém entrar em desespero, como de coisa misteriosa e para entender a qual fosse preciso consultar seu conselho privado ou se preocupar com as suas santíssimas ocupações quotidianas. O bom Deus nos fez esse bem, de tê-las nos revelado, anunciado, declarado e abertamente descrito pelas sagradas Bíblias. Lá encontrareis que jamais sereis corno, quer dizer que jamais vossa mulher será leviana, se a escolherdes descendente de gente de bem, instruída na virtude e na honestidade, só tendo visto e frequentado pessoas de bons costumes, amante e temente de Deus, disposta a agradar Deus pela fé e observação dos santos preceitos, e temente de ofender e perder a sua graça

---

376. Alusão à *Farsa do Advogado Pathelin*, cuja mulher apresentou como desculpa de sua ausência o fato de estar assando um ganso. (N. do T.)
377. *Livrée nuptiale*; eram fitas que se distribuíam entre os padrinhos e amigos do noivo durante a cerimônia do casamento. (N. do T.)

por falta de fé e transgressão de sua divina lei, na qual é rigorosamente proibido o adultério e pela qual é obrigada a somente seguir seu marido, satisfazê-lo, servi-lo, totalmente amá-lo abaixo de Deus. Por reforço dessa disciplina, vós por vosso lado dedicar-lhe-eis amizade conjugal, manter-vos-eis prudente, dar-lhe-eis bons exemplos, vivereis em vosso lar pudica, casta e virtuosamente, como quereis que de seu lado ela viva; pois como é bom e perfeito o espelho, não o que é adornado de dourados e pedrarias, mas aquele que verdadeiramente representa a forma dos objetos, também não é mais estimável a mulher que seja rica, bela, elegante, vinda de nobre estirpe, mas aquela que mais se esforça com Deus para se manter em boa graça e conformar-se com o gosto do marido. Vede como a lua não toma a luz nem de Mercúrio, nem de Júpiter, nem de Marte, nem de outro planeta ou estrela que há no céu; só a recebe do sol seu marido, e dele não recebe mais do que aquilo que ele lhe dá por sua infusão e aspecto. Assim sereis para com vossa mulher um exemplar de virtudes e honestidade; e continuamente implorai a graça de Deus para vossa proteção.

— Quereis então — disse Panúrgi, cofiando o bigode — que eu despose a mulher forte descrita por Salomão? Ela está morta, sem sombra de dúvida. Nunca a vi, ao que eu saiba; Deus que me perdoe. Grande mercê, meu pai. Comei este maçapão; ele vos ajudará a fazer a digestão; depois bebei um copo de hipocraz clarete; é saudável e estomacal. Prossigamos.

CAPÍTULO XXXI
DE COMO O MÉDICO RONDIBILIS ACONSELHOU PANÚRGIO

Continuando os seus propósitos, disse Panúrgio: — A primeira palavra que disse aquele que ouvia os monges em Sausignac, tendo ouvido Frei Cauldaureil, foi: Os outros! Eu digo igualmente: Os outros! Senhor mestre Rondibilis, despachai-me. Devo casar-me ou não? — Pelo trote de minha mula, não sei se devo responder a esse problema. Dizeis que sentis os pungentes aguilhões da sensualidade. Encontro em nossa faculdade de medicina, e aceitamos a conclusão dos antigos platônicos, que a concupiscência carnal é refreada por cinco meios. Pelo vinho... — Eu o creio — disse frei Jean. — Quando estou muito bêbado só quero dormir. — Refiro-me ao vinho tomado imoderadamente; pela intemperança do vinho advém ao corpo resfriamento do sangue, resolução dos membros, dissipação da semente geradora, embotamento dos sentidos, perversão dos movimentos, que constituem outras tantas impertinências ao ato da geração. De fato, vedes pintado Baco, deus dos beberrões, sem barba e com vestes de mulher, todo efeminado como eunuco e capado. De outro modo o vinho excita. O antigo provérbio nos indica quando diz que Vênus se aborrece sem a companhia de Ceres e de Baco.

E sou da opinião dos antigos, segundo a narrativa de Diodoro siciliano, assim como dos lampsacianos, como atesta o grande Pausânias, mestre Priapo era filho de Baco e de Vênus.

Em segundo lugar, por certas drogas e plantas, as quais tornam o homem frio, frouxo e impotente para a geração. A experiência diz respeito à ninfeia heraclina, amerina[378], salgueiro, carvalhinha, tamariz, agnocasto, mandrágora, cicuta, *orchis*[379] pequenas, a pele do hipópotamo e outras substâncias, as quais dentro do corpo humano, tanto por suas virtudes elementares, como por outras propriedades específicas, gelam e mortificam o gérmen prolífico, ou dissipam os espíritos que o devem conduzir aos lugares destinados pela natureza, ou obstruem as vias e condutos pelos quais podia ser expulso. Como ao contrário temos as que esquentam, excitam e habilitam o ato venéreo. — Eu não tenho necessidade — disse Panúrgio —, graças a Deus; e vós, nosso mestre? Não vos aborreçais todavia. O que eu digo não é por mal que vos queira.

— Em terceiro lugar — disse Rondibilis —, pelo trabalho assíduo. Pois nesse é feita tão grande dissolução do corpo, que o sangue que é por ele espalhado pela alimentação de cada membro não tem tempo, nem descanso, nem faculdade de se tornar aquela transpiração seminal e superfluida da terceira concocção. A natureza particularmente a reserva, como mais necessária à conservação de seu indivíduo, que à multiplicação da espécie e do gênero humano. Assim é chamada de casta Diana, aquela que continuamente trabalha na caça. Assim antigamente eram tidos como castos os castros, nos quais continuamente trabalhavam os atletas e soldados. Assim escreveu Hipócrates, *lib. De Aere, Aqua et Locis,* sobre alguns povos da Cítia, que eram em seu tempo mais impotentes que eunucos para a conjunção venérea, porque continuamente andavam a cavalo e no trabalho. Como ao contrário dizem os filósofos que a ociosidade é a mãe da luxúria. Quando se perguntou a Ovídio qual a causa de ter Egito se tornado adúltero, nada mais respondeu, senão que era ocioso. E se tirasse a ociosidade do mundo, bem cedo pereceriam as artes de Cupido; seu arco, sua aljava e suas flechas tornar-se-iam uma carga de ferir os grous voando alto, e os cervos correndo desembestados na mata (como nem faziam os partas), quer dizer, os humanos agitados e trabalhadores; ele os quer quietos, sentados, deitados, no lugar certo. De fato, Teofrasto, indagado certa vez o que achava do namoro, respondeu que era uma paixão dos espíritos ociosos. Diógenes igualmente dizia que a libidinagem era ocupação de gente não ocupada com outra coisa. Portanto, Camaco siconiano, escultor, querendo dar a entender que a ociosidade, a preguiça, a indolência, eram causas da devassidão, fez a estátua de Vênus sentada, e não de pé como tinham feito os seus precedessores.

---

378. No original, amérine é uma espécie de salgueiro ou de junco que cresce perto da cidade de Amerie. (N. do T.)
379. Uma orquídea europeia. (N. do T.)

Em quarto lugar, pelo estudo fervoroso. Pois nele se faz incrível resolução dos espíritos, de tal modo que nada resta a ser levado aos lugares destinados à transpiração generativa e a inflar o nervo cavernoso, cujo ofício é para fora a projetar, para a propagação da natureza humana. Para isso confirmardes observai a forma de um homem atento a algum estudo, vereis nele todas as artérias do cérebro retesadas como a corda de um arco, para lhe fornecer convenientemente espíritos suficientes para encherem os ventrículos de senso comum, de imaginação e de apreensão, de raciocínio e resolução, de memória e recordação; e agilmente correr de um a outro pelos condutos manifestos da anatomia, ao fim da rede admirável, no qual terminam as artérias, as quais no compartimento esquerdo do coração tem sua origem, e os espíritos vitais fazem longos rodeios, para se tornarem animais. De modo que em tal personagem estudioso vereis suspensas todas as faculdades naturais, cessarem todos os sentidos exteriores; em resumo, vós o julgareis não ser vivo em si mesmo, estar fora de si abstraído pelo êxtase, e direis que Sócrates não abusava das palavras quando afirmava: A filosofia não é outra coisa senão a meditação sobre a morte. Talvez tenha sido por isso que Demóstenes se cegou, estimando menos a perda da vista que a diminuição das contemplações, que eram perturbadas pela visão dispersiva dos olhos. Assim é virgem Palas, deusa da sabedoria, protetora dos estudiosos. Assim as Musas são virgens; assim permanecem as Graças em pudicícia eterna. E lembro-me de ter lido que certa vez Cupido foi interrogado por sua mãe Vênus porque não atacava as Musas, e respondeu-lhe que as achava tão belas, tão corretas, tão honestas e pudicas e continuamente ocupadas, uma na contemplação dos astros, outra na suputação dos números, outra na dimensão dos corpos geométricos, outra na invenção retórica, outra na composição poética, outra na disposição da música, que, ao aproximar-se delas, afrouxava o arco, fechava a aljava, e apagava o seu facho, com vergonha e temor de incomodá-las. Depois tirava a venda dos olhos, para mais abertamente encará-las e ouvir seus agradáveis cantos e odes poéticas. Assim experimentava o maior prazer do mundo. A tal ponto que muitas vezes se arrebatava com a sua beleza e graciosidade, e adormecia com os seus cantos. E não pensava em atacá-las ou de seu trabalho distraí-las. Nesse artigo compreendo o que escreveu Hipócrates no referido livro, falando dos citas, e no livro intitulado *De genitura*, dizendo que ficam impotentes para a geração todos os humanos aos quais hajam sido cortadas as artérias paróticas, que ficam ao lado das orelhas, pela razão antes exposta, quando eu vos falava da resolução dos espíritos e do sangue espiritual, dos quais as artérias são os receptáculos; visto que ele mantém grande porção da genitura brotada do cérebro e da espinha dorsal.

Em quinto lugar, pelo ato venéreo. — Esperava por essa — disse Panúrgio —, e a tomo para mim; use das precedentes quem quiser. — É — disse Frei Jean — o quê o frade Scyllino, prior de Saint Victor em Marselha, chama de maceração da carne. E sou de opinião (também o era o eremita de Sainte Radegonde acima de Chinon) que mais aptamente não poderiam os eremitas da Tebaida macerar o corpo, dominar sua suja sensualidade, sufocar a rebelião da carne, do que a praticando vinte e cinco ou trinta vezes por dia. — Vejo Panúrgio — disse Rondibilis — bem proporcionado em seus membros, bem temperado em seus humores, em idade competente, em tempo oportuno, com razoável vontade de casar-se; se encontrar mulher de semelhantes condições, gerarão juntos filhos dignos de alguma monarquia transpontina. Quanto mais cedo melhor, se quiser ver os filhos criados. — Senhor, nosso mestre — disse Panúrgio —, eu o farei, não duvideis, e bem depressa. Durante o vosso douto discurso, esta pulga que tenho na orelha me coçou mais do que costuma fazer. Estais convidado para a festa. Vamos nos fartar, podeis estar certo. Levareis vossa esposa, se assim quiserdes, com suas vizinhas, bem entendido.

CAPÍTULO XXXII
DE COMO RONDIBILIS DECLARA SER A CORNICE APÊNDICE NATURAL DO CASAMENTO

Resta — disse Panúrgio, continuando — um pequeno ponto a esclarecer. Vistes outrora no pendão de Roma, S.P.Q.R. *Si Peu Que Rien*[380]. Serei corno? — Aura de graça — exclamou Rondibilis —, que me perguntais? Se sereis corno? Meu amigo, sou casado, vós o sereis em pouco. Mas escrevei esta palavra em vosso cérebro com um estilete de ferro, que todo homem casado corre o perigo de ser cabrão. A cornice é um dos apêndices naturais do casamento. A sombra não segue mais naturalmente o corpo do que os chifres seguem os homens casados. E quando acontecer que digais de alguém estas três palavras: Ele é casado, portanto foi, será ou pode ser corno, não podereis ser tachado de imperito arquiteto de consequências naturais. — Hipocondríaco de todos os diabos, o que dizeis? — Meu amigo — respondeu Rondibilis —, Hipócrates, indo um dia de Lango a Polistilo visitar Demócrito o filósofo, escreveu uma carta a Dionísio seu velho amigo, na qual lhe pedia que, durante a sua ausência, levasse sua mulher para casa de seus pais, que eram pessoas honradas e de boa fama, não querendo que ela ficasse sozinha em seu lar; entrementes, que a vigiasse cuidadosamente, e espiasse aonde ela fosse com sua mãe e quais pessoas que a visitavam em casa de seus pais. "Não", escreveu ele, "que eu desconfie de sua virtude e pudicícia, que pelo passado bem conheci e experimentei; mas ela é mulher. Eis tudo". Meu amigo, o natural da mulher nos é figurado pela lua, e em outras coisas, e é nisso que elas se escondem, se contraem e dissimulam na vista e em presença dos maridos. Na ausência deles, tiram

---

380. S.P.Q.R., como é sabido, quer dizer *Senatus Populusque Romanus* (o Senado e o Povo de Roma). *Si Peu Que Rien*: quase nada. (N. do T.)

vantagem, aproveitam bem o seu tempo, passeam, espairecem, põem de lado a hipocrisia e se declaram. Como a lua, em conjunção com o sol, não aparece no céu nem em terra; mas em sua oposição, estando o sol mais afastado, reluz em sua plenitude, e aparece toda notadamente durante a noite. Assim são todas as mulheres. Quando digo mulher, digo um sexo tão frágil, tão variável, tão inconstante e imperfeito, que a natureza me parece (falando com toda a honra e reverência) ter perdido o rumo do bom senso, com o qual criara todas as coisas, quando criou a mulher. E tendo pensado nisso cento e quinhentas vezes, não sei o que resolver, senão que, fabricando a mulher, ela se preocupou mais com o deleite social do homem e com a perpetuação da espécie humana do que com a perfeição da feminilidade individual. Certamente Platão não sabia em que ordem deveria colocá-las, se nos animados racionais se nas bestas brutas. Pois a natureza lhes colocou dentro do corpo, em lugar secreto e intestino, um animal, um membro que não é dos homens; no qual às vezes são engendrados certos humores salsos, nitrosos, borácicos, acres, mordiscantes, lancionantes, amargamente provocantes de pruridos; pela pontada e agitação dolorosa dos quais (pois é todo nervoso e de vivo sentimento) todo o corpo delas é abalado, todos os sentidos excitados, todas as afeições aniquiladas, todos os pensamentos confundidos. De maneira que, se a natureza não lhes depositou na fronte um pouco de vergonha, vós a vereis como desvairadas correndo às aventuras mais espantosas, que não fariam as Préditas, as Mimalônidas nem as Tiadas báquicas no dia das bacanais; porque aquele terrível animal está ligado a todas as partes principais do corpo, como é evidente na anatomia.

Eu o chamo de animal, seguindo a doutrina, tanto dos acadêmicos como dos peripatéticos. Pois se movimento próprio é indício certo de coisa animada, como escreveu Aristóteles, e tudo que por si se move chama-se animal, com razão Platão o chama de animal, reconhecendo nele movimentos próprios de sufocação, de precipitação, de corrupção, de indignação; são mesmo tão violentos que muitas vezes por eles produzem-se na mulher outros sentidos e movimentos, como ocorre na lipotimia, síncope, epilepsia, apoplexia e verdadeira semelhança com a morte. Além disso, vemos manifesta discrição dos odores, e o sentem as mulheres fugindo dos fedorentos e seguindo os aromáticos. Sei que Cl. Galeno[381] se esforça para provar que não são movimentos próprios e em si, mas por acidente; e que outros da seita se esforçam para demonstrar que não haja nela discrição sensitiva dos odores, mas eficácia diversa, procedendo da diversidade das substâncias aromatizadas. Mas, se examinais atentamente e pesais na balança de Critolau os seus propósitos e as suas razões, verificareis que nesse assunto, e em muitos outros, eles falaram mais espontaneamente e pela vontade de seguirem os seus maiores, que pela busca da verdade.

---

381. Claudio Galeno (129 - 216), também conhecido como Galeno de Pérgamo, foi um médico e filosofo romano de origem grega. Ele apontou a ligação dos músculos com o cérebro e sua técnica de dissecação em macacos permitiu importantes descobertas sobre o corpo humano. (N. do R.)

Sobre essa disputa não me estenderei mais. Somente vos direi que pequeno não é o louvor das mulheres honestas, que viveram pudicamente e sem culpa, e tiveram a virtude de chamar aquele animal desenfreado à obediência da razão. E direi mais que domado aquele animal (se domado pode ser) pelo alimento que a natureza lhe preparou no homem, todos os seus movimentos particulares cessam, todos os seus apetites se saciam, toda a sua fúria se apazigua. Portanto, não vos assusteis se corremos o perigo constante de sermos cornos, nós que não temos condições todos os dias de satisfazê-lo plenamente. — Quer dizer — disse Panúrgio — que não sabeis remédio algum em vossa arte? — Sei, sim, meu amigo — respondeu Rondibilis —, e muito bom, o qual eu uso: e foi prescrito por um autor célebre, há mil e oitocentos anos. Ouvi. — Sois um sábio e um homem de bem — disse Panúrgio — e eu vos estimo muito. Comei um pouco deste doce de marmelo; ele fecha adequadamente o orifício do ventrículo devido a uma salutar adstringência que contém, e ajuda a primeira concocção. Mas o quê? Estou ensinando latim aos clérigos. Esperai que eu vos sirva de beber nesta taça nestoriana. Aceitais ainda um gole de hipocraz branco? Não tenhais medo da esquinência. Ele não contém *squinanthi*[382], nem gengibre. Apenas boa canela e bom açúcar, com um bom vinho branco do vale da Deviniere.

CAPÍTULO XXXIII
DE COMO RONDIBILIS, MÉDICO, DÁ UM REMÉDIO PARA A CORNICE

— Houve um tempo — disse Rondibilis — em que Júpiter ordenou a disposição de sua casa olímpica e o calendário de todos os deuses e deusas, tendo estabelecido para cada um dias e estações de festas, designado locais para os oráculos e viagens, ordenado seus sacrifícios. — Não fez ele — pergunta Panúrgio — como Tinteville, bispo de Auxerre? O nobre pontífice apreciava o bom vinho, como acontece com todo homem de bem; por tanto tinham o maior cuidado e preocupação especial com o rebento da videira, antepassado de Baco. Ora, durante vários anos viu lamentavelmente os rebentos ficarem perdidos devido à neve, ao gelo, às geadas, ao granizo, e outras calamidades advindas pelas festas dos santos Jorge, Marcos, Vital, Europa, Filipe, Santa Cruz, Assunção e outras, que estão no tempo em que o sol passa sob o signo de Taurus. E chegou à conclusão de que os referidos santos eram santos geleiros, granizeiros e estragadores dos rebentos da videira. Quis, então, transferir suas festas para o inverno, entre o Natal e a Tifania (assim se chamava a mãe dos três Reis), privando-os de toda honra e reverência, e deixando-os se gelarem, gelarem-se tanto quanto

---

382. Trata-se da flor de uma espécie de junco, o *squinanthum* dos farmacêuticos, o *juncus odorans* de Plínio, o *schoenanthus* de Paládio agrônomo. Costumava-se pô-lo no hipocraz, para perfumá-lo. Sem dúvida era devido à analogia verbal que se acreditava que causasse a esquinência (*esquinancie*). (N. do T.)

quisessem. O gelo então em nada seria prejudicial, mas evidentemente proveitoso aos rebentos. Em seus lugares quis pôr as festas de São Cristóvão, São Jorge, Santa Madalena, Santa Ana, São Domingos, São Lourenço e mesmo o meado de agosto colocar em maio. Com os quais nenhum perigo de geada haveria. — Júpiter — disse Rondibilis — esqueceu o pobre diabo Cornice, que não se achava presente então; estava em Paris, no palácio, solicitando algum maldito processo para algum de seus rendeiros e vassalos. Não sei quantos dias depois, Cornice soube do logro de que fora vítima, desistiu de sua solicitação, em troca de nova solicitação de não ter sido lembrado, e compareceu perante o grande Júpiter, alegando os seus méritos precedentes e os bons e agradáveis serviços que outrora prestara, e insistentemente pediu que não o deixasse sem festas, sem sacrifícios, sem honra. Júpiter desculpou-se, dizendo que todos os benefícios haviam sido distribuídos e a lista estava encerrada. Foi todavia tão importunado por mestre Cornice, que afinal o colocou no catálogo, ordenando que em terra ele tivesse honra, sacrifícios e festa. Sua festa (porque não havia mais lugar vago em todo o calendário) ficou em concorrência e no dia da deusa Ciúme[383]; seu domínio sobre os homens casados, especialmente os que tinham esposas bonitas; seus sacrifícios suspeita, desconfiança, mau humor, espreita, procura e espionagem dos maridos sobre as mulheres, com recomendação rigorosa a cada casado de reverenciar e honrar, celebrar sua festa duplamente, e fazer-lhe os referidos sacrifícios, sob pena e determinação de que mestre Cornice não traria favor, ajuda nem socorro a quem não o honrasse como foi dito; Jamais os levaria em consideração, jamais entraria em suas casas, jamais lhes faria companhia, quaisquer que fosse a invocação que usassem; mas os deixaria eternamente apodrecer sozinhos, com suas mulheres, sem rival algum, e os acossava sempiternamente como heréticos e sacrílegos. Assim como é uso dos outros deuses para com aqueles que devidamente não os honram: de Baco para com os vinhateiros; de Ceres para com os lavradores; de Pomona para com os cultivadores de pomares; de Netuno para com os autas; de Vulcano para com os ferreiros, e assim por diante. Ajuntada foi a promessa de que o contrário infalível seria para aqueles que (como foi dito) nada fizessem em sua festa, cessassem toda negociação, descuidassem de seus próprios negócios, para espionarem suas esposas, persegui-las e maltratá-las por ciúme, assim como determinada a ordenação dos sacrifícios, ele lhes seria continuamente favorável, os amaria, os frequentaria, estaria dia e noite em suas casas; jamais seriam privados de sua presença. Tenho dito.

— Ha, ha, ha — disse Carpalim, rindo. — Eis um remédio ainda mais natural que o anel de Hans Carvel. O diabo me carregue se eu não acreditar. Tal é o natural da mulher. Como o raio não quebra e queima senão os mate-

---

383. Não se deve esquecer que, em francês, cocuage (que traduzimos pelo neologismo "cornice") é masculino e *jalouisie* (ciúme) feminino. (N. do T.)

riais duros, sólidos, resistentes, ela não afeta as coisas macias, ocas e pouco resistentes: queimará a espada de aço sem estragar a bainha de veludo; consumirá os ossos do corpo, sem afetar a carne que os cobre; assim não usam as mulheres a contenção, sutileza e contradição de seus espíritos senão para com aquilo que saibam lhes ser vedado e proibido. — Certamente — disse Hipotadeu —, alguns de nossos Doutores dizem que a primeira mulher do mundo, que os hebreus chamam de Eva, jamais teria tido tentação de comer o fruto da sabedoria se isso não lhe tivesse sido proibido. Que assim seja, considerai como o tentador cauteloso lhe lembrou antes de mais nada a proibição feita, como se quisesse dizer: é proibido, portanto deves comer, ou não serias mulher.

CAPÍTULO XXXIV
DE COMO ÀS MULHERES ORDINARIAMENTE APETECEM COISAS PROIBIDAS

— No tempo em que eu era rufião[384], em Orleans — disse Carpalim —, não tinham recurso de retórica nem argumento mais persuasivo para com as damas, para fazê-las ceder e atraí-las ao jogo de amor, do que vivamente, abertamente, detestavelmente mostrar-lhes como seus maridos tinham ciúme delas. Não inventei o método. Está escrito, e dele temos leis, exemplos, razões e experiências cotidianas. Tendo essa persuasão em suas cacholas, elas farão cabrões os maridos infalivelmente, ainda que tenham de fazer o que fizeram Semíramis, Pasifaé, Egesta, as mulheres da Ilha Mendes no Egito, mencionadas por Heródoto e Estrabão, e outras semelhantes. — Verdadeiramente — disse Ponocrates —, ouvi contar que o papa João XXII, passando um dia por Fontevrault, foi solicitado pela abadessa e pelas demais freiras para lhes conceder um indulto, mediante o qual elas pudessem se confessar umas às outras, alegando que as religiosas têm algumas pequenas imperfeições secretas, as quais têm vergonha insuportável de revelar aos confessores; mais livre e familiarmente as contariam umas às outras, sob o selo da confissão. "Nada há", respondeu o papa, "que de boa vontade não concedesse, mas vejo um inconveniente. É que a confissão deve ser mantida em segredo. Vós, mulheres dificilmente o guardaríeis.", "Guardaríamos muito bem", disseram elas, "e mais do que os homens". No dia apropriado o santo padre deu-lhes para guardar uma caixinha dentro da qual fizera colocar um pequeno pintarroxo, pedindo-lhes encarecidamente que a guardassem em um lugar secreto e seguro, e prometendo-lhes, à fé de papa, conceder-lhes o que queriam, se elas guardassem segredo: ao mesmo tempo proibindo-lhes rigorosamente que abris-

---

384. Segundo o comentarista Le Duchat, a expressão (*ruffien* no original) significa apenas "estudante das rubricas de Direito". (N. do T.)

sem a caixa de qualquer maneira, sob pena de censura eclesiástica e de excomunhão eterna. Ainda não tinham acabado de ouvir a proibição e as freiras já não cabiam em si com curiosidade de saber o que a caixa continha. O santo padre, depois de ter-lhes dado a bênção, retirou-se para o seu alojamento. Não se encontrava ainda a três passos fora da abadia, e todas as santas mulheres correram em multidão a abrir a caixinha e ver o que havia dentro dela. No dia seguinte o papa as visitou com a intenção (ao que parecia) de conceder-lhes o indulto. Mas, antes de entrar no assunto, pediu que lhe trouxessem a caixinha. Foi trazida; mas o passarinho não estava mais lá. Fez-lhes ver então que coisa difícil lhes seria guardar segredo das confissões, visto que em tão pouco tempo não tinham guardado segredo sobre a caixinha, que tanto lhes fora recomendado. — Senhor nosso mestre[385] sois muito bem-vindo. Tive muito prazer em ouvi-lo, e louvo Deus por tudo. Não vos tinha visto desde que assististes em Montepellier com os nossos velhos amigos, Ant. Saporta, Guy Bourguier, Balthazar Noyer, Tolet, Jean Quentin, François Robinet, Jean Perdrier e François Rabelais, a comédia moral do homem que desposara uma mulher muda. — Eu estava lá — disse Epistemon. — O bom marido queria que ela falasse. Ela falou por artes do médico e do cirurgião, que lhe cortaram uma enciloglota que tinha sob a língua. Recuperada a palavra, ela falou tanto e tanto, que o marido voltou ao médico, procurando remédio para fazê-la calar. O médico respondeu que em sua arte havia remédios próprios para fazer as mulheres falar, mas não para fazê-las calar. O único remédio é a surdez do marido contra o interminável falatório da mulher. O pobre coitado ficou surdo, graças a não sei que encantamentos que lhe fizeram. Quando o médico foi lhe cobrar o seu salário, ele respondeu que estava realmente surdo e não estava entendendo nada. Nunca ri tanto quanto ri com aquela farsa.

— Voltemos à vaca-fria — disse Panúrgio. — Vossas palavras, traduzidas do *baraguoin*[386] para o francês querem dizer que devo casar-me atrevidamente, sem me preocupar de ser corno. Sei que sois muito ocupado, e creio que no dia de minhas núpcias estareis alhures impedido por vossa prática, e que não podereis comparecer. Eu vos desculpo.

Stercus et urina medici sunt prandia prima.
Ex aliis paleas, ex istis collige grana[387].

— Interpretais mal — disse Rondibilis. — O verso seguinte é:

Nobis sunt signa, vobis sunt prandia digna[388]

---

385. Aqui é Panúrgio que replica a Ponocrates. (N. do T.)
386. Hesitante, incapaz de resolver as coisas. (N. do T.)
387. O excremento e a urina são o primeiro almoço do médico. Desse tira as palhas e daquela os grãos. (N. do T.)
388. Para nós são os sinais, para vós um bom almoço. (N. do T.)

Se minha mulher se sente mal, em que queria ver-lhe a urina, tomar-lhe o pulso, e ver a disposição do baixo ventre e das partes umbilicais, como manda Hipócratres, *2. Aphoris.* 35, antes de proceder. — Não, não — disse Panúrgio —, isso não se faz a propósito. É por outros legistas que temos a rubrica *De ventre inspiciendo*. Eu lhe ministro um clister barbaresco. Não deixeis vossos negócios mais urgentes alhures. Eu vos enviarei a sobremesa para a vossa casa; e sereis sempre nosso amigo. — Depois aproximou-se dele e pôs-lhe na mão, sem nada dizer, quatro nobres de rosa[389]. Rondibilis os recebeu muito bem, depois lhe disse, com voz forte, como que indignado: — He, he, he, senhor, não precisava. Muito obrigado, todavia. De gente má jamais aceito coisa alguma. Nada rejeito jamais de gente de bem. Estou sempre às vossas ordens. — Pagando — disse Panúrgio. — Isso fica entendido — respondeu Rondibilis.

CAPÍTULO XXXV
DE COMO TROUILLOGAN FILÓSOFO TRATA A DIFICULDADE DO MATRIMÔNIO

Terminadas estas palavras, Pantagruel disse a Trouillogan o filósofo: — Nosso leal amigo, de mão em mão sois a lâmpada levada. Cabe a vós agora responder. Panúrgio deve casar-se ou não? — Ambas as coisas — respondeu Trouillogan. — Que me dizeis? — perguntou Panúrgio. — O que eu disse — respondeu Trouillogan. — Fiquei na mesma — disse Panúrgio. — Devo casar-me ou não? — Nem uma nem outra coisa — respondeu Trouillogan. — O diabo me carregue — disse Panúrgio —, se estou entendendo. Esperai. Vou por os óculos no ouvido esquerdo para ouvir melhor.

Naquele instante, Pantagruel avistou perto da porta da sala o cãozinho de Gargântua, que se chamava Kyne, porque esse era o nome do cão de Tobias. Disse então a toda a companhia: — O nosso rei não está longe daqui; levantemo-nos. — Não acabara de dizer estas palavras, quando Gargântua entrou na sala do banquete. Gargântua, depois de saudar familiarmente todos os circunstantes, disse: — Meus bons amigos, dai-me o prazer, eu vos peço, de não deixardes os vossos lugares nem os vossos propósitos. Colocai para mim nesta ponta da mesa uma cadeira. Servi-me para que eu beba à saúde de todos os presentes. Sois bem-vindos. Agora, dizei-me qual o assunto que abordais?

Pantagruel respondeu-lhe que, quando fora servido o segundo prato, Panúrgio propusera um assunto problemático, a saber: se deveria casar-se ou não; e que o padre Hipotadeu e mestre Rondibilis já haviam dado as suas respostas; ago-

---

389. A *noble*, moeda de ouro inglesa, tinha os desenhos gravados de uma rosa e um navio. (N. do T.)

ra estava respondendo o leal Trouillogan. E primeiramente, quando Panúrgio lhe perguntara: Devo casar-me ou não? respondera: Ambas as coisas juntamente. E da segunda vez respondera: Nem uma nem outra coisa. Panúrgio se queixa de tão repulsivas e contraditórias respostas, e protesta nada ter entendido. — Eu o entendo — disse Gargântua. — Na minha opinião, a resposta é semelhante à de um antigo filósofo interrogado se tinha alguma mulher: "Tenho, disse ele, mas ela não me tem. Eu a possuo, mas por ela não sou possuído". — Igual resposta — disse Pantagruel — deu uma mulher de Esparta. Perguntaram-lhe se alguma vez tivera relação com homens, ela respondeu que jamais, se bem que os homens às vezes tiveram relações com ela. — Assim — disse Rondibilis —, colocamo-nos neutros em medicina e no meio em filosofia, por participação de uma e outra extremidade, por sacrifício de uma e outra extremidade e pela divisão do tempo, mantendo ora uma, ora outra extremidade. — O santo enviado — disse Hipotadeu — me parece ter mais abertamente declarado, quando disse: "Os que são casados sejam como não casados; os que têm mulher sejam como não tendo mulher." — Eu interpreto — disse Pantagruel — ter e não ter mulher dessa maneira: que ter mulher é tê-la para o uso para o qual a natureza a criou, que é para ajuda, folguedo e sociedade do homem; não ter mulher, é se mostrar covarde e preguiçoso diante dela, por ela não demonstrar essa única e suprema afeição que deve o homem a Deus, e abandonar os encargos que deve naturalmente à sua pátria, à república, aos seus amigos; não desdenhar os seus estudos e negócios para continuamente agradar sua mulher. Considerando-se dessa maneira ter e não ter mulher, não vejo repugnância nem contradição de termos.

CAPÍTULO XXXVI
CONTINUAÇÃO DAS RESPOSTAS DE TROUILLOGAN, FILÓSOFO PIRRÔNICO

— Vossa fala é de ouro — respondeu Panúrgio. — Mas creio que desci ao poço tenebroso, no qual dizia Heráclito estar a verdade escondida. Não vejo coisa alguma, nada entendo, sinto meus sentidos entorpecidos, e duvido muito que não esteja encantado. Falarei em outro estilo. Nosso fiel, não vos agiteis. Nada embolseis. Mudemos de linguagem, e falemos sem disjuntivos. Aqueles membros mal ajustados me perturbam. Ora, pois, por Deus, devo casar-me? — TROUILLOGAN: Aparentemente sim. — PANÚRGIO: E se eu não me casar? — TR.: Não vejo inconveniente algum. — PA.: Não vedes? — TR.: Nada que a minha vista perceba. — PA.: Pois eu percebo mais de quinhentos. — TR.: Contai--os. — PA.: Eu digo, impropriamente falando e tomando número certo por incerto, determinado por indeterminado: quer dizer, muitos. — PA.: Estou ouvindo. — PA.: Não posso passar sem mulher, com todos os diabos. — TR.: Afastai essas malditas bestas. — PA.: Seja pela graça de Deus; deitar sozinho, ou sem mulher, é ter vida brutal; e tal dizia Dido em suas lamentações. — TR.: Às vossas ordens. — PA.: *Pe le quau Dé*[390], estou bem. Devo então casar-me? — TR.: É possível. — PA.: Sentir-me-ei bem? — TR.: Segundo o encontro. — PA.: Então, se eu me encontrar bem, como espero, serei feliz? — TR.: Bastante. — PA.: Voltemos ao contrário. E se eu encontrar mal? — TR.: Excuso-me. — PA.: Mas aconselhai-me, por favor, que devo fazer? — TR.: O que quiserdes. — PA.: *Tarabin*, tarabas. — TR.: Não invoqueis, peço-vos. — PA.: Seja em nome de Deus. Só quero que me aconselheis. O quê me aconselhais? — TR.: Nada. — PA.: Devo casar-me? — TR.: Ignoro. — PA.: Então não me casarei. — TR.: Não digo que não. — PA.: Se eu me casar, nunca serei corno? — TR.: Eu imagino isso. — PA.: Ponhamos o caso de que eu esteja casado. — TR.: Onde o poremos? — PA.: Estou dizendo, admiti o caso de que eu esteja casado. — TR.: Não estais casado. — PA.: Quero ter merda no nariz se não me sentisse aliviado de dizer uma boa praga. Mas paciência. Então, se eu me casar serei corno? — TR.: Dir-se-ia que sim. — PA.: Se minha mulher for pudica e casta, serei corno? — TR.: Agora pareceis falar corretamente. — PA.: Escutai. — TR.: Quanto quiserdes. — PA.: Ela será pudica e casta? Resta apenas este ponto. — TR.: Duvido. — PA.: Não a vistes jamais? — TR.: Ao que eu saiba. — PA.: Por que duvidais, então, de uma coisa que não conheceis? — TR.: Por isso mesmo. — PA.: E se a conheceis? — TR.: Ainda mais. — PA.: Pajem, meu filho, toma o meu chapéu, eu te dou, salvo os meus óculos, e vai lá embaixo no pátio, praguejar por mim durante meia hora. Jurarei por ti quando quiseres. Mas quem me porá chifres? — TR.: Alguém.

— PA.: Pelo ventre do boi de madeira[391], tenho vontade de vos surrar, senhor fulano. — TR.: Vós o dizeis. — PA.: O diabo e aquele que não tem o branco dos olhos me carreguem os dois juntos, se eu não puser um cadeado em minha mulher quando me afastar do meu serralho. — TR.: Expressai-vos melhor. — PA.: Isso tudo não passa de cão cagado cantado pelo discurso. Cheguemos a alguma resolução. — TR.: Não o contradigo. — PA.: Esperai. Já que neste lugar de vós não é possível tirar sangue, eu vos sangrarei em outra veia. Sois casado ou não? — TR.: Nem uma nem outra coisa, e as duas coisas juntas. — PA.: Deus que nos ajude. Estou suando por todos os poros, e com a digestão interrompida. Todos os meus frenos, metafrenos e diafragmas estão tensos e suspensos por incornifistibular no saco do meu entendimento o que dizeis e respondeis. — TR.: Não mo impeço. — PA.: Antes meu leal, sois casado? — TR.: É a minha opinião. — PA.: Fostes uma outra vez? — TR.: É possível. — PA.: Vós vos achastes bem na primeira vez? — TR.: Não é impossível. — PA.: Dessa segunda vez, como vos achais? — TR.: Como vai a minha sorte fatal. — PA.: Mas explicai-me, vós vos sentis bem? — TR.: É veros-

---

390. No dialeto normando: "Pela cabeça de Deus". (N. do T.)
391. No original, *boeuf de bois*. (N. do T.)

símil... — PA.: Por Deus, eu preferiria, pela carga de São Cristóvão, tirar um peido de um asno morto do que uma resolução de vós. Escutai, meu velho, mandemos a vergonha para o diabo do inferno, confessemos a verdade. Já fostes corneado? Não estou querendo dizer que sejais aqui; pergunto se não fostes lá longe, no jogo da pela. — TR.: Não, se não estava predestinado. — PA.: Pelas tripas de Judas, renego, renuncio. Ele me escapa.

A estas palavras, Gargântua levantou-se, e disse —Louvado seja o bom Deus em todas as coisas. Pelo que vejo, o mundo se tornou bom filho depois do primeiro conhecimento. Estamos lá? Eis que são oito os mais doutos e prudentes filósofos entrados na comunidade e escola dos pirrônicos, aporréticos, céticos e efécticos. Louvado seja o bom Deus. Verdadeiramente poder-se-á de agora em diante agarrar o leões pela juba; os cavalos pela crina; os búfalos pelo focinho; os bois pelos chifres; os lobos pela cauda; os bodes pela barba: os pássaros pelos pés, mas não serão os filósofos apanhados por suas palavras. Adeus, meus bons amigos.

Pronunciadas estas palavras afastou-se dos circunstantes. Pantagruel e os outros queriam acompanhá-lo, mas ele não permitiu.

Saído Gargântua da sala, Pantagruel disse aos convidados: — O Timeu de Platão contou os convidados no começo da reunião; ao contrário, nós os contaremos no fim. Um, dois, três, onde está o quarto? Não está aqui o nosso amigo Bridoye? — Epistemon respondeu que estivera em sua casa para procurá-lo, mas não o encontrara. Um funcionário do parlamento mirelingoês de Myrelingues viera chamá-lo para comparecer pessoalmente perante os senadores e dar as razões de uma sentença por ele proferida. Portanto partira no dia anterior a fim de se apresentar na data designada, e não cair em falta de revelia. — Quero saber do que se trata — disse Pantagruel. — Há mais de quarenta anos ele é juiz em Fonsbeton; durante esse tempo, prolatou mais de quatro mil sentenças definitivas.

Em duas mil, trezentos e nove das sentenças por ele prolatadas houve apelação das partes condenadas para o corte soberana do parlamento mirelingoês em Mirelingues; todas por decisão da qual foram ratificadas, aprovadas e confirmadas; os apelantes derrotados e anulados. Que agora seja pessoalmente convocado em sua velhice, ele que no passado viveu tão santamente em seu ofício não pode ter ocorrido sem algum desastre. Quero com todo o mundo poder ajudá-lo equitativamente. Sei como é a maldade do mundo agravado, o que faz que o bom direito tenha necessidade de ajuda. E presentemente delibero cuidar disso, com medo de alguma surpresa.

Então foram tiradas as mesas. Pantagruel deu aos convidados presentes preciosos e honrosos de pedras preciosas, joias e vasilhas tanto de ouro como de prata, e, depois de agradecer-lhes cordialmente, retirou-se para os seus aposentos.

CAPÍTULO XXXVII
DE COMO PANTAGRUEL PERSUADIU PANÚRGIO A SE ACONSELHAR COM ALGUM LOUCO

Ao se retirar, Pantagruel percebeu na galeria Panúrgio que se mantinha pensativo e sacudindo a cabeça e disse-lhe: — Pareceis um rato caído no pez: quanto mais procura livrar-se, mais untado fica. Do mesmo modo, quanto mais vos esforçais para sair dos laços da perplexidade, mais neles vos prendeis, e não sei de remédio, a não ser um. Escutai. Tenho ouvido muitas vezes o provérbio vulgar que diz que um louco pode ensinar um sábio. Já que com as respostas dos sábios não ficastes plenamente satisfeito, consultai um louco: pode ser que, assim fazendo, mais ao vosso gosto ficareis satisfeito e contente. Pela opinião, conselho e predição dos loucos, sabeis quantos príncipes, reis e repúblicas têm sido conservados, quantas batalhas ganhas, quantas perplexidades resolvidas. Não preciso lembrar-vos os exemplos. Concordareis comigo. Pois como aquele que de perto olha os seus negócios privados e domésticos, que é vigilante e atento ao governo de sua casa, cujo espírito não se extravia, que não perde ocasião alguma de adquirir e conservar bens e riquezas, que cautelosamente sabe evitar os percalços da pobreza, chamais de sábio mundano, por mais fátuo que seja na estima das inteligências celestes; assim é preciso em face delas ser sábio. Digo sábio e pressagiador por inspiração divina, e apto a receber benefício da adivinhação, esquecer-se de si mesmo, esvaziar os seus sentidos de toda afeição terrena, purgar o espírito de toda solicitude humana e descuidar de tudo mais. É o que vulgarmente é imputado à loucura. Dessa maneira, foi pelo vulgo inábil chamado Fátuo o grande vaticinador Fauno, filho de Pico, rei dos latinos.

Dessa maneira, vemos entre os jograis, na distribuição dos papéis, o personagem do bobo e do galhofeiro é sempre representado pelo mais perito e perfeito de sua companhia. Dessa maneira, dizem os matemáticos ser em um mesmo horóscopo a natividade dos reis e dos bobos. E dão o exemplo de Eneias e de Coroebus, o qual Euforion diz ter sido bobo, que tiveram o mesmo genetlíaco. Não será fora de propósito lembrar-vos o que disse Jo. André, sobre um cânone de certo reescrito papal, dirigido ao prefeito e burguês de La Rochelle; e depois dele Panorme, no mesmo cânone; Barbatias sobre as Pandectas, e recentemente Jason em seus conselhos, de Seigni Joan, bobo insígne de Paris, bisavô de Caillette. O caso é tal.

Em Paris, no restaurante[392] do pequeno Chastelet, diante de um fogão, um trapeiro comia seu pão bem enfumaçado com a fumaça que saía do assado, e o achava, assim perfumado, grandemente saboroso. Afinal, quando todo o pão foi comido o dono agarrou-o pela gola, querendo que ele pagasse a fumaça

---

392. No original *rotisserie*, restaurante especializado em assados. (N. do T.)

da carne assada. O outro afirmava que em nada afetara a carne, que nada recebera dele, que em nada lhe era devedor. A fumaça que estava em questão se evaporava por fora; assim se perdia de todo; jamais ouvira dizer que em Paris se vendesse na rua fumaça de carne assada. O dono replicava que a fumaça de seus assados não se destinava a alimentar os vagabundos, e ameaçou-o de tomar-lhe o saco de trapos se não pagasse. O trapeiro pegou o cacete e dispôs-se a defender-se.

A altercação foi séria; o povo de Paris, sempre basbaque, acorreu de todos os lados. Lá se encontrava a propósito Seigni Joan, o bobo, cidadão de Paris. Vendo-o, o dono do restaurante perguntou ao trapeiro: "Queres que a nossa divergência seja exposta a esse nobre Seigni Joan? — Sim, por Deus, respondeu o trapeiro. Então Seigni Joan, depois de ter ouvido a sua discórdia, mandou que o trapeiro tirasse da bolsa uma moeda de prata. O trapeiro lhe entregou um tornês filipino. Seigni Joan o pegou e colocou-o sobre o ombro esquerdo, como para verificar o seu peso; depois o sustentou na palma da mão esquerda, como para ver se era de bom quilate; depois o levou junto de seu olho direito, como para ver se estava bem marcado. Tudo isso foi feito no meio de silêncio profundo de todo o povo basbaque, com grande expectativa do dono do restaurante e desespero do trapeiro. Afinal, ele fez a moeda retinir por várias vezes. Depois, em tom majestoso, empunhando o seu bastão como se fosse um cetro, e ajeitando na cabeça o gorro enfeitado, tossiu previamente duas ou três vezes, e disse em voz alta: "A corte vos dita que o trapeiro que em seu pão comeu a fumaça do assado, civilmente pagou o dono do restaurante pelo som de seu dinheiro. Ordena dita corte o encerramento do processo, sem custas, como de direito". Essa sentença do bobo parisiense pareceu tão equitativa, ou mesmo admirável, aos referidos doutores, que eles duvidam que, se a matéria tivesse sido apresentada ao parlamento do dito lugar, ou mesmo aos areopagitas, teriam aqueles decidido mais juridicamente. Portanto, dizei se quereis vos aconselhar com um louco.

CAPÍTULO XXXVIII
DE COMO TRIBOULET FOI LOUVADO POR PANTAGRUEL E PANÚRGIO

Por minha alma — disse Panúrgio —, eu o quero. Sou de opinião que o intestino me está alargando. Eu o tinha antes bem apertado e constipado. Mas, assim como escolhemos o fino creme da sapiência para conselho, assim quero que em nossa consulta presidisse alguém que fosse louco em grau soberano. — Triboulet — disse Pantagruel — me parece completamente louco. — Panúrgio respondeu: — Própria e totalmente louco.

GARGÂNTUA & PANTAGRUEL

PANTAGRUEL
Louco fatal.
- de natureza.
- celeste.
- jovial.
- mercurial.
- lunático.
- errático.
- excêntrico.
- etéreo e junônico.
- ártico.
- heroico.
- genial.
- predestinado.
- augusto.
- cesáreo.
- imperial.
- real.
- patriarcal.
- original.
- leal.
- ducal.
- episcopal.
- doutoral.
- monacal.
- fiscal.
- palatino.
- principal.
- pretorial.
- total.
- eletio.
- curial.
- de primeira ordem.
- triunfante.
- vulgar.
- criado.
- exemplar.

PANÚRGIO
Louco varrido.
- senhorial.
- de alta categoria.
- de bequadro e bemol.
- terreno.
- folgazão e galhofeiro.
- alegre e divertido.
- meio bêbado.
- descabelado.
- repinicante.
- risonho e venéreo.
- substrativo.
- filial.
- da primeira ninhada.
- migrante.
- papal.
- consistorial.
- conclavista.
- bulista.
- sinodal.
- graduado em loucura.
- comensal.
- primeiro de seu título.
- ventoso.
- caudatário.
- super-rogado.
- colateral.
- a latere, alterado.
- rival.
- passageiro.
- alto.
- vanguardeiro.
- gentil.
- malhado.
- ratoneiro.
- caudatário.

- raro e peregrino.
- áulico.
- civil.
- popular.
- familiar.
- insígne.
- favorito.
- latino.
- ordinário.
- renomado.
- transcendente.
- soberano.
- especial.
- metafísico.
- estático.
- categórico.
- extravagante.
- tonsurado.
- burlado.
- corálico.
- anatômico.
- alegórico.
- tropológico.
- pleonástico.
- capital.
- cerebral.
- cordial.
- intestino.
- hepático.
- esplenético.
- automático.
- legítimo
- azimútico.
- alimicantarático.
- proporcional.

- azulado.
- adoçante.
- rixento.
- inchado.
- superencantado.
- corolário.
- levantino.
- dominante.
- predicativo.
- grandíssimo.
- oficioso.
- de perspectiva.
- aritmético.
- algébrico.
- cabalístico.
- talmúdico.
- algamático[393]
- abreviado.
- compendioso.
- hiperbólico.

- enviesado.
- tímido.
- parlapatão.
- estúrdio.
- culinário.
- de grosso calibre.
- contestatário.
- mísero.
- arquitrave.
- alegórico.
- pedregoso.
- paradigma.
- célebre.
- alegre.

---

393. No original: *d'algamala*, corruptela de Alguli, nome que os filósofos davam a Mercúrio. (N. do T.)

- carminado.
- tingido.
- burguês.
- roto.
- gageiro.
- meditativo.
- com segundas intenções.
- implicante.
- heteróclito.
- resumidor.
- abreviador.
- mourisco.
- burilado.
- mandatário.
- encapuçado.
- titular.
- astuto.
- rebarbativo.
- bem medido.
- encatarrado.
- bonitinho.
- de 24 quilates.
- calçado.
- de bastão.
- estrebuchante.
- velho.
- festival.

- solene.
- anual.
- recreativo.
- campestre
- agradável.
- privilegiado.
- rústico.
- ordinário.
- de todas as horas.
- sintonizado.
- resoluto.
- hieroglífico.
- autêntico.
- valoroso.
- precioso.
- fanático.
- fantástico.
- linfático.
- pânico.
- alambicado.
- oportuno.
- janota.
- gorjeante.
- de patrão.
- de capuz.
- fascinante.
- abaritonante.

— PANT.: Se estou com a razão, porque outrora em Roma as Quirinais eram chamadas as festas dos bobos, justamente na França poderiam ser instituídas as Tribouletciais. — PA.: Se todos os bons doidos usassem retranca ele teria as nádegas bem esfoladas — PANT.: Se fosse o deus Fátuo, do qual falamos, marido da deusa Fátua, seu pai seria Donadies e sua avó Bonadea. — PA.: Se todos os loucos fossem furta-passo, embora ele tenha as pernas tortas, iria longe. Vamos procurá-lo sem demora. Dele teremos uma bela resolução, assim espero. — Quero — disse Pantagruel — assistir ao julgamento de Bridoye. Enquanto eu for a Myrelingues, que fica à margem do Loire, mandarei Carpalim a Blois, a fim de aqui trazer Triboulet.

Depois que Carpalim foi despachado, Pantagruel, acompanhado por seus servidores, Panúrgio, Epistemon, Ponocrates, Frei Jean, Ginasta, Rizótomo e outros, tomou o caminho de Myrelingues.

CAPÍTULO XXXIX
DE COMO PANTAGRUEL ASSISTE AO JULGAMENTO DO JUIZ BRIDOYE, O QUAL SENTENCIAVA NOS PROCESSOS PELA SORTE NOS DADOS

No dia seguinte, à hora do julgamento, Pantagruel chegou a Myrelingues. O presidente, os senadores e os conselheiros o convidaram a entrar, para ouvir a decisão das causas e razões que alegasse Bridoye, porque dera certa sentença contra o litigante Toucheronde, a qual não parecia de modo algum equitativa àquela corte centunviral. Pantraguel se apressou a entrar, e encontrou Bridoye assentado no meio do estrado, e por todas as razões e escusas nada mais respondendo senão que envelhecera, e não tinha a vista tão boa como de costume, alegando várias misérias e calamidades, que a velhice traz consigo, as quais *not. per Archid. D. 86. c. tanta*. Portanto, não conhecia tão bem os pontos dos dados como conhecia no passado. De onde podia ser que, à feição de Isaac, que já velho e vendo mal, tomou Jacob por Esaú, assim na decisão do processo que estava em causa, ele tivesse tomado quatro por cinco, principalmente levando-se em consideração que usara dados pequenos. E que, por disposição de direito, as imperfeições da natureza não devem ser imputadas a crime, como mostram *ff. de re milit. qui cum uno. ff de reg. jur. l. fere. ff. de aedit. ed. per totum. ff. de term. l. divus Adrinus. resolut. per Lud. Ro. in l. si vero. ff. fol. matr.* E que se de outro modo fizesse, não o homem acusaria, mas a natureza, como é evidente *in l. maximum vitium C. de lib, praeter*".

— A que dados — perguntou Trinquamelle, presidente da corte —, meu amigo, vos referis? — Aos dados dos julgamentos — respondeu Bridoye. — *Alea judiciorum*, os quais são descritos por *Docto. 26 quaest. 2 cap. sorte. l. nec emptio, ff. de contranend. empt. quod debetur. ff. de pecul, et ibi Bartol.* Dados esses que vós outros, senhores, usais nesta corte soberana; assim fazendo todos os outros juízes em decisão dos processos, como notou D. Hen Ferrabdat, *et not. gl. in c. fin. de sortil. et l. sed cum amno ff. de jud.*

Ubi Doct[394]. notam que a sorte é muito boa, honesta, útil e necessária à solução dos processos e dissenções. Ainda mais abertamente o dizem Bald. Bartol. e Alex. *C. Communia. de leg. l. si duo*. — E como — perguntou Trinquamelle — fazeis? — Eu — respondeu Bridoye — responderei em poucas palavras,

---
394. Onde os doutores notam que, etc. (N. do T.)

segundo o ensinamento da lei *ampliorem S in refutatoriis.* C. de appel. *e o que diz Gloss. l. l. ff. quod met. causa. Gaudent brevitate moderni*[395]. Faço como vós, senhores, como é uso na judicatura, ao qual o nosso direito manda sempre sujeitarmo-nos: *ut not. extra de consuet. c. ex literis et ibi Innoc.* Tendo bem--visto, revisto, lido, relido, passado e folheado as queixas, adiamentos, comparações, comissões, informações, antecipações, produções, alegações, contestações, réplicas, tréplicas, pareceres, despachos, interlocuções, retificações, certidões, protelações, escrituras, agravos, ressalvas, ratificações, confrontações, acareações, libelos, apostilas, cartas reais, compulsórias, declinatórias, antecipatórias, evocações, remessas, contrarremessas, baixas, confissões, suspensões, prosseguimentos, e outros incidentes, provocados por uma ou outra parte, como deve fazer o bom juiz segundo o que dispõe *not. Spec. de ordination.* § 3. et. tit. de offic. omn jud. § fin. et de rescript. praesentat. § 1, coloco na extremidade da mesa em seu gabinete toda a papelada do réu e tiro-lhe a sorte, primeiramente, como vós outros, senhores. E está *not. l. favorabiliores, ff. de reg. jur. et in cap. cum sunt. eod. tit. lib. 6 que diz Cum sunt partium jura obscura, reo favendum est potius quam actori*[396]. Isso feito, coloco a papelada do autor, como vós outros, senhores, na outra extremidade da mesa *visum visu.* Pois *opposita juxta se posita magis elucescunt*[397] *ut not. in l. 1 § videamus ff. de his qui sunt sui vel alieni juris et in l. numerum § mixta ff de muner. et honor.* Igualmente tiro a sorte. — Mas — perguntou Trinquamelle —, meu amigo, como conheceis a obscuridade do direito pleiteado pelas partes litigantes? — Como vós outros, senhores — respondeu Bridoye —, a saber: quando há muita papelada de um lado e de outro. E então uso os meus dadinhos como vós outros, senhores, segundo a lei, *semper in stipulationibus. ff. de regulis juris*, e a lei versal versificada *quae eod. tit. Semper in obscuris quod minimum est sequimur*[398], canonizada in *c. in obscuris eod. tit. lib. 6.* Tenho outros grandes dados bem bonitos e harmoniosos, os quais uso, como vós outros, senhores, quando a matéria é mais clara, quer dizer: quando a papelada é menor.

— Isso feito — perguntou Trinquamelle —, como sentenciais, meu amigo?

— Como vós outros, senhores — respondeu Bridoye —, a favor daquele que tiver ganhado pela sorte do dado judiciário, tribunício, pretorial. Assim ordenam os nossos direitos, *ff. qui pot. in pign. l. l. creditor. .c. de consul. l. Et de regulis juris in 6. Qui prior est tenpore potior est jure*[399].

---

395. Os modernos gostam da brevidade. (N. do T.)
396. Quando os direitos das partes são obscuros, deve-se favorecer mais o réu que o autor. (N. do T.)
397. Os contrários se esclarecem, quando confrontados. (N. do T.)
398. "Nos casos obscuros, levamos em consideração o mínimo". A lei em questão era realmente redigida em versos pentâmetros. (N. do T.)
399. Quem é o primeiro no tempo é o primeiro em direito. (N. do T.)

CAPÍTULO XL
DE COMO BRIDOYE EXPLICA OS MOTIVOS PORQUE EXAMINAVA OS PROCESSOS QUE DECIDIA PELA SORTE DOS DADOS

— Mas — perguntou Trinquamelle —, meu amigo, já que pela sorte dos dados fazeis os vossos julgamentos, por que não o fazer quando as partes litigantes comparecem perante vós, sem mais delongas? Do que vos servem os documentos e demais papéis contidos nos autos? — Como para vós outros, senhores — respondeu Bridoye —, eles me servem para três coisas, claras, necessárias e autênticas:

Primeiramente, para a forma, cuja omissão acarreta a invalidez, como prova muito bem *Spec. l. tit. de ins tr. edit. et tit. de rescript. praesent*. Além disso, sabeis melhor do que eu que, muitas vezes, nos processos judiciais, as formalidades eliminam as materialidades e substâncias. Pois *forma mutata, mutatur substancia, ff. ad exhibend. l. Jul. ff. ad leg. Fal. l. si is qui quadringenta. Et. extra de decim. c. ad audientiam, et de celebrat. miss. c. in quadam*.

Em segundo lugar, como a vós outros, senhores, isso me serve de exercício honesto e salutar. O defunto M. Othoman Vadere, grande médico, como direis, *C. de comit. et archi. lib 12*, disse-me muitas vezes que a falta de exercício corporal é a causa única da pouca saúde e brevidade da vida de vós outros, senhores, e todos os servidores da justiça. O que bem antes dele foi notado por Bart. *in l. l. C. de sent, quae pro eo quod*. Portanto são, como a vós outros senhores, a nós consecutivamente, *quia accessorium natura sequitur principalis*[400], *de regulis juris 1.6. et l. cum principalis; et l. nihil dolo. ff. eod. tit. de fidejuss. l. fidejuss. et extr. de off deleg. c. l.*, concedidos certos jogos de exercício honesto e recreativo, *ff. de al. lus. et aleact. l. sonent; et authent, ut omnes obediant in princ. coll. 7 et ff. de praescript. verb. l. si gratuitam; et lib. l. C. de spect. lib ll*. E tal é a opinião *D. Thomae in secunda 2. quaest. 168*, bem a propósito alegada por D. Albert de Ros, o qual *fuit magnus practicus* e doutor solene, como atesta Barbatias in *princi. consil*. A razão está exposta *per gloss. in proemio ff § ne autem tertii*.

Interpone interdumtuis gaudia curis[401] "De fato, certo dia, no ano de 1489, tendo de tratar de um caso tributário na câmara dos senhores tesoureiros gerais, e lá entrando por permissão pecuniária do porteiro dos auditórios, como vós outros, senhores, sabeis *pecuniae obediunt omnia*[402], e o disse Baltd. *in l. singularia ff. si certum pet. et Salic. in l. receptitia. C. de constit. pec. et Card. in Clem. l. de baptis*. Eu os encontrei todos jogando o jogo da mosca para saudável exercício, antes ou depois da refeição: é indiferente contanto

---

400. Porque o acessório segue a natureza do principal. (N. do T.)
401. Interpõe, às vezes, o prazer ao teu trabalho. (N. do T.)
402. Tudo obedece ao dinheiro. (N. do T.)

GARGÂNTUA & PANTAGRUEL

que *hic not*[403]. que o jogo da mosca é honesto, salutar, antigo e legal, *a Musco inventore. de quo C. de petit. hered. l. si post mortem. et Muscarii*[404] l. Os que jogam a mosca são escusáveis por direito, *l.l.C. de excus. artif. lib.* 10. E então estava de mosca M. Tielman Piquet, me lembro bem; e ria porque os senhores da dita câmara estragavam todos os seus gorros à força de receberem pancadas nos ombros; dizia-lhes, não obstante, não ser esse estrago dos chapéus desculpáveis no regresso ao palácio para com suas mulheres, por *c. extra. de praesumpt, et ibi gloss*. Ora, *resolutorie loquendo*[405], eu diria, como vós outros, senhores, que não há exercício tal, mais aromatizante neste mundo palatino do que esvaziar sacos[406], folhear papéis, encher cestos e arquivar processos, *ex Bart. et Joan. de Pra. in l. falsa. de condit. et demonst. ff.*

Em terceiro lugar, como vós outros, senhores, considero que o tempo amadurece todas as coisas; com o tempo, todas as coisas se evidenciam: o tempo é o pai da verdade. *gloss. in l.l. C. de servit authent. de restit. et ea quae pa. et Spec. tit. de requisit. cons.* Eis porque, como vós outros, senhores, eu detenho, dilato e adio o julgamento, a fim de que o processo, bem ventilado, esmiuçado e debatido, chegue, pela passagem do tempo, à maturidade, e de tal sorte, pelo que após advenha, se torne mais docemente suportado pelas partes condenadas, como *not. gloss. ff. de excus. tut. l. tria onera. Portatur leviter, quod portat quisque libenter*[407]. Julgando-o cru, verde e no começo, haveria o perigo do inconveniente que dizem os médicos ocorrer quando se aperta uma apostema antes que ela esteja madura, quando se purga do corpo humano algum humor malfazejo antes de sua concocção. Pois, como está escrito em *Authent. haec constit. in Innoc. de constit. princ.* e o repete *gl. in c. caeterum extra de juram calumn. Quod medicamenta morbis exhibent, hoc jura negotiis*[408], a natureza nos ensina a colher e comer os frutos quando eles estão maduros. *Instit. de rer. div S is ad quem, et ff. de act. empt. l. Julianus*; casar as filhas quando estão maduras, *ff. de donat. inter. vir. vir. et uxor.. l. cum hic status. § si quis sponsam, et 27.2. l. c.* Sicut diz gloss.

Jam natura thoris plenis advolerat annis
Virginitas[409].

Nada a se fazer senão em plena maturidade. *23 q. l S ult. et 23. d. c. ult*".

---

403. Abreviação de *hoc nota* ou *hoc notate* (aqui observa ou observai) isto é, "fique aqui consignado". (N. do T.)
404. "De Musco seu inventor... de onde *muscários*" (refere-se a Antoine de Mouchi, inquisidor sob Francisco I). (N. do T.)
405. Falando de maneira decisiva. (N. do T.)
406. Os sacos que guardavam os documentos do processo. (N. do T.)
407. Pesa menos o que se carrega de boa vontade. (N. do T.)
408. O que faz o medicamento para a doença, faz o direito para os negócios. (N. do T.)
409. Já a sua virgindade, madura para o leito nupcial, desenvolvera-se com os anos. (N. do T.)

CAPÍTULO XLI
DE COMO BRIDOYE NARRA A HISTÓRIA DO SOLUCIONADOR DE DEMANDAS

— Lembro-me a propósito — disse Bridoye, continuando —, que no tempo em que eu estudava Direito em Poitiers, com *Brocadium juris*[410], havia em Semerue um homem chamado Perrin Dendin, homem honrado, trabalhador, que cantava no coro, homem respeitado e idoso, tanto quanto a maioria de vós outros, senhores, o qual dizia ter conhecido o distinto homem Concílio de Latrão, com seu grande chapéu vermelho, juntamente com a distinta dama Pragmática Sanção, sua esposa, com seu vestido de cetim verde azulado e seu grande rosário de jade. Aquele homem de bem solucionava mais processos do que caberiam em todo o palácio de Poitiers, no auditório de Monsmorillon e no mercado de Parthenay o velho. O que o tornava venerável em toda a vizinhança de Chavigny, Nouaillé, Croteles, Aisgue, Legugé, La Motte, Lusignan, Vivonne, Mezeaulx, Estabeles e lugares próximos. Todas as demandas, processos e divergências eram por ele resolvidos, como por juiz soberano, embora juiz não fosse, mas homem de bem. *Arg. in l. sed si unius. ff. de jurejur. et de verb. obl. l. continuus*. Não se matava porco em toda a vizinhança, de que ele não tivesse um pedaço de carne assada e chouriço. E eram quase todos os dias banquetes, festins, núpcias, festas, reuniões, folganças ou idas à taverna, para combinar algum serviço, entendeis. Pois jamais acordavam as partes sem que ele as fizesse beber juntas, como símbolo de reconciliação, de acordo perfeito e de nova alegria, *ut not. per. Doct. ff. de peric, et com. rei vend. ll.* Ele tinha um filho chamado Tenot Dendin, jovem simpático e bonito, o qual semelhantemente quis atender às partes, pois como sabeis

Saepe solet similis filius esse patri,
Et sequitur leviter filia matris[411].

Ut ait gloss. 6 qu. l. c. Si quis gloss. de consec. dist. 5 c.2 fin. et est not. per Doct. C. de impub, et aliis subst. l. ult. et l. legitime. ff. de stat. hom. gloss. in l. quod si nolit. ff. de de aedit. edict. l. quisquis. C. ad leg. Julg. majestat. Excip. filios a moniali susceptos ex monacho*[412], *per gloss. in c. impudicus 27 qu*. E se chamava em seus títulos: o solucionador de processos; naquele negócio mostrava-se bem ativo e vigilante. Pois *vigilantibus jura subveniunt, ex leg. pupillus. ff. quae in fraud. cred. et ibid. l. non enim, et Instit. in proemio*, que incontinênti ele se *setia*

---
410. Nome estropiado de um livrinho, *Brocardia Juris*, publicado em 1597 e confundido com um professor. (N. do T.)
411. O filho ordinariamente se parece com o pai, e a filha facilmente acompanha a mãe. (N. do T.)
412. Exceto os filhos que uma freira possa ter de um frade. (N. do T.)

ut ff. si quand. paup. fec. l. Agaso, gloss. in verb. olfecit, id est, nasum ad culum posuit, e ouvindo na região haver um processo ou discórdia, tratava de orientar as partes. Está escrito: *Qui non laborat, non manige ducat*[413], e diz *gloss. ff. de damn. infect. l. quamvis*. E *Currere* mais que o passo *vetulam compellit egestas*[414] *gloss. ff. de lib. agnosc. l. si quis, pro qua facit l. si plures. C. de condit. incerti*. Mas, em tal caso, foi tão infeliz que jamais resolveu divergência alguma, tão inábil era ele. Em lugar de as conciliar, irritava as partes que se tornavam ainda mais agressivas. Sabeis, senhores, que

Sermo datur conctis, animi sapientia paucis[415].

gloss. ff. de alien. jud. mut. caus. fa. 1.2. E diziam os taverneiros de Semerue que, com ele, não haviam vendido em um ano tanto vinho do ajustamento (assim chamavam eles o bom vinho de Legugé) como vendiam com seu pai, em meia hora. Adveio que ele se queixou a seu pai, e atribuiu as causas de tal percalço à perversidade dos homens de seu tempo; francamente lhe objetando que, se em seu tempo de outrora o mundo tivesse sido tão perverso, litigante, intratável e intolerante, ele, seu pai, não teria alcançado a honra e o título de solucionador de processos tão irrecusável como tinha. Em que Tenot agia contra o direito, pelo qual é aos filhos defeso censurar seus próprios pais, *per gloss. et Bart. lib. 3 S si quis ff. de condit. ob caus. et authenti. de nupt. S sed quo sancitum, col. 4*. "Precisas", respondeu Perrin, "agir de outro modo, Dendin, meu filho. Ora, quando *oported*[416] chegues; convém que assim se faça, *gloss. C. de appel. l. eos etiam*. Aí é que está o segredo. Jamais resolves as divergências. Por quê? Tu as tomas desde o começo, estando ainda verdes e cruas. Eu resolvi todas. Por quê? Porque as tomo no fim, bem maduras e digeridas. Assim diz *gloss*:

"*Dulcior est fructus post multa pericula ductus*[417].*l. non moriturus C. de contrahend. et commit stipt.* Não conheces o provérbio: Feliz é o médico que é chamado no fim da doença? A doença declinava e chegaria ao fim, ainda que o médico não aparecesse. Os meus litigantes semelhantemente de si mesmos declinavam na última fase da pendência, pois suas bolsas estavam vazias, e por si mesmos cessariam de prosseguir e solicitarem; não havia mais dinheiro para solicitar e prosseguir.

Deficiente pecu, deficit omne, nia[418].

---

413. Latim macarrônico, equivalente ao nosso "quem não trabuca, não manduca" (quem não trabalha, não come). (N. do T.)
414. A miséria faz a velha correr bem depressa. (N. do T.)
415. A palavra foi dada a todos, mas a sabedoria a poucos. (N. do T.)
416. *Oported:* seja oportuno. (N. do T.)
417. É mais doce o fruto colhido após muitos perigos. (N. do T.)
418. Verso em um estranho latim, em que a palavra *pecunia* é cortada no meio. A significação é: faltando o

"Faltava apenas alguém que fosse como que o paraninfo e mediador, que primeiro falasse de mediação, para livrar uma e outra parte dessa perniciosa vergonha que seria dizer: este foi o primeiro a desistir; não tinha o melhor direito; viu que iria perder. Então, Dendin, eu fico tão a vontade quanto o toucinho na ervilha. É a minha honra. É o meu ganho. É minha boa fortuna. E te digo, Dendin, meu filho querido, que, com esse método, eu poderia promover a paz, ou pelo menos trégua, entre o grande rei e os venezianos, entre o imperador e os suíços, entre os ingleses e os escoceses, entre o Papa e os habitantes de Ferrara. Irei mais longe? Quisesse Deus, entre o turco e o sufi, entre os tártaros e os moscovitas. Entendeu bem. Eu os procuraria no instante em que uns e outros estivessem cansados de guerrear, tivessem esvaziado os seus cofres, esgotadas as bolsas de seus súditos, vendido os seus domínios, hipotecado as suas terras, consumido os víveres e munições. Então, por força de Deus, ou de sua mãe, forçoso lhes é respirar e suas felonias moderar. É a doutrina *ingloss. 37 d.c. si quando*".

Odero si potero; se non, invitus amabo[419].

CAPÍTULO XLII
DE COMO NASCEM OS PROCESSOS, E COMO CHEGAM À PERFEIÇÃO

Eis porque — disse Bridoye, continuando —, como vós outros, senhores, eu contemporizo, esperando a maturidade do processo e sua perfeição em todos os membros: as escrituras e os sacos cheios de papéis. *Arg. in l. si major. C. commum. divid. et de cons. di. l. c. solennitates, et ibi. gloss*. Um processo em seu nascimento me parece, como a vós outros, senhores, informe e imperfeito. Como um urso ao nascer não tem patas, nem pele, nem pelo, nem cabeça, não passa de um pedaço de carne, rude e informe. A ursa, à força de amamentá-lo, o leva à perfeição dos membros, *ut not. Doct. ff. ad l. Aquil. l.2. in fin*. Assim, vejo eu, como vós outros, senhores, nascer o processo, em seu começo informe e sem membros. Não tem mais que uma ou duas peças; não passa de um feio animal. Mas quando fica bem grosso, bem ensacado, bem cheio, podemos considerá-lo como verdadeiramente membrudo e formado. Pois *forma dat esse rei*[420] *l. si is qui. ff. ad. l. Falcid. in c. cum dilecta extra de rescript. Barba. cons. 21. lib 2* e antes dele *Bald. in c. ult. extra de consuet. et l. Julianus. ff. ad exhib. et lib. quaesitum. ff. de leg. 3*. A maneira é tal que diz *gloss. pen. 2.1. c Paulis*;

Debile principium melior fortuna sequetur[421]

---

dinheiro, tudo falta. (N. do T.)
419. Odiarei, se puder: se não, amarei mau grado meu. (N. do T.)
420. A forma dá existência à coisa. (N. do T.)
421. Uma melhor fortuna seguirá o fraco começo. (N. do T.)

Como vós outros, senhores, à semelhança dos meirinhos, porteiros dos auditórios, bedéis, oficiais de diligências, chicanistas, procuradores, comissários, advogados, inquiridores, tabeliões, notários, escreventes e juízes, *de quibus tit, est lib. 3. C.* que, sugando, bem forte e continuamente as bolsas das partes, engendram em seus processos cabeças, pés, garras, bico, dentes, mãos, veias, artérias, nervos, músculos, humores. São os sacos da papelada, *gloss. de cons. d. 4 accepisti.*

Qualis vestis erit, talia cordia gerit[422].

Hic. not...[423] que nessa qualidade mais felizes são os litigantes do que os ministros da justiça. Pois

beautius est dare quam accipere[424]

ff. commum. lib. 3. et extra. de celeb. Miss. c. cum Marthae: et 24. qu. l. c. od. gloss.

Affectum dantis pensat censura tonantis[425]

Assim tornam o processo perfeito, galante e bem formado, como diz *gloss.* canonica

Accipe, sume, cape, sunt verba placentia papae[426].

O que mais abertamente disse Alber. de Ros. *inverb. Roma*

Roma manus rodit, quas rodere non valet, odit.
Dantes custodit, non dantes spernit et odis[427].

Por que razão?

Ad praesens ova, cras pullis sunt meliora[428].

ut est gloss. in l. cum hi. ff. de transact. O inconveniente do contrário é apresentado *in gloss. c. de allu. l. fin.*

Cum labor in damno est, crescit mortalis egestas[429].

---

422. Tal a veste, tal o coração. (N. do T.)
423. Abreviatura de *hic notandum*, "aqui deve notar-se". (N. do T.)
424. Há mais felicidade em dar do que em receber. (N. do T.)
425. A cólera celeste castiga os que dão de má vontade. (N. do T.)
426. Recebe, toma e leva são palavras agradáveis ao papa. (N. do T.)
427. Roma esvazia as mãos, e detesta as que não pode esvaziar; protege os que dão, e odeia os que não dão. (N. do T.)
428. Hoje, ovos; manhã serão melhores como frangos. (N. do T.)
429. Quando o trabalho é infrutífero, aumenta a miséria dos mortais. (N. do T.)

A verdadeira etimologia do processo é que ele deve ter os sacos cheios[430]. E temos sobre isso brocardos deíficos. *Litigando jura crescunt. Litigando jus acquiritur. Item gloss. in c. illud, extra. de praesumpt. et. c. de prob. l. instrumenta l. non epistolis. l. non nudis.*

Et cum non possunt singula, multa juvant[431].

— Está bem, mas, meu amigo — perguntou Trinquamelle —, como procedeis em ação criminal, quando a parte culpada é presa *flagrante crimine*? — Como vós outros, senhores — respondeu Bridoye —, deixo e ordeno ao querelante dormir bastante para a instauração do processo; depois, comparecendo à minha presença, trazendo boa e jurídica prova de seu sono, segundo a *gloss, 37 qu. 7. c. Si quis cum. Quandoque bonus dormitat Homerus*[432]. Esse ato engendra algum outro membro, deste nasce um outro, como de malha em malha se faz o tecido. Afinal, encontro o processo bem formado por informação e perfeito em seus membros. Volto então aos meus dados. E não é por mim tal interpolação sem razão feita e sem experiência notável.

Lembro-me que em um acampamento de Estocolmo, um gascão chamado Gratianauld, natural de Sainsever, tendo perdido no jogo todo o seu dinheiro, e por isso grandemente aborrecido como sabeis que *pecunia est alter sanguis*[433], *ut ait Ant. de But. in c.accendens. 2. extra ut lit. non contest. et Bald. in l. si tuis. C. de opt. leg. per tot in l. advocati. c. de advoc. diu jud. Pecunia est vita hominis, et optimus fidejussor in necessitatibus*[434], em seguida, diante de todos os seus companheiros, disse em voz alta: "Pao cap de bious, hillots, que mau de pippe bous tresbire: ares que pergudes sont les mies bingt et quoatre baquettes, ta pladonnerien pics, trucs et patacts. Sei degun de bons aulx, qui boille truquar ambe ion a bels embis?"[435]. Ninguém respondendo, ele passou ao campo dos Hondres-pondres[436] e reiterou as mesmas palavras, convidando-os a se baterem com ele. Mas os referidos disseram: "Der gasconer thut sich auss mit ein jeden zu schlagen, aber er ist geneigter zu stehlen; darum, libe frauwen, habt sorg zu eurm hausserath"[437]. E ninguém de sua liga se ofereceu para o combate.

Portanto passou o gascão ao acampamento dos aventureiros franceses, dizendo-lhes o acima mencionado, e convidando-os ao combate galhardamente,

---

430. Trocadilho intraduzível: "*Doibt avoir en ses prochats prous sacs*". (N. do T.)
431. E quando não podem um a um, muitos conseguem. (N. do T.)
432. O bom Homero às vezes cochila (Horácio, *Ars poetica*, 359). (N. do T.)
433. O dinheiro é um outro sangue. (N. do T.)
434. O dinheiro é a vida do homem, e um ótimo adjutório na necessidade. (N. do T.)
435. "Pela cabeça de Deus! Que o mal dos tonéis vos derrube! A esta hora, perdi as minhas vinte e quatro vaquinhas (moedas), e estou disposto a dar outros tantos pontapés, murros e sopapos. Não tem algum de vós que queira se bater comigo em jogo leal?" (N. do T.)
436. Palavra inventada para significar alemão. (N. do T.)
437. Em alemão arcaico: "O gascão se vangloria de se bater com todo o mundo, mas é mais forte para furtar; por isso, caras mulheres, tomai cuidado com a vossa casa". (N. do T.)

com cabriolas gasconescas. Mas ninguém lhe respondeu. Então o gascão, chegando à extremidade do acampamento, deitou-se, perto das tendas do grande Cristiano, cavaleiro de Crissé, e adormeceu. A essa hora um aventureiro, tendo igualmente perdido todo o seu dinheiro, saiu com sua espada, na firme deliberação de combater com o gascão, visto que perdera no jogo como ele.

Ploratur lacrymis amissa pecunia veris[438];
diz igloss. de poenit, dist. 3 c. sunt plures. De fato, tendo o procurado no acampamento, afinal o encontrou adormecido. Então lhe disse: "Sus, Hillot de todos os diabos, levanta-te; perdi o meu dinheiro, como perdeste. Vamos nos bater, valentão, e vamos ver quem pode mais. Imagina que o meu *verdun* não seja mais comprido do que a tua espada". O gascão, surpreendido, respondeu-lhe: "Cap de sant Arnaud, quau seys tu, qui me rebeilles? que mau de taberne te ayre. Ho San Siobé cap de Gascoigne, ta pla dormie jou, quand aquoest taquain me bingut ester"[439]. O aventureiro o convidou para combater, mas o gascão lhe disse: "Hé paovret, jou tesquinerie ares que son pla reposat. Vayne un pauque te posar com jou, puesse truqueren"[440]. Com o esquecimento de seu prejuízo, perdera a vontade de combater. Em resumo, em vez de se baterem e se enfrentarem, os dois foram beber juntos, cada um com a sua espada. O sono fizera esse bem e pacificara o flagrante furor dos dois bons campeões. Aqui cabe a palavra de ouro de Joann. And. *in cap. ult. de sent., et re judic, lib. 6: Sedendo et quiescendo fit anima prudens*[441].

CAPÍTULO XLIII
DE COMO PANTAGRUEL DESCULPA BRIDOYE PELOS JULGAMENTOS FEITOS COM A SORTE DOS DADOS

Isso dito, calou-se Bridoye. Trinquamelle o mandou retirar-se da sala. O que foi feito. Então disse a Pantagruel: — Quer a razão, muito augusto príncipe, não somente pela obrigação que vos devem por infinitos benefícios este parlamento e todo o marquesado de Myrelingues, mas também pelo bom senso, discreto julgamento e admirável doutrina que o grande Deus, doador de todos os bens, vos concedeu, que vos confiemos a decisão dessa matéria tão nova, tão paradoxal e estranha de Bridoye, que vistes e ouvistes

---

438. Derramam-se lágrimas verdadeiras pelo dinheiro que se perdeu. (N. do T.)
439. "Cabeça de Santo Arnaldo! Quem és tu, que me acordas? Que o mal da taverna te apanhe! Oh! São Siobé do Cabo da Gasconha, eu estava dormindo a sono solto, quando este tratante veio me acordar". (N. do T.)
440. "Ah coitadinho! Vou te pegar logo que tiver descansado bastante. Vai te deitar também um pouco, depois nos bateremos". (N. do T.)
441. Sentando-se e descansando-se, fica-se prudente. (N. do T.)

pessoalmente, ter confessado julgar pela sorte dos dados. Assim vos pedimos que vos digneis de sentenciar como vos parecer jurídico e equitativo.

Ao que respondeu Pantagruel: — Senhores, não é meu ofício decidir processos, como bem sabeis. Já, porém, que vos apraz conceder-me tal honra, em vez de desempenhar o ofício de juiz, farei o de suplicante. Em Bridoye reconheço várias qualidades, pelas quais me parece merecer perdão no caso em foco. Em primeiro lugar, a velhice, em segundo a candura, as quais, como sabeis melhor do que eu, as nossas leis e costumes outorgam facilidade de perdão e de escusa. Em terceiro lugar, reconheço um outro caso igualmente baseado em nosso direito consuetudinário a favor de Bridoye, é que essa única falta deve ser abolida, extinta e absorvida no mar imenso de tantas sentenças equitativas por ele prolatadas no passado; e que por mais de quarenta anos nele não se encontrou ato digno de repreensão como se no rio Loire eu lançasse uma gota de água do mar; por essa única gota, ninguém a sentiria, ninguém diria ser a água salgada. E me parece que há não sei o quê de Deus, que permitiu que aqueles julgamentos por sorte em suas sentenças precedentes tenham sido consideradas boas nesta venerável e soberana corte; a qual, como sabeis, quer muitas vezes em sua glória aparecer, na hebetação dos sábios, na depressão dos poderosos e na exaltação dos simples e dos humildes.

Omitirei todas essas coisas; somente vos pedirei, não por essa obrigação que pretendeis à minha casa, a qual não reconheço, mas pela afeição sincera que em todos os tempos tendes em nós reconhecido, tanto aqui como além Loire, na manutenção do vosso estado e dignidades, que, por esta vez, vos digneis de outorgar o perdão, e isso sob duas condições. Em primeiro lugar, tendo satisfeito, ou protestando satisfazer a parte condenada pela sentença em questão. A esse artigo, darei boa ordem e satisfação. Em segundo lugar, que, em subsídio de seu ofício, seja-lhe por vós dado algum mais jovem, douto, prudente, perito e virtuoso conselheiro, com o conselho do qual manipulará de agora em diante os processos judiciários. No caso de que quiserdes totalmente de seu ofício privá-lo, eu vos pediria encarecidamente conceder-me um presente e puro dom. Encontrarei em meus reinos, lugares e ofícios suficientes para servir-me. Terminando, suplico ao bom Deus, criador, conservador doador de todos os bens, que em sua santa graça perpetuamente vos mantenha.

Ditas estas palavras, Pantagruel fez uma reverência a toda a corte, e retirou-se da sala. À porta, encontrou Panúrgio, Epistemon, Frei Jean e os outros. Montaram a cavalo então, a fim de regressarem para junto de Gargântua. No caminho, Pantagruel relatou minuciosamente a história do julgamento de Bridoye. Frei Jean disse que conhecera Perrin Dendin, no tempo em que morava em Fontaine-le-Comte, sob o nobre abade Ardillon. Ginasta disse que estava na tenda do grande Cristiano, cavaleiro de Crissé, quando o gascão respondeu ao aventureiro. Panúrgio mostrou alguma dificuldade em acreditar em tais afirmações, por causa da coincidência e também do longo tempo decorrido. Epistemon disse a Pantagruel: — Conta-se uma história semelhante a respeito de um preboste de Monslhery. Mas que dizeis desses julgamentos pela sorte dos dados continuados com sucesso durante tantos anos? Por um ou dois julgamentos assim feitos ao acaso, eu não me espantaria, mormente em matérias por si mesmas ambíguas, intricadas, perplexas e obscuras.

CAPÍTULO XLIV
DE COMO EPISTEMON CONTA UMA ESTRANHA HISTÓRIA SOBRE A PERPLEXIDADE DO JULGAMENTO HUMANO

— Como foi — continuou Epistemon — a controvérsia debatida perante Cneu Dolabella, procônsul na Ásia. O caso é o seguinte: Uma mulher de Esmirna teve de seu primeiro marido um filho chamado Abecê. Morrendo o marido, depois de algum tempo ela se casou de novo; e do segundo marido teve um filho chamado Efegê. Aconteceu (como sabeis que rara é a afeição entre padrastos, e madrastas para com os enteados) que aquele marido e seu filho, ocultamente, à traição, de emboscada, mataram Abecê. A mulher, sabendo da traição e da perversidade, não quis deixar o crime impune, e fez morrer os dois, vingando a morte de seu primeiro filho. Foi, então, presa pela justiça e levada perante Cn. Dolabella. Em sua presença confessou o caso, sem nada dissimular, somente alegando que por direito e razão os matara; tal era o estado do processo. Ele achou o caso tão ambíguo, que não sabia para que parte inclinar. O crime da mulher era grande, pois matara seu segundo marido e o filho; mas a causa do assassínio lhe parecia tão natural, e como que fundada no direito das gentes, visto que os dois juntos tinham matado o seu primeiro filho, à traição, de emboscada, não por terem sido por ele ultrajados ou injuriados, mas somente pela cobiça de receberem toda a herança, que ele encaminhou o caso aos aeropagitas de Atenas, para saber qual a sua opinião e julgamento. Os aeropagitas responderam que cem anos depois lhes fossem encaminhadas pessoalmente as partes litigantes, a fim de responderem a certos interrogatórios contidos no processo. Era o mesmo que dizer que tão grandes lhes pareciam a perplexidade e obscuridade da matéria, que não sabiam o que dizer ou julgar. Se ele tivesse decidido o caso com a sorte dos dados, não teria errado, qualquer que fosse o resultado. Se fosse contra a mulher, ela merecia punição, pois fizera ela própria a vingança que competia à justiça. Se fosse a favor da mulher, ela merecia que fosse levado em consideração o seu atroz sofrimento. Mas em Bridoye, espanta-me a continuação durante tantos anos.

— Eu não saberia — disse Pantagruel — responder categoricamente à vossa pergunta. Força é confessar. Conjeturalmente, atribuiria aquele julgamento ao aspecto benévolo dos céus e favor das inteligências motrizes. As quais, em contemplação da simplicidade e afeição sincera do juiz Bridoye que desconfiando de seu saber e capacidade; conhecendo as antinomias e contrariedades das leis, editos, costumes e ordenações; ciente da fraude do caluniador infernal, o qual muitas vezes se transfigura em mensageiro da luz por seus ministros, perversos advogados, conselheiros, procuradores e outros que tais, transforma o negro em branco, faz fantasticamente parecer a uma e outra parte que ela está com o direito (como sabeis não há causa tão má que não encontrasse advogado, se assim não fosse, jamais haveria processos no mundo), se recomendava humildemente a Deus o bom juiz: invocava em sua ajuda a graça celeste; opunha o espírito sacrossanto ao acaso e à perplexidade da sentença definitiva; e pela sorte procurava a sua decisão: manejavam e moviam os dados, a fim de que a sorte contemplasse aquele que, portador do direito, litigasse em boa causa para alcançar justiça. Como dizem os talmudistas; a sorte não contém mal algum; somente pela sorte, na ansiedade e dúvida dos humanos, se manifesta a vontade divina.

Eu não quereria pensar nem dizer, tão certamente não creio (tão anômala é a iniquidade e corrupção daqueles que por direito respondem no parlamento metrelingonês de Myreçomgies) que seria pior um processo decidido pela sorte dos dados do que passando pelas mãos cheias de sangue e de intenções perversas. Sabendo-se mormente que toda a sua jurisprudência usual provém de Triboniano, homem incrédulo, infiel, bárbaro, tão maligno, tão perverso, tão cobiçoso e iníquo, que vendia as leis, os editos, os reescritos, as constituições e as ordenações, por dinheiro vivo, à parte que mais oferecesse. E assim retalhou essas pontas e amostras de leis que eles usam; suprimindo e abolindo o resto, que fazia a lei total, com medo de que, ficando a lei inteira, e vistos os livros dos antigos jurisconsultos sobre a exposição das doze tábuas e os editos dos pretores, fosse pelo mundo abertamente conhecida a sua perversidade. Portanto, seria muitas vezes melhor, quer dizer menos mal adviria às partes litigantes, caminhar entre armadilhas do que buscar o direito em suas respostas e julgamentos; como sugeria Catão em seu tempo que a corte judiciária fosse pavimentada com armadilhas.

CAPÍTULO XLV
DE COMO PANÚRGIO SE ACONSELHOU COM TRIBOULET

No sexto dia subsequente, Pantagruel estava de regresso, à hora em que Triboulet chegava por água de Blois. Panúrgio, à sua chegada, deu-lhe uma bexiga de porco bem inflada e ressoante, por causa do peso que tinha dentro; mais uma espada de pau bem dourada; mais uma sacola feita de casco de tartaruga; mais uma garrafa empalhada cheia de vinho bretão e um quarto de libra de maçãs brancas. —Como — disse Carpalim — ele é doido como uma couve repolhuda?[442] Triboulet cingiu a espada e a sacola, pegou a bexiga, comeu uma parte das maçãs e bebeu todo o vinho. Panúrgio o olhava com curiosidade, e disse: — Ainda não vi doido que não bebesse muito e em grandes goles.

Depois lhe expôs o seu caso com palavras retóricas e elegantes. Antes que tivesse acabado, Triboulet deu-lhe um murro com toda a força no ombro, devolveu-lhe a garrafa, bateu-lhe muito com a bexiga de porco, e por única resposta lhe disse, balançando com força a cabeça: — Por Deus, doido furioso, cuidado, frade, cornamusa de Buzançay! — Ditas estas palavras, afastou-se dos circunstantes e começou a brincar com a bexiga, deleitando-se com o som melodioso que dela tirava. Depois, não foi possível arrancar-lhe mais uma palavra. E querendo Panúrgio interrogá-lo mais, Triboulet tirou a espada de pau e quis feri-lo. — Estamos bem, realmente — disse Panúrgio. — Bem doido é ele, não se pode negar; mais doido porém é aquele que o trouxe, e eu louquíssimo, por ter-lhe comunicado os meus pensamentos. — Sem nos impressionarmos — disse Pantagruel —, consideremos os seus gestos e as suas palavras. E neles notei mistérios insígnes; e não me espanta o fato de terem os turcos reverência por tais loucos, como monges e profetas. Notastes como é a sua cabeça (antes que abrisse a boca para falar) sacudida e agitada? Pela doutrina dos antigos filósofos, pelas cerimônias dos magos e observação dos jurisconsultos, podeis deduzir que tais movimentos são suscitados pela vinda e inspiração do espírito fatídico, o qual entrando bruscamente em débil e pequena substância (como sabeis uma pequena cabeça não pode conter um grande cérebro), a abala de tal maneira, que dizem os médicos produzir tremor nos membros do corpo humano, a saber, parte pelo peso e violenta impetuosidade do recebido, parte pela fraqueza das virtudes e órgãos do receptor.

Exemplo manifesto disso é que, em jejum, não podem sustentar na mão uma grande taça cheia de vinho, sem que tremam as mãos. Isso outrora nos prefigurava a pítia adivinha, quando, antes de responder pelo oráculo, agarrava o loureiro doméstico. Assim diz Lamprídio que o imperador Heliogábalo, para ser reputado adivinho, nas festas de seu grande ídolo, entre os eunucos fanáticos, sacudia publicamente a cabeça. Assim declara Plauto em sua Asnice[443] que Sáurias caminhava sacudindo a cabeça, como que furioso e fora dos sentidos, fazendo medo aos que encontrava. E alhures, explicando porque Charmides sacudia a cabeça, diz que ela estava em transe. Assim narra Catulo, em Berecintia e Átis, o lugar onde as Ménades, mulheres bacantes, sacerdotisas de Baco, arrebatadas, adivinhas, segu-

---

442. De cabeça pequena, como os brotos da couve repolhuda. (N. do T.)
443. *Asinaria*, comédia de Plauto. (N. do T.)

rando ramos de hera, sacudiam as cabeças. Como, em caso semelhante, faziam os Gales castrados, presbíteros de Cibele, celebrando os seus ofícios. De onde assim é dito, segundo os antigos teólogos; pois *kubistân* significa mover, torcer, sacudir a cabeça e fazer o torcicolo. Assim escreve Tito Lívio que, nas bacanais de Roma, os homens e as mulheres pareciam vaticinar por causa de certos movimentos e tremores do corpo por eles contrafeitos. Pois a voz comum dos filósofos e a opinião do povo era: o vaticínio não é jamais dado pelo céu sem furor e movimento do corpo, tremendo e sacudindo, não somente quando o recebe, mas também quando se torna manifesto e declarado.

De fato, Julião, jurisconsulto insigne, algumas vezes interrogado se o servo seria tido por são, o qual em companhia de pessoas fanáticas e furiosas teria falado e talvez vaticinado, sem todavia agitar a cabeça, respondeu que por são deveria ser tido. Assim vemos presentemente os preceptores e pedagogos sacudir a cabeça de seus discípulos, como se levanta uma terrina pelas asas, com puxão e ereção das orelhas (que é segundo a doutrina dos sábios egípcios, membro consagrado à memória) a fim de fazê-los retornar aos seus sentidos, quando porventura se distraem com pensamentos estranhos, e quando afetados por inclinações detestáveis, em boa e filosófica disciplina. O que de si confessa Virgílio, na agitação de Apolo Cíntio.

CAPÍTULO XLVI
DE COMO PANTAGRUEL E PANÚRGIO DIVERSAMENTE INTERPRETAM AS PALAVRAS DE TRIBOULET

Ele diz que sois louco. E louco como? Doido varrido, que, em vossos velhos dias, quereis pelo casamento vos ligar e sujeitar-vos. Ele vos disse "Cuidado, frade!" Por minha honra, é que por algum frade sereis corneado. Aposto a minha honra, coisa maior não teria, ainda que fosse dominador único e pacífico da Europa, África e Ásia. Notai quanto defiro ao nosso sensato bobo Triboulet. Os outros oráculos e as outras respostas vos declararam pacificamente corno, mas ainda não haviam expressado abertamente que vossa mulher seria adúltera e vós cabrão. Esse nobre Triboulet o disse. E será uma cornice infame e grandemente escandalosa. Será preciso que o vosso leito conjugal seja infectado e contaminado pela fradaria? Disse além disso que seríeis a cornamusa de Buzançay, quer dizer bem corneado, cornado e cornamusado. E assim como ele, querendo ao rei Luís XII pedir para um seu irmão a contratação de sal de Buzançay, pediu uma cornamusa, vós igualmente, cuidando alguma mulher honesta e honrada desposar, desposareis uma mulher vazia de prudência, cheia de vento, descuidada, gritadeira e desagradável, como uma cornamusa. Notai ainda que com a bexiga ele vos bateu e vos deu um murro no ombro. Isso pressagia que sereis espancado, ridicularizado e furtado, como furtado tinha a bexiga de porco às crianças de Vaubreton.

— Ao contrário — respondeu Panúrgio —, não que eu queira impudentemente eximir-me do território da loucura. Sei que sou, e o confesso. Todo o mundo é doido. Em Lorena, quase todo o mundo é louco[444] por boa discrição. Tudo é louco. Salomão disse que infinito é dos loucos o número: à infinidade nada se pode ajuntar e dela nada se pode subtrair, como prova Aristóteles. E doido varrido eu seria, se, sendo doido, doido não me reputasse. O que igualmente faz infinito o número dos maníacos e furiosos. Diz Avicena que são infinitas as espécies de manias. Mas o resto de seus ditos e gestos são em meu prol. Disse à minha mulher: "Cuidado, frade!" Refere-se ao pássaro com o qual ela se encantará[445], como a Lésbia de Catulo; o qual voará atrás das moscas, e passará seu tempo alegremente. Depois disse que ela será simples e agradável como uma cornamusa de Saulieu ou de Buzançay. O verídico Triboulet conheceu bem meu natural e minhas inclinações internas. Pois vos afirmo que mais me agradam as alegres camponesas descabeladas que cheiram a serpão do que as damas das grandes cortes, com ricas vestes e odoríferos perfumes de benjoim. Mais me agrada a rústica cornamusa do que as cantarolas dos alaúdes, rabecas e violas áulicas. Ele me deu um murro, sim. Seja tudo pelo amor de Deus, e deduzido das minhas penas no purgatório. Não o fez por mal. Pensou que estivesse batendo em algum pajem. Ele é louco de bem, inocente, eu vos afianço: e peca quem dele faz mau juízo. Eu o perdoo de todo o coração. Haverá pequenas desavenças entre mim e minha mulher, como acontece com todos os recém-casados.

CAPÍTULO XLVII
DE COMO PANTAGRUEL E PANÚRGIO DELIBERAM VISITAR O ORÁCULO DA DIVA BOTELHA

— Eis ainda um outro ponto, o qual não considerastes; e é todavia o nó da questão. — Ele me devolveu a garrafa. — O quê significa isso? O quê quer dizer? — Talvez signifique que vossa mulher será ébria — respondeu Pantagruel. — Ao contrário — disse Panúrgio —, pois a garrafa estava vazia. Eu vos juro pela espinha de São Fiacre de Brie, que o nosso sábio bobo, o único não lunático Triboulet me encaminha à garrafa. E renovo de novo o meu primeiro voto, e juro pelo Estige e pelo Aqueronte em vossa presença, levar óculos no gorro, e não trazer braguilha em meu calção, se sobre o meu caso não tenha a palavra

---

444. Mais um trocadilho intraduzível. No original: "*En Lorraine, Fou est prés Tou*" Em Lorena, Fou (uma localidade) está perto de Tou (outra localidade). A frase soa mais ou menos como: "*En Lorraine, fou est presque tout*" (Em Lorena doido é quase tudo). (N. do T.)
445. Outro trocadilho, com *moine* (frade) e *moineau* (pardal). (N. do T.)

da diva botelha. Conheço um homem prudente e meu amigo, que sabe o lugar, o país e a região, na qual se encontram seu templo e oráculo. Ele até lá nos conduzirá seguramente. Vamos juntos; suplico-vos que não me abandoneis. Serei para vós um Acates, um Dâmis e o companheiro de toda a viagem. Conheceis-me de longa data como amante de peregrinações, e desejoso de sempre ver e sempre aprender. Veremos coisas admiráveis, podeis acreditar. — Pois não — respondeu Pantagruel. — Mas antes de partirmos para essa longa peregrinação, cheia de imprevistos, cheia de perigos evidentes... — Que perigos? — disse Panúrgio, interrompendo-o. — Os perigos fogem de mim, em qualquer parte onde eu esteja, em um raio de sete léguas; como, chegando o príncipe, cessa o magistrado; chegando o sol, cessam as trevas, e como as doenças fogem ao corpo de São Martinho em Quande. — A propósito disse Pantagruel —, antes de partirmos, falta-nos tomar algumas providências. Em primeiro lugar, mandemos Triboulet para Blois. (O que foi feito sem demora; e Pantagruel lhe deu uma túnica de pano dourado). Em segundo lugar, temos de avisar ao rei meu pai e nos despedirmos dele. Além disso, precisamos achar alguma sibila para nos servir de guia e intérprete.

Panúrgio respondeu que seu amigo Xenomanes lhes bastaria, e ademais liberou passar pelo país dos Lanterneiros e lá apanhar alguma douta e útil lanterna, a qual lhes seria, naquela viagem, o que foi a sibila para Eneias, quando desceu aos Campos Elísios. Carpalim, passando para levar Triboulet, ouviu esse propósito e exclamou, dizendo: — Panúrgio, o senhor o deixa, leve Lorde Debitis a Calais, pois ele é *goud fallot*[446] e não esquece *debitoribus*[447], são as lanternas. Assim terás farol e lanternas[448].

— Meu prognóstico — disse Pantagruel —, é que no caminho não engendraremos melancolia. Claramente o percebo. Somente me aborrece o fato de não falar o lanternês. — Eu — respondeu Panúrgio — o falarei por vós todos; eu o entendo como se fosse a minha língua materna; é-me familiar como o idioma vulgar.

>   Briz marg dalgotbric nubstze zos,
>   Isquebsz prusq albork crinqz sacbac.
>   Misbe dilbarkz morp nipp stancz bos,
>   Strombtz, Panurge walmap quost gruszbac.

Agora, Epistemon, adivinha o que é. — São — respondeu Epistemon — nomes de diabos errantes, de diabos caminhantes, de diabos rastejantes. — Tuas palavras são verdadeiras — disse Panúrgio —, meu belo amigo. É a linguagem lanternesa

---

446. Há aqui trocadilho com a expressão inglesa *good fellow* (bom companheiro) e gai *fallot* (lanterna alegre). (N. do T.)
447. Alusão ao Padre-Nosso: "*Sicut et nos dimitimus debitoribus nostris*". (N. do T.)
448. No original: *Ainsi auras et fallot et lanternes*. (N. do T.)

da corte. No caminho, far-te-ei um belo dicionariozinho, o qual não durará mais que um par de sapatos novos. Aprenderás antes de sentires que o dia passou. Pois o que eu disse, traduzido do lanternês para o vernáculo, diz assim:

> Ser desgraçado sendo amoroso
> Coisa não é que nos convém.
> Quem é casado é mais ditoso,
> Panúrgio sabe, e sabe bem.

CAPÍTULO XLVIII
DE COMO GARGÂNTUA MOSTRA NÃO SER LÍCITO QUE OS FILHOS SE CASEM SEM O CONHECIMENTO E O CONSENTIMENTO DE SEUS PAIS

Entrando Pantagruel no salão do castelo, encontrou o bom Gargântua saindo do conselho, narrou-lhe sumariamente as suas aventuras, expôs-lhe seus intuitos e suplicou-lhe que por seu querer e concordância os pudessem pôr em execução. O bom Gargântua, tendo nas mãos dois grossos maços de petições respondidas e memoriais a responder, os entregou a Ulrich Gallet, seu antigo chanceler dos libelos e requisitórios, chamou Pantagruel à parte, e, com fisionomia mais jovial que de costume, disse-lhe: — Louvo Deus, caríssimo filho, por vos conservar em intuitos virtuosos, e muito me regozijarei se, para vós, for a verdade perfeita; mas queria que igualmente quisésseis e desejásseis casar-vos. Parece-me que, de agora em diante, estais em idade a isso adequada. Panúrgio esforçou-se bastante para vencer as dificuldades que lhe poderiam ser impedimento; falai por vós. — Pai mui bondoso — respondeu Pantagruel —, ainda não pensei nisso; em todo esse negócio confio em vossa boa vontade e paternal determinação. Antes, queira Deus, estar a vossos pés morto com o vosso consentimento, que, sem o vosso consentimento, estar vivo e casado. Não ouvi jamais que, por quem quer que seja, fosse sagrado, fosse profano e bárbaro, tenha ficado ao arbítrio dos filhos se casarem, sem que consentissem, quisessem e promovessem seus pais, mães, avós e parentes. Todos os legisladores tiraram dos filhos essa liberdade, reservando-a aos pais.

— Filho caríssimo — disse Gargântua —, eu vos creio, e louvo Deus pelo fato de só virem de vós coisas boas e louváveis, e de que, pelas janelas dos vossos sentidos, nada se domicilia em vosso espírito a não ser a sabedoria liberal. Pois no meu tempo encontrou-se no continente país, no qual os seus pastóforos[449] ignorantes detestam o matrimônio, tanto como os pontífices de Cíbele na Frígia (como se

---

449. Pastóforo: padre, monge. No plural, os que carregavam em leitos as imagens dos deuses; de *pastos*, tálamo, e *fero*, eu carrego. (N. do T.)

fossem capões e não tratantes cheios de malícia e lascívia), os quais têm ditado leis para as pessoas casadas sobre o fato do casamento. E não sei o que mais se deva abominar, ou a tirânica presunção daqueles ignorantões, que não se conformam em ficar dentro das grades de seus misteriosos templos, e se intrometem nos negócios contrários de todo aos seus ofícios, ou a supersticiosa estupidez das pessoas casadas que acolhem e prestam obediência a tão malignas e bárbaras leis. E não veem (o que é mais claro do que a estrela matutina) como tais sanções conubiais são todas vantajosas para os padres; nenhuma é para o bem e proveito dos casados. O que é causa suficiente para torná-las iníquas e fraudulentas. Por recíproca temeridade, poderiam elas criar leis para os seus sacerdotes, referentes às suas cerimônias e sacrifícios, visto que eles gastam seus bens e dilapidam os ganhos provenientes de seu trabalho, e do suor de suas mãos, para com fartura comerem e com facilidade se entreterem. E não seriam, segundo o meu julgamento, tão perversas e impertinentes como são aquelas que deles receberam. Pois, como muito bem dissestes, não há lei no mundo que dê aos filhos liberdade de se casarem sem a ciência, conselho e consentimento de seus pais. Mediante a lei de que vos falo, não há rufião, tratante, celerado, salafrário, safado, ladrão, bandido, sacripanta, que violentamente não arrebate qualquer moça, que escolher, seja ela nobre, bela, rica, honesta, pudica, da casa de seu pai, dos braços de sua mãe, contra a vontade de todos os seus parentes, se o rufião se associou com algum padre, que algum dia participará da presa. Fariam coisa pior e ato mais cruel os godos, os citas, os massagetas, em praça inimiga por longo tempo sitiada, a grande custo atacada, tomada pela força? E veem os infelizes pais serem para fora de sua casa arrebatadas e tiradas por um desconhecido, estranho, bárbaro, sórdido, podre, canceroso, cadavérico, pobre, desgraçado, suas tão belas, delicadas, ricas e sãs filhas, as quais tão carinhosamente tinham criado e educado, honesta e virtuosamente, esperando em tempo oportuno casá-las com os filhos de seus vizinhos e antigos amigos, educados com o mesmo cuidado, a fim de alcançarem aquela casta felicidade do matrimônio, e que deles nascesse linhagem que herdasse não menos as qualidades e costumes dos pais que os seus bens, móveis e riquezas. Que espetáculo achais que seja esse? Não acrediteis ter sido maior a desolação do povo romano e seus confederados ao saberem da morte de Germanicus Drusus.

 Não acrediteis que fosse mais lamentável o desconforto dos lacedemônios, quando de seu país viram a Helena grega furtivamente levada pelo adúltero troiano. Não acrediteis que o seu pesar e as suas lamentações sejam menores que a de Ceres, quando lhe foi arrebatada Prosérpina sua filha; que a de "Ísis com a perda de Osíris; de Vênus com a morte de Adônis; de Hércules com o desaparecimento de Hylas; de Hecuba com a subtração de Polixena. Eles todavia tão temerosos são do demônio e de espírito tão supersticioso, que contrariar não ousam, pois o monge ignorante lá está presente e atuante. E ficam em suas casas, privados das filhas tão amadas, o pai maldizendo o dia e a hora de suas núpcias, a mãe lamentando não ter abortado um tão triste e desgraçado fruto; e em pranto e lamentações acabam a sua vida, que estava fadada a terminar em júbilo e alegria. Outros ficam tão estáticos e como que maníacos, que eles próprios, desesperados, se afogam, se enforcam, se matam, não podendo suportar tal indignidade.

Outros têm tido o espírito mais heroico, e a exemplo dos filhos de Jacob vingando o rapto de Dina sua irmã, encontraram o rufião, associado ao seu monge, clandestinamente parlamentando e subordinando suas filhas; no mesmo instante os fizeram em pedaços e mataram, atirando os seus corpos nos campos, para servirem de pasto aos lobos e aos corvos. Em face desse ato viril e cavalheiresco, os boçais simistos[450] fremem de indignação e se lamentam miseravelmente; fazem acusações terríveis e importunamente requerem e imploram que o braço secular e a justiça política apliquem no caso exemplar punição. Mas nem na equidade natural, nem no direito das gentes, nem em qualquer lei imperial, se encontrou rubrica, parágrafo, ponto nem título, pelo qual fosse pena ou tortura a tal fato prescrita, obstando a razão, repugnando à natureza. Pois homem virtuoso não há neste mundo que naturalmente e pela razão mais não seja em seu sentido perturbado, tendo notícia de rapto, difamação ou desonra de sua filha, do que de sua morte. Ora, cada um, encontrando o assassino no ato de homicídio na pessoa de sua filha iniquamente e em emboscada, o pode pela razão, o deve pela natureza matar no mesmo instante, e não será pela justiça apreendido.

Maravilha não é, portanto, que, se encontrar o rufião, por promoção do monge devasso, subornando sua filha e a raptando, privada do juízo, para fora da casa, ainda que ela consinta, pode pela razão e deve pela natureza, dar-lhes morte ignominiosa e seus corpos atirar à discrição das bestas brutas, como indignos de receberem o doce, o desejado, o último abraço da benevolente e grande mãe terra, o qual chamamos de sepultura. Filho caríssimo, fazei com que depois da minha morte tais leis não sejam neste reino recebidas; enquanto meu corpo estiver respirando e vivendo, aqui manterei boa ordem, com a ajuda de Deus. Já, então, que fazeis depender de mim o vosso casamento, sou de opinião que sim. Tomarei as providências. Preparai-vos para a viagem de Panúrgio. Levai convosco Epistemon, Frei Jean e os outros que escolherdes.

De meu tesouro usai à vontade. Tudo que fizerdes não me desagradará. Em meu arsenal de Talassa tomai a tripulação que quiserdes; os pilotos, marinheiros e intérpretes que quiserdes; e com o vento oportuno fazei de vela, em nome e sob a

---

450. No original, *symmistes*: iniciado nos mistérios. (N. do T.)

proteção de Deus misericordioso. Durante a vossa ausência, farei os preparativos para uma esposa vossa e um festim, para a celebração das núpcias.

CAPÍTULO XLIX
DE COMO PANTAGRUEL FEZ SEUS PREPARATIVOS PARA NAVEGAR; E DA PLANTA CHAMADA PANTAGRUELION[451].

Poucos dias depois, Pantagruel despediu-se do bom Gargântua (que rezava pela viagem de seu filho) e chegou ao porto de Talassa perto de Samalo, em companhia de Panúrgio, Epistemon, Frei Jean des Entommeures, abade de Teleme, e de outros nobres da casa, notadamente Xenomanes, o grande viajante e exador das vias perigosas, o qual viera por ordem de Panúrgio, porque tinha não sei qual subfeudo da castelania de Salmigondin. Lá chegando, Pantagruel tratou de equipar os navios, no mesmo número dos que Ajax de Salamina levara a Troia no comboio dos gregos. Nautas, pilotos, chefes de remadores, intérpretes, artesãos, soldados, víveres, artilharia, munições, vestuários, dinheiro e outros materiais escolheu e fez embarcar, conforme havia necessidade para tão longa e arriscada viagem. Entre outras coisas, eu o vi fazer embarcar grande quantidade de sua erva pantagruélica, tanto verde e crua como cozida e preparada.

A planta pantagruélica tem a raiz pequena, dura, arredondada, terminando em ponta obtusa, branca, com um pouco de filamentos, e não se aprofunda na terra mais de um côvado. Da raiz sai uma haste, única, redonda, felurácea, verde por fora, esbranquiçada por dentro, côncava, como a haste de *smyrnium, olus, atrum*, e da genciana, lenhosa, reta, friável, ameada um tanto em forma de coluna levemente estriada, cheia de fibras, nas quais consiste toda a força da planta, mormente na parte chamada *mesa*, como média, e na que se chama *milácea*[452]. A sua altura é habitualmente de cinco a seis pés. Às vezes excede o comprimento de uma lança. Isso se dá quando encontra terreno doce, oleoso, leve, úmido sem friagem; como é o de Olone e o de Rosea perto de Premeste em Sabínia, e que chuva não lhe falte, por ocasião das férias dos pescadores e do solstício estival. E ultrapassa a altura das árvores, que chamais de *dendromalache*, pela autoridade de Teofrasto; conquanto a erva seja para cada um deprimente; não árvore com raiz, tronco, copa e ramos, e da haste saem grandes e fortes ramos. As folhas têm o comprimento três vezes maior que a largura, são sempre verdes, ásperas como a orçaneta, duras, recortadas como uma foice e como a betônica; terminando em pontas de sarissa macedônia e como a lanceta que usam os cirurgiões. Sua figura pouco difere das folhas de freixo e de agrimônia e tão semelhante ao eupatório, que vários herbanários o tendo dito doméstico, consideram o eupatório como a planta pantagruélica silvestre.

---

451. Trata-se do cânhamo. (N. do T.)
452. Palavra forjada do grego, para significar: própria para ser moída, farinácea. (N. do T.)

E são dispostas por fileiras em igual distância esparsas em torno da haste em rotundidade, sendo o número em cada ordem de cinco a sete. Tanto a quer a natureza, que lhe atribuiu em suas folhas aqueles dois números ímpares, tão divinos e misteriosos. O cheiro delas é forte e pouco agradável aos narizes delicados. A semente nasce no alto da haste, um pouco abaixo da extremidade. É numerosa, tanto quanto a erva; é esférica, oblonga, romboide, negra, clara e como que curtida, dura, coberta por uma camada frágil, deliciosa para todos os pássaros canoros, como pintarroxos, pintassilgos, cotovias, canários e outros. Mas extingue no homem a semente generativa, se comida em grande quantidade e muitas vezes. Da qual outrora entre os gregos se faziam certas espécies de tortas e outras iguarias, que comiam depois da ceia por gulodice e para melhor apreciarem o vinho; mas é de difícil concocção, ofende o estômago, engendra mau sangue, e por excessivo calor afeta o cérebro e enche a cabeça de desagradáveis e dolorosos vapores. E como em várias plantas existem dois sexos, macho e fêmea, o que vemos nos loureiros, palmeiras, carvalhos, *heouses*[453], asfódelo, mandrágora, feto, agárico, aristolóquia, cipreste, terebinto, poejo, peônia e outras, assim também nessa planta há o macho, que não tem flor alguma mas abunda em sementes, e a fêmea, que se cobre de florinhas esbranquiçadas, inúteis, que não trazem sementes que prestem[454]; e como acontece com outras semelhantes, tem a folha mais larga, menos dura que a do macho, e não cresce até a mesma altura. Semeia-se esse pantagruelion à nova chegada das andorinhas; tira-se da terra quando as cigarras começam a enrouquecer.

CAPÍTULO L
DE COMO DEVE SER PREPARADO E APROVEITADO O CÉLEBRE PANTAGRUELION

Prepara-se o pantagruelion no equinócio do outono de diversas maneiras, segundo a fantasia dos povos, e diversidade dos países. O primeiro ensinamento de Pantagruel foi, retirar as folhas e as sementes da haste; macerá-las em água parada não corrente durante cinco dias, se o tempo está seco, e em água quente, durante nove ou doze, se o tempo está nebuloso e a água fria, depois secá-las ao sol; em seguida, à sombra decorticar e separar as fibras (as quais, como temos dito, constituem todo o seu preço e o seu valor) da parte lenhosa, que é inútil, a não ser para fazê-la um facho luminoso, acender o fogo e para folguedo das crianças encher as bexigas de porco. Dela usam às vezes alguns como sifão para sugar o vinho novo pelo batoque. Alguns pantagruelistas modernos, evitando o trabalho com as mãos que seria necessário para fazer tal separação, usam certos instrumentos dentados feitos na forma em que Juno a perseguidora ligara os dedos da mão para impedir o parto de Alcmene mãe de Hércules; e por meio dele contundem e quebram a

---
453. Um certo arbusto, cujo nome não é registrado nos dicionários franceses modernos. (N. do T.)
454. Embora reconhecendo a existência de dois sexos nas plantas, Rabelais aqui confunde a feminina com a masculina. (N. do T.)

parte lenhosa, e a tornam inútil, para salvarem as fibras. Nessa única preparação aquiescem aqueles que, contra a opinião de todo o mundo, e de maneira paradoxal a muitos filósofos, ganham a sua vida às arrecuas[455]. Os que com proveito mais evidente a querem explorar, fazem o que nos contam do passatempo das três irmãs Parcas, do folguedo noturno da nobre Circeia e da longa excusa de Penélope para com os pretendentes durante a ausência de seu marido Ulisses. Assim é ela posta em suas inestimáveis virtudes, das quais vos exporei parte (pois todas expor é para mim impossível), assim adiante vos interpreto a sua denominação.

Vejo que as plantas são denominadas de diversas maneiras. Umas tomaram o nome daquele que as inventou, conheceu, mostrou, cultivou e delas se apropriou, como a mercurial, de Mercúrio; a panaceia de Panace, filha de Esculápio; a artemisa de Artemisa, que é Diana; o eufórbio, de Eufórbio, médico do rei Juba; o climeno, de Climeno; o alcibiádio, de Alcebiades; a gentiana de Gentio, rei da Esclavônia. E tanto foi estimada essa prerrogativa de impor o seu nome às plantas inventadas, que, como controvérsia houve entre Netuno e Palas, de quem tomaria o nome a terra por ambos conjuntamente encontrada, que depois se chamou Atenas, de Ateneia, quer dizer, Minerva; igualmente Linco, rei da Cítia, procurou matar à traição o jovem Triptoleme, enviado por Ceres, para aos homens mostrar o frumento, então ainda desconhecido, a fim de que, com a sua morte, impusesse o seu próprio nome, e fosse em honra e glória imortal tido como inventor daquele grão tão útil e necessário à vida humana. Por cuja traição foi por Ceres transformado em lince ou lobo-cerval. Igualmente, grandes e longas guerras foram outrora travadas entre certos reis estabelecidos na Capadócia, tão só pela diferença do nome que a uma certa planta seria dado; a qual, por tal debate, foi dita Polemônia, como guerreira.

Outras conservaram o nome das regiões das quais foram para alhures trans- portadas, como as maçãs médicas, da Média, onde foram primeiramente encontradas; as maçãs púnicas, que são as romãs, trazidas da Punícia, isto é, Cartago; o lingústico, que, é o levístico, trazido da Ligúria, que é a costa de Gênova; o ruibardo, do rio bárbaro chamado Rá, como atesta Amiano; santonina, funcho grego; castanhas, persicarias; a *stoechas* das Ilhas Hieres, antigamente chamadas Stoechades, a *spica celtica* e outras.

Outras têm o seu nome por antífrase e contrariedade; como o absinto, ao contrário de *pintho*, pois é desagradável para se beber; holosteon, que quer dizer todo de osso, ao contrário, pois a planta é de natureza mui frágil e tenra.

Outras são chamadas por suas virtudes e operações, como a *aristolochia*, que ajuda as mulheres em trabalhos de parto: os líquens, que curam as moléstias com seu nome[456]; a malva, como emoliente; o *callitrichum*, que embeleza os cabelos; *alyssum, ephemerum, bechium, nasturtium,* que é o agrião; *hyposcyame, hanebanes* e outras.

As outras, pelas admiráveis qualidades nelas vistas, como o heliotrópio, que acompanha o sol. Pois, levantando o sol, ele se abre; subindo, ele sobe; declinan-do, ele declina;

---
455. Isto é, os cordoeiros. (N. do T.)
456. Dartro, *liquem* em grego. (N. do T.)

escondendo-se, ele se fecha. O *adiantum*[457]; pois jamais retém a umidade, embora nasça perto da água, e nela fique mergulhado durante longo tempo; a *hieracia*[458], o *eryngiu*[459] e outras.

Outras pela metamorfose de homens e mulheres de nomes semelhantes: como *daphne*, o loureiro, de Dafne; mirto, de Mirsina: *pitys*[460] de Pitys; cinara, que é alcachofra; narciso, *saphran*[461]; *smilax*[462] e outras. Outras, por semelhança: como a *hippuris* (é a cavalinha), que se parece com uma cauda de cavalo; a *alopecuros*[463], que se parece com a cauda da raposa: a *psyllion*[464], que se parece com a pulga; a *delphinium* com o delfim; a íris, com o arco-íris, em suas flores; o miosótis com a orelha de camundongo; a coronopus[465] com o pé da gralha; e outras.

Por recíproca denominação são ditos os Fábios, favas; os Pisões, ervilhas[466]; os Lêntulos, lentilhas; os Cíceros, grãos-de-bico[467]. Como ainda por altas semelhanças são chamadas umbigo de Vênus, cabelos de Vênus, banheiro de Vênus, barba de Júpiter, olho de Júpiter, sangue de Marte, dedo de Mercúrio e outras.

As outras por suas formas: como o trevo, que tem três folhas; o pentafólio, que tem cinco folhas; o serpilho, que se arrasta na terra[468]; a *helxine*[469], o *myrobolamus*, que os árabes chamam de *Been*, porque se parece com bolotas e é oleoso.

CAPÍTULO LI
PORQUE É CHAMADA PANTAGRUELION, E DE SUAS ADMIRÁVEIS VIRTUDES

Por esses motivos (exceto o fabuloso, pois fábula Deus não permita que usemos nesta tão verdadeira história) é chamada a planta pantagruelion. Pois Pantagruel foi o seu inventor; não o digo quanto à planta, mas quanto a um certo uso, o qual mais é aborrecido e odiado pelos ladrões, mais lhes é contrário e inimigo, do que são a traça e a cuscuta ao linho, do que é o junco ao feto, a cavalinha aos ceifeiros, a orobanca ao grão-de-bico, a encorraca às lentilhas, o joio ao frumento, a hera às muralhas, o nenúfar e a ninfeia heráclia aos frades devassos, a palmatória aos estudantes de Navarra, a couve à vinha, o alho ao ímã, a cebola à vista, as sementes de feto às mulheres grávidas, a semente de salgueiro

---

457. É a avenca. (N. do T.)
458. Dente-de-leão, uma planta medicinal. (N. do T.)
459. Cardo corredor. (N. do T.)
460. Pinho. (N. do T.)
461. Açafrão. (N. do T.)
462. Salsaparrilha. (N. do T.)
463. Alpiste. (N. do T.)
464. Zaragatoa. (N. do T.)
465. É a planta chamada guiabela. (N. do T.)
466. *Pisum*, ervilha em latim. (N. do T.)
467. *Cicer*, grão de bico em latim. (N. do T.)
468. Do verbo latino *serpo, is, psi, ptum, pere*: andar de rastro. (N. do T.)
469. Parietária. (N. do T.)

às freiras viciosas, a sombra do teixo aos que dormem embaixo, o acônito aos leopardos e lobos, o cheiro da figueira aos touros furiosos, a cicuta aos gansos, a beldroega aos dentes, o óleo às árvores. Pois muitos deles têm visto por tal uso terminar sua vida enforcados (a exemplo de Filis, rainha dos trácios; de Bonoso, imperador de Roma; de Amata, esposa do rei Latino; de Ífis, Autólia, Licambo, Aracne, Fedra, Leda, Aqueu rei da Lídia e outros) disso somente indignados, que sem estarem por outro modo enfermos, pelo pantagruelion neles eram obstruídos os condutos pelos quais saem as boas palavras e entram os bons bocados, mais vilmente que a maligna angina e a mortal esquinência.

Outros temos ouvido, no instante em que Átropos lhes cortava o fiozinho de vida, gravemente se queixando e lamentando, de que Pantagruel lhes apertava a garganta. Mas ah! não era ele. Ele jamais foi carrasco, era o pantagruelion, fazendo o ofício de corda e lhes servindo de *cornette*[470]. E falavam impropriamente e com solecismo: a não ser que sejam desculpados por figuras sindedóquica, tomando a invenção pelo inventor, como se toma Ceres por pão, Baco por vinho. Eu aqui vos juro, pelas boas palavras que estão dentro daquela garrafa, que está se refrescando dentro da gamela, que o nobre Pantagruel a ninguém pegou pela garganta, senão àqueles que se mostram negligentes em saciar logo a sede.

De outro modo é chamado o pantagruelion por semelhança. Pois Pantagruel, ao nascer, era tão grande quanto a planta de que vos falo, e foi feita a medida facilmente, visto que nasceu no tempo da seca, quando se faz a colheita da erva e o cão de Ícaro, pelos latidos que faz ao sol, torna todo o mundo troglodita, e forçado a habitar cavernas e lugares subterrâneos.

De outro modo é chamado pantagruelion por suas virtudes e singularidades. Pois como Pantagruel foi a ideia e o exemplo de toda alegre perfeição (creio que ninguém entre vós outros beberrões o duvida), também no pantagruelion se reconhecem tantas virtudes, tanta energia, tantas perfeições, tantos efeitos admiráveis, que, se tivesse sido em suas qualidades conhecida, quando as árvores (pela relação dos profetas) fizeram eleição de um rei do bosque para regê-las e dominá-las, ela sem dúvida teria tido a pluralidade dos votos e sufrágios. Direis mais? Se Óxilo, filho de Ório, a tivesse gerado de sua irmã Hamadrias, mais com o seu valor se deleitaria do que com o de todos os seus oito filhos tão celebrados pelos mitólogos, que levaram os seus nomes à memória eterna. A filha mais velha teve o nome de Vinha; o filho seguinte Figueira; o outro, Nogueira; o outro, Carvalho; o outro, Sorveira; o outro, Lódão; o outro, Choupo; o último teve o nome de Olmo e foi grande cirurgião em seu tempo.

E devo vos dizer como o sumo da planta, espremido e instilado no ouvido, mata toda espécie de vermina, que lá terá nascido pela putrefação, e todo outro bicho que lá tenha entrado. Se puserdes tal sumo dentro de um balde de água, vereis de súbito a água ficar como que coagulada, tanto é grande a sua virtude. E essa água assim coagulada oferece remédio aos cavalos atacados de cólica e que puxam da perna. A raiz da planta, cozida

---

470. Penteado dos antigos magistrados. (N. do T.)

em água, afrouxa os nervos distendidos, as juntas contraídas, as podagras cirróticas e as gotas travadas. Se prontamente quereis curar uma queimadura, produzida seja pela água, seja pelo fogo, aplicai o pantagruelion cru, quer dizer tal como nasce na terra, sem outro preparo nem composição. E tende o cuidado de mudá-lo assim que o virdes dessecado sobre a ferida. Sem ela, seriam as cozinhas infames, as mesas detestáveis, ainda que cobertas estivessem de todas as iguarias requintadas; os leitos sem delícias, ainda que neles houvesse abundância de ouro, prata, *electrum*[471], marfim e pórfiro. Sem ela, os moleiros não levariam trigo ao moinho, nem dele trariam a farinha. Sem ela, como seriam levadas aos auditórios as alegações dos advogados? Sem ela como seria levado o gesso às oficinas? Sem ela como seria tirada a água do poço? Sem ela o quê fariam os tabeliães, os copistas, os secretários e os escrivães? Não desapareceriam os editais e papéis de crédito? Não desapareceriam a nobre arte da imprensa? De que se fariam os caixilhos? Como soariam os sinos? Com ela são os isíacos ornados, os pastóforos revestidos[472], toda a natureza humana coberta em primeira posição. Todas as árvores lanígeras dos Seres[473], os algodoeiros de Tile no Mar Pérsico, os cães dos árabes, as vinhas de Malta, não vestem tantas pessoas como faz essa planta sozinha. Cobre os exércitos contra o frio e a chuva sem dúvida mais comodamente do que faziam outrora as peles; cobre os teatros e anfiteatros contra o calor, cinge os bosques e tapadas ao gáudio dos caçadores, desce tanto em água marinha quanto na doce, em proveito dos pescadores. Por ela são botas, botinas, borzeguins, polainas, coturnos, sapatos, chinelos, pantufas, tamancos, postos em forma e em uso. Por ela são distendidos os arcos, montadas as bestas, feitas as fundas. E como se fosse planta sagrada, verbênica e reverenciada pelos Manes e Lêmures, os corpos humanos sem ela não são inumados.

Direi mais: por meio daquela planta, as substâncias invisíveis visivelmente são paradas, contidas, tomadas, detidas e como que em prisão colocadas. Graças à sua força e domínio, são as grandes e pesadas mós giradas agilmente para insígne proveito da vida humana. E me espanto como invenção de tal uso foi por tantos séculos oculta aos antigos filósofos, em face da utilidade incalculável que dele provém, e tendo-se em conta o labor intolerável que sem ele suportariam em seus moinhos. Por meio dela, pela retenção das ondas aéreas, são as grandes urcas, os amplos telamons, os fortes galiões, as naves chiliândricas e miriândricas[474] de seus portos levadas e impelidas ao arbítrio dos pilotos. Graças a ela, as nações que a natureza parecia ter escondidas, impermeáveis e desconhecidas a nós vieram e fomos a elas; coisa que não fizeram as aves, por mais leveza na plumagem tenham elas, e a liberdade de pairar no ar que lhes foi dada pela natureza. Taprobana viu Lapia; Java viu os montes Rifeus; Febol verá Teleme; os islandeses e groenlandeses verão o Eufrates. Por ela Bóreas viu o lar de Auster; Euro visitou Zéfiro. De sorte que

---

471. Liga de ouro e prata. (N. do T.)
472. Isíaco, celebrante de Ísis, e pastóforos referem-se aos paramentos sacerdotais. (N. do T.)
473. Antigo povo da China. (N. do T.)
474. Naves chiliândricas, tripuladas por mil homens (gr. *quilo*, mil, *andros*, homem): naves miriândricas, tripuladas por dez mil homens (gr. *miros*, dez mil). Um exagero pantagruélico, evidentemente. (N. do T.)

as inteligências celestes, os deuses tanto os marinhos como os terrestres, todos se assustaram, vendo, pelo uso daquele bendito pantagruelion, os povos árticos bem junto dos antárticos, atravessarem o mar Atlântico, passarem os dois trópicos, cruzarem a zona tórrida, medirem todo o zodíaco, estenderem-se sob o equinócio, terem um e outro polo em vista à flor de seu horizonte. Os deuses olímpicos disseram em igual espanto: "Pantagruel nos trouxe curativo novo e desagradável, mais do que fizeram os aloides, pelo uso e virtudes de sua planta. Ele se casará em breve; de sua mulher terá filhos. Esse destino não podemos contrariar; pois ele passou pelas mãos e pelos fusos das irmãs fatais, filhas da necessidade. Por seus filhos, talvez, será inventada planta de semelhante energia, mediante a qual poderão os humanos visitar as fontes do granizo, os orifícios por onde passa a chuva e a oficina dos raios. Poderão invadir as regiões da lua, entrar no território dos signos celestes, e lá se abrigarem, uns na Águia de Ouro, outros no Carneiro, outros na Coroa, outros na Harpa, outros no Leão de prata: sentarem-se à mesa conosco, e nossas deusas tomarem por mulheres, que são os únicos meios de se deificarem". Enfim, encontrou-se o remédio de ali opor-se em deliberação e conselho[475].

CAPÍTULO LII
DE COMO CERTA ESPÉCIE DE PANTAGRUELION NÃO PODE SER CONSUMIDA PELO FOGO[476]

O que eu vos disse é grande e admirável. Mas se quereis arriscar-vos a acreditar em alguma outra divindade desse sagrado pantagruelion, eu a direi. Acrediteis ou não, para mim é a mesma coisa. Basta-me vos ter dito a verdade. Verdade vos direi. Mas para nela penetrardes (pois é de acesso bastante escabroso e difícil) eu vos pergunto: se nesta garrafa eu tiver posto duas medidas de vinho e uma de água, bem misturadas, de que maneira iríeis separar a água do vinho e o vinho da água, na mesma medida em que os misturei? Por outro lado, se os vossos carroceiros e marinheiros, levando para provisão de vossa casa certo número de tonéis, pipas e barris de vinho de Gave, de Orleans, de Beaulne, de Mirevaulx, os tenham aberto e bebido metade, enchendo o resto de água, como fazem os limosinos ao transportarem os vinhos de Argenton e Sangaultier, como tiraríeis a água inteiramente? Como o purificaríeis? Sei muito bem; vós me falaríeis de um funil de hera. Está escrito. É verdadeiro e confirmado por mil experiências. Vós já o sabeis. Mas os que não sabem, e não viram, jamais acreditarão.

Passemos adiante. Se estivéssemos nos tempos de Sila, Mário, César e outros imperadores romanos, ou nos tempos dos nossos antigos druidas, que faziam queimar os corpos de seus parentes e senhores, e quisésseis as cinzas de vossas mulheres ou pais beber em infusão com algum bom vinho branco, como fez Artemisa com as cinzas de Mausolo

---

475. É interessante observar como Rabelais previu as viagens aéreas e espaciais. (N. do T.)
476. Trata-se do amianto. (N. do T.)

seu marido, ou de outro modo as guardar inteiras em alguma urna e relicário, como saberíeis separar aquelas cinzas das da pira e fogueira funerária? Respondei. De minha parte seríeis bem embaraçados.

Respondo e vos digo que tomando desse celeste pantagruelion tanto quanto seria necessário para cobrir o corpo do defunto, e tendo o dito corpo bem metido dentro, ligado e cosido da mesma maneira, lançai-o ao fogo, por maior, por mais ardente que seja; o fogo, através do pantagruelion queimará e reduzirá a cinzas o corpo e os ossos: o pantagruelion, não somente não será consumido, e não esperdiçará um só átomo das cinzas contidas dentro dele e não receberá um só átomo das cinzas funerárias, como será no fim extraído do fogo mais belo, mais branco e mais limpo do que o tínheis lançado. Portanto é chamado asbestos. Vós o encontrareis em Carpásia e na região de Dia Siena, a preço barato.

Ó grande coisa! Ó coisa admirável! O fogo, que tudo devora, tudo desgasta e consome, limpa, purga e embranquece unicamente esse pantagruelion carpásio asbestino. Se duvidais, e me pedis afirmação e sinal certo, como os judeus e os incrédulos, tomai um ovo fresco e o envolvei circularmente com esse divino pantagruelion. Assim envolto, ponde-o dentro de um braseiro, tão grande e ardente quanto quiserdes. Deixai-o por tanto tempo quando quiserdes. Afinal, tirareis o ovo cozido, duro e quente, sem alteração, mutação ou aquecimento do sagrado pantagruelion. Por menos de cinquenta mil escudos bordeleses somados à duodécima parte de uma *pite*[477], podereis fazer a experiência. Não me faleis aqui na Salamandra. É abusão. Confesso bem que um foguinho de palha a estimula e alegra. Mas vos asseguro que, em uma grande fornalha, fica, como todo outro ser animado, sufocada e consumida. Vimos por experiência própria. Galeno o havia há muito tempo confirmado e demonstrado, *lib. 3 de temperamentis*. Não me alegueis aqui nem o *alum de plume*, nem a torre de madeira no Pireu, a qual L. Sila não pôde fazer queimar, porque Arquelau, governador da cidade em nome do rei Mitridates, a havia toda revestido de alume. Não compareis aqui àquela árvore que Alexandre Cornelio chamava de *Eonem*, e dizia ser semelhante ao carvalho que tem a resina, e não podia ser nem pelo fogo nem pela água consumida ou estragada do mesmo modo que a resina do carvalho; e da qual fora feito e construído o célebre navio Argos. Procure quem acreditar; eu me escuso. Não me faleis também, por mais mirífica que seja, daquela espécie de árvore que vedes nas montanhas de Briançon Ambrum, em cujas raízes se produz um bom agárico; de seu corpo se tira a resina tão excelente que Galeno ousa equiparar à terebentina; sob as suas folhas delicadas se retém o fino mel do céu, que é o maná; e embora seja gomosa e oleosa, é inconsumível pelo fogo. Vós a chamais *Larix* em grego e latim; os alpinos a chamam de *melze*; os antenoridas e venezianos, larege, de onde *Larignum*, o castelo de Piemonte, que enganou César, vindo das Gálias. Júlio César ordenara a todos os camponeses e habitantes dos Alpes e do Piemonte, que levassem víveres e munições em postos erguidos na via militar por onde passasse por suas portas. Os quais obedeceram todos,

---

477. *Rite* ou *picte*, moeda de valor diminuto, cunhada em Poitiers (*Pictavi*). (N. do T.)

exceto os que estavam dentro de Larigno, os quais, confiantes na fortaleza natural do lugar, recusaram a contribuição. Para castigá-los por essa recusa, o imperador fez com que o exército marchasse diretamente ao lugar. Diante da porta do castelo havia uma torre construída de grossas traves de *Larix*[478], entrelaçados umas com as outras, como uma pilha de lenha, continuando em tal altura que dos matacães facilmente se podia com pedras e alavancas repelir os que se aproximavam. Quando César soube que os de dentro não tinham outras armas defensivas senão pedras e alavancas, e que só as podiam lançar nas proximidades, ordenou aos soldados que colocassem achas de lenha em torno e pusessem fogo; o que foi feito incontinênti. Ateado fogo às achas, a chama foi tão grande e tão alta que cobriu todo o castelo; pelo que logo pensaram que a torre seria queimada e demolida. Mas cessando a chama e consumidas as achas, a torre apareceu inteira sem de modo algum ter sido afetada. Vendo o quê, César ordenou que se lançassem pedras em toda a extensão em torno e se fizesse uma cerca de fossos e trincheiras. Então, os habitantes da cidade se renderam. E por eles César ficou conhecendo a admirável natureza daquela madeira, a qual por si não faz fogo, chama ou carvão e seria digna nessa qualidade de ser colocada a par do verdadeiro pantagruelion, e tanto mais que Pantagruel daquela quis que se fizessem todas as portas, janelas, goteiras, lacrimais e entablamento de Thelène, igualmente com a última deveriam, cobrir-se as popas, proas, coxias, conveses e amuradas de seus navios, galeras, galiões, bergantins, fustas e outros vasos de seus arsenais de Talassa. Se não fosse o *Larix*, em grande fornalha de fogo procedente de outras espécies de madeira, afinal corrompido e dissipado, como são as pedras em forno de cal; o asbesto pantagruelion ao contrário ali é renovado e limpado, e não corrompido e alterado. Portanto,

> Vós, árabes, sabélios e indianos,
> Do incenso e da mirra a velha usança
> Deixai, deixai de lado em vossos planos.
> Da nossa erva agora sem tardança
> Contentes recebei a grande herança.
> Graças rendei ao céu tão justo e bom
> E contentes louvai a grande França
> De onde nos vem o pantagruelion.

FIM DO TERCEIRO LIVRO.

---

478. Lariço em português. (N. do T.)

LIVRO QUARTO

DOS FATOS E DITOS HEROICOS

DO NOBRE PANTAGRUEL

COMPOSTO POR

M. FRANÇOIS RABELAIS

DOUTOR EM MEDICINA

ANTIGO PRÓLOGO DO QUARTO LIVRO[479]

Beberrões ilustríssimos e vós, comilões preciosíssimos, vi, recebi, ouvi e entendi o embaixador que a senhoria de vossas senhorias enviou à minha paternidade, e que me pareceu bom e fecundo orador. O sumário de sua proposição reduzo a três palavras, as quais são de tão grande importância, que outrora entre os romanos por essas três palavras o pretor respondia a todas as solicitações expostas em julgamento. Por essas três palavras, decidiam-se todas as controvérsias, todas as reclamações, processos e divergências, e eram chamados funestos e nefastos os dias em que o pretor não usava aquelas três palavras fastas e felizes os dias em que as quais soía usar. Vós dais, dizeis, aprovais[480]. Ó gente de bem, não vos posso ver! A digna virtude vos seja, e não menos a mim, eternamente em ajuda. Ora, da parte de Deus, jamais algo fizemos sem que o seu santíssimo nome seja primeiramente louvado.

Vós me dais. O quê? Um belo e amplo breviário. Em verdade vos agradeço: será o menos do meu mais. Que breviário fosse de certo não pensastes, vendo os *reglets*[481], a rosa, os fechos, a encadernação e a capa; na qual não deixais de considerar as presas e pegas pintadas em cima e semeadas com mui feliz disposição. Pelas quais, como se fossem letras hieroglíficas, dizeis facilmente que não há obra senão de mestres e coragem senão de devoradores de pegas. Mastigar pegas[482] é uma expressão jocosa por metáfora extraída do prodígio que aconteceu na Bretanha, pouco tempo antes da batalha travada perto de Saint Aubin du Cormier[483]. Nossos pais o contaram, e não há razão para que os nossos sucessores o ignorem. Foi no ano da boa vindima: dava-se um quarto de tonel de bom e saboroso vinho por um alamar estragado.

Das regiões do levante levantou voo grande número de gaios de um lado, grande número de pegas de outro, todos voando para o poente. E avançavam em tal ordem que os gaios voavam pela esquerda (entendei aqui a hora do augúrio) e as pegas pela direita, bem perto uns dos outros. Por qualquer região por onde passassem, não ficava pega que não se juntasse às pegas, nem gaio que não se juntasse ao campo dos gaios. Tanto foram, tanto voaram, que passaram sobre Angers, cidade da França, limítrofe da Bretanha, em número tão multiplicado, que, por seu voo, ocultavam a claridade do sol nas terras subjacentes.

Em Angers havia então um velho, senhor de São Jorge, chamado Frapin; foi ele quem fez e compôs belos e alegres cantos de Natal, na linguagem de Poitou. Tinha ele um gaio muito querido por causa de sua tagarelice, pelo qual convidava todos

---

479. Este prólogo, a princípio suprimido pelo autor, foi reintroduzido nas edições modernas. (N. do T.)
480. *Do, dico, addico* (Dou, digo, aprovo). (N. do T.)
481. Um sinal tipográfico para separação. (N. do T.)
482. *Croc* é a presa dos carnívoros. *Croquer pie*: mastigar (ou comer) pega. (N. do T.)
483. Segundo o comentarista Louis Barré, o combate de pegas e gaios aqui descrito parece baseado em um fato real, ocorrido em 1488. (N. do T.)

os circunstantes a beber, não falava senão da bebida, e o chamava seu Goitrou. O gaio em fúria marcial quebrou a gaiola, e se juntou aos gaios que passavam. Um barbeiro vizinho, chamado Bahuart, tinha uma pega presa mui galante. Ela com a sua pessoa aumentou o número das pegas e as seguiu para o combate. Eis coisas grandes e paradoxais, verdadeiras todavia; vistas e relatadas. Notai bem tudo. O que aconteceu? Qual foi o fim? O que aconteceu, boa gente? Caso maravilhoso! Perto da cruz de Malchara travou-se a batalha tão furiosa que causa horror só de se pensar, o fim foi que as pegas perderam a batalha, e no campo ficaram traiçoeiramente mortas nada menos de 2.589.962.109, fora mulheres e crianças: quer dizer, fêmeas e filhotes, entendeis bem. Os gaios ficaram vitoriosos, não todavia sem perderem vários de seus bons soldados, o que causou dano bem grande em todo o país. Os bretões são gente, como sabeis; mas se tivessem entendido o prodígio, facilmente teriam reconhecido que a desgraça estaria do seu lado; pois as caudas das pegas são do formato de seu arminho; os gaios têm em sua plumagem algo das armas da França.

A propósito, o Goitrou, três dias depois voltou, um tanto depenado e maltratado por aquelas guerras, tendo um olho pisado. Todavia, poucas horas depois de ter descansado como de costume, ele se refez. O povo e os estudantes de Angers acorreram em multidões para verem Goitrou caolho assim disposto. Goitrou os convidou a beber como de costume, acrescentando no fim de cada convite: comei pega. Suponho que foi a senha no dia da batalha; todos cumpriram o seu dever. A pega de Bahuart não voltou. Tinha sido mastigada. Pelo que foi dito em provérbio comum: Beber muito e a grandes goles, é para em verdade comer a pega. De tais figuras em memória perpétua fez Frapin pintar sua copa e sala de baixo. Podeis vê-las em Angers, no outeiro de Saint Laurent. Essa figura disposta sobre o vosso breviário me faz pensar que ali havia algo mais que breviário. Realmente, a que propósito me faríeis presente de um breviário? Tenho-os, graças a Deus e a vós, desde os velhos até os novos. Com essa dúvida, abrindo o dito breviário, percebi que era um breviário feito por invenção mirífica, e os *reglets* muito a propósito, com inscrições oportunas. Quereis, então, que à prima, eu beba vinho branco; à terça, sexta e nona, igualmente; às vésperas, vinho clarete. Isso chamais comer pega; verdadeiramente não fostes por má pega chocados. Atenderei.

Dizeis. O quê? Que nada vos aborreceu em todos os meus livros impressos até agora. Se a propósito eu vos disser a sentença de um antigo pantagruelista, ainda menos vos aborrecerão.

Não merece louvor popular,
Quem aos príncipes tem pouco a queixar.

Dizeis mais que o vinho do livro terceiro está a vosso gosto, e que é bom. É verdade que havia pouco e não vos agrada o que se diz comumente, pouco e bom. Mais vos agrada o que dizia o bom Evispan de Verron, muito e do bom. Além disso, convidais-me para continuar a história pantagruélica, alegando as utilidades e os frutos colhidos na leitura, entre todas as pessoas de bem, desculpando-vos por não terdes atendido à minha súplica, de deixardes para rir no septuagésimo oitavo livro. Eu vos perdoo de coração. Não sou tão feroz, tão implacável quanto pensais. Mas o que vos disse não era para o vosso mal. E vos digo em resposta, como é a sentença de Heitor proferida por Névio, que é uma bela coisa ser louvado por gente louvável. Por recíproca declaração, digo e sustento até o fogo, exclusive (entendei a razão) que sois grandes pessoas de bem, todas nascidas de bons pais e boas mães, prometendo, sob palavra de carroceiro, que se jamais vos encontrar na Mesopotâmia, farei como o condezinho George do baixo Egito[484], que a cada um de vós fará presente de um crocodilo do Nilo e de um *cauquemarre*[485] do Eufrates.

Aprovais. O quê? A quem? Todos os velhos cantos da lua aos *caphards, cagots, matagots, botineurs, papelards, burgots, pates pelues, porteurs de rogatons, chattemites*[486]. São nomes horríveis, mesmo apenas se ouvindo o seu som. A cuja pronunciação vi se arrepiarem os cabelos do vosso nobre embaixador. Só entendo o alto alemão e não sei que espécie de animais compreendeis em tais denominações. Tendo feito diligentes pesquisas em diversos países, não encontrei homem que não abominasse, que assim tolerasse ser chamado ou designado. Suponho que seja alguma espécie monstruosa de animais bárbaros, do tempo dos chapéus altos; agora perdeu-se em natureza, eis que todas as coisas sublunares têm o seu fim e desfecho, e não sabemos qual seja a definição, pois como sabeis, quando o sujeito perece, facilmente perece a sua denominação.

Se, por aqueles termos, entendeis os caluniadores de meus escritos, mais aptamente podeis chamá-los de diabos, pois em grego calúnia é *diabolé*. Vedes quanto é detestável diante de Deus e dos anjos esse vício dito calúnia (que é quando se impugna o bem feito, quando se maldizem as boas coisas) que por ele, não por outro, embora alguns pareçam mais enormes, são os diabos do inferno chamados e denominados. Aqueles não são, propriamente falando, diabos do inferno, são bedéis e ministros. Eu os chamo de diabos negros, brancos, diabos privados, diabos domésticos. E o que fizeram para com os meus livros, farão (se os deixarem fazer) para com todos os outros. Eu o digo, a fim de que agora em diante não se glorifiquem com o apelido do velho Catão o

---

484. Trata-se, provavelmente, segundo os comentaristas, de algum viajante um tanto extravagante, conhecido na corte de Henrique II. (N. do T.)
485. Nome de um animal imaginário, sodomista (do latim *calcat marrem*, do verbo *calcare*, calcar, enterrar, e *mas, maris*, macho). (N. do T.)
486. São epítetos que Rabelais usava para denominar os detestados frades. (N. do T.)

censor. Já ouvistes jamais falar o que significa cuspir no prato?[487] Outrora, os predecessores desses diabos privados, arquitetos da voluptuosidade, inimigos da honestidade, com um Filoxeno, um Gnato e outros da mesma laia, quando andavam pelos botequins e tavernas, lugares em que tinham ordinariamente as suas escolas, vendo os fregueses serem de boas comidas e iguarias servidos, escarravam vilmente dentro dos pratos, a fim de que os fregueses, abominando seus infames escarros e catarros, desistiam de comer as iguarias ali postas, e tudo ficava para aqueles vis escarradores e catarrentos. Quase igual, não todavia tão abominável história, nos contam de um médico de água doce, sobrinho do advogado, defunto Amer, o qual dizia ser má a asa do capão gordo e temível a mitra, o pescoço bastante bom, contanto que fosse tirada a pele, a fim de que os doentes não comessem, reservando tudo para a sua boca. Assim fizeram esses novos diabos vestidos de saia; vendo todo o mundo em fervente apetite de ver e ler os meus escritos, pelos livros precedentes, escarraram dentro do prato, quer dizer censuraram-nos, desacreditaram-nos e caluniaram-nos, com a intenção de que ninguém não os visse, nem os lesse, fora suas poltronices. O que vi com os meus próprios olhos, e não por ouvir dizer, foi que os conservavam religiosamente para as suas tarefas noturnas, e para usá-los como breviários para o uso quotidiano. Eles os tiraram dos enfermos, dos gotosos, dos infortunados, para que em seu sofrimento se distraíssem eu os tinha feito e composto. Se eu curasse todos os que ficam maltratados ou doentes, não teria necessidade de lançar tais livros à luz e impressão.

Hipócrates escreveu expressamente um livro, que intitulou "Do estado do perfeito médico" (Galeno o ilustrou com doutos comentários), no qual diz nada ter o médico (até mesmo particularizando as unhas) que possa ofender o paciente; tudo que tem o médico, gestos, fisionomia, vestes, palavras, olhares, contacto, deve servir para agradar e deleitar ao doente. Assim fazer, no que me diz respeito, pelejo e esforço-me para com aqueles que pretendo curar. Assim fazem por seu lado meus companheiros, pelo que somos algures chamados *parabolains* de foice longa e braço curto[488], na opinião de dois tratantes, tão tolamente interpretada quanto levianamente inventada.

Há mais: sobre uma passagem do livro sexto das Epidemias do pai Hipócrates, discutimos e procuramos saber: não se o rosto do médico aborrecido, tétrico, rebarbativo, desagradável, descontente, contrista o doente; e do médico a face alegre, serena, agradável, risonha, franca, anima o doente (e isso está de todo provado e certo), mas se tais contristações e regozijos provêm da apreensão do doente ao contemplar tais qualidades, ou pela transfusão dos espíritos serenos ou tenebro-

---

487. No original: *cracher au bassin*. (N. do T.)
488. Trata-se de um jogo de palavras com *faucille* (foicinha) e *focile* (osso do braço), e com *code* (livro) e *coubte* (cotovelo). *Parabolains:* homens destinados ao serviço dos doentes nos hospitais. (N. do T.)

sos, alegres ou tristes do médico para o doente, como é a opinião dos platônicos e averroístas. Não é possível que por todos os doentes seja chamado, que todos os doentes eu trate de curar, e que vontade é essa de impedir os desanimados e os doentes do prazer e passatempo alegre, sem ofensa a Deus, ao rei ou a outros, que gozam ouvindo em minha ausência a leitura desses livros divertidos?

Ora, pois que, por vossa adjudicação e decreto, aqueles maldizentes e caluniadores foram presos e dominados por velhos quartos de lua, eu os perdoo; não terão mais todos de rir de agora em diante, quando virmos aqueles loucos fanáticos, uns leprosos, outros heréticos, outros leprosos e heréticos ao mesmo tempo, correrem os campos, quebrarem os bancos, rangerem os dentes, vadiarem pelas ruas, enforcarem-se, afogarem-se, precipitarem-se, correrem à brida solta com todos os diabos, segundo a energia, faculdade e virtude dos quartos[489]; é que terão em suas cabeças, crescentes, iniciantes, anficurtas[490], quebradas e marcantes. Apenas, para com suas malignidades e imposturas usarei da oferta que fez Timom o misantropo aos seus ingratos atenienses.

Timon, aborrecido com a ingratidão do povo ateniense a seu respeito, certo dia entrou no concelho público da cidade, requerendo lhe fosse concedida audiência para certo negócio concernente ao bem público. A seu pedido, fez-se silêncio, na expectativa de serem ouvidas coisas importantes, visto ter ido ao conselho quem, havia tantos anos, estivera ausente de toda companhia, e vivia privadamente. Então disse ele: "Fora do meu jardim secreto, sob o muro, há uma grande, bela e insigne figueira, na qual vós outros, senhores atenienses desesperados, homens, mulheres, mancebos e donzelas, têm o costume de se enforcarem e estrangularem. Advirto-vos que, para melhorar a minha casa, resolvi, dentro de oito dias, derrubar aquela figueira; todo aquele entre vós outros e de toda a cidade, que quiser se enforcar, trate de se despachar prontamente. Expirado tal prazo, não terão lugar tão apto, nem árvore tão cômoda".

A seu exemplo, advirto esses caluniadores diabólicos que tratem de se enforcar no último pedaço daquela lua; eu lhes fornecerei os cabrestos. Como lugar para se enforcarem, recomendo entre Milly e Faverolles. Renovada a lua, eles ali não serão recebidos por preço tão barato, e serão obrigados eles próprios, à sua custa comprarem cordas e escolherem a árvore para o enforcamento, como fez a seignore Leontium, caluniadora do tão douto e eloquente Teofrasto.

---

489. Quartos da Lua. (N. do T.)
490. Arredondada nas duas extremidades. A Lua, alguns dias depois de seu primeiro quarto e antes do último. (N. do T.)

AO ILUSTRÍSSIMO PRÍNCIPE E REVERENDÍSSIMO SENHOR ODET, CARDEAL DE CHASTILLON

Estais devidamente advertido, ilustríssimo príncipe, por quantos grandes personagens tenho sido diariamente solicitado, insistido e importunado, para a continuação das mitologias pantagruélicas, alegando que várias pessoas melancólicas, doentes ou de outro modo aborrecidas e desoladas tinham com a leitura das mesmas enganado os seus aborrecimentos, passado alegremente o tempo, e recebido nova alegria e consolação. Às quais tenho o costume de responder, que com elas, compostas por passatempo, não pretendia glória nem louvor algum; somente tinha por consideração e intenção dar por escrito um pouco de alívio que pudesse aos aflitos e enfermos ausentes; o que de boa vontade, quando precisão existe, faço aos presentes que se ajudam com a minha arte e serviço.

Algumas vezes eu lhes exponho por longos discursos, como Hipócrates em vários lugares, mormente no livro décimo sexto das Epidemias, descrevendo a instituição do médico seu discípulo; Sorno Eféșio, Oribásio, Cl. Glaen, Hali Abas, outros autores consequentes igualmente expuseram como pelos gestos, atitude, olhar, porte, expressão fisionômica, simpatia, honestidade, limpeza no rosto, vestes, barba, cabelo, mãos, bocas, até mesmo particularizando as unhas, como se deve desempenhar o papel de amoroso ou desempenhar uma insigne comédia ou descer a campo fechado para combater contra algum poderoso inimigo. De fato, a prática da medicina bem adequadamente é por Hipócrates comparada a um combate e uma farsa representada por três personagens: o doente, o médico e a doença. E lendo certa vez tal composição, lembrei-me de uma palavra de Júlia a Otaviano Augusto seu pai. Um dia, ela diante dele se apresentara com vestes pomposas, indecentes e lascivas, o que a ele grandemente desagradou, embora não dissesse uma palavra. No dia seguinte, ela mudou de trajos e modestamente se vestiu, como era costume então das castas damas romanas. Assim vestida, apresentou-se diante dele. Ele, que no dia anterior não manifestara por palavras o desprazer que tinha vendo-a em trajes impudicos, não pôde esconder o prazer que sentia ao vê-la assim mudada, e disse-lhe: "Ó quanto estas vestes são mais adequadas e louváveis para a filha de Augusto!" Ela teve uma desculpa pronta, e respondeu: "Hoje estou vestida para os olhos de meu pai; ontem estava para satisfação de meu marido".

Semelhantemente poderia o médico, assim disfarçado em fisionomia e vestes, mormente revestido da rica e divertida veste de quatro mangas (como outrora era o costume, e era chamada *Philonium*, como diz Pedro Alexandrino *in 6. Epid.*), responder aos que achassem a prosopopeia estranha: "Assim estou ataviado, não para pavonear e ostentar, mas para gáudio do doente que visito, ao qual quero agradar inteiramente, sem de modo algum aborrecê-lo ou ofendê-lo". Há mais: segundo uma passagem do pai Hipócrates, no livro acima citado, discutimos e procuramos saber não se a fisionomia do médico aborrecida, tétrica, rebarbativa, catoniana, desagradável, descontente, severa, rabugenta, contrista o doente; e a face do médico alegre, serena, simpática, aberta, jovial, anima o doente (isto é de todo provado e muito certo), mas se tais contristações e júbilos provêm da apreensão do doente contemplando tais qualidades de seu médico, e por causa delas conjecturando a marcha e desfecho que seguirá seu mal, a saber, pela expressão jovial, alegre e desejável; pela aborrecida, triste e indesejável; ou pela transfusão dos espíritos serenos ou tenebrosos, aéreos ou terrestres, joviais ou melancólicos do médico na pessoa do doente, como é a opinião de Platão e de Averroes.

Por todas essas coisas, os autores antes mencionados têm aconselhado ao médico cuidado particular com as palavras, propósitos, conversas e confabulações que deva ter com os doentes da parte dos quais seja chamado; que sempre devem ter por fim animá-lo sem ofensa de Deus e não contristá-lo de modo algum. Como grandemente é por Heródilo censurado Calianax, médico, que, a um paciente que lhe perguntou "Morrerei?" impudentemente respondeu:

> Pátroclo soube encarar de frente a morte,
> Morreu como viveu, como homem forte.

A um outro querendo saber o estado de sua saúde, e perguntando à feição do nobre Patelin: "E a minha urina não vos diz que vou morrer?" tolamente respondeu: "Não, se Latona mãe dos belos filhos Febo e Diana tivesse te gerado". Igualmente Cl. Galeno, *lib.4, comment in 6. Epidem.*, censurou grandemente Quinto seu preceptor em medicina, o qual, a um certo doente em Roma, homem respeitável, que lhe disse: "Já almoçastes, nosso mestre, vosso hálito cheira a vinho!" arrogantemente respondeu: "O teu cheira a febre; qual é o cheiro mais delicioso: o da febre ou do vinho?"

Mas a calúnia de certos canibais, misantropos, agelastes[491], tanto contra mim tem sido atroz e despropositada, que venceu a minha paciência; e eu deliberara não escrever mais um iota. Pois uma das menores contumélias de que usavam era a de que tais livros estavam repletos de heresias; não podiam, no entanto, exibir uma só, em lugar algum: galhofas alegres, sem ofensa a Deus e ao rei, muito (é o assunto e o tema único daqueles livros); heresias jamais; senão, perversamente e contra todo o uso da razão e da linguagem comum, interpretando o que à pena de mil vezes morrer, se tal fosse possível, não queria ter pensado: como se de pão interpretasse pedra; de peixe, serpente; de ovo, escorpião. Pelo que certa vez me queixando em vossa presença, dissestes livremente que se melhor cristão não me estimava, eles não mostravam ser de sua parte; e se em minha vida, escritos, palavras, mesmo certos pensamentos, eu reconhecesse vislumbre de heresia, eles não cairiam tão detestavelmente nos laços do espírito caluniador, estes *diabolos*, que por seu ministério me suscita tal crime. Por mim mesmo, a exemplo de Fênix, seria em lenha seca envolvido, e acendido o fogo, para nela me queimar.

Então me dissestes que de tais calúnias fora o defunto rei Francisco, de eterna memória, advertido; e curiosamente tendo pela voz e pronunciação do mais douto e fiel

---

491. Que não ri jamais, macambúzio. Do grego: *a* negativo, e *gelaô*, eu rio. (N. do T.)

anagnoste[492] deste reino, ouvido e escutado leitura distinta daqueles livros meus (eu o digo porque malignamente têm sido por alguns supostos falsos e infames) nenhuma passagem suspeita encontrara. E tivera horror de algum comedor de serpentes, que encontrava mortal heresia em um N posto em lugar de M, por culpa e negligência dos impressores[493].

Também teve ocasião seu filho, nosso tão bom, tão virtuoso e dos céus abençoado rei Henrique, o qual queira Deus por longo tempo nos conservar; de maneira que para mim ele vos tenha outorgado privilégio e particular proteção contra os caluniadores. Esse evangelho tendes depois por vossa benignidade reiterado em Paris, e com abundância quando recentemente visitastes o senhor cardeal du Bellay, que, para recuperação da saúde, depois de longa e aborrecida doença, tinha se retirado para Saint-Maur, lugar ou (para melhor e mais propriamente dizer) paraíso de salubridade, amenidade, serenidade, comodidade, delícias e de todos os honestos prazeres da agricultura e da vida rústica.

Essa é a causa, senhor, pela qual, presentemente, fora de toda intimidação, pego da pena, esperando que por vosso benigno favor ser-me-eis contra os caluniadores como um segundo Hércules gaulês, em saber, prudência e eloquência; Alexicacos em virtudes, o poder e autoridade, do qual verdadeiramente posso dizer o que de Moisés, o grande profeta e capitão de Israel, disse o sábio rei Salomão, *Ecclesiast.* 45, homem temente e amante de Deus, agradável a todos os humanos, de Deus e dos homens bem-amado, do qual feliz é a memória. Deus em louvor o comparou aos sábios, tornou-o grande em terror para os inimigos. Em seu favor fez coisas prodigiosas e espantosas; em presença dos reis o honrou. Ao povo por ele declarou a sua vontade e por ele mostrou a sua luz. Foi em fé e brandura consagrado e eleito entre todos os humanos. Por ele quis que a sua voz fosse ouvida, e àqueles que estavam nas trevas ser a lei de vívida ciência anunciada.

Ademais, prometendo-vos que àqueles que por mim forem encontrados bem acolhendo estes alegres escritos, a todos apelarei para vos atribuir o mérito total, agradecer unicamente a vós, e rezar a Nosso Senhor pela conservação e acrescentamento dessa vossa grandeza; a mim nada atribuir fora a humilde sujeição e obediência voluntária às vossas boas ordens. Pois por vossa exortação tão honrosa, me destes coragem e invenção; e sem vós teria meu coração fraquejado, e estaria esgotada a fonte de meus espíritos animais. Nosso Senhor vos mantenha em sua santa guarda. De Paris, 28 de janeiro, M D LII.

Vosso humilde e muito obediente servidor,

FRANÇOIS RABELAIS, médico.

---

492. Leitor em grego. (N. do T.)
493. Destacadamente certas passagens, em que Rabelais dizia ter escrito *asmas* (alma) e saiu impresso *asne* (asno). (N. do T.)

NOVO PRÓLOGO DO AUTOR

Gente de bem, Deus vos salve e guarde. Onde estais? Não vos posso ver. Preciso ir buscar os óculos. Ha, Ha. A quaresma está marchando bem e bela, eu o vejo. E então? Tendes uma boa vindima, ao que me disseram. Não serei um desmancha-prazer. Tendes remédio infalível contra todas as alterações. É virtuosamente operado. Vós, vossas esposas, vossos filhos, pais e famílias gozam a desejada saúde. Isso vai bem, isso é bom, isso me agrada. Deus, o bom Deus, seja eternamente louvado; e (se tal coisa é a sagrada vontade) assim sejais longamente mantidos. Quanto a mim, por sua santa benignidade, cá estou, e me recomendo. Estou, mediante um pouco de pantagruelismo (entendeis que é certa alegria do espírito que despreza as coisas fortuitas), são e bem-disposto, pronto para beber, se quiserdes. Perguntar-me-eis por que, gente de bem? Resposta irrefragável. Tal é o querer do Deus boníssimo e altíssimo; do qual acolho, do qual aceito, do qual venero a sacrossanta palavra da boa nova. Está no Evangelho, onde se diz, Luc.4, em horrível sarcasmo e sangrenta irrisão, ao médico negligente com a sua própria saúde: "Médico, cura-te a ti mesmo". Cl.Gal., não por tal reverência, em boa saúde se mantinha, conquanto algum sentimento tivesse tido das sagradas Bíblias, e conhecido e frequentado os santos cristãos de seu tempo, como mostram *lib II. de Usu partium, lib II de Differentiis pulsuum, cap. 3 et ibidem lib. II. cap.2. et lib. de Rerum affectibus* (se é de Galeno); mas por temor de cair nesta vulgar e satírica zombaria:

> Trata o médico dos outros, é bem certo,
> Ele próprio está de úlceras coberto.

De sorte que com grande bazófia se louva, e não pode ser médico estimado, se depois de sua idade de vinte e oito anos até a sua alta velhice, não tiver vivido gozando plena saúde, exceto algumas febres efêmeras de pouca duração; conquanto de seu natural não fosse dos mais sãos e tivesse o estômago evidentemente fraco. "Pois, diz ele, *lib v. de Sanit. Tuend.*, dificilmente será crido o médico ter cuidado com a saúde dos outros, e com a sua própria ser negligente". Ainda mais bravamente se vangloriava Asclepíades médico de ter com a Fortuna concluído esse pacto, que médico reputado não fosse, se doente tivesse sido desde o tempo em que começou a praticar a arte, até a sua extrema velhice. À qual chegou inteiro e vigoroso em todos os seus membros, e da Fortuna triunfante. Finalmente, sem moléstia alguma precedente, trocou a vida pela morte, caindo por descuido do alto de certa escada mal feita e apodrecida.

Se, por algum desastre, foi a saúde de vossas senhorias emancipada, em alguma parte, abaixo, acima, adiante, atrás, à direita, à esquerda, dentro, fora, longe ou perto de vossos territórios, que a possais reencontrar incontinênti com a ajuda do abençoado Senhor. Em boa hora por vós reencontrada, no mesmo instante seja para vós assegurada, seja por vós alcançada, seja por vós colhida emancipada. As leis vô-lo permitem; o rei o entende; eu vos aconselho; nem mais nem menos como os legisladores antigos autorizavam o senhor a se apoderar do servo fugitivo, no lugar onde fosse encontrado. Pelo bom Deus e pelos bons homens, não está escrito e praticado nos antigos costumes deste tão nobre, tão antigo, tão florescente, tão rico reino de França, que o morto apreende o vivo? Vede o que recentemente expôs o bom, o douto, o sábio, o tão humano, tolerante e equitativo André Tiraqueau, conselheiro do grande, vitorioso e triunfante rei Henrique segundo deste nome, em sua mui temida corte de parlamento de Paris. A saúde é a nossa vida, como muito bem declarou Arifron siconiano. Sem a saúde a vida não é vida viável, *abios bios, bios abiotos*. Sem saúde, a vida não passa de padecimento; a vida não é senão um simulacro da morte. Assim pois, vós, sendo de saúde privados, apoderai-vos do vivo; agarrai a vida, isto é, a saúde.

Tenho esperança de que Deus ouça as nossas preces, em vista da firme fé com a qual as fizemos; e acederá ao que desejamos, visto ser modesto. A modicidade foi pelos sábios antigos chamada de áurea, quer dizer preciosa, sob todos os aspectos agradável. Verificai nas sagradas Bíblias e vereis que de todas as preces não foram jamais atendidas senão aquelas que modicamente pediram.

Exemplo: pediu Zaqueu, do qual os monges de Ayl perto de Orleans se vangloriam de ter o corpo e as relíquias e o chamam São Silvano. Ele queria não mais do que ver o nosso bendito Salvador em Jerusalém. Era coisa modesta e acessível a todo o mundo. Mas ele era muito pequeno e no meio do povo não o podia ver. Ele sapateia, corre, esforça-se, afasta-se, sobe a um sicômoro. O bom Deus conheceu sua sincera e modesta preocupação; apresentou-se à sua vista, e foi não somente por ele visto, mas também foi ouvido, visitou sua casa e abençoou sua família. A um filho de profeta em Israel, rachando madeira perto do rio Jordão, o ferro da cunha escapou (como está escrito 4.Reg.6) e caiu dentro daquele rio. Ele rezou a Deus pedindo que o devolvesse. Era coisa modesta. E em firme fé e constância, lançou não a cunha depois o cabo, como em escandaloso solecismo cantam os sensórios, mas o cabo depois da cunha, como propriamente o dizeis. De súbito, aconteceram dois milagres: o ferro se levantou do fundo da água e se adaptou ao cabo. Se ele tivesse querido subir ao céu em um carro flamejante como Hélio; multiplicar-se em linhagem como Abraão; ser tão rico quanto Jó, tão forte quanto Sansão, tão belo quanto Absalão, teria conseguido? Eis a questão.

A propósito de aspirações medíocres em matéria de desejos (avisai quando for a hora de beber), vou contar o que está escrito entre os apólogos do sábio Esopo o francês.

Eu o entendo por frígio e troiano, como afirma Máximo Planudes; povo do qual, segundo os mais verídicos cronistas, os nobres franceses descendem. Elia escreveu que ele era trácio; Agátias, seguindo Heródoto, que ele era samita; para mim é tudo a mesma coisa.

Havia, em seu tempo, um pobre aldeão, natural de Gravot, chamado Couillatris, que abatia árvores e cortava madeira, e ia, aos trancos e barrancos, ganhando a sua vida. Acontece que perdeu a sua cunha. Ficou triste e aborrecido, é bem de se ver. Pois de sua cunha dependia a sua vida; com a sua cunha vivia honrado e respeitado por todos os ricos vizinhos. Sem a cunha, morria de fome. A morte, seis dias depois o encontrando sem a sua cunha, quis com a sua foice ceifá-lo e tirá-lo deste mundo. Ele começou a gritar, a rezar, a implorar, a invocar Júpiter com orações mui famosas (pois sabeis que a Necessidade foi a inventora da eloquência), erguendo o rosto para os céus, com os joelhos em terra, a cabeça nua, os braços levantados, os dedos das mãos encarquilhados, dizendo a cada estribilho de seus sufrágios em voz alta, infatigavelmente: "Minha cunha, Júpiter, minha cunha; nada mais, ó Júpiter, que minha cunha, ou dinheiro para comprar minha cunha, uma outra. Ah! Minha pobre cunha!" Júpiter estava reunido em conselho por causa de certos assuntos urgentes, e ouvia a opinião da velha Cibele, ou do jovem e claro Febo, se preferis. Mas foi tão grande a gritaria de Couillatris, que foi ouvida em pleno conselho e consistório dos deuses.

"Que diabo é esse que está lá embaixo" perguntou Júpiter "gritando tão horrificamente? Virtudes do Estige, não temos aqui decidido tantos negócios controversos e de importância? Pusemos fim ao debate de Prestham, rei dos persas, e do sultão Solimão, imperador de Constantinopla. Resolvemos a pendência entre os tártaros e os moscovitas. Atendemos ao pedido do Xerife. Assim asseguramos a dedicação de Guolgots Rays[494]. O Estado de Parma expedito, assim como o de Maydembourg, da Mirándola e da África. Assim chamam os mortais o que no Mediterrâneo chamamos Aphrodisium. Trípoli mudou de dono por descuido: a sua hora tinha chegado.

"Aqui estão os gascões, renegando e pedindo o restabelecimento de seus sinos.

"Naquele canto estão os saxões, hanseáticos, ostrogodos e alemães, povo outrora invencível, agora *abergeiss* e subjugados pelo homenzinho estropiado[495]. Eles nos pedem vingança, socorro, restituição de seu primitivo bom senso e da liberdade antiga. Mas que faremos desse Rameau e desse Galland[496], que, rodeados de todos os seus sequazes, partidários e seguidores, agitam toda a academia de Paris? Estou em grande perplexidade; ainda não resolvi para que parte devo me inclinar.

"Ambos me parecem homens bons e temerosos.

"Um sei que tem escudos de sol, belos e bons; o outro queria ter.

---

494. Dragut Rays, almirante otomano, que atacou a Sicília, em 1532. (N. do T.)
495. *Abergeis*, ou melhor, *haber-geiss*, literalmente "cabra cheia de aveia", nome de um brinquedo usado na Alemanha. O homenzinho estropiado (pela gota) é o imperador Carlos V. (N. do T.)
496. Pierre Ramus e Pierre Galland, professores dos colégios de Paris, o primeiro inimigo e o segundo defensor da filosofia de Aristóteles. (N. do T.)

"Um tem algum saber; outro não é ignorante.

"Um ama as pessoas de bem; o outro é amado pelas pessoas de bem.

"Um é uma raposa esperta e cautelosa; o outro contradiz, maldiz e ladra[497] contra os antigos filósofos e oradores como um cão. Que te parece, diz, grande *vietdaze* Príapo? Muitas vezes achei os teus conselhos e opiniões equitativos e pertinentes.

...*Et habet tua mentula mentem*"[498].

"Rei Júpiter" respondeu Príapo, tirando o gorro, com a cabeça erguida, vermelha, flamejante e confiante, comprastes um a um cão ladrando e outro a uma raposa solerte. "sou de opinião que, sem mais vos preocupardes e aborrecerdes, deveis fazer com eles o que outrora fizestes com um cão e uma raposa.", "O quê?" perguntou Júpiter. "Quando? Quem eram? Onde foi?", "Ó bela memória!" respondeu Príapo. "Esse venerável pai Baco, o qual vedes ali, com o rosto escarlate, tinha, para se vingar dos tebanos, uma raposa encantada, de modo que qualquer mal e dano que fizesse, não poderia ser ofendida por animal do mundo.

"Esse nobre Vulcano havia de bronze monesiano feito um cão e, a força de soprá-lo, o tornara vivo e animado. Ele vos deu o cão, e vós o destes a Europa, vossa favorita. Ela o deu a Minos, Minos a Prócris, Prócris enfim o deu a Céfalo. Era igualmente encantado, de modo que, à feição dos advogados de hoje, tomava todo animal encontrado, nada lhe escapava. Que fariam eles? O cão, por seu destino fatal, deveria pegar a raposa; a raposa, por seu destino fatal, deveria ser pegada.

"O caso foi trazido ao vosso conselho. Protestastes não contrariar os destinos. Na verdade, enfim, o efeito de duas contradições juntas foi declarado impossível por natureza. Suastes com o esforço. De vosso suor caído na terra nasceram repolhos. Todo esse nobre consistório, por falta de resolução categórica, encontrou alteração mirífica; e foram bebidos nesse conselho mais de setenta e oito barris de néctar. Por meu conselho, vós os transformastes em pedras. De súbito saístes todos da perplexidade; de súbito foram tréguas de sede proclamados por todo o grande Olimpo. Foi o ano da colheita fraca em Teumesse, entre Tebas e a Cálcida. A esse exemplo, sou de opinião que os petrifiqueis, como o cão e a raposa. Ambos têm o nome de Pierre[499]. E porque, segundo os limosinos, para fazer a boca de um forno são necessárias três pedras, vos lhes associareis Pierre du Coingnet[500], por vós outrora pelo mesmo motivo petrificado. E ficarão em figura trígona equilateral, no grande templo de Paris, ou no meio do adro, colocadas aquelas três pedras mortas, ocupadas em apagar com o nariz, como no jogo de *fouquet*, as vela, tochas, círios,

---

497. *Aboyer* (*abayer* no francês arcaico) significa tanto gritar (o homem) como latir (o cão). (N. do T.)
498. ... E teu pênis tem inteligência. (N. do T.)
499. Trocadilho com *pierre*, pedra em francês. (N. do T.)
500. Pierre de Cugnières, advogado geral no reinado de Felipe VI (1328-1350) se indispôs com o clero. Depois de sua morte, foram colocadas nos cantos das capelas, grosseiras figuras chamadas *Pierres du Coignet*, para assinalar o ódio contra aquele inimigo da Igreja. (N. do T.)

candeias e fachos acesos; os quais, em vida, acendiam capuchinicamente[501] o fogo das facções, da inimizade, das seitas capuchínicas e da parcialidade entre os escolares ociosos. Em perpétua memória, aqueles capuchiformes diante de vós trazidos sejam condenados. Tenho dito."

"Vós os favoreceis" disse Júpiter "pelo que vejo, mestre Príapo. Assim não sois a todos favorável. Pois, visto que tanto se esforçam eles para perpetuar seus nomes e memória, será bem melhor para eles ser depois de sua vida em pedras duras e marmóreas convertidos do que voltar à terra e à podridão. Aqui atrás, no rumo desse mar Tirreno e dos lugares circunvizinhos dos Apeninos, vedes como aquelas tragédias[502] são instigadas por certos pastóferos? Essa fúria durará certo tempo, como os fornos dos limosinos, depois acabará; mas não tão cedo. Ainda teremos muito passatempo. Vejo um inconveniente nisso. É que temos pouca munição de raios, depois que vós outros fostes autorizados por minha outorga particular; vós os lançastes sem parcimônia à vossa discrição contra Antióquia, a nova[503]. Como depois, seguindo o vosso exemplo, os campeões górgias, que se empenharam em guardar a fortaleza de Dindernarois contra todos os que aparecessem, consumiram a sua munição, à força de atirarem nos pardais[504]. Depois não tiveram mais tempo nem necessidade de se defenderem; e bravamente entregaram a praça e se renderam ao inimigo, que já a sitiara, com toda a força e o desespero; e não pensou mais que em sua retirada acompanhada de curta vergonha. Dai ordem a Vulcano; acordai os vossos adormecidos Ciclopes, Asteropas, Brontes, Arges, Polifeno, Esterope, Piracmon; mandai-os entrar em ação, e fazei-os beber bastante. Com quem trata do fogo, não se pode poupar vinho. Vamos ver o que quer aquele, gritador lá embaixo. Vede quem é, Mercúrio, e sabei o que ele quer".

Mercúrio olhou pela claraboia do céu, através da qual escutam o que se diz aqui embaixo na terra; e parece bastante com a escotilha de um navio; Icaromenipo[505] dizia que se parece com a boca de um poço. E eis que era Couillatris, pedindo a sua cunha perdida; e o caso foi levado ao conselho.

"Verdadeiramente" disse Júpiter "estamos bem. A uma hora destas, não temos mais o que fazer senão devolver cunhas perdidas? Sim é preciso devolvê-las. Está escrito no livro do Destino, ouvis? Tanto como se ela valesse o ducado de Milão. Na verdade, a sua cunha tem para ele tanto preço e valor quanto seria para um rei o seu reino. Vamos, vamos, que essa cunha seja devolvida. E não falemos mais nisso. Resolvamos a divergência do clero e do convento de Landerousse. Onde estávamos?"

---

501. No original (*couilloniques*), de (*cucullus*): capuz. (N. do T.)
502. As tentativas do Papa Júlio III para se apoderar do Estado de Parma (1522). (N. do T.)
503. Genebra, onde predominava a doutrina de Calvino. (N. do T.)
504. Trocadilho com a palavra *moineaulx* (*monineaux*), que significa tanto "pardais" como "frades". (N. do T.)
505. Personagem de um diálogo de Luciano. (N. do T.)

Príapo ficou de pé no canto da chaminé. Ouviu o relato de Mercúrio, e disse com toda a cortesia e jovialidade: "Rei Júpiter, no tempo em que, por vossa determinação e particular benefício, eu era guardião dos jardins da terra, notei que essa dicção, cunha, é errada em várias coisas. Significa um certo instrumento, com a ajuda do qual a madeira é cortada e rachada. Também significa (pelo menos outrora significava) a mulher bem e muitas vezes *gimbretile tolletée*[506]. E vi que todo folgazão chamava sua amante, mulher de vida airada, de minha *coingnée*[507]. Pois com esta ferramenta (isto dizia exibindo sua cunha negra) eles cunham tão feroz e audaciosamente seus *emmanchoirs*[508] que elas ficam livres do medo epidêmico entre o sexo feminino: é que do baixo ventre eles caíam até os pés por falta de tais colchetes. E lembro-me (pois a minha *mentula*[509], quero dizer, memória, é boa e bem grande para encher um penico de frade)[510], ter, no dia da festa da Purificação, nas férias do bom Vulcano, em maio, ouvido outrora, em um belo prado[511], Josquin des Prés, Ockeghem, Hobrecht, Agricola, Brumel, Camelin, Vigoris, de la Fage, Bruyer, Prioris, Seguin, de la Rue, Midy, Moulu, Gascogne, Loysel, Compere, Penet, Fevin, Rouzée, Richardfort, Rousseau, Consilion, Constantio Festi, Jacques Bercan cantando melodiosamente:

> Quando Thibault quis deitar
> Com sua nova mulher,
> Grosso maço[512] no lugar
> Tratou então de esconder.
> "Que quereis aí meter?"
> Chegou ela a perguntar.
> "É para melhor entrar".
> "Um maço? Pra que então?
> Quando Jean vem me encontrar
> Não precisa disso, não.

"Nove olimpíadas e um ano se intercalaram após (Ó! Bela mentula, quero dizer memória; confundo muitas vezes a simbolização e correlação das duas palavras), ouvi[513] Adrian Vilart, Gombert, Janequim, Arcadelt, Claudin, Certon, Man-

---

506. Palavra, segundo tudo indica, inventada por Rabelais. (N. do T.)
507. *Coignée* (*coin* no francês moderno), vem do latim *cuneus*: cunha de rachar pau, e por outro lado, de *cunus*: órgão sexual feminino, e, por analogia, meretriz. Aliás, é visível a conexão entre os dois termos. Daí, a série de jogos de palavras feito, com tanta licenciosidade, neste trecho. (N. do T.)
508. Outra palavra provavelmente inventada. (N. do T.)
509. *Mentula*, pênis em latim. (N. do T.)
510. No original *pot beurrier*, literalmente: vaso com burel. (N. do T.)
511. Os nomes que se seguem são de músicos da época, a maior parte da escola belga. (N. do T.)
512. No original (*maillet*) = martelo de pau, com duas cabeças. (N. do T.)
513. Outros músicos, na maior parte franceses, da capela de Henrique II. (N. do T.)

chichourt, Auxerre, Villiers, Sandrin, Sohier, Hesdin, Morales, Passereau, Maille, Maillart, Jacotin, Heurteur Verdelot, Carpentras, l'Heritier, Cadeac, Dounlet, Vermont, Bouteiller, Lupi, Pagnier, Millet, du Moulin, Alaire, Marault, Morpain, Gendre e outros alegres músicos em um jardim secreto, sob belas folhagens, em torno de uma muralha de garrafões, presuntos, empadas e diversas codornizes recheadas, cantando jovialmente:

>Eis que uma cunha sem cabo
>De nada vale afinal.
>Prefira de cabo a rabo,
>Pra satisfação geral.

"Agora, precisamos saber que espécie de cunha está pedindo esse barulhento Couillatris".

A estas palavras, todos os veneráveis deuses e deusas deram boas gargalhadas, como um microcosmo de moscas. Vulcano, com sua perna torta, deu, para gáudio de sua amiga, três ou quatro pulinhos bem graciosos. "Isso, isso" disse Júpiter a Mercúrio "descei agora lá para baixo, e atirai aos pés de Couillatris três cunhas: a sua, uma outra de ouro e a terceira de prata, maciças, todas de bom calibre. Dai-lhe a opção de escolher, e, se ficar com a sua e se der por contente, dai-lhe as duas outras. Se escolher outra que não seja sua, cortai-lhe a cabeça com a sua própria. E, de agora em diante, assim fazei com os perdedores de cunhas".

Ditas estas palavras, Júpiter, levantando a cabeça, como um juiz que engole pílulas, fez um movimento tão temível, que todo o grande Olimpo tremeu. Mercúrio, com seu chapéu pontudo, seus talares e seu caduceu, se atirou pela claraboia do céu, cortou velozmente o ar, desceu com leveza até a terra e lançou aos pés de Couillatris as três cunhas; depois lhe disse: "Já gritaste que chega. Tuas súplicas foram ouvidas por Júpiter. Olha qual destas é tua cunha, e leva-a". Couillatris levantou a cunha de ouro; olhou-a e a achou bem pesada, depois disse a Mercúrio: "Bofé, não é esta aqui. Não a quero". O mesmo fez com a cunha de prata, e disse: "Não é esta. Podeis ficar com ela". Depois pegou a cunha de madeira olhou-a de cabo a rabo, reconheceu a sua marca e cheio de alegria, disse: "Esta é a minha. Se quiserdes me dar, eu vos sacrificarei um grande e bom pote de leite, todo coberto de belos morangos, nos idos (é o décimo quinto dia de maio).", "Bom homem" disse Mercúrio "eu te dou, fica com ela. E como optaste e quisestes a mediocridade em matéria de cunha, por ordem de Júpiter eu te dou as duas outras. Tens o bastante para seres rico de agora em diante, sê homem de bem"!

Couillatris cortesmente agradeceu a Mercúrio, reverenciou o grande Júpiter, pendurou a cunha antiga no cinto de couro, caindo sobre o traseiro, como Martin de Cambrai[514]. As suas outras mais pesadas pendurou no pescoço. Assim foi andando pela região, de cara muito alegre, entre seus paroquianos e vizinhos, e dizendo-lhes as palavrinhas de Patelin: "São minhas?" No dia seguinte, vestido com uma bata branca, carregando nas costas as duas preciosas cunhas, rumou para Chinon, cidade insigne, cidade nobre, cidade antiga, e até mesmo a primeira do mundo, segundo o julgamento e asserção dos mais doutos massoretas. Em Chinon, trocou a sua cunha de prata por belos tostões e outras moedas brancas, sua cunha de ouro em belos *saluts*[515], belos carneiros de muita lã, belas *riddes*[516], belos reais, belos escudos de sol. Com eles comprou muitas herdades, muitas granjas, muitas fazendas, muitas terras, muitas casas, prados, vinhedos, bosques, terras cultiváveis, pastos, lagoas, moinhos, hortos, salgueirais, bois, vacas, ovelhas, carneiros, cabras, porcas, porcos, asnos, cavalos, galos, galinhas, capões, frangos, gansos, patos, patas e mais miudezas. Em pouco tempo, era o homem mais rico do país; mais mesmo que Maulevrier o coxo[517].

Os campônios e homens bons da vizinhança, vendo aquele feliz encontro de Couillatris, ficaram bem admirados; e foi o seu espírito de piedade e comiseração, que antes tinham pelo pobre Couillatris, em inveja mudado de suas riquezas tão grandes e inopinadas. Assim, começaram a correr, a indagar, procurar, informar por que meio, em que lugar, em que dia, em que hora, como e a que propósito surgira aquele grande tesouro. Ouviram que era por ter perdido a sua cunha. "Hê, hê" disseram eles "é bastante perder uma cunha para se ficar rico? O meio é fácil, e o custo bem pequeno. E então tal é, no tempo presente, a revolução dos céus, a constelação dos astros e o aspecto das plantas, que todo aquele que perder a sua cunha, tornar-se-á rico de súbito? Hê, hê, hê, por Deus, cunha, sereis perdida, e vos entristeçais".

Todos então perderam as suas cunhas. Ao diabo um só que continuasse cunhado. Não seria filho de boa mãe quem não perdesse sua cunha. Não foi mais abatida nem cortada madeira na região, por falta de cunhas. Ainda diz o apólogo esopiano que certos gentis-homens que tinham seus pequenos prados e os pequenos moinhos vendido para se ataviarem melhor, sabendo que aquele tesouro assim e só por tal meio lhe viera, venderam suas espadas para comprar cunhas, a fim de perdê-las como os camponeses, e dessa maneira ganharem ouro e prata. E todos a gritar, a gritar, lamentando-se e invocando Júpiter." Minha cunha, minha cunha, Júpiter. Minha cunha aqui, minha cunha ali, minha cunha, ho, ho, ho, ho. Júpiter, minha cunha". O ar em torno ressoava aos gritos daqueles perdedores de cunhas.

Mercúrio foi pronto em trazer-lhes cunhas, a cada um oferecendo a sua perdida, uma outra de ouro e uma de prata. Todos escolhiam a de ouro, e a apanhavam, agradecendo ao grande doador Júpiter; mas no instante em que se levantavam do chão,

---

514. Uma das figuras que batem as horas no relógio da prefeitura de Cambrai. (N. do T.)
515. Moeda de ouro do século XV. (N. do T.)
516. Moeda de ouro que valia 50 soldos. (N. do T.)
517. O Conde de Maulerrier, marido de Diana de Poitiers. (N. do T.)

curvados e inclinados, Mercúrio lhes cortava a cabeça, como recomendara Júpiter. E foram cabeças cortadas em número igual e correspondente às cunhas perdidas.

Eis como são as coisas. Eis o que acontece àqueles que se apegam à simplicidade e optam pela coisa medíocre. Olhai o exemplo, vós outros, mandriões que dizeis que com dez mil francos deixaríeis as vossas preocupações, e de agora em diante não faleis tão impudentemente como às vezes vos tenho ouvido dizer:

"Quisesse Deus que eu tivesse agora cento e setenta e oito milhões de ouro! Ho! Como eu triunfaria!" Idiotas. Que iriam querer mais um rei, um imperador, um papa? Também tendes visto por experiência própria, que tendo apresentado tão desmedidas ambições, só ficais com migalhas, e nada na bolsa: não mais que os dois mendigos cobiçosos à moda de Paris. Um dos quais cobiçava ter tantos escudos de sol quanto tinham sido em Paris gastos, vendidos e ajuntados, desde que para a sua edificação se lançaram os primeiros alicerces até a hora presente; tudo calculado pela taxa, preço e valor do ano de maior carestia, que tivesse ocorrido naquele lapso de tempo. Qual é a vossa opinião: ele ficou decepcionado? Teria comido ameixas azedas sem descascar? Machucado os dentes? O outro desejava o templo de Notre Dame, cheio de agulhas bem afiadas, desde o chão até o alto das abóbadas; e ter tantos escudos de sol quantos sacos fossem cosidos pelas agulhas, até que todas estivessem gastas e cegas. O que vos parece? Conseguiu ele o seu intento? À noite, cada um deles teve:

> Chinelo Furado,
> Ferida no mento,
> Pulmão estragado,
> Nariz catarrento,
> Pescoço chagado.

E ao diabo um pedaço de pão para limpar os dentes.

Aspirai, pois à mediocridade; ela vos virá, e, ainda melhor, devidamente entrementes trabalhando e se esforçando. "Mas, direis, Deus tanto poderia me ter dado sessenta mil, como a décima terceira parte de um meio. Pois ele é todo-poderoso. Um milhão de ouro é tão pouco quanto um óbolo". Ei, ei, ei. E que aprendestes para assim discorrerdes e falardes sobre a potência e predestinação de Deus, pobre gente? Paz, psiu, psiu, psiu, humilhai-vos diante de sua face sagrada e reconhecei as vossas imperfeições. É nisso, gotosos, que deposito a minha esperança, e creio firmemente, que (se Deus quiser) alcançareis saúde; visto que nada mais que saúde no presente pedis. Esperai ainda um pouco, com meia onça de paciência.

Assim são os genoveses, quando de manhã, após em seus escritórios e gabinetes terem discorrido, ponderado e resolvido, de quem e dos quais naquele dia poderão tomar dinheiro e por sua astúcia serem iludidos, enganados, trapaceados e lesados, saem de casa e se encontram uns com os outros, dizendo: *Sanita et guardain, messer.* Não se contentam com a saúde; além disso, desejam ganhos, quer dizer, os escudos de Guadagne[518]. Do que ocorre não conseguirem nem uma nem outro. Agora, com boa saúde, tossi um pouco, bebei bastante, aprontai os ouvidos, e ouvireis dizer maravilhas do nobre e bom Pantagruel.

---

518. Thomas de Guadagne emprestou 50.000 escudos a Francisco I, prisioneiro dos espanhóis. (N. do T.)

CAPÍTULO I
DE COMO PANTAGRUEL SE FEZ AO MAR PARA VISITAR O ORÁCULO DA DIVA BACBUC

No mês de junho, no dia das festas vestais, no mesmo dia em que Brutus conquistou a Espanha e subjugou os espanhóis, no qual Crasso o avarento foi vencido pelos partas, Pantagruel, tendo se despedido do bom Gargântua seu pai, este rezando bem, como na igreja primitiva era louvável costume entre os santos cristãos, pela próspera navegação de seu filho e de toda a sua companhia, fez-se ao mar no porto de Talassa, acompanhado de Panúrgio, Frei Jean des Entommeures, Epistemon, Ginasta, Eustenes, Rizótomo, Carpalim e outros seus servidores e antigos criados, juntamente com Xenomanes o grande navegante e explorador de rotas perigosas, o qual alguns dias antes chegara por ordem de Pantagruel. Este, por certas e boas razões, deixara assinado com Gargântua, em sua grande e universal Hidrografia, o roteiro que seguiriam visitando o oráculo da diva botelha Bacbuc.

O número de navios foi tal como vos expus no terceiro livro, em companhia de trirremes, *ramberges*, galeões e bergantins, em número igual; bem equipados, bem calafetados, bem munidos, com abundância de pantagruelion. A reunião de todos os oficiais, intérpretes, capitães, nautas, pilotos, chefes de remadores e marinheiros foi na Thalamège. Assim era chamada a grande e imponente nave de Pantagruel, tendo na popa como insígnia uma grande e vasta garrafa, metade de prata bem lisa e polida; a outra metade de esmalte de cor encarnada. E era fácil julgar que o branco e o encarnado eram as cores dos nobres viajantes e que iam conhecer a palavra da botelha.

Na popa da segunda havia uma lanterna antiquária, feita industriosamente de pedra fengitida e especular; denotando que passariam pelos Lanterneiros. A terceira tinha por divisa uma bela e funda taça de porcelana. A quarta, uma panela de ouro com duas alças, como se fosse uma urna antiga. A quinta, um jarro insigne de esperma de esmeralda[519]. A sexta, um grande copo monacal feito de quatro metais combinados. A sétima, um funil de ébano recamado de ouro tauxiado. A oitava, uma taça bem preciosa com borda de ouro. A nona, um vaso para vinho finamente enfeitado de ouro. A décima, uma grande taça de odorífero agalloche (que vós chamais de madeira alóes) trabalhada com ouro de Chipre em estilo persa. A décima primeira, um cesto para uvas de ouro feito à mosaica. A décima segunda, uma barra de ouro com uma fileira de grandes pérolas índicas em estilo topiário[520].

De modo que não havia pessoa, por mais triste, aborrecida, rabugenta ou melancólica que fosse, ainda mesmo se fosse Heráclito o chorão, que não fosse tomado de nova alegria e não se rejubilasse vendo aquele nobre comboio de navios com suas

---
519. Esmeralda transparente. (N. do T.)
520. *Topiaire: ars topiaria*, a arte de podar certas plantas de maneira a formar figuras. (N. do T.)

divisas; que não dissesse que os viajantes eram todos beberrões, homens de bem; e não julgasse em prognóstico assegurado que a viagem, tanto na ida como na volta, seria de alegria e saúde perfeitas. Na Thalamège, pois, foi a reunião de todos. Ali Pantagruel fez uma breve e santa exortação bem fortalecida de propósitos extraídos da santa Escritura, sobre o assunto da navegação. Terminada a qual, ergueu-se alta e clara prece a Deus, assistida e ouvida por todos os burgueses e cidadãos de Talassa, que tinham acorrido ao molhe para ver o embarque. Depois da oração foi melodiosamente cantado o salmo do santo rei David, que começa: *Quando Israel para fora do Egito saiu*. Terminado o salmo, foram levadas mesas para o convés, e servida farta comezaina. Os talassianos, que tinham igualmente cantado o referido salmo, fizeram trazer de suas casas muitos víveres e vinho. Todos beberam à saúde deles; eles beberam à saúde de todos. Foi a causa de ninguém da assembleia ter vomitado, ou sentido perturbação de estômago ou de cabeça. Inconveniente que não teriam evitado bebendo durante alguns dias antes água do mar, pura ou misturada com vinho, usando polpa de marmelo, casca de limão ou sumo de romãs agridoces, ou fazendo uma longa dieta, ou cobrindo o estômago com papel, ou fazendo qualquer outra coisa que os idiotas dos médicos ordenam aos que se fazem ao mar.

Reiteradas muitas vezes as libações, cada um se retirou para a sua nave; e sem boa hora fizeram-se à vela ao vento grego levante, segundo o qual o piloto principal, chamado Jamet Brayer, tinha designado a rota e ajustado as agulhas de todas as bússolas. Pois, sendo a opinião sua e de Xenomanes também de que, visto que o oráculo da diva Botelha ficava perto de Catai e da Índia superior, não seguiram a rota ordinária dos portugueses, os quais passando o cinturão ardente e o Cabo da Boa Esperança na ponta meridional da África, ultra equinocial, e perdendo de vista o polo setentrional, fazem navegação enorme. Antes seguiram de mais perto o paralelo da referida Índia e giraram em torno daquele polo pelo Ocidente; de maneira que, virando pelo setentrião, o tivessem em igual elevação, como é no porto de Olona; sem mais se aproximar, com medo de entrar e serem retidos no mar Glacial; e seguindo essa volta canônica pelo mesmo paralelo, o teriam à direita para o levante, o que à partida estava à esquerda. O que lhes foi de proveito incrível; pois sem naufrágio, sem perigo, sem perda de seus homens, com grande serenidade (exceto um dia perto da ilha dos Macreontes) fizeram a viagem à Índia superior em menos de quatro meses; o que só conseguiram os portugueses em três anos, com mil dificuldades e perigos inumeráveis. E sou de opinião, salvo melhor juízo, que tal rota afortunada foi seguida por aqueles indianos, que navegaram até a Germânia e foram honrosamente tratados pelo rei dos suecos, no tempo em que Q. Metellus Celer era procônsul da Gália, como descrevem Corn. Nepos, Pomp. Mela e Plínio depois deles[521].

---

521. Os manuscritos a que se refere Rabelais são muito precários. Provavelmente os pretensos indianos eram na realidade pictos, vindos da Grã Bretanha. (N. do T.)

CAPÍTULO II
DE COMO PANTAGRUEL, NA ILHA DE MEDAMOTHI, COMPROU VÁRIAS COISAS BELAS

Naquele dia, e nos dois subsequentes, não lhes apareceu terra nem outra novidade; pois outrora tinham percorrido aquela rota. No quarto dia descobriram uma ilha chamada Medamothi, bela e agradável à vista, por causa do grande número de faróis e altas torres de mármore, com as quais todo o circuito estava ornado, que não era menor que o do Canadá. Pantagruel, indagando quem era o seu dominador, soube que era o rei Filofanes, então ausente para o casamento de seu irmão Filoteamon com a infanta do reino de Engis. Então desceu ao porto, contemplando, enquanto as tripulações das naus faziam aguada, diversos quadros, diversas tapeçarias, diversos animais, peixes, aves e outras mercadorias que estavam na aleia do molhe e no mercado do porto. Pois era o terceiro dia da grande e solene feira do lugar, a qual reunia anualmente todos os mais ricos e famosos mercadores da África e da Ásia; entre os quais Frei Jean comprou dois raros e preciosos quadros: em um dos quais estava ao vivo pintado o rosto de um suplicante; no outro estava o retrato de um criado que procura patrão com todas as qualidades requeridas, gestos, postura, feições, modos, fisionomia e afeições; pintado e inventado por mestre Carlos Charmois, pintor do rei Megiste; e pagou com promessas. Panúrgio comprou um grande quadro e uma cópia da obra outrora feita à agulha por Filomela, expondo e representando sua irmã Progne, como seu cunhado Tereu a desvirginara e cortara a sua língua, a fim de que tal crime não revelasse. Juro, pelo cabo desta lanterna, que era uma pintura galante e mirífica. Não penseis, eu vos peço, que fosse o retrato de um homem em cima de uma mulher. Isso é muito tolo e muito pesado. A pintura era bem outra, e mais inteligível. Vós a podereis ver em Theleme, do lado esquerdo, entrando na alta galeria. Epistemon comprou um outro, no qual estavam ao vivo pintadas ideias de Platão e os átomos de Epicuro. Rizótomo comprou um outro, no qual estava Eco representada segundo o natural. Pantagruel por Ginasta fez comprar a vida e as façanhas de Aquiles em setenta e oito peças de tapeçaria de altos liços, de quatro toesas de comprimento, três de largura, todas de fios frígios recamados de ouro e de prata. E a tapeçaria começava com as núpcias de Peleu e Tétis, continuando com o nascimento de Aquiles, sua juventude descrita por Estácio Papínio; suas façanhas e feitos de armas celebrados por Homero; sua morte e exéquias descritas por Ovídio e Quinto Calabres, acabando com a aparição de sua sombra e sacrifício de Polixena, descritos por Eurípedes. Fez também comprar três belos e jovens unicórnios: um macho de pelo alazão tostado, e duas fêmeas de pelo ruço pedrento. E também, um tarando que lhe vendeu um cita do país dos gelônios. O tarando é um animal do tamanho de um jovem touro, com a cabeça como a de um cervo, um pouco maior, com chifres insignes de largas galhadas; os pés fendidos, o pelo comprido como o de um grande urso; a pele é um pouco menos dura que uma couraça. E dizia o gelônio poucos deles serem encontrados na Cítia, pois mudam de cor segundo a variedade dos lugares onde pastam e moram. E representa a cor as ervas, árvores, arbustos, flores, lugares, pastagens, rochedos, geralmente de todas as coisas de que se aproxima. Isso é comum com o polvo marítimo (é o polipo), com os papiões[522], com os lobos pintados da Índia, com o camaleão, que é uma espécie de lagarto, tão admirável que Demócrito escreveu um livro inteiro sobre a sua figura, anatomia, virtudes e propriedades de magia. Na verdade tenho visto a cor mudar, não à aproximação somente das coisas coloridas, mas por si mesmo, segundo o medo e afecções que tinha. Como, sobre um tapete verde, eu o vi certamente verdejar; mas lá ficando algum espaço de tempo, tornar-se amarelo, azul, pardo, roxo sucessivamente, à feição que vedes a crista dos galos da Índia, segundo suas paixões, mudar. O que sobretudo achamos nesse tarando admirável é que não somente a sua face e pele, mas também todo o seu pelo tomava a cor das coisas vizinhas. Perto de Panúrgio vestido com uma túnica de burel tornou-se cinzento; perto de Pantagruel, vestido com um manto escarlate, o pelo e a pele avermelharam-se; perto do piloto, vestido à moda dos adoradores de Ísis e Anúbis no Egito, o pelo ficou todo branco. Sendo que as duas últimas cores são negadas ao camaleão. Quando, fora de todo o medo e afecções, estava no natural, a cor de seu pelo era a que vedes nos asnos de Meung.

CAPÍTULO III
DE COMO PANTAGRUEL RECEBEU CARTA DE SEU PAI GARGÂNTUA, E DA ESTRANHA MANEIRA DE SE TER LOGO NOTÍCIAS DE PAÍSES ESTRANHOS E LONGÍNQUOS

Estando Pantagruel ocupado na compra daqueles animais estranhos, foram ouvidos do molhe seis tiros de verses[523] e falconetes, juntamente com grande e alegre aclamação em todas as naves. Pantagruel voltou-se para o porto e viu que era um dos bergantins de seu pai Gargântua, chamado Chélidoine[524], porque na popa havia uma escultura de bronze corintiano representando uma andorinha-do-mar. É um peixe do tamanho do *dar*[525] do Loire, muito carnudo, sem escamas, tendo asas cartilaginosas (como são as dos morcegos), compridas e largas, por meio das quais eu os vi muitas vezes voar uma toesa acima da água mais de um raio de arco. Em Marselha é chamado *lendole*. Assim era a nau leve como uma andorinha, de sorte que no mar mais parecia voar que vogar. Nela encontrava-se Malicorne, escudeiro

---

522. Espécie de lobo descrito por Plínio. (N. do T.)
523. Uma pequena peça de artilharia. (N. do T.)
524. No francês arcaico, o mesmo que *hirondelle de mer* (andorinha do mar): peixe-voador. (N. do T.)
525. Peixe de água doce, muito saboroso. (N. do T.)

de Gargântua, enviado expressamente por ele para saber do estado e situação do bom Pantagruel e trazer-lhe uma carta.

Pantagruel, depois de acolhê-lo graciosamente, antes de abrir a carta ou sobre outros propósitos interrogá-lo, perguntou-lhe: — Tendes convosco o gozal, celeste mensageiro? — Sim — respondeu o outro —, está preso neste cesto.

Era um pombo retirado do pombal de Gargântua, chocando seus filhotes no instante em que a referida nave partiu. Se fortuna adversa ocorresse a Pantagruel, teria atadas aos pés fitinhas negras; mas como tudo correra bem e em prosperidade, tendo feito retirá-lo do cesto, atou-lhe aos pés uma tirinha de tafetá branco; e, sem mais demora, deixou-o em plena liberdade no ar. O pombo voou de súbito partindo em incrível velocidade, como sabeis que é o voo dos pombos, quando têm ovos ou filhotes, pela obstinada solicitude neles posta pela natureza para socorrer e tratar de seus filhotes. De modo que em menos de duas horas ele atravessou pelo ar o longo caminho que o bergantim cobrira com extrema diligência em três dias e três noites inteiras, navegando a remos e a vela e permanecendo de vento em popa. E foi visto entrando no pombal, no próprio ninho de seus filhotes. Então ouvindo o bravo Gargântua que ele trazia a fitinha branca, ficou alegre e tranquilo com a posição do filho. Tal era o uso dos nobres Gargântua e Pantagruel, quando prontamente queriam notícia de alguma coisa de muito interesse e veemente desejada, como o desfecho de alguma batalha, tanto em mar como em terra, a tomada ou defesa de alguma praça forte, a nomeação de alguém de importância, o parto feliz ou infortunado de alguma rainha ou grande dama, a morte ou convalescença de seus amigos e aliados, e assim outras coisas. Tomavam o gozal e o faziam levar de mão em mão até os lugares de onde queriam ter notícia. O gozal, levando fitinhas negras ou brancas, segundo as ocorrências e acidentes, os tiravam da dúvida em seu regresso, fazendo em uma hora mais caminho pelo ar, que o teriam feito por terra trinta postas em um dia natural. Era ganhar muito tempo. E crede, como coisa verossímil, que em seus pombais se encontravam chocando ou cuidando dos filhotes, todos os meses e estações do ano, pombos em abundância. O que é fácil na criação de pombos, por meio de salitre e da erva sagrada verbena. Solto o gozal, Pantagruel leu a missiva de seu pai Gargântua, cujo teor era o seguinte:

"FILHO CARÍSSIMO, a afeição que naturalmente dedica um pai a seu filho bem-amado é a meu respeito tão acrescido, por atenção e deferência das graças particulares em ti por eleição divina dispostas, que, depois de tua partida, não me veio qualquer outro pensamento. Corta-me o coração esse único e preocupante temor de que vosso embarque tenha sido de algum contratempo ou aborrecimento acompanhado; como sabes, ao bom e sincero amor, o temor está perpetuamente anexado. E porque, segundo o dito de Hesíodo, de cada coisa o começo é a metade do todo, e segundo o provérbio comum, enfornando é que se faz o pão, eu, para tal ansiedade esvaziar o meu entendimento, expressamente despachei Malicorne, a fim de que por ele eu me certificasse de tua situação nestes primeiros dias de viagem. Pois, se ela é próspera e tal qual como desejo, fácil me será prever, prognosticar e julgar o resto. Recebi alguns livros divertidos, os quais te serão pelo presente portador mandados. Tu os lerás, quando quiseres descansar de teus melhores estudos. O dito portador te dirá mais amplamente sobre as notícias desta corte. Saúda Panúrgio, Frei Jean, Epistemon, Xenomanes, Ginasta e os outros teus servidores meus bons amigos. Da casa paterna, treze de junho.

Teu pai e amigo,
GARGÂNTUA".

CAPÍTULO IV
DE COMO PANTAGRUEL ESCREVEU A SEU PAI GARGÂNTUA E ENVIOU-LHE VÁRIAS BELAS E RARAS COISAS

Depois da leitura da supramencionada carta, Pantagruel manteve vários propósitos com o escudeiro Malicorne, e com ele ficou tão longo tempo, que Panúrgio, interrompendo-o, disse: — E quando bebereis vós? Quando beberemos nós? Quando beberá o senhor escudeiro? Não houve discurso suficiente para se beber? — Bem falado — disse Pantagruel. — Fazei servir a colação naquela estalagem próxima, da qual pende por insígnia a imagem de um sátiro a cavalo. — Entrementes, para despachar o escudeiro, escreveu a Gargântua o que se segue:

"PAI BONÍSSIMO, como em todos os acidentes nesta vida transitória não duvidados, não suspeitados, os nossos sentidos e faculdades animais sofrem mais enormes e impotentes perturbações (até ser muitas vezes a alma desamparada pelo corpo, ainda que tais súbitas notícias sejam para contentamento e satisfação), do que se tivessem antes sido pensadas e previstas; assim grandemente me comoveu e perturbou a vinda de vosso escudeiro Malicorne. Pois eu não esperava ver nenhum de vossos servidores, nem ouvir vossas notícias antes do fim desta nossa viagem. E facilmente aquiesceu na doce recordação de vossa augusta majestade, escrita, ou melhor esculpida e gravada no posterior ventrículo do meu cérebro; muitas vezes ao vivo m'a representando em sua própria e simples figura.

"Já, porém, que me tendes prevenido pelo benefício de vossa graciosa carta e pelo crédito de vosso escudeiro recreado o meu espírito com a notícia de vossa prosperidade e saúde, juntamente com as de toda a vossa real casa, força me é, o que no passado me foi sempre voluntário, primeiramente louvar o abençoado Salvador, o qual, por sua bondade divina, vos conserva nessa longa continuidade de saúde perfeita; em segundo lugar, agradecer-vos sempiternamente por essa fervorosa e inveterada afeição que me dedicais, a mim, vosso humilde filho e servidor inútil. Outrora um romano, chamado Fúrnio, disse a César Augusto recebendo a graça do perdão de seu pai, o qual tinha seguido a facção de Antônio: 'Fazendo-me hoje esse bem, tu me reduziste a tal ignomínia, que força me será, vivo, moribundo, ser reputado ingrato por impotência de gratuidade'. Assim poderia eu dizer que o excesso de vossa paternal afeição me coloca nessa angústia e necessidade de viver e morrer ingrato. Senão que tal crime seja relevado pela sentença dos estoicos, que diziam três partes se beneficiarem: uma dando, outra recebendo, a terceira recompensando; e recebendo muito bem recompensar o doador, quando aceita voluntariamente o bem feito, e o retém em subvenção perpétua. Como ao revés o receptor ser o mais ingrato do mundo, se despreza e esquece o benefício. Sendo pois oprimido por obrigações infinitas todas procriadas por vossa imensa benignidade, e impotente para a mínima parte de recompensa, eu me salvarei pelo menos da calúnia, no que em meu espírito jamais será a memória abolida; e minha língua não cessará de confessar e protestar que vos render graças condignas é coisa que transcende minha faculdade e potência. Ao mais, tenho confiança na comiseração e ajuda de Nosso Senhor que desta nossa peregrinação o fim corresponda ao começo: e será toda em alegria e saúde perfeita. Não deixarei de reduzir em comentários e efemérides todo o percurso de nossa navegação, a fim de que em nosso regresso dela tenhais leitura verídica. Aqui encontrei um tarando da Cítia, animal estranho e maravilhoso, por causa das variações da cor de sua pele e seu pelo, segundo a distinção das coisas próximas. Havereis de gostar. É tão manso e fácil de ser alimentado como um cordeiro. Eu vos envio igualmente três jovens unicórnios, mais mansos e dóceis do que seriam gatinhos. Conversei com o escudeiro e ensinei-lhe a maneira de tratá-los. Pastam na terra, apesar de seu comprido chifre na testa. Força é que o alimento que pastam seja das árvores frutíferas ou em manjedouras idôneas, ou na mão, oferecendo-lhes ervas, brotos, maçãs, peras, cevada, frumento, em resumo todas as espécies de frutos e legumes. Espanto-me como nossos escritores antigos os diziam tão bravos, ferozes e perigosos, e que nunca tinham sido vistos vivos. Se bom vos parece, fazei a prova em contrário; e vereis que são mansíssimos, contanto que maliciosamente os não se ofenda. Igualmente vos envio a vida e façanhas de Aquiles em tapeçaria bem bela e industriosa. Assegurando-vos que as novidades de animais, plantas, aves, pedrarias que encontrar e recuperar possa em toda a nossa peregrinação, todas eu vos enviarei, com a ajuda de Deus Nosso Senhor, ao qual peço em sua santa guarda vos conservar. De Medamothi, quinze de junho. Panúrgio, Frei Jean, Epistemon,

Xenômanes, Ginasta, Eustenes, Rizótomo, Carpalim, após o devoto beija-mão, vos saúdam em usura cêntupla.

> Vosso humilde filho e servidor,
> PANTAGRUEL".

Enquanto Pantagruel escrevia a supramencionada carta, Malicorne era por todos festejado, saudado acolhido com efusão. Pantagruel, tendo terminado a sua carta, banqueteou-se com o escudeiro. E deu-lhe uma grossa corrente de ouro pesando oitocentos escudos, na qual por correntinhas septenárias agregavam-se grandes diamantes, rubis, esmeraldas, turquesas, pérolas, alternativamente engastadas. A cada um de seus nautas mandou dar quinhentos escudos de sol. A Gargântua, seu pai enviou o tarando, coberto de um xairel de cetim bordado a ouro, com as tapeçarias contendo a vida e as façanhas de Aquiles, e os três unicórnios cobertos de pano de ouro frisado. Assim partiram de Medamothi, Malicorne para voltar para junto de Gargântua, Pantagruel para continuar a sua navegação. O qual em alto mar fez ler por Epistemon os livros trazidos pelo escudeiro. Dos quais, porque ele os achou alegres e divertidos, o transunto de boa vontade vos darei, se devotamente pedirdes.

CAPÍTULO V
DE COMO PANTAGRUEL ENCONTRA UMA NAVE DE VIAJANTES QUE REGRESSAVAM DO PAÍS DOS LANTERNEIROS

No quinto dia, quando já começávamos a contornar o polo pouco a pouco, afastando-nos do equinocial, descobrimos um navio mercante navegando em nossa direção. A alegria não foi pequena, tanto em nós como nos mercadores: de nós, ouvindo notícias do mar; deles ouvindo notícias da terra firme. Encontramo-nos com eles, ficamos sabendo que eram de Xaintonge. Na conversa ouviu Pantagruel que vinha da terra dos Lanterneiros. Pelo que teve novo acréscimo de alegria; e reunindo-nos todos, indagamos sobre o país e costumes do povo lanterneiro; e tendo ficado sabendo que no fim de julho subsequente estava marcado o capítulo geral das lanternas, e que se lá chegássemos (como fácil nos era) veríamos a bela, imponente e alegre companhia das lanternas; e que lá se faziam grandes preparativos, já que ali se devia e se tinha de profundamente lanternar. Também nos disseram que, passando pelo grande reino de Gebarim, seríamos honrosamente recebidos e tratados pelo rei Ohabé, dominador de tal terra, o qual e todos os súditos igualmente falam a língua francesa de Tours.

Enquanto ouvíamos essas notícias, Panúrgio discutia com um mercador de Taillebourg, chamado Dindenault. O motivo do debate foi o seguinte: aquele Dindenault, vendo Panúrgio sem braguilha, com os óculos presos no chapéu, dele disse aos seus companheiros: — Eis uma bela medalha de cabrão. — Panúrgio, por causa dos óculos, ouvia muito melhor que de costume. Ouvindo então aquelas palavras, perguntou ao mercador: — Como diabo serei corno se ainda não sou casado, como és, segundo se pode julgar pelo teu ar pouco gracioso? — Sim, verdadeiramente sou — respondeu o mercador — e não queria não ser, por todas as lunetas da Europa e por todos os óculos da África. Pois tenho uma das mais belas, mais graciosas, mais honestas, mais pudicas das mulheres casadas que existem em todo o país de Xantonge; não desfazendo das outras. Levo-lhe de minha viagem um lindo colar de coral vermelho com onze polegadas de comprimento como presente. Que tens com isso? Por que te imiscuis? Quem és? De onde és? Ó, luneteiro do anticristo responde, se és de Deus. — Eu te pergunto — disse Panúrgio —, se eu tivesse comoéqueézado a tua tão bela, tão graciosa, tão pudica mulher, de modo que o rude deus dos jardins Príapo, o qual aqui habita em liberdade, livre da reclusão das braguilhas amarradas, lhe tivesse no corpo demorado, em tal desastre que jamais de lá não saísse, eternamente lá ficaria, a não ser que o tirasse com os dentes, que farias? Tu o deixarias lá sempiternamente? Ou o tirarias com os teus belos dentes? Responde, ó fornicador de Mafoma, pois és de todos os diabos. — Eu te daria — respondeu o mercador — uma espaldeirada nesta orelha luneteira, e te mataria como um carneiro.

Assim dizendo, tratou de desembainhar a sua espada. Mas ela se agarrou à bainha, pois como sabeis, no mar todos os arneses facilmente se enferrujam devido à umidade excessiva e nitrosa. Panúrgio correu para Pantagruel, pedindo socorro. Frei Jean sacou a sua espada curta recém-amolada e teria traiçoeiramente matado o mercador, se não fosse o patrão da nave e outros passageiros terem suplicado a Pantagruel, que não deixasse ocorrer escândalo em seu navio. Então foi apaziguada toda a divergência; apertaram-se as mãos Panúrgio e o mercador, e beberam tanto um como o outro, em sinal de perfeita reconciliação.

CAPÍTULO VI
DE COMO, APAZIGUADA A DISCUSSÃO, PANÚRGIO NEGOCIA COM DINDENAULT UM DE SEUS CARNEIROS

Apaziguada de todo a discussão, Panúrgio disse em segredo a Epistemon e a Frei Jean: — Afastai-vos um pouco, e ireis vos divertir com o que vereis. O jogo vai ser bom, se a corda não arrebentar. — Depois dirigiu-se ao mercador e com ele bebeu uma taça cheia do bom vinho lanternês. O mercador o tratou bem, com toda a cortesia e boa vontade. Isso feito, Panúrgio encarecidamente pediu-lhe que fizesse a graça de vender um de seus carneiros. O mercador respondeu-lhe: — Ah, ah, meu amigo, nosso vizinho, como sabeis zombar dos pobres coitados. Verdadeiramente sois muito engraçado. Ó, valente comprador de carneiros! Em verdade tendes a cara não de um comprador de carneiros, mas sim de um habilíssimo larápio. Deus do céu, meu neto, como seria bom levar uma bolsa cheia perto de vós na loja de um tripeiro pelo degelo[526]. Han, han, quem não vos conhecesse seria bem confundido. Muito engraçado. — Paciência — disse Panúrgio. — Mas a propósito, por obséquio, quereis vender um de vossos carneiros? Por quanto? — Como imaginais — respondeu o mercador —, nosso amigo, meu vizinho? São carneiros de muita lã. Jasão ali tomou o velocino de ouro. A ordem da casa de Borgonha foi tirada dali. Carneiros do Levante, carneiros de grande porte, carneiros de muita gordura. — Seja — disse Panúrgio —, mas por favor vendei-me um, por isso mesmo; bem e prontamente vos pagando em moeda do Poente de baixo porte e pouca gordura. Quanto é? — Nosso vizinho, meu amigo — respondeu o mercador —, escutai um pouco com o outro ouvido.

— PAN.: Às vossas ordens. — MERC.: Ide aos Lanterneiros? — PAN.: Na verdade. — MERC.: Alegremente? — PAN.: Na verdade. — MERC.: Tendes, creio, o nome de Robin Mouton[527]. — PAN.: Se vos agrada. — MERC.: Sem vos ofender. — PAN.: Assim entendo[528]. — MERC.: Sois, eu creio, o grande palhaço do rei. — PAN.: Na verdade. — MERC.: Belas palavras! Ah, ah, ah, ides ver o mundo, sois o palhaço do rei, tendes o nome Robin carneiro; vede aquele carneiro ali, tem o nome de Robin, como vós, Robin, Robin, Robin, mé, mé, mé, mé! Ó que bela voz! — PAN.: Bem bela e harmoniosa. — MERC.: Eis um pacto que haverá entre nós dois, nosso vizinho e amigo. Vós, que sois Robin carneiro ficareis neste prato da balança; o meu carneiro Robin ficará no outro; aposto cem ostras de Buch, que em peso, em valor, em estima, ele vos fará subir logo bem alto; da mesma forma sereis um dia suspenso e pendurado. — Paciência — disse Panúrgio. — Mas muito faríeis por mim e por vossa posteridade, se a mim o quisésseis vender, ou um outro do rebanho. Eu vos peço, excelentíssimo senhor. — Nosso amigo, meu vizinho — respondeu o mercador —, da lã destes carneiros serão feitos finos panos de Ruão; as lãs mais belas do condado de Limestre perto dela não passam de estopa. Da pele serão feitos belos marroquins, os quais serão vendidos como marroquins turcos, ou de Montelimart, ou da Espanha no pior dos casos. Das tripas se farão cordas para violinos e harpas, as quais serão vendidas tão caro como se fossem cordas de

---

526. Porque na época do degelo as tripas são vendidas com menor preço, e há pressa em comprá-las. (N. do T.)
527. *Robin mouton*, um jogo de palavras. *Robin* pode ser sinônimo de *mouton* (carneiro) e significa também finório, trapaceiro. (N. do T.)
528. "Na verdade" (*Voire*) e "Assim entendo" (*Je l'entend ainsi*) constituem uma zombaria ao catecismo de Calvino, onde tais palavras são repetidas *ad nauseam*. (N. do T.)

Munican[529] ou Aquileia. Que pensais? — Se me faz a mercê — disse Panúrgio —, vós me vendereis um, manter-me-ei muito bem na aldraba da vossa porta[530]. Vede aqui dinheiro ao contado. Quanto? — Assim dizia mostrando uma grande bolsa cheia de Henricus novos.

CAPÍTULO VII
CONTINUAÇÃO DA NEGOCIAÇÃO ENTRE PANÚRGIO E DINDENAULT

— Meu amigo — respondeu o mercador —, nosso vizinho, isso não se vende senão para reis e príncipes. A carne é tão delicada, tão saborosa e tão apetitosa quanto o bálsamo. Trago-os de um país onde os porcos, Deus esteja conosco, só comem *myrobolans*. As porcas em trabalho de parto (com a vênia de toda a companhia) são alimentadas só com flores de laranjeiras. — Mas — disse Panúrgio — se me venderdes um, eu pagarei como um rei, palavras de carroceiro. Quanto? — Nosso amigo — respondeu o mercador —, meu vizinho, são carneiros extraídos da própria raça que carregou Frixo e Hele pelo mar chamado Helesponto. — Peste! — disse Panúrgio — Sois *clericus vel addiscens*[531]. —, Ita, são couves, respondeu o mercador, *vere,* são alhos-porros. Mas rr. rrr. rrrr. rrrrr. Ei Robin rr.rrrrr. Entendeis esta linguagem. A propósito. Em todos os campos onde eles mijam, o trigo cresce como se Deus tivesse mijado. Não é preciso outro estrume nem adubo. Há mais. De sua urina os quintaessencialistas tiram o melhor salitre do mundo. De seu excremento, com a devida vênia, os médicos do nosso país curam setenta e oito espécies de doenças. A menor das quais é o mal de Santo Eutrópio de Xaintes, do qual Deus nos salve e guarde. Que pensais, nosso vizinho, meu amigo? Também me custam muito. — Custam e valem — respondeu Panúrgio. — Vendei-me um, que pago bem. — Nosso amigo — disse o mercador —, meu vizinho considerai um pouco as maravilhas da natureza consistentes nestes animais que vedes, mesmo em um membro que estimareis inútil. Tomai aqueles chifres, pisai-os com uma mão de almofariz de ferro ou um martelo, que é tudo a mesma coisa. Depois enterrai-os à vista do sol, onde quiserdes, e regai-os muitas vezes. Em poucos meses vereis nascer os melhores aspargos do mundo. Eu não desdenharia excetuar os de Ravena. Ide me dizer que os chifres de vós outros senhores cabrões tenha virtude igual, e propriedade tão mirífica. — Paciência — respondeu Panúrgio. — Não sei — disse o mercador

---
529. Não se sabe ao certo se se trata de Munique ou Mônaco. (N. do T.)
530. Na aldraba de vossa porta: expressão derivada da forma de uma homenagem feudal. (N. do T.)
531. Clérigo ou estudante. (N. do T.)

—, se sois letrado. Já vi muitos letrados, digo grandes letrados, cabrões. Sim, senhor. A propósito, se sois letrado, sabereis que dos membros mais inferiores desses animais divinos, e são os pés, há um osso no calcanhar, o astrágalo, se quereis, com o qual, não de nenhum outro animal, fora o asno indiano e os dorcades[532] da Líbia, jogava-se antigamente o real jogo de ossinhos, no qual o imperador Otaviano Augusto uma noite ganhou mais de cinquenta mil escudos. Vós outros cornos podem ganhar outro tanto. — Paciência — disse Panúrgio —, mas apressemo-nos. — E quando — disse o mercador —, tereis, nosso amigo, meu vizinho, dignamente louvado os membros internos: os ombros, as pás, as pernas, as costeletas, o peito, o fígado, o baço, a bexiga com a qual se joga bola; as costelas das quais se fazem em Pygmion bons arcos de tamanho pequeno para atirar caroços de cerejas contra os grous; a cabeça dos quais, com um pouco de enxofre, se faz uma mirífica decocção com que se tratam os cães constipados do ventre. — Ora, ora — disse o patrão da nau ao mercador —, já se barganhou demais. Vende, se queres; se não queres, não o importunes mais. — Quero — respondeu o mercador —, por amor de vós. Mas ele me pagará três libras tornesas escolhendo a peça. — É muito — disse Panúrgio. — Em nosso país, eu teria cinco, ou mesmo seis por tal quantia de dinheiro. Não cobreis caro demais. Não sois o primeiro que querendo se enriquecer muito depressa acabou caindo na pobreza; alguns mesmo têm quebrado o pescoço. — A febre quartã que te cuide — disse o mercador —, pateta tolo que és. Pela santa imagem de Charrous, o menor dos seus carneiros vale quatro vezes mais que o melhor daqueles que os coraxianos[533] de Tauditânia[534], região da Espanha, vendiam por um talento de ouro por peça. E sabes, ó tolo de soldo alto[535] quanto vale um talento de ouro? — Bem-aventurado senhor — disse Panúrgio —, estais vos exaltando, pelo que vejo. Está bem, aqui está o vosso dinheiro.

Panúrgio, tendo pagado ao mercador, escolheu de todo o rebanho um belo e grande carneiro, e o levou gritando e berrando, enquanto todos os outros ouviam, igualmente berrando, e olhando para onde levavam o seu companheiro. Entrementes, o mercador dizia aos seus homens: — Ele soube escolher bem, o tratante! Entende da coisa, o salafrário. Na verdade, bem na verdade, eu o reservava para o senhor de Candale, bem conhecendo o seu natural. Pois por sua natureza ele fica bem alegre e feliz, quando tem um pernil de carneiro bem preparado e bem saboroso; com um bom acompanhamento e uma faca bem afiada, só Deus sabe como ele se esgrime.

---

532. Espécie de cabrito selvagem. (N. do T.)
533. Povo da Cólquida. (N. do T.)
534. Atual região da Andaluzia. (N. do R.)
535. *Sot* (tolo) por *scot* (escocês). Uma referência às tropas mercenárias de estrangeiros mantidas pelos reis da França. (N. do T.)

CAPÍTULO VIII
DE COMO PANÚRGIO FEZ SE AFOGAREM NO MAR O MERCADOR E OS SEUS CARNEIROS.

De súbito, não sei como (o caso foi súbito, e não tive tempo de considerar), Panúrgio, sem outra coisa dizer, atirou ao mar o seu carneiro gritando e berrando. Todos os outros carneiros, gritando e berrando com a mesma entonação, começaram a saltar e se atiraram no mar em fila, um depois do outro. O empenho era para pular sem demora logo atrás do companheiro. Não era possível detê-los. Como sabeis, é natural do carneiro sempre seguir o primeiro, em qualquer parte aonde vá. Assim diz Aristóteles, *lib.9, de Histor. anim.* ser o mais tolo e inepto ser animado do mundo.

O mercador, assustado ao ver diante de seus olhos perecendo e se afogando os seus carneiros, esforçava-se para impedir e detê-los. Mas em vão. Todos em fila saltavam no mar e pereciam. Finalmente, ele agarrou um grande e forte pela lã do rabo, na amurada do navio, cuidando assim retê-lo e salvar também o resto, consequentemente. O carneiro era tão forte que levou ao mar consigo o mercador, que se afogou, da mesma forma que os carneiros de Polifeno, o ciclope caolho, levaram para fora da caverna Ulisses e os seus companheiros. Outro tanto fizeram os pastores e criados, agarrando-os uns pelos chifres, outros pelas pernas, outros pela lã. Todos os quais foram igualmente arrastados ao mar e afogados miseravelmente.

Panúrgio, ao lado da amurada, tendo um remo na mão, não para ajudar os homens, mas para impedi-los de subir ao navio e escapar do naufrágio, pregava-lhes eloquentemente, como se fosse um pequeno frei Olivier Maillard ou um segundo Frei Jean Bourgeois[536], lembrando-lhes, com flores de retórica, as misérias deste mundo, o bem e a fortuna da outra vida, afirmando serem mais felizes os mortos do que os vivos neste vale de miséria, e a cada um prometendo erguer um belo cenotáfio e sepultura honorária no cume do Monte Cenis, quando regressasse de sua viagem aos Lanterneiros; e dando-lhes a opção, contudo, no caso de que não os aborrecesse viver entre os humanos, e se afogarem assim não lhes parecesse oportuno, de terem sorte e encontrarem alguma baleia, a qual no terceiro dia subsequente os devolvesse sãos e salvos em algum país acolhedor, a exemplo de Jonas.

Esvaziada a nau do mercador e seus carneiros, disse Panúrgio: — Ainda resta aqui alguma alma acarneirada? Onde estão aqueles de Thibault Cordeirinho[537] e os de Regnauld Belin, que dormem quando os outros pastam? Não sei. São coisas da velha guerra. Que achas, Frei Jean? — Tudo bem de vossa parte — respondeu Frei Jean. — Nada achei de mau, a não ser que me parece que assim como outrora costumava-se na guerra, no dia da batalha ou do assalto, prometer aos soldados

---
536. Pregadores tão célebres quanto ridículos, do Século XV. (N. do T.)
537. Thibaut l'Agnelet, personagem da peça *A Farsa do Advogado Pathelin*, que furta os carneiros de seu patrão. (N. do T.)

pagamento em dobro naquele dia, se eles ganhavam a batalha, ter-se-ia prazer em pagar, se perdessem teriam vergonha de pedir, como fizeram os fugitivos de Gruyère depois da batalha de Serizolles; também deveríeis ter reservado o pagamento; o dinheiro continuaria na bolsa. — Estou cagando para o dinheiro — disse Panúrgio. — Virtude de Deus, diverti-me para mais de cinquenta mil francos. Retiremo-nos, o vento é propício. Frei Jean, escuta aqui. Jamais alguém me deu prazer sem recompensa, ou pelo menos sem reconhecimento. Não sou ingrato, não fui e nem serei. Jamais alguém teve prazer sem arrependimento, neste mundo ou no outro. Não sou fátuo até esse ponto. — Tu — disse Frei Jean — te danas como um velho diabo. Está escrito: *Mihi vindictam*, etc.[538] Assunto de breviário.

CAPÍTULO IX
DE COMO PANTAGRUEL CHEGOU À ILHA ENNASIN E DAS ESTRANHAS ALIANÇAS DO PAÍS

Continuava Zéfiro a nos proporcionar um vento leve, e tínhamos passado um dia sem terra descobrir. No terceiro dia, ao amanhecer, apareceu-nos uma ilha triangular, muito parecida quanto à forma e situação à Sicília. Chama-se a Ilha das Alianças. Os homens e mulheres se pareciam com os habitantes de Poitou ruivos, exceto que todos os homens e mulheres e crianças têm o nariz na forma de um ás de paus. Por essa causa era o nome antigo da Ilha Ennasin[539]. Eram todos parentes e aliados uns dos outros como se blasonavam, e como nos disse livremente o podestá do lugar: — Vós outros, gente do outro mundo, tendes por coisa admirável que uma família romana (eram os Fabianos), em um dia (foi o dia treze do mês de fevereiro), por uma porta (foi a porta Carmentale, outrora situada ao pé do Capitólio, entre a rocha Tarpeia e o Tibre, depois denominada Celerada), contra certos inimigos de Roma (eram os etruscos de Veio), saíram trezentos e seis homens de guerra todos parentes, com cinco mil outros soldados seus vassalos, que todos foram mortos (isso foi perto do rio Cremero, que sai do lago de Bacane). Desta terra, por uma necessidade, saíram mais de trezentos mil todos parentes e de uma família.

Seus parentescos e alianças eram de um modo bem estranho: pois sendo todos assim parentes e aliados uns dos outros, vimos que ninguém era deles pai nem mãe, irmão, nem irmã, tio nem tia, primo nem sobrinho, genro nem nora, padrinho nem madrinha de outro. Eis, na verdade, um grande velho desnarigado, o qual, como vi, chamou uma menina de três ou quatro anos, de meu pai; a menina o chamava de minha filha. O parentesco e aliança entre eles era tal que um chamava uma mulher de meu peixinho; a mulher o chamava: meu marsuíno. — Esses — disse Frei Jean — de-

---
538. (Reservei) para mim a vingança (disse o Senhor). (N. do T.)
539. Ou Ilha dos Desnarigados. (N. do T.)

vem ter sentido bem a sua maré, quando juntos esfregaram as suas gorduras⁵⁴⁰. — Um outro saudou a sua namorada, dizendo: — Adeus, minha escrivaninha. — Ela respondeu: — E vós também, meu processo. — Por São Treighan — disse Ginasta —, esse processo deve ficar muitas vezes em cima daquela escrivaninha. — Um chamava a uma outra "meu verde". Ela o chamava "seu patife". Um outro saudou a sua aliada dizendo: "Bom dia, minha cunha". Ela respondeu: "E a vós, meu cabo". — Ventre de boi — exclamou Carpalim —. como essa cunha está bem encabada! Como esse cabo está bem cunhado! Mas seria esse o grande cabo que pediam as cortesãs romanas? Ou um franciscano de manga comprida?⁵⁴¹

Indo mais adiante, vi um brutamontes que, saudando a sua aliada, a chamava meu colchão; ela o chamava de meu cobertor. Um chamava uma outra de minha migalha, ela o chamava de meu sobejo. Um outro chamava a sua de meu tirante, ela o chamava de meu carro. Um chamava outra de minha chinela, ela o chamava de pantufa. Um chamava outra de minha botina, ela o chamava de seu borzeguim. Um chamava outra de minha mitene, ela o chamava de luva. Um chamava outra sua gordura, ela o chamava de seu toucinho; e havia entre os dois parentesco gorduroso. Em igual aliança, um chamava a outra minha omelete, ela o chamava meu ovo; e eram parentes em preparação de omeletes. Do mesmo modo um outro chamava a sua de tripa, e ela o chamava de fagote. E não pude saber que parentesco, aliança, afinidade ou consaguinidade houvesse entre eles, relacionada com o nosso uso comum, a não ser que ela era tripa daquele fagote.

Um outro, saudando uma sua, dizia: "Saúde, minha casca". Ela respondeu: "E a vós, minha ostra". — É — disse Carpalim — uma ostra na casca. — Um outro do mesmo modo saudou uma sua dizendo: "Boa vida, minha vagem". Ela respondeu: "Longa vida a vós, minha ervilha". — É — disse Ginasta —, uma ervilha na casca. — Um brutamontes de má catadura, trepado em altos tamancos de pau, encontrando uma rapariga gorda e baixa, disse-lhe: "Deus guarde meu pião, minha trompa, meu piãozinho". Ela respondeu orgulhosamente: "Que vos guarde também, meu chicote". Sangue de São Gris — disse Xenomanes —, será competente o chicote para manejar esse piãozinho?⁵⁴² — Um doutor regente bem penteado e ajeitado, depois de algum tempo ter conversado com uma alta donzela, despediu-se dizendo: "Grande mercê, boa cara", "Maior é a vossa, mau jogo", disse ela. — De boa cara a mau jogo — disse Pantagruel. — Não é aliança impertinente. — Um mancebo passando disse a uma jovem: "Ai, ai, ai. Há tanto tempo não vos via, musa", "Muito prazer, corno, em vê-lo" disse ela. — Ajuntai-os e soprai-os no cu — disse Panúrgio. — Será uma cornamusa.

Um chamou outra sua de porca, ela o chamou de feno. Aí me veio o pensamento de que aquela porca de boa vontade procurava aquele feno. Vi um elegante, bem perto

---

540. Há aqui uma série de trocadilhos absolutamente intraduzíveis. (N. do T.)
541. *Manche* significa tanto "cabo" de algum objeto quanto "manga" de roupa. (N. do T.)
542. *Toupie*, piãozinho, significa também uma mulher sem vontade, uma maria-vai-com-as-outras. (N. do T.)

de nós, saudar uma aliada, dizendo: "Adeus, meu buraco". Ela da mesma maneira retribuiu, dizendo: "Deus vos guarde, minha cavilha". Frei Jean disse: — Ela é, creio, toda buraco, e ele é do mesmo modo todo cavilha. Resta saber se aquele buraco por aquela cavilha pode inteiramente ser tampado. — Um outro saudou a sua dizendo: "Adeus, minha muda". Ela respondeu: "Bom dia, meu ganso". — Eu creio — disse Ponocrates — que aquele ganso está muitas vezes na muda.

Um latagão, conversando com uma rapariga, disse-lhe: "Lembrar-me-ei de vós, ventosidade", "Também não vos esquecerei, peido" respondeu ela. — Chamais — perguntou Pantagruel ao podestá — esses dois parentes? Penso que eles são inimigos, não aliados; pois ele a chamou ventosidade. Em nosso país não se pode mais ultrajar uma mulher do que assim a chamando. — Boa gente do outro mundo — respondeu o podestá —, tendes poucos parentes tais e tão próximos como são esse peido e essa ventosidade. Saem invisivelmente ambos de um buraco em um instante. — O vento de galerme[543] — disse Panúrgio — deve então ter lanternado sua mãe. — A que mãe — disse o podestá — vos referis? Isso é parentesco do vosso mundo. Eles não têm pai nem mãe. Trata-se de gente da água, de gente do feno.

O bom Pantagruel tudo via, e escutava; mas diante de tais propósitos cuidou perder a calma. Depois de termos bem curiosamente ponderado o aspecto geral da ilha e os costumes do povo desnarigado, entramos em uma taverna, para de certo modo nos refazermos. Lá realizavam-se núpcias à moda do país. Em nossa presença, foi feito um alegre casamento, de uma pera, mulher bem vistosa, segundo nos pareceu, todavia os que a tinham provado diziam ser sem graça, com um jovem queijo de pelo ralo um tanto arruivado. Eu tinha outrora ouvido o renome e alhures tinham sido feitos vários de tais casamentos. Em outra sala vi que se casava uma velha bota com um jovem e lesto borzeguim. E foi dito a Pantagruel que o jovem borzeguim recebia a velha bota como esposa porque ela estava bem posta, bem gorda e bem disposta, boa para o lar, mesmo que fosse um pecador. Em outra sala baixa vi um jovem chinelo desposar uma velha pantufa. E nos foi dito que não era pela beleza e graciosidade dela; mas por avareza e cobiça de ter os escudos que ela havia ajuntado.

CAPÍTULO X
DE COMO PANTAGRUEL DESCEU NA ILHA DE CHELI, ONDE REINAVA O REI SÃO PANIGON

O vento soprava em popa, quando, deixando aqueles desagradáveis aliancistas, com seus narizes de ás de paus, ganhamos o alto mar. Sob a declinação do sol, fizemos escala na Ilha de Cheli, ilha grande, fértil, rica e populosa, na qual reinava o rei São Panigon. O qual, acompanhado de seus filhos e príncipes de sua

---

543. Nome dado, no litoral francês do Atlântico, ao vento oeste-noroeste. (N. do T.)

corte, tinha se transportado para perto do porto para receber Pantagruel; e de lá o levou até o seu castelo. À entrada da torre de menagem apresentou-se a rainha, acompanhada de suas filhas e damas da corte. Panigon quis que ela e toda a sua comitiva beijassem Pantagruel e os seus homens. Tal era a cortesia e costume do país. Isso foi feito, exceto com Frei Jean, que se ausentou e se afastou entre os oficiais do rei. Panigon quis a todo o custo naquele dia e no seguinte reter Pantagruel. Pantagruel fundou a sua escusa na serenidade do tempo e oportunidade do vento, a qual é mais vezes desejada pelos viajantes que encontrada, e que é mister aproveitar quando acontece, pois não vem todas as vezes em que é desejada. Ante essa argumentação, depois de beber vinte e cinco ou trinta vezes por homem, Panigon se despediu de nós.

Pantagruel, voltando ao porto e não vendo Frei Jean, perguntou onde ele estava, e porque não se juntara à companhia. Panúrgio não sabia como desculpá-lo, e queria voltar ao castelo para chamá-lo, quando Frei Jean apareceu todo satisfeito, e exclamou, com grande alegria no coração, dizendo: — Viva o nobre Panigon! Pela morte do boi de pau, ele reina na cozinha. Estou vindo de lá, e tudo é perfeito. Espero bem lá voltar para proveito e uso monacal de ingredientes e temperos.

— Assim, meu amigo — disse Pantagruel —, sempre na cozinha. — Pelo corpo da galinha — respondeu Frei Jean —, sei melhor uso das cerimônias do que tanto cumprimentar essas mulheres, *magni, magna, chiabrena*, reverência, outra reverência, repetição, abraço, curvatura, beijo a mão de vossa mercê, de vossa majestade; sejais tarabin, tarabas. Porra! É merda em Ruão. Bofé, não digo que não gostasse se me deixasse ficar à vontade. Mas essa porcaria de reverências me esgota a paciência. São Benedito, não costumo mentir. Falais em beijar donzelas: pelo digno e sagrado hábito que visto, de boa vontade me afasto, temendo que aconteça o que aconteceu ao senhor de Guyercharois. — O que foi? — perguntou Pantagruel. — Eu o conheço. É um dos meus melhores amigos. — Ele foi — disse Frei Jean— convidado para um suntuoso e magnífico banquete, que oferecia um seu parente e vizinho; para o qual foram igualmente convidados todos os gentis-homens, damas e donzelas da vizinhança. As quais, enquanto aguardavam a sua vinda, disfarçaram todos os pajens reunidos, vestindo-os como se fossem donzelas bem vistosas e enfeitadas. Os pajens transformados em donzelas a ele se apresentaram quando entrava perto da ponte-levadiça. Ele beijou-os todos, com grande cortesia e reverências magníficas. Então, as damas que esperavam na galeria riram com gosto e fizeram sinal aos pajens para tirar os disfarces. O que vendo o bom senhor, por vergonha e despeito, não se dignou de beijar as damas e donzelas ingênuas; alegando que, se tinham assim disfarçado os pajens, pela morte do boi de pau, aquelas deviam ser os criados ainda mais finamente disfarçados. Virtude de

Deus, *da jurandi*, para que antes nos transportemos nossas humanidades para a bela cozinha de Deus! E lá atentemos para a oscilação dos espetos, a posição do toucinho, a temperatura das sopas, os preparativos da sobremesa, a ordem de serviço do vinho. *Beati immaculati in via*[544]. Matéria do breviário.

CAPÍTULO XI
PORQUE OS FRADES GOSTAM DE FICAR NA COZINHA

— E — disse Epistemon —, francamente falado em frade. Digo frade fradicante, e não frade fradicado. Verdadeiramente, vós me trazeis à memória o que vi e ouvi em Florença, há cerca de doze anos[545]. Estávamos em boa companhia, de gente estudiosa, amante da peregrinação e desejosa de visitar as pessoas doutas, as antiguidades e singularidades da Itália. E então curiosamente contemplávamos a posição e beleza de Florença, a estrutura da catedral, a suntuosidade dos templos e palácios magníficos. E competíamos para ver quem mais aptamente as louvasse em linguagem condigna, quando um frade de Amiens, chamado Bernard Lardon, como que surpreso e irritado, nos disse: "Não sei que diabo achais aqui para tanto louvar. Olhei tanto quanto vós, e não sou mais cego do que sois. E depois, o que há? São casas bonitas. Só isso. Mas que Deus e o Senhor São Bernardo, nosso bom patrono, estejam conosco. Em toda esta cidade, ainda não vi um só restaurante especializado em carne assada, e tenho com muita curiosidade olhado e considerado. Na verdade, eu vos digo que andei olhando tanto para a direita como para a esquerda para ver quantos e de que lado encontraríamos mais restaurante assando carne. Em Amiens, em caminho menor, se tivéssemos olhado quatro ou mesmo três vezes eu vos poderia mostrar mais de quatorze restaurantes assando carne, antigos e aromatizantes. Não sei que prazer tendes em ver os leões e africanos (assim chamais, parece-me, o que eles chamam de tigre) perto da torre; igualmente vendo os porcos-espinho e os avestruzes no palácio do Senhor Strozzi. Bofé, eu preferiria ver um ganso bem gordo no espeto. Esses pórfiros, esses mármores são belos. Não faço pouco caso deles; mas as panquecas de Amiens são melhores, para o meu gosto. Essas estátuas antigas são bem feitas, não vou negar; mas por São Ferreol d'Abbeville, as rapariguinhas da minha terra são mil vezes mais interessantes." — Que significa — perguntou Frei Jean —, e o que quer dizer que sempre encontrais frades em cozinhas; jamais ali encontrareis reis, papas e imperadores? — É — respondeu Rizótomo — alguma virtude latente e propriedade específica oculta nas panelas e caldeirões, que ali atrai os monges, como o ímã atrai o ferro, e não

---
544. Felizes os imaculados em seu caminho (Salmos, 119: 1). (N. do T.)
545. Fato acontecido com Rabelais, em 1536. (N. do T.)

atrai os imperadores, papas ou reis? Ou será uma indução e inclinação natural aos hábitos e cagulas aderentes, ainda que eles não tenham escolha nem deliberação de lá irem? — Isso quer dizer — respondeu Epistemon —, formas que seguem a matéria. — Assim as chama Averroes. — É verdade, é verdade — disse Frei Jean.

— Eu vos direi — respondeu Pantagruel (sem responder ao problema proposto, pois ele é um tanto espinhoso e dificilmente o tocais sem vos machucar nos espinhos) —, lembrei-me de ter lido que Antígono, rei da Macedônia, entrando certo dia na cozinha de suas tendas e lá encontrando o poeta Antagoras fritando peixe, ele próprio segurando a panela, perguntou jovialmente: "Homero fritava peixe, quando escrevia as proezas de Agamenon?", "Mas" respondeu Antagoras ao rei "achas que Agamenon, quando praticava tais proezas, ia saber se alguém estava fritando peixe em seu acampamento?" Ao rei pareceu indecente que em sua cozinha o poeta preparasse peixe; o poeta respondeu-lhe que coisa pior era encontrar o rei na cozinha. — Completarei esta — disse Panúrgio —, vos contando o que Breton Villandry[546] respondeu um dia ao senhor Duque de Guise. O assunto era alguma batalha do rei Francisco contra o imperador Carlos quinto, na qual Breton, embora muito bem armado com as grevas e as armaduras dos pés bem aprestadas, não foi todavia visto no combate. "Bofé" respondeu Breton "estive, fácil me seria provar, em um lugar onde não ousastes ir" O senhor duque, interpretando mal estas palavras, como atrevida e temerariamente proferidas, irritou-se; Breton facilmente o apazigou, rindo muito, dizendo: "Eu estava com a bagagem; lugar em que vossa excelência não teria ido se esconder, como fui".

Entrementes, chegaram aos seus navios. E mais longa estada não fizeram naquela Ilha de Chéli.

CAPÍTULO XII
DE COMO PANTAGRUEL PASSOU POR PROCURAÇÃO, E DA ESTRANHA MANEIRA DE VIVER DOS CHICANOS

Descansados e refeitos com o bom tratamento do rei Panigon, prosseguimos caminho; no dia seguinte, passamos por Procuração, que é um país desfigurado e sujo. Ali vimos os procultos e chicanos. Não nos convidaram para beber ou comer. Apenas, em longas multiplicações de doutas reverências, nos disseram que estavam todos às nossas ordens, pagando. Um de nossos intérpretes contou a Pantagruel como aquele povo ganhava a vida de maneira estranha, e exatamente contrária à dos romanos. Em Roma, muita gente ganha a vida para envenenar, espancar e matar; os chicanos ganham a vida sendo

---

546. Secretário do rei, de 1537 a 1552. (N. do T.)

espancados. De modo que, se durante muito tempo ficam sem ser espancados, morrem de fome, eles, suas mulheres e seus filhos. — É — disse Panúrgio — como aqueles que, segundo o relato de Cl. Galeno, não podem levantar o nervo cavernoso até o círculo do equador, se antes não forem bem açoitados. Por São Thibault, quem assim me açoitasse me faria, ao contrário, desarvorar, com todos os diabos. — A maneira — disse o intérprete — é a seguinte: quando um monge, presbítero, usurário ou advogado quer mal a algum gentil-homem de seu país, manda um de seus chicanos procurá-lo. Os chicanos o citam, intimam, ultrajam e injuriam impudentemente, segundo as ordens e instruções, até que o gentil-homem, se não é paralítico dos sentidos e mais estúpido que um girino de rã, se vê obrigado a aplicar-lhe bordoadas e espaldeiradas na cabeça, ou nas pernas, ou melhor, atirá-los das ameias e janelas do seu castelo. Isso feito, eis o chicano rico por quatro meses. Como se as bordoadas fossem boas espigas. Pois ele terá do monge, do usurário ou do advogado, salário bem bom, e reparação do gentil homem, às vezes tão grande e excessiva que o gentil-homem perde todos os seus bens, com o perigo de morrer miseravelmente na prisão, como se tivesse agredido o rei.

— Contra tal inconveniente — disse Panúrgio — sei de um remédio muito bom, o qual usou o senhor de Basché. — Qual? — perguntou Pantagruel. — O senhor de Basché — disse Panúrgio — era homem corajoso, virtuoso, magnânimo, cavalheiresco. Voltando de uma certa guerra muito longa, na qual o duque de Ferrara com a ajuda dos franceses valentemente se defendeu da fúria do papa Júlio Segundo, todos os dias era intimado, citado, chicanado, por vontade e passatempo do gordo prior de Saint Lovant. Um dia, almoçando com a sua gente (pois era homem bonachão e humano), mandou chamar o seu padeiro de nome Loire, e sua mulher, juntamente com o cura de sua paróquia chamado Oudart, que lhe servia de despenseiro, como então era costume na França, e lhes disse, em presença de seus gentis-homens e de outros criados:

'Meus filhos, vedes como me importunam diariamente esses marotos de chicanos. Estou disposto a, se me ajudardes, fazê-los abandonar o país, e mandá-los a todos os diabos. Agora, quando eles aparecerem, ficai prontos, vós, Loire e vossa mulher, para vos apresentardes em meu salão, com as vossas belas vestes nupciais, como se estivésseis casando e como antes vos casastes. Tomai, eis cem escudos de ouro, os quais eu vos dou para preparardes os vossos belos trajos. Vós, reverendo Oudart, não deixeis de lá comparecer com a vossa bela sobrepeliz e estola, e com água benta, como que para os casar. Vós, igualmente, Trudon (assim se chamava o seu tamborileiro) lá comparecei, com a vossa flauta e o tambor. Ditas as palavras e beijada a noiva, ao som do tambor, trocareis um com o outro as lembranças das núpcias, que são murros de leve. Mas quando aparecer o chicano, batei com toda a força, como se bate o centeio verde, não o poupeis. Batei, espancai, surrai, eu vos peço. Olhai, agora vos dou estes guantes de justas, cobertos de pelica. Batei com eles, a torto e a direito, e quanto mais melhor. Aquele que melhor bater, reconhecerei como o mais afeiçoado. Não tenhais medo de serdes apanhados pela justiça. Protegerei todos. As pancadas serão aplicadas entre risadas, segundo o costume observado nos casamentos.'

'Mas' perguntou Oudart 'como reconheceremos o chicano? Pois em vossa casa diariamente chegam pessoas de todas as partes', 'Vou explicar' respondeu Basché. 'Quando à porta de dentro chegar algum homem, a pé, ou muito mal montado, tendo um anel de prata grosso e largo no polegar, será um chicano. O porteiro, depois de introduzi-lo cortesmente, tocará a campainha. Ficai prontos, então, e ide para a sala representar a tragicomédia que expus'. Naquele mesmo dia, como Deus quis, apareceu um chicano, velho, gordo e vermelho. Tocando à porta, e pelo porteiro foi reconhecido, por suas grandes polainas e por sua égua caolha, por um saco cheio de papéis preso à cintura; assinaladamente pelo grosso anel de prata que tinha no polegar esquerdo. O porteiro mostrou-se cortês, e o fez entrar atenciosamente; e alegremente tocou a campainha. Ouvindo o seu som, Loire e sua mulher puseram as suas belas vestes e compareceram ao salão, muito bem-dispostos. Oudart vestiu a sobrepeliz e a estola; saindo ao encontro do chicano, fê-lo beber bastante, e, enquanto calçava os guantes empelicados, dizia-lhe: 'Não podíeis ter vindo em ocasião mais oportuna. Nosso senhor está em seus bons dias; vamos comer à farta: está havendo um casamento; vamos, bebei, alegrai-vos'. Enquanto o chicano bebia, Basché, vendo no salão toda a sua gente, mandou chamar Oudart, Oudart foi, levando a água benta. O chicano o acompanhou. Entrando na sala, não se esqueceu de fazer inúmeras reverências humildes, e citou Basché; Basché o tratou muito bem, deu-lhe um *angelot*, e pediu-lhe para assistir à cerimônia do casamento. O que foi feito. No fim, começou a pancadaria. Mas, quando chegou a vez do chicano, todos o festejaram com murros com os guantes, a tal ponto que ele acabou estendido no chão todo contundido, com um olho rodeado de um burel negro, oito costelas quebradas, o esterno afundado, os omoplatas divididos em quatro pedaços e o maxilar inferior em três; e tudo no meio de risadas. Só Deus sabe como Oudart agiu, escondendo com a manga da sobrepeliz o pesado guante de ferro recoberto de arminho, pois ele era um forte latagão. Assim voltou à Ilha Bouchard Chicano, bem surrado, para alegria e satisfação do senhor Basché; e mediante o socorro dos bons cirurgiões do país ainda viveu. Depois não se falou mais nisso. A lembrança morreu com o som dos sinos, que dobraram no seu enterro".

CAPÍTULO XIII
DE COMO, À EXEMPLO DE MESTRE FRANÇOIS VILLON, O SENHOR DE BASCHÉ LOUVA A SUA GENTE

Chicano saiu do castelo e cavalgou a sua esgue orbe[547] (assim chamava ele a sua égua caolha); Basché, dentro das grades de seu jardim secreto, mandou chamar sua mulher, suas damas, toda a sua gente, mandou servir vinho, juntamente com muitas empadas, pernis, frutas e queijo, bebeu em sua companhia, com muita jovialidade, depois lhes disse: — Mestre François Villon, em seus velhos dias, se retirou para Saint-Maixent em Poitou, protegido por um homem de bem, abade no referido lugar. Ali, para dar passatempo ao povo, resolveu fazer representar a Paixão, com os costumes e a linguagem do povo da região. Distribuídos os papéis, ensaiados os atores, preparado o teatro, disse ao prefeito e aos escabinos que o mistério poderia ser representado depois da feira de Niort, e só restava arranjar vestes adequadas para os personagens. O prefeito e os escabinos deram ordem nesse sentido. Ele, para vestir um velho camponês que fazia o papel de Deus o pai, pediu a Frei Etienne Tappecoue, secretário dos franciscanos do lugar, que lhe emprestasse um pluvial e uma estola. Tappecoue recusou, alegando que por seus estatutos provinciais era rigorosamente proibido dar ou emprestar aos atores. Villon replicou que o estatuto dizia respeito somente às farsas, palhaçadas e espetáculos dissolutos; e que assim vira praticar em Bruxelas e alhures. Tappecoue não obstante lhe disse peremptoriamente que alhures procurasse, se bem lhe parecesse, e nada esperasse da sacristia. Pois nada lhe seria fornecido.

Villon contou o ocorrido aos que iam representar, com grande abominação, acrescentando que contra Tappecoue Deus faria vingança e punição exemplar bem cedo. No sábado subsequente, Villon foi advertido que Tappecoue montado na poldra do convento (assim se chamava uma égua não muito velha) tinha ido pedir esmolas em Saint Ligaire, e estaria de volta lá pelas duas horas da tarde. Então preparou uma exibição de diabruras entre a cidade e o mercado. Seus diabos estavam todos metidos em peles de lobo, de vitelos e de carneiros, munidos de cabeças de carneiro, chifres de boi e grandes espetos de cozinha; tendo na cintura grossos cintos, dos quais pendiam grandes cincerros de vacas e de mulas, com um ruído horrífico. Nas mãos traziam bastões negros cheios de arames enrolados; outros traziam grandes tições acesos, aos quais em cada esquina ajuntavam pez em pó, o que produzia um fogo e fumaça terrível. Depois de os ter assim conduzido, com grande contentamento do povo e terror das criancinhas, finalmente os levou para se banquetearem em uma taverna fora das portas da cidade, na estrada para Saint

---

547. Em latim *equa orba*. (N. do T.)

Ligaire. Lá chegando, perceberam Tappecoue, que voltava da coleta, e lhe disseram em versos macarrônicos:

> "*Hic est de patria, natus de gente belistra,*
> *Qui solet antiquo bribas portare bisacco*"[548].

"Pelas tripas de Judas" disseram então os diabos "se ele não quis emprestar a Deus o pai um simples pluvial, vamos amedrontá-lo", "Está bem" disse Villon "mas escondamo-nos até ele passar, e atacai então com os espetos e tições."

Chegando Tappecoue ao lugar, todos saíram para estrada diante dele, com grande ruído, lançando fogos de todos os lados sobre ele e sua poldra, fazendo soar os címbalos e gritando como diabos: "Hho, hho, hho, brrrourrrs, rrourrrs, rrrourrrs. Hou, hou! Hho, hho, hho! Frei Etienne não somos bons diabos?" A poldra, espantada, começou a trotar, a peidar, a pular e a galopar; e corria, e pulava, e peidava, e tanto pulo deu, que atirou Tappecoue no chão, embora ele se agarrasse ao santo-antônio com todas as suas forças. Os estribos eram de corda; do lado esquerdo[549], o pé estava tão enterrado, que ele não pôde tirar. Foi assim arrastado, esfregando o traseiro no chão, com a poldra lhe desfechando um coice atrás do outro, e fugindo amedrontada por sebes, moitas e fossos. De modo que a cabeça foi despedaçada, e o cérebro caiu perto da cruz de Osannière e; depois os braços foram arrancados, um para aqui, outro para lá, depois o mesmo aconteceu com as pernas, e afinal foi grande a carnificina com as tripas; de sorte que a poldra, continuando a correr, dele só levava o pé direito e o sapato retorcido, Villon, vendo acontecido o que tramara, disse aos seus diabos: "Representareis bem, senhores diabos, eu vos afianço. Oh como representareis bem! Duvido que os diabos de Saulmur, de Doué, de Monmorillon, de Langes, de Saint Espain, de Angiers; na verdade, por Deus, de Poitiers, com todo o seu falatório, possam competir convosco. Oh como representareis bem!"

"Assim" disse Basché "prevejo, meus bons amigos, que, de agora em diante representareis bem essa trágica farsa, visto que, na primeira amostra e ensaio, o chicano foi por vós tão discretamente recebido e mimoseado. Presentemente dobro todos os vossos salários. Vós, minha amiga, disse à esposa, fazei as honras, como quiserdes. Tendes em vossas mãos e em guarda todos os meus tesouros. Quanto a mim, primeiramente bebo à saúde de todos vós, meus bons amigos; o vinho está bom e fresco. Em segundo lugar, vós, mordomo, tomai esta bacia de prata, eu vos dou. Vós, escudeiros, tomai essas duas taças de prata dourada. Vós, pajens, durante três meses não sereis açoitados. Minha amiga, dai-lhes estes belos pássaros

---

548. Eis aquele homem daqui, aquele filho de um biltre, que, como de costume, leva restos de comida em seu velho saco. (N. do T.)
549. No original: *montoir*, isto é, o lado onde se coloca o pé no estribo para se montar a cavalo. (N. do T.)

brancos com palhetas de ouro. Reverendo Oudart, eu vos dou um frasco de prata. Este outro dou aos cozinheiros; aos criados de quarto dou este cesto de prata; aos palafreneiros, dou este cesto de prata dourada; ao porteiro, dou esses dois pratos; aos almocreves essas dez sopeiras. Vós, lacaios, tomai este grande saleiro. Servi-vos à vontade, amigos, bem o mereceis; podeis crer pela virtude de Deus, que eu preferiria sofrer em guerra cem pancadas de maça sobre o elmo, a serviço de nosso tão bom rei, do que ser citado uma vez por estes mastins chicanos, para gáudio de um gordo prior."

CAPÍTULO XIV
CONTINUAÇÃO DOS CHICANOS ESPANCADOS NA CASA DE BASCHÉ

— Quatro dias depois, um outro chicano jovem, alto e magro, foi citar Basché por requisição do gordo prior. À sua chegada, foi logo reconhecido pelo porteiro, e tocada a campainha. Ao seu som, toda a gente do castelo entendeu o mistério. Loire endureceu a sua massa; sua mulher separava a farinha. Oudart estava em seu escritório. Os gentis-homens jogavam a pela. O senhor Basché jogava o trezentos e três com sua mulher. As damas jogavam o (pingres)[72]. Os oficiais jogavam a imperial; os pajens brincavam. De súbito foi por todos ouvidos que os chicanos estavam à vista. Então, Oudart tratou de paramentar-se; Loire e sua mulher trataram de vestir os belos trajes; Trudon de tocar a flauta e rufar o tambor; todos rindo e se preparando, e os guantes à mão. Basché desceu até o pátio. Vendo-o, o chicano ajoelhou-se diante dele, pediu-lhe para não levar a mal por, da parte do prior, o citar; mostrou, em longa arenga, como era personalidade pública, servidor da fradaria, bedel da mitra abacial, disposto a fazer o mesmo por ele, na verdade pelo menor de sua casa, se de sua parte ele mandasse e ordenasse. "Verdadeiramente" disse o senhor "não me darei por citado, enquanto não tiverdes bebido o meu bom vinho de Quinquenais, e assistido às núpcias que aqui se realizam. Reverendo Oudart, fazei-o beber bem e se refazer, depois levai-o à minha sala. Lá sereis bem-vindo."

Chicano, depois de comer e beber à farta, entrou com Oudart no salão, onde se encontravam todos os personagens da farsa, em ordem e bem deliberados. À sua entrada, todos começaram a rir. Chicano ria para acompanhá-los, quando por Oudart foram para os noivos ditas palavras misteriosas, e eles tocaram as suas mãos, de cabeça baixa, sendo aspergidos de água benta. Enquanto se traziam vinho e especiarias, começaram os murros. Chicano deu diversos em Oudart. Oudart trazia o guante escondido sob a sobrepeliz; calçou-o, como se fosse uma mitene. E trata de malhar o chicano com gosto, de espancar o chicano sem descanso; de todos os lados choviam pancadas de guante sobre o chicano. 'Núpcias' diziam eles "núpcias, núpcias! Não vos esquecereis." Foi bem malhado, e o sangue lhe saía pela boca, pelo nariz, pelos ouvidos. Foi surrado, espancado, batido, cabeça, nuca, costas, peito, braços e tudo mais. Podeis acreditar que em Avinhão, no tempo do carnaval, os jovens não jogaram a *raphe*[550] mais melodiosamente do que foi jogado com o chicano. Afinal ele caiu no chão. Jogaram-lhe muito vinho na cara; amarraram na manga de seu gibão bela fita verde e amarela[551], e colocaram-no no seu cavalo. Chegando à Ilha Bouchard, não se sabe se ele foi também tratado por sua mulher, e pelos médicos do país. Depois, não se falou mais nisso.

No dia seguinte, ocorreu caso semelhante, porque no saco e na bolsa do chicano não se tinha encontrado o mandado cumprido. Da parte do gordo prior foi um novo chicano mandado para citar o senhor de Basché, com duas testemunhas para a sua segurança. O porteiro, fazendo soar a campainha, alertou toda a família que o chicano lá se encontrava. Basché estava à mesa, jantando com sua mulher e gentis-homens. Mandou convidar o chicano, fê-lo sentar-se ao seu lado e as testemunhas ao lado das damas, e todos jantaram muito bem e jovialmente. À sobremesa, o chicano se levantou da mesa, presentes e ouvintes as testemunhas, e citou Basché; Basché, cordialmente, pediu a contrafé; já estava pronta. Tomou-a; ao chicano e suas testemunhas foram dados quatro escudos de sol; todos tinham se retirado para a farsa, Trudon começou a tocar o tamborim. Basché convidou o chicano para assistir ao casamento de seu servidor, e de redigir o contrato, sendo pago a contento. Chicano concordou cortesmente, tirou o tinteiro e o papel, com as testemunhas ao seu lado. Loire entrou no salão por uma porta; sua mulher com as damas por outra, com vestes nupciais. Oudart, sacerdotalmente paramentado, os tomou pelas mãos, interrogou-os sobre a sua vontade, deu-lhes a bênção, sem poupar água benta. O contrato foi passado e minutado. De um lado foram trazidos vinho e especiarias; do outro os laços de fita brancos e amarelos; de outro vieram escondidos os guantes.

CAPÍTULO XV
DE COMO POR CHICANOS SÃO RENOVADOS OS ANTIGOS COSTUMES NUPCIAIS

— O chicano, depois de ter emborcado uma grande taça de vinho bretão, disse ao senhor: "O que achais, senhor? Não se festejam aqui as núpcias? Por Deus, assim se perdem todos os bons costumes. Já não se acham mais lebres na toca. Não há mais amigos. Vedes como em várias igrejas se abandonaram

---
550. Brincadeira carnavalesca com pancadaria. (N. do T.)
551. Era costume distribuírem laços de fitas nas festas de casamento. (N. do T.)

ceias dos santos O do Natal?[552] O mundo não faz mais que sonhar. Ele se aproxima do seu fim. Vamos! Núpcias, núpcias, núpcias!" Assim falando, bateu em Basché e sua mulher, depois nas damas e em Oudart. Então os guantes fizeram a sua tarefa, tão bem que o chicano quebrou a cabeça em nove lugares; uma das testemunhas teve o braço direito deslocado, o outro duramente maltratado na mandíbula superior, com desnudação da campainha e perda completa dos dentes molares, incisivos e caninos. Ao som do tamborim mudaram a entonação, foram os guantes retirados, sem de outro modo serem percebidos, e os confeitos multiplicados de novo, com nova jovialidade. Todos beberam à saúde uns dos outros, e do chicano e suas testemunhas. Oudart renegou as núpcias, alegando que as testemunhas lhe haviam deslocado o ombro. Não obstante, bebeu à sua saúde. A testemunha desmandibulada juntou as mãos e tacitamente lhe pediu perdão. Pois falar, não podia. Loire se queixou de que a testemunha tinha lhe dado uma pancada com tanta força no cotovelo que ele ficara com o calcanhar quancluzelubeluzeriulizado. "Mas" dizia Trudon, escondendo o olho esquerdo com um lenço, e mostrando o tamborim amassado de um lado "que mal lhes fiz? Não lhes bastou terem tão pesadamente morram buzevezangozequoquemorguatasachaguevezinhado o meu pobre olho; ainda amassaram tanto o meu tamborim. Os tamborins são ordinariamente batidos nas núpcias; os tamborileiros são festejados, jamais batidos. O diabo que cuide deles."

"Irmão" disse o chicano do braço deslocado "eu te darei umas belas, grandes, antigas cartas reais, que tenho em meu boldrié, para compensar o teu tamborim; e por Deus nos perdoa. Por Nossa Senhora de Riviere, a boa dama, eu não fiz por mal."

Um dos escudeiros, curvado e manquejando, imitava o bom e nobre senhor de Roche-Posay. Dirigiu-se à testemunha da mandíbula arrasada e disse-lhe: "Sois espancadores desalmados?[553] Não vos é bastante ter assim morcrocasse-bezassenezasegrigueligodcopapopondrilado todos os membros superiores com bordoadas, e ainda nos aplicaram tais morderegripipiotabirofreluchamburelu-recoquelurintimpanamentos nas grevas com polainas pontudas? Chamais a isso uma brincadeira da juventude? Por Deus que não é." A testemunha, juntando as mãos, parecia querer pedir-lhe perdão, balbuciando: "Mon, mon, mon, vrelon, von, von!" como uma criancinha. A recém-casada ria chorando, chorava rindo, queixando-se de que o chicano não se contentara em bater sem critério na escolha dos membros, mas a havia rudemente descabelado, e fortemente trepinhe-mampenilorifrizonufressurado as partes vergonhosas traiçoeiramente. "O diabo" disse Basché "teve a sua parte. Era bem necessário que o senhor Le Roy (assim se chamava o chicano) não espancasse assim nas costas minha boa mulher. Não lhe quero mal, todavia.

---

552. Eram antífonas que se cantavam nas festividades do Natal, e que começavam com a exclamação e davam motivo a alegres ceias. (N. do T.)
553. Há aqui um jogo de palavras intraduzível. (N. do T.)

São pequenas carícias nupciais. Mas percebo claramente que ele me citou como anjo e bateu como diabo. Ele tem algo de frade flagelante. Bebo, de coração, à sua saúde, e à vossa também, senhores testemunhas", "Mas" dizia sua mulher "a que propósito, e por que pendência, ele me deu tantos murros? O diabo que o carregue, eu podia querer. Mas não quero, meu Deus. No entanto, foram as mãos mais duras que já senti nos ombros".

O mordomo tinha o braço esquerdo na tipoia, como se estivesse todo machucado. "O diabo me fez assistir a estas núpcias" disse ele. "Pela virtude de Deus que apanhei muito. Chamais isso de núpcias? Eu chamo de núpcias de merda. É, por Deus, um triste banquete dos Lapites, descrito pelo filósofo Samosato". O chicano não falava mais. As testemunhas desculparam-se, dizendo que batendo daquele modo não tinham intenção maligna, e que as perdoassem pelo amor de Deus.

Assim partiram. A meia légua de lá, o chicano se achou um pouco mal. As testemunhas chegaram à Ilha Bouchard, dizendo publicamente que jamais tinham visto um homem mais de bem que o senhor de Basché, casa mais honrada que a sua; também que jamais tinham estado em tais núpcias; mas toda a falta fora por culpa deles, que tinham começado a brincadeira. E viveram ainda não sei quantos dias. De então para diante foi tido como coisa certa que o dinheiro de Basché era aos chicanos e testemunhas mais pestilento, mortal e pernicioso, do que tinham sido outrora o outro de Tolose e o cavalo de Sejano[554] àqueles que o possuíam. Depois ficou o dito senhor em repouso e as núpcias de Basché tornaram-se provérbio comum.

CAPÍTULO XVI
DE COMO FREI JEAN FEZ UM ENSAIO DO NATURAL DOS CHICANOS

— Esta narração — disse Pantagruel — pareceria divertida, se não fosse diante dos olhos ter continuamente a falta do temor de Deus. — Melhor seria — disse Epistemon —, se a chuva daqueles guantes tivesse caído sobre o gordo prior. Ele gastava dinheiro com o seu passatempo, parte para aborrecer Basché, parte para ver os seus chicanos espancados. Os murros teriam enfeitado a sua cabeça. Em que ofendiam aqueles pobres diabos de chicanos? — Lembro-me a propósito — disse Pantagruel —, de um antigo fidalgo romano, chamado L. Nerácio. Era de família nobre e rica em seu tempo. Mas era de temperamento tirânico, e saindo do seu palácio, fazia encher as bolsas de seus criados de ouro e de prata, para que eles, encontrando na rua jovens elegantes e mais bem apessoados, sem por eles terem

---

554. Chamavam-se "ouro de Tolose" toda vantagem ilícita, que deveria ser fatal àquele que a obtinha, porque, tendo sido aquela cidade tomada e saqueada pelo cônsul Cipião, todos os que ficaram com uma parte da riqueza de seus templos morreram miseravelmente. O cavalo de um romano chamado Sejano foi funesto a todos os seus donos.

sido de qualquer modo ofendidos, por pura diversão lhes dessem fortes murros na cara. Logo depois, para os apaziguar e impedir que se queixassem à justiça, dava-lhes dinheiro. Assim os tornava contentes e satisfeitos, segundo as ordenações de uma das leis das doze tábuas. Assim gastava as suas rendas espancando os outros a troco de seu dinheiro. — Pela sagrada bota de São Benedito — disse Frei Jean —, sem demora saberei a verdade.

Então, descendo em terra, metendo a mão em sua escarcela, tirou vinte escudos de sol. Em seguida disse em voz alta, na presença e audiência de grande turba de gente chicana: — Quem quer ganhar vinte escudos para ser espancado com todos os diabos? — Eu, eu, eu — responderam todos. — Vós nos espancareis à vontade, senhor, isto é certo. Mas vamos ganhar. — E todos correram para ver quem seria o primeiro contemplado. Frei Jean de toda a tropa escolheu um chicano de focinho vermelho, o qual tinha no polegar da mão direita um grosso e largo anel de prata, no qual estava engastada uma pedra de sapo bem grande.

Tendo o escolhido, eu vi que todo o povo murmurava, e ouvi um chicano jovem, alto e magro, hábil e bom letrado, e segundo se sabia, honesto homem em corte eclesiástica, queixando-se e murmurando que o sujeito do nariz vermelho lhe tirava toda a freguesia; e se em todo o território não havia mais de trinta bordoadas a ganhar, ele sempre embolsava vinte e oito e meia. Mas todas as suas queixas e murmúrios só procediam da inveja. Frei Jean tanto espancou o focinho vermelho, no ventre, nos braços e nas pernas, cabeça e tudo, com fortes bordoadas, que o julguei morto. Depois lhe atirou os vinte escudos. E o vilão se pôs de pé, tão à vontade quanto um rei ou dois. Os outros disseram a Frei Jean: — Senhor Frei do diabo, se vos agrada ainda espancar por menos dinheiro, estamos todos às vossas ordens, senhor diabo. Estamos todos prontos, com sacos, papéis, penas e tudo. — Focinho vermelho protestou contra eles, dizendo em voz alta: — Tratantes, osgas, quereis vos intrometer em meus negócios? Quereis tirar e seduzir os meus fregueses? Eu vos cito diante do oficial da oitava *mirelaridaine*[555] Vou chicanar como o diabo de Valvert. — Depois, voltando-se para Frei Jean, com o rosto jovial e risonho, disse-lhe: — Reverendo padre do diabo, senhor, se ficastes satisfeito comigo, e se vos agradar ainda deleitar-vos me espancando, eu me contentarei com a metade do justo preço. Não me poupeis, eu vos peço. Estou todo às vossas ordens, senhor diabo: cabeça, pulmão, tripas e tudo. Podeis usar-me à vontade. — Frei Jean interrompeu-lhe as palavras, e se afastou para outro lugar. Os outros chicanos se aproximaram de Panúrgio, Epistemon, Ginasta e os demais, suplicando-lhes devotamente que os espancassem por preço barato, pois de outro modo corriam perigo de bem longamente jejuarem. Mas ninguém os ouviu.

Depois, quando procurávamos água doce para a aguada dos navios, encontramos duas velhas chicanas, as quais juntas miseravelmente choravam e se lamen-

---

555. Palavra parece inventada, como tantas outras. (N. do T.)

tavam. Pantagruel tinha ficado na nau e mandou tocar a retirada. Imaginando que elas fossem parentes do chicano que havia sido espancado, indagamos qual era a causa de tamanho sofrimento. Elas responderam que o seu pranto tinha motivo bem justo, visto que à hora presente tinham na forca pendurado o monge pelo pescoço aos dois melhores homens que havia entre os chicanos. — Meus pajens — disse Ginasta —, penduram o monge pelos pés dos seus companheiros dormentes. Pendurar o monge pelo pescoço seria enforcar e estrangular a pessoa. — Na verdade, na verdade — disse Frei Jean —, falais como São João de la Palisse[556].

Interrogadas sobre a causa daquele enforcamento, responderam que eles tinham roubado as ferragens da igreja e escondidos sob o cabo da paróquia[557]. — Eis — disse Epistemon — uma terrível alegoria.

CAPÍTULO XVII
DE COMO PANTAGRUEL PASSOU PELAS ILHAS DE TOHU E BOHU; E DA ESTRANHA MORTE DE BRINGUENARILLES, COMEDOR DE MOINHOS DE VENTO.

Naquele mesmo dia, passou Pantagruel pelas duas ilhas de Tohu e Bohu, nas quais não achamos o que frigir. Bringuenarilles, o grande gigante, tinha todas as panelas, panelões, caldeirões, chaleiras, frigideiras e caçarolas do país engolido, à falta de moinhos de vento, com os quais ordinariamente se alimentava. Pelo que sucedera que, pouco antes do dia, à hora da digestão, fora por grave moléstia atacado, devida a certa indisposição do estômago, causada (como diziam os médicos) pelo fato de que a virtude concoctiva de seu estômago, apto naturalmente a moinhos de vento inteiros digerir, não pudera consumir perfeitamente as caçarolas e frigideiras; os panelões e caldeirões digerira bastante bem. Como diziam reconhecer pelas hipóstases e eneoremas de quatro barricas de urina que ele despejara duas vezes naquela manhã. Para socorrê-lo, usaram de diversos remédios, conforme a arte. Mas o mal foi mais forte que os remédios. E o nobre Bringuenarilles havia morrido naquela manhã, de maneira tão estranha, que para vos espantar não precisareis da morte de Ésquilo. O qual (como fatalmente por vaticinadores lhe fora previsto, que em certo dia morreria pela ruína de algo que sobre ele cairia), naquele dia destinado, tinha da cidade, de todas as casas, árvores, rochedos e outras coisas se afastado, que pudessem tombar e feri-lo por sua ruína. E ficou no meio de um grande prado, confiando-se à fé do céu livre e patente, em segurança bem assegurada, como

---
556. *La Palisse* por Apocalipse. (N. do T.)
557. Sob a torre da igreja. (N. do T.)

lhe parecia; a não ser verdadeiramente que o céu tombasse, o que acreditava impossível. Todavia se diz que as cotovias grandemente temem a ruína do céu; pois se o céu tombasse, todas seriam apanhadas. Também a temiam outrora os celtas, vizinhos do Reno: são nobres, valentes, cavalheirescos, belicosos e triunfantes franceses; os quais, interrogados por Alexandre, o grande a respeito de que coisa mais neste mundo temiam (esperando bem que dele só fariam exceção, em vista de suas grandes proezas, vitórias, conquistas e triunfos), responderam nada temer senão que o céu tombasse. Não se recusaram todavia a entrar em liga, confederação e amizade com tão prudente e magnânimo rei, se acreditais em Estrabão, liv. 7, e Arriano, liv. 1. Plutarco também, no livro que escreveu sobre a face que se vê no corpo da lua, fala de um homem chamado Fenácio, o qual grandemente temia que a lua caísse na terra; e tinha comiseração e piedade daqueles que habitavam abaixo dela, como os etíopes e os da Taprobana, se uma tão grande massa caísse sobre eles. Do céu e da terra tinham medo semelhante, se não estavam devidamente ajustados e apoiados nas colunas de Atlas, como era a opinião dos antigos, segundo o testemunho de Aristóteles, *lib. 6 Metaphys*. Ésquilo, não obstante, por ruína foi morto, pela queda de um casco de tartaruga, a qual, das garras de uma águia que estava bem alto no ar caindo sobre a sua cabeça, lhe fendeu o crânio.

Há mais o poeta Anacreonte, o qual morreu sufocado por uma pevide de uva. E Fábio pretor romano, o qual morreu sufocado por um pelo de cabra, ingerido de uma tigela de leite. E aquele envergonhado, que, por reter seu vento e receioso de peidar muito alto, morreu de repente na presença de Cláudio imperador romano. E aquele que está enterrado em Roma na Via Flamínio, o qual em seu epitáfio se queixa de ter morrido por haver sido mordido por uma gata no dedo mindinho. Há mais Q. Lacanius Bassus, que morreu de repente devido a uma fisgada de agulha no polegar da mão esquerda, que mal se podia ver. Há mais Quenelault, médico normando, que morreu de repente em Montpellier, por ter tirado mal uma lasca apostemada na mão com uma faca de aparar penas[558]. Há mais Filomenes; seu criado trouxera-lhe figos, antes do jantar, quando provava o vinho, mas um burro extraviado entrou no aposento e comeu todos os figos. Filomenes chegando e vendo a graça do asno sicófago, disse ao criado, que estava de volta: — Razão há, pois que a esse devoto asno abandonaste os figos, que lhe ofereças agora esse bom vinho que trouxeste. — Ditas estas palavras, entregou-se a tão excessiva alegria de espírito, e começou a rir tão enorme e continuamente, que o exercício do baço lhe tolheu a respiração, e morreu de repente. Mais Spurius Saufeius, que morreu tomando um ovo quente depois do banho. Mais aquele de que fala Bocáccio, que morreu de repente por ter palitado os dentes com um graveto de salgueiro[559]. Mais

---

558. Como é bem sabido, usavam-se antigamente penas de pato para escrever. (N. do T.)
559. Bocácio esclarece que um sapo largara o seu veneno na planta. (N. do T.)

Philipott Placutt, o qual, estando são e lépido, morreu de repente pagando uma dívida antiga, sem outra enfermidade anterior. Mais Zeuxis, o pintor, o qual morreu de repente à força de rir, olhando a cara de uma velha por ele apresentada em pintura. Mais mil outros que vos contam Plínio, ou Valério, Baptiste Fulgose, ou Bacabery o velho.

O bom Bringuenarilles (coitado!) morreu sufocado comendo um pouco de manteiga fresca na boca de um forno quente, por determinação dos médicos.

Ali muita gente nos contou que o rei de Cullan, em Bohu, tinha derrotado os sátrapas do rei Mechloth e saqueado as fortalezas de Balima. Depois, passamos pelas ilhas de Nargues e Zarques. Também as ilhas de Teneliabib e Geneliabin, belas e férteis em matéria de clisteres. E as ilhas de Enig e Evig, as quais antes tinham causado confusão ao landgrave de Hesse[560].

CAPÍTULO XVIII
DE COMO PANTAGRUEL ENFRENTA UMA FORTE TEMPESTADE NO MAR

No dia seguinte, encontramos a estibordo, uma urca carregada de frades, dominicanos, jesuítas, capuchinhos, eremitas, agostinianos, bernardinos, celestinos, teatinos, inacianos, amadeanos[561], franciscanos, carmelitas, mínimos e outros santos religiosos, que iam ao concílio de Chesil[562] para redigirem os artigos de fé contra os novos heréticos. Vendo-os, Panúrgio tomou-se de excessiva alegria, certo de ter assegurada boa sorte para aquele dia e os outros subsequentes em longa ordem. E tendo cortesmente saudado os beatos padres e recomendado a salvação da sua alma às suas devotas preces e sufrágios menores, mandou lançar em sua nave setenta e oito dúzias de pernis, muito caviar, dezenas de salsichões, centenas de *boutargues*[563], e dois mil belos *angelots* para as almas dos defuntos. Pantagruel ficou pensativo e melancólico. Frei Jean o percebeu e perguntou de onde vinha aquela tristeza pouco costumeira, quando o piloto, olhando para a agitação da bandeirola na popa, e prevendo vento forte e mudança em breve, recomendou a todos que ficassem alertas, tanto os nautas, marinheiros e grumetes, quanto nós outros viajantes; fez baixar as velas, o traquete, a bujarrona, a cevadeira; descer as bolinas, o mastro de gata e todas as antenas. De súbito, o mar começou a crescer e

---
560. O *landgrave* de Hesse assinara um tratado com Carlos V prometendo acompanhá-lo *ohne einige gefangnus*, "sem nenhuma prisão". Em lugar de einig, o imperador fez escrever a palavra *ewige*, e o *landgrave* se viu, com o seu próprio consentimento, prisioneiro perpétuo. (N. do T.)
561. Amadéans, religiosos agostinianos ou franciscanos, instituídos por Amadeu de Saboia. (N. do T.)
562. Nome hebraico da constelação de Orion, que traz tempestades. Rabelais assim chama o Concílio de Trento. (N. do T.)
563. Prato típico da Europa meridional. (N. do T.)

agitar-se nas profundidades; fortes vagas começaram a bater no costado do navio; o vento, com uma fúria desesperada, acompanhado de nuvens negras, de terríveis turbilhões, de borrascas mortais, a silvar através das enxárcias. O céu troou no alto, trovejando, relampejando, chovendo, despejando granizo; o ar perdeu a sua transparência, tornou-se opaco, tenebroso e obscuro, de modo que outra luz não nos aparecia senão os relâmpagos, raios e despedaçamentos de nuvens flamejantes; catégides, tieles, lelapes e presteros irrompiam em torno de nós, como psoloentes, arges, elicies[564] e outras ejaculações etéreas; todos nós estávamos abatidos e perturbados, com os hórridos tufões que levantavam as montanhosas vagas. Podeis crer que nos parecia estarmos no antigo caos, em que fogo, ar, mar, terra, todos os elementos se misturavam em confusão.

Panúrgio, tendo o estômago repleto de peixes escatófagos, ficou agachado no convés, aflito, desanimado, semimorto; invocou todos os benditos santos e santas em sua ajuda, prometeu confessar-se sempre, depois exclamou apavorado, dizendo: — Mordomo, meu amigo, meu pai, meu tio, arranjai um pouco de salgado; vamos ter de beber muito, pelo que vejo. Quisessem Deus e a abençoada, digna e sagrada Virgem que agora, digo a esta hora, eu estivesse em terra firme bem à vontade!

Oh! Três e quatro vezes felizes os que plantam couves! Ó, Parcas, por que não me fiastes para plantador de couves? Oh, quanto é pequeno o número daqueles aos quais Júpiter tal favor concedeu, o de plantar couves! Pois têm sempre um pé na terra; e o outro não está longe. Dispute a felicidade e o bem soberano quem quiser, mas todo aquele que planta couves é presentemente por meu decreto declarado bem feliz, com bem melhor razão do que Pirro, que se encontrando em perigo igual ao que enfrentamos, e vendo na praia um porco comendo cevada, o declarou bem feliz por dois motivos, saber ter aveia à vontade e, além disso, estar em terra. Ah! Como morada deífica e senhorial não há como a terra firme! Essa vaga vai nos levar, Deus salvador! Ó, meus amigos, um pouco de vinagre! Não aguento esse tremendo esforço. As velas se romperam, o cordame está em pedaços, os costados estouram, aquele mastro mergulha no mar. Ah! Ah! Estamos perdidos. O mastro da gata está na água. Ah! Meus amigos. Meus filhos, a lanterna caiu. Estamos perdidos. Amigos, ajudai-me aqui, atrás desta amurada. O cordame está tremendo. Estará arrebentando? Por Deus, é preciso agir! Uh! Uh! Uh! Olhai a bússola, por favor, mestre Astrofilo. De onde nos vem esta tempestade? Bofé, estou morrendo de medo! Hu, Ui, ui, ui! Ou, ou, ou! Estou me afogando meus amigos, estou morrendo, estou me afogando.

---

564. Palavras gregas significando tormenta, furacão, tempestade, etc. (N. do T.)

CAPÍTULO XIX
DE COMO SE COMPORTARAM PANÚRGIO E FREI JEAN DURANTE A TEMPESTADE

Pantagruel, depois de ter implorado a ajuda do grande Deus salvador, e feito oração pública em fervente devoção, por conselho do piloto agarrou-se ao mastro com firmeza; Frei Jean se preparara para socorrer os marinheiros. O mesmo fizeram Epistemon, Ponocrates e os outros. Panúrgio continuava agachado junto da amurada, chorando e se lamentando. Frei Jean o percebeu ao passar e lhe disse: — Por Deus, Panúrgio bezerro, Panúrgio chorão, Panúrgio gritador, farias melhor nos ajudando aqui do que chorando como uma vaca, sentado sobre os culhões, como um macaco. — Bem be, bu, bu — respondeu Panúrgio. — Frei Jean, meu amigo, meu bom pai, estou perdido, estou perdido. Estou perdido, meu pai espiritual. Vosso chifarote não conseguiria salvar-me. Ah, ah! Estamos acima do *E-la*, fora de toda a gama. Ah! A esta hora estamos abaixo do gama *ut*![565] Estou perdido. Ah meu pai, meu tio, meu tudo. A água está entrando em meus sapatos. Bu,bu, bu, ho, ho, ho, hu, hu, hu. Bebe, bu, bu, bu, bu, ho, ho, ho, ho! Ah, ah! Quisesse Deus que neste momento eu estivesse na urca dos bons e beatos padres concilípedes, que encontramos de manhã, tão devotos, tão gordos, tão alegres, tão delicados e cheios de graça, Holó, holó, holó, ah, ah, ah! Esta vaga de todos os diabos (*mea culpa, Deus*) quero dizer esta vaga de Deus afundará a nossa nave. Ah! Frei Jean, meu pai, meu amigo, confissão. Estou de joelhos. *Confiteor*. Vossa santa bênção! — Vem, enforcado do diabo — disse Frei Jean —, nos ajudar aqui, por trinta legiões de diabos, vem. Virá ele? — Não praguejemos, meu pai — disse Panúrgio —, meu pai, meu amigo, numa hora destas. Amanhã, quanto quiserdes, Holó, holó! Ah, nossa nave está fazendo água: estou perdido, ah, ah, ah! Be, be, be, bu, bu, bu. Qual é a fundura aqui? Darei mil e oitocentos mil escudos a quem me puser em terra firme, encagaçado e cagado como estou, *Confiteor*. Ah! Uma palavrinha de testamento ou de condicílio pelo menos. — Mil diabos do inferno — disse Frei Jean —, tomem conta deste cabrão. Virtude de Deus, falar em testamento em uma hora destas, quando estamos em perigo, que temos de evitar, ou nos perdermos? Vens diabo? Companheiro, pequeninho, oh que engraçadinho! Aqui, perto da popa, Ginasta. Estamos em boa, pela virtude de Deus. O fanal apagou-se. Isso está indo para um milhão de diabos. — Ai, ai, ai, disse Panúrgio — ai! Nu, bu, bu, bu. Ah, ah! Será aqui que para perecer nos estava predestinado? Ah, boa gente, estou me afogando! *Consummatum est*. Estou frito.

---

565. "*E-la por ut*" refere-se ao uso de notas musicais na teoria musical antiga. O *ut* (equivalente ao "do" moderno) representava o tom mais grave na escala, enquanto "mi" e "la" indicavam notas progressivamente mais agudas. A expressão "na oitava superior" destaca que, no contexto, "la" simbolizava o tom mais alto na escala da música antiga, em contraste com gama ut (a sequência "do, mi, sol, do"), que representava o registro mais grave. (N. do R.)

— Ai, ai, ai — arremedou Frei Jean. — Como é feio esse chorão de merda. Grumete, ei, por todos os diabos, toma conta dele. Estás ferido? Virtude de Deus, amarra esta trave. Assim, por da parte do diabo. Assim, meu filho. — Ah! Frei Jean — disse Panúrgio —, meu pai espiritual, meu amigo, não praguejemos. Pecais. Ah, ah! Bebebebu, bu, bu, estou me afogando, meus amigos. Perdoo a todo o mundo. Adeus, *In manus*. Bu.bu. buuuu. São Miguel de Aures, São Nicolau, por esta vez e sempre, eu vos faço o voto e a Nosso Senhor, que, se me ajudardes (quer dizer se me puserdes em terra fora deste perigo aqui) erguerei para vós uma grande e bela capelinha ou duas, entre Quande e Monsoreau, e lá não pastará vaca nem novilho. Ah, ah! Já engoli mais de dezoito baldes de água. Bu, bu, bu, bu. Que água amarga e salgada! — Pelas virtudes — disse Frei Jean — do sangue, da carne, do ventre, da cabeça, se eu ainda te ouvir lamuriar, corno dos diabos, vou te arranjar, como marinheiro velho. Virtude de Deus, e se o jogássemos no fundo do mar? Chefe dos remadores, oi! Gentil companheiro, assim meu amigo. Segurai bem. Verdadeiramente, o negócio está sério. Parece que todos os diabos desembestaram hoje ou que Prosérpina está em trabalho de parto. Todos os diabos estão soltos e dançando.

CAPÍTULO XX
DE COMO OS NAUTAS ABANDONAM OS NAVIOS NO MEIO DA TEMPESTADE

— Ah — disse Panúrgio —, pecais, Frei Jean, meu antigo amigo. Antigo, digo, pois presentemente sou zero, e vós sois zero. Pesa-me dizer-vos, pois creio que praguejar assim faz muito bem ao baço, como um cortador de madeira faz muito bem, com cada machadada, a quem está perto dele. Ah, em alta voz eu grito, e como um jogador de bola fica mirificamente aliviado quando lançou a bola para a frente, e algum espirituoso perto dele abaixa e vira a cabeça e o corpo na direção que a bola, se tivesse sido bem jogada, teria ido de encontro às *quilles*[566]. Todavia, pecastes, meu doce amigo. Mas presentemente se comêssemos um pouco de *cabirotade*[567], estaríamos em segurança nesta tempestade? Já li em algum lugar que, em tempos de tempestade, jamais tinham medo, sempre estavam em segurança, os ministros do deuses Cabiros, tão celebrados por Orfeu, Apolônio, Ferecides, Estrabão, Pausânias, Heródoto. — Está delirando o pobre diabo — disse Frei Jean. — A mil e milhões e centenas de milhões de diabos vá este corno cabrão. Ajuda-nos aqui, vamos! Virá ele? Aqui, a bombordo. Cabeça de Deus, cheia de relíquias, que ladainha de macaco resmungas entre os dentes? Esse diabo de doido é a causa da tempestade, e ele só não ajuda. Por Deus, se eu chegar aí,

---

566. O jogo da bola de antigamente era o boliche de hoje. (N. do T.)
567. Guisado de cabrito. (N. do T.)

eu vos castigarei como um diabo tempestuoso. Aqui, fradinho, meu pequeno; segura bem, para eu dar o nó grego. Ó gentil grumete! Quisesse Deus que fosses o abade de Talemouze, e aquele que o é atualmente fosse guardião de Croullay! Ponocrates, meu irmão, ides vos ferir. Epistemon, cuidado com a gelosia, vi cair um raio. Iça! Muito bem dito. Iça, iça, iça! Vem, escaler. Iça. Virtudes de Deus, que é aquilo? A proa está em pedaços. Troai, diabos, peidai, arrotai, cagai. Maldita onda! Ela quase, pelas virtudes de Deus, nos arrastou sob a corrente. Creio que todos os milhões de diabos reuniram aqui o seu capítulo provincial ou estão brigando por causa da eleição de um novo reitor! Cuidado com a cabeça! Ei, grumete, da parte do diabo, ei! Orça, orça! — Bebebebubu — disse Panúrgio —, estou me afogando. Não vejo nem o céu, nem a terra. Ah, ah, ah! Dos quatro elementos só nos restam aqui o fogo e a água. Bu, bu, bu. Quisessem as dignas virtudes de Deus que a esta hora presente eu estivesse no claustro de Sevilha, ou em casa do pasteleiro Inocente, diante da adega, em Chinon, pronto para assar os pasteizinhos. Nosso homem, poderíeis nos deixar em terra? Sabeis tão bem, como me disseram. Eu vos dou todo o Salmigondinois e a minha grande caçarola se, por vossa indústria, eu me vir outra vez em terra. Ah, ah! Vou morrer. Meu Deus, meus bons amigos, já que não podemos chegar a um bom porto, entremos em alguma angra, não sei onde. Lançai todas as âncoras. Fiquemos fora de perigo, eu vos peço. Nosso amado, mergulhai a sonda por favor. Saibamos a altura da profundidade. Sondai, nosso amado, meu amigo, por nosso Senhor! Vamos saber se aqui se beberia facilmente de pé sem se abaixar. Creio em alguma coisa. — Uretaque, hau![568] — gritou o piloto, uretaque! A mão no leme. Cuidado com a vela. Alar as amuras, alar as amuras baixo! Ei uretaque, proa sacudida! Solta o casco, estende o cordame. — Onde estamos? — disse Pantagruel. — O bom Deus Salvador nos venha em ajuda. — Estende o cordame alto! — exclamou Jamet Brachier, mestre piloto. — Estende o cordame. Cada um pense em sua alma e se ponha em devoção, não esperando ajuda senão de milagre do céu! — Façamos — disse Panúrgio — algum bom e belo voto. Ah, ah, ah! Bu, bu, bebebebu, bu, bu. Ah, ah, façamos uma peregrinação. Cada um entre com belos *liards*[569]. Isso. — Assim, aí, disse Frei Jean — com todos os diabos! A estibordo. Estende o cordame, em nome de Deus — Solta o leme, ei! Bebamos! Digo do melhor e mais estomacal. Estais ouvindo, mordomo? Produzi, exibi. Assim é melhor, com todos os milhões de diabos. Traze aqui, pajem, meu *tiroir*[570] (assim chamava o seu breviário). Esperai; puxai, meu amigo, assim, virtude de Deus! É mesmo bastante raio e bastante granizo. Sustentai-vos bem aí no alto, eu vos peço. Quando teremos a festa de todos os santos? Creio que hoje está infestado de todos os milhões de diabos. — Ah! —Disse Panúrgio. — Frei Jean, vai se danar. Como se perde um bom amigo! Ah, ah, eis pior do que antes. Vamos de Sila para Caríbidis. Ah, estou me afogando, *confiteor*. Uma palavrinha de testamen-

---

568. Manobra feita com uma polia para reforçar a amura da mezena. (N. do T.)
569. Moeda antiga, que valia um quarto de soldo. (N. do T.)
570. Garrafa em forma de livro. (N. do T.)

to, Frei Jean, meu pai, senhor e sábio, meu amigo, meu Acates, Xenomanes, meu tudo. Ah! Estou perdido. Duas palavras de testamento. Aqui neste banquinho.

CAPÍTULO XXI
CONTINUAÇÃO DA TEMPESTADE E BREVE DISCURSO SOBRE TESTAMENTOS FEITOS NO MAR

— Fazer testamento — disse Epistemon — a esta hora, quando devemos nos esforçar para socorrer o nosso navio sob pena de naufragarmos, me parece um ato tão importuno e desproposidado como o dos oficiais e favoritos de César entrando na Gália, os quais se divertiam fazendo testamentos e codicilos, lamentavam sua fortuna, choravam a ausência de suas esposas e dos amigos romanos, quando por necessidade lhes convinha correr às armas, e investir contra Ariovisto, seu inimigo. É uma tolice tal como a do carreiro que, vendo o seu carro atolado, de joelhos implorava a ajuda de Hércules, e não aguilhoava os bois nem cuidava de levantar as rodas. De que servirá aqui fazer testamento? Pois, ou sairemos do perigo, ou nos afogaremos. Se nos livrarmos do perigo, o testamento de nada valerá. Os testamentos não têm valor senão com a morte do testador. Se nos afogarmos, ele também não se afogará como nós? Quem o levará aos testamenteiros? — Alguma boa vaga o lançará à praia — respondeu Panúrgio — como fez com Ulisses; e alguma filha de rei, indo passear na praia, o encontrará; depois o fará executar; e perto da praia me erguerá um magnífico cenotáfio, como fez Dido, a seu marido Siqueu: Eneias a Deófobo, nas praias de Troia, perto de Rete; Andrômaco a Heitor, na cidade de Butrot: Aristóteles a Hérmias e Eunulo; os atenienses ao poeta Eurípides; os romanos a Druso na Germânia, e Alexandre Severo, seu imperador, na Gália; Argentier a Callaischre: Xenocrito e Lisidice; Timares a seu filho Teleutafores; Eupollis e Aristodice a seu filho Teotimo; Onestes a Timocles, Calimaco e Asópolis, filho de Dióclides; Catulo a seu irmão; Estácio a seu pai; Germain de Brie a Hervé o marinheiro bretão[571] — Estás sonhando? disse Frei Jean. Ajuda aqui, com quinhentos mil e milhões de carroçadas de diabos, ajuda; que o cancro te chegue ao bigode e uma porção de abcessos te obriguem a mudar os calções e braguilhas. Nossa nau está encalhada? Virtude de Deus, como a safaremos? Com todos os diabos, que fúria do mar! Não escaparemos jamais ou me entrego a todos os diabos!

Ouviu-se, então, uma piedosa exclamação de Pantagruel, dizendo em voz alta: — Senhor Deus, salva; estamos perecendo. Não advenha todavia segundo as nossas afeições; que a tua santa vontade seja feita. — Deus — disse Panúrgio —, e abençoada Virgem estejam conosco. Ai, ai, ai, estou me afogando. Bebebebu,

---

571. Hervé morreu heroicamente em um combate naval; Germain de Brie, amigo de Rabelais, celebrou seu feito em um poema latino. (N. do T.)

bebé, bu, bu. *In manus*. Deus verdadeiro, envia-me um golfinho para me levar para a terra, como um pequeno Arionte. Tocarei a harpa, se ela não estiver quebrada. — Eu me dou a todos os diabos — disse Frei Jean. — Deus esteja conosco — dizia Panúrgio entre os dentes. — Se eu for aí — disse Frei Jean —, eu te mostrarei bem provado que teus culhões estão pendurados no cu de um parlapatão, covarde, encagaçado. Vem nos ajudar, chorão de uma figa, por trinta milhões de diabos que te saltarão ao corpo. Vens? Como é feio o chorão! Não dizes outra coisa? Vem. *Beatus vir qui non abiit*[572]. Sei tudo isso de cor. Vejamos a lenda do senhor São Nicolau:

Horrida tempestas montem turbavit acutum[573].

A tempestade castigou muitos alunos no colégio de Montagu. Se por terem chibateado os pobres meninos, estudantes inocentes, os pedagogos estão danados, será, por minha honra, na roda de Ixion, chibateando o cão sem cauda que a faz andar; se estiverem sendo chibateados pelos meninos inocentes, deve estar acima de...

CAPÍTULO XXII
FIM DA TEMPESTADE

— Terra, terra — exclamou Pantagruel —, vejo terra. Meus filhos, coragem de cordeiros! Não estamos longe do porto. Vejo o céu do lado da transmontana, que começa a clarear. Vede o siroco. — Coragem, meus filhos — disse o piloto —, a corrente mudou. Ao cesto da gávea! Iça, iça! Aos sobres da mezena. Ao cabo do cabrestante. Vira, vira, vira. A mão no leme. Iça, iça! Sustenta o leme. Firme! Preparar os *couets*[574]. Preparar as escotas. Preparar as bolinas. Alar as amuras a bombordo. Corta a escota de estibordo, filho da puta! — Tens sorte, homem de bem — disse Frei Jean ao marinheiro —, de ouvir notícia de tua mãe. — Alta a cana do leme! — Alta está — responderam os marinheiros. — Proa avante. Iça, iça! — Bem dito e avisado — disse Frei Jean. — Sus, sus, sus, meus filhos, diligentemente. Bom. — Iça, iça! À direita. — Bem dito e avisado. A tempestade parece estar acabando, em boa hora. Louvado seja Deus, portanto. Parece que os diabos estão começando a ir-se embora. — Força! — Bem e doutamente dito. Força! Aqui, por Deus. Gentil Ponocrates, forte latagão. Ele só vai fazer filhos machos, o sem-vergonha. Eustenes, grande homem. — Ao traquete de proa. Iça, iça! — É bem dito. Iça, por Deus, iça, iça! Não tenho nada a temer, pois hoje é dia santo. — Esta celeuma não está fora de

---
572. Feliz o homem que não se afastou... (Salmos, I.) (N. do T.)
573. Uma horrível tempestade perturbou o alto monte. (N. do T.)
574. Cordame que prende a grande vela da mezena. (N. do T.)

propósito e me agrada — disse Epistemon —, pois hoje é dia santo. — Iça, iça! Bom. — Oh — exclamou Epistemon. — mando que todos vós espereis. Vejo Castor à direita. — Be be, bu, bu — disse Panúrgio —, estou com muito medo de ser Helena, aquela sem-vergonha. — É verdadeiramente — disse Epistemon —, Mixarchagevas, se te agrada a denominação dos argivos. Ei, ei! Vejo terra; vejo porto; vejo muita gente lá no porto. Vejo fogo no obeliscolicnia[575].

— Eia, eia! — disse o piloto. — Virar a proa. — Dobrada está — responderam os marinheiros. — Está passando — disse o piloto.— Já era tempo. — São João — disse Panúrgio —, foi quem falou. Ó belas palavras! — Hum, hum, hum — disse Frei Jean. — Se ainda abrires a boca, eu te mando para o diabo, estás ouvindo, poltrão do diabo? — Coragem — exclamou Pantagruel —, coragem, meus filhos. Sejais corteses. Vejo aqui perto de nossa nave dois barcos pequenos, três maiores, cinco *chipes*[576], oito vasos de armadores, quatro gôndolas e seis fragatas, pela boa gente dessa ilha próxima enviados ao nosso socorro. Mas quem é aquele Ucalegon[577] lá adiante que grita desconfortado? Não tenho eu bem segura a árvore com as mãos e mais reta do que fariam duzentas cordas? — É — respondeu Frei Jean — o pobre diabo de Panúrgio, que está encagaçado. Treme de medo quando está bêbedo — Se — disse Pantagruel — medo ele teve durante essa horrível e perigosa tempestade, contanto que no mais ele tenha se esforçado, não o estimarei menos nem um pouco. Pois o temor diante de todos os choques é índice de grosso e covarde coração, assim como fazia Agamenon; e por essa causa lhe dizia Aquiles em sua censura ignominiosamente ter olhos de cão e coração de cervo; assim como não temer quando o caso é evidentemente temível, é sinal de pouco ou nenhum discernimento. Ora, se há coisa que se deve temer, depois de ofender a Deus, não quero dizer que não seja a morte. Não quero entrar em disputa com Sócrates e os acadêmicos: a morte não é má em si, a morte não deve ser temida. Digo que essa espécie de morte por naufrágio, ou então nada mais, é de ser temida. Pois, como diz a sentença de Homero, coisa triste, aborrecida e desnaturada é morrer no mar. De ato, Eneias, na tempestade pela qual foram os seus navios perto da Sicília surpreendidos, lamentava-se de não ter morrido às mãos de Diomedes e dizia três e quatro vezes felizes os que tinham sido mortos na destruição de Troia. Não morreu aqui ninguém; Deus Salvador seja eternamente louvado. Mas verdadeiramente uma casa bastante desordenada. É preciso reparar os estragos. Cuidado para não cairdes.

---

575. Obelisco tendo um fanal no alto. (N. do T.)
576. Por *ship*, barcos ingleses. (N. do T.)
577. Vizinho de Eneias cuja casa foi incendiada na tomada de Troia (Virgílio, Eneida, III, vs. 311/312). (N. do T.)

CAPÍTULO XXIII
DE COMO, TERMINADA A TEMPESTADE, PANÚRGIO SE MOSTROU BOM COMPANHEIRO

— Ah, ah! — exclamou Panúrgio. — Tudo vai bem. A tempestade passou. Peço-vos a graça de desembarcar em primeiro lugar. Queria muito tratar dos meus negócios. Ainda é preciso que eu vos ajude? Deixai-me amarrar esta corda. Tenho muita coragem, como vedes. Medo bem pouco. Podeis saber, meu amigo. Não, não, nada de medo. Na verdade, essa vaga enorme, que varre de proa a popa me deixa a artéria um pouco alterada. Arriar as velas. Muito bem dito. Então, nada fazes, Frei Jean? Será tempo de beber uma hora destas? Quem sabe se o ferrabraz do São Martinho não nos vai arranjar uma nova tempestade? Eu vos iria ainda ajudar. Bofé, eu me arrependo bem, mas é tarde, de não ter seguido a doutrina dos bons filósofos que dizem que passear perto do mar e navegar perto da terra é coisa mui segura e deleitável, como ir a pé quando se puxa o cavalo pela rédea. Ah, ah, ah! Por Deus! Tudo vai bem. Quereis que eu ainda vos ajude? Dai-me isso, eu farei muito bem, ou o diabo estará presente.

Epistemom tinha uma das mãos toda esfolada e ensanguentada, por ter com grande violência segurado um dos cabos, e, ouvindo o discurso de Pantagruel, disse: — Crede, senhor, que tive medo e temor não menor que Panúrgio. Mas e então? tratei de socorrer. Considero que, se verdadeiramente é (como é) necessidade fatal e inevitável, em tal ou qual hora, de tal ou qual maneira, morrer está na santa vontade de Deus. Portanto a ele convém incessantemente implorar, invocar, orar, pedir, suplicar. Mas não convém disso fazer fim e limite: de nossa parte convém igualmente esforçarmo-nos e, como diz o santo enviado, sermos cooperadores com ele. Sabeis o que disse C. Flamínio, cônsul, quando, por astúcia de Anibal, foi ele cercado perto do lago de Perusa, dito Trasimeno. "Meus filhos" disse ele a seus soldados "daqui sair não convém esperar por voto e imploração aos deuses. Por força e valor nos convém evadir e a fio de espada caminho abrir no meio dos inimigos". Igualmente em Salústio". A ajuda (disse M. Pórcio Catão) dos deuses não é impetrada por votos ociosos, por lamentações mulheris. Velando, trabalhando, esforçando-se, todas as coisas seguem bom caminho e chegam a bom destino. Se em necessidade e perigo o homem é negligente, desfibrado e preguiçoso, sem propósito implora aos deuses. Eles ficam irritados e indignados. — Eu estaria com o diabo — disse Frei Jean... — Lá estou pela metade — disse Panúrgio. — Se o claustro de Sevilha estivesse saqueado e destruído, se eu não tivesse senão cantado Contra *hostium insidias* (matéria de breviário) como faziam os outros diabos de frades, sem socorrer o vinhedo com o cabo da cruz contra os saqueadores de Lerné.

— A galera navega — disse Panúrgio — tudo vai bem, Frei Jean, e não importa mais tudo isso. Ele se chama Frei Jean não-faz-nada e fica aqui me olhando, enquanto eu suo e trabalho para ajudar este homem de bem, marinheiro primeiro de seu nome. Nosso amigo, oh! Duas palavras, mas não vos aborreçais. Qual é a espessura do casco desta nau? — É — respondeu o piloto — da espessura de dois bons dedos, não tenhais medo. — Virtude de Deus — disse Panúrgio —, estamos então, continuamente a dois dedos perto da morte, será essa uma das nove alegrias do casamento? Ah! Nosso amigo, fazeis bem medindo o perigo pelos côvados do medo. Não o tenho, quanto a mim. Chamo-me Guilherme sem medo. De coragem, muito. Não me refiro a coragem de cordeiro. Digo coragem de lobo, feroz e carniceiro. E nada temo além do perigo.

CAPÍTULO XXIV
DE COMO, POR FREI JEAN, PANÚRGIO É DECLARADO TER TIDO MEDO SEM CAUSA DURANTE A TEMPESTADE

— Bom dia, senhores — disse Panúrgio —, bom dia para todos. Tendes todos passado bem? Graças a Deus, e vós? Tendes bem e a propósito vindo. Desçamos. Remadores, sus, lançai o *pontal*![578] Aproxima-se o esquife. É mister que eu vos ajude ainda? Estou bem-disposto e ansioso para trabalhar como quatro bois. Verdadeiramente, eis um belo lugar e boa gente. Meus filhos, ainda precisais de minha ajuda? Não poupeis o suor do meu corpo, pelo amor de Deus. Adão, isto é, o homem, nasceu para labutar e trabalhar como a ave para voar. Nosso Senhor quer, ouvistes bem? Que comamos o nosso pão com o suor do nosso corpo: não nada fazendo, como esse frade vagabundo que estais vendo, Frei Jean que bebe e morre de medo. Eis o bom tempo. A esta hora, conheço que a resposta de Anacarse, o nobre filósofo, foi verdadeira e bem na razão fundada, quando foi interrogado qual navio lhe parecia mais seguro, e respondeu: "o que está no porto". — Ainda melhor — disse Pantagruel —, quando ele, interrogado se era maior o número dos mortos ou dos vivos, perguntou: "Entre quais contais os que navegam no mar?" Sutilmente significando que aqueles que no mar navegam tão perto estão do contínuo perigo da morte, que vivem morrendo e morrem vivendo. Assim Pórcio Catão dizia que só há três coisas do que se arrepender. A saber: se havia jamais seu segredo à mulher revelado; se em ociosidade tivesse jamais um dia passado; e se por mar tivesse peregrinado a lugar de outro modo acessível por terra. — Pelo digno hábito que trago — disse Frei Jean a Panúrgio —, poltrão meu amigo, durante a tempestade tiveste medo sem causa e sem razão. Pois teu destino fatal não é o de perecer em água. Serás alto no ar certamente pendurado, ou bem queimado como um padre[579]. Senhor, quereis um bom capote contra a chuva? Deixai esses casacos de lobo e de raposa. Mandai esfolar Panúrgio e com sua pele vos cobri. Não vos apro-

---

578. Pontezinha que se lançava de um navio para a abordagem. (N. do T.)
579. Um ministro da religião reformada. (N. do T.)

ximeis do fogo, nem passeis diante das forjas dos ferreiros, pois em um momento a veríeis transformada em cinzas. Mas à chuva podeis expô-la tanto quanto quiserdes, e à neve e ao granizo. Mais do que isso, por Deus, lançai mergulhada nas profundezas da água e não será no entanto molhada. Fazei com ela botas do inverno, caminharão sem perigo. — Sua pele então — disse Pantagruel — seria como a erva chamada cabelo de Vênus, a qual jamais é molhada ou umedecida: sempre seca, ainda se ficar na profundidade da água tanto quanto se queira. Porquanto é chamada Adiantos. — Panúrgio, meu amigo — disse Frei Jean —, não tenhas medo da água, eu te peço. Por elemento contrário será a tua vida terminada. — É verdade — respondeu Panúrgio. — Mas os cozinheiros dos diabos às vezes sonham e erram em seu ofício, e muitas vezes cozinham o que deveria ser assado, como, na cozinha daqui, os mestres cucas muitas vezes põem gordura em perdizes, pombos e pombos bravos com a intenção (como na verdade parece) de assá-los. Acontece, todavia, que as perdizes com couve, os pombos com alho-porro e os pombos bravos põem a cozinhar com nabo. Escutai, meus amigos: protesto diante da nobre companhia que a capela dedicada ao Senhor São Nicolau entre Quande e Monsorreau, entendo que será uma capela na qual não pastará vaca ou novilho. Pois eu a lançarei no fundo da água. — Eis —disse Eusthenes — o valente; eis o valente, valente e meio. Confirma o provérbio lombardo:

Passato el periculo, gabbato el santo"[580].

CAPÍTULO XXV
DE COMO, DEPOIS DA TEMPESTADE, PANTAGRUEL DESCEU NAS ILHAS DOS MACREONTES

Sem demora desembarcamos no porto de uma ilha, a qual se chamava Ilha dos Macreontes. A boa gente do lugar nos recebeu honradamente. Um velho macróbio (assim chamam eles seu escabino-chefe) queria levar Pantagruel à câmara municipal da cidade, para ali repousar à vontade e tomar a sua refeição. Mas ele não quis sair do molhe enquanto todos os seus homens não estivessem em terra. Depois de os ter reconhecido, ordenou que cada um fosse munido de vestimentas, e que toda a munição das naves fosse em terra exposta e que todas as tripulações se regalassem. O que se fez incontinênti. E só Deus sabe quanto se bebeu e se regalou. Todo o povo do lugar trouxe víveres em abundância. Os pantagruelenses lhes ofereceram mais ainda. Verdade é que as suas provisões estavam um tanto estragadas pela tempestade precedente.

Terminado o repasto, Pantagruel pediu a cada um que pusesse mãos à obra para reparar os estragos. O que se fez, com afã. A reparação foi fácil, pois todos os habitantes da ilha eram carpinteiros e todos artífices, tais como se vê no arsenal de Veneza;

---

580. Passado o perigo, zomba-se do santo. (N. do T.)

e a ilha grande somente era habitada em três portos, chamados paróquias: o resto era bosque de altas árvores e deserto, como a floresta das Ardenas. A nosso pedido, o velho macróbio mostrou o que havia de admirável e insigne na ilha. E, entre a floresta sombria e deserta, descobriu vários belos templos arruinados, vários obeliscos, pirâmides, monumentos e sepulcros antigos com inscrições e epitáfios diversos. Uns em letras hieroglíficas, outras em linguagem jônica, outras em língua arábica, agarena, esclavônica e outras. Das quais Epistemon tirou extratos curiosamente. Entrementes, disse Panúrgio a Frei Jean:

— Aqui é a ilha dos Macreontes. Macreonte em grego significa homem velho, que tem muitos anos. — Que queres tu — disse Frei Jean — que eu faça? Queres que eu desfaça? Não estava neste país quando assim foi batizado. — A propósito, — respondeu Panúrgio —, creio que o nome de *maquerelle*[581] dele foi extraído. Pois o proxenetismo não compete senão às velhas; aos jovens compete o sem-vergonhismo; portanto seria de se imaginar que seja esta a ilha Maquerelle, original e protótipo daquela que se encontra em Paris. Então, vamos nos deleitar.

O velho macróbio, em língua jônica, perguntou a Pantagruel como e por que indústria e labor tinha chegado àquele porto, naquele dia onde houvera turbação no ar e tempestade no mar tão horrífica. Pantagruel respondeu-lhe que o Alto Senhor tivera compaixão da simplicidade e sincera afeição de seus homens, os quais não viajavam por ganho ou tráfico de mercadorias. Uma só e única causa os havia no mar posto, a saber o estudioso desejo de ver, aprender, conhecer, visitar o oráculo de Bacbuc, e ter a ouvir a palavra da Botelha sobre algumas dificuldades propostas por alguém da companhia. Todavia, tal não se fizera sem grande aflição e perigo evidente de naufrágio. Depois perguntou-lhe que causa lhe parecia que pudesse ser a daquela espantosa tormenta, e se os mares adjacentes à ilha eram assim ordinariamente sujeitos a tempestades, como no mar oceano são Sanmaiueu e Maumusson e no mar Mediterrâneo o golfo de Satalle, Montargenta, Plombin, Capol Melio na Lacônia, o estreito de Gibraltar, o farol de Messina e outros.

CAPÍTULO XXVI
DE COMO O BOM MACRÓBIO FALA A PANTAGRUEL DA MORADIA E DA SEPARAÇÃO DOS HERÓIS

Então respondeu o bom macróbio: — Amigos peregrinos, aqui é uma das Ilhas Espóradas, não de vossas Espóradas que estão no mar Carpático, mas as Espóradas do Oceano, outrora rica, frequentada, opulenta, comercial, e sujeita ao

---

581. *Maquerelle*, proxeneta; *maquerellage*, proxenetismo. (N. do T.)

dominador da Bretanha; agora, pela passagem do tempo e declínio do mundo, pobre e deserta como vedes.

Essa escura floresta que vedes, longa e ampla de setenta e oito mil parasangas, é habitação de demônios e heróis, os quais se tornaram velhos; e cremos, não mais brilhando o cometa presentemente, que nos apareceu por três dias inteiros precedentes, que ontem tenha morrido algum, cuja morte tenha provocado a horrível tempestade que sofrestes. Pois sendo eles viventes todo o bem abunda neste lugar e em outras ilhas, e o mar se mostra em bonança e serenidade contínua. Na morte de alguns deles ordinariamente ouvimos na floresta grandes e dolorosas lamentações, e vemos na terra pestes, estragos e aflições, e no mar tempestade e tormenta.

— Há — disse Pantagruel — probabilidade no que dizeis. Pois, como a tocha ou a vela, todo o tempo em que está viva e ardente, ilumina os circunstantes, aclara tudo em torno, deleita a cada um e a cada um expõe seu serviço e sua claridade, não faz desprazer a ninguém; mas no instante em que se apaga, por sua fumaça e evaporação infecciona o ar, prejudica os circunstantes e a cada um desagrada: assim é com essas almas nobres e insignes. Durante todo o tempo que habitam o corpo, é a sua presença pacífica, útil, deleitável, honrada; na hora de sua separação, comumente advêm, para as ilhas e continentes, grandes perturbações no ar, trevas, raios, granizo; em terra, concussões, tremores, assombros; no mar, tormentas e tempestades, com lamentações dos povos, mutações das religiões, abalos de reinos e eversões de repúblicas.

— Nós — disse Epistemon — temos há pouco tempo visto a experiência do bravo e douto cavaleiro Guillaume du Bellay, vivendo o qual a França estava em tal felicidade, que todo o mundo dela tinha inveja, todo o mundo a ela se aliava, todo o mundo a temia. De súbito, depois de sua morte, de todo o mundo ela tem sido desprezada bem longamente. — Assim — disse Pantagruel —, morto Anquises em Drepani na Sicília, a tempestade infligiu terrível vexação a Eneias. É porventura a causa de Herodes, o tirânico e cruel rei de Judeia, vendo-se perto de morte horrível e espantosa por natureza (pois morreu de uma ftiríase, comido pelos vermes e piolhos, como antes tinham morrido L. Sila, Ferecides Sírio, preceptor de Pitágoras, o poeta grego Alcman e outros) e prevendo que com a sua morte os judeus iriam se rejubilar, fez ao seu palácio de todas as cidades, burgos e castelos da Judeia irem todos os nobres e magistrados, sob a desculpa e opinião fraudulenta de querer coisa de importância para o regime comunicar-lhes, e de proveito para a província. E todos vindos e comparecendo fê-los no hipódromo do palácio encerrá-los. Depois disse a sua irmã Salomé e seu marido Alexandre: "Estou certo de que com a minha morte os judeus se regozijarão; mas se me ouvir quiserdes, e executardes o que vos direi, as minhas exéquias serão honrosas e haverá lamentação pública. No instante da minha morte, fazei pelos arqueiros da minha guarda, aos quais expressamente já ordenei, serem mortos todos esses nobres e magistrados, que estão isolados e presos. Assim fazendo, toda a Judeia, mau grado seu, em luto e lamentação estará, e parecerá aos estrangeiros ser por causa do meu passamento, como se alguma alma heroica tivesse se desprendido". Igualmente afetava um desesperado tirano, quando disse: "Morto eu, seja a terra com o fogo misturada; quer dizer pereça todo o mundo". O que Nero o truão mudou, dizendo "Vivo eu", como atesta Suetônio. Essa detestável frase, da qual falam Cícero *lib. 3 de Finibus* e Sêneca, *lib. 2.* da Clemência, é, por Dion Niceu e Suidas, atribuída ao imperador Tibério.

CAPÍTULO XXVII
DE COMO PANTAGRUEL DISCORRE SOBRE A SEPARAÇÃO DAS ALMAS HEROICAS E DOS PRODÍGIOS HORRÍFICOS QUE PRECEDERAM O PASSAMENTO DO DEFUNTO SENHOR DE LANGEY

— Eu não queria — disse Pantagruel, continuando — ter sofrido a tormenta marítima, a qual tanto nos vexou e cansou, para não ouvir o que nos diz este bom macróbio. Ainda estou facilmente induzido a crer o que ele nos disse do cometa visto no ar certos dias antes de tal separação. Pois algumas almas são tão nobres, preciosas e heroicas, que de sua separação e passamento nos dá significação os céus certos dias antes. E como o médico prudente, vendo por sinais prognósticos seu doente entrar em vias de morte, alguns dias antes adverte a esposa, filhos, parentes e amigos da morte iminente do marido, pai ou parente, a fim de que no resto de tempo que ele tem a viver, eles o admoestem a dar ordem à sua casa, exortar e abençoar os filhos, recomendar a viuvez de sua esposa, declarar o que for necessário para o entretenimento dos pupilos; e não seja pela morte surpreendido sem testar e ordenar sobre sua alma e sua casa; semelhantemente os céus benévolos, como se alegres com a nova recepção daquelas almas beatas, antes de sua morte parecem acender fogos de artifício com os cometas e aparições meteóricas, as quais querem os céus ser aos humanos prognóstico certo e verídica predição, que dentro de poucos dias tais veneráveis almas deixarão os seus corpos e a terra. Não mais nem menos do que outrora, em Atenas, os juízes areopagitas, dando os seus votos para o julgamento dos criminosos prisioneiros, usavam certas notas segundo a variedade das sentenças: por S significavam condenação à morte; por T, absolvição; por A, prorrogação[582], a saber, quando o caso não era ainda líquido. Aquelas publicamente expostas motivo eram de emoção e entendimento para os amigos, parentes e outros curiosos, ouvindo qual seria o desfecho e julgamento dos malfeitores

---

582. "S" ou "teta" simboliza *thanatos* (morte); "T" ou "tau" representa *teleosis* (absolvição ou consumação); e "A" ou "alfa" refere-se a *adelos* (incerto ou obscuro). Esses caracteres, provenientes do alfabeto grego, eram usados como símbolos para conceitos específicos em determinados contextos filosóficos ou esotéricos. (N. do R.)

detidos em prisão. Assim por tais cometas, como por notas etéreas, dizem os céus tacitamente: "Homens mortais, se dessas almas felizes algo quereis saber, aprender, entender, conhecer, prever, no tocante à utilidade pública ou privada, diligenciai de a ela vos apresentar e delas resposta ter. Pois o fim e catástrofe da comédia se aproxima. Passada aquela, em vão lamentareis".

Fazem mais. É para declarar nos serem a terra e a gente terrena dignas da presença, companhia e fruição de tão insignes almas, as assustam e assombram por prodígios, portentos, monstros e outros precedentes sinais formados contra toda a ordem da natureza. Pois vimos vários dias antes da partida daquela tão ilustre, generosa e heroica alma do douto e bravo cavaleiro de Langey, do qual vos tenho falado. — Eu bem me lembro — disse Epistemon —, e ainda me aperta e treme o coração dentro de sua cápsula, quando penso nos prodígios tão diversos e horríficos, os quais vimos abertamente cinco ou seis dias antes de sua partida. De modo que os senhores d'Assier, Chemant, Mailly o caolho, Saint Ayl, Villeneuve la Guyart, mestre Gabriel médico de Savillan, Rabelais, Cohuau, Massuau, Majorici, Bullou, Cercu dito Burgomestre, François Proust, Ferron, Charles Girard, François Hourré e tantos outros amigos, criados e servidores do defunto, todos assustados olhavam uns para os outros, sem que saísse da boca uma palavra, mas todos bem pensantes e previdentes em seus entendimentos de que em breve seria a França privada de um tão perfeito e necessário cavaleiro à sua glória e proteção, e que os céus o recebiam como a eles devido por propriedade naturalmente. — Por meu hábito — disse Frei Jean — quero me tornar clérigo nos meus dias de velhice. Tenho bastante bom entendimento, na verdade. Eu vos pergunto, perguntando como o rei ao seu condestável, e a rainha ao seu filho, esses heróis e semideuses dos quais falastes, podem pela morte acabar? Eu pensava em pensamento que fossem imortais, como belos anjos, Deus que me queira perdoar. Mas este reverendíssimo macróbio diz que eles morrem finalmente. — Não todos — respondeu Pantagruel. — Os estoicos os diziam todos mortais, exceto um só, que é imortal, impassível, invisível. Píndaro abertamente diz terem as deusas hamadríades mais fios, quer dizer mais vida, não sendo fiadas, pela roca e filamento dos destinos e parcas iníquas, do que as árvores por elas conservadas. São os carvalhos, dos quais elas nasceram, segundo a opinião de Calímaco e de Pausânias *in Phoci*. Com o que concorda Marciano Capela. Quanto aos semideuses, pãs, sátiros, silvanos, duendes, egipãs, ninfas, heróis e demônios, vários têm, pela soma total resultante das idades diversas supostas por Hesíodo, deduzido ser sua vida de 9.720 anos: número composto da unidade que passa a *quadrinité*, e a *quadrinité* inteira quatro vezes em si dobrada, depois cinco vezes multiplicada por sólidos triângulos[583]. Vide Plutarco no livro da separação dos Oráculos. — Isso — disse Frei Jean — não é matéria de breviário. Não creio senão no que vos agradar. — Eu creio — disse Pantagruel — que todas as almas

---

583. Assim o comentarista Louis Barré explica esta passagem: "Quer dizer que 9720 é igual a 5 multiplicado por 8, mais cinco vezes por 3 ou por 243". Explicação que, como se vê, não explica muito bem. (N. do T.)

seletivas estão isentas da tesoura de Átropos. Todas são imortais; anjos, demônios e humanos. Eu vos direi, todavia, uma história bem estranha, mas escrita e assegurada por vários doutos e sábios historiógrafos, a esse propósito.

CAPÍTULO XXVIII
DE COMO PANTAGRUEL CONTA UMA LAMENTÁVEL HISTÓRIA REFERENTE À MORTE DOS HERÓIS

— Epiterses, pai de Emiliano retórico, navegando da Grécia para a Itália em uma nau carregada de diversas mercadorias e vários viajantes, à noite, cessando o vento perto das ilhas Equinades, as quais estão entre a Moreia e Túnis, aportou sua nave perto de Paxes. Estando a bordo alguns dos viajantes dormindo, outros velando, outros bebendo e comendo, foi da Ilha de Paxes ouvida uma voz de alguém que em tom alto chamava Tamous; com cujo grito todos se aterrorizaram. Esse Tamous era o seu piloto, natural do Egito, mas não conhecido por esse nome, a não ser por alguns viajantes. Pela segunda vez foi ouvida aquela voz, a qual chamava Tamous com gritos horríficos. Ninguém respondeu, mas todos ficando em silêncio e tremendo, pela terceira vez a voz foi ouvida, mais terrível que dantes. Do que adveio que Tamous respondeu: "Estou aqui, o que me pedes? O que queres que eu faça?" Então foi aquela voz ouvida ainda mais alto, dizendo-lhe e ordenando-lhe que, quando estivesse em Palodes, anunciasse e dissesse que Pã o grande Deus estava morto.

Ouvidas essas palavras, disse Epiterses, todos os marinheiros e viajantes ficaram assombrados e grandemente assustados; e entre si deliberando se seria melhor calar ou anunciar o que fora ordenado, disse Tamous a sua opinião ser de que, acontecendo que tivesse vento em popa, passar sem nada dizer; acontecendo que houvesse calmaria no mar, anunciar o que tinham ouvido. Quando então chegaram a Palodes, aconteceu que não tiveram vento nem corrente. Então Tamous, subindo à proa e para a terra projetando a sua voz disse, assim como lhe fora ordenado, que Pã o grande deus estava morto. Não acabara ainda de dizer a última palavra, quando foram ouvidos grandes suspiros, grandes lamentações e terror em terra, não de uma só pessoa, mas de muitas juntas. Essas notícias (porque vários tinham estado presentes) foi bem cedo divulgada em Roma. E mandou Tibério César, então imperador de Roma, saber quem era aquele Tamous. E, tendo o ouvido falar, acreditou em suas palavras. E aconselhando-se com homens doutos que então se encontravam em sua corte e em Roma, em bom número, para saber quem era aquele Pã, verificou por seus relatos, que fora filho de Mercúrio e Penélope. Assim antes tinham escrito Heródoto e Cícero, no terceiro livro da Natureza dos deuses. Todavia eu o interpretaria como aquele grande Salvador dos fiéis, que foi na Judeia ignominiosamente morto pela inveja e iniquidade dos pontífices, doutores, presbíteros e monges da lei mosaica. E não me parece a interpretação detestável. Pois em bom direito pode ser em língua grega dito Pã: visto que ele é o nosso Tudo, tudo que vivemos, tudo o que temos, tudo o que esperamos é ele, nele, dele, por ele. É o bom Pã, o grande pastor, que como atesta o pastor apaixonado Coridon, não somente tem amor e afeição pelas ovelhas, mas também pelos pastores. Em cuja morte houve queixas, suspiros, temores e lamentações em toda a máquina do universo, céus, terra, mar, infernos. Com essa minha interpretação concorda o tempo. Pois o boníssimo, altíssimo Pã, nosso único Salvador, morreu em Jerusalém, reinando em Roma Tibério César.

Pantagruel, terminadas estas palavras, ficou em silêncio e profunda contemplação. Pouco tempo depois, vimos lágrimas lhe rolando dos olhos, do tamanho de ovos de avestruz. Que Deus me castigue, se estou mentindo uma só palavra.

CAPÍTULO XXIX
DE COMO PANTAGRUEL PASSOU PELA ILHA DE TAPINOIS, NA QUAL REINAVA QUARESMEPRENANT

Refeitas e reparadas as naves do alegre comboio, renovadas as vitualhas, mais que contentes os Macreontes com as despesas que lá fizera Pantagruel, nossa gente, mais alegre que de costume, no dia seguinte fez-se à vela com serena e deliciosa brisa, com grande satisfação. Já dia alto, foi por Xenomanes mostrada de longe a Ilha de Tapinois, na qual reinava Quaresmeprenant; do qual Pantagruel outrora ouvira falar e de boa vontade teria visto pessoalmente, se não fosse tê-lo desencorajado Xenomanes, tanto pelo grande desvio de caminho como pelo magro passatempo que seria estar na ilha e na corte do senhor. — Vós ali veríeis — disse ele —, como todo o espetáculo, um grande comedor de ervilhas, grande caçador de toupeiras, grande enfeixador de feno, um meio gigante de barba rala e dupla tonsura, extraído dos Lanterneiros, bem grande lanterneiro, porta-bandeira dos ictiófagos, ditador dos mostardeiros, chicoteador das crianças, calcinador de cinzas, pai e ama dos médicos, repleto de perdões, indulgências e atitudes; homem de bem, bom católico, de grande devoção. Chora durante as três partes do dia. Jamais se embriaga. Verdade é que é o mais industrioso fabricante de frigideiras e espetos que existem em quarenta reinos. Há cerca de seis anos que, passando por Tapinois, comprei uma grosa que dei aos magarefes de Quande. Eles apreciaram muito, e com razão. Eu vos mostrarei em nosso regresso dois que estão lá expostos. Os alimentos que ele ingere são cotas de malha salgadas, capacetes, morriões salgados, e saladas salgadas; com o que às vezes sofre com um pesado mijo-quente. Suas vestes são agradáveis, tanto no feitio como na cor; cinzento e frio; nada adiante, nada atrás, o mesmo nas mangas. — Vós me farieis prazer — disse Pantagruel

— se, como me expusestes suas vestes, seus alimentos, sua maneira de ser e seus passatempos, também me expusésseis sua forma e corpulência em todas as suas partes. — Eu te peço, poltrãozinho — disse Frei Jean —, pois o encontrei dentro de meu breviário; e fugiu depois das festas móveis.

— De boa vontade — disse Xenomanes. — Ouviremos porventura mais amplamente falar a respeito ao passarmos na Ilha Feroz, na qual dominam as gordas *andouilles*[584] suas inimigas mortais, contra as quais faz guerra sempiterna. E não fosse a ajuda do nobre Mardigras, seu protetor e bom vizinho, aquele grande lanterneiro Quaresmeprenant já as teria exterminado em sua terra. — São elas — perguntou Frei Jean — machos ou fêmeas? Anjos ou mortais? Mulheres ou donzelas? — São — respondeu Xenomanes — fêmeas no sexo, mortais na condição, algumas donzelas, outras não. — Eu me dou ao diabo — disse Frei Jean —, se não estou a favor delas. Que natureza desordenada, fazer a guerra contra as mulheres? Voltemos. Castiguemos aquele grande vilão. — Combater Quaresmeprenant — disse Panúrgio — com todos os diabos! Não sou doido e temerário ao mesmo tempo. *Quid juris*, se nos víssemos envolvidos entre *Andouilles* e Quaresmeprenant, entre o malho e a bigorna? Cancro! Eu vos recomendo as *andouilles*, e não vos esqueçais dos *boudoins*[585].

CAPÍTULO XXX
DE COMO XENOMANES DISSECOU E DESCREVEU QUARESMEPRENANT

Quaresmeprenant — disse Xenomanes —, quanto às partes internas, tinha, pelo menos no meu tempo, o cérebro, em tamanho, cor, substância e vigor, semelhane ao culhão esquerdo de um ácaro[586] macho.

Os ventrículos do mesmo como um parafuso.
A excrescência vermiforme como um martelo do jogo de mail.
A membrana como cogula de frade.
A grande pineal como uma cornamusa.
A rede admirável como um chanfro.
Os aditamentos mamilares como um sapato grosseiro.
Os tímpanos como um molinete.
O osso pétreo como um penacho.
A nuca como uma lanterna.

---

584. Chouriço. (N. do T.)
585. Um tipo especial de chouriço. (N. do T.)
586. No original *ciron*, que significa "ácaro" e também "homem fraco, maricas". (N. do T.)

Os nervos como uma torneira.
A campainha como uma sarabatana.
O palato como uma luva.
A saliva como uma lançadeira.
As amigdalas, como um monóculo.
A garganta como um cesto de vindima.
O estômago como boldrié.
O piloro como um garfo ferrado.
A grande artéria como um podão.
Os gorgomilos como uma pelota de estopa.
O pulmão como uma murça.
O coração como uma casula.
A pleura como um bico de gralha.
As artérias como uma capa de Biart.
O diafragma como um chapéu com penacho.
O fígado como um bisegre.
As veias como um caixilho.
O baço como um chamariz.
Os intestinos como uma tarrafa.
O fel como uma enxó.
A fressura como um guante.
O mesentério como uma mitra abacial.
O intestino jejuno como um boticão.
O grosso intestino como um escudo.
O cólon como uma haste.
O reto como um garrafão monacal.
Os rins como uma forquilha.
O lombo como uma cadeia.
Os poros ureteres como cremalheiras.
As veias emulgentes como duas seringas.
Os vasos espermáticos como um bolo folhado.
A cobertura dos testículos como um tinteiro.
A bexiga como um arco de atirar pedras.
O colo da mesma como um badalo.
O mirach[587] como um chapéu albanês.
O siphac[588] como um braçal.
Os músculos como um fole.

---

587. Pleura em árabe. (N. do T.)
588. Epíploo em árabe. (N. do T.)

Os tendões como uma perna de ave.
Os ligamentos como uma escarcela.
Os ossos como um pastel macio.
A moela como uma charrua.
As cartilagens como uma tartaruga de charneca.
As glândulas como um podão.
Os espíritos animais como fortes murros.
Os espíritos vitais como grandes piparotes.
O sangue borbulhante como piparotes no nariz multiplicados.
A genitura como um cento de pregos bem pregados. E contou-me a sua ama que, tendo ele se casado com Miquaresme, engendrou somente alguns advérbios de lugar[589] e certos jejuns duplos.
A memória tinha como uma echarpe.
O senso comum como um bordão.
A imaginação como um bimbalhar de sinos.
Os pensamentos como um voo de estorninhos.
A consciência como uma revoada de garças.
As deliberações como um embornal cheio.
O arrependimento como a guarnição de um canhão duplo.
Os empreendimentos como o costado de um galião.
O entendimento como um breviário rasgado.
A inteligência como lesmas saindo de morangueiros.
A vontade como três nozes em uma escudela.
O desejo como seis fardos de feno santo.
O julgamento como uma calçadeira.
A discrição como uma luva de couro.
A razão como um tamborete.

CAPÍTULO XXXI
ANATOMIA DE QUARESMEPRENANT, QUANTO ÀS PARTES EXTERNAS

Quaresmeprenant — disse Xenomanes, continuando —, quanto às partes externas era um pouco melhor proporcionado, exceto as sete costelas que tinham exageradamente a forma comum dos humanos.

---

589. *Unde, qua e que,* "de onde se vem", "aonde se vai" e "por onde se tem de ir". Toda esta passagem é repleta de subentendidos e alusões. Hoje dificilmente compreensíveis *in totum*, ao fanatismo religioso que marcou católicos e protestantes, indiferentemente, na época da Reforma e Contrarreforma. *Miquaresme*: meio da quaresma. *Quaresmeprenant* significa, mais ou menos, "o que toma a quaresma". (N. do T.)

Os artelhos eram como uma espineta organizada.
As unhas como uma gavinha.
Os pés como uma guitarra.
Os calcanhares como uma maça.
A planta dos pés como um cadinho.
As pernas como uma isca.
Os joelhos como um escabelo.
As coxas como um elmo.
A ilharga como um viburno.
O ventre como polainas, abotoado segundo a moda antiga e cingindo o peito.
O umbigo como uma sanfona.
Os pentelhos como um pastel de nata.
O membro como uma pantufa.
Os culhões como um garrafão.
Os genitais como um cepo.
Os músculos dos testículos como uma raquete.
O períneo como uma flauta alemã.
O olho do cu como um espelho cristalino.
As nádegas como uma grade de arar.
Os rins como uma manteigueira.
O alkatin[590] como uma bola.
O dorso como uma besta.
Os espondilos como uma cornamusa.
As costelas como uma roda de fiar.
O esterno como um baldaquino.
Os omoplatas como um almofariz.
O peito como um jogo de reais.
As maminhas como uma corneta com bocal.
Os sovacos como um tabuleiro de xadrez.
Os ombros como uma padiola com braços.
Os braços como uma barbicha.
Os dedos como uma chaminé de cozinha.
Os ossinhos dos braços e das pernas como duas pernas de pau.
Os cotovelos como ratoeiras.
As mãos como uma almofaça.
O pescoço como uma grande taça.
A garganta como um copo de hipocraz.

---

590. Peritônio em árabe. (N. do T.)

O nó do pescoço como um barril do qual pendessem duas argolas de cobre bem belas e harmoniosas, da forma de um relógio de areia.
A barba como uma lanterna.
O queixo como um pote.
As orelhas como duas mitenes.
O nariz como um borzeguim.
As narinas como uma touca de beguina.
As sobrancelhas um arco.
Sob a sobrancelha esquerda uma pinta da forma e tamanho de um urinol.
As pálpebras como uma rabeca.
Os olhos como um estojo de pentes.
Os nervos óticos como uma espingarda.
A fronte como um vaso redondo.
As têmporas como uma catimplora.
As faces como dois tamancos.
Os maxilares como um copo sem pé.
Os dentes como uma foice de guerra.
De seus dentes de leite, encontrareis um em Colonges-les-royaulx,
no Poitou, e dois em Brosse em Xaintonge, na porta da adega.
A língua como uma harpa.
A boca como um xairel.
O rosto torto como uma carga de mula.
A cabeça contornada como um alambique.
O crânio como um saco de caça.
A pele como uma jaqueta de camponês.
A epiderme como uma peneira.
Os cabelos como um raspador de lama.
O pelo como já foi dito[591].

CAPÍTULO XXXII
CONTINUAÇÃO DAS QUALIDADES DE QUARESMEPRENANT

— Caso admirável na natureza — disse Xenomanes continuando — é ver e ouvir o estado de Quaresmeprenant.

Se ele escarrava, eram cestadas de cardos.

---

591. Do mesmo modo que, na longa enumeração dos ofícios dos mortos no Capítulo XXX do Livro II, os comentaristas viram uma paródia do Livro VI da "Eneida", trata-se aqui, segundo se pode deduzir, de uma paródia do *Cântico dos Cânticos*. (N. do T.)

Se se assoava, eram enguias salgadas.
Se chorava, eram patos com molho especial.
Se tremia, eram grandes empadas de lebre.
Se suava, eram conchas de manteiga fresca.
Se arrotava, eram ostras na casca.
Se espirrava, eram barris cheios de mostarda.
Se tossia, eram caixas de melão.
Se soluçava, eram molhos de agrião.
Se bocejava, eram potes de ervilhas esmagadas.
Se suspirava, eram línguas de boi defumadas.
Se assoviava, eram cestadas de macacos verdes.
Se roncava, eram gamelas de favas furtadas.
Se fazia careta, eram pés de porco na banha.
Se falava, era grosseiro burel de Auvergne, tão distante da seda carmesim, da qual queria Parisatis que fossem tecidas as palavras daqueles que falavam a seu filho Ciro, rei dos persas.
Se soprava, eram cofres para as indulgências.
Se piscava os olhos eram favos de mel e pasteizinhos.
Se rabujava, eram gatos de Marte.
Se balançava a cabeça, eram carroças ferradas.
Se fechava a cara, eram bastões quebrados.
Se murmurava, eram jogos de bazoche.
Se tremia, eram prazos e moratórias.
Se ficava rouco, eram danças mouriscas.
Se peidava, eram polainas de vaca escura.
Se bufava, eram botinas de cordovês.
Se se coçava, eram ordenanças novas.
Se cantava, eram ervilhas na vagem.
Se discorria, eram neves d'antanho.
Se se preocupava eram raios e tonsurados.
Se nada dava, o mesmo tinha o bordador.
Se sonhava, eram papéis de crédito.

Caso estanho: trabalhava nada fazendo, nada fazia trabalhando. Coribantiava[592] dormindo, dormia coribantiando, com os olhos abertos como as lebres da Champanhe, temendo algum ataque traiçoeiro das andouilles, suas antigas inimigas.

---

592. *Corybantier*: dormir de olhos abertos, como os Coribantes, que tomavam conta de Júpiter quando criancinha. (N. do T.)

Ria mordendo, mordia rindo. Nada comia jejuando, jejuava nada comendo. Comia por sugestão, bebia por imaginação. Tomava banho em cima de altos campanários, secava-se nas lagoas e nos rios. Pescava no ar e apanhava lagostins muito grandes. Caçava no fundo do mar, e lá encontrava íbis, lebres e camurças. De todas as gralhas apanhadas em Tapinois ordinariamente esmagava os olhos. Nada temia a não ser a sua sombra e o berro dos cabritos. Vadiava certos dias. Brincava com a corda dos cintos. De seu punho fazia um malho. Escrevia em um pergaminho veloso, com sua grande pena, prognósticos e almanaques. — Eis o bom galante — disse Frei Jean. — É o meu homem: é aquele que procuro. Vou mandar-lhe um cartel. — Eis — disse Pantagruel — um estranho e monstruoso homem, se de homem se pode chamá-lo. Vós me trazeis à memória a forma e aspecto de Amodunt[593] e Discordância. — Que forma — perguntou Frei Jean — têm eles? Nunca ouvi falar; Deus me perdoe.

— Eu vos direi — respondeu Pantagruel — o que li entre os apólogos antigos. Físis (é a Natureza) em seu primeiro parto deu à luz Beleza e Harmonia, sem copulação carnal, como de si mesma e grandemente fecunda e fértil. Antifísica, a qual em todo o tempo é parte adversa à Natureza, incontinênti a invejou por aquele belo e honroso parto; e ao revés deu à luz Amodunt e Discórdia por copulação com Telumon. Tinham a cabeça esférica e redonda inteiramente como um balão, não docemente comprimida dos dois lados, como é a forma humana. As orelhas tinham levantadas, do tamanho das orelhas do asno; os olhos fora da cabeça, presos a dois ossos semelhantes aos calcanhares, sem sobrancelhas, duros como são os do caranguejo; os braços e mãos virados para trás, para os ombros; e caminhavam com as cabeças continuamente rodando, o traseiro embaixo da cabeça, os pés ao contrário. E como sabeis às macacas parecem os seus macaquinhos a coisa mais bela deste mundo. Antifísia louvava e se esforçava para Físis; dizendo que assim ter os pés e a cabeça esférica e assim contornadas. Ter os pés para cima, a cabeça para baixo era imitação do Criador do universo, visto que os cabelos são nos homens como raízes, as pernas como ramos. Pois as árvores mais comodamente são fixadas na terra por suas raízes do que seriam por seus ramos. Por essa demonstração alegava que muito melhores e mais aptamente estavam seus filhos como uma árvore reta, do que os de Físis, que eram como uma árvore caída. Quanto aos braços e mãos provavam que deviam mais razoavelmente ser virados para os ombros, porque essa parte do corpo não pode ficar sem defesa, considerando-se que a frente está competentemente munida dos dentes, os quais as pessoas não somente podem usar mastigando sem ajuda das mãos, mas também se defender contra as coisas nocivas. Assim, pelo testemunho e estipulação das bestas brutas, atrai todos os tolos e insensatos, e admiração despertou em todas as pessoas descerebradas e desguarnecidas de bom julgamento e senso comum.

---

593. *A modo entis*: sem figura de ser, diforme. (N. do T.)

Depois, engendrou os monges, santarrões e hipócritas; os maníacos perseguidores; os demoníacos Calvinos impostores de Genebra; os raivosos Putherbes[594], carolas, beatos, boçais, canibais e outros monstros disformes e contrafeitos que desrespeitam a Natureza.

CAPÍTULO XXXIII
DE COMO PANTAGRUEL AVISTOU UMA MONSTRUOSA BALEIA[595] PERTO DA ILHA FEROZ

Já dia alto, aproximando-se da Ilha Feroz, Pantagruel, de longe, percebeu uma grande e monstruosa baleia, vindo direta em nossa direção, ruidosa, roncante, inchada, levantando-se mais alto que o cesto da gávea das naus, e lançando água da goela no ar diante de si, como se fosse um grande ribeiro caindo de alguma montanha. Pantagruel a mostrou ao piloto e a Xenomanes. Por conselho do piloto, foram soadas as trombetas da nau capitânea em entonação de alerta. A esse som, todas as naus, galeões, *ramberges*[596], bergantins, segundo dispunha a sua disciplina naval, se puseram em ordem e figura tal como o Y grego, letra de Pitágoras: tal como podeis observar pelos grous em seu voo, formando um ângulo agudo, cujo cone e base era a dita nau capitânea com a tripulação em ordem de combate. Frei Jean subiu à torre de comando valente e bem-disposto com os bombardeiros. Panúrgio começou a gritar e a se lamentar mais do que nunca. — Babilabu — dizia ele — eis pior que dantes. Fujamos. É, pelo boi morto, Leviatã descrito pelo nobre profeta Moisés na vida do santo homem Jó[597]. Ele nos engolirá, nós todos, gente e naves, como pílulas. Em sua grande goela infernal nós não ficaríamos mais à vontade que um grão de especiaria perfumada na goela de um asno. Vede-o. Fujamos, ganhemos a terra. Creio que é o próprio monstro marinho outrora destinado a devorar Andrômeda. Estamos todos perdidos. Para matá-lo presentemente mister seria algum valente Perseu. — Ferido e morto[598] por mim será — respondeu Pantagruel. — Não tenhais medo. — Virtude de Deus — disse Panúrgio —, fazei com que não tenhamos motivo para medo. Quando quereis que eu tenha medo, senão quando o perigo é evidente? — Se tal é — disse Pantagruel — vosso destino fatal, como há pouco expôs Frei Jean, deveis temer Pireu, Heous, Aeton, Flegon, célebres cavalos do sol flamívomos,

---

594. Gabriel de Puy-Herbaut, monge de Fontevrault, que atacara Rabelais com extrema violência, em uma obra contra os "maus livros". (N. do T.)
595. No original *physétère*: soprador, uma espécie de baleia, que lança a água a grande altura. (N. do T.)
596. Barco comprido, movido a remo. (N. do T.)
597. Evidentemente, o Livro de Jó jamais poderia ser atribuído a Moisés. Rabelais, sem dúvida, quis mostrar até que ponto Panúrgio estava perturbado pelo medo. (N. do T.)
598. Há aqui um trocadilho. Quando Panúrgio se refere ao valente Perseu, Pantagruel retruca: "*Percé jus par moi sera*". (N. do T.)

que põem fogo pelas narinas; das baleias que só lançam água pelos ouvidos e pela goela, temor algum deveis ter. Não correreis na água perigo de morte. Por esse elemento antes sereis garantido e conservado do que ofendido. — Pois sim — disse Panúrgio. — Virtudes de um peixinho! Não vos expus a transmissão dos elementos, e o fácil símbolo que há entre assado e o cozido, entre o cozer e assar? Ah. Ei-lo. Vou me esconder lá embaixo. Vamos todos morrer desta vez. Vejo sob o cesto da gávea Átropos a traidora com a tesoura e os novelos, prestes a nos cortar o fio da vida. Cuidado! Ei-lo. Oh, és horrível e abominável! Já afogaste outros que não se vangloriaram. Meu Deus, se ele lançasse vinho bom, branco, tinto, fresco, delicioso, em vez dessa água amarga, fedorenta, salgada, seria de algum modo tolerável; e haveria ocasião de paciência, a exemplo daquele milorde inglês[599], o qual sendo condenado por crimes de que era acusado, de morrer segundo o seu arbítrio, escolheu morrer afogado em um tonel de malvasia. Ei-lo, oh, oh! Diabo, Satanás, Leviatã. Não posso te ver, tanto és horrível e detestável. Vai à audiência, vai aos chicanos.

CAPÍTULO XXXIV
DE COMO POR PANTAGRUEL FOI DERROTADA A MONSTRUOSA BALEIA

A baleia, tendo entrado nos canais e ângulos das naus e galeões, lançava água sobre as primeiras em grande quantidade, como se fossem as catadupas do Nilo na Etiópia. Dardos grandes e pequenos, venábulos, chuços, lanças, azagaias, partazanas eram lançadas contra ela de todos os lados. Frei Jean não se poupava. Panúrgio morria de medo. A artilharia troava e vomitava fogo como os diabos, e fazia o seu dever de beliscar sem rir. Mas de pouco adiantava, pois as grossas balas de ferro e de bronze, entrando na sua pele, pareciam se derreter, e ao longe se pareciam telhas ao sol. Então Pantagruel, considerando a ocasião e a necessidade, estendeu os braços e mostrou o que sabia fazer.

Dizeis, e está escrito, que o truão Cômodo, imperador de Roma, tão destramente atirava de arco, que de bem longe passava a seta entre os dedos de crianças de mãos erguidas, sem de modo algum feri-las. Também falais de um arqueiro indiano do tempo em que Alexandre, o Grande conquistou a Índia, tão perito era na arte que passava as suas flechas dentro de um anel, conquanto tivessem três côvados de comprimento e fossem de ferro tão forte e potente que atravessavam espadas de aço, escudos espessos, broquéis resistentes e tudo geralmente em que tocavam: tão firmes, resistentes, duras e válidas eram elas. Também contais

---

599. George, Duque de Clarence, executado secretamente por ordem de seu irmão, Henrique IV da Inglaterra, segundo se dizia afogado em um tonel de vinho. (N. do T.)

maravilhas da indústria dos antigos franceses, os quais a todos eram na arte sagitária preferidos, e os quais na caça a animais negros e ruivos, esfregavam no ferro de suas setas o heléboro, para que da caça assim ferida a carne mais tenra, macia, salubre e deliciosa estivesse, cortando todavia e retirando a parte em torno assim atingida. Igualmente narrastes sobre os partas, que para trás atiravam mais engenhosamente do que faziam as outras nações pela frente. Também celebrais os citas por essa destreza. Da parte dos quais um embaixador enviado a Dario rei dos persas, ofereceu-lhe uma ave, uma rã, um ratinho e cinco flechas, sem nada dizer. Interrogado o que pretendiam tais presentes e se tinham encargo de algo dizer, respondeu que não. Pelo que ficou Dario surpreso e desorientado em seu entendimento, não fosse um dos sete capitães que tinham matado os magos, chamado Gobries, lhe ter exposto e interpretado, dizendo: "Por estes dons e oferendas vos dizem tacitamente os citas: Se os persas como as aves não voarem para o céu, ou como os ratos não se esconderem no centro da terra, ou não se meterem no fundo dos lagos e paludes como as rãs, todos serão à perdição lançados pelo poder e pelas setas dos citas".

O nobre Pantagruel, na arte de lançar o dardo, era sem comparação mais admirável. Pois com os seus terríveis dardos e chuços (os quais propriamente se pareciam com as grossas traves sobre as quais são as pontes de Nantes, Saulmur, Bergerac e em Paris as pontes de Change e Meusniers sustentadas, em comprimento, grossura, peso e ferragem), à distância de uma milha retirava as ostras das cascas sem tocá-las; aparava o pavio de uma vela sem apagá-la, acertava no olho de uma pega, tirava a sola das botas sem estragá-las, virava as folhas do breviário de Frei Jean uma depois da outra sem amarrotar uma única. Com esses dardos, dos quais havia grande munição em sua nave, o primeiro lançamento atingiu a baleia na fronte, de modo que lhe trespassou os dois maxilares e a língua, assim não mais ela abriu a goela, não mais lançou água. Com o segundo arremesso, furou-lhe o olho direito. Com o terceiro, o olho esquerdo. E foi vista a baleia com grande júbilo de todos levantar seus três chifres na fronte, um pouco pendentes para a frente, em figura triangular equilateral; e girando de um lado para o outro, tremente e desorientada, parecia perturbada, cega e próxima da morte. Não contente com o quê, Pantagruel arremessou-lhe outro dardo na cauda, igualmente inclinado para trás. Depois, três outros na espinha em linha perpendicular, a igual distância da cauda e do bico, três vezes justamente dividida. Enfim, atirou-lhe nos flancos cinquenta de um lado e cinquenta de outro. De sorte que o corpo da baleia parecia a quilha de um galeão com três mastros, unida por competente dimensão de suas traves, como se fossem os anéis e porta-cabos da carena. Era coisa mui prazerosa de ser vista. Então, morrendo a baleia, virou-se de costas, como fazem todos os peixes mortos; e assim, com os dardos cravados no corpo, parecia a escolopendra serpente de cem pés, como a descreveu o sábio antigo Nicandro.

CAPÍTULO XXXV
DE COMO PANTAGRUEL DESEMBARCOU NA ILHA FEROZ, ANTIGA MORADA DAS ANDOUILLES

Os remadores da nau lanterneira levaram a baleia amarrada para a terra da ilha próxima, dita Feroz, para fazer-lhe autópsia, e recolher a gordura dos rins, a qual dizem ser muito útil e necessária para a cura de certa doença que eles chamam de falta de dinheiro. Pantagruel não se importou, pois outras bastante iguais, ou mesmo ainda mais enormes, tinha visto no oceano Gálico. Condescendeu todavia em descer na Ilha Feroz, para secar e fazer descansar alguns dos seus homens molhados e sujos pela maldita baleia, em um pequeno porto deserto ao sul, situado em um bosque de altas árvores, belo e agradável, do qual sai um delicioso regato de água doce, clara e argentina. Lá, sob belas tendas, foram erguidas as cozinhas, sem poupança de lenha. Cada um mudou de vestimentas à vontade, e foi por Frei Jean tocada a campainha. Ao seu som foram postas as mesas e prontamente servidas.

Pantagruel, jantando jovialmente com a sua gente, na segunda mesa, percebeu certas pequenas *andouilles* ocupadas em trepar e subir, sem dizer uma palavra, em uma alta árvore, perto do local da copa; assim perguntou a Xenomanes: — Que animais são aqueles? — Pensando que fossem esquilos, doninhas, martas ou arminhos. — São *andouilles* — respondeu Xenomanes. — Aqui é a Ilha Feroz, da qual vos falei esta manhã; entre as quais e Quaresmeprenant, seu maligno e antigo inimigo, há guerra mortal há longo tempo. E creio que os tiros de canhão disparados contra a baleia as tenham amedrontado e feito pensar que o seu referido inimigo aqui estivesse com as suas forças para as surpreender, ou fazer estragos nesta ilha, como já várias vezes antes tem em vão se esforçado e com pouco proveito, obstando o cuidado e vigilância das *andouilles*, as quais (como dizia Dido aos companheiros de Eneias querendo aportar em Cartago sem seu conhecimento e licença) a malignidade de seu inimigo e proximidade de suas terras obrigavam a continuamente velar e vigiar.

— Meu Deus, bom amigo — disse Pantagruel —, se vedes algum meio com que a essa guerra pudéssemos pôr fim, e juntamente os reconciliar, aconselhai-me. Eu me empenharei de coração; e nada pouparei de mim para amoldar e ajustar as condições controversas entre as duas partes. — Possível não é para o presente — respondeu Xenomanes. — Há cerca de quatro anos que, passando por aqui e por Tapinois, achei-me no dever de tratar da paz entre eles ou uma longa trégua pelo menos; e agora seriam bons amigos e vizinhos, se tanto uns como outros se despojassem de suas afeições em um só artigo. Quaresmeprenant não queria no tratado de paz compreender os chouriços selvagens, os salsichões montanheses, seus antigos bons companheiros e confederados. As *andouilles* exigiam que a fortaleza de Caques fosse por sua descrição, como é o castelo de

Saloir, regida e governada, e que dela fossem expulsos não sei que facínoras, vilões, assassinos e bandidos que a ocupavam.

O que não pôde ser aceito e pareciam condições iníquas à outra parte. Assim não foi entre eles entendimento concluído. Ficaram, todavia, menos severos e mais doces inimigos do que tinham sido no passado. Mas depois da denúncia do conselho nacional de Chesil, pelo qual foram elas censuradas, condenadas e intimadas, e também foi Quaresmeprenant declarado sujo, decaído e excomungado em caso de que com elas fizesse aliança ou algum entendimento, ficaram horrificamente irritadas, envenenadas, indignadas e obstinadas em sua coragem, e não é mais possível remediar. Mais cedo teríeis vós os gatos e os ratos, os cães e as lebres uns com os outros reconciliados.

CAPÍTULO XXXVI
DE COMO, PELAS ANDOUILLES FEROZES, FOI ARMADA EMBOSCADA CONTRA PANTAGRUEL

Assim dizendo Xenomanes, Frei Jean percebeu vinte e cinco ou trinta andouilles de baixa estatura sobre o porto, retirando-se a grandes passos para a sua cidade, cidadela, castelo e elevações, e disse a Pantagruel: — Haverá aqui novidade, eu o prevejo. Essas andouilles veneráveis poderiam porventura vos tomar por Quaresmeprenant, conquanto em nada a ele vos assemelhais. Deixemos estas comidas aqui e ponhamo-nos em condição de lhes resistir. — Não seria — disse Xenomanes — muito mal feito. Andouilles são andouilles, sempre dúplices e traidoras.

Então levanta-se Pantagruel da mesa para olhar fora da orla do bosque; depois de súbito volta, e nos assegura ter à esquerda descoberto uma emboscada de gordas andouilles, e do lado direito, a meia légua de distância dali, um outro batalhão de outras fortes e gigantescas andouilles, ao longo de uma pequena colina, furiosamente em ordem de batalha marchando contra nós, ao som de gaitas de fole e oboés, de alegres pífaros e tambores, de trompetes e clarins. Pela conjectura de setenta e oito insígnias que foram contadas, estimamos não ser o seu número menos de quarenta e dois mil. A ordem que mantinham, seu modo altivo de marchar e seus rostos confiantes nos faziam crer que não eram *friquenelles*[600], mas veteranas guerreiras andouilles. Nas primeiras fileiras, até perto das insígnias, estavam todas pesadamente armadas, com pequenos chuços, como nos pareciam de longe, todavia bem pontudos e afiados; nas alas estavam flanqueadas por grande número de *boudins*[601] silvestres, de (godiveaulx)[602] maciços e salsichões a cavalo, todos de elevada estatura, gente insular, bandidos e ferozes.

---

600. *Andouilles* pequenas. (N. do T.)
601. Outro tipo de chouriço. (N. do T.)
602. *Godiveau* no francês moderno, almôndega. (N. do T.)

Pantagruel grandemente se emocionou, e não sem causa: conquanto Epistemon lhe sugeriu que o uso e costume do país das andouilles poderia ser o de assim acolher e em armas receber os seus amigos estrangeiros, como são os nobres reis da França pelas boas cidades do reino recebidos e saudados em suas primeiras entradas, depois de sua sagração e novo advento à coroa. — Porventura — disse ele —, é a guarda ordinária da rainha do lugar, a qual, advertida pelas jovens andouilles de atalaia que vistes nas árvores, como neste porto surgira o belo e pomposo comboio dos vossos navios, pensou que deveria ser algum rico e poderoso príncipe, e vem nos visitar em pessoa.

Não satisfeito com isso, Pantagruel reuniu o seu conselho para sumariamente sua opinião ouvir sobre o que deveriam fazer naquela contingência de esperança incerta e temor evidente. Então brevemente mostrou-lhes como tais maneiras de acolhimento armado muitas vezes levaram a mortal prejuízo, sob a cor de carícia e amizade. — Assim — disse ele —, o imperador Antonino Caracala uma vez matou os alexandrinos; outra, desfez a companhia de Artaban, rei da Pérsia, sob o pretexto e simulação de querer sua filha desposar. Do que não ficou impune; pois pouco depois ele perdeu a vida. Assim os filhos de Jacó, para vingarem o rapto de sua irmã Dina saquearam os Siquemeus. Dessa hipócrita maneira, por Galieno, imperador romano, foram os homens de guerra derrotados diante de Constantinopla. Assim, sob o disfarce da amizade, Antônio atraiu Artavasdes, rei da Armênia, depois o fez amarrar e prender com grossas cadeias; finalmente o fez matar. Mil outras semelhantes histórias encontramos entre os antigos documentos. E a bom direito é pela prudência grandemente louvado Carlos rei da França, sexto desse nome, o qual, voltando vitorioso contra os flamengos e a gente de Gant à sua boa cidade de Paris, e em Bourget, sabendo que os parisienses, com seus *maillets*[603] (pelo que foram depois chamados *maillotins*), estavam fora da cidade, em ordem de batalha até o número de vinte mil combatentes, ali não quis entrar (conquanto eles obtemperassem que assim se tinham armado para mais honrosamente o acolherem sem outra ideia nem má intenção) sem que primeiramente fossem para suas casas retirados e desarmados.

CAPÍTULO XXXVII

DE COMO PANTAGRUEL MANDOU PROCURAR OS CAPITÃES RIFLANDOUILLE E TAILLEBOUDIN, COM UM NOTÁVEL DISCURSO SOBRE OS NOMES PRÓPRIOS DOS LUGARES E DAS PESSOAS

A resolução do conselho foi a de se manter em guarda diante dos acontecimentos. Então, por Carpalim e Ginasta, cumprindo ordem de Pantagruel, foram chamados os homens de guerra, que estavam nas naus Brindiere (das quais

---

603. Malho de duas cabeças. (N. do T.)

o coronel era Riflandouille) e Portoirière (das quais o coronel era Tailleboudin o moço). — Livrarei — disse Panúrgio — Ginasta desse trabalho. Mormente sendo aqui a sua presença necessária. — Pelo hábito que trago — disse Frei Jean —, queres te ausentar do combate, poltrão, e não retornarás, por minha honra. — Voltarei, certamente — disse Panúrgio —, Frei Jean, meu pai espiritual, bem cedo. Apenas ordenai que aquelas aborrecidas andouilles não subam nas naves. Enquanto combaterdes, rezarei a Deus por vossa vitória, a exemplo do cavalheiresco capitão Moisés, condutor do povo israelita. — A nomeação — disse Epistemon a Pantagruel — daqueles dois vossos coronéis Riflandouille e Tailleboudin nesse conflito nos promete segurança, fortuna e vitória, se porventura aquelas andouilles nos querem ultrajar.

— Dizes bem — disse Pantagruel — e agrada-me que pelos nomes de nossos coronéis possais prever e prognosticar a nossa vitória[604]. Tal maneira de prognosticar por nomes não é moderna. Foi outrora celebrada e religiosamente observada pelos pitagóricos. Vários grandes senhores e imperadores dela outrora tiraram proveito. Otaviano Augusto, segundo imperador de Roma, encontrando certo dia um camponês chamado Eutício, que quer dizer afortunado, puxando um asno chamado Nicon, que em língua grega é vitorioso, comovido pela significação dos nomes, tanto do burriqueiro como do burro, ficou seguro de que teria toda a prosperidade, felicidade e vitória. Vespasiano, igualmente imperador de Roma, estando um dia só no templo de Serapis, vendo chegar inopinadamente um seu servidor chamado Basileu, que quer dizer real, o qual deixara doente muito atrás, esperançado e seguro se sentiu de obter o império romano. Regiliano, não por outra causa e ocasião, foi pelos soldados eleito imperador, senão pela significação do seu próprio nome. Vede o Cratilo do divino Platão...

— Por minha sede — disse Rizótomo — eu o quero ler. Tenho vos ouvido tantas vezes o mencionando...

— Vede como os pitagóricos, em razão dos nomes e números, concluíram que Pátroclo deveria ser morto por Heitor, Heitor por Aquiles, Aquiles por Páris, Páris por Filoctetes. Fico todo confuso em meu entendimento, quando penso na invenção admirável de Pitágoras, o qual, pelo número par ou pelo ímpar das sílabas do nome próprio de cada um, expunha de que lado estavam os humanos coxos, corcundas, caolhos, gotosos, paralíticos, pleuríticos e outros tais maléficos da natureza sabia assinalar o número par pelo lado esquerdo do corpo, o ímpar pelo direito. — Verdadeiramente — disse Epistemon —, vi a experiência em Xainctes, em uma procissão geral, presente o tão bom, virtuoso, tão douto e equitativo presidente Briand Vallée, senhor de Douhet. Passando um coxo ou uma coxa, um caolho ou uma caolha, um corcunda ou uma

---

604. *Riflandouille* significa "esfola chouriço" e *tailleboudin* "corta chouriço". (N. do T.)

corcunda, sabia-se seu nome próprio. Se as sílabas do nome eram em número ímpar, de súbito, sem ver ninguém, ele os dizia ser defeituosos, caolhos, coxos, corcundas do lado direito. Se eram em número par, do lado esquerdo. E assim era na verdade, eis que não encontramos exceção.

— Por essa invenção — disse Pantagruel —, os doutos têm afirmado que Aquiles, estando ajoelhado, foi pela seta de Páris ferido no calcanhar direito. Pois o seu nome é de sílabas ímpares. (Aqui é de notar-se que os antigos se ajoelhavam com o pé direito). Vênus, por Diomedes, diante de Troia, ferida na mão esquerda, pois o seu nome em grego é de quatro sílabas. Vulcano, coxo, pela mesma razão[605]. Felipe, rei da Macedônia, e Anibal, caolhos do olho direito. Ainda poderíamos particularizar isquemias, hérnias, dores hemicranianas, por essa razão pitagórica. Mas, voltando aos homens, considerai como Alexandre, o grande, filho do rei Felipe, do qual falamos, por interpretação de um só nome sucedeu em sua empresa. Ele sitiava a forte cidade de Tiro e a fustigava com todas as suas forças, havia várias semanas; mas era em vão. De nada valiam os seus engenhos e esforços. Tudo era de súbito demolido e reparado pelos tírios. De onde imaginou levantar o sítio, com grande melancolia, vendo naquele departamento perda insigne de sua reputação. Com tal preocupação e aborrecimento, adormeceu. Dormindo, sonhou que um sátiro estava dentro de sua tenda, dançando e saltando com as pernas caprinas. Alexandre queria agarrá-lo: o sátiro sempre lhe escapava. Afinal o rei, encurralando-o em um canto, o apanhou. Nesse ponto, despertou; e contando o sonho aos filósofos e sábios de sua corte, ouviu que os deuses lhe prometiam vitória, e que Tiro seria em breve tomada; pois a palavra "sátiro" dividida em duas, é "sátiro", significando "Tua é Tiro". De fato, no primeiro ataque que fez, tomou a cidade de assalto, e com grande vitória subjugou o povo rebelde. Ao revés, considerai como, pela significação do nome, Pompeu se desesperou. Sendo vencido por César na batalha de Farsália, outro meio não teve de se salvar senão a fuga. Fugindo por mar, chegou à Ilha de Chipre. Perto da cidade de Pafos, avistou na praia um palácio belo e suntuoso. Perguntando ao piloto como se chamava aquele palácio, ouviu que o chamavam de *Kakobasilea*, que quer dizer: Mal rei. Isso lhe trouxe tal espanto e abominação, que entrou em desespero, como certo de que não poderia evitar que bem cedo perdesse a vida. De modo que circunstantes e os marinheiros ouviram seus gritos, suspiros e gemidos. De fato, pouco tempo depois, um homem chamado Aquilas, camponês desconhecido, lhe cortou a cabeça. Ainda podemos a propósito mencionar o que aconteceu com L. Paulo Emílio, quando pelo Senado romano foi eleito imperador, quer dizer, chefe do exército que era enviado contra Persas, rei da Macedônia. Naquele dia, voltando para casa à noite a fim de se preparar para a viagem, bei-

---

605. Vênus seria Afrodite, Vulcano seria Hefesto. (N. do T.)

jando sua filhinha chamada Trácia, notou que ela estava triste. "O que há, disse ele, minha Trácia? Por que estás triste e aborrecida?", "Meu pai" respondeu ela "Persa morreu". Assim se chamava uma cadelinha, com a qual se deleitava a menina. A essas palavras, Paulo ficou certo de sua vitória contra os persas. Se o tempo permitisse que pudéssemos discorrer sobre a sagrada Bíblia dos hebreus, encontraríamos cem passagens insignes mostrando-nos evidentemente com que observância e religião encaravam a significação dos nomes próprios.

No fim desse discurso, chegaram os dois coronéis, acompanhados por seus soldados, todos bem armados e bem-dispostos. Pantagruel disse-lhes algumas breves palavras para que se mostrassem virtuosos em combate, se por acaso fossem constrangidos (pois ainda não podia crer que as andouilles fossem tão traidoras) com proibição de começarem a luta e lhes deu por senha Mardigras[606].

CAPÍTULO XXXVIII
DE COMO AS ANDOUILLES NÃO SÃO DE DESPREZAR ENTRE OS HUMANOS

Duvidais, beberrões, e não credes que assim seja em verdade como vos conto. Acreditai se quiserdes; se não quiserdes, ide ver. Mas eu sei bem o que vi. Foi na Ilha Feroz. Eu vos dou o nome. E trazei à memória a força dos gigantes antigos, os quais empreenderam o alto monte Pelion impor sobre o Ossa, e o umbroso Olimpo com o Ossa alcançar, por combater os deuses e do céu os expulsar. Não era aquela força vulgar e medíocre. Aquelas todavia não eram senão andouilles pela metade do corpo, ou serpentes, que não minto. A serpente que tentou Eva era andouílica, não obstante estar escrito que era mais esperta e cautelosa do que todos os outros seres animados. Também assim são as andouilles. Ainda se sustenta em certas academias que o tentador era a andouille chamada Itifala, na qual outrora foi transformado o bom senhor Príapo, grande tentador das mulheres pelos paraísos gregos que são os jardins em francês. Os suíços, povo hoje ousado e belicoso, que sabemos nós se outrora não eram salsichas? Eu não poria a mão no fogo. Os himantopos, povo da Etiópia bem insigne, são andouilles segundo a descrição de Plínio: não outra coisa. Se este discurso não satisfaz a incredulidade de vossas senhorias, sem tardança (quero dizer, depois de beber) visitai Lusignan, Partenay, Vouant, Mervant e Ponzauges em Poitou. Lá encontrareis testemunhas antigas de renome que vos jurarão pelo braço de São Rigomeu, que Melusina, sua primeira fundadora, tinha um corpo feminino até a cintura e o resto do

---

606. Terça-feira gorda. (N. do T.)

corpo para baixo era de chouriço serpentino ou então de serpente chouriçada. Tinha todavia os modos bravos e galantes que ainda hoje são imitados pelos bretões em suas danças. Qual foi a causa de ter Eristônio inventado coches, liteiras e carroças? Foi porque Vulcano o tinha engendrado com pernas de chouriço; para escondê-las, melhor lhe pareceu andar de liteira do que a cavalo. Pois já em seu tempo as *andouilles* não gozavam de reputação. A ninfa cita Ora tinha igualmente corpo metade mulher e metade serpente. Todavia, pareceu bela a Júpiter, que se deitou com ela e teve com ela um belo filho chamado Colaxes. Cessai, portanto, de duvidar, e crede que não há nada de tão verdadeiro como o Evangelho.

CAPÍTULO XXXIX
DE COMO FREI JEAN SE JUNTA AOS COZINHEIROS PARA COMBATER AS ANDOUILLES

Vendo Frei Jean aquelas furiosas andouilles assim marchando bem dispostas, disse a Pantagruel: — Será uma bela batalha, pelo que vejo. Oh, as grandes honrarias e louvores magníficos que merecerá a vossa vitória! Queria que dentro de vossa nave, fosseis deste conflito somente espectador, e que o resto me deixasses fazer com a minha gente. — Que gente? — perguntou Pantagruel. — Matéria de breviário — respondeu Frei Jean. — Por que Putifar, cozinheiro mestre das cozinhas do Faraó, aquele que comprou José, e ao qual José, teria feito corno se tivesse querido, foi chefe da cavalaria de todo o reino do Egito? Por que Nabuzardan, mestre cozinheiro do rei Nabucodonosor, foi entre outros capitães escolhido para sitiar e destruir Jerusalém? — Escuto — respondeu Pantagruel. — Pelo buraco de Madame — disse Frei Jean —, eu ousaria jurar que eles outrora teriam as andouilles combatido, ou gente tão pouco estimável quanto as andouilles, para abater, combater, dominar e esmagar as quais muito mais são, sem comparação, os cozinheiros idôneos e suficientes do que todos homens d'armas, cavaleiros, soldados e infantes do mundo. — Vós me trazeis à memória — disse Pantagruel —, o que está escrito entre as alegres e divertidas respostas de Cícero. No tempo das guerras civis de Roma entre César e Pompeu, ele estava naturalmente mais inclinado à parte pompeiana, conquanto por César fosse convidado e grandemente favorecido. Um dia, ouvindo dizer que os pompeianos em certo encontro tinham sofrido perda insigne de seus homens, quis visitar o acampamento. Em seu acampamento percebeu pouca força, menos coragem e muita desordem. Então, prevendo que tudo iria de mal a pior, como depois ocorreu, começou a ridicularizar e a zombar, ora de uns, ora dos outros, com brocardos acres e picantes, dos quais muito bem sabia o estilo. Alguns capitães, fazendo-se de cordiais, como homens bem confiantes e deliberados, disseram-lhe: "Vedes quantas águias temos?" Era o emblema dos romanos em tempo de guerra. "Isso" respondeu Cícero "seria bom e propositado se a guerra fosse contra as pegas". Então, visto que combater nos cabe as andouilles, deduz-se que é uma batalha culinária, e quereis aos cozinheiros vos juntar. Fazei como entenderdes. Ficarei aqui, aguardando o desenrolar dessas manobras.

    Frei Jean sem demora partiu para as tendas das cozinhas, e disse, com toda a alegria e cortesia aos cozinheiros: — Meus filhos, quero vos levar todos à glória e ao triunfo. Por vós serão praticados feitos d'armas não ainda vistos em nossa memória. Ventre sobre ventre! Não se tem na devida conta os valentes cozinheiros? Vamos combater aquelas sem-vergonhas de andouilles. Serei o vosso capitão. Bebamos, amigos. Sus, coragem! — Capitão — responderam os cozinheiros —, falastes bem. Estamos às vossas belas ordens. Sob vosso comando queremos viver e morrer. — Viver bem — disse Frei Jean —, morrer não. Isso é com as andouilles. Coloquemo-nos pois em ordem, Nabuzardan é a senha.

CAPÍTULO XL
DE COMO POR FREI JEAN FOI PREPARADA A MÁQUINA, E OS VALENTES COZINHEIROS ENCERRADOS LÁ DENTRO

    Então, às ordens de Frei Jean, foi pelos cozinheiros engenhosos preparada a grande máquina, a qual estava na nau capitânea. E era um engenho mirífico, feito de tal maneira, que por aberturas que se enfileiravam em torno, lançava pedras e setas recobertas de aço; e dentro de cuja quadratura podiam facilmente combater e cobertos ficar duzentos homens ou mais; e era feita pelo modelo da máquina de Riole, mediante a qual foi Bergerac tomada dos ingleses, reinando em França o jovem rei Carlos sexto.

    Seguem-se os nomes dos bravos e valentes cozinheiros, os quais, como no cavalo de Troia, entraram na máquina.

Sapulpiquet,	Ambrelin,	Gravach,
Lascheron,	Porcasou,	Salezart,
Maindegourre,	Pamperdu,	Lasdaller,
Pochecuilliere,	Balafré,	Crespelet,
Maistre Hordoux,	Grasboyau,	Pollemortier,
Leschevin,	Saulgrenée,	Cabirotade,

Carnonnade,   Fressurade,   Hoschepot,
Asteret,   Galimafré.

Todos esses nobres cozinheiros tinham as suas armas, em campo de goles, lardeadeira de sinople cortada por um chaveirão prateado pendente à esquerda.

Lardonnet. Lardon,   Croquelardon,   Tirelardon,
Graslardon,   Salvelardon,   Archilardon,
Rondlardon,   Antilardon,   Frizelardon.
Lacelardon.   Grattelardon.   Marchelardon.

Guallardon (por síncope, natural de perto de Rambouillet. O nome do doutor culinário era Guailalartlardon. Assim dizeis Idólatra por Idololatra).

Roidelardon,   Astorlardon,   Guillelardon
Bellardon,   Neufladon,   Dourlxlardon,
Bastelardon,   Aigrelardon,   Billelardon
Poiselardon   Maschelardon   Trappelardon
Vezelardon,   Myrelardon.

Nomes desconhecidos entre os marranos e judeus.

Coiullu,   Saladier,   Cressinnadière,
Raclenaveau,   Cochonnier,   Peaudeconnin,
Apigratis,   Pastissandiere,   Rastard,
Franchbeugnet,   Moustadiot,   Vinettaux,
Potageouart,   Eschinade,   Prezurier,
Frelault,   Benest,   Jusverd,
Marmitige,   Accordepot,   Hoschepot,
Brisepot,   Gallepot,   Frillis,
Gorge Salée,   Escargoutandiére, Bouillonsec,
Souppimars,   Macaron,   Escarsauffle.

Briguaille. (Este foi da cozinha para o quarto a serviço do nobre cardeal le Veneur).

Gasterost,   Escouvillon,   Beguinet,
Escharbottier,   Vitet,   Vitalt,

FRANÇOIS RABELAIS

Vitvain,	Jolivet,	Vitneuf,
Vistempenard,	Victorien,	Vitvieulx,
Vitvelu,	Hastiveau,	Allouyadu ère,
Esclanchier,	Castelet,	Rapimontes,
Asoufflemboyau,	Pelouze,	Gabaonite,
Bubatin,	Crocodillet,	Prelinguant,
Balafré,	Maschourré.	

Mondam (inventor do molho Madame, e por essa invenção foi assim chamado em linguagem franco-escocesa).

Claquedents,	Badigoincier,	Myrelangoy,
Becdassée	Rincpot,	Ureleslipipingues,
Maunet,	Godepie,	Guouffreux,
Safrranier,	Malparouart,	Antitus,
Navelier,	Rabiolas	Boudinandière,
Cochonnet.		

Robert. (Este foi o inventor do molho Robert, tão salubre e necessário aos coelhos assados, patos, carne de porco, ovos escaldados, bacalhau salgado e mil outras tais vitualhas).

Froiddanguille,	Rougenraye,	Gourneau,
Gribouillis,	Salmiguondin,	Grangalet,
Aransor,	Talemouse,	Saulpoudré,
Paellefrite,	Landore,	Calabre,
Novelet,	Foirart,	Grosgallon,
Brenous,	Sacabribes,	Olymbrius,
Foucquet,	Dalyqualquain,	Mucidan,
Matatruis,	Cartevirade,	Cocquesygrue,
Grosbec,	Frippellippes,	Friantaures,
Gaffelaze,	Visedecache,	Badelory,
Vedel,	Braguibus,	

Dentro da máquina entraram esses nobres cozinheiros bravos, valorosos, dispostos e prontos para o combate. Frei Jean, com a sua grande espada, entrou por último e fechou as portas por dentro.

CAPÍTULO XLI
DE COMO PANTAGRUEL PARTIU AS ANDOUILLES NO JOELHO

Tanto se aproximaram as andouilles, que Pantagruel percebeu como desdobravam os braços e já começavam a descer o bosque. Então mandou Ginasta ouvir o que elas queriam dizer, e porque queriam sem desafio guerrear contra seus antigos amigos, que nada de mal lhe fizeram ou disseram. Ginasta, diante das primeiras fileiras, fez uma grande e profunda reverência e gritou tanto quanto pôde, dizendo:
— Vossos, vossos, vossos somos todos muitos, e às vossas ordens. Todos viemos da parte de Mardigras, vosso antigo confederado.

Alguns contaram depois que ele disse Gradimars, não Mardigras. Seja como for, àquelas palavras um grosso Salsichão, selvagem e gordalhão, antecipando-se à frente do seu batalhão, quis agarrá-lo pelo pescoço. — Por Deus — disse Ginasta —, tu aí não entrarás senão aos pedaços; assim inteiro não poderás. — Assim dizendo, sacou sua espada Beija-meu-cu (assim a chamava ele) com as duas mãos e cortou o salsichão em dois pedaços. Deus do céu, como era gordo! Fez-me lembrar um gordo touro de Berna, que foi em Marignan morto na derrota dos suíços. Podeis crer que não tinha menos de quatro dedos de gordura no ventre. Vendo o salsichão dessalsichado, as andouilles investiram contra Ginasta, e o maltratavam vilmente, quando Pantagruel com a sua gente acorreu em socorro. Então começou o combate e marcial confusão. Riflandouille esfolou as andouilles. Taillepoundin cortou os boudins. Pantagruel partiu as andouilles no joelho. Frei Jean se mantinha dentro da máquina, tudo vendo e considerando, quando os godi veaulx, que estavam de emboscada, saíram todos com fúria contra Pantagruel. Então vendo Frei Jean a desordem e tumulto, abriu as portas da máquina, e saiu com seus bons soldados, uns levando espetos de ferro, outros carregando porta-espetos, facas, facões, caçarolas, panelas, panelões, chaleiras, caldeirões; todos urrando e gritando juntos espantosamente: — Nabuzardan, Nabuzardan, Nabuzardan! — E tais gritos e investidas chocaram os godiveaulx e os salsichões. As andouilles de súbito perceberam aquele novo reforço e se puseram em fuga a galope, como se tivessem visto os diabos. Frei Jean, a espaldeiradas, as abatia como se fossem moscas; seus soldados não as poupavam também. O campo estava coberto de andouilles mortas ou feridas. E diz o relato que, se Deus não tivesse providenciado, a geração andouíllica teria sido toda exterminada por aqueles soldados culinários. Mas adveio um caso maravilhoso. Acreditai se quiserdes. Do lado da transmontana surgiu um grande, gordo, grosso, gris porco, tendo asas longas e amplas, como os braços de um moinho de vento. E a sua penugem era vermelha carmesim, como a de um fenicoptero que no Languedoc é chamado flamengo. Os olhos eram vermelhos e flamejantes como um piropo; as orelhas verdes como uma esmeralda cor de pera; os dentes amarelos como um topázio, a cauda longa negra como mármore luculiano; os pés brancos, diáfanos e transparentes como um diamante; e eram largamente espalmados, como os dos gansos e como outrora em Tolosa os tinha a rainha Pedauque[607]. E tinha no pescoço um colar de ouro, em torno do qual havia algumas letras jônicas, das quais só pude ler duas palavras: "Nós, atenienses" , porco Minerva ensinando. O tempo estava belo e claro. Mas à vinda daquele monstro ele virou para o lado esquerdo com tanta força que todos nós ficamos espantados. As andouilles logo que o perceberam, atiraram fora as suas armas e bastões, em terra todas se ajoelharam, levantando os braços com as mãos juntas, sem dizer uma palavra, como se o adorassem. Frei Jean, com a sua gente, malhava sem cessar, e derrubava andouilles. Mas por ordem de Pantagruel foi tocada a retirada, e cessaram todas as armas. O monstro, tendo várias vezes voado e revoado entre os dois exércitos, atirou em terra mais de vinte e sete pipas de mostarda; depois desapareceu voando no ar e gritando sem cessar: — Mardigras, Mardigras, Mardigras!

CAPÍTULO XLII
DE COMO PANTAGRUEL PARLAMENTA COM NIPHLESETH, RAINHA DAS ANDOUILLES

O monstro supracitado não mais apareceu, e, ficando os dois exércitos em silêncio, Pantagruel pediu para parlamentar com a dama Niphleseth; assim se chamava a rainha das andouilles. O que foi facilmente acordado. A rainha desceu à terra, e graciosamente saudou Pantagruel e o ouviu de boa vontade. Pantagruel queixou-se daquela guerra. Ela apresentou suas desculpas honestamente, alegando que por falso relato fora cometido o erro, e que os seus espiões lhe haviam denunciado que Quaresmeprenant seu velho inimigo descera para fazer a guerra, e passava o seu tempo vendo a urina das baleias. Depois lhe suplicou que quisesse por favor perdoar essa ofensa, alegando que nas andouilles antes se encontrava merda do que fel; e nessas condições ela e todas as sucessivas Niphleseth para sempre toda a ilha e país a ele e seus sucessores manteriam em fé e menagem, obedecendo a todas as suas ordens, em tudo e por tudo; seriam de seus amigos amigas e de seus inimigos inimigas; para cada ano, em reconhecimento desse feudo, lhe enviariam setenta mil andouilles reais para à entrada da mesa o servirem durante seis meses no ano. O que foi feito; e enviou no dia seguinte dentro de seis grandes bergantins o dito número de andouilles reais ao bom Gargântua, conduzidas pela jovem Niphleseth, infanta da ilha. O nobre Gargântua as presenteou e mandou ao grande rei de Paris. Mas com a mudança dos ares e também pela falta de mostarda (bálsamo natural e restaurador das andouilles) morreram quase todas. Por vontade e determinação do grande rei foram aos pedaços em um lugar de Paris enterradas, que até o pre-

---

607. Assim se chamava a Rainha Berta, mulher do Rei Roberto, talvez por suspeita de heresia. (N. do T.)

sente é chamado rua calçada d'Andouilles. A pedido das damas da corte real, foi Niphleseth a jovem salva e honrosamente tratada. Depois se casou em bom e rico casamento, e teve vários belos filhos, pelo que Deus seja louvado.

Pantagruel agradeceu graciosamente à rainha, perdoou toda a ofensa, recusou a oferta que ela lhe fizera, e ofereceu-lhe uma bela faquinha de luxo. Depois curiosamente a interrogou sobre a aparição do supramencionado monstro. Ela respondeu que era a ideia de Mardigras, seu deus tutelar em tempo de guerra, primeiro fundador e origem de toda a raça andouíllica. Portanto parecia um porco, pois as andouilles foram de porco extraídas. Pantagruel perguntou a que propósito e por qual indicação curativa ele havia jogado tanta mostarda em terra. A rainha respondeu que a mostarda era o seu Santo Graal e bálsamo celeste, o qual, pondo-se um pouco nos ferimentos das andouilles caídas, em bem pouco tempo as feridas se curavam e as mortas ressuscitavam.

Outros propósitos não teve Pantagruel com a rainha; e se retirou para a sua nave. O mesmo fizeram todos os bons companheiros, com as suas armas e sua máquina.

CAPÍTULO XLIII
DE COMO PANTAGRUEL DESEMBARCOU NA ILHA DE RUACH[608]

Dois dias depois, chegamos à Ilha de Ruach, e eu vos juro pela estrela d'Alva, que achei o estado e vida de seu povo mais estranhos do que posso dizer. Aquela gente vive só de vento. Não bebe, não come senão vento. Só tem por casas cataventos. E em seus jardins só são semeadas três espécies de anêmonas. A arruda e outras ervas carminativas eles as colhem cuidadosamente. O povo comum, para se alimentar, usa leques de pena, de papel, de pano, segundo a sua faculdade e poder. Os ricos vivem de moinhos de vento. Quando dão algum festim ou banquete, põem as mesas sob um ou dois moinhos de vento. Lá se repastam, à vontade como em festas nupciais. E durante o repasto discutem sobre a bondade, excelência, salubridade, raridade dos ventos, como vossos beberrões nos banquetes filosofam sobre a qualidade dos vinhos. Um louva o siroco, outro o *lebesch*[609], outro o *garbin*[610], outro a aragem do norte, outro o zéfiro, outros o *galerne*[611]; e assim por diante. Para os doentes, usam o vento encanado, como de vento encanado são alimentados os doentes em nosso país. — Oh! — me dizia um pequeno inchado. — Se se pudesse ter uma bexiga com aquele bom vento do Languedoc que se chama Circe! O nobre

---
608. *Ruach*: vento em hebreu.(N. do T.)
609. Vento da África, *Lybicus*. (N. do T.)
610. Vento fresco que costuma soprar ao meio-dia no Languedoc. (N. do T.)
611. Nome dado ao vento oeste-noroeste na costa francesa do Atlântico. (N. do T.)

Scurron, médico, passando um dia por este país, nos contou que ele é tão forte que derruba carroças carregadas. Oh que grande bem faria a uma perna inchada!

Vi um homem de boa aparência amargamente indignado com um gordo criado e um pajenzinho, e os espancando furiosamente com um coturno. Ignorando a causa da irritação, pensei que fosse conselho dos médicos, como coisa salubre, ao patrão, irritar-se e espancar: ao criado ser espancado. Mas ouvi que ele censurava ao criado por causa de uma porção de vento *garbin*, que ele guardava zelosamente para a estação calmosa. Não cagam, não mijam e não escarram naquela ilha. Em compensação, peidam e arrotam copiosamente. Sofrem de toda a sorte e de todas as espécies de moléstias. Com efeito, toda moléstia nasce e procede da ventosidade, como deduziu Hipócrates *lib. de Flatibus*. Mas a mais epidêmica é a cólica ventosa. Para remediá-la usam amplas ventosas que absorvem muita ventosidade. Morrem hidrópicos timpanitas. E os homens morrem peidando alto, as mulheres peidando sem ruído: assim sua alma sai pelo cu. Depois, passeamos pela ilha, encontramos três gordos arejados, que iam, por folguedo, ver as tarâmbolas, que lá existem em abundância e vivem da mesma dieta. Notei que assim como vós, beberrões, indo ao campo levais garrafas, garrafões e frascos, igualmente eles levavam cada um, um pequeno fole pendurado na cintura.

Se por acaso lhes faltava o vento, com aqueles belos foles eles o faziam bem fresquinho, por atração e expulsão recíproca, pois como sabeis o vento, em essencial definição, não é outra coisa senão o ar flutuando e ondulando. Naquele momento, de parte do rei nos veio ordem que dentro de três horas não acolhêssemos em nossos navios homem nem mulher do país. Pois lhe haviam roubado uma bexiga cheia do próprio vento que outrora a Ulisses deu o bom soprador Éolo para guiar sua nave em tempo de calmaria. O qual guardava religiosamente, como um outro Santo Graal, e curava várias e enormes moléstias, ministrando aos doentes apenas uma porção suficiente para provocar um peido virginal; é o que os santos monges chamam de soneto.

CAPÍTULO XLIV
DE COMO PEQUENAS CHUVAS ACABAM COM GRANDES VENTOS

Pantagruel louvou sua política e maneira de viver, e disse ao seu potentado hipenemiano[612]: — Se adotais a opinião de Epicuro, dizendo o bem soberano consistir na voluptuosidade (voluptuosidade, digo eu, fácil e não penosa) e vos reputo bem felizes. Pois a vossa maneira de viver, que é o vento, não vos custa nada ou

---

612. Hipenemiano: que está cheio de vento, habitante da Ilha de Ruach. (N. do T.)

bem pouco, basta soprar. — É verdade — respondeu o potentado. — Mas nesta vida mortal coisa alguma é grata em todas as partes. Muitas vezes, quando estamos à mesa, alimentando-nos com algum bom e grande vento de Deus, como um maná celeste, felizes como sacerdotes, cai uma chuvinha, que nos tolhe e nos atrapalha. Assim, muitos repastos se perdem por falta de vitualhas. — É — disse Panúrgio — como Jenin de Quinquenais, mijando no traseiro de sua mulher Quelot acabou com o vento pútrido que de lá saía como de uma magistral eolípila. Há pouco fiz uma décima a respeito:

> Jenin, tendo provado um vinho novo,
> A Quelot ordenou, sentindo fome,
> Que preparasse muito nabo e ovo
> Para o jantar, e o nabo e o ovo come,
> E a mulher mais que ele assaz consome.
> E foram se deitar. Dormir convinha.
> Mas Jenin não dormiu. Quelot, vizinha,
> Dormia, mas ventava todavia.
> Jenin agiu e disse: "Uma chuvinha
> Acaba com uma grande ventania".

— Além disso — disse o potentado —, temos uma calamidade anual bem grande e danosa. É um gigante chamado Bringuenarilles, que habita a Ilha de Tohu, que anualmente, por conselho dos médicos, para aqui vem na primavera, a fim de tomar purgação; e nos devora grande número de moinhos de vento, como pílulas, e igualmente foles, dos quais é muito guloso. O que muito sofrimento nos causa; e jejuamos três ou quatro quaresmas em cada ano, sem certas particulares rogações e preces. — E não sabeis — perguntou Pantagruel — evitar? — Por conselho — respondeu o potentado — de nossos mestres *mezarins*[613], pusemos, na estação em que ele tem costume de vir, dentro dos moinhos muitos galos e muitas galinhas. A primeira vez que ele os engoliu, quase morreu. Pois eles cantavam dentro do seu corpo, e voavam através do estômago, pelo que ele caiu em lipotimia, paixão cardíaca e convulsão horrífica e perigosa; como se alguma serpente lhe tivesse entrado no estômago pela boca. — Eis — disse Frei Jean — um *como* mal a propósito e incongruente. Pois outrora ouvi dizer que a serpente entrando no pescoço não causa desprazer algum e de súbito volta para fora, se pelos pés se toma o paciente, apresentando-lhe perto da boca uma caçarola cheia de leite quente.

— Vós — disse Pantagruel — ouvistes dizer; também tinham ouvido os que vos contaram. Mas tal remédio não foi jamais visto nem lido. Hipócrates *lib*.

---

613. *Mezarim* ou *mesarim*: médico das moléstias ventosas; de *mesaraeum*: mesentério. (N. do T.)

5 Epid. escreve ter em seu tempo advindo o caso: e o paciente sofreu a morte por espasmo e convulsão. Além disso, disse o potentado, todas as raposas do país lhe entraram pela goela perseguindo as galinhas, e o trespassariam, se não fosse, pelo conselho de um galhofeiro, na hora do paroxismo ter esfolado uma raposa por antídoto e contraveneno. Depois teve melhor conselho e remédio por meio de um clister que lhe deram, feito com uma decocção de grãos de trigo e milhete, para os quais acorreram as galinhas, juntamente com fígados de aves, para os quais acorreram as raposas. Do mesmo modo as pílulas que tomou pela boca, compostas de galgos e podengos. Vede a nossa desgraça. Não tenhais medo, gente de bem, disse Pantagruel, de agora em diante. Esse grande Bringuenarilles, comedor de moinhos de vento, está morto. Eu vos asseguro. E morreu sufocado e estrangulado, comendo um pouco de manteiga à boca de um forno quente, por receita dos médicos.

CAPÍTULO XLV
DE COMO PANTAGRUEL DESEMBARCOU NA ILHA DOS PAPAFIGAS

No dia seguinte pela manhã encontramos a Ilha dos Papafigas. Os quais eram outrora ricos e livres, e eram chamados Galhardetes, e agora estavam pobres, desgraçados e súditos dos Papimanos. O motivo foi este. Um dia da festa anual dos bastões o burgomestre, os síndicos e os grãos-senhores galhardetes tinham ido passar o tempo e ver a festa em Papimania, ilha próxima. Um deles, vendo o retrato papal (como era o louvável costume de publicamente mostrá-lo nos dias de festa dos duplos bastões), fez-lhe uma figa, que é naquele país sinal de desprezo e desdém manifesto. Para isso vingar, os papimanos, alguns dias depois, sem dizerem uma palavra, puseram-se todos em armas, surpreenderam, saquearam e arruinaram toda a ilha dos Galhardetes, passaram a fio de espada todo homem que tinha barba. Às mulheres e aos jovens perdoaram com condições semelhantes às que o imperador Frederico Barbarrossa usou para com os milaneses.

Os milaneses tinham contra ele em sua ausência se rebelado, e tinham a imperatriz sua mulher expulsado para fora da cidade, ignominiosamente montada em uma velha mula chamada Tacor[614], cavalgando às avessas, quer dizer, o cu virado para a cabeça da mula, e o rosto para as ancas. Frederico, em seu regresso, os tendo subjugado e prendido, com tanta diligência obrou que recuperou a célebre mula Tacor. Então, no meio do grande Brouet[615], por sua ordem o carrasco pôs nos membros vergonhosos de Tacor uma figa, presentes e vendo os cidadãos cativos;

---

614. Tacor em hebreu significa uma doença vergonhosa. (N. do T.)
615. A grande praça de Milão, chamada *le Broglio*. (N. do T.)

depois gritou, de parte do imperador, ao som da trompa, que quem quer deles que quisesse se livrar da morte teria de arrancar publicamente a figa com os dentes, depois a colocar no lugar devido, sem ajuda das mãos. Quem quer que se recusasse, seria no mesmo instante enforcado e estrangulado. Alguns deles tendo vergonha e horror de tão abominável provação, a sobrepuseram ao temor da morte e foram enforcados. A outros o temor da morte foi mais forte do que tal vergonha. Esses, tendo com os dentes tirado a figa, a mostravam ao carrasco abertamente, dizendo: *"Ecco lo fico"*.

Em igual ignomínia, o resto daqueles pobres e desolados galhardetes foram da morte poupados e salvos. Tornaram-se escravos e tributários e foi-lhes imposto o nome de papafigas, porque diante do retrato papal tinham feito figa. Depois disso, aquela pobre gente não teve prosperidade. Todos os anos tinha granizo, tempestade, fome, e todas as desgraças como punição eterna do pecado de seus antepassados e parentes.

Vendo a miséria e calamidade do povo, não nos veio mais vontade de entrar. Somente, para tomar água benta e a Deus nos recomendarmos, entramos em uma capelinha perto do porto, arruinada, desolada e descoberta como em Roma o templo de São Pedro[616]. Na capela entrados e tendo tomado água benta, percebemos no batistério um homem vestido de estolas e todo dentro da água escondido, como um pato mergulhado, exceto um pouco do nariz para respirar. Em torno dele estavam três presbíteros bem raspados e tonsurados, lendo os missais e conjurando os diabos. Pantagruel achou o caso estranho. E perguntando que jogo era aquele que jogavam, foi advertido que havia três anos grassara na ilha peste tão horrível que mais da metade do país ficara deserta e as terras sem possuidores. Passada a peste, aquele homem escondido dentro do batistério tinha um campo grande e fértil, e lá semeava trigo no dia e hora em que um diabinho (o qual não sabia ainda trovejar e saraivar, somente podendo estragar a salsa e a couve, e também não sabendo ler nem escrever) tinha a Lúcifer pedido ir àquela Ilha de Papafigas se recrear e divertir, na qual os diabos tinham familiaridade com homens e mulheres, e muitas vezes lá iam passar algum tempo. Aquele diabo, chegando ao lugar, dirigiu-se ao lavrador e perguntou o que fazia. O pobre homem respondeu-lhe que semeava trigo naquele campo, para ajudá-lo a viver no ano seguinte. "Eu sei" disse o diabo "mas este campo não é teu, é meu e me pertence; pois desde o tempo e a hora em que ao papa fizestes figa, todo o país foi adjudicado, proscrito e abandonado. Trigo semear todavia não é o meu ofício; portanto te deixo o campo. Mas com a condição de que dividamos os lucros.", "Eu aceito" respondeu o lavrador. "Entendo" disse o diabo "que do lucro advindo faremos dois lotes. Um será o que crescerá sobre a terra, o outro o que pela terra será coberto. A escolha me pertence, pois sou diabo extraído de nobre e antiga raça; tu não és mais que um vilão. Eu escolho o que ficar

---

616. A Basílica de São Pedro, cuja construção foi iniciada em 1503, ainda não tinha teto quando Rabelais a viu. (N. do T.)

na terra; tu terás o que ficar por cima. Quando será a colheita?", "Em meados de julho" respondeu o lavrador. "Estarei aqui sem falta" disse o diabo. "Faze o resto, como é teu dever. Trabalha, vilão, trabalha. Vou tentar com o alegre pecado da luxúria as nobres freiras de Pettesec, os carolas e beatos também. De seus deveres estou mais que assegurado."

CAPÍTULO XLVI
DE COMO UM DIABINHO FOI LOGRADO POR UM LAVRADOR DE PAPAFIGAS

Em meados de julho, o diabo apareceu no lugar, acompanhado de um esquadrão de diabinhos. Lá, encontrando o lavrador, lhe disse: "Então, vilão, como te comportaste depois da minha partida? Temos agora de fazer a partilha.", "Realmente" disse o lavrador.

Então começou o lavrador com sua gente a ceifar o trigo. Os diabinhos ao mesmo tempo tiravam a palha da terra. O lavrador bateu seu trigo, colocou-o em sacos, e foi ao mercado vendê-lo. Os diabinhos fizeram o mesmo e foram ao mercado, junto com o lavrador, para vender a palha. O lavrador vendeu muito bem seu trigo, e o dinheiro encheu um velho borzeguim, que ele levava na cintura. Os diabos nada venderam: muito ao contrário, os camponeses no mercado zombaram deles.

Fechado o mercado, disse o diabo ao lavrador: "Vilão, desta vez me enganaste, da outra não enganarás.", "Senhor diabo" disse o lavrador "como teria eu vos enganado se fostes vós que fizestes a escolha? É verdade que, nessa escolha, pensastes enganar-me, esperando nada sair da terra para fazer a minha parte e debaixo encontrardes todo o grão que eu tinha semeado, para com isso tentar os sofredores, frades mendicantes ou avarentos, e por tentação fazer com que eles em vossos laços caíssem. Mas sois muito novo no ofício. O grão que vedes, na terra é morto e corrompido; a corrupção dele é a geração do outro que me vistes vender. Assim, escolhestes o pior. É por isso que sois maldito no Evangelho.", "Deixemos" disse o diabo "esses propósitos; com o que nesse ano seguinte poderás nosso campo semear?", "Para proveito da boa economia" disse o lavrador" convém semear rábanos.", "Ora" disse o diabo "és um vilão de bem; semeia os rábanos, e eu os protegerei das tempestades, e não vai cair granizo sobre eles. Mas escuta bem: retenho, para minha parte, o que ficar em cima da terra; tu ficarás com o que ficar embaixo. Trabalha, vilão, trabalha. Vou tentar os heréticos, que são apetitosa carne assada; o senhor Lúcifer está com cólica e isso lhe fará muito bem."

Vindo o tempo da colheita, o diabo lá se achou, com o seu esquadrão de diabinhos. Lá, encontrando o lavrador e sua gente, começou a ceifar e recolher as folhas dos rábanos. Depois do que, o lavrador escavou a terra e tirou os grandes rábanos, que ensacou. E assim foram todos juntos ao mercado. O lavrador vendeu muito bem os seus rábanos. O diabo não vendeu nada. E o que era pior, zombava-se dele publicamente.

"Vejo bem, vilão" disse o diabo "que por ti sou enganado. Quero pôr fim à partilha do campo entre nós dois. E será o pacto que nos engatanharemos um com o outro; aquele de nós que se render deixará sua parte no campo. O campo inteiro ficará com o vencedor. O dia será daqui a uma semana. Eu ia tentar os ladrões, chicanistas, falsificadores de processos, notários, falsários, advogados prevaricadores: mas eles mandaram me dizer por um intermediário que estão todos comigo. Tão bem Lúcifer se preocupa com as suas almas; e os envia ordinariamente aos diabos da cozinha. Vós dizeis que não há almoço como o dos estudantes, jantar como o dos advogados, merenda como a dos vinhateiros, ceias como a dos mercadores, consoadas, como a das criadas de quarto, e todos os repastos como dos diabetes. É verdade. O senhor Lúcifer saboreia em todos os seus repastos diabretes como o primeiro prato; e costumava almoçar estudantes. Mas, ah! Não se sabe por que desgraça eles têm com os seus estudos juntado a santa Bíblia. Por essa causa não mais podemos tirar algum para o diabo. E creio que, se os hipócritas que nos ajudam, lhes tirassem por ameaças, injúrias, força, violência e combustão seu São Paulo das mãos, mais os comeríamos lá embaixo. De advogados perversores do direito e espoliadores dos pobres ele janta ordinariamente, e não lhe faltam; mas enfara-se de comer sempre pão. Ele disse há pouco em pleno capítulo que de boa vontade comeria a alma de um frade, que tivesse esquecido em seu sermão de a si mesmo recomendar, e prometeu duplo pagamento e notáveis vantagens a quem trouxesse uma no espeto. Todos nós nos pusemos à procura, mas sem proveito: todos eles tinham admoestado as nobres damas a darem donativos para o seu convento. Da merenda ele se absteve, depois de ter tido uma forte cólica, por causa das regiões boreais que haviam vilmente ultrajado suas amas de leite, vivandeiras, carvoeiros e salsicheiros. Ele ceia muito bem mercadores usurários, boticários, falsários, traficantes, adulteradores de mercadorias. E algumas vezes, quando está de boa vontade, ainda faz a ceia do galo com as criadas de quarto, que, tendo bebido o bom vinho de seus patrões, enchem o tonel de água pútrida. Trabalha, vilão, trabalha. Vou tentar os estudantes de Trebizonda, a deixarem pai e mãe, renunciarem à polícia comum, emanciparem-se dos editos de seu rei, viverem em liberdade secreta, desprezarem cada um, zombarem de todos e assumindo todos a bela e alegre postura da inocência poética, ou seja, transformar todos em gentis diabinhos".

CAPÍTULO XLVII
DE COMO O DIABO FOI ENGANADO POR UMA VELHA DE PAPAFIGAS

Voltando à sua casa, o lavrador estava triste e pensativo. Sua mulher, ao vê-lo, cuidou que ele fora roubado no mercado. Mas, ouvindo a causa da melancolia, vendo a sua bolsa cheia de dinheiro, docemente o reconfortou e assegurou que do engatanhamento mal algum lhe adviria; somente a ela recorresse e confiasse. Ela já havia imaginado uma boa saída. "No pior" dizia o lavrador "eu só terei um arranhão; vou me render ao primeiro golpe, e lhe deixarei o campo.", "Nada, nada" disse a velha "confiai em mim e ficai tranquilo; deixai por minha conta. Dissestes-me que é um diabinho; eu vou fazê-lo desistir do campo, e nele continuareis. Se fosse um diabo grande, teria que pensar melhor".

O dia escolhido foi aquele em que à ilha chegamos. De manhã bem cedo, o lavrador confessara e comungara, como bom católico, e por conselho do cura, tinha, mergulhando, se escondido no batistério, no estado em que o tínhamos encontrado. No momento em que nos contava a sua história, tivemos notícia que a velha enganara o diabo, e ganhara o campo. A maneira foi a seguinte:

O diabo chegou à porta da casa do lavrador e batendo exclamou: "Oh vilão, vilão. Vamos, vamos, aos belos arranhões". Depois entrando na casa muito ancho e bem-disposto, e não encontrando o lavrador, viu sua mulher, deitada no chão, chorando e se lamentando. "O que é isso?" perguntou o diabo. "Onde ele está? Que fez ele?", "Ah!" disse a velha. "Onde está ele, o malvado, o carrasco, o bandido? Ele me maltratou, estou perdida, estou morrendo com o que ele me fez.", "Como" disse o diabo "que tem ele? Dentro em pouco vou lhe dar uma lição.", "Ah!" disse a velha "ele me disse, o carrasco, o tirano, o arranhador de diabos, que tinha marcado um encontro convosco para se arranharem; para ensaiar suas unhas, ele me arranhou apenas com o dedo mindinho aqui entre as pernas e me deixou toda machucada. Estou perdida, não vou me curar jamais. Vede. E ainda foi à casa do ferreiro, para apontar e afiar as unhas ainda mais. Estais perdido, senhor diabo, meu amigo. Fugi, antes que ele vos veja. Retirai-vos, eu vos peço". Então se descobriu até o queixo, da forma que outrora as mulheres persas se apresentavam aos filhos, fugitivos da batalha, e lhe mostrou sua como-é-que-se-chama. O diabo vendo aquela enorme solução de continuidade de todas as dimensões, exclamou; "Mahon, Demiurgon, Megera, Alecto, Persefone! Ele não me pega. Vou-me embora. Nunca! Eu lhe deixo o campo".

Sabendo da catástrofe e do fim da história, retiramo-nos para a nossa nave. E lá não ficamos outro dia. Pantagruel deu à caixa de esmolas da igreja dezoito mil reais de ouro, em contemplação à pobreza do povo e calamidade do lugar.

CAPÍTULO XLVIII
DE COMO PANTAGRUEL DESEMBARCOU NA ILHA DOS PAPIMANOS

Deixando a desolada Ilha dos Papafigas, navegamos por um dia com serenidade e prazer, quando à nossa vista se ofereceu a bem-aventurada Ilha dos Papimanos. Logo que as nossas âncoras foram lançadas no porto, antes que tivéssemos fixado o cordame, vieram até nós em esquifes quatro pessoas diversamente vestidas. Um com o hábito de monge, sujo e estragado. O outro um falcoeiro, com uma isca e uma ave muito grande. O outro um solicitador de processo, tendo um grande saco cheio de informações, citações, chicanices e protelações na mão. Outro vestido de vinhateiro de Orleãs, com belas polainas de pano, um cesto e uma foice na cintura. Tão cedo chegaram à nossa nave, exclamaram em voz alta: — Vós o vistes, gente que passais? Vós o vistes? — Quem? — redarguiu Pantagruel. — Aquele — responderam eles. — Quem é ele? — Perguntou frei Jean. — Pela morte chocante, eu o abaterei com murros. (Pensando que estivessem falando de algum ladrão, assassino ou sacrílego).

— Como — disseram eles —, peregrinos, não conheceis o Único? — Senhores — disse Epistemon —, não entendemos tais termos. Mas exponde, por favor, de que falais, e nós vos diremos a verdade, sem dissimulação. — É — disseram eles — aquele que é; não o vistes jamais? — Aquele que é — respondeu Pantagruel —. por nossa teológica doutrina, é Deus; e em tal palavra se declarou a Moisés. Portanto certo é que não o vimos, e não é visível a olhos corporais. — Não falamos — disseram eles — daquele alto Deus que domina pelos céus. Falamos do deus da terra. O tendes visto? — Eles se referem — disse Carpalim — ao papa, por minha honra. — Sim, sim — respondeu Panúrgio. — Sim, certamente, eu vi três. — Como? — disseram eles. — Nossas santas decretais dispõem que não há nunca mais do que um vivo. — Eu entendo — disse Panúrgio —, uns sucessivamente após os outros. De outra maneira não vi senão um de cada vez. — Ó gente — disseram eles —, três e quatro vezes felizes, sede bem e mais do que bem-vindos!

Então ajoelharam-se diante de nós, e queriam beijar os nossos pés. O que não quisemos permitir, admoestando-os que ao papa, se por fortuna pessoalmente viesse, não poderiam fazer mais. — Sim, faríamos — responderam eles. — Isso está entre nós já resolvido. Nós lhe beijaríamos o cu sem cobertura, e os culhões igualmente. Pois tem culhões o santo padre, nós o sabemos por nossas belas decretais; de outro modo não seria papa. De sorte que por sutil filosofia decretal essa consequência é necessária: ele é papa, portanto tem culhões. E quando faltassem culhões no mundo, o mundo mais papa não teria.

Pantagruel perguntou a um marinheiro de seu barco quem eram aqueles personagens. Ele respondeu que eram os quatro estados da ilha, acrescentando mais que seríamos bem acolhidos e bem tratados, pois tínhamos visto o papa. Do que advertiu Panúrgio, que lhe disse secretamente: — Fiz voto a Deus; é isso. Tudo vem plenamente como se pode esperar. Da vista do papa jamais tínhamos tirado proveito; agora, com todos os diabos, vamos aproveitar, segundo vejo. — Então descemos em terra, e veio diante de nós como em procissão todo o povo do país, homens, mulheres, crianças. Os quatro estados lhes disseram, em voz alta: — Eles o viram! Eles o viram! Eles o viram! — A essa proclamação, todas as pessoas se ajoelharam diante de nós, levantando as mãos juntas para o céu e gritando: — Ó gente feliz! Ó bem-aventurados! — E durou isso mais de um quarto de hora. Depois acorreu o diretor da escola, com todos os pedagogos, sabichões e estudantes, e os chicoteava magistralmente, como se costuma chicotear os nossos meninos quando se enforca um malfeitor, a fim de que se lembrem. Pantagruel se irritou e disse: — Senhores, se não desistirdes de chicotear essas crianças eu voltarei.

O povo espantou-se ouvindo a sua voz estentórea; e vi um corcundinha de dedos compridos perguntando ao diretor da escola: — Virtudes extravagantes! Os que veem o papa tornam-se assim grandes como aquele que nos ameaça? Ó como tarda maravilhosamente que eu o veja, a fim de crescer e grande como ele tornar-me! — Tão grandes foram as suas exclamações que Homenaz ali acorreu (assim chamam eles o seu bispo), em uma mula sem rédea, coberta de um pano verde, acompanhado de seus apostos (como eles dizem), e também de seus supostos, levando cruzes, bandeiras, pendões, baldaquinos, tochas, pias de água benta. E queria igualmente os pés nos beijar à força (como fez ao papa Clemente o bom cristão Valfinier), dizendo que um de seus hipofetas[617], intérprete e glosador de suas santas decretais, tinha por escrito afirmado que, assim como o Messias, tanto e por tão longo tempo pelos judeus esperado, enfim lhes tinha vindo, também àquela ilha algum dia um papa viria. Aguardando aquele dia feliz, se lá chegasse alguém que estivesse estado em Roma, ou em outra parte, mister seria bem o festejar e reverentemente tratar. Todavia nós nos excusamos honestamente.

CAPÍTULO XLIX
DE COMO HOMENAZ, BISPO DOS PAPIMANOS, NOS MOSTROU OS URANOPETES[618] DECRETAIS

Depois nos disse Homenaz: — Por nossas santas decretais nos é disposto e mandado visitar primeiro as igrejas que as tavernas. Portanto, obedientes a essa bela instituição, vamos à igreja, depois iremos nos banquetear. — Homem de bem — disse Frei Jean —, ide na frente, nós vos seguiremos. Falastes em bons termos e como bom

---

617. Que fala a respeito das coisas passadas, como os profetas a respeito das coisas futuras. (N. do T.)
618. Uranopte: aquele que ascende ao céu. Derivado do grego *ouranos* (céu) e *ptétomai* (eu voo). (N. do R.)

cristão. Há muito tempo não tínhamos visto tal coisa. Acho-me muito reconfortado em meu espírito, e creio que com isso me banquetearei melhor. É uma bela coisa encontrar gente de bem.

Aproximando-nos da porta do templo, percebemos um grosso livro dourado, todo coberto de finas e preciosas pedras, rubis, esmeraldas, diamantes, pérolas, mais ou pelo menos tão excelentes como as que Otaviano consagrou a Júpiter Capitolino. E pendia no ar, preso por duas grossas correntes de ouro, do zoóforo da fachada. Nós o olhamos com admiração. Pantagruel o manuseou à vontade, pois podia facilmente tocá-lo. E nos afirmou que, ao tocá-lo, sentia um doce prurido nas unhas e desentorpecimento no braço; juntamente a tentação veemente de bater em um meirinho ou dois; contanto que não tivessem tonsura. Então nos disse Homenaz: — Outrora foi aos judeus a lei por Moisés entregue escrita pelos próprios dedos de Deus. Em Delfos, diante da fachada do templo de Apolo, encontrou-se uma sentença divinamente escrita, GNOTHI SEAUTON[619]. E certo tempo após, foi vista EI[620], também divinamente escrita e transmitida dos céus. O simulacro de Cibele foi dos céus da Frígia transmitido ao campo chamado Pessinunt. Também o foi em Tauris o simulacro de Diana, se credes em Eurípedes. A auriflama foi dos céus transmitida aos nobres e cristianíssimos reis de França, para combater os infiéis. Reinando Numa Pompílio, rei segundo dos romanos, em Roma foi do céu visto descer o cortante broquel chamado Ancilo. Na Acrópole de Atenas outrora tombou do céu a estátua de Minerva. Aqui igualmente vedes as sagradas decretais escritas pela mão de um anjo querubim... Vós outros, gente transpontina, não credes? — Bem mal — respondeu Panúrgio. — E a nós aqui milagrosamente dos céus foi transmitido de maneira semelhante à que por Homero, pai de toda a filosofia (exceto sempre as divinas decretais) o rio do Nilo é chamado Diipetes. E porque vistes o papa, evangelhista daquelas e protetor sempiterno, ser-vos-á de nossa parte permitido vê-las e beijá-las. Se bom vos parecer. Mister será porém que três dias antes jejueis e regularmente confesseis, curiosamente separando e inventariando os vossos pecados com tal vigor que em terra não caia uma só circunstância, como divinamente nos cantam as divinas decretais que vedes. Para isso falta tempo. — Homem de bem — respondeu Panúrgio —, décrotoires[621], quero dizer, decretais, na verdade temos visto em papel, em pergaminho transparente, em velino, escritas à mão ou impressas. Não há necessidade que tenhais o trabalho de mostrar-nos essas. Nós nos contentamos com a boa vontade e vos agradecemos.

— Na verdade — disse Homenaz —, não vistes estas, angelicamente escritas. As de vosso país não são mais que transuntos das nossas, como achamos escrito por um de nossos antigos escolásticos decretalinos. De resto, peço-vos que não me poupeis o trabalho. Somente avisai se quereis confessar e jejuar os três diazinhos de Deus. —

---

619. Conhece-te a ti mesmo. (N. do T.)
620. És. (N. do T.)
621. Mais um irreverente trocadilho de Rabelais; *décrottoire*: escova para limpar sapatos. (N. do T.)

Confessar — disse Panúrgio. — Muito bem, nós consentimos. Apenas o jejum não nos vem a propósito; pois tanto e tanto temos no mar jejuado, que as aranhas fizeram suas teias em nossos dentes. Vede aqui este bom Frei Jean des Entommeures (a esse nome Homenaz o abraçou); cresceu-lhe musgo na goela, por falta de movimento e de exercitar as bochechas e a mandíbula. — Ele está falando a verdade — disse Frei Jean. — Jejuei tanto e tanto que fiquei todo corcunda. — Entremos — disse Homenaz —, então na igreja, e perdoai-nos se presentemente não cantarmos a bela missa de Deus. Já passou a hora do meio-dia, após o que proíbem as sagradas decretais cantar missa, missa, digo eu, alta e legítima. Mas vos direi uma baixa e seca. — Eu gostaria mais — disse Panúrgio — uma molhada por algum bom vinho de Anjou. Vamos a isso, então. — Com efeito — disse Frei Jean —, desagrada-me muito ainda ter o estômago em jejum. Pois tendo muito bem almoçado e seguido o uso monacal, se porventura ele nos canta Réquiem, eu teria trazido pão e vinho para os momentos passados[622] durante a missa. Paciência. Vamos a isso.

CAPÍTULO L
DE COMO POR HOMENAZ NOS FOI MOSTRADO O ARQUÉTIPO DE UM PAPA

Terminada a missa, Homenaz tirou de um cofre perto do altarmor um grosso molho de chaves, com as quais abriu as trinta e duas fechaduras e os quatorze cadeados de uma janela de ferro bem gradeada acima do dito altar, depois, por grande mistério, se cobriu com um pano molhado e, puxando uma cortina de cetim carmesim, nos mostrou uma imagem, muito mal pintada, segundo a minha opinião; tocou-a com um bastão comprido, que nos deu a beijar. Depois perguntou: — Que vos parece esta imagem? — É — respondeu Pantagruel — a imagem do papa. Eu o reconheço pela tiara, pela murça, pela sobrepeliz, pelas sandálias. — Dizes bem, — disse Homenaz. — É a ideia daquele deus do bem na terra, cuja vinda aguardamos devotamente e o qual esperamos ver neste país. Ó feliz e desejado e tão esperado dia! E vós felizes e bem felizes que tivestes os astros favoráveis, que tendes vivamente em face visto realmente aquele bom deus na terra, do qual somente vendo o retrato plena remissão ganhamos de todos os nossos pecados memoráveis, juntando a terça parte com dezoito quarentenas de pecados esquecidos. Assim não a vemos senão nas grandes festas anuais.

Dizia Pantagruel que era uma obra tal como fazia Dédalo. Ainda que estivesse contrafeita e mal traçada, havia sempre latente e oculta alguma energia divina em matéria de perdões. — Como — disse Frei Jean —, em Sevilha, os mendigos, ceando em dia de festa no hospital, se gabavam de naquele dia um ter ganhado seis moedas de prata,

---

622. Mais um trocadilho: *"je y eusse porté pain et vin par les traicts passés"*, que soa como *trépassés* (mortos), a alusão ao repasto que precedia a missa de defuntos. (N. do T.)

outro dois soldos, outro sete carolos, um dos mais miseráveis se gabava de ter ganhado três boas moedas de ouro. "Também" responderam os companheiros "tu tens uma perna de Deus." Como se alguma divindade se escondesse em uma perna esfacelada e podre. — Quando — disse Pantagruel —, tais coisas nos contais, trazei logo uma bacia. Pouco me falta para vomitar. Usar assim o sagrado nome de Deus em coisas tão sujas e abomináveis? Puf! É o que digo: puf! Se dentro de vossa fradaria é uso tal abuso de palavras, deixai-o lá; não o transporteis para fora do claustro. — Assim — respondeu Epistemon —, dizem os médicos haver em algumas moléstias certa participação da divindade. Igualmente Nero louvava os cogumelos e em provérbio grego os chamava carne dos deuses, pois com eles tinha envenenado seu antecessor Cláudio, imperador romano. — Parece-me — disse Panúrgio — que esse retrato discorda dos nossos últimos papas. Pois não os vi murça, mas elmo na cabeça colocarem, encimado por uma tiara pérsica. E todo o império cristão estando em paz e silêncio, somente eles fazem guerra traiçoeira e cruel. — É — disse Homenaz — então contra os rebeldes, heréticos, protestantes, desesperados, não obedientes à santidade daquele bom Deus na terra. Isso lhe é não somente permitido e lícito, mas ordenado pelas sagradas decretais; e deve a fogo incontinênti imperadores, reis, duques, príncipes, repúblicas e a sangue pôr, que transgridem um iota de seus mandamentos; espoliá-los de seus bens, desapossá-los de seus reinos, proscrever, anatematizar, e não somente seus corpos e seus filhos e parentes outros matar, mas também suas almas danar no fundo da mais ardente caldeira que haja no inferno. — Aqui — disse Panúrgio —, por todos os diabos, eles não são heréticos, como foi Raminagrobis, e como são entre os alemães e na Inglaterra: vós sois cristãos bem escolhidos. — Sim é verdade — disse Homenaz —, assim seremos todos salvos. Ide tomar a água benta, depois jantaremos.

CAPÍTULO LI
PROPÓSITOS DURANTE O JANTAR, EM LOUVOR DAS DECRETAIS

Notai, beberrões, que, durante a missa seca de Homenaz, três sacristães, cada um carregando uma grande bacia, passeavam entre o povo, dizendo em voz alta: — Não esqueçais a gente feliz que o viram de frente. — Saindo do templo, eles levaram a Homenaz as três bacias repletas de moedas papimânicas. Homenaz nos disse que era para se passar bem e que daquela contribuição e fração uma parte seria empregada para bem se beber, a outra para bem se comer, seguindo uma mirífica glosa oculta em certo ponto de suas santas decretais. O que foi feito, e em uma boa taverna bastante parecida com a de Guillot em Amiens. Podeis crer que as iguarias foram copiosas e as bebidas numerosas.

E naquele jantar notei duas coisas memoráveis. Uma, que a vianda que era trazida, qualquer que fosse, fossem cabritos, fossem capões, fossem porcos (dos quais há profusão em Papimania), fossem pombos, coelhos, lebres, galos da Índia ou outros, jamais deixou de ter abundância magistral de recheio. A outra, que toda a mesa e sobremesa foi servida por donzelas casadoiras do lugar, belas, eu vos afirmo, graciosas, louras, amáveis e graciosas; as quais, vestidas de longas, brancas e frouxas túnicas de cintura dupla, a cabeça descoberta, os cabelos presos por fitas e laços de seda violeta, semeados de rosas, cravos, manjeronas, anetos, e outras flores odoríferas, a cada momento nos convidavam a beber, com doutas e graciosas reverências. Frei Jean as olhava de soslaio, como um cão que espreita uma ave. Quando servidos os primeiros pratos, foi por elas melodiosamente cantado um epodo em louvor das sacrossantas decretais. Quando servido o segundo prato, Homenaz, alegre e satisfeito, dirigiu a palavra a um dos mestres despenseiros, dizendo: — *Clerice*, esclarece aqui. — A estas palavras, uma das jovens prontamente lhe apresentou uma grande taça de vinho extravagante[623].

Ele tomou a taça na mão, e suspirando profundamente, disse a Pantagruel: — Meu senhor, e vós caros amigos, bebo a todos vós de coração. Sede mui bem-vindos.

Tendo bebido e devolvido a taça à gentil rapariga, exclamou em voz alta, dizendo: — Ó divinas decretais, tanto é por vós o vinho bom e bem achado. — Não é — disse Panúrgio — o pior da espécie. — Melhor seria — disse Pantagruel —, se por elas o mau vinho se tornasse bom. — Ó seráfica sexta — disse Homenaz, continuando — tanto sois vós necessárias à salvação dos pobres humanos! Ó querubínicas clementinas, como em vós é propriamente contida e descrita a perfeita instituição do verdadeiro cristão! Ó extravagantes angélicas, como sem vós pereceriam as pobres almas, as quais cá embaixo erram pelos corpos mortais neste vale de misérias! Ah! Quando será esse dom de graça particular feito aos humanos, que eles desistam de todos os outros estudos e negócios, para vos ler, vos entender, vos saber, vos usar, praticar, incorporar, sanguificar e centralizar nos profundos ventrículos de seus cérebros, na moela interna de seus ossos, nos perplexos labirintos de suas artérias? Ó então, e não antes, feliz o mundo!

A essas palavras se levantou Epistemon, e disse francamente a Panúrgio; — A falta de uma cadeira furada[624] me obriga a sair daqui. Essa farsa me revolveu as entranhas. Não posso me conter.

— Ó, então — disse Homenaz, continuando — nada de granizo, geadas, nevoeiros, estragos! Ó, então abundância de todos os bens na terra! Ó, então paz obstinada, infringível no universo: cessação de guerras, pilhagens, opressões, banditismo, assassinatos, exceto contra os hereges e rebeldes malditos! Ó então jovialidade, alegria, sossego, prazeres, delícias em toda a natureza humana! Mas

---

623. Vinho do dízimo, concedido por uma daquelas decretais que se chamavam "extravagantes", por terem sido acrescentadas ao direito canônico. (N. do T.)
624. *Selle persée*, uma cadeira sem o fundo, embaixo da qual se colocava um penico, e que servia de latrina. (N. do T.)

ó grande doutrina, inestimável erudição, preceitos deíficos imortalizados pelos divinos capítulos dessas eternas decretais! Ó como lendo somente meio cânon, um pequeno parágrafo, uma única sentença dessas sacrossantas decretais, sentis o coração inflamado na fornalha do amor divino, de caridade para com o vosso próximo, contanto que não seja um herético; contentamento assegurado de todas as coisas fortuitas e terrestres; extática elevação dos vossos espíritos, até o terceiro céu; contentamento certo em todas as vossas afeições.

CAPÍTULO LII
CONTINUAÇÃO DOS MILAGRES ADVINDOS PELAS DECRETAIS

— Eis — disse Panúrgio — uma fala de ouro. Mas creio o menos que posso. Pois me adveio um dia em Poitiers, em casa de um doutor escocês decretalino, ler um capítulo; o diabo me leve se com a leitura não fiquei tão constipado do ventre que, durante quatro, ou melhor cinco dias, não caguei senão uma bolotinha, sabeis qual? Tal, eu vos juro, como Catulo diz serem as de Furius, seu vizinho:

Em um ano não cago dez bolotas,
E se esmagá-las tentas com teus dedos,
Tu não há de sujá-los, entretanto,
Eis que elas são mais duras do que a pedra.

— Ah, ah! — disse Homenaz. — *Inian*![625] meu amigo, porventura estais em estado de pecado moral. — Isso é outro caso.

— Um dia — disse Frei Jean —, quando eu estava em Sevilha, limpei o cu com uma folha de umas malditas clementinas, que Jean Guimard, nosso tomador de conta das retretas tinha colocado lá; eu me dou a todos os diabos se feridas e hemorroidas não me vieram muito horríveis, que o buraco do meu pobre traseiro ficou todo escalavrado. — *Inian*! — Disse Homenaz. — Foi evidente castigo de Deus, vingando o pecado que cometestes limpando com aqueles livros sagrados que deveríeis beijar e adorar, digo adoração idolátrica ou hiperdúlia pelo menos. O Panormitan[626] não mente jamais a esse respeito.

— Jean Chouart — disse Ponocrates — tinha comprado dos monges de Saint Olary umas belas decretais escritas em um belo e grande pergaminho de Lamballe, a fim de com eles fazer velino para cunhar moedas de ouro. A desgraça foi ali tão estranha, que não se aproveitou uma só das moedas cunhadas. Todas ficaram

---
625. Imitação do zurro do asno. (N. do T.)
626. Tudeschi, arcebispo de Palermo, no Século XV, autor de um comentário das *Clementinas*. (N. do T.)

dilaceradas e estriadas. — Castigo — disse Homenaz — e vingança divina. — Em Mans — disse Eudemon —, François Cornu, boticário, tinha em embrulhos empregado umas extravagâncias amarrotadas, e desafio o diabo se tudo que estava lá dentro não ficou no mesmo instante envenenado, apodrecido e gasto: incenso, pimenta, cravo-da-Índia, canela, açafrão, cera, especiarias, ruibarbo, tamarindo; geralmente tudo, drogas, gogas e xenogas[627]. — Vingança — disse Homenaz — e castigo divino. Abusar em coisas profanas dessas sagradas escrituras!

— Em Paris — disse Carpalim —, Groignet, costureiro, tinha empregado como moldes de medidas umas velhas clementinas. O caso estranho! Todas as roupas cortadas com tais moldes e feitas sob aquelas medidas ficaram estragadas e perdidas: túnicas, capas, mantos, saiotes, calças, casaquinhos, coletes, gibões, calções, gonelas, verdugadins. Groignet, querendo cortar uma capa, cortava um calção. Em lugar de um saiote, cortava um chapéu. Sob a forma de um casaquinho, recortava uma murça. Com o molde um gibão fazia o formato de uma panela. Seus aprendizes, depois de terem costurado, a rasgaram pelo fundo; e parecia uma panela de cozinhar castanhas. Querendo fazer um colete, fazia um borzeguim. Em vez de um verdugadim fazia um dominó. Pensando fazer um manto, fazia um tambor de suíço. A tal ponto que o pobre homem, por justiça foi condenado a pagar os panos de todos os seus fregueses; e presentemente está como açafrão[628] — Castigo — disse Homenaz — e vingança divina!

— Em Cahusac — disse Ginasta —, estive para atirar ao alvo, em uma disputa entre os senhores d'Estissac e Visconde de Lausun. Tinham-se aproveitado algumas decretais, cortando-se as partes em branco para servirem de alvo. Eu me dou, eu me vendo, eu me entrego a todos os diabos, se jamais um besteiro da região (os quais são superlativos em toda a Guiana) acertou uma vez sequer o alvo: todos os tiros foram perdidos. O alvo sacrossanto não foi tocado. No entanto, Sansorin o velho, que guardava as apostas, nos jurava pelos figos dourados (seu grande juramento) que tinha visto, abertamente, visivelmente, a flecha de Carquelin entrando bem no meio do alvo, nela penetrando, e depois ser afastada para uma toesa de distância. — Milagre — exclamou Homenaz —, milagre, milagre! *Clerice*, aclare aqui. Bebo à saúde de todos. Vós me pareceis verdadeiros cristãos".

A essas palavras, as raparigas começaram a falar animadamente umas com as outras. Frei Jean levantou o nariz, parecendo com maus propósitos. — Parece-me — disse Pantagruel —, que tais alvos estavam protegidos contra o perigo das flechas mais do que o foi outrora Diógenes. — O que? — perguntou Homenaz. — Como? Ele era decretalista? — Diógenes — respondeu Pantagruel — certo dia, querendo espairecer, visitou os arqueiros que atiravam ao alvo. Entre eles, havia um que era tão faltoso, imperito e mal-adestrado, que, quando

---

627. No original *gogues et senogues*, em vez de *agogues* e *xénagogues*, purgativos. (N. do T.)
628. De capuz amarelo, como um falido. (N. do T.)

se preparava para atirar, todos os espectadores se afastavam, com medo de serem atingidos. Diógenes, depois de o ter visto tão desastradamente atirar de uma vez a sua seta mais de uma vara distante da meta, e quando, antes de atirar a segunda vez, todas as pessoas de um lado e do outro se afastavam, foi se colocar bem junto ao alvo, afirmando ser aquele o lugar mais seguro e que o arqueiro antes atingiria todos os outros lugares que o alvo; só o alvo estava a salvo da flecha. — Um pajem — disse Ginasta — do senhor de d'Estissac, chamado Chamouillac, percebeu o encanto. Por seu conselho, Perotou mudou o alvo, e empregou papel do processo de Pouillac. Então atiraram muito bem uns e outros.

— Em Landerousse — disse Rizótomo —, nas núpcias de Jean Delif, houve um festim nupcial notável e suntuoso, como era costume naquele país. Depois da ceia, foram representadas várias farsas, comédias, frioleiras agradáveis; foram dançadas várias danças mouriscas, com castanholas e tambores e introduzidas diversas mascaradas e momices. Eu e meus colegas de escola, para a festa honrarmos como podíamos (pois de manhã nós todos tínhamos recebido belos laços brancos e violeta), no fim fizemos divertidas máscaras, com muitas conchas de Saint Michel e belas caçarolas de caramujos. Na falta de colocasia, bardana personate, e de papel, das folhas de um velho sexto, que lá estavam abandonadas, fizemos as imitações do rosto, recortando um pouco no lugar dos olhos, do nariz e da boca. Caso maravilhoso: terminadas nossa brincadeira e pueril diversão, tirando as máscaras, parecemos mais feios e horríveis que os diabinhos da paixão de Doué tanto tínhamos o rosto maltratado nos lugares onde haviam encostado as referidas folhas. Um tinha varicela, outro postemas, outro varíola, outro rubéola, outro grandes furúnculos. Em resumo, aquele de nós todos que ficou menos ferido foi um de quem caíram os dentes. — Milagre — exclamou Homenaz —, milagre! — Ainda não é hora de rir — disse Rizótomo. — Minhas duas irmãs, Catarina e Renata, tinham posto dentro daquele belo sexto, servindo de prensa (pois ele era coberto de grossas placas e guarnecido de vidro) peças de roupa ensaboadas de fresco, bem brancas e limpas. Pela virtude de Deus!... — Esperai — disse Homenaz. — A que Deus vos referis? — Não há mais de um — respondeu Rizótomo. — Sim, é certo — disse Homenaz —, no céu; na terra não temos um outro? — Arre! Adiante — disse Rizótomo. — Não penso mais por minha alma. Então pelas virtudes do papa, toda a roupa ficou mais negra do que um saco de carvoeiro. — Milagre! — exclamou Homenoz. — *Clerice*, aclara aqui, e anota essas belas histórias. — Como — perguntou Frei Jean. disse então:

— Quando os decretos dominaram
E os guerreiros recuaram,
Montaram os frades a cavalo
E o mundo sofre um grande abalo?

— Eu vos ouço — disse Homenaz. — São tolices dos heréticos novos.

CAPÍTULO LIII
DE COMO, POR VIRTUDES DAS DECRETAIS, É O OURO SUTILMENTE TIRADO DA FRANÇA PARA ROMA

— Eu queria — disse Epistemon — ter de pagar uma *chopine*[629] de tripas, e que não tivéssemos no original colecionados os terríficos capítulos: *Execrabilis, De multa, Si Plures, De Annalis per totum, Nisi essent, Cum ad monasterium, Quod dilectio, Mandatum*, e certos outros, os quais tiram cada ano da França para Roma quatrocentos mil ducados ou mais. — Isso, não é nada — disse Homenaz. — Me parece todavia ser pouco, visto ser a França cristianíssima a única nutriz da corte romana. Mas achareis livros no mundo, sejam de filosofia, medicina, direito, matemáticas, letras humanas, até mesmo (pelo meu Deus) as Santas Escrituras, de onde podeis outro tanto tirar? Não. Nunca, nunca! Não achareis neles aquela aurífica energia; eu vos asseguro. E ainda assim aqueles diabos heréticos não querem aprender e saber. Queimai, atenazai, cortai, afogai, enforcai, empalamai, desmembrai, recortai, desventrai, estripai, retalhai, esfolai, assai, torrai, crucificai, cozinhai, esmagai, esquartejai, carbonizai esses malvados heréticos decretalífugos, decretalicidas, piores que homicidas, piores que parricidas, decretalictones[630] do diabo. Vós, outros, homens de bem, se quereis ser chamados e reputados verdadeiros cristãos, eu vos suplico de mãos postas não acrediteis em outra coisa, em outra coisa não penseis, outra coisa não digais, não façais, que não contenham as nossas santas decretais e seus corolários, aquele belo sexto, aquelas belas clementinas, aquelas belas extravagantes! Ó livros deíficos! Assim estareis em glória, honra, exaltação, riquezas, dignidades, prelações neste mundo; por todos reverenciados, por todos temidos, por todos preferidos, entre todos eleitos e escolhidos. Pois não há, sob o céu, estado em que se encontra gente mais idônea para tudo fazer e manejar do que naqueles que, por divina presciência e eterna predestinação, ao estudo se entregam das santas decretais. Quereis escolher um grande imperador, um bom capitão, um digno chefe e condutor de um exército em tempo de guerra, que bem saiba todos os inconvenientes prever, todos os perigos evitar, bem conduzir os seus homens ao assalto e ao combate, animados e alegres, nada arriscar, vencer sem perda de seus soldados e saber usar da vitória? Tomai um decretista... Não, não: digo um decretalista.

— Ó que ratão! — disse Epistemon. — Quereis em tempo de paz encontrar homem apto e suficiente para bem governar o estado de uma república, de um reino, de um império, de uma monarquia; manter a igreja, a nobreza, o senado e o povo em riquezas, amizade, concórdia, obediência, virtudes, honestidade? To-

---

629. Medida de volume correspondendo mais ou menos a meio litro. (N. do T.)
630. Do grego *ctones*: assassínio. (N. do T.)

mai um decretalista. Quereis encontrar um homem que, por vida exemplar, boas palavras, santas admoestações, em pouco tempo, sem efusão de sangue, conquiste a terra santa e à santa fé converta os infiéis turcos, judeus, tártaros, moscovitas, mamelucos e sarracenos? Tomai um decretalista. O que faz em vários países o povo rebelde e insubmisso, os pajens gulosos e maus, os estudantes preguiçosos e tolos? Seus governadores, seus escudeiros, seus preceptores não são decretalistas.

Mas o que, na consciência, estabeleceu, confirmou, autorizou essas belas religiões, com as quais em todos os lugares vedes o cristianismo ornado, decorado, ilustrado, como é o firmamento com as suas estrelas? As divinas decretais. Quem fundou, construiu, ergueu, quem mantém, quem sustenta, quem alimenta os devotos religiosos em seus conventos, mosteiros e abadias, sem cujas rezas diurnas, noturnas, contínuas, estaria o mundo em perigo evidente de voltar ao antigo caos? As sagradas decretais. Quem fez e diariamente aumenta em abundância de todos os bens temporais, corporais e espirituais do famoso e célebre patrimônio de São Pedro? As santas decretais. Quem faz a santa sé apostólica em Roma de todos os tempos e hoje tão temida no universo, que todos os reis, imperadores, potentados e senhores dela dependem, a ela se prendem, por ela são coroados, confirmados, autorizados, e vão reverenciar e se prosternar à mirífica sandália, da qual vistes o retrato? As belas decretais de Deus. Quero vos declarar um grande segredo. As universidades de vosso mundo, em suas armas e divisas, ordinariamente mostram um livro, algumas vezes aberto, outras fechado. Que livro achais que seja? — Não sei ao certo — respondeu Pantagruel. — Não o olhei por dentro. — São — disse Homenaz — as decretais, sem as quais perecerão os privilégios de todas as universidades. Vós me deveis esta. Ha, ha, ha, ha!

Aqui começou Homenaz a arrotar, peidar, rir, babar e suar, e atirou seu grande gorro de quatro braguilhas a uma das raparigas, a qual o colocou sobre sua bela cabeça com grande alegria, depois de tê-lo amorosamente beijado, como sinal seguro de que seria a primeira a casar-se. — *Vivat* — exclamou Epistemon —, *vivat, fifat, pipat, bibat*! Ó segredo apocalíptico! — *Clerice* — disse Homenaz —, *clerice*, aclara aqui com lanternas duplas. Usufruí, donzelas! Como eu dizia, se vos dedicardes ao estudo único das sagradas decretais, sereis ricos e honrados no mundo. Digo consequentemente que, além disso sereis infalivelmente salvos para o bem-aventurado reino dos céus, cujas chaves são trazidas para o nosso bom Deus decretaliarca. Ó meu bom Deus, que adoro e não vi jamais, por graça especial abre-nos em artigo de morte, esse sacratíssimo tesouro de nossa santa mãe a igreja, da qual és o protetor, ecônomo, administrador, distribuidor. E ordena que essas belas obras de superrogação, esses belos e necessários perdões não nos faltem. Para que os diabos não achem o que morder em nossas pobres almas, para que a goela horrível do inferno não nos engula. Em teu poder e arbítrio está nos livrar, quando quiseres.

Aqui começou Homenaz a derramar grossas e quentes lágrimas, bater no peito e beijar os pulsos em cruz.

CAPÍTULO LIV
DE COMO HOMENAZ OFERECE A PANTAGRUEL AS PERAS DO BOM CRISTÃO

Epistemon, Frei Jean e Panúrgio, vendo aquela desagradável catástrofe, começaram, tapando o rosto com os guardanapos, a gritar: — Miau, miau, miau! — Fingindo ao mesmo tempo enxugar os olhos, como se estivessem chorando. As raparigas ficaram preocupadas e a todos apresentaram taças cheias de vinho clementino, com abundância de confeitos. Assim prosseguiu o banquete. No fim do repasto, Homenaz nos deu grande número de grandes e belas peras, dizendo: — Tomai, amigos; são singulares estas peras, que iguais alhures não encontrareis. Não toda terra dá de tudo; só na Índia dá o negro ébano; da Sabeia provém o bom incenso; da Ilha de Lenos a terra esfragística; nesta ilha nascem estas belas peras. Fazei, se quiserdes, plantações em vosso país. — Como — perguntou Pantagruel — as chamais? Parecem-me boas e de bom sustento. Se as cozinharmos com um pouco de vinho e de açúcar, penso que seriam muito salubres, tanto para os enfermos como para os sãos. — Não de outro modo — respondeu Homenaz. — Somos gente simples, pois assim Deus se compraz. E chamamos os figos de figos; as ameixas de ameixas, e as peras de peras. — Verdadeiramente — disse Pantagruel —, quando eu estiver em meu lar (e será, queira Deus, bem cedo) plantarei em meu horto de Touraine, à margem do Loire, e serão chamadas peras do bom cristão. Pois não vi melhores cristãos do que estes papimanos. — Eu acharia — disse Frei Jean — bom se ele nos desse também umas duas ou três carroçadas dessas raparigas. — Para o quê? — perguntou Homenaz. — Para as sangrar — respondeu Frei Jean — diretamente entre os dois dedões dos pés por certos pistoleiros bem-apessoados. Assim fazendo, delas teríamos filhos de bons cristãos, e a raça em nosso país multiplicaria. — Verdadeiramente — respondeu Homenaz —, tal coisa não faremos, pois sei muito bem a vossa intenção; e vos conheço. Ah! Ah! Como sois bom filho! Quereis mesmo danar a vossa alma? Nossas decretais o proíbem. Valha-me-Deus o soubésseis. — Paciência — disse Frei Jean. — Mas, *Si tu non vis dare, praesta, quaesumus*[631]. É matéria de breviário. Não temo homem que usa barba, mesmo que seja doutor cristalino (digo decretalino) de tríplice borla.

Terminado o jantar, despedimo-nos de Homenaz e de todo o bom povo, humildemente lhes agradecendo, e, em retribuição de tantos bens, prometendo-lhes que, indo a Roma, tanto faríamos com o santo padre que em diligência ele os iria

---

631. Se não queres dar, empresta, pedimos. (N. do T.)

ver pessoalmente. Depois retornamos à nossa nave. Pantagruel, por liberalidade e reconhecimento pelo sagrado retrato papal, deu a Homenaz nove peças de pano de ouro, para ser colocado diante da janela trancada; fez encher a caixa de esmolas de escudos, e mandou entregar a cada uma das jovens que tinham servido a mesa novecentos e quatorze *saluts* de ouro, para as casar em tempo oportuno.

CAPÍTULO LV
DE COMO, EM ALTO MAR, PANTAGRUEL OUVIU DIVERSAS PALAVRAS DEGELADAS

Em pleno mar, banqueteando-nos, regalando-nos, conversando, Pantagruel levantou-se e ficou de pé, olhando em torno. Depois nos disse: — Companheiros, não estais ouvindo nada? Parece-me que ouvi gente falando no ar, e todavia não vejo ninguém. Escutai. — À sua ordem, ficamos atentos e com os ouvidos bem abertos sorvemos o ar, como belas ostras na casca, para saber se voz ou som algum ali estaria esparso; e, para nada perder, a exemplo de Antonino o imperador, alguns de nós púnhamos a mão em concha atrás da orelha. Protestamos, todavia, voz alguma ouvir. Pantagruel continuava afirmando ouvir vozes diversas no ar, tanto de homens como de mulheres, quando nos pareceu ou que as ouvíamos igualmente, ou que os nossos ouvidos zumbiam. Mais perseverávamos, mais discerníamos as vozes, até ouvirmos palavras inteiras. O que nos assustou grandemente, não vendo ninguém e ouvindo vozes e sons tão diversos de homens, mulheres, crianças e cavalos, tanto que Panúrgio exclamou: — Bofé, que coisa é essa? Estamos perdidos. Fujamos, há emboscada por perto. Frei Jean, estás aí, meu amigo? Fica perto de mim, suplico-te. Estás com tua espada? Não a deixes na bainha. Não a desembainhes pela metade. Estamos perdidos. Escutai: são, por Deus, tiros de canhão. Fujamos. Não tenho pés e mãos, como dizia Bruto na batalha de Farsália: quero velas e remos. Fujamos. Não tenho coragem no mar. Em casa e alhures tenho muito mais. Fujamos. Salvemo-nos. Não estou dizendo porque tenha medo. Pois não tenho medo de coisa alguma, a não ser do perigo. É o que digo sempre. Assim dizia o arqueiro de Baignolet. Portanto, não arrisquemos para não sermos humilhados[632]. Fujamos. Vira a cara. Vira o leme, filho da puta. Quisesse Deus que presentemente eu estivesse em Quinquenois, sob pena de jamais me casar! Fujamos; não podemos competir com eles. São dez contra um, eu vos asseguro. Além disso, estão em seu terreno, e nós não conhecemos o país. Vão nos matar. Fujamos; isso não irá nos desonrar.

---

632. Trocadilho: *"Pourtant n'asardons rien, à ce que ne soyons nazardés"*. (N. do T.)

Demóstenes disse que um homem que foge combaterá de novo. Retiremo-nos, pelo menos. Orça, a estibordo, iça a sobre! Estamos mortos. Fujamos, com todos os diabos, fujamos.

Pantagruel, ouvindo o rumor que fazia Panúrgio, perguntou: — Quem é esse fujão lá embaixo? Vejamos, primeiramente, de que gente se trata. Porventura são dos nossos. Ainda não vejo ninguém. E em verdade vejo cem mil em torno. Mas ouçamos. Li que um filósofo chamado Petrono era de opinião que existem vários mundos, tocando uns aos outros em figura triangular equilateral, no centro da qual dizia estar a sede da verdade, ali habitando as palavras, as ideias, os exemplares e retratos de todas as coisas passadas e futuras; em torno delas existe o século. E em certos anos, por longos intervalos, parte delas tombam sobre os humanos como catarros, e como tombou o orvalho sobre a cabeleira de Gedeão; parte fica reservada para o futuro até a consumação dos séculos. Mas me lembro também que Aristóteles sustentava serem as palavras de Homero volteantes, volantes, moventes e por consequência animadas.

Além disso, Antífanes dizia ser a doutrina de Platão semelhante às palavras, as quais, em qualquer país, em tempo de forte inverno, quando são proferidas, gelam-se e congelam-se com o frio do ar, e não são ouvidas. Semelhantemente, o que Platão ensinava aos meninos apenas por eles poderia ser entendido quando ficassem velhos. Digno seria filosofar e procurar se por fortuna aqui seria o lugar em que tais palavras degelassem. Ficaríamos bem espantados se fossem a cabeça e a lira de Orfeu. Pois depois que as mulheres trácias despedaçaram Orfeu, atiraram sua cabeça e sua lira no rio Hebro. E elas pelo rio desceram ao mar Pôntico, até a Ilha de Lesbos, sempre juntas pelo mar nadando. E da cabeça continuamente saía um canto lúgubre, como que lamentando a morte de Orfeu; a lira, sob o impulso do vento movendo as cordas, acordava harmoniosamente com o canto. Olhemos se as veremos aqui em torno.

CAPÍTULO LVI
DE COMO, ENTRE AS PALAVRAS GELADAS, PANTAGRUEL ENCONTROU PALAVRÕES

O piloto respondeu: — Senhor, de nada vos assusteis. Aqui é o fim do mar glacial, no qual ocorreu no começo do inverno passado grande e feroz batalha entre os arimaspianos e os nefrílibatas, e então gelaram no ar as palavras e gritos dos homens e mulheres, o retinir de armas, o relincho dos cavalos e todos os outros rumores da batalha. A esta hora, o rigor do inverno passou; advinda a serenidade e tempérie do bom tempo, elas se derretem e são ouvidas. — Por

Deus — disse Panúrgio — eu o creio. Mas não poderíamos ver alguma? Lembro-me ter lido que, na orla da montanha onde Moisés recebeu a lei dos judeus, o povo via as vozes sensivelmente. — Olhai, olhai — disse Pantagruel —, eis estas aqui que ainda não foram degeladas.

Então nos lançou ao convés punhados e punhados de palavras geladas peroladas de diversas cores. Vimos ali palavras de goles[633], palavras de sinopla, palavras de blau, palavras de sable, palavras douradas. As quais, quando um pouco aquecidas em nossas mãos, derretiam como neve, e as ouvíamos realmente; mas não entendíamos. Pois era uma língua bárbara. Exceto uma bem grande, a qual tendo Frei Jean esquentado com as mãos, produziu um som tal como fazem as castanhas lançadas na brasa sem serem cortadas, quando arrebentam, e nos fez todos estremecer. — Foi — disse Frei Jean — em seu tempo, um tiro de falcão. — Panúrgio pediu a Pantagruel que lhe desse mais. Pantagruel lhe respondeu que dar a palavra era um ato amoroso. — Vendei-as então — disse Panúrgio. — É um ato de advogados — disse Pantagruel. — Vender palavras. Eu vos venderia antes o silêncio, e mais caro, assim como algumas vezes o vendeu Demóstenes, conforme sua falta de dinheiro.

Não obstante, atirou ao convés três ou quatro punhados. E vi palavras bem picantes, palavras sangrentas, as quais o piloto nos dizia algumas vezes retornarem ao lugar onde tinham sido proferidas: palavras horríficas e outras desagradáveis de se ver. As quais, semelhantemente derretidas, ouvimos: — Hin, hin, hin, hin, his, tique, torche, lorgue, bredelin, brededac, frr, frrr, frrr, bou, bou, bou, bou, bou, bou, tracc, tracc, trr, trr, trrr, trrrrr, on, on, on, on, on, ououuououon, goth, magoth! — E não sei que outras palavras bárbaras, e diziam que eram vocábulos de incitamento e relinchos de cavalos à hora do choque; depois ouvimos outras grandes e soavam ao degelarem, umas como tambores e pífanos, outras como clarins e trombetas. Podeis crer que tivemos muito passatempo. Eu queria pôr alguns palavrões de reserva no óleo, como se guardam a neve e o gelo, entre feltro bem limpo. Mas Pantagruel não o quis, dizendo ser loucura fazer reserva daquilo que jamais falta, e que sempre se tem à mão entre todos os bons e joviais pantagruélicos. Nisso Panúrgio aborreceu um tanto Frei Jean, e o fez ficar pensativo; pois ele lhe tomou uma palavra quando ele menos esperava, e Frei Jean o ameaçou de fazê-lo se arrepender, como se arrependeu Guillaume Jousseaulme[634] depois de vender o pano ao nobre Patelin, quando se casou: tomando-o pelos chifres como um bezerro. Panúrgio lhe fez uma careta. Depois exclamou, dizendo: — Quisesse Deus que aqui, sem mais adiante ir, eu tivesse a palavra da deusa botelha!

---

633. No original *mots de gueule*, que, na gíria significa "palavrões"; *gueule*, goles em português é, na heráldica, o esmalte vermelho, figurado por traços verticais no desenho. As outras cores da heráldica mencionadas são: *sinopla*, verde; *blau*, azul; *sable*, preto. (N. do T.)
634. Personagem da peça *A Farsa do Advogado Pathelin*. (N. do T.)

CAPÍTULO LVII
DE COMO PANTAGRUEL DESEMBARCOU NO SOLAR DE MESTRE GASTER, PRIMEIRO MESTRE DAS ARTES DO MUNDO

Naquele dia, Pantagruel desembarcou em uma ilha admirável entre todas as outras, tanto por causa de sua posição como por causa de seu governador. Ela, para começar, era de todos os lados escabrosa, pedregosa, montanhosa, árida, desagradável à vista, muito difícil para os pés, e pouco menos inacessível que o monte do Delfinado, assim chamado porque tem a forma de uma abóbora, e, de toda memória, ninguém o escalar conseguiu, fora Doyac, condutor da artilharia do rei Carlos oitavo, o qual com engenhos miríficos o galgou, e lá em cima encontrou um carneiro velho. Resta adivinhar quem para lá o levou. Alguns dizem, que, sendo jovem cordeiro, por alguma águia ou algum bufo foi para lá levado e se salvou escondendo no mato. Vencendo as dificuldades da entrada bem grandes e não sem suarmos, encontramos o alto do monte tão agradável, tão fértil, tão salubre e delicioso, que pensei estar no verdadeiro jardim do paraíso terrestre, sobre cuja situação tanto disputam e se esforçam os bons teólogos. Mas Pantagruel nos afirmou ser a habitação de Areta (é a virtude), por Hesíodo descrita, sem todavia prejudicar a mais sadia opinião. O governador da ilha era Mestre Gaster, primeiro mestre das artes deste mundo.

Se acreditais que o fogo seja o grande mestre das artes, como escreveu Cícero, estais enganados; pois Cícero também não acreditava. Se acreditais que Mercúrio foi o primeiro inventor das artes, como outrora acreditavam os nossos antigos druidas, errais grandemente. Verdadeira é a sentença do satírico, que diz ser mestre Gaster de todas as artes o mestre. Com ele pacificamente residia a boa dama Pénie[635], também chamada Sofredora, mãe das nove Musas, da qual outrora, em companhia de Porus, senhor da abundância, nasceu Amor o nobre menino mediador do céu e da terra, como ensina Platão em O Banquete. A esse cavalheiresco rei da terra é mister reverenciarmos, jurarmos obediência e honrá-lo. Pois ele é imperioso, rigoroso, duro, difícil, inflexível. A ele nada se pode fazer crer, nada sugerir, nada persuadir. Não ouve. E como os egípcios diziam que Harpocrates, deus do silêncio, em grego chamado Sigalion, era ástomo, isto é, sem boca, assim Gaster sem ouvidos foi criado; como em Cândia o simulacro de Júpiter não tinha ouvidos. Ele não fala senão por sinais; mas aos seus sinais todo o mundo obedece mais depressa que os editos

---

635. Pénie: pobreza, indigência. No caso, evidentemente, significando a fome, que governa o estômago, Mestre Gaster. Este capítulo, salientam os comentaristas, foi inspirado pelo pensamento de Pérsio: "*Magister artis ingeniique largitor vebter*", o pródigo ventre é o mestre da arte e da inteligência. (N. do T.)

dos pretores e os mandamentos dos reis; em suas intimações, não admite atraso ou demora. Dizeis que ao rugido do leão, todos os animais longe do lugar tremem, pois ouvida pode ser a sua voz. Está escrito, é verdade, que vi, eu vos certifico que, diante da ordem de mestre Gaster, todo o mundo treme, toda a terra oscila. Seu mandamento se denomina Fazer o que falta sem demora, ou morrer.

O piloto nos contou como um dia, a exemplo dos membros conspirando contra o estômago, como o descreve Esopo, todo o reino dos Somatas contra ele conspirou e conjurou se subtrair de sua obediência; mas bem cedo se arrependeu, se corrigiu e voltou ao serviço com toda a humildade; de outro modo, todos do mal da fome pereceriam. Em qualquer companhia em que ele esteja, não podem discrepar da superioridade e preferência; sempre vai à frente; mesmo se estiverem reis, imperadores e até o papa. E no concílio de Basileia o primeiro foi, conquanto se diga que o referido concílio foi sedicioso, por causa das ambições e disputas pelos primeiros lugares. Para servi-lo, todo o mundo se apressa, todo o mundo se esforça. Também, em recompensa, ele faz este bem ao mundo. Inventa todas as artes, todos os ofícios, todos os engenhos e sutilezas. Mesmo aos animais brutos ensina artes negadas pela natureza deles. Os corvos, os gaios, os papagaios, os estorninhos, torna poetas; as pegas torna poetisas; e lhes ensina a linguagem humana proferir, falar, cantar. E todos pelas tripas. As águias, gerifaltes, falcões, açores, esmerilhões, aves peregrinas, rapinantes, selvagens domestica e ensina de tal maneira que, abandonando-as em plena liberdade do céu, quando muito bem lhe parece, quando muito bem queira, quando muito bem lhe agrada, as tem suspensas, errantes, voando, planando, fazendo-lhe a corte por cima das nuvens: e depois de súbito as faz do céu à terra descer. Os elefantes, os leões, os rinocerontes, os ursos, os cavalos, os cães, ele faz dançar, caminhar, voltear, combater, nadar, esconder-se, trazer o que ele quer, tomar o que ele quer. E tudo pelas tripas. Os peixes, tanto do mar como de água doce, baleias e monstros marinhos, sair faz do baixo abismo, os lobos lança fora dos bosques, os ursos fora dos rochedos, as raposas fora das tocas, as serpentes lança fora da terra. E tudo pelas tripas. Em resumo, é tão enorme, que, em sua raiva, come tudo, bestas e gente, como foi visto entre os vascos, quando Q. Metelo os sitiou nas guerras sertorianas; entre os saguntinos, sitiados por Aníbal; entre os judeus sitiados pelos romanos, seiscentos outros. E tudo pelas tripas. Quando Pénie seu regente se põe a caminho, na parte aonde vai todos os parlamentos ficam fechados, todos os editos mudos, todas as ordenanças vãs. A lei alguma está sujeito, de todas é isenta. Todos dele fogem em todos os lugares, antes se expondo aos naufrágios do mar, antes preferindo pelo fogo, pelos montes, pelos abismos passar do que ser por ele apreendido.

CAPÍTULO LVIII
DE COMO, NA CORTE DO MESTRE ENGENHOSO, PANTAGRUEL DETESTOU OS ENGASTRÍMITOS E OS GASTRÓLATRAS

Na corte daquele mestre engenhoso, Pantagruel percebeu duas espécies de pessoas, homens importunos e em excesso oficiosos, os quais teve em grande abominação. Uns eram chamados Engastrímitos, os outros Gastrólatras.

Os Engastrímitos se diziam descendentes da antiga raça de Euricles, e a esse respeito alegavam o testemunho de Aristófanes na comédia intitulada os Tavões, ou moscardos. De onde antigamente eram chamados Euriclianos, como escreve Platão, assim como Plutarco no livro da Cessação dos Oráculos. Nos santos decretos, 26. *q*. 3. são chamados Ventríloquos; e assim os chama em língua jônica Hipócrates, *lib. 5. Epid*. como falando pelo ventre. Sófocles os chama Esternomantes. Eram adivinhos, encantadores, e enganadores da gente simples, parecendo, não pela boca, mas pelo ventre falar e responder aos que os interrogavam. Tal era, cerca do ano de 1513 de nosso abençoado Salvador, Jacobe Rodogine, mulher de baixa extração, italiana. Do ventre da qual muitas vezes ouvimos, assim como outros muitíssimos, em Ferrara e alhures, a voz do espírito imundo, certamente baixa, fraca e pequena; todavia bem articulada, distinta e inteligível, quando por curiosidade pelos ricos senhores e príncipes da Gália Cisalpina era chamada e mandada. Os quais, para tirarem toda a dúvida de ficção e fraude, a faziam ficar bem nua e fechar-lhe a boca e o nariz. Era um espírito maligno, que se fazia chamar Crespelu ou Cincinnatue; e parecia se regozijar de assim ser chamado. Quando assim era chamado, subitamente às perguntas respondia. Se era interrogado sobre casos presentes ou passados, respondia pertinentemente, até causar admiração aos ouvintes. Se interrogado sobre coisas futuras, sempre mentia, jamais dizia a verdade; e muitas vezes parecia confessar a sua ignorância, e, em vez de responder, dava um grande peido, ou resmungava algumas palavras ininteligíveis e de bárbara terminação.

Os Gastrólatras, por outro lado, se juntavam em tropas e bandos, alegres, joviais, risonhos alguns, outros tristes, graves, severos, macambúzios; todos ociosos, nada fazendo, não trabalhando, peso e carga inúteis na terra, como disse Hesíodo; temendo (segundo se pode julgar) o ventre ofender, e emagrecer. De resto, mascarados, disfarçados e vestidos tão estranhamente que era coisa divertida. Dizeis, e está escrito por vários sábios e antigos filósofos, que a indústria da natureza parece maravilhosa na maneira com que formou as conchas do mar: tanta variedade ali se vê, tantas figuras, tantas cores, tantos traçados e formas inimitáveis pela arte. Eu vos asseguro que no aspecto daquelas conchas gastrólatras não vimos menos diversidade e disfarce. Todos têm Gaster por seu grande deus, o adoram como deus, sacrificam-lhe como a seu deus onipotente, não reconhecem outro deus senão ele; servem-lhe, amam-no sobre todas as coisas, honram-no como seu deus. Diríeis que propriamente deles escreveu o santo enviado, *Filipenses*, 3.: "Porque muitos andam, dos quais muitas vezes vos disse, e agora também, digo, chorando, que são inimigos da cruz de Cristo. Cujo fim é a perdição; cujo Deus é o ventre". Pantagruel os comparou ao ciclope Polifemo, o qual Eurípedes faz falar como se segue: "Não sacrifico senão a mim (aos deuses não) e é ao meu ventre, o maior de todos os deuses".

CAPÍTULO LIX
DA RIDÍCULA ESTÁTUA CHAMADA MANDUCE; E COMO E QUE COISAS SACRIFICAM OS GASTRÓLATRAS AO SEU DEUS VENTRIPOTENTE.

Nós, olhando os ademanes e os gestos daqueles poltrões magnigoelas gastrólatras, muito espantados, ouvimos o som de um grande sino, ao qual todos se colocaram, como para uma batalha, cada um segundo o seu ofício, grau e antiguidade. Assim vieram para o lado de Mestre Gaster, seguindo um gordo jovem, muito barrigudo, o qual, no alto de um bastão bem dourado, levava uma estátua de pau mal feita e grosseiramente pintada, tal como a descrevem Plautor, Juvenal e Pomp. Festus. Em Lião, no carnaval, chamam-na *Masche-croute*; eles a chamam de Manduce. Era uma efígie monstruosa, ridícula, horrível e aterrorizadora para as crianças, tendo os olhos maiores do que o ventre, a cabeça maior que todo o resto do corpo, com amplos, largos e horríveis maxilares, com todos os dentes, tanto em cima como embaixo, os quais, com uma cordinha escondida no bastão dourado, se faziam uns contra os outros terrificamente se chocarem, como em Matz faz com o dragão de São Clemente. Aproximando-se os Gastrólatras, vi que eram acompanhados por gordos criados carregando cestos, bandejas, caixas, sacos, travessas, terrinas, panelas, caçarolas e caldeirões. Então, sob a direção de Manduce, cantando não sei que ditirambos, e podos e cantos báquicos, ofereceram ao seu deus, abrindo os cestos e panelas:

Hipocraz branco com carne assada,	Pão branco
Pão sovado,	Pão burguês,
Pão branco especial,	Carne assada nas brasas de seis tipos,
Cuscus,	Torresmos,
Fricassé de nove espécies,	Guisado de cabrito,
Fatias de carne assada fria com gengibre,	Pastéis,
Sopa gorda,	Sopa lionesa,
Guisado de carne com castanha,	Pão ensopado,
Couve, com tutano de boi,	Guisado de várias carnes.

FRANÇOIS RABELAIS

A bebida acompanhando tudo, indo na frente o bom e gostoso vinho branco, seguido de vinho clarete e tinto fresco, eu vos digo frio como o gelo, servido e oferecido em grandes taças de prata. Depois ofereciam:

Chouriço revestido de mostarda,
Chouriço de sangue,
Salsichão,
Carnes salgadas.
Cabeça de javali,
Carne salgada com nabo,
Fricandó,

Salsichas,
Paio,
Língua de boi defumada,
Presunto,
Lombo de porco com ervilha,
Almôndegas,
Azeitonas recheadas.

Tudo associado a bebida sempiterna. Depois devoraram:

Carne de carneiro com alho,
Costeletas de porco com cebola,
Capão gordo,
Veado,
Perdiz,
Pavão,
Galinholas,
Narceja,
Coelho,
Carne cozida,
Gralhas,
Galos, galinhas e frangos da Índia,
Porco ao mosto,
Melro,
Ganso,
Cisne
Pato,
Cerceta.
Frango assado,
Filhotes de lebres,
Pombo doméstico,
Porco-espinho.

Pastéis de salsicha quente,
Capão assado,
Cabrito,
Lebre,
Faisão,
Galinha cozida,
Mergulhão,
Frango-real com alho-porro,
Lombo de carneiro com alcaparra,
Maçã do peito,
Rolas,
Pombo selvagem,
Pato com molho de leite,
Gaivotas,
Flamengo,
Carne de filhote de cegonha,
Carne de garça,
Capão com molho de leite,
Frango cozido,
Codorniz,
Garça,

Reforço de vinagre no meio. Depois mais.

Pastéis de carne,	- de calhandra,
- de coelho,	- de cabrito,
- de pombo,	- de camurça,
- de capão,	Pé de porco *au sou*[636],
Capa de pastel fricassé,	Ensopado de capão,
Queijos,	Hipocraz branco e tinto,
Pêssegos de Corbeil,	Alcachofra,
Bolos recheados	Iscas de vitelo,
Tortas variadas,	Coscorão,
Pastel simples,	Creme de neve,
Mirabolanos,	Geleia,
Pastéis delicados,	Macarrão,
Tortas variadíssimas,	Cremes,
Confeitos secos e líquidos, setenta e oito espécies,	Amêndoas açucaradas,
Queijo macio.	

Vinhos de acordo com o prato, para melhor digestão. O mesmo quanto aos assados.

CAPÍTULO LX
DE COMO, NOS DIAS DE JEJUM, A SEU DEUS SACRIFICAVAM OS GASTRÓLATRAS

Vendo Pantagruel aquela corja de sacrificadores, e a multiplicidade de seus sacrifícios, se irritou; e teria se retirado, se Epistemon não lhe tivesse pedido para ver a continuação daquela farsa. — E o que sacrificam — perguntou — esses marotos ao seu deus ventripotente nos dias de Jejum de entremeio? — Eu vos direi — respondeu o piloto. — Como entrada da mesa, oferecem:

Caviar,	Manteiga fresca,
Purê de ervilha,	Espinafre,
Arenque branco,	Sardinha,
Toninha,	Favas,

---
636. Gordura derretida. (N. do T.)

Salmão salgado, Enguias salgadas,
Ostras na casca Enchova.

Saladas de cem diversidade, de agrião, lúpulo, rapôncio, orelhas de Judas (é uma forma de fungos que saem de sabugueiros velhos), aspargos, madressilva e muitas outras.

Por falta de beber o diabo os levaria. Bebem devidamente, depois oferecem:

Lampreias com molho de hipocraz

Goumeau,	Trutas,	Bárbus,
Barbillons,	*Meuuillets*,	Raias,
Casseron,	Esturjão,	Baleia,
Caracóis,	Graciosos senhores[637],	Anjos do mar[638,]
Carpas,	Carpinhas,	Cavala,
Pucelles,	Ostras fritas,	Lagostas,
Ortigues,	Crespions,	Rodovalho,
Cradot,	Lagostim de água doce,	Palourdes,
Lampreias,	Lúcios,	Lúcio pequeno,
Salmão,	Delfins,	Lavarets,
Godepies,	Polvo,	*Limandes,*
Patrussa,	Magras,	Linguado,
Mexilhão,	Camarões,	*Dard*,
Cação,	Ouriços-do-mar,	*Goyons*,
Chatouilles,	Congro,	Golfinho,
Lubine,	Sàvel,	Umbrina,
Moreia,	Rodovalho,	Muge,
Tencas,	Bacalhau fresco,	Secas,
Enguia,	Tartaruga,	Serpentes, id est,
Enguias do mato,	Dourada,	Poullardes,
Percas,	Caranguejos,	Rãs.

Devorados estes pratos, se não se bebe, a morte os espera a dois passos. Tratam, pois, de beber à farta. Depois lhe são sacrificados:

Bacalhau salgado,

---

637. No original, *gracieux seigneurs*. (N. do T.)
638. *Anges de mer*. Eram peixes assim chamados no francês quinhentista, sem correspondentes no francês moderno, em geral peixes do Mediterrâneo. Os outros nomes neste caso foram conservados no original. Possivelmente são espécies hoje extintas. (N. do T.)

Bacalhau seco,
Lúcio em salmoura,
Papinha,
Ovos fritos, escaldados, quentes, cozidos, crus, estufados, colocados na cinza, jogados pela chaminés, etc.

Para os cozinhar e digerir mais facilmente haja vinagre. No fim oferecem:

Arroz,	Milhete,	Cereais
Ameixas,	Pistachas,	*Fistique*[639]
Figos,	Uvas,	Amêndoas,
Frumento,	Creme de manteiga,	Manteiga de amêndoa,
Cozido de milhete,	Tâmaras,	Nozes,
Avelãs,	Passas,	Alcachofra.

Podeis crer que da parte deles não faltam esforços para que Gaster seu deus seja servido, em seus sacrifícios, melhor que o ídolo de Heliogábalo, ou mesmo que o ídolo de Bel em Babilônia, sob o rei Baltasar. Não obstante isso, Gaster confessava ser não deus, mas pobre, vil, mesquinha criatura. E, como o rei Antígono, primeiro desse nome, respondeu a um certo Hermódoto (o qual o chamava de deus e filho do sol), dizendo: "Meu Lasonan o nega" (Lasonan era uma terrina e vaso apropriado a receber os excrementos do ventre): assim Gaster enviava aqueles macacos à cadeira furada, eis que para considerar, filosofar e contemplar que divindade, encontrariam em sua matéria fecal.

CAPÍTULO LXI
DE COMO GASTER INVENTOU OS MEIOS DE TER E CONSERVAR O TRIGO

Retirados aqueles diabos gastrólatras, Pantagruel dispôs-se a estudar atentamente Gaster, o nobre mestre de artes. Sabeis que, por instituição da natureza, o pão com os seus apensos lhe foi por provisão e alimento adjudicado, juntamente com essa bênção do céu que, se o pão souber encontrar e guardar, nada lhe faltará. Desde o começo, inventou a agricultura para cultivar a terra, a fim de que ela produzisse o trigo. Inventou a arte militar e as armas para o trigo defender; a medicina e a astrologia, com as matemáticas, necessárias para o trigo em segurança por vários séculos guardar e colocar fora das ca-

---

639. Espécie de pistache. (N. do T.)

lamidades do tempo, do consumo dos animais e dos ataques dos bandidos. Inventou os moinhos de água, de vento, e outros mil engenhos, para o trigo moer e reduzir a farinha. O levedo para fermentar a massa; o sal para lhe dar sabor (pois teve conhecimento de que a coisa no mundo que mais torna os humanos sujeitos à doença é usarem o pão não fermentado, sem sal); o fogo, para cozê-lo; os relógios e quadrantes para acompanhar o tempo de cozimento do pão, criatura do trigo. E aconteceu que o trigo faltou em um país: ele inventou a arte e o meio de levá-lo de um país para outro. E, por grande invenção, misturou duas espécies de animais, o asno e a égua, para produção de uma terceira, que chamamos mula, besta mais forte, menos delicada, mais durável no trabalho que as duas outras. Inventou os carros e as carroças para mais comodamente o transportar. Se o mar ou rios impediam a passagem, inventou botes, galeras e navios (coisa que espantou os elementos), para o ultramar, rios e ribeiros navegar, e de nações bárbaras, desconhecidas e muito separadas, o trigo levar e transportar. E aconteceu, depois de certos anos, que, a terra cultivando, não houvesse chuva a propósito e na estação, por falta da qual o trigo ficava no chão morto e perdido. Certos anos, a chuva era excessiva, e encharcava o trigo. Certos anos, o granizo o desgastava, o vento o arrancava, as tempestades o destruíam. Já antes de nossa vinda ele tinha inventado a arte e o meio de invocar a chuva dos céus, somente cortando uma erva comum nos prados, mas por pouca gente conhecida, a qual nos mostrou. E estimava que fosse aquela e da qual um só ramo outrora colocado pelo pontífice jovial na fonte Ágria, no monte Lício da Arcádia, no tempo da seca excitava os vapores; os vapores formavam grandes nuvens; dissolvidas em chuvas as quais, toda a região era prazerosamente regada. Inventou a arte e o meio de suspender e deter a chuva no ar, e sobre o mar a fazer cair. Inventou o meio de acabar com o granizo, suprimir os ventos, afastar a tempestade da maneira usada entre os metanensianos de Trezênia.

Outro infortúnio adveio. Os saqueadores e bandidos roubavam trigo e pão pelos campos. Ele inventou a arte de construir cidades, fortalezas e castelos, para se proteger e em segurança os conservar. Adveio que, pelos campos não achando pão, entendido estava que ele se encontrava encerrado nas cidades, fortalezas e castelos, e mais encarniçadamente pelos habitantes defendido, do que foram as pomas de ouro das Hespérides pelos dragões; inventou a arte e o meio de demolir fortalezas e castelos, por máquinas e engenhos bélicos, aríetes, balistas, catapultas, das quais ele nos mostrou a figura, bastante mal esboçada por engenhosos arquitetos discípulos de Vitrúvio, como nos confessou Philibert de l'Orme, grande arquiteto do rei de França[640]. O qual, como mais não aproveitasse, obstando a ma-

---

640. Henrique II, de quem Philibert de Lorme foi intendente de obras, como também de Francisco II e Carlos IX. (N. do T.)

ligna sutileza e sutil malignidade dos fortificadores, tinha inventado recentemente canhões, serpentinas, colubrinas, bombardas, basiliscos, lançando bolas de ferro, de chumbo, de bronze, pesando mais que grandes bigornas, mediante composição de um pó horrífico, com o que a própria natureza se apagou e se confessou vencida pela arte, tendo em menosprezo o uso dos oxidratos, que, à força de raios, tormentas, granizo, relâmpagos, tempestades, venciam e de morte súbita atingia seus inimigos em pleno campo de batalha. Pois é mais horrível, mais espantoso, mais diabólico, e mais gente atinge, despedaça, rompe e mata; mais espanta os sentidos dos humanos; mais muralha demole um tiro de basilisco do que fariam cem raios.

CAPÍTULO LXII
DE COMO GASTER INVENTOU UM MEIO DE NÃO SER FERIDO NEM TOCADO PELOS TIROS DE CANHÃO

Adveio que Gaster, retirando o trigo para as fortalezas, se viu assaltado pelos inimigos, suas fortalezas demolidas por essa três vezes maldita e infernal máquina, seu trigo e seu pão apreendidos e saqueados por força titânica. Inventou então a arte e o meio de conservar seus baluartes, bastiões, muralhas e defesas de tais canhoneios, e que os projéteis ou não os tocassem e ficassem no meio do caminho, ou se os tocassem dano não causassem nem às defesas nem aos cidadãos defensores. Para esse fim já dera ordens e nos mostrou o ensaio; o qual depois foi usado por Fronton[641] e é presentemente uso comum entre os passatempos e exercícios honestos dos telemitas. O ensaio era tal. E de ora em diante podereis mais facilmente crer no que assegura Plutarco ter experimentado: se um rebanho de cabras foge correndo com toda a força, colocai um broto de cardo na boca da última delas e todas se deterão. Dentro de um falconete de bronze, ele punha, sob a pólvora do canhão curiosamente composta, privada de seu enxofre, e proporcionada com cânfora fina, em quantidade competente, uma bola de ferro bem calibrada, e vinte e quatro grãos de escumilha de ferro, uns redondos e esféricos, outros em forma lacrimal. Depois, tendo feito pontaria contra um seu jovem pajem, como se o quisesse ferir no estômago, à distância de sessenta passos, no meio do caminho entre o pajem e o falconete, em linha reta, suspendia, em uma corda presa a uma forca de madeira, no ar, um bloco bem grande da pedra siderita, quer dizer ferrosa, também chamada herculana, outrora encontrada em Ide, no país da Frígia, por um homem chamado Magnes, segundo atesta Nicandro. Nós vulgarmente o chamamos de ímã. Depois punha fogo ao falconete pela boca do polvarinho. Consumida

---

641. Nome de um personagem imaginário, que lembra o de Frontino (Sextus Julius Frontinus) autor de *Estratagemas Militares*. (N. do T.)

a pólvora, advinha-se que, para evitar o vácuo, o qual não é tolerado pela natureza (antes seria a máquina do universo, céu, ar, terra, mar, reduzida ao antigo caos, que advindo o vácuo ao mundo), a bola e os grãos de ferro eram impetuosamente lançados para fora da boca do falconete, a fim de que o ar penetrasse na câmara do mesmo o qual de outro modo ficaria no vácuo. A bala e a escumilha de ferro, assim violentamente lançadas, pareciam ter de ferir o pajem; mas, ao se aproximarem da referida pedra, perdiam a impetuosidade, e todas ficavam no ar flutuando e girando em torno da pedra, e nenhuma passava, por mais violenta que fosse, até o pajem.

Inventou ainda a arte e a maneira de fazer os projéteis voltar contra os inimigos, com igual fúria e perigo com que eram lançados e de maneira paralela. O caso não era difícil, sabendo-se que a erva chamada etíope abre todas as ferraduras que se lhe apresentam; e que a rêmora, peixe tão imbecil, se sustenta contra todos os ventos e detém em pleno mar os mais fortes navios que estejam navegando; e que a carne daquele peixe, conservada em sal, retira o ouro fora dos poços, por mais profundos que sejam eles.

Sabendo-se que Demócrito escreveu, e Teofrasto acreditou e provou, haver uma erva, pelo único toque da qual uma ponta de ferro profundamente e com grande violência enfiada em alguma madeira grossa e dura, subitamente sai. Da qual usam os *pics mars* (vós os chamais *pivars*)[642], quando alguma ponta de ferro atravessa seus ninhos, os quais têm por costume industriosamente construir nos troncos de árvores frondosas.

Sabendo-se que os cervos e gamos, feridos profundamente por dardos, ou flechas, se encontram a erva chamada dictamo, frequente em Cândia, e comendo um pouco da mesma, de súbito as setas lhes saem do corpo e não lhes resta mal algum. Com a qual Vênus curou seu bem-amado filho Eneias, ferido na coxa direita por uma flecha atirada pela irmã de Turno, Juturna.

Sabendo-se que pelo simples cheiro saído dos loureiros, figueiras e das focas o raio é afastado e jamais os fere. Sabendo-se que à simples vista de um carneiro macho os elefantes enfurecidos voltam ao seu bom senso; os touros furiosos e enraivecidos aproximando-se das figueiras selvagens, se detêm e ficam imóveis; a fúria das víboras expira pelo toque de um ramo de faia. Sabendo-se também que na Ilha de Samos, antes que o templo de Juno lá fosse construído, Euforion escreveu ter visto animais chamados neades à única voz dos quais a terra se abria em abismos. Sabendo-se igualmente que o sabugueiro cresce mais canoro e mais apto ao uso da flauta em país onde não seja ouvido o canto de galos, assim como escreveram os antigos sábios, segundo o relato de Teofrasto, como se o canto dos galos desgastasse, amolecesse e estragasse a matéria e a madeira do salgueiro; diante de cujo canto semelhantemente o leão, animado de tão grande força e constância, se torna espantado e consternado. Sei que outros têm esta sentença ouvido a respeito do

---

642. *Pivert*, no francês moderno, "picanço". É o nosso pica-pau. (N. do T.)

salgueiro selvagem, procedente de lugares tão afastados de cidades e aldeias que o canto dos galos ali não poderia ser ouvido. Aquele sem dúvida deve para flautas e outros instrumentos de música ser escolhido, e preferível ao doméstico do qual por sua vez provêm casebres e pardieiros. Outros o entendem mais altamente, não segundo a letra, mas alegoricamente, segundo o uso dos pitagóricos. Como quando ele disse que a estátua de Mercúrio não deve ser feita de qualquer madeira indiferentemente, eles expunham que Deus não deve ser adorado de maneira vulgar, mas de um só modo escolhido e religioso. Semelhantemente, nessa sentença, nos ensinam que as pessoas sábias e estudiosas não devem se ocupar da música trivial e vulgar, mas à celeste, divina, angelical, mais absconsa e mais de longe trazida: a saber de uma região na qual não se ouve o canto do galo. Pois, querendo denotar algum lugar remoto e pouco frequentado, assim dizemos nós, naquele jamais ter sido ouvido galo cantando.

CAPÍTULO LXIII
DE COMO, PERTO DA ILHA DE CHANEF, PANTAGRUEL COCHILOU, E DOS PROBLEMAS PROPOSTOS QUANDO DESPERTOU

No dia subsequente, seguindo à fantasia a nossa rota, chegamos perto da Ilha de Chanef[643]. Na qual aportar não pôde a nave de Pantagruel, porque nos faltou o vento, e houve calmaria no mar. Só pudemos avançar lentamente, mudando de estibordo para bombordo, e de bombordo para estibordo. E ficamos pensativos, aborrecidos, irritados e sorumbáticos, sem dizermos palavra uns aos outros. Pantagruel, tendo nas mãos um Heliodoro grego, sentado em um tamborete perto das escotilhas, cochilava. Tal era o seu costume, que muito melhor com livro dormia que de cor. Epistemon olhava por seu astrolábio em que elevação estava o polo. Frei Jean tinha se transportado para a cozinha; e levantando os espetos e o horóscopo dos ragus e fricassés considerava que hora podia ser. Panúrgio, com a língua entre um tubo de pantagruelion, fazia bolhas e gargarejos. Ginasta fazia palitos com lentisco. Ponocrates pensativo, fazia cócegas em si mesmo para rir e coçava a testa com um dedo. Carpalin, com uma casca de noz, fazia um belo, pequeno, agradável e harmonioso moinho com quatro asas de um pedacinho de amieiro. Eustenes corria os dedos por uma comprida colubrina, como se fosse um monocórdio. Xenomanes limpava uma velha lanterna. Nosso piloto tirava o melhor de seus marinheiros. Quando Frei Jean voltava da cozinha, percebeu que Pantagruel estava acordado. Então, rompendo aquele tão obstinado silêncio, em alta voz e grande alegria de espírito perguntou: — Maneira de passar o tempo

---

643. Hipocrisia em hebraico. (N. do T.)

em calma? — Panúrgio o secundou logo e perguntou igualmente: — Remédio contra a indisposição? — Epistemon mostrou-se alegre de coração perguntando: — Maneira de urinar a pessoa não tendo vontade? — Ginasta, pondo-se de pé, perguntou: — Remédio contra o ofuscamento dos olhos? — Ponocrates, depois de ter esfregado um pouco a testa e abanado as orelhas, perguntou: — Maneira de não dormir como cão? — Esperai — disse Pantagruel. — Por decreto dos sutis filósofos peripatéticos nos é ensinado que todos os problemas, todas as questões, todas as dúvidas propostas devem ser certas, claras e inteligíveis. O que entendeis por dormir como cão? — É — respondeu Ponocrates — dormir em jejum com sol alto, como fazem os cães.

Rizótomo estava agachado sobre a bomba. Então, levantando a cabeça e profundamente bocejando (tão bem que, por natural simpatia excitou todos os seus companheiros a igualmente bocejar) perguntou: — Remédio contra as oscilações e bocejos? — Xenomanes, como que todo transparente[644] com o contato de sua lanterna, perguntou: — Maneira de equilibrar e balancear a cornamusa do estômago, de maneira que ela não penda mais para um lado que para o outro? — Carpalim, brincando com o moinhozinho perguntou: — Quantos movimentos dão precedidos naturalmente antes que se diga que a pessoa está com fome? — Eustemes, ouvindo o barulho, acorreu ao convés e exclamou, perguntando: — Por que em maior perigo de morte é o homem mordido em jejum por uma serpente em jejum, do que depois de terem se alimentado tanto o homem como a serpente? Por que é a saliva do homem em jejum venenosa para todas as serpentes e todos os animais venenosos? — Amigos — respondeu Pantagruel —, a todas essas dúvidas e questões por vós propostas compete uma só solução, e a todos tais sintomas e acidentes uma só medicina. A resposta vos será prontamente exposta, não por longos rodeios e discursos de palavras: o estômago faminto não tem ouvidos, e nada ouve. Por sinais, gestos e efeitos sereis satisfeitos, e tereis resolução para vosso contentamento; como, outrora em Roma, Tarquino, o soberbo, último rei de Roma (assim dizendo Pantagruel tocou a corda da campainha do sino, Frei Jean de súbito correu à cozinha), por sinais respondeu a seu filho Sex. Tarquino, o qual, estando na cidade dos gabinos, lhe mandou um homem expressamente para saber como poderia os gabinos de todo subjugar e em perfeita obediência reduzir. O referido rei, desconfiando da fidelidade do mensageiro, nada lhe respondeu. Somente o levou ao seu jardim secreto, e em sua vista e presença, com a sua espada, cortou as papoulas mais altas que ali cresciam. O mensageiro voltando sem resposta e ao filho contando o que vira fazer seu pai, foi fácil a este por sinal entender que ele o aconselhava a cortar a cabeça dos homens principais da cidade, para em melhor forma e total obediência conter o descontentamento da arraia miúda.

---

644. No original, *lanterné*: de corpo transparente como uma lanterna. (N. do T.)

CAPÍTULO LXIV
DE COMO PANTAGRUEL NÃO RESPONDEU AOS PROBLEMAS PROPOSTOS

Depois perguntou Pantagruel: — Que gente habita esta bela ilha de cão? — Todos são — respondeu Xenomanes — hipócritas, hidrópicos, rezadores, carolas, santarrões, eremitas. Todos gente pobre, vivendo (como o eremita de Lormont, entre Blaye e Bordeus) das esmolas que os viajantes lhes dão. — Eu lá não vou — disse Panúrgio. — Eu vos afianço. Eremitas, santarrões, carolas, hipócritas, com todos os diabos? Afastai-vos de lá. Ainda me lembro de nossos grandes concilipetos de Chesil; que Belzebu e Astarots os tenham conciliado com Prosérpina, tanto sofremos, à sua vista, tempestade e diabruras. Escuta, meu barrigudinho, meu chefe Xenomanes, por favor: esses hipócritas, eremitas, carolas são virgens ou casados? Há o gênero feminino? Reproduzem hipocriticamente o pequeno rebento hipocrítico? — Verdadeiramente — disse Pantagruel —, eis uma bela e divertida pergunta. — Sim, por Deus — respondeu Xenomanes. — Lá existem belas e divertidas hipocritesas, eremitesas, mulheres de grande religião. E há fartura de hipocritinhos, carolinhos, ermitõezinhos... — Sabei disso — disse Frei Jean, interrompendo — de jovem eremita velho diabo. Notai este provérbio autêntico. — De outro modo, sem multiplicação de linhagem, de há muito estaria a Ilha de Canef deserta e desolada.

Pantagruel lhes enviou por Ginasta no esquife sua esmola, setenta e oito mil belos meios escudozinhos da lanterna. Depois perguntou: — Quantas horas são? — Nove e tanto — respondeu Epistemon. — É justamente a hora de jantar — disse Pantagruel —. pois segundo o verso sagrado tão celebrado por Aristófanes em sua comédia chamada as Predicantes, era a mesma quando a sombra tinha dez pés de comprimento. Outrora entre os persas a hora de tomar as refeições era somente pelos reis prescrita: a todos os outros o apetite e o ventre dependiam do relógio. De fato, em Plauto certo parasita se queixa e detesta furiosamente os inventores de relógios e quadrantes, sendo coisa notória que o relógio não é mais justo do que o ventre. Diógenes, interrogado sobre a hora em que o homem deve fazer as refeições, respondeu: "O rico, quando tiver fome, o pobre quando tiver o que comer". Mais propriamente dizem os médicos que a hora canônica é

> Levantar às cinco, jantar às nove,
> Cear às cinco, deitar às nove.

A magia do rei Petosiris era outra"[645]. Não terminara estas palavras, quando os despenseiros serviram as mesas, que cobriram de toalhas cheirosas, guardanapos,

---

645. Segundo Juvenal, Petosiris (Não rei, mas filósofo) regulava a hora do repasto pela posição dos astros.

saleiras; trouxeram garrafões, garrafas, frascos, taças, copos, grandes e pequenos. Frei Jean, associado aos despenseiros-chefes, despenseiros, ajudantes, serventes, escudeiros, trinchadores, trouxe quatro tremendas tortas de presunto, tão grandes que me fizeram lembrar os quatro bastiões de Turim. Deus do céu, como se bebeu e se comeu! Não tinham ainda chegado à sobremesa, quando o vento oeste-noroeste começou a inflar as velas, papafigos e traquetes. Pelo que todos cantaram diversos cantos em louvor do altíssimo Deus dos céus. Nas frutas, Pantagruel perguntou:

— Dizei-me, amigos, se as vossas dúvidas estão plenamente resolvidas.

— Eu não bocejo mais, graças a Deus — disse Rizótomo.

— Eu não durmo mais como cão — disse Ponocrates.

— Eu não tenho mais os olhos ofuscados — respondeu Ginasta.

— Eu não estou mais em jejum — disse Eustenes.

Por todo este dia estarão em segurança em minha saliva[646]:

Áspide,	Anfibesnes,	Anrerodutes,
Ahedissimons,[647]	Asterions,	Alchates,
Arges,	Cauhares,[646]	Cobras,
Coujerses	Caranolaptes,	Chersydres,[646]
Coquatris,[648]	Dipsode,[646]	Doninha,
Dragão,	Pórfiros,	Pareade,[646]
Dryonades,[646]	Elops,[646]	Enhydrides,[646]
Sespedon,[646]	Aranhas,	Apimaos,
Attelabes,[649]	Ascalabotees,	Basilisco,
Buprestes,	Cantáridas,	Fanuises,
Galeotes,[647]	Harmenes,[650]	Handion,[651]
Hemorroidas,	Iarraries,	Icles,
Ilicines,	Ichneumones,	Kesudures,
Lagartas,	Lebre-marinhas,	Manticores,
Cafezates,	Catoblepes,[652]	Crocodilos,
Canquemaes,[647]	Cães danados,	Colotes,

(N. do T.)
646. Rabelais apresenta aqui uma longa lista em ordem alfabética, de todo impossível de ser reproduzida na tradução. Há, inclusive, palavras de significação hoje desconhecida e possivelmente mesmo inventadas. (N. do T.)
647. Uma espécie de serpente. (N. do T.)
648. Espécie de basilisco. (N. do T.)
649. Gafanhoto sem asa. (N. do T.)
650. Espécie de lagarto. (N. do T.)
651. Dragão venenoso. (N. do T.)
652. Animal fantástico. (N. do T.)

Cychiodes,
Pemphredones,
Rimoires,
Salamandras,
Sanguessugas,
Salfuges,
Malures,
Miriápodes,
Typhlopes,[646]
Víboras.

Ptyade,[646]
Pityocampus,[654]
Rhagion,[650]
Styale,[646]
Scolopendres,
Escorpiões,
Mussaranho,
Megalaunes,
Tetragnathoies,[655]

Phalange,[653]
Ruteles,
Rhaganes,
Stellion,[649]
Solofuidars,
Myope,[646]
Miagro,
Tarántulas,
Teristales,

CAPÍTULO LXV
DE COMO PANTAGRUEL EXALTA O TEMPO COM SEUS SERVIDORES

— Em que hierarquia — perguntou Frei Jean — de tais animais venenosos colocais a mulher futura de Panúrgio? — Falas mal das mulheres, hein, farsante, frade de cu pelado? — Pela goga cenomânica — disse Epistemon —, Eurípedes escreveu, e Andrômaco pronunciou, que contra todos os animais venenosos tem sido, por invenção dos humanos e instrução dos deuses, remédio proveitosamente achado. Remédio não se encontrou até o presente contra a má mulher. — Aquele salafrário de Eurípedes — disse Panúrgio — sempre falou mal das mulheres. Também foi ele por vingança divina comido pelos cães, como lhe censura Aristófanes. Prossigamos. Quem quiser que fale. — Eu urinaria agora — disse Epistemon — tanto quanto se quisesse. — Eu mantenho — disse Xenomanes — meu estômago guarnecido, em proveito da casa. Não entrarei de um lado nem de outro. — Não preciso — disse Carpalim — de vinho nem de pão. Trégua de sede, trégua de fome. — Não estou mais irritado — disse Panúrgio. — Graças a Deus e a vós. Estou alegre como um papagaio, jovial como um esmerilhão, alacre como uma borboleta. Verdadeiramente está escrito por vosso belo Eurípedes, e o disse Sileno, beberrão memorável:

Como doido ou bem mais se qualifica
Aquele que bebe e alegre não fica.

Sem falta devemos louvar o bom Deus, nosso criador, salvador e protetor, que, por esse bom pão, por esse bom e fresco vinho, por essas boas viandas, nos curou

---
653. Aranha venenosa. (N. do T.)
654. Lagarta do pinheiro. (N. do T.)
655. Aranha de quatro maxilas. (N. do T.)

de tais perturbações, tanto do corpo como da alma; além do prazer e da volúpia que sentimos comendo e bebendo.

— Mas não respondestes à pergunta desse abençoado e venerável Frei Jean, quando perguntou: Maneira de exaltar o tempo? — Possa — disse Pantagruel — que com essa leve solução das dúvidas propostas vos contenteis, como também faço eu. Alhures e em outro tempo falaremos mais a respeito, se bem vos parecer. Resta então resolver o que o bom Frei Jean propôs: Maneira de exaltar o tempo? Não o temos muito bem exaltado. Vede o gajeiro no cesto da gávea. Vede os assobios das velas. Vede a solidez dos estais, dos mastros e das escotas. Nós, levantando e esgotando a taça, é semelhantemente o tempo exaltado por oculta simpatia da natureza. Assim o exaltaram Atlas e Hércules, se acreditais nos sábios mitológicos. Mas o exaltaram além de um meio grau: Atlas para mais jovialmente festejar Hércules seu hóspede: Hércules para as alterações precedentes pelos desertos da Líbia.

— Na verdade — disse Frei Jean, interrompendo —, ouvi de vários veneráveis doutores que Turelupin, despenseiro de vosso bom pai, guarda em cada ano mais de mil e oitocentas pipas de vinho, para fazer os que aparecem inesperadamente e os criados beber antes que tenham sede.

— Pois — disse Pantagruel, continuando —, como os camelos e dromedários na caravana bebem pela sede passada, pela sede presente e pela sede futura, assim fez Hércules, de modo que por essa excessiva exaltação do tempo adveio ao céu novo movimento de titubeação e trepidação, tão controvertidos e debatidos entre os loucos astrólogos. — É — disse Panúrgio — o que é bem dito em provérbio comum:

Passa o mau tempo e o tempo bom retorna,
Enquanto um bom copázio a gente entorna.

— E não somente — disse Pantagruel — comendo e bebendo temos o tempo exaltado, mas também grandemente descarregado o navio; não da maneira apenas com que foi esvaziado o cesto de Esopo, a saber, esvaziando as vitualhas, mas também nos emancipamos do jejum. Pois como o corpo mais pesado é morto do que vivo, também é o homem em jejum mais terrestre e pesado do que quando comeu e repousou. E não falam impropriamente os que para longa viagem de manhã bebem e comem, depois dizem: nossos cavalos irão melhor. Não sabeis que outrora os amicleanos acima de todos os seus deuses reverenciavam e adoravam o nobre pai Baco, e o chamavam Psila, em nobre e conveniente denominação? *Psila*, em língua dórica, significa asas. Pois como as aves com a ajuda de suas asas voam alto no ar levemente, assim com a ajuda de Baco (é o bom vinho fresco e delicioso) são ao alto elevados os espíritos dos humanos; tornando seus corpos evidentemente mais leves, e abrandando o que têm de terrestre.

CAPÍTULO LXVI
DE COMO, PERTO DA ILHA DE CANABIN, POR ORDEM DE PANTAGRUEL FORAM AS MUSAS SAUDADAS

Continuando o vento favorável e aqueles alegres propósitos, Pantagruel descobriu ao longe e percebeu uma terra montanhosa, a qual mostrou a Xenomanes e perguntou-lhe: — Vedes ali adiante a bombordo aquele alto rochedo de dois cabeços, bem semelhante ao Monte Parnaso na Fócida? — Muito bem — respondeu Xenomanes. — É a Ilha de Ganabin. Quereis lá desembarcar? — Não — disse Pantagruel. — Fazeis bem — disse Xenomanes. — Não há ali coisa alguma digna de ser vista. Não desembarquemos jamais em terra de bandidos e ladrões. Há, contudo, no rumo daquele cabeço à direita, a mais bela fonte do mundo, e em torno uma bem grande floresta. Os vossos marinheiros lá poderão fazer aguada e buscar lenha. — Está — disse Panúrgio — bem e doutamente falado. Ha, ha, ha. Não desembarquemos jamais em terra de bandidos e ladrões. Eu vos asseguro que tal é essa terra aqui, como outrora vi as ilhas de Cerq e Herm, entre Bretanha e Inglaterra, tais como a de Ponerople de Felipe na Trácia, ilhas de malfeitores, ladrões, bandidos, matadores e assassinos: todos extraídos do próprio original dos baixos fossos da escória. Crede, senão em mim, no conselho deste bom e sábio Xenomanes. Eles são, pela morte do boi de pau, pior que os canibais. Eles nos comerão vivos. Melhor vos seria no Averno descer. Escutai. Ouço, por Deus, o sino tocando horrífico rebate, tal como outrora soíam os gascões em Bordéus fazer contra os coletores de gabela e os comissários. Ou então meus ouvidos estão zunindo. Vamos bem depressa. — Desembarcai lá — disse Frei Jean —, desembarcai. Vamos, vamos sempre. Assim não pagaremos a hospedagem. Vamos. Nós os liquidaremos todos. Desembarquemos.

— O diabo que te cuide — disse Panúrgio. — Esse frade do diabo, esse danado frade do diabo não teme coisa alguma. É atrevido com todos os diabos, e pouco se preocupa com os outros. Acha que todo o mundo é frade igual a ele. — Vai, poltrão — disse Frei Jean —, a todos os milhões de diabos que possam te autopsiar o cérebro e retalhá-lo. Esse diabo de doido é tão covarde e frouxo que a toda a hora há de mostrar o seu medo. Se tanto estás pelo vão pavor consternado, não desembarques, fica aqui com a bagagem. Ou então vai te esconder debaixo do saiote de Prosérpina, com todos os milhões de diabos.

A estas palavras, Panúrgio se afastou dos outros, e se meteu em baixo, dentro do paiol, entre crostas, migalhas e farelo de pão. — Sinto — disse Pantagruel — em minha alma retração urgente, como se fosse uma voz de longe ouvida, a qual me diz que não devemos desembarcar. Todas e quantas vezes em meu espírito tal movimento senti, eu me encontrei na hora recusando e deixando a parte de onde ele me retirava; ao contrário em hora semelhante me encontrei seguindo a parte que ele me indicava; e jamais me arrependi. — É — disse Epistemon — com o demônio de Sócrates, tão célebre entre os acadêmicos. — Escutai então — disse Frei Jean —, enquanto os marinheiros ali fazem aguada e lá embaixo Panúrgio morre de medo, quereis rir bastante? Mandai pôr fogo naquele basilisco que vedes no castelo de proa. Será para saudar as Musas daquele monte Antiparnaso. Assim também se gasta a pólvora. — É bem dito — respondeu Pantagruel. — Fazei aqui vir o mestre bombardeiro.

O bombardeiro prontamente compareceu. Pantagruel lhe ordenou pôr fogo no basilisco, e de pólvora fresca para todas as eventualidades de novo carregar. O que foi no mesmo instante feito. Os bombardeiros das outras naves, galeras, galeões e galeotas, à primeira descarga do basilisco que estava na nave de Pantagruel, puseram igualmente fogo em cada uma de suas grandes peças carregadas. Podeis crer que foi um belo alarido.

CAPÍTULO LXVII
DE COMO PANÚRGIO, DE TANTO MEDO, BORROU-SE TODO, E O GRANDE GATO RODILARDUS PENSOU QUE FOSSE UM DIABINHO

Panúrgio, desorientado, saiu do paiol em fralda de camisa, tendo o calção enfiado apenas em uma perna, com a barba cheia de migalhas de pão, segurando um grande gato agarrado à outra perna do calção. E mexendo os beiços, como um macaco que procura pulgas na cabeça, tremendo e batendo os dentes, correu para Frei Jean que estava sentado na mesa das enxárcias de estibordo, e devotamente suplicou-lhe que tivesse compaixão dele, e mantivesse em salvaguarda a sua espada. Afirmando e jurando por sua parte de Papimânia que tinha à hora presente visto todos os diabos desembestados. — Água, amigo meu, dizia ele, meu irmão, meu pai espiritual, todos os diabos estão soltos hoje. Nunca viste tal requinte do banquete infernal. Estás vendo a fumaça da cozinha do inferno? (Assim dizia mostrando a fumaça da pólvora dos canhões por cima de todas as naves). Já viste jamais tantas almas danadas? E sabes o quê? Água, amigo meu, elas são tão tenras, tão frágeis, tão delicadas, que tu dirias propriamente que são ambrosia estigial. Cuidei (Deus que me perdoe) que fossem almas inglesas. E penso que esta manhã tenha sido a Ilha dos Cavalos[656] perto da Escócia pelos senhores de Termes e Dessay devastada e saqueada com todos os ingleses que tenham surpreendido.

Frei Jean, ao aproximar-se sentiu não sei qual odor diferente da pólvora; e puxando Panúrgio para um lado, percebeu que a sua camisa estava toda suja e borrada de novo. A virtude retentora do nervo que restringe o músculo chamado esfíncter (é o olho do cu) se dissolvera pela veemência do medo que ele tivera em suas fantásticas visões. Ajuntai o barulho do canhoneio, o qual é mais horrífico no porão do que no

---

656. A Ilha de Keith, retomada em 1548 pelos franceses, que Henrique II enviara em socorro da Escócia. (N. do T.)

convés. Pois um dos sintomas e acidentes do medo é que por ele ordinariamente se abre a porta do compartimento onde é por algum tempo retida a matéria fecal.

Exemplo temos no senhor Pantolfe de la Cassine, de Siena, o qual, passando por Chambery, e em casa do administrador Vinet desceu, pegou um forcado de estábulo, depois lhe disse: "*Da Roma in qua io non son andato del corpo: di gratia piglia in mano questa forca, et fa mi paura*"[657]. Vinet com o forcado fez vários passes de esgrima, fingindo querer feri-lo. O outro lhe disse: "*Se tu non fai altramente, tu non fai nulla: pero sforzati di adoperarli piu guagliardamente*"[658]. Então Vinet com o forcado lhe deu tão forte pancada no pescoço que o atirou por terra de pernas para o alto. Depois, rindo a bandeiras despregadas, disse-lhe: "Por Deus, Bayart. Isto se chama *Datum Camberiaci*"[659]. Na mesma hora o homem de Siena tirou as calças, pois de súbito cagou mais copiosamente do que teriam feito nove búfalos e quatorze arciprestes de Ostia. Afinal, o italiano graciosamente agradeceu Vinet e disse-lhe: "*Io ti ringrazio, bel messere. Cosi facendo tu m'hai esparmiata la speza d'un servitiale*"[660].

Outro exemplo temos no rei de Inglaterra, Eduardo o quinto. Mestre François Villon, banido da França, retirara-se para o seu lado; ele o tinha com grande intimidade recebido, nada lhe escondendo dos pequenos negócios da casa. Um dia, o referido rei, estando a satisfazer suas necessidades, mostrou a Villon as armas da França pintadas e lhe disse: "Vês como reverencio os teus reis franceses? Alhures não tenho suas armas senão aqui neste lugar perto de minha cadeira furada. Deus seja louvado, respondeu Villon, tanto sois sábio, prudente, entendido e cuidadoso com a vossa saúde. E tão bem vos serve vosso douto médico Thomas Linacer. Ele, vendo que naturalmente em dias passados estivestes constipado do ventre, e diariamente tínheis de recorrer a um boticário, quero dizer a um clister, de outro modo não poderíeis vos desonerar, vos fez aqui, e não alhures, pintar as armas da França, por singular e virtuosa providência. Pois somente as vendo, tendes tal terror e pavor tão horrível, que de súbito cagais como dezoito touros selvagens da Peônia. Se pintadas estivessem em outro lugar de vossa casa, em vosso quarto, em vossa sala, em vossa capela, em vossas galerias, ou alhures, Deus que nos acuda, iríeis cagar em todo o momento que as vísseis. E podeis crer que, se tivésseis aqui a auriflama de França tornaríeis as entranhas do ventre como base[661]. Mas, hen, hen, atque iterum, hen.

Sou um basbaque de Paris

---

657. De Roma até aqui não dei de corpo; por favor, toma este forcado e me amedronta. (N. do T.)
658. Se não fizeres de outro modo, não vai adiantar; trata então de agir mais galhardamente. (N. do T.)
659. Dado em Chambéry; alusão a certas ordenações reais datadas daquela cidade. (N. do T.)
660. Agradeço-te, amável senhor; assim agindo, poupaste-me a despesa de um remédio. (N. do T.)
661. No original: "*vous rendriez les boyaulx du ventre par le fondment*". *Fondment*: base, alicerce, fundamento, e, no francês quinhentista, argumentos jurídicos. (N. do T.)

Com uma corda no pescoço,
Bem alta está minha cerviz,
O pé bem baixo e o cu bem grosso.[662]

"Basbaque, digo eu, mal entendido, mal entendendo, quando, chegando aqui convosco, me admirei que em vosso quarto tivésseis feito tirar vossos calções. Verdadeiramente, eu pensava que atrás da tapeçaria ou atrás do leito estivesse a vossa cadeira furada. De outro modo me parecia caso grandemente incongruente assim se afastar do quarto para ir tão longe recorrer à retreta. Não é mesmo pensamento de basbaque? O caso é feito por bem outro mistério, da parte de Deus. Assim fazendo, fazeis bem. Digo tão bem, que melhor não poderia. Deveis bem cedo, bem longe, bem certo, tirar o calção. Pois, entrando aqui sem ter tirado, vendo estas armas (notai bem, tudo), meu Deus do céu, o fundo de vossos calções faria o ofício de penico, bacia fecal e cadeira furada".

Frei Jean, tapando o nariz com a mão esquerda, apontava com o dedo indicador da mão direita, mostrando a Pantagruel a camisa de Panúrgio. Pantagruel, vendo-o assim, lívido, encolhido, trêmulo, desconcertado, borrado e todo arranhado pelo célebre gato Rodilardus, não pôde conter o riso e disse-lhe: — Que quereis fazer com este gato? — Este gato? — respondeu Panúrgio. — Eu me dou ao ao diabo se não estivesse pensando que fosse um diabinho peludo, o qual há pouco se meteu em meu calção. Ao diabo seja o diabo! Arranhou-me a pele como a barba de um lagostim! — Assim dizendo, atirou o gato ao chão.

— Ide — disse Pantagruel —, ide por Deus vos assear, vos limpar, vos lavar, tomar uma camisa branca e mudar a roupa. — Estais dizendo — respondeu Panúrgio —, que tive medo? De modo algum. Sou, graças a Deus, mais corajoso do que se tivesse tantas moscas engolido quanto tenham sido empasteladas em Paris da festa de São João ao dia de Todos os Santos. Ha, ha, ha. Que diabo é isto? Chamais de diarreia, bosta, merda, dejetos, dejeção, matéria fecal, excremento, *esmut, fumée, estronc, scybale spyrathe*? Eu, acreditai, acho que açafrão da Hibérnia[663]. Ho, ho, ho, É açafrão da Hibérnia! Certamente! Bebamos.

FIM DO QUARTO LIVRO.

---

662. Versos realmente atribuídos a Villon, quando condenado à forca. (N. do T.)
663. Hibérnia se trata de uma antiga denominação para Irlanda, e existiu por lá o costume de usar o açafrão para colorir as roupas, dando um tom dourado forte. (N. do R.)

LIVRO QUINTO[664]

DOS FATOS E DITOS HEROICOS

DO BOM PANTAGRUEL

ESCRITO POR

M. FRANÇOIS RABELAIS

DOUTOR EM MEDICINA

---

664. Este livro foi publicado em 1562, nove anos depois da morte de Rabelais, e só continha dezesseis capítulos. Parece que a obra foi completada por outros escritores. (N. do T.)

EPIGRAMA

É morto Rabelais? De modo algum.
Eis mais um livro seu. A sua mente
Continua em seus livros bem presente.
Imortal há de ser como nenhum.

Nature quite[665]

---

665. Anagrama de Jean Turquet. (N. do T.)

PRÓLOGO

Beberrões infatigáveis, e vós, preciosíssimos devassos, enquanto estais de folga, e não tendes outro negócio mais urgente em mãos, eu vos perguntei perguntando: Por que se diz agora em comum provérbio: "O mundo não é mais *fat*?" *Fat* é um vocábulo de Languedoc e significa não salgado, sem sal, insípido, insosso; pela mesma palavra se significa bobo, ingênuo, desprovido de senso, carente de cérebro. Quereis dizer, como de fato se pode logicamente inferir, que até agora o mundo tem sido *fat*, mas de agora em diante teria se tornado sábio? Por quantas e quais condições era ele *fat*? Por que seria sábio? Por que era *fat*? Por que será sábio? Em que conheceis a loucura antiga? Em que conheceis a sabedoria presente? Quem o fez *fat*? Quem o fez sábio? Será maior o número dos que o querem *fat*, ou o dos que o querem sábio? Por quanto tempo ele foi *fat*? Por quanto tempo será sábio? De onde procedia a loucura anterior? De onde vem a sabedoria presente? Por que agora, não mais tarde, tem fim a antiga loucura? Por que agora, não antes, começou a sabedoria presente? Que mal nos fez a loucura precedente? Que bem nos faz a sabedoria sucessora? Como seria a loucura antiga abolida? Como seria a sabedoria presente instaurada? Respondei o que bem vos parece; pois de outra adjuração não usarei para com vossas reverências, de outro pronome não usarei para convosco, temendo alterar vossas paternidades. Não tenhais vergonha, confundi Herr der Tyfel[666] inimigo do paraíso, inimigo da verdade; coragem, meus filhos, se sois de Deus, bebei três ou cinco vezes pela primeira parte do sermão, depois respondei à minha pergunta; se sois do outro, Avalisque[667] Satanás. Pois eu vos juro, meu grande burluburlu, que se de outro modo não me ajudardes na solução do problema suprarreferido, eu já me arrependo de tê-lo proposto; e isso já me causa aborrecimento como se estivesse entre a espada e a parede sem esperanças de socorro algum. Vejo bem que não estais dispostos a responder. Não o faria eu, por minha barba: somente vos alegaria o que foi predito, com espírito profético, por um venerável doutor, autor de um livro intitulado: A Cornamusa dos Prelados. O que disse o malandro? Escutai, *vietdazes*[668], escutai:

Todo o mundo desfaz o ano jubilado,
Falaz ele se fez e supernumerado.
Os trinta ultrapassar ninguém reverenciando!
Louco parecerá, porém, perseverando,
Há de tudo vencer e tudo vencerá,
E no meio da erva o fruto crescerá,
Como na primavera um broto sazonando.

---

666. No alemão arcaico, senhor Diabo (*teufel*). (N. do T.)
667. "Vai-te", no dialeto de Languedoc. (N. do T.)
668. "Cabeça de burro", em provençal. (N. do T.)

Ouvistes, entendestes? O doutor é antigo, as palavras são lacônicas, as sentenças enigmáticas e obscuras, embora ele tratasse de matéria em si profunda e difícil. Os melhores intérpretes daquele bom pai expõem que o ano jubilado passado do trigésimo entre os anos incluídos nesta idade é o de mil quinhentos e cinquenta. O mundo não mais será *fat*. Os loucos, cujo número é infinito, como atesta Salomão, perecerão furiosos, e toda espécie de loucura cessará; a qual é igualmente inumerável, como diz Aviceno, *maniae infinitae sunt species*. A qual, durante o rigor hibernal, é no centro repercutida, aparece na circunferência e tem seiva como as árvores. A experiência nos demonstra, vós sabeis, vós vedes. E foi outrora explorada pelo bom Hipócrates, Aphorism. *Verae etenim maniae*, etc. O mundo então, tornando-se sábio, não mais temerá a flor das favas na primavera: quer dizer, como podeis, de copo em punho e lágrimas nos olhos, piedosamente crer, na quaresma.

Um montão de livros que parecem floridos, florilégios, florescentes como belas borboletas, mas que na verdade eram fastigiosos, perniciosos, perigosos, espinhosos e tenebrosos, como os de Heráclito, obscuros como os números de Pitágoras (que foi rei da fava, como testemunha Horácio[669]) esses perecerão, não mais virão em mãos, não mais serão lidos nem vistos. Tal era o seu destino, e tal foi a sua predestinação.

Em lugar deles, sucederam as favas em vagem. São alegres e frutuosos livros de pantagruelismo, os quais hoje se encontram em condições de boa vendagem, aguardando o período do jubileu subsequente, ao estudo dos quais o mundo se dedica, e por isso de sábio é chamado. Eis o vosso problema solucionado e resolvido, acerca disso, gente de bem. Pegai um bom copo ou dois, e bebei nove goles sem parar, pois as vinhas são belas, e os usurários se enforcam. Eles me custarão muito em cordas se o bom tempo dura. Pois eu protesto fornecer-lhes liberalmente sem pagar, todas e quantas vezes se enforcar quiserem, poupando-lhes as despesas com o carrasco.

A fim, portanto de serdes participantes dessa sabedoria adventícia, e emancipados da antiga loucura, apagai presentemente de vossos cartazes o símbolo do velho filósofo de coxa dourada, pelo qual ele vos proibia o uso e degustação das favas, tendo por coisa verdadeira e confessada entre todos bons companheiros, que ele vos interdizia com igual intenção que o médico de água doce, fogo amargo, sobrinho do advogado, senhor de Camelotière, proibia aos doentes comer a asa da perdiz, a mitra da galinha e o pescoço do pombo, dizendo: *ala mala, cropium dubium, collum bonum pelle remota*,[670] reservando-os para a sua boca e deixando aos doentes somente os ossos para roerem. A ele sucederam certas capitulações proibindo as favas, quer dizer, livros de pantagruelismo, e à imitação de Filoxeno e Gnato siciliano, antigos arquitetos de sua monacal e ventral volúpia, os quais em plenos banquetes, quando lhes eram servidas saborosas iguarias, escarravam nas mesmas, a fim de que, com horror, os outros não as

---

669. Rei das favas, isto é, doido, em vista da crendice de que a flor das favas produzia loucura. (N. do T.)
670. A asa é má, a mitra passável, o pescoço bom quando se tira a pele. (N. do T.)

comessem. Assim essa feia, torpe, catarrosa, nojenta corja, em público e em privado, detesta esses livros saborosos, e neles vilmente escarra por sua impudência.

E quando agora lemos em nossa língua gálica, tanto em versos como prosa, diversos excelentes escritos, e que quão poucas relíquias guardam de hipocrisia e século gótico, escolhem, entretanto grasnar e assoviar como os gansos, como diz o provérbio comum, entre cisnes, antes que serem de tantos gentis poetas e facundos oradores levados a estimar. Representar usa também algum personagem rústico, entre tantos os facundos atores desse nobre ato, antes que ser posto na ordem daqueles que não servem senão de sombra e de número, abrindo a boca, abanando as orelhas como um asno da Arcádia ao canto dos músicos, e por sinais em silêncio, significa que consente na prosopopeia.

Em face dessa escolha e eleição, pensei de fazer obra indigna se removesse meu tonel diogênico, a fim de que não me dissésseis viver sem exemplo.

Contemplo um grande número de Clinets, Marots, Herouets, Saingelais, Salels, Masuels, e uma longa centúria de outros poetas e oradores gálicos.

E eis que, por terem no monte Parnaso cursado a escola de Apolo, e da fonte Cabalina bebido em plenos goles entre as alegres Musas, à eterna fábrica do nosso vulgar, não trazem senão mármore de Paros, alabastro, pórfiro e bom cimento real: não tratam senão de ações heroicas, grandes feitos, assuntos elevados, graves e difíceis; por seus escritos não produzem senão néctar divino, vinho precioso, saboroso, moscatel delicado, delicioso. E dessa glória em homens toda consumida, as damas têm participado: entre as quais uma saída do sangue de França[671], que todo o século admira, tanto por seus escritos, invenções transcendentes, como pelo ornamento da linguagem, de estilo mirífico. Imitai-os, se sabeis; quanto a mim, imitá-los não saberia; a cada um é outorgado frequentar e habitar Corinto. Para edificação do templo de Salomão cada um, um ciclo de ouro ofereceu: aos punhados não podia. Porquanto em nossa faculdade não é em arte de arquitetura tanto promover como eles fazem, estou deliberado a fazer o que fez Regnault de Montauban, servir os pedreiros, fazer a massa para os pedreiros: e me terão, porquanto companheiro não posso ser, por auditor, eu digo infatigável, de seus mui celestes escritos.

Vós morreis de medo, vós outros, Zoilos imitadores e invejosos; ide vos enforcar, e escolhei vós mesmos a árvore para o enforcamento; não vos faltará a corda. Protestando aqui, diante de meu Hélicon, em audiência das divinas Musas, que se eu viver ainda a idade de um cão, junto com três gralhas, em saúde e integridade, tal como viveram o santo capitão judeu, Xenófilo músico e Demonax filósofo, por argumentos não impertinentes e razões não recusáveis, provarei nas barbas de qualquer um daqueles centonóficos enfeixadores de matérias cem e cem vezes discutidas, repetidores de

---

671. Margarida de Angouleme (1492-1549), rainha de Navarra, irmã de Francisco I, autora do *Heptaméron*, livro de contos, e também poetisa de valor. Protegeu Rabelais, assim como outros homens de letras da época. (N. do T.)

velharias latinas, revendedores de velhas palavras latinas mofadas e incertas, que nossa língua vulgar não é tão vil, tão inepta, tão indigente e desprezível como eles a estimam. Também, com toda a humildade suplicando que por graça especial, assim como outrora, tendo sido por Febo todos os tesouros aos grandes poetas repartidos, achou todavia Esopo lugar e ofício para o apólogo; semelhantemente, visto que a degrau mais alto não aspiro, eles não desdenhariam em estado me receber de pequeno riparógrafo, sectário de Pireico; eles o farão, tenho certeza; pois são tão bons, tão humanos, graciosos e bonacheirões como ninguém. Para que beberrões, comilões, os que tendo fruição total os recitando em seus conventículos, cultuando os altos mistérios neles compreendidos, entram em posse e reputação singular, como em igual caso fez Alexandre, o grande da primeira filosofia composta por Aristóteles.

Ventre em terra, fanfarrões desprezíveis.

Portanto, beberrões, eu vos aconselho a, em tempo e hora oportuna, deles fazer boa provisão, sabendo que os achareis nas oficinas dos livreiros, e não somente os proveis, mas os devoreis, como opiato cordial, e os incorporeis em vós mesmos: conhecereis quanto bem está aqui destinado a todos os gentis consumidores de favas. Presentemente, eu vos ofereço um bom e belo cesto, colhido na própria horta que os outros precedentes. Suplico-vos, em nome da reverência, que tenhais em mercê o presente, esperando melhor na próxima vinda das andorinhas.

CAPÍTULO I
DE COMO PANTAGRUEL CHEGOU À ILHA SONANTE, E DO RUÍDO QUE OUVIMOS

Continuando a nossa rota, navegamos por três dias sem nada descobrir; no quarto percebemos terra, e nos foi dito por nosso piloto que era a Ilha Sonante, e ouvimos um ruído vindo de longe frequente e tumultuoso, e nos pareceu, ao ouvirmos, que fossem sinos grandes, pequenos e medíocres, juntamente tocando, como se faz em Paris, Tours, Gergeau, Nantes, Meudon e alhures, nos dias de grandes festas; quanto mais nos aproximávamos, mais ouvíamos reforçado aquele badalar de sinos.

Cuidamos que fosse Dodona com seus caldeirões, ou o pórtico chamado Heptafone em Olímpia, ou então o ruído sempiterno do colosso erguido na sepultura de Memnon em Tebas do Egito, ou o barulho que se ouvia em torno de um sepulcro da Ilha Lipara, uma das Eólides; mas a corografia não permitia tal coisa. — Cuido — disse Pantagruel — que é algum enxame de abelhas que começa a alçar voo; para espantar o qual a vizinhança faz este barulho com panelas, caldeirões, bacias, címbalos corimbáticos de Cíbele, grande mãe dos deuses. Ouçamos.

Aproximando-nos mais, ouvimos entre o perpétuo badalar de sinos, cantos infatigáveis de homens lá residentes, como foi de nossa opinião. Esse foi o caso porque, antes de abordarmos a Ilha Sonante, Pantagruel foi de opinião que descêssemos com o nosso esquife em um pequeno rochedo perto do qual reconhecemos uma ermida e um jardinzinho. Lá achamos um homenzinho ermitão chamado Braguibus, natural de Glenay, o qual nos deu plena instrução sobre todo o repique, e nos festejou de uma maneira estranha. Ele nos fez quatro dias seguidos jejuar, afirmando que de outro modo na Ilha Sonante recebidos não seríamos, pois era então o jejum dos quatro tempos. — Não entendo — disse Panúrgio — esse enigma; seria antes o tempo dos quatro ventos, pois jejuando não nos alimentamos senão de vento. E o quê, não tendes aqui outro passatempo senão jejuar? Parece-me ser bem pouco; nós dispensaríamos tantas festas de palácio.

— Em meu Donato — disse Frei Jean — só encontro três tempos: pretérito, presente e futuro; aqui o quarto deve ser para o vinho variado. — É — disse Epistemon — Aoristo, saído do pretérito mais que imperfeito dos gregos e dos latinos em tempo misturado e matizado recebido.

— É — disse o ermitão — assim como vos disse: quem contradiz é herético, e não merece menos que o fogo. — Sem falta, pater — disse Panúrgio —, estando no mar, tenho muito mais medo de ser molhado do que esquentado, de ser afogado que queimado. Bem, jejuemos, por Deus! Mas tenho por tanto tempo jejuado, que os jejuns me solaparam toda a carne, e temo muito que enfim os bastiões do meu corpo estejam em decadência. Outro medo tenho mais é o de vos irritar jejuando, pois, tenho mau gênio, como vários me afirmaram e eu creio. De minha parte, digo eu, bem pouco me preocupa jejuar, pois é coisa tão fácil e tão à mão; bem mais me preocupa não jejuar no futuro, pois é preciso ter o que preparar e o que pôr no moinho. Jejuemos, por Deus! Pois que entrados somos em férias esôriais[672]: há muito tempo que não as conhecíamos.

— E se jejuar é preciso — disse Pantagruel —, expediente outro não há, fora nos afastarmos como de um mau caminho. Assim quero eu um pouco pesquisar os meus papéis, e entender se o estudo marinho é tão bom quanto o terreno. Porque Platão, querendo descrever um homem ingênuo, imperito e ignorante, o compara a gente nutrida no mar, dentro dos navios, como nós diríamos gente nutrida dentro de um barril, e que nada vissem senão através de um buraco.

Os nossos jejuns foram terríveis e bem espantosos; pois no primeiro dia jejuamos intermitentemente, no segundo seriamente, no terceiro constantemente, no quarto insuportavelmente. Tal era a determinação dos fados.

CAPÍTULO II
DE COMO A ILHA SONANTE FORA HABITADA PELOS SITICINOS, OS QUAIS TINHAM SIDO TRANSFORMADOS EM AVES

Terminado o nosso jejum, o ermitão nos entregou uma carta dirigida a um certo Albiano Camar, mestre-guardião da ilha, mas Panúrgio, saudando-o, o chamou de mestre Antitus. Era um velhinho calvo, de fisionomia viva, cútis bem vermelha. Acolheu-nos muito bem pela recomendação do ermitão, sabendo que tínhamos jejuado, como acima foi dito. Depois nos expôs as singularidades da ilha, afirmando que ela fora primeiramente habitada pelos siticinos, mas, por mandamento da natureza (como todas as coisas variam) eles tinham virado aves.

Ali tive pleno conhecimento do que Atéio Capito, Polux, Marcelo, A. Gelio, Ateneu, Suidas Amônio e outros tinham escrito sobre os siticinos; difícil não nos parecer crer nas transmudações de Nictimen, Progene, Ítis, Alcmena, Antígona, Tereu e outras aves. Pouca dúvida também tivemos sobre os filhos de Macrobino convertidos em cisnes, e dos homens de Palena na Trácia, os quais, de súbito, tendo nove vezes se banhado no lago Tritônio foram em aves transformados. Depois com outro assunto não nos entreteve senão com gaiolas e aves. As gaiolas eram grandes, ricas, suntuosas e feitas com maravilhosa arquitetura.

As aves eram grandes, belas e polidas aos advindos, semelhantes aos homens da minha pátria; bebiam e comiam como homens, digeriam como homens, peidavam, dormiam, portavam-se e agiam como homens; em resumo: vendo-se, à primeira vista, ter-se-ia dito que eram homens; homens todavia não eram de modo algum, segundo a instrução do mestre-guardião, nos protestando que eles não eram seculares, nem mundanos. Também sua plumagem nos fazia meditar, a qual tinham alguns toda branca,

---
672. Do latim *escurio*, tenho fome. (N. do T.)

outros toda negra, outros toda cinzenta, outros branca e preta, outros toda vermelha, outros branco e azul: era coisa bela de se ver. Os machos eram chamados clerigôs, fradegôs, presbiterigôs, abadegôs, bispogôs, cardinagôs e papagôs. As fêmeas chamavam-se clerigessas, freiragessas, presbiteregessas, abadegessas, hispogessas, cardianagessas e papagessas. — Bem assim, todavia — nos disse ele —, como entre as abelhas vivem os zangões que nada fazem, fora tudo comer e tudo gastar, assim, há trezentos anos, não se sabe como, entre aquelas alegres aves, em cada quinta lua, aparece grande número de *cagots*[673], os quais tinham sujado e cagado toda a ilha, tão feios e monstruosos que todos os outros fugiram. Pois todos tinham o pescoço retorcido, as patas peludas, as garras e o ventre das harpias, o traseiro como o das estinfálides[674]; e não era possível exterminá-los: para cada morto surgiam vinte e quatro. — Desejei algum segundo Hércules, porque Frei Jean ali perdeu os sentidos por veemente contemplação, e a Pantagruel adveio o que adveio a mestre Príapo, contemplando os sacrifícios de Ceres, por falta de peles.

CAPÍTULO III
DE COMO NA ILHA SONANTE NÃO HÁ MAIS QUE UM PAPAGÔ

Então perguntamos ao mestre-guardião, visto a multiplicação daquelas veneráveis aves e todas as suas outras espécies, por que lá só havia um papagô. Ele nos respondeu que tal era a instituição primeira e fatal destinada pelas estrelas: que dos clerigôs nascem os presbiterigôs e fradegôs, sem companhia carnal, como se faz entre as abelhas de um touro jovem[675], conjugadas segundo a arte e a prática de Aristeu; dos presbiterigôs nascem os bispogôs, destes os belos cardinagôs, e os cardinagôs, se por morte não forem impedidos, acabam como papagôs, e este não é ordinariamente senão um, como na colmeia das abelhas só há um rei[676], e no mundo só há um sol. Morto aquele, nasce um outro em seu lugar de toda a raça dos cardinagôs, entendei bem, sempre sem copulação carnal. De sorte que há nessa espécie unidade individual, com perpetuidade de sucessão, nem mais nem menos que como o fênix da Arábia. Verdade é que há cerca de duas mil setecentos e sessenta luas[677] foram pela natureza dois papagôs produzidos, mas essa foi a maior calamidade que jamais se viu nesta ilha. — Pois — disse o mestre-guardião —, todas as aves aqui pilharam umas às outras, se entredepenaram tão bem durante esse tempo, que a ilha correu o perigo de ser espoliada de seus habitantes.

---

673. *Cagot*, como já foi dito, eram monges mendicantes, que usavam cogula (*cagoule*), mas o vocábulo também designava certos heréticos de Bearn, muitos sujeitos à lepra e à papeira). (N. do T.)
674. Aves do Monte Estinfalo, que Hércules matou a flechadas. (N. do T.)
675. Os antigos acreditavam que as abelhas saíam da cabeça de touros mortos. (N. do T.)
676. Os antigos acreditavam que a rainha da colmeia fosse macho. (N. do T.)
677. Refere-se ao grande cisma começado em 1380, entre Urbano VI de Roma e Clemente VII de Avinhão. (N. do T.)

Parte daqueles aderia a um e o sustentava; parte a outro e o defendia; ficando parte deles mudos como peixe, e nenhum cantou, e parte daqueles sinos como interditada não soou. Durante aqueles tempos sediciosos, em seu socorro invocaram imperadores, reis, duques, marqueses, condes, barões e comunidades do mundo que habitam continuando em terra firme, e não teve fim aquele cisma e aquela sedição, enquanto um deles não foi privado de vida e a pluralidade reduzida à unidade.

Depois perguntamos o que levava aqueles pássaros assim cantarem sem cessar. E o mestre-guardião nos respondeu que eram os sinos pendurados sobre as suas gaiolas. Depois nos disse: — Quereis que eu faça cantar estes fradegôs que vedes ali encolhidos como calhandras selvagens? — Por favor! — Respondemos nós. Então, deu seis badaladas apenas em um sino, e os fradegôs acorreram, e começaram a cantar. — E se — disse Panúrgio — eu tocasse este sino, faria eu igualmente cantar estes que têm a plumagem cor de arenque defumado? — Igualmente! — respondeu o mestre-guardião. Panúrgio tocou, e de súbito acorreram aqueles pássaros defumados e cantaram em conjunto; mas tinham a voz rouca e desagradável. Também nos explicou o guardião que só viviam de peixe, como as garças e alcatrazes do mundo, e que era uma quinta espécie da *cagots*, produzida recentemente. Acrescentou que fora advertido por Robert Valbringue, que há pouco tempo por lá havia vindo da África, que bem cedo deveria surgir uma sexta espécie, a qual chamou de capuchinhonôs[678], os mais tristes, mais maníacos e mais nefastos da espécie em toda a ilha. — A África — disse Pantagruel — é useira e vezeira em sempre produzir coisas novas e monstruosas.

CAPÍTULO IV
DE COMO AS AVES DA ILHA SONANTE SÃO TODAS DE ARRIBAÇÃO

— Mas — disse Pantagruel — visto que exposto nos tendes que dos cardinagôs nasce o papagô, e os cardinagôs dos presbiterogôs, e os presbiterogôs dos clerigôs, eu queria bem saber de onde nascem os clerigôs. — Eles são — disse o guardião — aves de arribação, e nos vêm do outro mundo: parte de um país maravilhosamente grande, o qual se chama Dia-sem-pena; parte de um outro, no rumo do poente, o qual se chama Trop-d'itieulx[679]. Daqueles dois países, em quantidade, todos os anos clerigôs nos vêm, deixando pai e mãe, todos os amigos e todos os parentes. A maneira é esta: quando em alguma nobre casa daquele último país, há muitos filhos, seja do sexo masculino, seja do feminino, de modo que, a todos cabendo a herança (como quer a razão, exige a natureza e Deus ordena), a casa seria dissipada, é essa a razão

---

678. Na verdade, os capuchinhos só surgiram em 1525, por iniciativa de Matteo da Cascio, e receberam confirmação papal e um governo separado dos franciscanos em 1535. (N. do T.)
679. *Trop d'itieulx*: gente demais da mesma espécie. Soa também como *trop d'otieux*: ociosos demais. (N. do T.)

pela qual os pais os descarregam nesta ilha, ainda mesmo se têm apanágios na Ilha Bossard. — É — disse Panúrgio — a Ilha Bouchard a leste de Chinon. — Eu digo Bossard — respondeu o guardião —, pois ordinariamente são corcundas[680], caolhos, coxos, manetas, gotosos, disformes e desajeitados, peso inútil na terra.

— É — disse Pantagruel — costume de todo contrário às instituições outrora observadas na recepção das donzelas vestais, para as quais, como atesta Labeu Antíscio, era proibido escolher mulher que tivesse vício algum na alma ou diminuição nos sentidos, ou em seu corpo mancha alguma, ainda que fosse oculta e pequena.

— Não sei — disse o guardião, continuando — se as mães de lá as levam sete meses no ventre, visto que em suas casas elas não podem ficar nem permanecer nove anos, ou sete o mais das vezes, e lhes pondo uma camisa somente sob o vestido, e no alto da cabeça lhes cortando não sei quantos cabelos, com certas palavras mágicas e expiatórias (como entre os egípcios por certas linostolias[681] e cortes de cabelo eram criadas as sacerdotisas de Ísis), visivelmente, abertamente, manifestamente por metempsicose pitagórica, sem lesão nem ferimento algum, as fazem tornar nestas aves que presentemente vedes. Não sei, todavia, caros amigos, o que pode ser, nem de onde vem que as fêmeas, sejam clerigessas, freiragessas ou abadegessas, não cantam motetos agradáveis e hinos de graça, como se costumava fazer em Ormoasis, pela instituição de Zoroastro, mas cataratos e citropos[682], como fazia o demônio Arimã; e lançam contínuas maldições contra os parentes e amigos, que em aves as transformaram, tanto jovens como velhas.

O número maior nos vem de Dia-sem-pena, que é excessivamente longo. Pois os asafis, habitantes daquele país, quando estão em perigo de passar fome, por não terem com o que se alimentarem, e não saberem nem quererem nada fazer, não trabalharem em alguma honesta arte ou ofício, nem lealmente a gente de bem servirem; aqueles que não podem gozar os seus amores, que não alcançaram as suas empresas e estão desesperados; aqueles igualmente que malignamente cometeram algum caso de crime, e os quais são procurados para morte ignominiosa receberem, todos vêm para cá; aqui têm a sua vida designada, de súbito tornam-se gordos como capados, os que antes eram magros como picanços; aqui têm perfeita segurança, indenização e franquias.

— Mas — perguntou Pantagruel — essas belas aves, uma vez aqui chegadas, não retornam jamais ao mundo onde foram nascidas? — Algumas — respondeu o guardião — outrora bem poucas, porém tristes e contrariadas. Depois de certos eclipses[683] revoou um grande número, por virtude das constelações celestes. Isso em nada nos aborrece, e os que ficam não têm senão maior prestígio. E todos, antes de voarem, deixam a plumagem no meio das urtigas e dos espinhos:

Achamos, realmente, algumas delas.

---

680. Corcunda: *bossu*. (N. do T.)
681. Ação de vestir uma túnica de linho; do latim: *linum* e *stola*. (N. do T.)
682. Do grego *kataratos*: maldito; *skuthropos:* austero. (N. do T.)
683. Depois das reformas pregadas por Lutero e Calvino. (N. do T.)

CAPÍTULO V
DE COMO AS AVES REVESTIDAS SÃO MUDAS NA ILHA SONANTE

Não tinha ele terminado de falar, quando perto de nós, levantaram voo vinte e cinco ou trinta aves, de cor e plumagem que ainda não tínhamos visto na ilha. Sua plumagem mudava de hora em hora, como a cor de um camaleão, e como a flor do áster ou teucrion[684]. E todos tinham debaixo da asa esquerda um sinal como de dois diâmetros semicortados de um círculo ou de uma linha perpendicular descendo sobre uma linha horizontal. Todas eram quase da mesma forma, não todas da mesma cor; mas eram brancas, outras verdes, outras vermelhas, outras violeta, outras azuis. — Quem são — perguntou Panúrgio — estes, e como os chamais? — São — respondeu o guardião — mestiços. Nós os chamamos de revestidos, e há um grande número de ricos revestimentos em vosso mundo. — Peço-vos — disse eu —, fazei-os cantar, a fim de que ouçamos a sua voz. — Eles não cantam — respondeu o guardião — jamais; mas recebem o dobro em recompensa. — Onde estão — perguntei — as fêmeas? — Não têm — respondeu o guardião — Como é então — interferiu Panúrgio — que eles estão assim todos marcados e comidos pela varíola?[685] — Ela — respondeu o guardião — é própria dessa espécie de aves por causa do ar marítimo que tomam algumas vezes.

Mais nos disse: — O motivo de sua vinda aqui perto de vós é para ver se entre vós reconheceriam uma magnífica espécie de galo, ave de presa terrível, que todavia não vem ao chamariz, que dizem haver em vosso mundo; e deles alguns trazem na perna fitas bem belas e preciosas, com inscrição dizendo que quem mal pensar daquilo[686], está condenado a ficar de súbito todo borrado; outros na frente de sua plumagem levam o troféu de um caluniador[687] e outros uma pele de carneiro.[688] — Mestre-guardião — disse Panúrgio —, pode ser verdade, mas nada sabemos a respeito. — Agora — disse o guardião — já parlamentamos bastante; vamos beber. — Mas, e o repasto? —disse Panúrgio. — Repasto — disse o guardião — é beber metade logo, metade ao deitar-se[689]. Vamos; nada há tão caro e tão precioso como o tempo; empreguemo-lo em boas obras. — Primeiramente ele quis nos levar para nos banharmos nas termas dos cardinagôs, soberanamente belas e deliciosas; depois, saindo do banho, fazer pelos aliptes[690] nos ungir o corpo com precioso bálsamo. E então, conduziu-nos a um grande e delicioso refeitório e nos disse: — Sei que o ermitão Braguibus vos fez jejuar por quatro dias; quatro dias passareis aqui, em compensação, sem cessar bebendo e co-

---

684. Sinônimo de *tripolion*: áster. (N. do T.)
685. Sífilis. (N. do T.)
686. Cavaleiros da Ordem da Jarreteira. (N. do T.)
687. Ordem de São Miguel, cujo brasão mostra o arcanjo vencendo o diabo. (N. do T.)
688. Tosão de Ouro. (N. do T.)
689. Locução usada em um jogo de cartas, onde se fazia outra aposta além daquela que se colocava, ou se deitava (*couchait*) sobre a carta. (N. do T.)
690. Os homens encarregados de untar o corpo dos atletas antes das competições. (N. do T.)

mendo. — Não dormiremos então durante esse tempo? — Disse Panúrgio. — Tendes liberdade — respondeu o guardião —, pois quem dorme, bebe.

Deus do céu! Como nos fartamos! Ó grande e excelente homem de bem!

CAPÍTULO VI
DE COMO SÃO ALIMENTADAS AS AVES DA ILHA SONANTE.

Pantagruel mostrava tristeza na fisionomia, e não parecia contente com os quatro dias de permanência que nos designava o guardião; o que o guardião percebeu e disse: — Senhor, sabei que sete dias antes e sete dias depois do nevoeiro jamais há sobre o mar tempestade. É favor que os elementos fazem aos alciones, aves consagradas a Tétis, que então põem os seus ovos e chocam os seus filhotes na praia. Aqui o mar se vinga de suas longas calmarias, e por quatro dias não cessa de se mostrar enormemente tempestuoso, quando alguns viajantes aqui chegam. A causa, estimamos, é para que, durante tal tempo a necessidade os obrigue a aqui permanecer, para bem festejados serem na Ilha Sonante. Portanto, não estimeis o tempo aqui ociosamente perdido. A força aqui vos reterá, se não quiserdes combater Juno, Netuno, Dóris, Éolo e todos os deuses malfazejos; deliberai apenas boa estada fazer.

Iniciado o repasto, perguntou Frei Jean ao guardião: — Nesta ilha só tendes gaiolas e pássaros. Eles não trabalham nem cultivam a terra. Toda a sua ocupação é trinar, gorjear e cantar. De que país vos vem este corno da abundância e cópia de tantos bens e iguarias deliciosas? — De todo o outro mundo — respondeu o mestre-guardião —, exceto de alguns países das regiões aquilonárias que há alguns anos suspenderam as remessas. — Bofé! — disse Frei Jean. — Eles se arrependerão. Bebamos, amigos. — Mas de que país sois vós? — Perguntou o guardião. — Da Touraine — respondeu Panúrgio. — Verdadeiramente — disse o guardião —, sois boa gente, pois sois da abençoada Touraine. Da Touraine tantos e tantos bens anualmente nos vêm, que pessoas de lá nos disseram um dia, por aqui passando, que ao duque da Touraine, com toda a sua renda, falta o que comer, por excessiva doação que seus antecessores fizeram a essas sacrossantas aves, para aqui nos fartar de faisões, de perdizes, de galinholas, de galos da Índia, de capões, de toda a sorte de caça de pena e de pelo. Bebamos amigos; vede este poleiro de pássaros, como estão gordos e bem-dispostos com as rendas que nos vêm; por isso cantam muito bem. Nunca ouviste rouxinol cantar melhor do que cantam quando veem estes dois bastões dourados... — É — disse Frei Jean — a festa dos bastões. — E quando eu toco esses grandes sinos que vedes pendurados sobre suas gaiolas. Bebamos, amigos: convém certamente hoje beber, como também convém todos os dias. Bebamos: de coração bebo à vossa saúde, e que sejais muito bem-vindos.

Não tenhais medo de que faltem aqui vinho e víveres, pois quando o céu fosse de bronze e a terra de ferro, ainda assim víveres não nos faltariam, fosse por sete, ou mesmo por oito anos a escassez mais duradoura do que durou a fome no Egito. Bebamos juntos por bom acordo e em caridade. — Diabo! — Exclamou Panúrgio. — Tanto tendes de fartura neste mundo. — No outro — respondeu o mestre-guardião — ainda teremos bem mais. Os Campos Elísios não nos faltarão pelo menos. Bebamos, amigos, bebo à saúde de todos vós.

— Foi — disse eu — muito divino e perfeito a vossos primeiros sitianos ter o meio inventado pelo qual tendes o que todos os humanos apetecem, e que a poucos deles, ou propriamente falando, a nenhum é outorgado. É um paraíso nesta vida e na outra igualmente ter. "Ó gente feliz! Ó semideuses! Quisesse o céu que isso também comigo sucedesse!"

CAPÍTULO VII
DE COMO PANÚRGIO CONTA AO MESTRE-GUARDIÃO O APÓLOGO DO CORCEL E DO ASNO

Depois de termos bem comido e bem bebido, o guardião nos levou a um aposento bem mobiliado, bem atapetado e todo dourado. Lá nos mandou servir robalanos[691], fatias de bálsamo e de gengibre verde confeitados, fartura de hipocraz e vinho delicioso; e nos convidou por esses antídotos, como que bebendo no rio Letes, levar ao esquecimento e à despreocupação as fadigas que tínhamos passado no mar; mandou também levar víveres em abundância aos nossos navios surtos no porto. Assim passamos aquela noite, mas não pude dormir, por causa do sempiterno bimbalhar dos sinos.

À meia-noite, o guardião nos acordou, para bebermos; ele mesmo bebeu primeiro, dizendo: — Vós outros do outro mundo dizeis que a ignorância é mãe de todos os males, e dizeis a verdade; todavia, não a banis de modo algum dos vossos entendimentos, e viveis nela, com ela e por ela. Eis porque tantos males vos afligem de dia a dia; sempre queixais, sempre lamentais, jamais vos fartais: eu o considero presentemente. Pois a ignorância vos tem aqui ao leito ligados, como foi o deus das batalhas pela arte de Vulcano, e não entendeis que o vosso dever era de poupar o sono, mas não poupar os bens desta famosa ilha. Deveríeis ter já feito três repastos, e deixai que isso eu vos explique, que, para comer os víveres da Ilha Sonante é mister levantar bem cedo: comendo-os, eles se multiplicam; poupando-os, eles diminuem. Ceifai o trigo na estação, a erva voltará mais firme e de melhor qualidade; não a ceifeis, em pouco tempo ela só será apanhada já murcha. Bebamos, amigos, bebamos; os mais magros de nossos pássaros estão todos cantando para nós; beberemos à saúde deles, se concordardes. Bebamos, por favor. Bebamos uma, duas, três, nove vezes, *non cibus, sed charitas*.

---

691. Fruto das Índias, adstringente e purgativo. (N. do T.)

Ao romper do dia igualmente nos despertou para tomarmos sopa da prima. Depois só tomamos um repasto, que durou o dia inteiro, e não sabíamos se era jantar, ceia ou consoada. Somente, por passatempo, demos algumas voltas pela ilha, para vermos e ouvirmos o canto daqueles abençoados pássaros.

À noite, disse Panúrgio ao guardião: — Senhor, não vos aborreçais que eu vos conte uma história divertida, a qual ocorreu no país de Chastellerauldois, há vinte e três luas. O palafreneiro de um fidalgo, no mês de abril, conduzia seus grandes cavalos entre os campos cultivados; lá encontrou uma alegre pastora, a qual à sombra de um pequeno bosque, guardava as suas ovelhinhas, juntamente com um asno e algumas cabras. Passando por ela, ele a persuadiu a subir na garupa de seu animal, visitar sua cavalariça e depois se divertirem rusticamente. Durante sua conversa e permanência, o cavalo dirigiu-se ao asno e lhe disse ao ouvido (pois os animais falaram todo aquele ano em diversos lugares): "Pobrezinho, tenho piedade e compaixão de ti; trabalhas muito diariamente, percebo pelo desgaste de tua anca; é bem feito, porque Deus te criou para serviço dos humanos. És um burro de bem. Mas não seres de outro modo tratado e alimentado me parece um pouco tirânico e fora da razão. Estás todo pisado, todo esfolado, todo maltratado, e não comes aqui senão juncos, rudes espinhos e duros cardos. Eis porque te convido, burrinho, a acompanhar-me e ver como nós outros, que a natureza produziu para a guerra, somos tratados e nutridos. Verás como é minha vida ordinariamente.", "Verdadeiramente" respondeu o asno "irei com muito prazer, senhor cavalo.", "Há" disse o corcel "o senhor corcel para ti, burrinho.", "Perdoai-me" respondeu o asno "senhor corcel, assim somos nós em nossa linguagem incorretos e desajeitados, nós outros aldeãos e rústicos. A propósito, eu vos obedecerei de boa vontade, e de longe vos seguirei com medo das pancadas (tenho a pele toda marcada) já que vos agrada me fazer tanto bem e tanta honra".

Montada a pastora, o asno seguiu o cavalo, na firme deliberação de comer bem chegando às cavalariças. O palafreneiro o viu, e mandou os cavalariços tratá-lo a forcado e derreá-lo a pauladas; o asno, ouvindo esses propósitos, se recomendou ao Deus Netuno e tratou de fugir do lugar a toda a pressa, pensando consigo mesmo e refletindo: "Ele diz bem; não é minha condição seguir as cortes dos grandes senhores: a natureza me produziu somente para ajudar aos pobres. Esopo bem me havia advertido por um dos seus apólogos; remédio não há senão fugir daqui, antes que seja tarde". E o asno saiu.

 Aos coices, trotando, correndo, pulando,
 A galopar, peidando.

A pastora, vendo o asno afastar-se, disse ao palafreneiro que ele era dela, e pediu que fosse bem tratado; do contrário, ela queria partir, sem mais, antes de entrar. O palafreneiro ordenou então que antes os cavalos não tivessem oito dias de aveia do que o asno ficasse privado de alimento. O pior foi convencê-lo, pois os cavalariços não se cansavam de adulá-lo e chamá-lo: "Vamos, vamos, burrinho, vamos!", "Não vou, dizia o asno; estou com vergonha". Quanto mais amavelmente o chamavam, mais ele se recusava, pulando e peidando; e assim continuaria, se não fosse a pastora ter advertido os cavalariços para jogar aveia no ar o chamando. O que foi feito; de súbito, o asno virou a cabeça, dizendo: "Aveia! *Adveniat*, não à força." Assim a eles se rendeu, cantando melodiosamente, como sabeis é muito agradável ouvir a voz e a música daqueles animais arcádicos.

Chegado que foi, levaram-no para a cavalariça, perto do grande cavalo, foi raspado, esfregado, limpado, e teve a grade da manjedoura cheia de feno, a manjedoura cheia de aveia, e quando os cavalariços a enchiam mais, ele abanava as orelhas, querendo dizer que estavam colocando muita, e que tanta honra não merecia.

Quando estavam repletos, o cavalo interrogou o asno, dizendo: "E então, pobre burro, o que te parece este tratamento? E não querias vir. O que me dizes?", "Pelo figo" respondeu o asno "comendo o qual um de nossos antepassados, matou Filemon à força de rir, é um bálsamo, senhor corcel. Mas é apenas meia ração. Não vos divertis[692] aqui dentro, vós outros, senhores cavalos?", "Que diversão me dizes, burro?" perguntou o cavalo. "Por acaso me tomas por um asno?", "Ha, ha" respondeu o asno "sou um pouco duro de cabeça para aprender a linguagem cortês dos cavalos. Pergunto, não vos divertis[693] aqui dentro, vós outros, senhores corcéis?", "Fala baixo, burro" disse o cavalo "pois, se os cavalariços te ouvirem, te darão tantas e tão duras pancadas de forcado, que não terás mais vontade de divertir. Não ousaríamos aqui dentro sequer enrijecer o membro, ainda que seja para urinar, com medo das pancadas; quanto ao resto, tratados como reis.", "Juro pela albarda que carrego," disse o asno "que renuncio, e mando às favas o teu bom trato, o teu feno e a tua aveia. Comer menos e sempre divertir à vontade é a minha divisa; disso nós outros tiramos bom proveito. Senhor corcel, meu amigo, se nos tivesses visto nas feiras quando reunimos o nosso capítulo provincial, como nos divertimos à farta, enquanto as nossas donas vendem seus gansos e seus frangos!" Tal foi a sua partilha. Tenho dito."

Nesse ponto calou-se Panúrgio, e mais não disse. Pantagruel o convidou a chegar às conclusões. Mas o mestre-guardião respondeu: — A bom entendedor meia palavra basta. Entendo muito bem o que por esse apólogo do asno e do cavalo quereis dizer e inferir; mas sois vergonhoso. Sabeis que nada há aqui para vós, não faleis mais nisso.

— Sim — disse Panúrgio —, não há muito tempo vi aqui uma abadegessa de plumagem branca, que melhor seria cavalgar do que seguir. Gentil e bonita, bem valendo um

---

692. O verbo empregado no original é *baudouiner*, que, no francês quinhentista, significa "copular", quando se trata do asno (*baudet*). (N. do T.).
693. Aqui, o verbo empregado é uma invenção pilhérica de Rabelais: *roussiner*, de *roussin*, corcel. (N. do T.)

ou dois pecados. Deus que me perdoe, porquanto não tive maus pensamentos; o mal que pensei que me venha de súbito.

CAPÍTULO VIII
DE COMO NOS FOI MOSTRADO PAPAGÔ, COM GRANDE DIFICULDADE

O terceiro dia continuou com os mesmos festins e banquetes dos dias precedentes. Naquele dia, Pantagruel pediu insistentemente para ver papagô, mas o mestre-guardião respondeu que ele não se deixava tão facilmente ver. — Como — disse Pantagruel — tem ele o elmo de Plutão na cabeça, o anel de Gyges no dedo ou um camaleão no seio para se tornar invisível ao mundo? — Não — respondeu o guardião —, mas por natureza o acesso até ele é um pouco difícil. Darei ordem todavia para que possais vê-lo, se possível for!

Terminadas estas palavras, nos deixou no lugar, comendo. Um quarto de hora depois, tendo voltado, nos disse que pagagô estava por aquela hora visível, e nos levou sem ruído e em silêncio diretamente à gaiola na qual ele estava empoleirado, acompanhado de dois pequenos cardingôs, e de seis grandes e graves bispogôs. Panúrgio curiosamente contemplou sua forma, seus gestos e sua atitude. Depois exclamou em voz alta dizendo: — Não está bem o bicho; parece uma poupa.[694] — Falai baixo — disse o guardião —, por Deus, ele tem ouvidos, como sabiamente notou Miguel de Matiscone[695]. — Sim, é bem uma poupa. — Se uma vez ele vos ouvir assim blasfemando, estareis perdidos, boa gente; vedes lá dentro da gaiola uma bacia? De lá sairão raios, trovoadas, relâmpagos, diabos e tempestades, pelos quais em um momento estareis a cem pés sob a terra abismados. — Melhor seria — disse Frei Jean — beber e banquetear.

Panúrgio se encontrava em contemplação veemente do papagô e de sua companhia, quando percebeu por baixo da gaiola uma coruja; então exclamou, dizendo: — Pelas virtudes de Deus, estamos aqui bem trapaceados com plena trapaça, e malequipados. Há, por Deus, trapaça, trapaceria e trapaceirismo à farta nesta mansão. Olhai para aquela coruja; somos, por Deus, assassinados. — Falai baixo, por Deus! — disse o guardião. — Não é de modo algum uma coruja; é macho e bom cavaleiro. — Mas — disse Pantagruel — fazei com que o papagô cante um pouco para nós, a fim de ouvirmos a sua harmonia. — Ele não canta — respondeu o guardião, senão em seus dias, e não come senão nas suas horas. — Eu também — disse Panúrgio —, mas todas as horas são minhas. Vamos então beber por isso. — Vós — disse o guardião — falais agora corretamente; assim falando jamais sereis herético. Vamos, sou da mesma opinião. — Voltando a beber, percebemos um velho bispogô de cabeça verde, o qual

---

694. Jogo de palavras com *duppe* (*huppe* no francês moderno) sendo poupa, e *dupe*, pessoa que se deixa enganar, pateta. (N. do T.)
695. Provavelmente o Arcebispo de Macon, com quem Rabelais esteve em Roma, em 1536. (N. do T.)

estava agachado, acompanhado de um suflejam e de três onocrotaleos⁶⁹⁶, pássaro alegre, que roncava sob uma folhagem. Perto dele se achava uma bonita abadegessa, a qual cantava alegremente, e tanto prazer nos deu que desejaríamos que todos os membros se convertessem em ouvidos, para nada perdermos de seu canto, e de tudo, sem alhures sermos distraídos e extraviados. Panúrgio disse: — Essa bela abadegessa rompe a cabeça de tanto cantar, enquanto esse safardana de bispogô ronca dessa maneira, em vez de cantar. Eu o faria bem cantar, com todos os diabos. — Então tocou um sino pendurado sobre a gaiola; mas quanto mais barulho fazia, mais forte roncava o bispogô, nada de cantar. — Por Deus — disse Panúrgio —, velho idiota, por outro meio bem cantar vos farei. — Pegou, então, uma grande pedra, querendo feri-lo. Mas o guardião exclamou, dizendo: — Homem de bem, bate, fere, mata e assassina todos os reis e príncipes do mundo, à traição, por veneno, ou de outro modo que quiseres; desaloja do céu os anjos, de tudo terás o perdão do papagô; nestes sagrados pássaros não toques, se tens amor à vida, ao lucro, aos bens, tanto teus como de teus parentes e amigos, vivos ou defuntos; e mais os que deles nascerem sentirão o infortúnio. Olha bem para aquela bacia. — Melhor vale então — disse Panúrgio —, beber e banquetear. — Ele diz bem, senhor Antito — disse Frei Jean. — Vendo esses diabos de pássaros, não fazemos senão blasfemar, mas esvaziando as garrafas e cântaros não fazemos senão louvar a Deus. Vamos então beber em vez disso. Ó sábias palavras!

No terceiro dia, depois de bebermos (como entendeis), o mestre-guardião apresentou as suas despedidas. Demos-lhe de presente uma bela faquinha, que ele recebeu mais prazerosamente do que recebeu Artaxerxes o copo de água fria que lhe ofereceu um camponês. E nos agradeceu cortesmente, desejou boa viagem e que chegasse a bom termo a nossa viagem e o fim das nossas aventuras, e nos fez jurar por Júpiter que o nosso regresso seria passando por seu território. Enfim nos disse: — Amigos, notareis que pelo mundo há muito mais culhões do que homens, e disso vos lembreis.

CAPÍTULO IX
DE COMO DESEMBARCAMOS NA ILHA DAS FERRAGENS⁶⁹⁷

Tendo bem refeito o estômago, tivemos vento em popa, que nos foi de grande proveito; do quê adveio que em menos de dois dias chegássemos à Ilha das Ferragens, deserta e desabitada; e ali vimos grande número de árvores carrega-

---

696. De um sufragâneo e três protonotários. (N. do T.)
697. Este capítulo é uma crítica alegórica do casamento. (N. do T.)

das de enxadas, alviões, sachos, foices, pás, picaretas, trolhas, cunhas, podões, serrotes, enxós, plainas, alicates, torqueses, tortemazes e puas. Outras estavam carregadas de adagas, punhais, espadas, espadões, cimitarras, estoques, dardos e facas.

Quem quer que os quisesse ter, bastava sacudir a árvore: de súbito caíam como ameixas; mais do que isso; caindo em terra, encontravam uma espécie de erva que se chamava bainha e os encerrava. Na queda, era preciso ter cuidado, para que não caíssem na cabeça, nos pés ou em outras partes do corpo, pois caíam de ponta. Embaixo de algumas outras árvores, vi certas espécies de ervas que cresciam como chuços, lanças, dardos, alabardas, foices de guerra, partasanas, *rancons*[698], tridentes, venábulos. Assim que tocavam na árvore, encontravam seus ferros e ajustes, cada um competente à sua espécie. As árvores superiores já tinham se preparado para a sua vinda e crescimento, como preparais a roupa das criancinhas, depois de lhes tirardes os cueiros e fraldas. Aquelas árvores (a fim de que de agora em diante não desdenheis a opinião de Platão, Anaxágoras e Demócrito: foram eles pequenos filósofos?) nos pareciam animais terrestres, não porque, diferentes dos animais não tivessem couro, gordura, carne, veias, artérias, tendões, nervos, cartilagens, ossos, medulas, humores, narizes, cérebro e articulações conhecidas; pois elas os têm, como bem deduziu Teofrasto; mas por terem a cabeça, que é o tronco, embaixo; os cabelos, que são as raízes, na terra, e os pés, que são os ramos, no alto; como se um homem de pernas para o ar. E assim como vós, variolosos, de longe em vossas pernas isquiáticas e em vossos omoplatas sentis a vinda das chuvas, dos ventos, do sereno, de todas as mudanças do tempo, assim também em suas raízes, hastes, gomas, medulas, elas pressentem qualquer espécie de bastão que embaixo delas cresça, e lhes preparam as ferramentas e materiais convenientes. Verdade é que em todas as coisas, exceto Deus, advêm algumas vezes erros. A própria natureza não está isenta, quando produz coisas monstruosas e animais disformes. Semelhantemente naquelas árvores notei algumas falhas: pois um meio chuço, crescendo bem alto sob aquelas árvores ferramentíferas, ao tocar os ramos, em lugar do ferro encontrou uma vassoura; ainda bem que servirá para limpar a chaminé. Uma partasana encontrou um podão; mas tudo serve: será para tirar as lagartas dos jardins. Uma haste de alabarda encontrou uma foice e parecia hermafrodita: servirá para um ceifeiro. É uma bela coisa acreditar em Deus.

Voltando para os nossos navios, vi, atrás de não sei qual moita, não sei que pessoas fazendo não sei o quê; e não sei como, afiando não sei que ferramentas, que tinham não sei onde e não sei de que maneira.

---

698. Arma com ganchos recurvados. (N. do T.)

CAPÍTULO X
DE COMO PANTAGRUEL CHEGOU À ILHA DE CASSADE[699]

Deixando a Ilha das Ferragens, continuamos o nosso caminho; no dia seguinte chegamos à Ilha de Cassade, verdadeira ideia de Fontainebleau; pois a terra ali é tão magra que os ossos (são os rochedos) lhe furam a pele; arenosa, estéril, malsã e desagradável. Ali nos mostrou o nosso piloto dois pequenos rochedos quadrados com oito pontas iguais em forma de cubo, os quais, pela aparência de sua alvura, me pareceram ser de alabastro, ou então estarem cobertos de neve; mas ele nos assegurou serem *osselets*[700]. E neles dizia estar em seis andares a mansão de vinte diabos do azar, tão temidos em nossos países, dos quais os maiores chamam senez[701], os menores *ambesas*: outros médios, quinas, quadras, ternos, duplo dois; os outros seis e cinco, seis e quatro, seis e três, seis dois, seis, seis e ás cinco e quatro, cinco e três, e assim consecutivamente. Então notei que poucos jogadores há neste mundo que não invoquem os diabos; pois, lançando dois dados em cima da mesa, exclamam entusiasmados: — Senez, meu amigo! — É o grande diabo. — *Ambesas*, filhinho! — É o diabinho. — Quatro e dois, meus filhos! — E assim os outros; invocam os diabos por seus nomes e sobrenomes. E não somente os invocam mas deles se dizem amigos e familiares. Verdade é que aqueles diabos não vêm sempre na mesma hora, mas têm desculpa. Estavam alhures, segundo a data e prioridade dos invocadores; portanto não se pode dizer que não tenham sentidos e ouvidos. Têm, sim, eu vos afirmo. Mais nos disse que, em torno e na borda daqueles rochedos têm havido mais naufrágios, desastres, perdas de vidas e de bens que em torno de todos os escolhos, Caríbides, Silas, sereias, Estrófades e abismos de todo o mar. Acreditei facilmente, lembrando-me de que, entre os sábios egípcios, Netuno era designado pelo primeiro cubo em letras hieroglíficas, como Apolo por ás, Diana por dois, Minerva por sete, etc. Também nos disse o piloto haver ali um frasco do *sang-gréal*[702], coisa divina e de pouca gente conhecida. Panúrgio tanto e tão bem suplicou aos síndicos do lugar, que eles nos mostraram; mas foi com mais cerimô-nias e solenidade três vezes maior do que em Florença se mostram as Pandectas de Justiniano, ou a Verônica em Roma. Nunca vi tantas bandeiras, tantos fachos, tantas tochas, tantas fanfarras. Finalmente o que nos foi mostrado era a cabeça de um coelho assado. Lá não vimos outra coisa memorável, fora Cara Boa, esposa de Mau Jogo, e as cascas de dois ovos, outrora postos e chocados por Leda, dos quais nasceram Castor e Pólux, irmãos de Helena a bela. Ao despedirmos, compramos um barril de chapéus e gorros

---

699. Cassade era uma espécie de gamão. Este capítulo é uma crítica ao jogo e, ao mesmo tempo, às artimanhas da Igreja. (N. do T.)
700. *Osselets*: ossinhos; um jogo. (N. do T.)
701. Duplo seis no jogo com dois dados. (N. do T.)
702. Sangue Gréal ou o Santo Graal significa ordinariamente uma bacia na qual se pretende que Jesus tenha cortado o anho pascal. Aqui parece que se pretendia mostrar uma relíquia do próprio cordeiro, a se julgar pela cabeça de coelho assado. (N. do T.)

de Cassade, com a venda dos quais estava certo de que teremos lucros. Creio que os usarão ainda menos aqueles que os comprarem em nossas mãos.

CAPÍTULO XI
DE COMO PASSAMOS PELO POSTIGO DE GRIPPEMINAUD, ARQUIDUQUE DE CHATS-FOURRÉS[703]

Alguns dias depois, tendo escapado várias vezes do naufrágio, passamos por Condenação, que é outra ilha inteiramente deserta; passamos também por um postigo em que Pantagruel não queria desembarcar, e fez muito bem. Pois ali fomos feitos prisioneiros e detidos por ordem de Grippeminaud, arquiduquede Chats-fourrés, por que um de nosso grupo quis vender a um sargento[704] chapéus de Cascade. Os *chats-fourrés* são animais muito horríveis e espantosos: comem as criancinhas e mijam em lages de mármore[705]. Vede, beberrões, se não deveriam estar envergonhados. Têm os pelos da pele não para fora saindo, mas para dentro, e levam por seu símbolo e divisa, todos e cada um deles, uma sacola aberta, mas não todos da mesma maneira; pois alguns a levam pendurada no pescoço a tiracolo, outros sobre o traseiro, outros sobre a pança, outros de lado, e tudo por mistério e razão. Também têm as garras tão fortes, compridas e afiadas, que nada lhes escapa, uma vez lhe tenham posto as mãos. E cobrem a cabeça com gorros com quatro pendentes; outros com gorros pelo avesso, outros com caparões abarretadas. Ao entrarmos em seu covil, isto nos disse um mendigo a quem tínhamos dado meio tostão:

— Gente de bem. Deus vos permita deste lugar bem cedo em salvação sair; considerai bem a fisionomia destes valentes pilares, alicerce da justiça grippeminaudita. E notai que se viverdes ainda seis olimpíadas e a idade de dois cães vereis estes *chats-fourrés* senhores de todos os bens e domínio que aqui se encontram, se em seus herdeiros, por castigo divino, subitamente não forem privados dos bens e rendas por eles injustamente adquiridos; sabei isto de um mendigo de bem. Entre eles reina a sexta essência, mediante a qual eles agarram tudo, devoram tudo e cagam tudo; enforcam, queimam, esquartejam, decapitam, espancam, prendem, arruínam e destroem tudo, sem distinguirem o bem do mal. Pois entre eles o vício é chamado virtude, a maldade é apelidada de bondade, a traição tem o nome de lealdade, o furto é dito liberalidade, pilhagem é a sua divisa, e a feita por eles é achada boa por todos os humanos, excetuando os heréticos; e tudo fazem com soberana e irrefutável autoridade. Como sinal de

---
703. O capítulo contém uma crítica ao antigo parlamento francês. (N. do T.)
704. No original *serrargent* (*serre-argent* ou *serra-gent*). O verbo *serrer* pode significar muita coisa: apertar, guardar, cerrar, etc. *Argent* = dinheiro, *gent* = gente. (N. do T.)
705. Alusão à mesa de mármore do palácio do parlamento. (N. do T.)

meu prognóstico, observareis que aqui estão as manjedouras acima das grades[706]. Disso vos lembrareis algum dia. E se jamais peste ao mundo, fome ou guerra, voragens, cataclismos, incêndios ou outras desgraças advenham, não as atribueis às conjunções dos planetas maléficos, aos abusos da corte romana, à tirania dos reis e príncipes terrenos, à impostura dos carolas, heréticos e falsos profetas, à malignidade dos usurários, moedeiros falsos, agiotas, nem à ignorância, impudência e imprudência dos médicos, cirurgiões e boticários, nem à perversidade das mulheres adúlteras, envenenadoras e infanticidas: atribuí tudo à enorme, indizível, incrível e inestimável maldade, que é continuamente criada e exercida na oficina desses chats-fourrés; e não é mais no mundo conhecida que a cabala dos judeus; portanto não é detestada, corrigida e punida como seria razoável. Mas se ela é algum dia posta em evidência e manifestado ao povo, não há e nem houve orador tão eloquente que por sua arte a contivesse, nem lei tão rigorosa e draconiana que por temor de pena as detivesse, nem magistrado tão poderoso que os impedisse de praticar suas felonias. Seus próprios filhos, chats-fourrillons e outros parentes, os têm em horror e abominação. Eis porque, assim como Anibal teve de seu pai Amilcar, sob solene e religioso juramento, ordem de perseguir os romanos enquanto vivesse, também tive eu de meu defunto pai injunção de aqui morar, esperando que lá dentro caia o raio do céu, e em cinzas os reduza como outros titãs, profanos e teômacos[707], já que os humanos tanto e tanto têm o coração endurecido, que o mal deles já advindo, ora advindo e a advir não registram, não sentem, não impedem, ou, sentindo-os, não se atrevem ou não querem ou não podem exterminar.

— Bofé! — disse Panúrgio. — Ha! Não, não, por Deus, não vou lá; voltemos, voltemos, por Deus!

> Faz-me mais este pobre admirar
> Do que um céu de outono trovejar.

Voltando, encontramos a porta fechada, e nos foi dito que lá tão facilmente se entrava como no Averno; o difícil era sair, e não sairíamos de qualquer maneira, sem certificado e desembaraço, pela única razão que não se sai das feiras como do mercado e que tínhamos os pés empoeirados. O pior foi quando passamos o postigo. Pois nos vimos, para termos o nosso certificado e desembaraço, diante de um monstro mais horrível que jamais foi descrito. Chamava-se Grippeminaud. Não sei se seria melhor compará-lo à Quimera, ou à Esfinge, ou à Cérbero, ou então ao simulacro de Osíris, assim como o figuravam os egípcios, com três cabeças juntas; a saber: a de um leão rugindo, de um cão afagando e de um lobo bocejando, e enrodilhados em um dragão mordendo a própria cauda, e com raioscintilantes em tor-

---

706. Os bancos dos juízes do parlamento ficavam acima da mesa dos escreventes, onde se colocavam os autos dos processos. (N. do T.)
707. Que quer lutar contra Deus. (N. do T.)

no. Tinham as mãos cheias de sangue; as garras como das harpias, o focinho como um bico de gralha, os dentes de um javali de quatro anos, os olhos flamejantes como os de uma boca do inferno, todo coberto de almofarizes[708] entrelaçados de mãos de almofarizes; somente apareciam as garras. O seu lugar,a novinha, acima da qual eram, ao inverso, instaladas manjedouras muito amplas e belas, conforme a advertência do mendigo. No lugar da cadeira principal, estava a imagem de uma velha, tendo na mão direita um ferro de foice, na esquerda uma balança e óculos no nariz. Os pratos da balança eram dois sacos, um cheio de moedas e caído, o outro vazio e levantado por cima da balança. E sou de opinião que era o retrato da Justiça grippeminaudiana, bem diferente da instituição dos antigos tebanos, que erguiam estátuas aos seus magistrados e juízes depois de sua morte, em ouro e prata ou em mármore, segundo o seu mérito, todas sem mãos. Quando nos vimos diante de não sei que espécie de homens, todos vestidos de sacos e sacolas, com grandes folhas de autos, que nos fizeram sentar em um banco muito estreito, Panúrgio disse: — Meus amigos, estou muito bem de pé; além disso o banco é muito baixo para quem usa calções novos e gibão curto. — Sentai-vos — disseram eles —, e mais não se diga. A terra sem demora se abrirá para vivos vos engolir se deixardes de bem responder.

CAPÍTULO XII
DE COMO POR GRIPPEMINAUD NOS FOI PROPOSTO UM ENIGMA

Quando nos sentamos, Grippeminaud, no meio de seus chats-fourrés, nos disse, com voz furiosa e rouca: — Ora, ora, vamos, vamos! — A beber, a beber — murmurou Panúrgio entre os dentes.

— Uma bem jovem e gentil lourinha
Um filho concebeu, negro, sem pai;
Depois pariu sem dor a donzelinha,
Mas saiu como a víbora que sai
Com vitupério a roendo, com um ai,
Todo um dos flancos, por impaciência.
Depois montes e vales, em consciência,
Transpôs, no ar voando ou caminhando,
Surpreendendo o amigo da sapiência,
Que estimou ser humano o animando.

---
708. Talvez também aqui se trate de um trocadilho: a palavra original é *mortier*, que significa "almofariz", mas também "capelo", barrete usado pelos magistrados. Com o almofariz, Rabelais naturalmente queria dizer que os contribuintes eram triturados pelo parlamento. (N. do T.)

— Ora; vamos, respondei-me — disse Grippeminaud — a este enigma, e resolvei prontamente se é isso ou aquilo. — Da parte de Deus — respondi eu — se eu tivesse a Esfinge em minha casa, da parte de Deus, como tinha Verres, um de vossos precursores, então da parte de Deus, resolver poderia o enigma; mas certamente nada disso tenho, e sou, da parte de Deus, inocente do fato.

— Ora — disse Grippeminaud —, pelo Estige, pois que outra coisa não quero dizer, pois te mostrarei que melhor te seria ter caído sob as patas de Lúcifer, ou de todos os diabos, que entre as nossas garras. Ora, digo-te: vês bem? Pois, alegas inocência, maroto, como se com isso sejas digno de escapar de nossas torturas? Ora, as nossas leis são como teias de aranha: as simples moscas e as pequenas borboletas são apanhadas; os grandes moscardos malfazejos as rompem, ou as atravessam. Semelhantemente, não procuramos os grandes ladrões e tiranos; são todos de dura digestão, e nos sufocariam; ora, vós outros, gentis inocentes, aqui sereis bem inocentados; pois, o grande diabo vos cantará a missa.

Frei Jean, impaciente com o que apresentara Grippeminaud, disse: — Ei, senhor diabo vestido de saia, como queres que ele responda a um caso que ignora? Não te contentas com a verdade?

— Ora — disse Grippeminaud —, ainda não adveio em meu reino pessoa que falasse sem primeiro ser interrogada. Quem mandou para cá este louco furioso? — Mentes, mastim — disse Frei Jean — sem mover os lábios. — Verás, quando tiveres de responder. — Maroto, mentiste — disse Frei Jean em silêncio. — Pensas estar na floresta da academia, com os ociosos caçadores e inquisidores da verdade? Ora, temos aqui outra coisa a fazer: aqui se responde categoricamente o que se ignora. Ora confessa-se ter feito o que jamais se fez. Afirma-se saber o que jamais se soube. Aqui tem-se de ter paciência ficando com raiva. Aqui se depena o ganso sem fazê-lo gritar. Ora, falas sem procuração, bem o vejo, que as febres quartãs te desposem! — Diabos — exclamou Frei Jean —, arquidiabos, protodiabos, pantodiabos, tu queres então casar os frades; ho, hu, ho, hu, eu te tomo por herético!

CAPÍTULO XIII
DE COMO PANÚRGIO EXPÔS O ENIGMA DE GRIPPEMINAUD

Grippeminaud, parecendo não ouvir esses propósitos, dirigiu-se a Panúrgio, dizendo: — Ora, ora, e tu, engraçado, nada tens a dizer? — Respondeu Panúrgio: — Ora, da parte do diabo, vejo claramente que a peste está aqui para nós, ora, da parte do diabo vejo que a inocência não está em segurança, e que o diabo aqui diz a missa. Eu vos peço, deixai-nos sair. — Sair? — disse Grippeminaud. Ora, ainda não adveio em trezentos anos que alguém saísse daqui sem deixar o pelo, ou a pele a maior parte das vezes. Ora, e então? Isso seria dizer que, diante de nós, aqui seria injustamente convencionado e por nós injustamente tratado, ora! És bastante infeliz, mas ainda mais o serás se não decifrares o enigma proposto; ora, o que diz ele?

— É, com todos os diabos — respondeu Panúrgio —, um gorgulho negro saído de uma vagem branca, pelo buraco que fez roendo, ou da parte do diabo, o qual algumas vezes caminha e outras vezes voa no ar: pelo que foi estimado por Pitágoras, amigo da sapiência (é em grego filósofo) ter, por parte do diabo, alhures por metempsicose alma humana recebido. Se vós outros morrerdes, depois de vossa má morte, segundo a sua opinião, as vossas almas entrarão no corpo dos gorgulhos; pois nesta vida roeis e comeis tudo, e na outra roereis.

E, como víboras, comereis
De vossas mães a própria carne.

— Por Deus — disse Frei Jean —, eu muito desejaria que o olho do meu cu virasse fava, e que fosse comido por esses gorgulhos.

Panúrgio, terminadas as suas palavras, atirou no meio do chão uma grande bolsa de couro cheia de escudos de sol. Ao ruído da bolsa, todos os chats-fourrés exclamaram em voz alta, dizendo: — Eis o tempero: o processo foi bem bom, bem apetitoso e bem temperado. Eles são gente de bem. — É Midas, é ouro — disse Panúrgio. — Eu digo: escudos de sol. — A corte — disse Grippeminaud — o entende; ora muito bem, ora muito bem; não somos tão diabos, se bem que sejamos negros, ora bem.

Saindo do postigo, fomos conduzidos até o porto por certos grifos das montanhas; antes de embarcarmos nos navios, fomos por eles advertidos, que não partíssemos sem antes termos oferecido presentes senhoriais, tanto à dama Grip peminaude, como a todas as esposas dos chats-fourrés; de outro modo tinham ordem de nos levar de volta ao postigo. — Bofé — respondeu Frei Jean —, iremos ao fundo das bolsas, e daremos a todos contentamento. — Mas — disseram os guardas —, não vos esqueçais do vinho dos pobres diabos. — Dos pobres diabos — respondeu Frei Jean — jamais se esqueceu o vinho; é lembrado em todos os países e em todas as estações.

CAPÍTULO XIV
DE COMO OS CHATS-FOURRÉS VIVEM DE CORRUPÇÃO

Ainda não terminara estas palavras, Frei Jean avistou sessenta e oito galeras e fragatas chegando ao porto; e correu logo a saber notícias. Indagou de que mercadorias estavam os navios carregados, e viu que todos estavam carregados de caças, lebres, capões, pombos, porcos, cabritos, frangos, patos, patos bravos, gansos e outras espécies de aves. Também percebeu algumas peças de veludo, cetim e damasco. Então perguntou aos viajantes para quem traziam aquelas deliciosas iguarias. Eles responderam que era para Grippeminaud, para os chats-fourrés e para suas esposas.

— Como — disse Frei Jean — chamais esse material? — Corrupção — responderam os viajantes. — Eles então — disse Frei Jean — de corrupção vivem, em decadência perecerão. Pelas virtudes de Deus, é isto; seus pais comeram os bons gentis-homens, que, em razão de seu estado, se exercitavam na caça a fim de melhor estarem no tempo de guerra peritos e endurecidos no trabalho. Pois a caça é como um simulacro da batalha, e portanto não mentiu Xenofonte, descrevendo a caça como o cavalo de Troia, dela saindo bons e excelentes cabos de guerra. Não sou especialista, mas me disseram e o creio. As suas almas segundo a opinião de Grippeminaud, depois da morte entram em javalis, cervos, cabritos, garças, perdizes e outros tais animais, os quais tinham, durante a sua primeira vida, sempre amado e procurado. Ora, esses chats-fourrés, depois de terem os seus castelos, terras, domínios, possessões, rendas e rendimentos destruído e devorado, ainda lhes buscavam o sangue e a alma na outra vida. Ó mendigo de bem que nos fez a advertência sobre a insígnia da manjedoura instalada acima da grade. — É verdade — disse Panúrgio aos viajantes —, mas se fez proclamar pelo grande rei que ninguém pode, sob pena de forca, apanhar cervos nem gamos, javalis nem cabritos. — É verdade — respondeu um por todos. — Mas o grande rei é tão bom e tão benigno, e esses chats-fourrés tão furiosos e sedentos de sangue cristão, que menos medo temos nós de ofender o grande rei que esperança de entreter esses chats-fourrés; amanhã mesmo o Grippeminaud casa uma de suas chattes-fourrées. Nos velhos tempos nós os chamávamos papa-feno[709], mas, infelizmente, eles não comem mais feno. Presentemente, nós os chamamos papa-lebres, papa-perdiz, papa-narceja, papa-faisão, papa-frango, papa-cabrito, papa-coelho, papa-porco.

— Bren, bren — disse Frei Jean — no ano próximo serão chamados papa-merda; quereis crer-me? — Sim — respondeu a brigada. — Façamos — disse ele — duas coisas: primeiramente, confisquemos toda essa caça que aqui está. Entendo, pagando bem. Em segundo lugar, voltemos ao postigo, e ponhamos a saque todos aqueles diabos de chats-fourrés. — Sem dúvida — disse Panúrgio —, eu não vou; sou um pouco covarde por natureza.

CAPÍTULO XV
DE COMO FREI JEAN DELIBERA PÔR A SAQUE OS CHATS-FOURRÉS

— Virtudes do meu hábito — disse Frei Jean —, que viagem fazemos nós! É uma viagem de cagões: nada mais fazemos senão mijar, peidar, cagar, pensar, nada fazer.

---

709. No original: *machefoin*, que pode ser confundido como *masschefein*, comedor insaciável. (N. do T.)

Bofé! Não é meu natural: se não pratico sempre um ato heroico, à noite não consigo dormir. Então me tomastes por companheiro, para nesta viagem dizer missa e confessar?... O primeiro que aparecer terá como penitência pular no fundo do mar para dedução das penas do purgatório; eu digo: de cabeça para baixo. Quem pôs Hércules em ruído e renome sempiterno? Não foi porque ele, peregrinando pelo mundo, livrava os povos da tirania, do erro, dos perigos e tormentos? Ele matou todos os bandidos, todos os monstros, todas as serpentes venenosas e bestas malfazejas. Por que não seguirmos o seu exemplo, e fazemos como ele em todos os países por onde passemos? Ele destruiu as estinfálides, a hidra de Lerna, Caco, Anteu, os centauros. Não sou douto; os doutos o dizem. Imitando-o, destruamos e ponhamos a saque todos esses malfazejos chats-fourrés, que são frações de diabos, e livremos todo o país de sua tirania. Renego Mafoma: se fosse tão forte e tão poderoso quanto ele era, não vos pediria ajuda, nem conselho. Então, iremos? Eu vos asseguro que facilmente os mataremos; e eles suportarão pacientemente, não duvido, visto que nós temos pacientemente suportado injúrias, mais do que dez porcas consumiriam de lavagem. Vamos. — Com injúrias — disse eu — e desonra eles não se preocupam, contanto que tenham escudos na bolsa, ainda que sejam imundos, e talvez os derrotássemos como Hércules. Mas nos falta o comando de Euristeu, e nada mais nos resta por enquanto, exceto que faço votos para que entre eles Júpiter vá passear por umas duas horas, da mesma forma com que outrora visitou Sêmele sua amiga, mãe primeira do bom Baco.

— Deus — disse Panúrgio — nos fez uma bela graça de escaparmos de suas garras; lá não voltarei, quanto a mim; ainda estou emocionado e alterado lembrando-me do que lá passei. E fiquei grandemente aborrecido por três causas. A primeira porque estava aborrecido; a segunda porque estava aborrecido; a terceira porque estava aborrecido. Escuta aqui com teu ouvido direito, Frei Jean, meu culhão esquerdo: todas e quantas vezes quiseres ir a todos os diabos, perante o tribunal de Minos, Eaco, Radamante e Dis, estou pronto a te fazer companhia, junto contigo passar o Aqueronte, o Estige e o Cócito; beber à farta no rio Letes, pagar por nós dois a Caronte a travessia em seu barco. Mas para voltar ao postigo, se porventura voltares, arranja outra companhia que não a minha; lá não voltarei: estas palavras te sejam uma muralha de bronze. Se por força e violência for levado, de lá não me aproximarei, enquanto esta vida viver. Ulisses voltou para procurar sua espada na caverna do ciclope? Não, e não; ao postigo, onde nada esqueci, não voltarei.

— Ó — disse Frei Jean — bom coração e franco companheiro, de mãos paralíticas! Mas conversemos um pouco, doutor sutil: por que resolvestes lançar-lhes bolsa cheia de escudos? Tínhamos dinheiro demais? Não seria bastante lançar-lhes alguns tostões azinhavrados?

— Porque — respondeu Panúrgio — a todo propósito Grippeminaud abria a bolsa de veludo, exclamando: Ora, ora. Daí conjecturei que poderíamos escapar lhes atirando ouro[710], ouro por Deus, ouro por todos os diabos. Pois bolsa de veludo não é relicário de tostões, ou moedas miúdas, mas um receptáculo de escudos de sol; estás ouvindo, Frei Jean, meu queridinho? Quando tiveres passado pelo que passei, falarias outro latim. Mas, por sua injunção, convém-nos ultrapassar.

Os grifos continuavam a esperar no porto, na expectativa de alguma espécie de dinheiro. E vendo que queríamos nos fazer de vela, dirigiram-se a Frei Jean, advertindo-o que não poderia passar sem lhes pagar vinho, segundo a tributação das espécies. — E Santo Hurluburlu — disse Frei Jean — ainda estais aqui, grifos de todos os diabos, já não estou bastante irritado para ser importunado mais ainda? Macacos me mordam se não tiverdes o vosso vinho agora mesmo, eu vos prometo seguramente. — Então, desembainhando a espada, desceu do navio, com a deliberação de bem ferozmente os matar, mas eles fugiram a galope, e não mais os percebemos. Nossos aborrecimentos porém não tinham terminado, pois alguns dos nossos marinheiros, dispensados por Pantagruel durante o tempo em que comparecíamos perante Grippeminaud tinham ido a uma hospedaria perto do porto para se banquetearem e descansarem por algum tempo: não sei se tinham bem ou mal pago as despesas, o fato é que uma velha, dona da hospedaria, vendo Frei Jean em terra, a ele se queixou com veemência, acompanhada por um sargento genro de um dos chats-fourrés e duas testemunhas. Frei Jean, impaciente com seus discursos e alegações, perguntou-lhes: — Meus amigos, quereis dizer, em suma que os nossos marinheiros não são homens de bem? Eu afirmo o contrário; por justiça provarei: com mestre espadagão aqui.

Assim dizendo, esgrimia a sua espada. Os camponeses puseram-se a correr; ficou somente a velha, a qual protestava a Frei Jean que os marinheiros eram homens de bem; do que se queixava era de que eles nada tinham pagado pelo leito, no qual tinham descansado depois do jantar, e pelo leito pedia cinco soldos torneses. — Verdadeiramente — respondeu Frei Jean —, é barato; eles são ingratos, e não teriam outro por esse preço. Pagarei de boa vontade, mas queria bem vê-lo.

A velha o levou ao alojamento e mostrou-lhe o leito, e o tendo louvado em todas as suas qualidades, disse que não estava cobrando um preço exagerado ao pedir cinco soldos. Frei Jean deu-lhe os cinco soldos: depois, com a espada, cortou pela metade o travesseiro e o colchão de penas, e, pelas janelas, atirou as penas ao vento, e a velha saiu, gritando por socorro e tratou de recolher as penas. Frei Jean, sem se preocupar com isso, levou a coberta, o colchão e também os dois lençóis para a nossa nave, sem ser visto por ninguém, pois o ar estava obscurecido pelas penas, como se fosse neve, e os deu aos marinheiros. Depois disse a Pantagruel que os leitos eram mais baratos que em Chinonnois, embora ali houvesse os célebres gansos de Paultilé. Pois, pelo leito, a velha só lhe pedira cinco soldos, quando em Chinonnois não valeria menos de doze francos.

---

710. *Or* tanto significa a interjeição "ora" como "ouro". (N. do T.)

Tão logo Frei Jean e os outros da companhia chegaram ao navio, Pantagruel se fez de vela. Mas soprou um siroco tão forte que eles perderam a rota, e quase voltando ao rumo do país dos chats-fourrés, entraram em um grande golfo, no qual, estando o mar alto e terrível, um grumete, que estava no alto do mastro da gata, gritou que ainda via a temível morada de Grippeminaud, pelo que Panúrgio, tomado de medo, exclamou: — Patrão, meu amigo, apesar dos ventos e das vagas, muda de rumo. Ó meu amigo, não voltemos àquele maldito país onde deixei a minha bolsa. — Assim o vento os levou perto de uma ilha a qual todavia não quiseram abordar de início, e entraram a bem uma milha de lá, perto de grandes rochedos.

CAPÍTULO XVI
DE COMO PANTAGRUEL CHEGOU À ILHA DOS APEDEFTES[711] DE DEDOS COMPRIDOS E MÃOS ADUNCAS, E DAS TERRÍVEIS AVENTURAS E MONSTROS QUE ALI VIU

Tão logo foram as âncoras lançadas, e a nave ancorada, desembarcou-se no esquife. Depois de ter o bom Pantagruel rezado as suas preces e agradecido ao Senhor Deus por tê-lo salvado e protegido de tão grande e sério perigo, entrou com todo o seu séquito no esquife, para chegar à terra, o que foi fácil; pois o mar estando calmo e os ventos fracos, em pouco tempo chegaram aos rochedos. Quando pisavam em terra, Epistemon, que admirava o aspecto do lugar e a estranheza dos rochedos, percebeu alguns habitantes do referido país. O primeiro a quem ele se dirigiu estava vestido com uma túnica curta, gibão com mangas de cetim e a gola de camurça, o chapéu com penacho, homem de muito boa aparência, e, como soubemos depois, chamava-se Ganha-muito. Epistemon perguntou-lhe como se chamavam aqueles rochedos e vales tão estranhos; Ganha-muito lhe disse que era uma colina vinda do país de Procuração, que eles chamavam os Cadernos, e que, para lá dos rochedos, tendo atravessado um pequeno vau, encontraríamos a ilha dos Apedeftes. — Virtudes extravagantes — disse Frei Jean. — E vós outros, gente de bem, do que viveis aqui? Saberíamos beber em vosso copo? Pois não vejo aqui nenhuma ferramenta, a não ser pergaminhos, papelada e penas. — Não vivemos — respondeu Ganha-muito — senão disso também; pois todos que têm negócios na ilha têm que passar pelas minhas mãos. — Por quê? — perguntou Panúrgio. — Sois barbeiro, e é preciso que todos sejam penteados? — Sim — disse Ganha-muito — quanto aos tostões da bolsa[712]. — Por Deus — disse Panúrgio —, de mim não tereis dinheiro nem contas a ajustar; mas peço-vos, bom senhor,

---
711. Do grego *spaideutes*: iletrado, porque não se precisava ser formado para participar do Tribunal de Contas. (N. do T.)
712. Trocadilho com *testonner*, pentear, e *testons*, tostões. (N. do T.)

levai-nos àqueles Apedeftes, pois estamos vindo do país dos sábios, onde, até agora, nada ganhei.

E enquanto conversavam, chegaram à ilha dos Apedeftes, pois a água foi logo atravessada. Pantagruel grandemente admirou a estrutura da moradia e habitação da gente do país, pois morava em uma grande prensa de lagar, à qual se sobe por uma escada com cerca de cinquenta degraus, e antes de entrar na prensa mestra (pois ali há prensas pequenas, grandes, secretas, médias e de toda a sorte), passa-se por um grande peristilo, onde se veem, de passagem, as ruínas de quase todo o mundo, tantas forcas de grandes ladrões, tantos patíbulos, e torturas, que nos fez medo. Vendo Ganha-muito que Pantagruel se distraía com aquilo, disse: — Senhor, vamos adiante, isso não é nada. — Como — disse Frei Jean — isso não é nada? Pela alma de minha braguilha esquentada, eu e Panúrgio estamos tremendo de fome. Eu gostaria mais de beber do que ver estas ruínas. — Vinde — disse Ganha-muito.

Então nos levou a uma pequena prensa, que ficava escondida nos fundos, e que se chamava, na língua da ilha, Pities[713]. Nem pergunteis se lá mestre Jean e Panúrgio se cuidaram, pois salsichões de Milão, galos da Índia, capões, malvasia e toda a sorte de iguarias havia à farta e bem feitas. Um homenzinho, vendo que Frei Jean olhava amorosamente para uma garrafa que estava perto de um aparador, separada da tropa garrafal, disse a Pantagruel: — Senhor, vejo que um de vossos homens está apaixonado por aquela garrafa; suplico-vos encarecidamente que ela não seja tocada, pois é para os Senhores. — Como — disse Panúrgio —, então há senhores aqui? E gostam do que é bom, pelo que vejo. — Então Ganha-muito nos fez subir uma escadinha escondida em uma câmara, pela qual nos mostrou os Senhores que se encontravam na grande prensa, dizendo-nos que não era lícito a quem quer que fosse ali entrar sem autorização, mas que nós os veríamos bem por uma janelinha, sem que eles nos vissem. Quando ali ficamos, vimos em uma grande prensa vinte ou vinte e cinco homenzarrões em torno de um grande carrasco todo vestido de verde, que se entreolhavam, tendo as mãos compridas como pernas de grous, e as unhas com dois pés de comprimento pelo menos, pois lhes é proibido cortá-las jamais; de sorte que elas se entortam como ganchos; e sem demora se colocou um grande cacho de uvas que se vindima naquele país, do plano Extraordinário, que muitas vezes dependem do *eschalas*[714]. Tão logo o cacho lá chegou, puseram-no na prensa, e apertaram-no tanto que não houve um grão de onde não escorresse óleo de ouro, enquanto o pobre cacho ficava murcho e seco, sem um pingo de caldo ou líquido. Contou-nos Ganha-muito que eles não têm muitas vezes aqueles cachos tão grandes, mas sempre têm outros na prensa.

---

713. Do grego *pinô*: eu bebo. (N. do T.)
714. *Eschalas*, segundo explica Louis Barré, eram bens confiscados dos culpados de malversação, com relação às despesas extraordinárias das guerras, que muitas vezes eram enforcados. A passagem contém um trocadilho com o verbo *pendre* (enforcar), que, no tempo de Rabelais, também significava "depender". (N. do T.)

— Mas, meu compadre — disse Panúrgio —, eles têm tantas plantações? — Sim — disse Ganha-muito —, estais vendo aquele cacho pequeno que se vai meter na prensa? É da plantação dos Dízimos; já tinham apertado outro dia, mas os Senhores não encontraram muito sumo. — Por que então — perguntou Pantagruel — tornam a pô-lo na prensa? — Para ver — disse Ganha-muito — se não ocorreu alguma omissão de sumo. — E, dignas virtudes — disse Frei Jean —, chamais a essa gente de ignorante? Como o diabo! Esses homens tiram óleo da parede. — Assim fazem eles — disse Ganha-muito —, pois muitas vezes põem na prensa castelos, parques, florestas e de tudo tiram ouro potável. — Quereis dizer portável — disse Epistemon. — Digo potável — disse Ganha-muito —, pois aqui se bebem muitas garrafas de vinho que não seriam bebidas. Há tanta coisa para ser prensada que não se sabe o número. Chegai até aqui, vede naquele jardim, veem-se mais de mil que só esperam a hora de serem prensadas, e eis material geral, eis particulares, fortificações, empréstimos, donativos, causais, domínios, despesas de representação, dos correios, oferendas, da casa. — E qual é aquele grande ali, em torno do qual ficam todos os pequenos? — É — disse Ganha-muito — o da Economia, que é o melhor de todo o país: quando se prensa esse material, seis meses depois não há um dos Senhores que a ele não cheire.

Quando os Senhores se retiraram, Pantagruel pediu a Ganha-muito que nos mostrasse a grande prensa, o que ele fez de boa vontade. Logo que lá entramos, Epistemon, que entendia todas as línguas, começou a mostrar a Pantagruel as divisas da prensa, que era grande e bela, feita, pelo que nos disse Ganha-muito, da madeira da cruz; pois em cada utensílio estava escrito o nome de cada coisa e na língua do país. Vi uma prensa que se chama receita; o canto por onde passa o vinho, despesa; o parafuso, estado; as partes laterais, dinheiro contado e não recebido; os fustes, sofrimento; os ajustes do fuste, *radietur*; as peças gêmeas, *recuperetur*; as cubas, mais valia; as asas, registros? Os pisadores, recibos; as dornas, validação; os cestos grandes, ordens de valor; as selhas, o poder; o funil a quitação. — Pelo reino dos chouriços — disse Panúrgio —, todos os hieroglifos do Egito não se aproximavam jamais desse jargão. Onde é que eles descobrem essas palavras? Mas por que, meu compadre, meu amigo, essa gente é chamada de ignorante? — Porque — disse Ganha-muito — aqueles homens não são, não devem jamais ser doutos, e aqui dentro, por sua ordem, tudo se deve manejar pela ignorância, e não se deve ter razão, e sim aceitar o que os Senhores disserem; os Senhores querem, os Senhores ordenam. — Pelo Deus verdadeiro — disse Pantagruel —, se ganham tanto nas uvas, com o juramento[715] não deve ser muito. — Duvidais? — disse Ganha-muito. — Tem de ser mudado de mês em mês. Não é como em vosso país onde o juramento só vale uma vez por ano.

De lá, para sermos levados a mil prensas pequenas, ao sair vimos uma outra mesinha, em torno da qual estavam quatro ou cinco daqueles ignorantes, sujos e raivosos

---

715. Há aqui um trocadilho com as palavras *serment* = juramento, e *sarment* = vidonho (vide cortada, conservando um pedaço de cepa). (N. do T.)

como asnos a que se tenha prendido um foguete na anca, os quais, debruçados sobre uma pequena prensa, tornavam a esmagar o bagaço das uvas; são chamados na língua do país de corretores. São os mais rebarbativos vilões em que jamais pus os olhos. Daquela grande prensa, passamos por infinitas prensazinhas, cheias de vindimadores que cortavam as vides com ferramentas que chamam de prestação de contas; e finalmente chegamos a uma sala baixa, onde vimos um grande cão de duas cabeças, ventre de lobo, com garras como o diabo de Lamballe, que era alimentado a leite de amêndoas e assim tão delicadamente por ordem dos Senhores tratado porque não havia um deles para quem não valesse a renda de uma boa herdade; era chamado, na língua da ignorância, de Duplo. Sua mãe estava perto: tinha igual pelo e igual forma, com a diferença que tinha quatro cabeças, duas de macho e duas de fêmea, e seu nome era Quádrupla, sendo a mais perigosa depois de seu avô, que vimos fechada em uma jaula, e que era chamada Omissão de receita.

Frei Jean, que detestava advogados, começou a se irritar, e pediu a Pantagruel que pensasse no jantar, e levasse consigo Ganha-muito: de sorte que saindo pela porta de trás, encontramos um velho acorrentado, meio ignorante e meio sábio, como um andrógino do diabo, que tinha óculos tampados dos lados, e que só se alimentava com uma comida chamada em seu linguajar de Apelações. Vendo-o, Pantagruel perguntou de que raça era aquele protonotário e como se chamava; Ganha-muito nos contou como em todo o tempo e antiguidade ele ali estava, com grande pesar e desprazer, acorrentado pelos Senhores, que o faziam morrer de fome, e se chamava Revisão. — Pelos santos culhões do papa — disse Frei Jean —, duvido muito que todos esses Senhores façam grande caso desse santarrão. Por Deus, parece-me, amigo Panúrgio, se reparares bem, que ele é a cara de Grippeminaud; estes aqui, por mais ignorantes que sejam, sabem tanto quanto os outros; por mim, eu bem que o devolveria para de onde ele veio a chicotadas. — Por meus óculos orientais — disse Panúrgio —, Frei Jean, meu amigo, tens razão; pois vendo-se a cara desse falso vilão Revisão, acho que ele é ainda mais ignorante e malsão do que esses pobres ignorantes daqui, que agarram o menos mal que podem, sem longo processo, e que em três palavrinhas chegam ao fim, sem atos interlocutórios nem protelatórios, pelo que os chats-fourrés ficam furiosos.

CAPÍTULO XVII
DE COMO PASSAMOS POR ULTRA[716]

Sem demora tomamos o rumo de Ultra e contamos as nossas aventuras a Pantagruel[717], que mostrou bem grande comiseração e fez algumas elegias por passatempo. Lá chegando, descansamos um pouco, recolhemos água doce e também

---

716. É o país dos glutões ultrapassados, quer dizer, com excesso de gordura. (N. do T.)
717. As aventuras no país dos chats-fourrés, onde Pantagruel não quisera desembarcar, e que não puderam ser contadas antes, por causa do siroco. (N. do T.)

entramos nos bosques para provisões. E os habitantes do país nos parecem, por sua fisionomia, comilões e mais do que bem nutridos. Na verdade, estalavam de gordura; e percebemos (o que não tínhamos ainda visto em outro país) que recortavam a pele para entufar a gordura, do mesmo modo que os janotas do meu país cortam o alto dos calções para entufarem o tafetá. E dizem isso não fazer para glória e ostentação, mas porque de outro modo em sua pele não caberia. Assim fazendo, também, mais depressa crescer, como os jardineiros cortam o casco das plantas para mais depressa fazê-las crescer. Perto do porto havia uma taverna, bela e magnífica em aparência externa, à qual via-se acorrer grande número de ultras, de todos os sexos, todas as idades e todas as condições, pelo que pensamos ali haver um notável festim e banquete. Mas nos foi dito que eram convidados ao estouramento do dono. Não entendemos aquele jargão, e imaginamos que se tratava de algo como nascimento, casamento, etc. que se costuma festejar, mas nos contaram que o dono, em sua vida, fora um grande comilão, apreciador de sopas lionesas, que almoçava, jantava e ceiava várias vezes por dia; e, tendo durante dez anos, ajuntado gordura abundantemente, chegara o dia do seu estouramento, quer dizer, acabava os seus dias estourando, segundo o uso do país, por mais não poderem o peritônio e a pele, já por tantos anos retalhada, conter e reter as tripas, que afinal iam sair para fora, como acontece com um tonel quebrado.

— E o por quê — disse Panúrgio —, boa gente, não poderíeis, com correias bem grossas ou fortes arcos de madeira, ou mesmo de ferro, se necessário fosse, rodear o ventre? Assim ligado ele não lançaria tão facilmente o conteúdo para fora, e tão cedo não rebentaria. — Não terminara de dizer estas palavras, quando ouvimos no ar um som alto e estridente, como se algum frondoso carvalho se partisse em dois; então foi dito pelos vizinhos que se fizera o estouramento, e que o ruído fora o peido da morte. Lembrei-me, então, do venerável Abade de Castiliers, que não desdenhava familiarizar-se com as suas camareiras, *nisi in pontificalibus*; o qual, sendo importunado por seus parentes e amigos para resignar na velhice à abadia, disse e protestou que não se despojaria antes de morrer; e que o último peido que daria a sua paternidade seria um peido de abade.

CAPÍTULO XVIII
DE COMO A NOSSA NAVE ENCALHOU, E FOMOS AJUDADOS POR ALGUNS VIAJANTES QUE VINHAM DA QUINTA

Levantando as âncoras, fizemo-nos de vela com um doce zéfiro. A cerca de vinte e duas milhas, levantou-se furioso turbilhão de ventos diversos, em torno do qual com o traquete e os sobres por algum tempo contemporizamos, somente para não sermos ditos desobedientes ao piloto, o qual nos assegurava, em vista da doçura daqueles ventos, e também em vista de seu agradável combate, juntamente com a serenidade do ar e a tranquilidade da corrente, não haver nem esperança de grande bem, nem temor de grande mal; portanto, era o nosso propósito seguir a sentença do filósofo[718], que mandava sustentar e abster-se quer dizer, contemporizar. Tanto todavia durou o turbilhão, que importunado por nossos pedidos o piloto tentou rompê-lo e seguir nossa primeira rota. De fato, levantando o mastro de popa e à direita da agulha da bússola dirigindo o leme, rompeu, mediante uma onda sobrevinda, o supramencionado turbilhão. Mas foi um igual desconforto como se, evitando Caríbides, tivéssemos caído em Sila. Pois a duas milhas do lugar as nossas naves encalharam nas areias, tais como são os baixios de Saint-Maixant.

Toda a nossa tripulação grandemente se contristou; mas Frei Jean de modo algum se entregou à melancolia, e, ao contrário, consolava ora um, ora outro, com doces palavras, mostrando-lhes que em breve teríamos socorro do céu, e que vira Castor na ponta dos mastros. — Quisesse Deus — disse Panúrgio — que a uma hora destas eu estivesse em terra, e nada mais; e que cada um de vós outros, que tanto amais o mar, tivesse duzentos mil escudos. Vamos, consinto em jamais me casar; fazei somente que eu seja posto em terra e que me deem um cavalo para voltar para casa: não precisarei de criado. Jamais sou tão bem tratado do que quando fico sem criado. Plauto não mentiu quando disse que o número de nossas cruzes, quer dizer, das aflições, aborrecimentos, irritação, é segundo o número de nossos criados, ainda que fossem eles sem língua, que é a parte mais perigosa e malfazeja que há em um criado, e para a qual foram inventadas as torturas, questões e geenas para os criados.

Nesse momento veio nos abordar um navio, no qual reconheci alguns passageiros de boa linhagem, entre outros Henri Cotiral, velho companheiro, o qual trazia na cintura pendurada uma caveira de asno, como as mulheres levam rosários; na mão esquerda trazia um grande, engordurado, velho e sujo gorro de um tinhoso, e na mão direita um grande pé de couve. Logo que me reconheceu, exclamou de alegria, dizendo: — Estais vendo? Este, mostrando a caveira, é o verdadeiro Algamana; este barrete doutoral é o nosso único Elixir, e este, mostrando o pé de couve, é a *Lunaria major*[719]. Nós a faremos, quando regressarmos. — Mas — disse eu — de onde vindes? Aonde ides? Que trazeis? Como passastes no mar? — Ele respondeu: — Da Quinta, em Touraine, alquimia até o olho do cu. — E que gente é essa que tendes convosco no convés? — Cantores — respondeu ele —, músicos, poetas, astrólogos, versejadores, geômanticos, alquimistas, relojoeiros, que todos se prendem à Quinta; têm cartas de advertência belas e amplas. — Mal acabara estas palavras, quando Panúrgio indignado e irritado disse: — Então vós, que fazeis tudo, até bom tempo e criancinhas, por

---

718. O filósofo era Epiteto e a máxima: *sustine et abstine* (suporta e abstem-te). (N. do T.)
719. Quer dizer: "Faremos a pedra filosofal", para a qual os alquimistas acreditavam ser muito útil ter a planta chamada lunária. (N. do T.)

que não nos tirais daqui e sem demora em alto mar nos colocais? — É o que farei — disse Henri Cotiral — a esta hora, neste momento, estareis fora do fundo.

Então, fez arrancar um dos lados de 7.532.810 tamborins, aquele lado levantar no galhederte e estreitamente os prenderem em todos os pontos à cordagem das âncoras, pegar o nosso cabo de popa e o amarrar às traves que prendem o cordame. Depois, sem mais demora, nos arrancou da areia com grande facilidade e não sem deleite; pois o som dos tamborins ajuntava um doce murmúrio ao arranhar da areia e à gritaria da tripulação, oferecendo-nos harmonia não menor que a dos astros girando, a qual diz Platão ter ouvido algumas noites enquanto dormia.

Nós, abominando mostrarmo-nos para com eles ingratos por esse benefício, renunciamos aos nossos chouriços, enchemos seus tamborins de salsichas, e colocamos no convés sessenta e duas pipas de vinho, quando duas baleias impetuosamente abordaram sua nave, e lançaram lá dentro mais água do que contém o rio Vienne desde Chinon até Saumur: e encheram todos os tamborins e molharam todos os mastros, e os ensoparam até a cintura. O que vendo, Panúrgio foi tomado de tão excessiva alegria e tanto trabalho deu ao baço, que teve uma cólica por mais de duas horas. — Quero saber se vão ter vinho — disse —, pois água não lhes vai faltar. Com água doce eles não se preocupam e só serve para lavar as mãos. Mas poderão contar com uma boa água salgada, repleta de nitro e de amoníaco na cozinha de Geber.

Outros propósitos não nos foi possível com eles entreter, o primeiro turbilhão nos tolhendo liberdade de direção. E nos pediu o piloto que o deixássemos de ora em diante guiar a nave, sem com outra coisa nos preocuparmos, a não ser com o passadio: e por enquanto nos convinha costear aquele turbilhão e obedecer à corrente, se ao reino da Quinta quiséssemos chegar.

CAPÍTULO XIX
DE COMO CHEGAMOS AO REINO DA QUINTA-ESSÊNCIA, CHAMADA ENTELÉQUIA[720]

Tendo prudentemente costeado o turbilhão pelo espaço de meio-dia, no terceiro seguinte nos pareceu o ar mais sereno que de costume: e sãos e salvos desembarcamos no porto de Mateorecne[721], pouco distante do palácio da Quinta-Essência. Ao desembarcarmos, vimo-nos diante de grande número de arqueiros e soldados, os quais guardavam o arsenal; de início, quase nos fizeram medo. Pois fizeram com que todos nós deixássemos as armas, e nos interrogaram, di-

---
720. Perfeição em grego. Este capítulo é uma crítica da alquimia e metafísica. (N. do T.)
721. Ciência vã; do grego *mataios* e *tecne*. (N. do T.)

zendo: — Compadres, de que país viestes? — Meu primo — disse Panúrgio — somos da Tourange. Viemos da França, desejosos de reverenciarmos a Dama Quinta-Essência, e visitar o mui célebre reino da Enteléquia. — O que dizeis? — interrogaram eles. — Dizeis Enteléquia ou Endeléquia? — Bons primos — disse Panúrgio —, somos gente simples e idiota, excusai a rudeza do nosso linguajar pois em compensação os nossos corações são francos e leais. — Sem causa — disseram eles — não teríamos sobre essa diferença interrogado. Pois grande número de outros tem por aqui passado, de vosso país da Touraine, os quais nos pareceram bons sujeitos e falar corretamente; mas de outros países aqui vieram não sei que impertinentes, orgulhosos como escoceses, que contra nós, na entrada, queriam obstinadamente contestar; levaram uma boa reprimenda, embora mostrassem a cara rebarbativa. E em vosso mundo tendes tão grande demasia de tempo, que não sabeis em que empregá-lo, exceto sobre nossa dama rainha falar, discutir e imprudentemente escrever? Houve bem necessidade que Cícero abandonasse sua República para disso cuidar, e Diógenes Laércio, Teodoro Gaza, Argirofilo, Bessarion, Policiano, Budé, Lascaris e todos os diabos de sábios-loucos; o número dos quais não estava bastante grande, e foi recentemente acrescido por Scaliger, Brigot, Chambrier, François Fleury e não sei quantos outros pobres diabos desorientados. Nós os... Mas que diacho... — Eles louvam os diabos — disse Panúrgio entre os dentes. — Aqui não viestes para em sua loucura sustentá-los, e para isso não tendes procuração, e assim mais sobre eles não falaremos. Aristóteles, homem primordial e paradigma de toda a filosofia, foi padrinho de nossa dama rainha; ele, muito bem e propriamente, a chamou Enteléquia. Enteléquia é o seu verdadeiro nome. Quem de outro modo a chamar erra por todo o céu. Sedes muito bem-vindos.

E nos abraçaram: o que muito nos alegrou. Panúrgio me disse ao ouvido: — Companheiro, não tens medo dessa última expansão? — Um pouco — respondi. — Eu tenho — disse ele — mais que outrora tiveram os soldados de Efraim, quando pelos galaaditas foram mortos e afogados porque em vez de Chibolet disseram Sibolet. E não há homem, protonotário em Beauce que não tivesse, com uma carroçada de feno, entupido o olho do meu cu.

Depois levou-nos o capitão ao palácio da rainha, em silêncio e com grande cerimônia. Pantagruel quis fazer-lhe algumas perguntas; mas o capitão não podendo subir tão alto quanto ele era, mister lhe fora uma escada ou pernas-de-pau bem grandes. Depois lhe disse: — Se nossa dama a rainha quisesse, seríamos tão alto quanto sois. E isso acontecerá quando o tiver por bem.

Nas primeiras galerias, encontramos grande turba de pessoas enfermas, as quais estavam instaladas diversamente, segundo a diversidade das moléstias: os leprosos à parte, os envenenados em um lugar, os pestíferos em outro, os variolosos na primeira fila; assim todos os outros.

CAPÍTULO XX
DE COMO A QUINTA-ESSÊNCIA CURAVA AS MOLÉSTIAS COM CANÇÕES

Na segunda galeria nos foi pelo capitão mostrada a dama, jovem (e tinha mil e oitocentos anos pelo menos), bela, delicada, vestida luxuosamente, no meio de suas damas e gentis-homens. O capitão nos disse: — Não é hora de com ela falar, sede somente espectadores atentos do que ela faz. Em vossos países tendes reis os quais fantasticamente curam algumas moléstias, como escrófula, mal sagrado, febre quartã, tão só pela aposição das mãos. Essa nossa rainha todas as moléstias cura sem tocá-las, apenas entoando uma canção, conforme a natureza do mal.

Depois nos mostrou os órgãos, soando os quais fazia as suas curas admiráveis. E eram eles bem estranhos. Pois os tubos eram de lechetrez, a caixa de pau-santo, os ajustes de ruibarbo, os pedais de turbito, o teclado de escamônea.

Enquanto considerávamos aquela admirável e nova estrutura de órgãos, por seus *abstracteurs, spodizateurs, massitères, préguestes, tabachins, chachanins, nee-manins, rabrebans, nercins, rouins, nedibins, nearins, sagamins, perasins, chesinins, sarins, sotrins, aboth, enilins, archasdarpenins, mebins, gibourins*[722] e outros seus servidores, foram os leprosos introduzidos: ela lhes tocou uma canção que não sei qual; foram súbita e perfeitamente curados. Depois foram introduzidos os envenenados: ela tocou uma outra canção, e todo o mundo de pé. Depois os cegos, os surdos, os mudos e os apopléticos da mesma maneira. O que nos estarreceu, e não sem razão, e caímos no chão, prosternando-nos como gente extática e arrebatada em contemplação excessiva e admiração pelas virtudes com que tínhamos visto proceder a dama, e não fomos capazes de uma só palavra dizer, mas no chão continuamos; quando ela tocou Pantagruel com um belo ramalhete de rosas que tinha na mão, restituiu-nos os sentidos, e nos pôs de pé. Depois nos disse, com palavras de seda, tais e semelhantes às que queria Parisátis que se proferisse quando se falasse com Ciro seu filho, ou pelo menos de tafetá carmesim:

— A honestidade, cintilante na circunferência de vossas pessoas, claramente certo me faz da virtude latente no centro de vossos espíritos; e vendo a suavidade melíflua de vossas discretas reverências, facilmente me persuade não manchar o vosso coração vício algum, nenhuma esterilidade de saber liberal e altivo, mas abundar em várias peregrinas e raras disciplinas; as quais presentemente mais fácil é, pelos usos comuns do vulgo imperito, desejar do que encontrar; eis a razão porque eu, dominante pelo passado a toda afeição privada, agora conter não posso de dizer-vos a palavra trivial ao mundo, sede bem-vindos, muitíssimo bem-vindos.

---

722. As vinte e duas palavras grifadas não existem no vocabulário francês. O comentarista Louis Barré dá o significado de dezessete delas: sopradores, amassadores, degustadores, cozinheiros, introdutores, fiéis, poderosos, senhores, dominadores, magistrados, cavaleiros, fortes, eunucos, grandes, advinhos, hábeis, inteligentes. E acrescenta que todas as palavras terminadas em *ins* são hebraicas. (N. do T.)

— Não sou douto — disse-me secretamente Panúrgio. — Respondei, se quiserdes. Eu todavia não respondi; nem respondeu Pantagruel, e continuamos em silêncio. Então disse a rainha: — Dessa vossa taciturnidade reconheço que não somente sois saídos da escola pitagórica, na qual teve raízes, em sucessiva propagação, a antiguidade de meus progenitores, mas também que no Egito, célebre oficina de alta filosofia, em muita lua retrógrada, tendes a unha roído e a cabeça coçado com o dedo. Na escola de Pitágoras, a taciturnidade do conhecimento era o símbolo: e o silêncio dos egípcios reconhecido era em louvor deífico, e sacrificavam os pontífices de Hierápolis ao grande deus do silêncio, sem ruído algum fazer, nem por semelhança alguma palavra proferir. O meu desejo não é de entrar para convosco em privação de gratidão, mas, por viva formalidade, ainda que matéria se quisesse de mim abstrair, expor-vos os meus pensamentos.

Terminadas estas palavras, dirigiu a palavra aos seus servidores, e somente lhes disse: — Tabachins, à panaceia! — Ditas estas palavras, os tabachins nos disseram que tivéssemos a dama rainha por excusada, se com ela não almoçássemos. Pois nada comia, a não ser algumas categorias, jacoboths, eminins, dimions, abstrações, harborins, chelimins, segundas intenções, caradoth, antíteses, metempsicoses, transcendentes prolepses[723].

De lá nos levaram a um pequeno gabinete, onde fomos tratados Deus sabe como. Dizem que Júpiter tinha, na pele apergaminhada da cabra que o amamentara em Cândia (a qual usou como proteção combatendo os titãs, pelo que foi apelidado Egíuco), escrito tudo que se faz no mundo. Por minha sede, beberrões, meus amigos, em dezoito peles de cabra não poderia as boas viandas que nos foram servidas, as boas iguarias que nos deram descrever, ainda que fosse em letra tão pequena como a que Cícero disse ter visto escrita a Ilíada de Homero, que podia ser coberta com a casca de uma noz. De minha parte, ainda que eu tivesse cem línguas, cem bocas e a voz de ferro, a abundância melíflua de Platão, não poderia em quatro livros vos expor a terça parte. E me dizia Pantagruel que, segundo sua imaginação, a dama a seus tabachins dizendo — À panaceia! — Lhes dava a senha que entre eles simbolizava farta comezaina, como "Em Apolo" dizia Lúculo, quando festejar queria os seus amigos singularmente, ainda que os recebesse de improviso, como algumas vezes faziam Cícero e Hortênsio.

CAPÍTULO XXI
DE COMO A RAINHA PASSAVA O TEMPO DEPOIS DO ALMOÇO

Terminado o almoço, fomos por um tabachin levados à sala da dama e vimos, como de costume, após o repasto, ela, acompanhada pelas damas e príncipes de sua

---

723. As palavras hebraicas desta lista significam, segundo os comentaristas, abstrações, espécies, aparências, pensamentos, sonhos, dificuldades ou charadas. (N. do T.)

corte, conversava, discutia e passava o tempo, com um belo e grande saco de seda azul e branco. Depois percebemos que revogando a antiguidade em uso, juntos se divertiam com

Cordace,[724]
Sicinia,
Pérsica,
Nicatismo,
Calabrisme,
Cernophore,
Thermastrie
Pírrica e mil outras danças...

Emmélie,
Iambica,
Frígia,
Trácia,
Molóssica,
Mongas,
Flórula,

Depois, por sua ordem, visitamos o palácio e vimos coisas tão novas, admiráveis e estranhas, que, nelas pensando, ainda sinto o espírito arrebatado. Nada todavia mais em admiração nos dominou os sentidos do que o exercício dos gentis-homens de sua casa, abstratores, perazins, nedibins, e outros, os quais nos disseram francamente, sem dissimulação, que a dama rainha fazia todas as coisas impossíveis e curava os incuráveis; somente eles, seus servidores faziam e cuidavam do resto.

Vi um jovem perazin curar os variolosos, e digo da bem fina varíola, como diríeis em Ruão, somente lhe tocando a vértebra dentiforme com um pedaço de tamanco por três vezes.

Um outro vi perfeitamente curar hidrópicos, timpaníticos, ascíticos e hiposarcos[725], batendo-lhes por nove vezes no ventre uma machadinha, sem solução de continuidade.

Um outro curava todas as febres quartãs na mesma hora, somente amarrando à cintura dos febrentos, à altura da costela esquerda, uma cauda de raposa (chamada chenalopex pelos gregos).

Um curava a dor de dente, apenas lavando por três vezes a raiz do dente aflitido com vinagre de sabugueiro e a deixando secar ao sol.

Um outro curava todas as espécies de gota, fosse quente, fosse fria, fosse igualmente natural, fosse acidental; somente fazendo os gotosos fechar a boca e abrir os olhos.

Um outro eu vi que em poucas horas curou nove guapos gentis-homens do mal de São Francisco, tirando-lhes todas as dívidas e a cada um deles pondo uma corda no pescoço, na qual estava pendurada uma caixa cheia de escudos de sol.

Um outro, por engenho mirífico, ativava as casas pelas janelas; assim ficavam elas livres do ar pestilento.

Um outro curava todas as três maneiras de héticos, atróficos, tabéticos, macilentos, sem banhos, sem banho tabético, sem picaduras, nem outro medicamento: apenas os

---

724. Seguem-se nomes de diversas danças, umas sensuais, outras guerreiras. (N. do T.)
725. Que têm água entre a pele e a carne, fazendo inchar o corpo. (N. do T.)

tornando frades por três meses. E nos afirmava que, se em estado monacal não engordassem, nem por arte nem por natureza jamais engordariam.

Um outro vi, acompanhado de mulheres em grande número, em dois bandos; um era de jovens raparigas, gentis, ternas, louras, graciosas e de boa vontade, ao que nos pareceu. O outro de velhas desdentadas, remelentas, enrugadas, trigueiras, cadavéricas. E foi dito a Pantagruel que ele refazia as velhas, fazendo-as rejuvenescer, e tais por sua arte torná-las como eram as raparigas no presente, as quais ele tinha rejuvenescido e inteiramente refeito em igual beleza, forma, elegância, grandeza e composição dos membros, como eram na idade de quinze a dezesseis anos, exceto apenas os calcanhares que tinham ficado mais curtos do que eram na adolescência.

Assim era porque de então para diante em todos os encontros com homens, elas estavam muito sujeitas a facilmente cair de costas. O bando das velhas aguardava a outra fornada com grande devoção, e o importunavam a todo instante, alegando ser coisa intolerável quando a beleza falta ao cu de boa vontade. E ele tinha em sua arte prática contínua e ganho mais que medíocre. Pantagruel perguntou-lhe, se também não fazia rejuvenescerem os homens velhos; respondeu ele que não; mas que a maneira de rejuvenescer era coabitar com mulher refundida; pois então apanhava aquela quinta espécie de varíola[726] chamada pelada, em grego *ofiasis*, mediante a qual se muda de pelo e de pele, como fazem anualmente as serpentes; e então é a juventude renovada, como no fênix da Arábia. É a verdadeira fonte de Juventa. Assim, de súbito quem era velho e decrépito torna-se jovem, vivo e bem-disposto; como diz Eurípedes ter acontecido a Iolau; como aconteceu com o belo Faonte tanto amado por Safo, por benefício de Vênus; a Titon, por meio de Aurora; a Esão, por artes de Medeia, e a Jasão, igualmente, o qual, segundo o testemunho de Ferecides e de Simonides, foi por ela refeito e rejuvenescido; e como diz Ésquilo ter acontecido com as amas do grande Baco e com seus maridos igualmente.

CAPÍTULO XXII
DE COMO OS SERVIDORES DA QUINTA DIVERSAMENTE SE EXERCIAM, E DE COMO A DAMA NOS RETEVE NO ESTADO DE ABSTRATORES

Vi depois grande número dos suprarreferidos servidores que embranqueciam os etíopes em poucas horas, esfregando-lhe o ventre com o fundo de um cesto.

Outros, com três pares de raposas no jugo aravam a praia arenosa e não perdiam uma semente.

Outros lavavam as telhas e faziam-nas perder a cor.

Outros tiravam água de pedras-pomes, pilando-as durante muito tempo em um almofariz de mármore, e mudando-lhe a substância.

Outros tosquiavam asnos e tiravam lã muito boa.

---

726. Sífilis. (N. do T.)

Outros colhiam uvas em espinheiros e figos em cardos.

Outros tiravam leite de bodes, e o recebiam com uma peneira, com grande proveito para a economia.

Outros lavavam a cabeça de africanos, e não perdiam a lixívia.

Outros caçavam no vento com redes, e apanhavam ótimas lagostas.

Vi um jovem *spotizateur*[727], o qual artificialmente tirava peidos de um asno morto e os vendia por cinco soldos a dúzia.

Um outro apodrecia *sechaboths*[728]. Que bela carne!

Mas Panúrgio sentiu engulhos, vendo um sujeito que fazia apodrecer um grande vaso de urina humana com bosta de cavalo, além de muita merda cristã. Vilão! Ele todavia nos explicou que aquela sagrada destilação era bebida pelos reis e grandes príncipes, e, com ela, a sua vida era prolongada por uma boa toesa ou duas.

Outros cortavam chouriços com os joelhos.

Outros esfolavam enguias pela cauda, e gritavam que as ditas enguias tinham de ser esfoladas como se faz em Melun.

Outros do nada faziam grandes coisas, e grandes coisas faziam ao nada voltar.

Outros cortavam o fogo com uma faca e tiravam água com uma rede.

Outros faziam de bexigas lanternas, e de nuvens panelas de bronze.

Vimos doze outros, banqueteando-se sob um caramanchão, e bebendo, em belos e grandes vasos redondos, vinhos de quatro espécies, fresco e delicioso para todos; e nos foi dito que eles bebiam segundo a moda do lugar e que daquela maneira Hércules tinha outrora bebido em companhia de Atlas.

Outros faziam da necessidade virtudes, e me pareceu obra bem feita e a propósito.

Outros praticavam a alquimia com os dentes: e se enchiam bem mal; as cadeiras furadas tinham todavia o fundo avantajado.

Outros, em um comprido espaço, mediam cuidadosamente os saltos das pulgas; e me afirmaram ser aquele ato mais do que necessário ao governo dos reinos, condução das guerras, administração das repúblicas, alegando que Sócrates, o qual foi o primeiro a dos céus para a terra trazer a filosofia, e a ociosidade e curiosidade ter tornado úteis e proveitosas, empregava metade do seu tempo medindo o salto das pulgas, como atesta Aristófanes, o quinto essencial.

Vi dois sujeitos no alto de uma torre, os quais estavam de sentinela, e nos foi dito que guardavam a lua contra os lobos.

Encontrei outros quatro em um canto de jardim discutindo acaloradamente e prestes a chegarem às vias de fato; indagando qual era a sua divergência, ouvi que já se haviam passado quatro dias depois que eles tinham começado a discutir três altas e mais que físicas proposições para cuja solução se prometiam montanhas de ouro. A primeira era

---

727. Literalmente, "aquele que faz cozinhar sob as cinzas"; do grego *spodos*. (N. do T.)
728. Não se sabe o que significava esta palavra. O comentarista Louis Barré sugere que se trate de escaravelhos. (N. do T.)

saber se da sombra de um asno fujão; a outra se da fumaça de uma lanterna; a terceira se do pelo de uma cabra era possível tirar lã. Depois nos foi dito que coisa estranha não lhes parecia haver duas verdades contraditórias em modo, em forma, em figura e em tempo; coisa que os sofistas de Paris antes se fariam desbatizar que confessar.

Curiosamente considerávamos as admiráveis operações daquela gente, quando apareceu a dama com a sua nobre companhia, já brilhando a clara Vésper. À sua vinda, assaz fomos em nossos sentidos alterados, e ofuscados em nossa vista. Ela incontinênti a nossa confusão percebeu, e nos disse: — O que faz os pensamentos humanos se perderem nos abismos da admiração não é a soberania dos efeitos, os quais abertamente percebem que podem nascer de causas naturais, mediante a indústria de sábios artesões: é a novidade da experiência entrando em seus sentidos, não prevenidos da facilidade da obra, quando ao julgamento sereno se associa o estudo diligente. Portanto, abri vosso cérebro e de todo temor vos despojeis, se algum vos provocou o que vistes por meus oficiais ser feito. Vede, ouvi, contemplai por vosso livre arbítrio tudo que a minha casa contém, pouco a pouco vos emancipando da servidão da ignorância. O caso bem me cabe voluntariamente. Pela qual vos são dados ensinamentos não fingidos, em contemplação dos estudiosos desejos que me parece tendes em vossos corações, disso tendo feito insigne mostra e suficiente prova, eu vos retenho presentemente no estado e ofício de meus *abstracteurs*[729]. Por Geber, meu coordenador, sereis inscritos no departamento neste lugar.

Agradecemos humildemente, sem nada dizer; aceitamos o oferecimento da bela posição que nos dava.

CAPÍTULO XXIII
DE COMO FOI A RAINHA SERVIDA NA CEIA, E DE COMO COMEU

Terminados esses propósitos, a dama voltou-se para os seus gentis-homens e lhes disse: — O orifício do estômago comum, embaixador para o suprimento de todos os membros, tanto superiores como inferiores, nos importuna para restaurar por aposição de idôneos alimentos o que lhes foi retirado pela ação contínua do puro calor e da umidade radical; pena é por Natura acrescentada, e obtemperamos por vós, *spodizateurs, chésinins, neemanins* e *pé-resins*, sejam prontamente postas mesas, repletas de toda legítima espécie de nutrientes. Vós também, nobres *prégustes*,[730] acompanhados de meus gentis *massit res*,[731] a prova de vossa indústria, cuidado e diligência, fazei com

---

729. *Abstracteurs:* o que abstrai, extrator. No sentido de "extrator da Quinta-Essência", filósofo, escolástico. (N. do T.)
730. Provador de alimentos; do latim praegustator. (N. do T.)
731. Segundo Barré, *massitère: massier* (maceiro). No caso, porém, a expressão parece estar mais relacionada com "massa", comestível, do que com "maça", arma. (N. do T.)

que vos possa pôr em ordem, de sorte que fiqueis em vosso ofício, e sempre atentos. Somente a vós compete fazer o que fazeis.

Terminadas estas palavras, retirou-se com parte de suas damas por algum tempo, e nos foi dito que era para se banhar, como era costume entre os antigos usado, como entre nós do presente lavar as mãos antes do repasto. As mesas foram prontamente postas, depois cobertas por toalhas mui preciosas. A ordem de serviço foi tal, que a dama nada comeu, fora celeste ambrosia; nada bebeu, a não ser néctar divino. Mas os senhores e damas de sua casa foram, e nós com eles, servidos de iguarias tão raras, saborosas e preciosas como nunca sonhou Aspício.

Continuando foi trazida uma grande sopeira, de tal amplitude e grandeza que a tampa de ouro, a qual Pitio Bitino deu ao rei Dario, mal a teria coberto. Estava cheia de sopas de espécies diversas, saladas, picadinhos, *saulgrenées*[732], cabrito cozido, assados, cozidos, carne assada na brasa, grandes pedaços de carne de vaca salgada, presunto, carnes salgadas, pastéis, cuscuz mouriscos, queijos, cremes açucarados, geleias, frutos de toda a sorte. Tudo parecendo bom e saboroso; todavia não provei, por estar bem cheio e refeito. Somente tenho a vos advertir que lá vi pastéis de pasta, coisa bem rara, e que os pastéis de pasta eram pastéis de pote. No fundo desse, percebi dados, cartas, baralhos, xadrezes e tabuleiros, com pilhas de escudos de sol, para os que quisessem jogar.

Abaixo finalmente notei um certo número de mulas bem ajaezadas, com xairéis de veludo, arreadas para uso de homens e mulheres, liteiras de veludo igualmente não sei quantas, e alguns coches para os que quisessem sair.

Isso me pareceu estranho; mas achei bem nova a maneira como a dama comia. Nada mastigava, não que não tivesse dentes fortes e bons, não que as viandas não exigissem mastigação, mas por que assim era o seu uso e costume. As viandas que os seus *préguistes* tinham provado, eram tomadas por seus *massitères*, que nobremente as mastigavam, tendo o pescoço coberto por cetim carmesim, com pequenas nervuras e fios de ouro, e os dentes de marfim belo e branco; e tendo bem mastigado os alimentos, eles o introduziam na dama por um tubo de ouro até o fundo do estômago. Pela mesma razão nos foi dito que ela não cagava senão por procuração.

CAPÍTULO XXIV
DE COMO FOI FEITO EM PRESENÇA DA QUINTA UM ALEGRE BAILE, EM FORMA DE TORNEIO

Terminada a ceia, em presença da dama realizou-se um baile, à moda de torneio, digno não somente de ser olhado, mas também de memória eterna. Para que ele começasse, foi o soalho da sala coberto por ampla peça de tapeçaria aveludada, feita em

---

732. Ervilhas cozidas com manteiga, verduras, etc. (N. do T.)

forma de tabuleiro de xadrez, a saber, em quadrados, metade branco, metade amarelo, cada um tendo três palmos de largura, e quadrado de todos os lados. Entraram depois na sala trinta e dois jovens personagens, dos quais dezesseis estavam vestidos de pano de ouro, a saber, oito jovens ninfas, assim como as pintavam os antigos em companhia de Diana, um rei, uma rainha, dois guardas-de-corpo, dois cavaleiros e dois arqueiros. E em semelhante ordem, estavam dezesseis outros vestidos de pano de prata. Sua disposição sobre o tapete foi a seguinte. Os reis se mantiveram na última fila, no quarto quadrado, de sorte que o rei dourado ficou no quadrado branco, o rei prateado no quadrado amarelo; as rainhas ao lado de seus reis: a dourada no quadrado amarelo, a prateada no quadrado branco; dois arqueiros perto de cada lado, como guardas de seus reis e rainhas. Perto dos arqueiros dois cavaleiros, perto dos cavaleiros os dois guardas-de-corpo. Na fila da frente, diante deles, ficaram as oito ninfas. Entre os dois grupos de ninfas, ficaram vazios quatro ordens de quadrados. Cada bando tinha de seu lado seus músicos vestidos de igual libré, uns de damasco alaranjado, outros de damasco branco; e estavam oito de cada lado, com instrumentos todos diversos de alegre invenção, juntos concordantes e à maravilha melodiosos, variando em todos os tempos e compassos, como requeria o progresso do baile; o que eu achava admirável, em vista da numerosa diversidade de passos, marchas, saltos, sobressaltos, voltas, fugas, emboscadas, retiradas e surpresas. Ainda mais transcendia a opinião humana, ao que me parecia, que os personagens do baile tão de súbito entendiam o som que competia às suas marchas ou retiradas, que antes mesmo de tornar significativo o tom da música, já eles se colocam no lugar designado, não obstante fosse tão diverso o seu processo. Pois as ninfas que estão na primeira fila marcham contra os seus inimigos diretamente para a frente, de um quadrado a outro, exceto no primeiro movimento, quando são livres de avançar dois quadrados; somente elas jamais recuam. Se advém que alguma delas chegue à fila do rei seu inimigo, é coroada rainha de seu rei: e faz os seus movimentos, de então para diante, com os mesmos privilégios que a rainha; de outro modo jamais ferindo os inimigos senão em linha diagonal oblíqua, e somente em sua frente. Não lhes é, todavia, lícito, nem aos outros, abater algum de seus inimigos, se ao abatê-los, deixam a sua rainha a descoberto e podendo ser tomada.

Os reis caminham e aprisionam os seus inimigos de todos os modos; e só passam de um quadrado branco e próximo ao amarelo, e não ao contrário[733]; exceto se, no primeiro movimento, se a sua fila estiver vazia de outros oficiais, exceto os guardas-de-corpo, pode colocá-lo em seu lugar e para o seu sítio se retirar.

As rainhas caminham e aprisionam os seus inimigos de todos os modos, e têm maior liberdade que todos os outros; a saber: caminham em linha reta, tão longa quanto quiser, contanto que não seja pelos seus ocupada; e em diagonal também, contanto que seja na cor de seu lugar.

---

733. Como é bem sabido, essa regra não é mais observada hoje, se é que já existiu. O rei pode avançar uma casa em qualquer direção. (N. do T.)

Os arqueiros marcham tanto para diante como para trás, tanto longe como perto; igualmente, jamais variam da cor de seu primeiro lugar.

Os cavaleiros marcham e aprisionam em forma linear, passando um quadrado branco, ainda que ele esteja ocupado pelos seus ou pelo inimigo, e no segundo depois do seu parando à direita ou à esquerda, em variação de cor; o que é um salto grandemente danoso à parte adversa, e de grande observação: pois eles não aprisionam jamais frente à frente.

Os guardas-de-corpo marcham e aprisionam de frente, tanto à direita como à esquerda, tanto para trás como para diante, como os reis, e podem marchar enquanto encontrarem lugar vazio, o que não fazem os reis.

A lei comum aos dois partidos é de no fim do combate sitiar e imobilizar o rei da parte adversa, de maneira que ele não possa sair de lado algum. Aquele assim encerrado, não podendo fugir, nem pelos seus ser socorrido, cessa o combate e perde o rei sitiado. Portanto, para desse inconveniente o proteger, não há, de seu bando, aquele que não ofereça a própria vida, e não aprisione os outros em todos os lugares, advindo o som da música. Quando algum faz um prisioneiro do partido contrário, fazendo-lhe uma reverência, toca-lhe levemente com a mão direita, o põe para fora do tapete e toma o seu lugar. Se acontecer que um dos reis fique a descoberto, não é lícito à parte adversa aprisioná-lo, mas é ordem rigorosa que aquele que o ameaça lhe faça uma profunda reverência, e o advirta, dizendo: — Deus vos guarde! — A fim de que os seus oficiais o socorram e protejam, ou então o mudem de lugar, se por desgraça não puder ser socorrido. Não é, todavia, aprisionado pela parte adversa, mas saudado, com o joelho em terra, dizendo: Bom dia.

CAPÍTULO XXV
DE COMO COMBATEM OS TRINTA E DOIS PERSONAGENS DO BAILE

Assim, dispostas em seus lugares as duas companhias, os músicos começam juntos a tocar uma música marcial, bastante ameaçadora, como para um assalto. Vemos, então, os dois bandos se agitarem e se firmarem para bem combater, aguardando o momento em que seriam convocados para fora de seu campo. Quando de súbito os músicos do bando prateado cessavam, somente soavam os instrumentos do bando dourado. O que significava que o bando dourado atacava. O que bem cedo aconteceu, pois, a um tom novo, a ninfa colocada diante da rainha, fez uma reverência profunda virando-se para o seu rei, como que pedindo licença para entrar em combate, saudando juntamente toda a sua companhia. Depois avançou dois quadrados em atitude modesta, e fez uma reverência ao bando adverso, que estava atacando. Então pararam os músicos dourados, e começaram os prateados. Aqui não se deve passar em silêncio que a ninfa, depois de ter saudado seu rei e sua companhia, a fim de que não ficassem ociosos, igualmente eles a saudaram girando para a esquerda; exceto a rainha, que para o seu rei se voltou à direita; e foi essa saudação em todos os movimentos observada no decurso do baile, saudando-o de novo, tanto em um bando como no outro. Ao som da música prateada, avançou a ninfa prateada que se encontrava diante da rainha, saudando graciosamente seu rei e toda a companhia, e eles do mesmo modo a saudando também, como foi dito dos outros, exceto que se voltavam para a direita e a rainha para a esquerda; ela se colocou no segundo quadrado para a frente, fazendo reverência aos seus adversários, e ficou diante da primeira ninfa dourada, sem distância alguma, como prestes a combater, se não fosse que só atacam de lado. Suas companheiras a seguiram, tanto as douradas como as prateadas, em figura intercalada, e tinham toda a aparência de combaterem, tanto que a ninfa dourada, que fora a primeira em campo a entrar, batendo com a mão em uma ninfa prateada à esquerda, a pôs fora de combate e ocupou o seu lugar; mas dentro em pouco, ao novo som dos músicos, foi da mesma maneira atingida por um arqueiro prateado; uma ninfa dourada o castigou; o cavaleiro prateado saiu em campo; a rainha dourada se colocou diante de seu rei.

Então, o rei prateado mudou de lugar, temendo a fúria da rainha prateada, e passou para onde estava seu guarda-de-corpo à direita, posição que parecia muito protegida e bem defendida.

Os dois cavaleiros que se encontravam à esquerda, tanto dourados como prateados, avançaram e aprisionaram muitas ninfas. Mas o cavaleiro prateado pensou em coisa mais importante: dissimulando sua intenção, e algumas vezes em que podia aprisionar uma ninfa dourada e tendo deixado, e passado adiante, tanto fez que se colocou perto de seus inimigos, em lugar de onde saudou o rei inimigo e disse: — Deus vos guarde! — O bando dourado, ouvindo essa advertência para socorrer seu rei, agitou-se todo, não que facilmente não pudesse socorro dar de súbito ao rei, mas sim porque, salvando o rei, perderia seu guarda-de-corpo da direita, sem isso poder remediar. Então se retirou o rei dourado para a esquerda e o cavaleiro prateado aprisionou o guarda dourado; o que foi uma grande perda. Todavia, o bando dourado deliberou vingar-se, e o cercou por todos os lados, de modo que fugir não pôde nem escapar de suas mãos. Fez mil esforços para sair, os seus usaram de mil ardis para protegê-lo, mas afinal a rainha o tomou.

O bando dourado, privado de um dos seus suportes, se esforça, e a torto e a direito procura um meio de se vingar, bastante incautamente; e faz muito dano entre os seus inimigos. O bando prateado dissimula e espera a hora da desforra; e presente uma de suas ninfas à rainha dourada, tendo lhe armado uma emboscada secreta, tanto que, aprisionada a ninfa, pouco faltou para que o arqueiro dourado suprimisse a rainha prateada. O cavaleiro dourado ameaçou o rei e a rainha, e disse: Bom dia. O arqueiro prateado os salvou; foi tomado por uma ninfa dourada; essa foi tomada por uma ninfa prateada. A batalha foi áspera. Os guardas-de-corpo saíram de seus lugares em socorro. Tudo se misturou perigosamente. A sorte ainda não se declara. Algumas vezes, todos os prateados avançam até a tenda do rei dourado, de súbito são repelidos. Entre outros, a rainha dourada praticou grandes proezas e de uma investida aprisionou o arqueiro, e de lado aprisionou o guarda-de-corpo prateado. O que vendo, a rainha prateada avançou, e tomada de igual ousadia, aprisionou o último guarda-de-corpo dourado e algumas ninfas igualmente. As duas rainhas combateram demoradamente, ora atacando, ora se defendendo, e protegendo seus reis. Finalmente a rainha dourada aprisionou a prateada, mas em seguida foi tomada pelo arqueiro prateado. Ao rei somente restavam três ninfas, um arqueiro e um guarda-de-corpo. Ao rei prateado restavam três ninfas e o cavaleiro da direita, o que foi a causa de mais cautelosa e lentamente combaterem. Os dois reis pareciam tristes por terem perdido suas damas rainhas tão amadas; e todo o seu estudo e o seu esforço foi o de receber outras, se pudessem, de todo o número de suas ninfas, àquela dignidade e novo casamento; amá-las alegremente, com promessas certas de serem recebidas, se conseguissem chegar até a última fila do rei inimigo. Os dourados anteciparam, e criaram uma rainha nova, à qual se impôs uma coroa de chefia, e envergou novas vestes.

Os prateados se esforçaram igualmente; e faltava-lhes apenas uma fila para que criassem uma rainha nova; mas naquele lugar o guarda-de-corpo a teria alcançado; e portanto ali se deteve.

A nova rainha quis em seu advento forte, valente e belicosa se mostrar; praticou grandes feitos d'armas no campo. Mas, entrementes, o cavaleiro prateado aprisionou o guarda-de-corpo dourado que guardava a meta do campo. Desse modo, foi feita a rainha prateada, a qual quis igualmente virtuosa se mostrar em seu novo advento. Foi o combate renovado mais ardentemente que antes. Mil ardis, mil assaltos, mil avanços foram feitos; tão bem que a rainha prateada clandestinamente entrou na tenda do rei dourado, dizendo: Deus vos guarde! E só pôde ele ser socorrido por sua nova rainha. A qual não teve dificuldade de se opor para salvá-lo. Então o cavaleiro prateado, volteando de todos os lados, colocou-se perto de sua rainha, e puseram o rei dourado em tal dificuldade, que, para sua salvação, lhe conveio perder a rainha. Mas o rei dourado tomou o cavaleiro prateado. Mas não obstante o arqueiro dourado, e as duas ninfas que restavam, tudo terem feito para defender seu rei, no fim foram postos fora de combate, restando somente o rei. Então, todo o bando prateado lhe disse, com profunda reverência: Bom dia! Restando o rei prateado vencedor. A tal anúncio as duas companhias de músicos começaram juntas a tocar, com a vitória. E teve fim esse primeiro baile, com tão grande alegria, gestos tão agradáveis, atitude tão honesta, graças tão raras, que todos nós rejubilamos em nossos espíritos, como pessoas extasiadas, e, não sem razão, nos pareceu que tivéssemos sido levados para a soberana delícia e última felicidade do céu olímpico.

Terminado o primeiro torneio, voltaram os dois bandos aos seus lugares primitivos, e, como tinham combatido antes, assim começaram a combater pela segunda vez; exceto que a música foi ajustada para um meio tempo a menos que a precedente. O progresso também diferiu totalmente do primeiro. Vi então que a rainha dourada, como que despeitada com a derrota do seu exército, foi invocada pela entonação da música, e foi das primeiras a se colocar em campo, com um arqueiro e um cavaleiro, e pouco faltou para que surpreendesse o rei prateado em sua tenda, no meio de seus oficiais. Depois, vendo sua empresa descoberta, avançou no meio da tropa, e tanto destroçou as ninfas prateadas e outros oficiais que fazia pena ver. Direis que era uma outra Pentesileia amazona, fustigando o acampamento dos gregos; mas isso não durou muito tempo, pois os prateados, indignados com a perda dos seus, dissimulando todavia o seu pesar, lhe armaram ocultamente uma emboscada, com um arqueiro em ângulo longínquo e um cavaleiro errante, pelos quais foi ela aprisionada e posta fora de combate. O resto foi bem cedo desfeito. Ela, de uma outra vez melhor aconselhada, perto de seu rei ficará, tão longe não irá, e quando tiver de sair, há de ir bem diversamente acompanhada. Daquela vez, pois, ficaram os prateados vencedores, como antes.

Para o terceiro e último baile, ficaram de pé os dois bandos, como antes, e me pareceu estarem mais alegres e bem-dispostos do que nas vezes precedentes. E a música teve um ritmo mais vivo que o de hemiólia, com entonação frígia e bélica, como a que inventou Marsias. Então começou o torneio, e travou-se um maravilhoso combate, com tal ligeireza que no ritmo da música fazia quatro avanços, com as reverências competentes, como foi dito antes; de modo que eram saltos, cabriolas e volteios caprichados, entrelaçados uns com os outros. E, vendo-os sobre um pé voltear, depois de feita a reverência, os comparamos ao movimento de um pião com que brincam as crianças, dando chicotadas, quando tão veloz é o seu giro, que seu movimento é de o repouso; parece quieto, não se mover, dormir, como dizem. E aí se figurando um ponto de qualquer cor, parece à nossa vista não ser um ponto, mas uma linha contínua, como sabiamente observou Cusan[734] em matéria bem divina.

Ali não ouvíamos senão palmas e gesticulações para todos os lados reiterados, tanto de um bando como do outro. E não haveria tão severo Catão, nem Crasso o avô tão sisudo, nem Timon ateniense tão misantropo, nem Heráclito tão aborrecedor do que é próprio do homem, que é rir, que não tivesse se divertido vendo ao som daquela música tão viva, em quinhentas diversidades se moverem, pularem, saltarem, voltearem, cabriolarem e girarem aqueles jovens com suas rainhas e ninfas, com tal destreza que ninguém atrapalhava o outro. Tanto era menor o número dos que restavam em campo, tanto maior era o prazer de ver os ardis e volteios que usavam para surpreenderem uns aos outros, segundo o que pela música lhes era significado. Mais eu vos diria: se aquele espetáculo mais que humano nos tornava confusos em nossos sentidos, espantados em nossos espíritos e fora de nós mesmos, ainda mais sentíamos nossos corações comovidos e afetados pela entonação da música; e cremos facilmente que com tal modulação Ismenias excitou Alexandre, o grande, estando na mesa e jantando sossegado, a se levantar e pegar em armas. No terceiro torneio foi o rei dourado vencedor.

---

734. O Cardeal Nicolau de Cusa, autor de obras de matemática. (N. do T.)

Durante aquelas danças, a dama invisivelmente desapareceu e mais não a vimos. Fomos levados pelos *michelots*[735] de Geber, e inscritos como por ela ordenado. Depois, descendo ao porto de Mateotechne, entramos em nossos navios, cientes de que tínhamos vento em popa, o qual, se então recusado só se repetiria três quartos de lua mais tarde.

CAPÍTULO XXVI
DE COMO DESEMBARCAMOS NA ILHA DE ODES, ONDE OS CAMINHOS CAMINHAM

Tendo por dois dias navegado, ofereceu-se à nossa vista a Ilha de Odes, na qual vimos uma coisa memorável. Os caminhos são animais se é verdadeira a sentença de Aristóteles, dizendo ser argumento invencível de um animado que ele se move por si mesmo. Pois os caminhos caminham como animais; são caminhos errantes, à semelhança dos planetas; outros caminhos passantes, caminhos cruzadores, caminhos atravessadores. E vi viajantes, serviçais e habitantes do país perguntando: — Aonde vai este caminho? E este? — Respondiam-lhes: — À paróquia, à cidade, ao rio. — Depois, subindo ao caminho oportuno, sem de outro modo se preocuparem ou se fatigarem, encontravam-se no lugar de destino: como vedes chegar os de Lião em Avinhão e em Arles, entrando em um barco no Ródano. E como sabeis que em todas as coisas há faltas, e a felicidade não reina em todos os lugares, também nos disseram haver uma espécie de gente, que é chamada de espreitadores de caminhos e batedores das calçadas; e os pobres caminhos os temem e se afastam deles como de bandidos. Eles espreitam os caminhos como fazem os lobos com o rastro e as galinholas com a rede. Vi um deles que foi preso pela justiça, porque tinha tomado injustamente, mau grado Palas, o caminho da escola, que era o mais longo; um outro se vangloriava de ter tomado lealmente o mais curto, dizendo-lhe ser vantajoso que chegasse logo ao fim de sua empresa. Assim disse Carpalim a Epistemon, encontrando-o certo dia, de mijador em punho, mijando em um muro, que mais não se espantava se sempre era o primeiro que estava de pé quando se levantava o bom Pantagruel, pois tinha o mais curto e o menos aparelhado.

Reconheci o grande caminho de Bourges, e o vi caminhar a passo de abade, e o vi também fugir à vista de alguns carreteiros que o ameaçavam de ser pisado pelas patas de seus cavalos, e lhe fazer passar as carroças por cima do ventre, como Túlia fez passar o seu carro sobre o ventre de seu pai Sérvio Túlio, sexto rei dos romanos. Reconheci igualmente o velho caminho de Peronne e Saint Quentin, e me pareceu caminho de bem. Reconheci entre os rochedos o bom e velho caminho da Ferrate, montado em um grande urso[736]. Vendo-o de longe, lembrei-me de São Jerônimo em pintura, como se o

---
735. Discípulos de Michel Geber, alquimista do século VIII. (N. do T.)
736. Caminho que atravessa a montanha do *Grand-Ours* (Urso grande), entre as cidades de Tours e Limoges.

seu urso fosse um leão: pois estava bem mortificado, com uma barba branca comprida e mal penteada: mais pareciam os cabelos ser pedaços de gelo; tinha sobre si muitos grandes rosários de pinhões mal-acabados, e estava como que de joelhos, não de pé, nem deitado de todo, e batia no peito com grossas e rudes pedras, causando-nos ao mesmo tempo temor e piedade. Quando o olhávamos, chamou-nos de lado um *bachelier courant*[737] do país, e, mostrando-nos um caminho bem traçado, todo branco e um tanto forrado de palha, nos disse:

— De agora em diante, não desprezeis a opinião de Tales Milésio[738], dizendo ser a água de todas as coisas o começo; nem da sentença de Homero, afirmando que todas as coisas nascem no Oceano. Este caminho que vedes, nasceu da água, e a ela retornará; antes de dois meses os barcos passarão por aqui, onde a esta hora passam as carroças.
— Verdadeiramente — disse Pantagruel —, dizeis uma coisa incrível! Em nosso mundo, vemos todos os anos igual transformação, quinhentas e mais.

Depois, considerando os aspectos daqueles caminhos movediços, nos disse que, segundo o seu julgamento, Filolaus e Aristarco tinham naquela ilha filosofado; Seleuco adotado a opinião de afirmar que a terra verdadeiramente em torno dos polos se movia, não o céu, ainda que nos parecesse o contrário ser verdade: como, estando sobre o rio Loire, parece-nos que as árvores próximas se movem, todavia não se movem, e sim nós, pelo decurso do barco. Voltando aos nossos navios, vimos que punham sobre a roda três assaltantes de caminhos que tinham sido apanhados em uma emboscada, e se queimava a fogo lento um homenzarrão, que batera em um caminho e lhe quebrara uma costela[739], e nos foi dito que aquele era o caminho dos aterros e diques do Nilo no Egito.

CAPÍTULO XXVII
DE COMO PASSAMOS PELA ILHA DOS SÂNDALOS, E DA ORDEM DOS IRMÃOS CANTAROLAS

Depois passamos pela Ilha dos Sândalos, os quais só vivem de sopa de bacalhau; fomos, todavia, bem acolhidos e bem tratados pelo rei daquela ilha, chamado Benius[740], o terceiro desse nome, o qual, depois de beber, nos levou a um mosteiro recém-fundado, erguido e construído por sua invenção para os irmãos cantarolas; assim se chamavam os religiosos. Dizendo que em terra firme habitavam os frades pequenos servidores e amigos da doce dama[741]. Idem os gloriosos e beatos frades menores, que são semibre-

---

737. Explica Louis Barré que se trata de um canal coberto de gelo. (N. do T.)
738. Tales de Mileto foi um filósofo natural pré-socrático e é tido como um dos grandes sábios da grécia. (N. do R.)
739. Parece tratar-se de um trocadilho. *Côte* (*coste* no francês quinhentista) significa tanto "costela" como "costado, encosta, declive". (N. do T.)
740. O Papa Paulo III. (N. do T.)
741. Aqui há uma enumeração dos diversos ramos da ordem de São Francisco, religiosos de Santa Clara, menores, mínimos, etc. Comparadas às notas musicais. (N. do T.)

ves das bulas; os frades mínimos comedores de arenques; também os frades mínimos aduncos[742] e aqueles cujo nome não podia ser mais diminuído do que em cantarolas. Por seus estatutos e bula patente obtida da Quinta, a qual é por todos bem acolhida, estavam todos vestidos de queimadores de casas, exceto que, como os serviçais da casa de Anjou, têm os joelhos ao contrário; assim tinham se ladrilhado, e era o ladrilhamento do ventre de grande reputação entre eles. Tinham a braguilha de seus calções em forma de pantufas e cada um tinha duas, uma adiante e outra atrás, afirmando por essa duplicidade braguilhista alguns absconsos e horríficos mistérios serem devidamente representados. Eles usavam sapatos redondos como bacias, imitação dos que habitam o mar arenoso além disso tinham a barba raspada e os pés ferrados. E para mostrar que com a fortuna não se preocupam, fazem raspar e depenar como porcos a parte posterior da cabeça, desde o alto até as omoplatas.

Os cabelos na frente a partir dos ossos bregmáticos cresciam em liberdade. Assim andavam como gente que de modo algum se preocupa com os bens mundanos. Desafiando a fortuna adversa, traziam não na mão, mas na cintura, à guisa de rosários, cada um uma navalha cortante, que amolavam duas vezes por dia e afiavam três vezes por noite.

Embaixo dos pés, cada um trazia uma bola redonda; porque se diz que a fortuna tem uma sob os pés. A extremidade de seus capuchos era amarrada na frente, não atrás; dessa maneira, tinham o rosto escondido, e zombavam em liberdade da fortuna como dos afortunados, não menos do que fazem as nossas solteironas, quando usam seu esconde-feiura que chamais de *Touret de nez;*[743] os antigos a chamavam *chareté*[744], porque escondia grande multidão de pecados. Também tinham descoberta a parte posterior da cabeça, como temos o rosto; esse era o motivo que andavam tanto com o ventre como com o traseiro, como bem lhes parecia. Se iam com o traseiro, direis ser a sua postura natural; tanto por causa dos sapatos redondos como da braguilha precedente. A face também atrás era raspada e pintada grosseiramente, com dois olhos, uma boca como as que se veem na noz índica. Se caminhavam de ventre, pensaríeis que era alguém brincando de cabra-cega. Coisa muito deleitável de se ver.

Sua maneira de viver era tal: quando o claro Lúcifer começava a aparecer sobre a terra, eles calçavam botas e esporas uns nos outros por caridade. Assim de bota e esporas, dormiam ou roncavam pelo menos; e dormindo tinham óculos no nariz ou lunetas na pior hipótese.

Achamos bem estranha essa maneira de se comportar; mas a sua explicação nos contentou: mostraram-nos que, quando houver o juízo final, os humanos serão apanhados no repouso e sono; então, para mostrarem evidentemente que não se recusavam

---

742. No original *crouchu*; adunco, recurvo. "*Avoir les mains crochues*", literalmente "ter as mãos aduncas" significa tendência para furtar. (N. do T.)
743. *Touret de nez*: falso nariz, pequena máscara. (N. do T.)
744. Trocadilho com a palavra *charité*: caridade. (N. do T.)

a comparecer, o que fazem os afortunados, eles se mantinham com botas e esporas, e prontos para montarem a cavalo quando a trombeta soasse.

Dando meio-dia, despertavam e tiravam as botas, mijava quem queria, cagava quem queria, espirrava quem queria. Mas todos, por ordenança e estatuto rigoroso, ampla e copiosamente bocejavam, almoçavam bocejos. O espetáculo me pareceu agradável: pois colocando em um cabide as botas e as esporas, desciam aos claustros, e ali lavavam curiosamente as mãos e a boca, depois se sentavam em um comprido banco, e limpavam os dentes, até que o prior fizesse sinal, assoviando; então cada um abria a boca o mais que podia, e bocejava, algumas vezes meia hora, algumas vezes mais, segundo o prior julgava o almoço proporcional à festa do dia, e depois eles faziam uma mui bela procissão na qual levavam duas bandeiras, em uma das quais havia em bela pintura o retrato da Virtude, em outra a da Fortuna. Um frade ia na frente levando a bandeira da Fortuna, depois caminhava um outro levando a da Virtude, tendo na mão um aspersório molhado em água mercurial, descrita por Ovídio em seus fastos; com o qual continuamente vergastava o frade precedente que levava a Fortuna.

—Esta ordem — disse Panúrgio — está contra a sentença de Cícero e dos acadêmicos; a Virtude deve sempre preceder, vindo a Fortuna após. — Foi-nos todavia dito que assim lhes convinha fazer, pois sua intenção era de fustigar a Fortuna. Durante a procissão, eles cantarolavam entre os dentes melodiosamente não sei que antífonas, pois não entendi sua algaravia, e atentamente escutando percebi que não cantam senão de ouvido. Ó bela harmonia, e bem concordante ao som de seus sinos! Jamais não os vereis discordantes. Pantagruel maravilhou-se com sua procissão. E nos disse: "Notastes a fineza desses frades? Para fazer a sua procissão, eles saíram por uma porta da igreja e entraram por outra. Tiveram cuidado de não entrar por onde tinham saído. Por minha honra, são gente fina, finos como um punhal, finos, não afiados, mas afiadores, passados por estamenha fina. — Essa fineza — disse Panúrgio — é extraída da filosofia oculta, e dela nada entendo. — Ela é tanto mais temível — disse Pantagruel —, porquanto nada dela se entende. Pois fineza entendida, fineza prevista, fineza descoberta, perde a fineza e a essência do nome; nós a chamamos grosseria. Por minha honra, eles conhecem bem outros nomes.

Terminada a procissão como marcha e exercício salutares, eles se retiraram para o seu refeitório, e debaixo das mesas se puseram de joelho, apoiando o peito e a barriga cada um em uma lanterna. Encontrando-se nesse estado, entrou um latagão, tendo na mão um forcado, e com o forcado os tratou; e eles começaram o repasto com queijo e acabaram com mostarda e alface, como testemunha Marcial ter sido uso dos antigos. Afinal foi apresentado a cada um um prato de mostarda, e foi servida mostarda depois do jantar. Sua dieta era a seguinte: no domingo, comiam chouriço, salsichas, salsichões, fricandó, almôndegas, sempre com o queijo no começo e a mostarda depois. Na segunda-feira, belas ervilhas com toucinho, com amplos comentários e glosas interlineares. Na terça-feira, muito pão, fogaças, bolos, folhados, biscoitos. Na quarta-feira, carne: belas cabeças de carneiro, cabeças de vitelo, cabeças de texugos que abundavam naquele país. Na quinta-feira, sopas de sete espécies, e, naturalmente mostarda. Na sexta-feira somente sorvas, embora não estivessem bem maduras, como pude ver por sua cor. No sábado, roíam os ossos; não que fossem pobres ou estivessem doentes, pois cada um deles tinha o benefício de um ventre bem bom. Sua bebida era um vinho antifortunado, que assim chamavam não sei que bebida do país. Quando queriam beber ou comer dobravam para a frente a extremidade de seus capuchos, que então lhes servia de babadouro. Terminado o jantar, rogavam a Deus muitos bens, e todos para os cantarolas. O resto do dia, esperando o juízo final, praticavam obras de caridade: no domingo maltratando uns aos outros; na segunda-feira se entrechocando; na terça-feira se arranhando reciprocamente; na quarta-feira brigando entre si; na quinta-feira, puxando o nariz uns dos outros; na sexta-feira se entrebatendo; no sábado se entrematando. Tal era a sua dieta, quando ficavam no convento; se por ordem do prior claustral saíam, proibição rigorosa havia, sob penas horríficas, de peixe fora tocar ou comer se estivessem em mar ou rio; nem carne alguma que fosse quando estivessem em terra firme; a fim de que a cada um fosse evidente que se regozijando com o objeto, não se regozijassem de poder e concupiscência, e não se abalassem mais que a rocha Merpésia; tudo fazendo com algumas antífonas competentes a propósito, sempre cantando de ouvido, como dissemos. Pondo-se o Sol no oceano, eles calçavam botas e esporas uns nos outros como antes, e de óculos no nariz tratavam de dormir. À meia-noite, o prior entrava e, pondo-se de pé, eles afiavam as navalhas; e feita a procissão, punham as mesas em cima deles, e comiam como antes.

Frei Jean, vendo aqueles alegres frades cantarolas, e ouvindo o conteúdo dos seus estatutos, perdeu toda a compostura, e exclamando em voz alta disse — Oh! Por que não está aqui Príapo, que tão bem obrou nas sagrações noturnas de Canídia, para vê-lo bem forte peidando e contrapeidando cantarolar! A esta hora conheço em verdade que estou em terra antitética e antípoda. Na Alemanha, demolem-se mosteiros e desfraldam-se os monges; aqui os colocam a contrapelo.

CAPÍTULO XXVIII
DE COMO PANÚRGIO, INTERROGANDO UM FRADE CANTAROLA, SÓ RECEBEU DISSÍLABOS EM RESPOSTAS[745]

Panúrgio, depois de nossa entrada, outra preocupação não tinha senão contemplar o rosto daqueles frades cantarolas; depois, puxou pela manga um deles, magro como diabo seco, e perguntou-lhe: — Frade cantarola, cantaroleiro, cantarolando, onde está tua mulher? — O frade respondeu-lhe: — Ali.

---

745. No original, as respostas são dadas por monossílabos, coisa que em português seria impossível, como é fácil compreender. (N. do T.)

PAN.: Tendes muitas aqui dentro? — FR.: Poucas.
PAN.: Quantas são na verdade? — FR.: Vinte.
PAN.: Onde as escondestes? — FR.: Ali.
PAN.: Suponho que sejam todas crescidas. Mas como é seu corpo? — FR.: Reto.
PAN.: E a pele? — FR.: Lisa.
PAN.: Os cabelos? — FR.: Louros.
PAN.: E os olhos como são? — FR.: Negros.
PAN.: As tetas? — FR.: Maçãs.
PAN.: Os rostos? — FR.: Lindos.
PAN.: As sobrancelhas? — FR.: Curvas.
PAN.: São atraentes? — FR.: Muito.
PAN.: Seu olhar? — FR.: Franco.
PAN.: E os pés? — FR.: Chatos.
PAN.: Os calcanhares? — FR.: Curtos.
PAN.: O traseiro como é? — FR.: Belo.
PAN.: E os braços? — FR.: Longos.
PAN.: O que trazem nas mãos? — FR.: Luvas.
PAN.: Os anéis dos dedos do que são? — FR.: Ouro.
PAN.: O que usais para vesti-las? — FR.: Pano.
PAN.: De que qualidade é o pano? — FR.: Novo.
PAN.: E de que cor? — FR.: Verde.
PAN.: E o chapéu? — FR.: Azul.
PAN.: Os sapatos como são? — FR.: Marrons.
PAN.: E o pano é de boa qualidade? — FR.: Fino.
PAN.: Os sapatos do que são? — FR.: Couro.
PAN.: Vejamos a cozinha. O que há na cozinha? — FR.: Fogo.
PAN.: E com que o alimentais? — FR.: Lenha.
PAN.: E essa lenha daqui como é? — FR.: Seca.
PAN.: De que árvore a tirais? — FR.: Teixo.
PAN.: E na lareira do quarto que madeira queimais? — FR.: Pinho.
PAN.: E como é o alimento que dais às mulheres? — FR.: Farto.
PAN.: O que é que elas comem? — FR.: Carne.
PAN.: Mas como? — FR.: Quente.
PAN.: Não tomam sopa? — FR.: Nunca.
PAN.: E não comem pastéis — FR.: Muito.
PAN.: E peixe, elas comem? — FR.: Comem.
PAN.: Como é servido? — FR.: Morno.
PAN.: E o que mais? — FR.: Ovos.

PAN.: Ovos como? — FR.: Fritos.
PAN.: Moles ou duros? — FR.: Duros.
PAN.: E não comem mais nada? — FR.: Comem.
PAN.: O quê? — FR.: Vaca.
PAN.: E o quê mais? — FR.: Porco.
PAN.: E o quê mais? — FR.: Ganso.
PAN.: Ainda mais alguma coisa? — FR.: Frango.
PAN.: E o tempero? — FR.: Salsa.
PAN.: E para continuar o repasto? — FR.: Arroz.
PAN.: E o que mais? — FR.: Leite.
PAN.: E as frutas? — FR.: Fartas.
PAN.: Mas elas costumam beber? — FR.: Bebem.
PAN.: O quê? — FR.: Vinho.
PAN.: Que vinho preferem? — FR.: Branco.
PAN.: No inverno? — FR.: Forte.
PAN.: Na primavera? — FR.: Fraco.
PAN.: No verão? — FR.: Fresco.
PAN.: No outono e na vindima? FR.: Doce.

— Amigo frade — exclamou Frei Jean —, como essas matinas daqui devem ser gordas, e como deviam passar depressa; Vós as repassais bem e copiosamente.

— Esperai — disse Panúrgio — que eu acabe. Qual é a hora em que se deitam? — FR.: Noite.

PAN.: E quando se levantam? — FR.: Manhã.

— Eis — disse Panúrgio — o frade mais gentil que encontrei nestes anos. Mais sucinto como seria o despachante de causas, o abreviador de processos, o encerrador de debates, o minutador de escrituras? Das referidas irmãs de caridade, qual é o formulário? — FR.: Grosso.

PAN.: Na entrada? — FR.: Fresco.
PAN.: No fundo? — FR.: Oco.
PAN.: Pergunto eu: como é lá? — FR.: Quente.
PAN.: O que há na borda? — FR.: Pelo.
PAN.: Qual? — FR.: Ruivo.
PAN.: E das mais velhas? — FR.: Cinza.
PAN.: O movimento delas como é? — FR.: Pronto.
PAN.: O rebolar das cadeiras? — FR.: Vivo.
PAN.: Todas são trepidantes? — FR.: Demais.
PAN.: Os vossos instrumentos como são? — FR.: Grandes.
PAN.: E sua margem? — FR.: Bolas.

PAN.: A ponta de que cor é? — FR.: Rosa.

PAN.: Depois que fazem como ficam? — FR.: Murchos.

PAN.: O que dizem elas durante o ato? — FR.: Nada.

PAN.: Tão logo elas vos fazem comer bem, pensam em se divertirem? — FR.: Certo.

PAN.: Elas não vos dão filhos? — FR.: Nenhum.

PAN.: Deitais em que condições? — FR.: Nudez.

PAN.: Pelo juramento que prestais, quantas vezes ordinariamente operais por dia? — FR.: Cinco.

PAN.: E de noite? — FR.: Onze.

— Cancro — disse Frei Jean —, não consegue passar de dezesseis? Que vergonha! — PAN.: Farias outro tanto, Frei Jean? Ele já faz muito. Assim fazem os outros? — FR.: Todos.

PAN.: Quem é de todos o mais galante? — FR.: Degas.

PAN.: Não cometeis erros? — FR.: Nenhum.

PAN.: Não estou entendendo muito bem. Tendo esvaziado e esgotado no dia precedente todos os vossos vasos espermáticos, podem eles no dia seguinte estar tão cheios? — FR.: Podem.

PAN.: Eles têm, ou estou sonhando, a erva da Índia celebrada por Teofrasto. Mas se por impedimento legítimo, ou por outro modo, como vos sentis? — FR.: Tristes.

PAN.: E então, o que fazem as mulheres? — FR.: Rumor.

PAN.: E se cessais um dia? — FR.: Gritam.

PAN.: O que lhes dais então? — FR.: Truques.

PAN.: E elas o que fazem? — FR.: Sopros.

PAN.: O que dizes? — FR.: Peidos.

PAN.: E lhes infligis algum castigo? FR.: Duro.

PAN.: Qual é a época do ano em que fazeis com mais demora? — FR.: Julho.

PAN.: E aquela em que fazeis mais prestamente? — FR.: Março.

Então disse Panúrgio: — Eis o pobre cantarola do mundo; ouvistes como é ele resoluto, sumário e compendioso em suas respostas? Só responde por dissílabos. Creio que partiria uma cereja em três pedaços. — Por Deus — disse Frei Jean —, garanto que com as suas raparigas ele é bem polissílabo. Falai de três pedaços de cereja; por São Gris, eu juraria que de um pernil de carneiro ele não faria mais que dois pedaços e que beberia um quartilho de vinho de um trago. Vede como está esgotado. — Essa cambada de monges — disse Epistemon — se mostra tão pronta a gozar os bens mundanos, e depois nos diz que sua vida não é neste mundo.

CAPÍTULO XXIX
DE COMO A INSTITUIÇÃO DA QUARESMA DESAGRADA A EPISTEMON

— Tendes notado — disse Epistemon — como esse salafrário cantarola nos alegou ser março o mês da frascarice? — Sim — respondeu Panúrgio —, todavia, aquele mês cai sempre na quaresma, que foi instituída para macerar a carne, mortificar os apetites sexuais e reduz as fúrias venéreas. — Nesse caso — disse Epistemon —, podeis julgar que intenção tinha o papa que a instituiu, quando esse frade vilão confessa jamais estar mais imbuído de frascarice do que na estação da quaresma; também pelas evidentes razões produzidas por todos os bons e sábios médicos, afirmando não serem no decurso do ano consumidas viandas que mais excitam a pessoa à lubricidade do que naquele tempo: favas, ervilhas, faséolos, grãos-de-bico, cebola, nozes, ostras, arenque, peixes do mar, saladas compostas de ervas venéricas, como eruca, agrião, estragão, rábano, lúpulo, figos, arroz, uvas.

— Ficaríeis — disse Pantagruel — bem espantados se, vendo o bom papa, instituidor da santa quaresma, na estação em que o calor natural sai do centro do corpo, no qual fica contido durante os frios do inverno, e se dispersa na circunferência dos membros, como faz a seiva nas árvores, determinar viandas como a que dissestes ordenadas para ajudar a multiplicação na linhagem humana. O que me fez pensar nisso foi que, no livro de batistérios de Thouars, maior é o número de crianças nascidas em outubro e novembro do que nos dez outros meses do ano, as quais, segundo a suputação retrógrada, todas foram feitas, concebidas e engendradas na quaresma. — Eu — disse Frei Jean — escuto os vossos propósitos, e com eles muito me alegro: mas o cura de Jambert atribui esse copioso engravidamento de mulheres, não às viandas da quaresma, mas aos missionários, aos pregadores, que, naquela época, colocam os homens casados a três toesas das garras de Lúcifer. Aterrorizados, os maridos não mais se divertem com as camareiras, e se retiram para as suas esposas. Tenho dito. — Interpretai — disse Epistemon — a instituição da quaresma à vossa fantasia, cada um tem as suas razões; mas à supressão daquela, o qual me parece ser independente, se opõem todos os médicos; eu sei, tenho os ouvidos dizer. Pois sem a quaresma estaria a sua arte desprezada, nada ganhariam, ninguém ficaria doente. Na quaresma são todas as moléstias semeadas; um verdadeiro viveiro, a farta camada onde florescem todos os males: considerai que se a quaresma faz com que todos os corpos apodreçam, também faz com que as almas se enraiveçam. Os diabos então fazem o seu ofício. Os hipócritas tomam posição. Os monges mendicantes encontram seus grandes dias, com sessões, estações, perdões, sindéreses, confissões, flagelações, anátemas. Não quero dizer com isso que os rismapianos[746] sejam nisso melhores do que nós, mas falo a propósito.

---

746. Povo da Cítia, que, segundo Plínio, só tinha um olho. Rabelais se refere aos protestantes. (N. do T.)

— Então, caro fradinho, cantarolante e cantarolando, não vos parece ser isso herético? — FR.: Demais.

PAN.: Ele deve ser queimado? — FR.: Deve.
PAN.: O mais cedo que se puder? — FR.: Claro.
PAN.: De que maneira? — FR.: Vivo.
PAN.: E depois como ele ficará? — FR.: Morto.
PAN.: Eles vos aborreceu muito? — FR.: Muito.
PAN.: Como ele vos parece? — FR.: Louco.
PAN.: E qual seria a cura? — FR.: Fogo.
PAN.: Já foram queimados outros? — FR.: Foram.
PAN.: Eram heréticos? — FR.: Menos.
PAN.: Ainda serão queimados outros? — FR.: Tantos!
PAN.: Não podem ser perdoados? — FR.: Jamais.
PAN.: Então têm de ser queimados? — FR.: Todos.

— Não sei — disse Epistemon — que prazer tendes em conversar com esse frade idiota; se alhures não vos conhecesse, teria a vosso respeito uma opinião pouco honrosa. — Vamos por Deus — disse Panúrgio —, eu o levaria com muito gosto a Gargântua, tanto ele me agrada; quando eu me casasse, ele seria o bobo de minha mulher. — Ou ao contrário — disse Epistemon. — A esta hora — disse Frei Jean, rindo — não escaparias, pobre Panúrgio; jamais escaparás de ser corno até o olho do cu.

CAPÍTULO XXX
DE COMO VISITAMOS O PAÍS DE CETIM[747]

Satisfeitos por termos visto a nova religião dos frades cantarolas, navegamos durante dois dias: no terceiro, descobriu o nosso piloto uma ilha bela e deliciosa, que se chamava a Ilha de Frisa: pois todos os seus caminhos eram de Frisa. Nela se encontrava o país de Cetim, tão renomado entre os pagens da corte, onde as árvores e a erva jamais perdiam flor ou folha, e eram feitas de damasco e veludo. Os animais e aves eram de tapeçaria. Ali vimos vários animais e aves nas árvores, tais como os vemos em figura, grandeza, amplitude e cor; exceto que nada comiam, e não cantavam, e também não mordiam como fazem os nossos. Vários ali também vimos que não tínhamos visto antes; entre outros diversos elefantes, de diversos portes; entre todos notai os seis machos e seis fêmeas, apresentados em Roma por seu domador, no tempo de Germânico, sobrinho do imperador Tibério, elefantes doutos, músicos, filósofos, dançarinos, bailarinos: e estavam à mesa, sentados com muita distinção, bebendo e comendo em silêncio, como beatos padres no refeitório. Têm o focinho com dois côvados de comprimento, e o chamamos

---

747. Neste capítulo, Rabelais critica os viajantes e geógrafos fantasistas. (N. do T.)

de probóscide, com o qual podem beber água, pegar folhas, frutas e toda a espécie de comida, e se defenderem e atacarem, como se usassem o braço; e nos combates atiram as pessoas para o alto, e a queda os fazem morrer de rir. Têm mui belas e grandes orelhas, do formato de um crivo. Têm junturas e articulações nas pernas; os que escreveram o contrário não o viram jamais senão em pintura. Entre os seus dentes, há dois grandes chifres, assim como os chamava Juba; Pausânias disse serem chifres, e não dentes; Filistrato quer que sejam dentes e não chifres; para mim, tudo é o mesmo, contanto que fiqueis sabendo que é o verdadeiro marfim, e que têm de três a quatro côvados de comprimento, e estão na mandíbula superior e não na inferior. Se acreditardes nos que dizem o contrário, ficareis mal. Ali, não alhures, os tinha visto Plínio, dançarinos e funâmbulos; também passando sobre as mesas em pleno banquete, sem ofender os beberrões bebendo.

Vi um rinoceronte de todo semelhante àquele que Henri Clerberg me mostrou outrora; e pouco diferia de um varrão que vi outrora em Limoges, exceto que tinha um chifre no focinho com um côvado de comprimento e pontudo, com o qual se atrevia a enfrentar um elefante em combate, com ele o apunhalando sob o ventre (que é a parte mais tenra e débil do elefante) e o atirando morto por terra. Ali vi trinta e dois unicórnios; é um animal traiçoeiro, de todo semelhante a um belo cavalo. Exceto que tem a cabeça igual à de um elefante, a cauda como a de um javali e na fronte um chifre pontudo, negro e com o comprimento de seis a sete pés, o qual ordinariamente lhe cai para baixo, como a crista de um galo da Índia; quando quer combater ou de outro modo se defender, o levanta bem alto e reto. Vi um deles, acompanhado de vários animais selvagens, com seu chifre limpar uma fonte; pelo que me disse Panúrgio parecer seu aparelho com aquele unicórnio, não em tamanho de modo algum, mas em virtudes e propriedades. Pois, assim como o unicórnio purifica a água dos mares e das fontes, se sujeira ou veneno algum ali houver, e aqueles animais diversos em segurança iam beber depois dele, assim seguramente no seu caso se poderia com certeza depois fornicar sem perigo de cancro, varíola, esquentamento e coisas menores; pois se algum mal houvesse no buraco mefítico, ele tudo limparia com o seu chifre nervoso.

— Quando — disse Frei Jean — vos casardes, tiraremos a prova em vossa mulher; por amor de Deus o seja, pois nos dais uma instrução assaz salutar. — É verdade — disse Panúrgio —, e prontamente pôr no estômago a bela pilulazinha agregadora de Deus, composta de vinte e duas punhaladas cesarianas;[748] — Melhor vale — disse Frei Jean — uma taça cheia de vinho bem fresco. — Vi o tosão de ouro conquistado por Jasão. Os que dizem não se tratar de tosão, mas de pomas de ouro, porque *Mela* significa maçã e cordeiro, mal visitaram o país de Cetim. Vi um camaleão tal como descreve Aristóteles, e tal como me mostrara algumas vezes Charles Marais, médico insigne na nobre cidade de Lião sobre o Ródano; e vivia

---

748. À maneira de César Borgia. (N. do T.)

só de ar, não mais que o outro. Vi três hidras, tal como tinha visto outrora alhures. São serpentes, tendo cada uma sete cabeças diversas. Vi quatorze fênix.

Li em diversos autores que só há no mundo uma dessas aves enquanto vive; mas, segundo a minha modesta opinião, os que a descreveram só a viram no país das tapeçarias, ainda que fosse um deles Lactânico Firmiano. Vi a pele do Asno de Ouro de Apuleio. Vi trezentos e nove pelicanos. Seis mil e dezesseis pássaros seleucidas[749], marchando bem ordenados e devorando os gafanhotos, entre os trigais, cinamolgos[750] melharucos, caprimulgos,[751], francelhos, até mesmo, digo eu, onocrotalos[752] com suas bocarras, harpias, panteras, lobisomens, tigres, leopardos, hienas, girafas, cinocéfalos, sátiros, cartasones[753], touros negros, pégasos, cepes[754] cercopítecos[755], bisões, estriges, grifos. Ali vi a meia-quaresma a cavalo; o meados-de-agosto e meados-de-março lhe serviam de estribos.

Vi uma rêmora, peixe pequeno, que os gregos chamavam de *echineis*, junto de uma grande nau, a qual não se movia, embora tivesse velas pandas em alto mar; creio bem que era a de Periandro o tirano, a qual um peixe tão pequeno detinha contra o vento. Naquele país de Cetim, não alhures, o vira Muciano. Frei Jean nos disse que nas cortes do parlamento reinavam duas espécies de peixes, os quais faziam todos os litigantes, nobres, plebeus, pobres, ricos, grandes, pequenos, apodrecer os corpos e enraivecer as almas. Os primeiros eram os peixes de abril que são as cavalas e os segundos venenosas rêmoras: a eternidade dos processos sem fim de julgamento[756]. Vi esfinges, rafes[757], onças, cefes os quais têm as patas dianteiras como as mãos e as traseiras como os pés dos homens; crocutos[758], ealos que são grandes como hipopótamos, tendo a cauda como a do elefante, as mandíbulas como as do javali, os chifres móveis como são as orelhas do asno. Os leucrocutes, animais mui leves, do tamanho dos asnos de Mirebalais, que têm o pescoço, a cauda e o peito como um leão, as pernas como as do veado, a boca aberta até as orelhas, e só têm um dente em cima e um outro embaixo; falam com voz humana; mas não disseram uma só palavra. Dizeis que não se veem jamais arcas sagradas; ali vi onze, e bem as observei. Vi alabardas canhotas, coisa que alhures não se vê. Vi mantichoros, animais bem estranhos: têm o corpo como o do leão, o pelo vermelho, o rosto e as orelhas como os do homem, três fileiras de dentes, entrando uns

---

749. Aves fabulosas, enviadas por Júpiter para exterminar os gafanhotos. (N. do T.)
750. Povo fabuloso da Arábia, que bebia leite de cadela. (N. do T.)
751. Ave noturna, que, segundo a crendice, mamava em cabras à noite. (N. do T.)
752. Que imita o grito dos asnos. (N. do T.)
753. Animal fabuloso, talvez o unicórnio. (N. do T.)
754. Animal fantástico de pés e mãos iguais aos dos homens. (N. do T.)
755. Macaco de cauda, adorado pelos egípcios. (N. do T.)
756. Trocadilhos. *Poissons d'avril* é uma expressão que corresponde ao nosso "primeiro de abril". *Rémora* em francês corresponde em português tanto a "remora" (adiamento, dilação, delonga) como a "rêmora" (peixe). (N. do T.)
757. Espécie de lobo malhado, segundo Plínio. (N. do T.)
758. Animal fantástico, híbrido do cão e da hiena. (N. do T.)

dentro dos outros, como quando a gente entrelaça os dedos das mãos uns nos outros; na cauda têm um ferrão, com o qual picam, como fazem os escorpiões, e a sua voz é melodiosa. Vi catoblepos, animais selvagens pequenos de corpo, mas com as cabeças muito grandes, fora de proporção, de sorte que mal as podem levantar do chão; têm, os olhos tão venenosos, que quem os fitar morre de repente, como se se tivesse visto um basilisco. Vi animais com duas costas, que me pareceram lisas e fartas. Vi lagostas leitosas (alhures jamais foram vistas) que caminham em mui bela ordem e são deleitáveis à vista.

CAPÍTULO XXXI
DE COMO, NO PAÍS DE CETIM, VIMOS OUVIR-DIZER, DIRIGINDO UMA ESCOLA DE TESTEMUNHAS

Passando um pouco adiante no país da Tapeçaria, vimos o mar Mediterrâneo aberto e descoberto até os abismos, bem assim como no golfo Arábico se descobria o mar da Eritreia, para abrir caminho aos judeus saídos do Egito. Reconheci Tritão soando a sua grossa concha, Glauco, Proteu, Nereu e mil outros deuses e monstros marinhos. Vimos também número infinito de peixes de espécies diversas, dançantes, volantes, volteantes, combatentes, devorantes, respirantes, caçadores, armadores de emboscadas. Em um canto perto vimos Aristóteles com uma lanterna, em semelhante atitude que se pinta o eremita perto de São Cristóvão, espiando, considerando, tudo redigindo por escrito. Atrás dele estavam, como filas de meirinhos, outros filósofos, Apiano, Heliodoro, Ateneu, Porfírio, Pancates aradiano, Numério, Possidônio, Ovídio, Opiano, Olímpio, Seleuco, Leônidas, Agatocles, Teofrasto, Damostrato, Muciano, Ninfodoro, Heliano, quinhentos outros, também outros que dispunham de muito tempo, como Crisipo ou Aristarco de Sole, o qual ficou cinquenta e oito anos contemplando a vida das abelhas, sem outra coisa fazer. Entre eles, vi Pierre Gilles[759], o qual tinha na mão um urinol e em profunda contemplação considerava a urina daqueles belos peixes.

Depois de haver longamente considerado aquele país de Cetim, disse Pantagruel: — Aqui tenho longamente fixado os meus olhos, mas não me sinto mais tranquilo: meu estômago clama e grita de fome; vamos comer, vamos comer; vejamos esses anacampserotes[760] que se veem ali em cima. — Ora, não é nada que valha a pena!

Peguei então, algumas frutas que pendiam a um canto da tapeçaria; mas não as pude mastigar ou engolir, e pelo gosto juraria que eram feitas de retrós de seda, pois não tinham sabor algum. Dir-se-ia que Heliogábalo as teria tomado como

---
759. Naturalista francês, morto em 1555. (N. do T.)
760. Erva imaginária, que reavivaria o amor extinto. Do grego: *anacampto*, eu volto, e *eros*, amor. (N. do T.)

transunto de bula[761], maneira de alegrar aqueles que ele fizera longamente jejuar, prometendo-lhes no fim um banquete suntuoso, abundante, imperial; depois lhes oferecia iguarias de cera, de mármore, de argila, em pintura figuradas.

Procurando então pelo dito país se alimento algum encontraríamos, ouvimos um ruído estridente e diferente, como se fossem mulheres lavando lixívia ou o ruído de moinhos de Bazacle lés Tholoze; sem mais nos demorarmos, rumamos para o lugar de onde vinha, e vimos um velhinho corcunda, aleijado e monstruoso. Chamava-se Ouvir-dizer; tinha a boca aberta até as orelhas, e dentro da boca sete línguas e cada língua fendida em sete partes; com todas elas falava ao mesmo tempo, apresentando diversos assuntos e em idiomas diversos; tinha também na cabeça e no resto do corpo tantos ouvidos quantos olhos tinha Argos; no resto, era cego e paralítico de ambas as pernas. Em torno dele, vi um número incrível de homens e mulheres ouvintes e atentos, e reconheci alguns entre a multidão de fisionomia alegre, e no meio deles um que tinha um mapa-múndi, e lhes expunha sumariamente por pequenos aforismos, tornando-os assim doutos e sábios em poucas horas, e falavam de coisas prodigiosas elegantemente e com boa memória, pela centésima parte das quais não seria suficiente a vida do homem: pirâmides do Nilo, Babilônia, trogloditas, himantópoles[762], canibais, montes Hiperbóreos, egipãs, todos os diabos e tudo por Ouvir-dizer. Vi, segundo penso, Heródoto, Plínio, Solin, Berose, Filostrato, Mela, Estrabão e tantos outros antigos; mais Alberto o jacobino, Pedro Testemunha,[763] papa Pio segundo, Volaterran, Paulo Jóvio o valente homem, Jacques Cartier, Chaiton armênio, Marco Polo veneziano, Ludovico romano, Pedro Alvarez e não sei quantos outros modernos historiadores escondidos atrás de uma peça de tapeçaria, escrevendo em tapeçanês[764] belas descrições e tudo por Ouvir-dizer.

Atrás de uma peça de veludo com folhas de menta[765], perto de Ouvir-dizer, vi grande número de percherões, bons estudantes, bastante jovens; e perguntando em que faculdade eles aplicavam os seus estudos, soubemos que ali aprendiam a ser testemunhas, e aproveitavam tão bem o estudo, que, partindo daquele lugar e voltando à sua província, viviam honestamente do ofício de testemunhas, prestando testemunho de todas as coisas aos que mais lhe dessem por dia, e tudo por Ouvir-dizer. Dizei o que quiserdes, mas eles nos deram de seus bocados e bebemos de seus barris à farta. Depois nos advertiram cordialmente que soubéssemos poupar a verdade, tanto quanto possível, se queríamos chegar na corte a grandes senhores.

---

761. Em segunda edição. (N. do T.)
762. Povo de pernas tortas, que Plínio diz viver na Etiópia. (N. do T.)
763. Pierre Martyr d'Angiera, autor de uma das primeiras descrições da América. (N. do T.)
764. No original *en tapinois*, que significa "às escondidas". (N. do T.)
765. Mais um trocadilho, com as palavras *menthe* e *mentir*. (N. do T.)

CAPÍTULO XXXII
DE COMO NOS FOI DESCOBERTO O PAÍS DE LANTERNEIROS[766] DE COMO DESEMBARCAMOS NO PORTO DE LICNOBIANOS E ENTRAMOS EM LANTERNEIROS

Maltratados e mal refeitos no país de Cetim, navegamos por três dias; no quarto, bem cedo, aproximamo-nos de Lanterneiros. Aproximando-nos, vimos sobre o mar pequenos fogos volantes; de minha parte, pensei que fossem não lanternas, mas peixes, que com a língua chamejante fora do mar fizessem fogo; ou então lampírios reluzindo como à noite fazem em minha pátria, vinda a cevada à maturidade. Mas o piloto nos advertiu que eram lanternas de espreita, em torno das muralhas caminhando e escoltando alguns lanterneiros estrangeiros, que, como bons franciscanos e jacobinos, iam comparecer ao capítulo provincial. Duvidando todavia que fossem algum prognóstico de tempestade, nos assegurou que assim era.

Em poucos instantes entramos no porto de Lanterneiros. Ali, em uma alta torre, reconheceu Pantagruel a lanterna de La Rochelle,[767] a qual nos dá boa claridade. Vimos também a lanterna de Faros, de Nauplion e da Acrópole de Atenas consagrada a Palas. Perto do porto há uma pequena aldeia habitada pelos licnóbios, que são povos que vivem de lanternas, como os frades *briffauls* vivem de freiras, gente de bem e estudiosa. Demóstenes ali lanternou outrora. Daquele lugar até o palácio fomos conduzidos por três obetiscolichinias, guardas militares do porto, que usam grandes gorros, como albaneses, e aos quais expusemos a causa da nossa viagem e deliberação; que era solicitar à rainha de Lanterneiros uma lanterna para nos iluminar e nos conduzir na viagem que fazíamos ao oráculo da Botelha. O que nos prometeram fazer, acrescentando que em boa ocasião e oportunidade havíamos lá chegado, e que teríamos facilidade na escolha de lanternas, quando elas se reuniam em seu capítulo provincial. Chegando ao palácio real, fomos por duas lanternas de honra, a saber, a lanterna de Aristófanes e a lanterna de Cleanto, apresentados à rainha; à qual Panúrgio, em idioma lanternês, expôs em poucas palavras a causa da nossa viagem. E tivemos por parte dela bom acolhimento, e ordem para assistirmos à sua ceia, a fim de mais facilmente escolhermos a que queríamos por guia. O que grandemente nos agradou, e não fomos negligentes em tudo bem notar e considerar, tanto em seus gestos, vestes e atitudes, como também na ordem do serviço. A rainha estava vestida de cristalino virgem, por arte de tauxia e obra damasquina, passamanada de grandes diamantes. As lanternas de sangue estavam vestidas, algumas de palha, outras de pedra fengiste[768], sendo a armação de chifre, papel, pano encerado. Os fanais igualmente, segundo as suas posições e antiguidade de suas casas.

---

766. País das luzes, da ciência. (N. do T.)
767. La Rochelle era o foco da Reforma. A lanterna seria, na opinião de alguns comentaristas, o bispo de Maillezais. (N. do T.)
768. Pedra da Capadócia, dura e transparente. (N. do T.)

Somente vi uma de barro como um pote, no meio das mais imponentes; com o que me espantando, ouvi que era a lanterna de Epiteto, pela qual se tinha outrora recusado três mil dracmas. Considerei também o modo e acabamento insigne de lanternas de muitas mechas de Marcial, outrora consagrada por Canope, filha de Tisias. Notei muito bem a lanterna pênsil, outrora tomada de Tebas no templo de Apolo Palatino, e depois transportada para a cidade de Cima Eólica por Alexandre, o grande. Notei uma outra insigne por causa da seda carmesim que tinha na testa. E me foi dito que era Bartolo, fanal do direito. Notei igualmente duas outras insignes, por causa da bolsa de clister que traziam na cintura; e me foi dito que uma era a grande e a outra a pequena luminária dos boticários[769]. Chegando a hora de cear, a rainha se sentou em primeiro lugar, seguindo-se os outros, segundo seu grau e dignidade. Inicialmente, foram servidas a todas velas normais, exceto a rainha que recebeu um grande archote flamejante de cera branca, um tanto avermelhada na ponta; o mesmo com as lanternas de sangue exceutadas do resto, e a lanterna provincial de Mirebalais, à qual foi servida uma vela de noz, e a provincial do baixo Poitou, à qual foi servida uma vela com brasão. E só Deus sabe quanta luz elas faziam com as suas mechas. Exceto também um certo número de jovens lanternas, governadas por uma lanterna grande. Elas não brilhavam como as outras, mas pareciam ter cores divertidas.

CAPÍTULO XXXIII
DE COMO FORAM SERVIDAS AS DAMAS LANTERNAS NA CEIA

As flautas e cornamusas soaram harmoniosamente, e foram-lhes servidas as viandas. À entrada do primeiro serviço a rainha tomou, à guisa de pílulas que cheiram tão bem (digo *ante cibum*) para desengordurar o estômago, uma colherada de *petasunne*, depois foram servidos[770].

Piparotes saborosos.	Pedras falsas.
Chaleiras à vinagreta.	Osgas.
Frioleiras em pasta.	Almôndegas-de-galo-bem-boas.
Gendarmaria.	

No segundo serviço, foram servidos:

---

769. Títulos de dois formulários farmacêuticos do fim do século XV. (N. do T.)
770. A lista dos pratos servidos na ceia é muito grande, mas, em sua maioria absoluta, as palavras enumeradas são intraduzíveis. Não constam nem nos dicionários modernos, nem nos glossários dos comentaristas. São invenções de Rabelais, sem sombra de dúvida. (N. do T.)

Futilidades.
Baudielmagues, iguaria rara.
Ninharias do poente.
Bosta de coelho em pelo.
Sai-te desta.
Renego minha vida.

Menino-mimado-da-espinha.
Manigoulles do levante.
Sebo de filhote de asno.
Deixa-me em paz.
Põe tu mesmo.
Focinho de asno com trevo em pasta.

Como último serviço, foram apresentados:

Drogas senogas.

Gresamines, frutas deliciosas.
Conchas asnásticas.

Neves d'antanho, que abundam em Lanterneiros.
Sopra-no-meu-cu.

Como sobremesa, trouxeram uma travessa cheia de merda coberta de flores: era uma travessa cheia de mel branco, coberto por um pano de seda carmesim.

A bebida foi servida em tirelarigots[771], vasilhas belas e antigas, e nada beberam a não ser oclacodes, bebida muito ruim para o meu gosto; mas em Lanterneiros é bebida deífica, e se embebedam com ela, tanto que vi uma velha lanterna revestida de pergaminho, lanterna corporal de outras jovens lanternas, a qual ficou tão bêbeda que perdeu o caminho e perdeu a sua luz; e foi dito a Pantagruel que muitas vezes em Lanterneiros assim pereciam as lanternas lanternadas, mesmo nas ocasiões em que tinham capítulo.

Terminada a ceia, foi tirada a mesa. Então, tocando os menestréis mais melodiosamente que antes, foi pela rainha começado um baile duplo, no qual todos os fanais e lanternas juntos dançaram. Depois a rainha sentou-se em seu lugar; os outros aos diversos sons das flautas dançaram diversamente como se diria:

Serre martin.
Abaixo dos caminhos de Arras
Trioria da Bretanha
Os sete rostos.
Revergasse.
Marquesa.
Espinha.
A alegre.
Pamine.

É a bela franciscana.
Bastienne.
Heky pois se sois bela
Galharda.
Sapos e grous.
Se-eu-tivesse-o-belo-tempo-perdido.
Picardia alegre.
Malemaridade.
Catarina.

---

771. *À tire-larigot*: à larga, fartamente. (N. do T.)

FRANÇOIS RABELAIS

São Roque.
Triste prazer.
Ossinho.
A dolorosa.
Como é bom.
A pessoal.
A banida.
Verdura.
O coração é meu.
Prazer.
Não sei porquê.
Meu Deus, que mulher tenho!
Meu-coração-saberá-amar.
Ele nasceu em boa hora.
A dor da carta.
Por-ter-feito-de-acordo-com-o-meu--amigo.
O monte da vinha.
Cremona.
Perrichon.
Grandes pesares.
A dor que me atormenta.
Frei Pierre.
Toda nobre cidade.
O pesar do cordeiro.
Despediu simplesmente.
Renome de um extraviado.
Esperando a graça.
Meio soneto.
Eles mentiram.
Minha prima.
Pela metade.
Como quiserdes.
De todas as cores.
Fortuna.
Pensamentos de uma dama.
Nobreza.

Nevers.
Rigoron pironi.
Biscaia.
O que sabeis.
O pequeno ai.
A governate.
Foix.
Princesa de amor.
O coração é bom.
Pensai no medo.
Ah, o que vos fez meu coração!
Chegou-a-hora-de-me-queixar.
Quem se parece bem comigo.
A dor do escudeiro.
O grande alemão.
As capas amarelas.
Bem semelhante.
A vendeira.
Apesar-do-perigo.
À sombra de um bosque.
Florida.
Vai-te, pesar.
Não ponhas tudo.
Contrato da Espanha.
Meu c... virou meirinho.
O que virou minha pequena.
Ela não tem mais noivo.
Pampeluna.
Minha alegria.
Ela volta.
Todos os bens.
Já-que-no-amor-sou-desgraçado.
A toda a hora.
Alemã.
Iac Bonodaing.
Tudo ao contrário.

Caudal.
Dulcis amica.
Castelos.
Vazando.
A noite.
Bom governo.
Meus cantos alegres.
Bom pé, bom olho.
A dolorosa.
Cura, vem pois.
Jogo de Biscaia.
À vinda do Natal.
Frisca.
Sou muito morena.
Galeota.
Marido com a esposa.
Meus filhos.
A valentina.
Testemunho.
Amores.
Torneira.
Sai daí, Guillot.
Suspiros do potro.
Façamos a feição.
A bela Francisca.
Ó leal esperança!
Em meu regresso.
Pobres soldados.
Este não é o jogo.
Paciência.
Chasteaubriant.
Ela se vai.
Despreocupada
O grande ai.
Meu coração será.
Belo-olhar.
Pavana.
É o meu mal.
O quente.
O goivo.
Jurai o peso.
A Deus meu envio.
É bom amar.
Meu belo coração.
Olá, pastora amiga.
Sem ela não posso.
Fico sozinho.
Entrada do bobo.
Foi-muito-errado.
Meu luto passou.
Quando-me-lembro.
A gota.
A tripeira.
Por falsa semelhança.
Fortuna errada.
Calabria.
Esperança.
Lamentos, ou prantos, eu me despeço.
Amor me desagrada.
Não sei porque.
Negra e tostada.
É um pensamento.
É meu prazer.
Não faço mais.
O ceifeiro.
Beleza.
Navarra.
Manteiga fresca.
La ducate.
Jacqueline.
Tanto tédio.
Senhoria.
A tecelã.
Hely pois se sois bela.

A margarida.
A lã.
O belo bosque.
O mais dolente.

Ora fez bem.
O tempo passa.
Gèvre vem.
As sebes.

Notais, beberrões, que em tudo reina a alegria, e era mui de se ver os gentis fanais com suas pernas de pau. No fim, foi trazido vinho, e servido à farta. Então a rainha nos permitiu a escolha de uma de suas lanternas para nos conduzir, tal como nos agradasse. Por nós foi escolhida a amiga do grande M.P. o amigo a qual outrora eu conhecera bem. Ela igualmente me reconheceu, e nos pareceu mais divina, mais douta, mais sábia, mais querida, mais humana, mais bem disposta e mais idônea do que qualquer outra houvesse na companhia para nos conduzir. Agradecemos bem humildemente à dama rainha, e fomos acompanhados até a nossa nave por sete jovens fanais mui graciosos, já luzindo a clara Diana.

Ao partir do palácio, ouvi a voz de um grande fanal de pernas tortas, dizendo que uma boa noite vale mais que várias boas manhãs, que tinha castanhas recheando gansos desde o dilúvio de Ogiges. Querendo dar a entender que só se passa bem à noite, quando as lanternas estão em seus lugares em companhia dos gentis fanais. Tais folganças o sol não pode ver com bons olhos, como testemunhou Júpiter, quando deitou com Alcmena mãe de Hércules, fazendo-o se esconder por dois dias, pois pouco antes ele descobrira a patifaria de Marte e de Vênus.

CAPÍTULO XXXIV
DE COMO CHEGAMOS AO ORÁCULO DA BOTELHA

Iluminando-nos a nossa nobre lanterna, e nos conduzindo de boa vontade, chegamos à ilha desejada, na qual estava o oráculo da Botelha. Descendo em terra, Panúrgio fez uma cabriola destramente, e disse a Pantagruel: — Hoje temos o que procuramos, com fadiga e trabalhos tão diversos. — Depois agradeceu gentilmente à nossa lanterna. Ele nos recomendou tudo bem esperar, e com alguma coisa que nos aparecesse em nada nos assustarmos. Aproximando do templo da diva deusa Botelha, mister foi passar por um grande vinhedo feito de todas as espécies de vinhas, como malvasia, moscatel, tage, beaulne, mirevaulx, orleans, picardo, coussi, anjou, grave, corso, verron, nerac e outras. O referido vinhedo foi outrora pelo bom Baco plantado, com tanta bênção, que durante todo o tempo tinha folha, flor e fruto, como as laranjeiras de San-Remo. Nossa lanterna magnanimamente nos ordenou que comêssemos três uvas por homem, colocássemos pâmpano em nossos sapatos e pegássemos um ramo verde com a mão esquerda. No fim do vinhedo, passamos por baixo de um arco antigo, onde estava o troféu de um bebedor, bem destramente esculpido; a saber com uma longa ordem de frascos, odres, garrafas, garrafões, barris, pipas, potes, pendentes de uma parreira sombrosa. Além disso, grande quantidade de alho, cebola, presunto, línguas de boi defumadas, queijos e semelhantes petiscos entrelaçados de pâmpano. Em outra cem formas de copos de pé e sem pé, taças, cálices e outras peças da artilharia báquica. Diante do arco, sob o zoóforo, estavam escritos estes dois versos:

> "Ao penetrar na parte interna
> Trazer convém boa lanterna."

— Quanto a isso, disse Pantagruel, estamos bem providos. Pois em toda a região de Lanterneiros não há lanterna melhor e mais divina do que a nossa.

O arco terminava em um amplo e belo caramanchão, todo feito de cepas de vinha, ormentadas com cachos de uvas de quinhentas cores diferentes, e quinhentas diversas formas não naturais, mais assim compostas por arte da agricultura; amarelas, azuis, pardas, azuladas, brancas, negras, verdes, violetas, bicolores, compridas, redondas, triangulares, quadradas, cúbicas, coroadas, barbudas, acabanadas, espalhadas. O fim do caramanchão era fechado por três latadas antigas, verdejantes e carregadas de frutas. Ali ordenou nossa ilustríssima lanterna daquelas folhas fazer cada um de nós um gorro albanês, para cobrir toda a cabeça, o que foi feito sem demora. — Por baixo desta latada — disse Pantagruel — não teria ousado outrora passar o pontífice de Júpiter — A razão — disse a nossa preclara lanterna — era mística. Pois ali passando, teria o vinho, que são as uvas, por cima de sua cabeça, e pareceria ser como que subjugado e dominado pelo vinho, para significar que os pontífices e todos os personagens que se dão e se dedicam à contemplação das coisas divinas devem em tranquilidade seus espíritos manter, fora de toda perturbação dos sentidos; a qual mais é manifestada na embriaguez do que em outra paixão, qualquer que seja. Vós igualmente não sereis recebidos pela diva Botelha tendo aqui por baixo passado, senão que Bacbuc, a nobre pontífice, veja de pâmpano os vossos sapatos cheios, o que é ato, de todo e por inteiros diâmetros, contrário ao primeiro, e de significação evidente que tendes o vinho em desprezo, e por vós pisado e subjugado. — Eu — disse Frei Jean — não sou letrado, o que me desagrada; mas encontro em meu breviário que, na Revelação, foi, como coisa admirável, vista uma mulher, tendo a lua sob os seus pés, o que era, como me expôs Bigot, para significar que ela não era da natureza das outras que todas têm ao revés a lua na cabeça, e por consequência o cérebro sempre lunático; o que me induz facilmente a crer no que dizeis, senhora lanterna minha amiga.

CAPÍTULO XXXV
DE COMO DESCEMOS PARA DEBAIXO DA TERRA, A FIM DE ENTRARMOS NO TEMPLO DA BOTELHA, E DE COMO CHINON É A PRIMEIRA CIDADE DO MUNDO

Assim descemos para debaixo da terra, por um arco incrustado de gesso, pintado por fora grosseiramente com uma dança de mulheres e sátiros, acompanhados pelo velho Sileno, risonho em cima de seu burro. Lá eu disse a Pantagruel: — Esta entrada me faz lembrar a adega pintada da primeira cidade do mundo, pois lá existem pinturas semelhantes, frescas como estas daqui. — Onde fica — perguntou Pantagruel — a primeira cidade como dizeis? — É Chinon — disse eu —, ou Cayon, na Touraine. — Eu sei — respondeu Pantagruel — onde é Chinon, e também a adega pintada; ali bebi muitos copos de vinho bom e fresco, e não tenho dúvida alguma de que Chinon seja cidade antiga; seu brasão o atesta. Mas como seria a primeira cidade do mundo? Onde encontraste escrito? Por que assim conjecturais? — Encontrei na Escritura sagrada — disse eu — que Caim foi o primeiro construtor da cidade; na verdade, parece-me que ele por seu nome a chamou Caynon, como depois o imitando todos os outros fundadores e restauradores de cidades a elas impuseram os seus nomes. Ateneia, nome grego de Minerva, a Atenas; Alexandre a Alexandria; Constantino a Constantinopla; Pompeu a Pompeiópolis na Cilícia; Adriano a Adrianopólis; Caná aos cananeus; Saba aos sabeanos; Assur aos assírios; Ptolemais, Cesareia, Tiberium, Herodium na Judeia.

Conversando sobre tais amenidades vimos sair o grande frasco (a nossa lanterna o chamava de phlosco), governador da diva Botelha, acompanhado pela guarda do templo, que eram todos botijas francesas. O qual nos vendo tirsígeros, como eu disse, e coroados de hera, reconhecendo também a nossa insigne lanterna, nos fez entrar em segurança, e ordenou que presto nos conduzissem à princesa Bacbuc, dama de honra da Botelha, e pontífice de todos os mistérios. O que foi feito.

CAPÍTULO XXXVI
DE COMO DESCEMOS OS DEGRAUS TETRÁDICOS, E DO MEDO DE PANÚRGIO

Depois descemos um degrau de mármore debaixo da terra, até um patamar; virando para a esquerda, descemos dois outros, e lá havia um igual patamar; depois três ao contrário, e igual patamar; e depois mais quatro e novo descanso. Então perguntou

Panúrgio: — É aqui? — Quantos degraus — disse a nossa magnífica lanterna — contastes? — Um — respondeu Pantagruel —, dois, três, quatro. — Quantos são eles? — Ela perguntou. — Dez — respondeu Pantagruel. — Pela mesma tétrade pitagórica — disse, ela —, multiplicai o que resultou.

— São — disse Pantagruel — dez, vinte, trinta, quarenta. — Quanto deu ao todo? — Disse ela. — Cem — respondeu Pantagruel. — Ajuntai — disse ela — o cubo primeiro; são oito; no fim desse número fatal encontrareis a porta do templo. E notai prudentemente que é a verdadeira psicogonia de Platão, tão celebrada pelos acadêmicos e tão pouco entendida: cuja metade é composta da unidade dos dois primeiros números plenos, de dois quadrangulares e de dois cúbicos.

Enquanto descíamos aqueles degraus numerados embaixo da terra, nos fariam muita falta, primeiramente as nossas pernas, pois sem elas não desceríamos senão rolando como barris para a adega; em segundo lugar a nossa preclara lanterna, pois naquela descida não nos aparecia outra luz como se estivéssemos no buraco de São Patrício, na Hibérnia, ou no fosso de Trofônio na Beócia. Tendo descido cerca de setenta e oito degraus, exclamou Panúrgio, dirigindo a palavra à luminosa lanterna: — Dama mirífica, eu vos peço de coração contrito, voltemos para trás. Pela morte do boi, estou morrendo de puro medo. Consinto em jamais me casar. Fizestes muito sacrifício e sofrestes muita fadiga por mim; Deus vos pague em sua grande pagadoria! Não serei ingrato saindo desta caverna de trogloditas. Voltemos, por favor. Não duvido muito que aqui seja Tenaro, pelo qual se desce para o inferno, e me parece já ouvir os latidos de Cérbero. Escutai, é ele mesmo, ou então estou com o ouvido atrapalhado. Não simpatizo com ele, pois não há dor de dentes pior do que ter um cão agarrado à nossa perna. Se aqui for a fossa de Trofônio, os lêmures e duendes vão nos comer vivos, como outrora comeram um dos alabardeiros de Demétrio. Estás aí, Frei Jean? Peço-te, meu querido, fica bem perto de mim, estou morrendo de medo. Tens a tua espada? Eu não tenho arma alguma, ofensiva nem defensiva. Voltemos.

— Estou aqui — disse Frei Jean —, não tenhas medo, eu te seguro pela gola; dezoito diabos não te arrancarão das minhas mãos, ainda que estejam sem armas. Armas, em caso de necessidade, jamais faltam quando um coração forte está associado a um braço forte; antes armas do céu choveriam, como nos campos da Crau, perto das fossas Mariana na Provença, outrora choveram pedras (ainda estão lá) para ajuda a Hércules, não tendo ele outro modo de combater os dois filhos de Netuno. Mas o quê? Estamos descendo para o limbo das criancinhas (por Deus, elas iriam nos sujar todos) ou então no inferno de todos os diabos? Por Deus, eu vos mostrarei bem a esta hora que tenho pâmpano nos sapatos. Eu me baterei bravamente! Onde estamos? Onde estão eles? Só tenho medo de seus chifres. Mas a ideia dos chifres que Panúrgio terá me garantirá inteiramente. Eu o vejo ali, em espírito profético, um outro Acteon cornudo, cornígero, cornífero.

— Cuidado, irmão — disse Panúrgio —, podendo se casar os monges, para não desposares a febre quartã. E que eu possa são e salvo voltar deste hipogeu, somente para te tornar corno, cornudo, cornígero; pois, pensando bem, a febre quartã não é grande coisa. Lembro-me que Grippeminaud a quis dar-te como esposa, mas tu o chamaste herético.

Aqui foi a conversa interrompida por nossa esplêndida lanterna, lembrando-nos que aquele era o lugar que convinha favorecer por supressão de palavras e taciturnidade de línguas: do discutido dando resposta peremptória, que de voltarmos sem termos a palavra da Botelha não tivéssemos desespero algum, pois tínhamos os sapatos forrados de pâmpano.

— Passemos então — disse Panúrgio —, e avancemos através de todos os diabos. A morte está bem próxima. Todavia eu reservo a minha vida para outras batalhas. Passemos, passemos além. Tenho coragem até demais: é verdade que o meu coração bate muito mas é por causa do frio e mau cheiro desta cova. Não é medo, não, é febre. Vamos, vamos, passemos, empurremos, mijemos.[772] Eu me chamo Guilherme sem medo.

CAPÍTULO XXXVII
DE COMO A PORTA DO TEMPLO POR SI MESMA ADMIRAVELMENTE SE ABRIU

No fim dos degraus encontramos um portal de jaspe, todo construído e rematado no estilo e forma dórica, na face do qual, em letras jônicas de ouro muito puro, estava escrita esta sentença: *En oino aleteia*. A qual quer dizer: no vinho a verdade. A porta era de aço como coríntio, maciça, feita de pequenas vinhetas, esmaltadas delicadamente segundo a exigência da escultura, e os batentes eram juntados e contidos igualmente em seu encaixe, sem fechaduras nem correntes, sem ligação alguma. Somente pendia dali um diamante índico, do tamanho de uma fava egípcia, engastado em ouro afinado em duas pontas, em figura hexágona e em linha reta; de cada lado, perto da parede, pendia dois molhos de alho. Ali nos disse a nossa nobre lanterna que tivéssemos a sua excusa por legítima, se ela desistia de mais adiante nos conduzir. Somente que tivéssemos de obedecer às instruções da pontífice Bacbuc, pois entrar ali dentro não lhe era permitido por certas causas, as quais melhor era calar à gente vivendo vida mortal do que expor. Mas em tudo que acontecesse nos ordenou sermos calmos, sem temor nem medo algum, e confiarmos nela para a saída. Depois puxou o diamante que pendia da comissura das duas portas, e à direita o lançou dentro de uma cápsula de prata, para isso expressamente destinada;

---

772. No original, trata-se de um jogo de palavras: *passons, poussons, pissons*. (N. do T.)

também puxou da soleira de cada batente um cordão de seda carmesim, com o comprimento de uma toesa e meia, do qual pendia o alho; amarrou-o em duas argolas de ouro, para isso expressamente pendendo ao lado, e se retirou.

De súbito, os dois batentes, sem que ninguém os tocasse, por si mesmos se abriram, e abrindo fizeram um ruído estridente, não um barulho horrível, como fazem ordinariamente as portas de bronze rudes e pesadas, mas um doce e gracioso murmúrio, que ecoou pela abóbada do templo; cuja causa Pantagruel de pronto entendeu, vendo, sob a extremidade de um e outro batente um pequeno cilindro, o qual se juntava aos batentes sobre a soleira, e quando o batente se movia, o cilindro também se movia por cima de uma dura pedra de mármore bem lisa e bem polida, que, por sua fricção, produzia um doce e harmonioso murmúrio.

Muito me admirei que os dois batentes, cada um por si mesmo, sem impulso de ninguém, se tivessem aberto; para esse caso maravilhoso entender, depois que todos nós entramos, projetei a minha vista entre os batentes e a parede, desejoso de saber por que força e por qual instrumento tinham assim se afastado, imaginando se a nossa amável lanterna não tivesse à conclusão dos mesmos encostada a erva chamada etiopis, mediante a qual se abrem todas as coisas fechadas; mas percebi que, a parte em que os dois batentes se fechavam, no encaixe inferior era uma lâmina de fino aço, engastada entre o bronze coríntio.

Percebi, além disso, duas placas de ímã índico, amplas e com a espessura de meio palmo, de cor cerúlea, bem lisas e bem polidas, cuja espessura estava inteiramente dentro da parede do templo encravada, no lugar em que os batentes da porta inteiramente abertos se encostavam na parede.

Devido à força e violência do ímã, as lâminas de aço, por oculta e admirável instituição da natureza, sofriam aquele movimento; consequentemente, os batentes eram lentamente atraídos e levados, não sempre todavia, mas somente quando o supramencionado diamante era tirado, pela próxima posição do qual o aço era da obediência que deve naturalmente ao ímã absolvido e dispensado, tirados também os dois molhos de alho, os quais a nossa gentil lanterna tinha pelo cordão carmesim afastado e suspendido, porque ele mortifica o ímã e o priva daquela virtude atrativa. Em uma das mencionadas placas à direita, estava graciosamente entalhado em letras latinas antigas este verso iâmbico cenário:

Ducunt volentem fata, nolentem thahunt.[773]

"O destino conduz aquele que consente, e arrasta o que se recusa". Em outra vi à esquerda em letras maiúsculas jônicas igualmente gravadas esta sentença:

TODAS AS COISAS SE MOVEM PARA O SEU FIM.

---

773. Verso de Sêneca. (N. do T.)

CAPÍTULO XXXVIII
DE COMO A PAVIMENTAÇÃO DO TEMPLO ERA FEITA DE ADMIRÁVEIS PINTURAS ALEGÓRICAS

Lidas as inscrições, lancei meus olhos à contemplação do magnífico templo, e admirei o incrível acabamento do soalho, o qual não pode pela razão ser obra comparável a qualquer outra que se tenha feito debaixo do firmamento, fosse ela o mosaico do templo da Fortuna em Preneste, no tempo de Sila; ou a pavimentação, pelos gregos chamada Asarotum, feita por Sosistrato em Pérgamo. Pois era de um mosaico em forma de pequenos quadrados, todos de pedras finas e polidas, cada uma com a sua cor natural; uma de jaspe vermelho agradavelmente matizada com diversas manchas; outra de mármore sarapintado à feição da pele das serpentes; outra de pórfiro; outra de licofalmos[774] semeada de faíscas de ouro pequenas como átomos; outra de ágata, com pequenas chamas confusas e sem ordem; outra de calcedônia muito clara; outra de jaspe verde com certos veios vermelhos e amarelos, e eram colocadas em linhas diagonais.

Acima do pórtico, a estrutura do pavimento era feita de pinturas alegóricas, com pedras cada uma com a sua cor natural, servindo para o desenho das figuras; e era como se por cima do suprarreferido pavimento se tivesse espalhado uma porção de pâmpano, sem muito cuidado. Pois em um lugar parecia ter sido espalhado largamente, em outro menos, e era aquela folhagem insigne em toda a extensão, mas singularmente ali apareciam alguns caracóis em um lugar, rastejando pelas parreiras, em outras pequenas lagartas correndo através dos galhos; em outros apareciam uvas meio maduras e outras totalmente; com tal arte e engenho que teriam facilmente enganado os estorninhos, como fez a pintura de Zêuxis; seja como for, a nós enganaram muito bem. Pois no lugar em que o arquiteto tinha as parreiras bem espessamente colocado, temendo machucar os pés, caminhamos levantando muito as pernas em passos largos, como se faz quando se passa por algum lugar desigual e pedregoso. Depois, ergui os olhos para contemplar a abóbada do templo, com as paredes, que eram todas incrustadas de mármore e pórfiro, com mirífico mosaico, de uma extremidade à outra, e a qual era, começando na parte esquerda da entrada, de incrível elegância, representando a batalha que o bom Baco ganhou contra os indianos, de maneira que se segue.

---

774. Olho de lobo, uma pedra preciosa. (N. do T.)

CAPÍTULO XXXIX
DE COMO NA OBRA EM MOSAICO DO TEMPLO ERA REPRESENTADA A BATALHA QUE BACO GANHOU CONTRA OS INDIANOS

No começo havia em figuras diversas cidades, aldeias, castelos, fortalezas, campos e florestas, todos ardendo em fogo. Em figuras também se viam mulheres raivosas e resolutas, as quais furiosamente faziam em pedaços novilhos, carneiros e cordeiros bem vivos, e com a sua carne se saciavam. Ali estava significado como Baco entrando na Índia tudo punha a ferro e a fogo.

Não obstante, tanto foi pelos indianos desprezado, que eles não se dignaram de ir ao seu encontro, tendo aviso certo por seus espiões de que não havia guerreiro algum, mas somente um homenzinho velho, efeminado e sempre bêbado, acompanhado por jovens agrestes, todos nus, sempre dançando e pulando, tendo caudas e chifres, como cabritos, e grande número de mulheres bêbedas. Pelo que resolveram os deixar passar sem resistirem pelas armas; como se desonra e ignomínia lhes viessem, não honra e proeza, por alcançarem vitória sobre aquela gente. Assim desprezado, Baco sempre conquistava os países, e punha tudo a fogo (porque o fogo e os raios são de Baco as armas paternas, e antes de nascer para o mundo, foi por Júpiter saudado com o raio, sua mãe Semele e sua casa materna incendiada e destruída pelo fogo) e a sangue igualmente, pois naturalmente ele o faz em tempo de paz e o derrama em tempo de guerra. Em testemunho estão os campos da Ilha de Samos, chamados Panema, quer dizer, todos ensaguentados, nos quais Baco acossou as Amazonas, que fugiam do país dos efésios, e as fez todas morrer de flebotomia, de sorte que o referido campo ficou de sangue todo embebido e coberto. Pelo que podeis de ora em diante entender melhor o que escreveu Aristóteles em seus problemas, porque outrora se dizia em provérbio comum: "Em tempo de guerra não se come e não se planta hortelã". A razão é, pois em tempo de guerra são ordinariamente desferidos golpes sem consideração, quando um homem é ferido, se naquele dia comeu hortelã, impossível, ou bem difícil, lhe é estancar o sangue. Consequentemente, era no supramencionado mosaico figurado como Baco marchava para a batalha, e estava sentado em um carro magnífico, puxado por três pares de jovens leopardos; seu rosto era como o de um menino, como ensinamento de que todos os bons beberrões jamais envelhecem, vermelho como um querubim, sem nenhum pelo de barba no queixo; na cabeça tinha chifres pontudos; por cima deles uma bela coroa feita de pâmpano e de uvas, com uma mitra vermelha carmesim, e calçava borzeguins dourados.

Em sua companhia não havia um só homem, toda a sua guarda e todas as suas forças eram de bassaridas, evantes, euiades, edonidas, trieteridas, orgigias, mimalones, mênades, tiadas e báquidas, mulheres coléricas, furiosas, raivosas, cingidas de dragões e serpentes vivas em lugar de cintos; os cabelos soltos no ar com folhas de parreira; vestidas de peles de veado e de cabrito, trazendo nas mãos machadinhas, tirsos, *ran-*

cons,[775] e alabardas, em forma de pinhões; e certos escudos pequenos e leves, que retiniam quando eram tocados, ainda que muito pouco, os quais elas usavam, quando necessário, como tamborins e címbalos. O número delas era de setenta e nove mil, duzentas e vinte e sete. A guarda avançada era constituída por Sileno, homem de sua confiança absoluta, e do qual no passado a virtude e a magnanimidade da coragem e da prudência tinham sido em diversos lugares reconhecidas. Era um velhinho trêmulo, curvado, gordo, barrigudo, tendo as orelhas grandes e retas, o nariz pontudo e aquilino e as sobrancelhas rudes e grandes como um matagal; estava montado em um asno que mal o aguentava; na mão tinha um bastão para se apoiar, e também para valentemente combater, se apear precisasse, e estava vestido com uma túnica amarela das usadas pelas mulheres. Sua companhia era a de jovens campesinos, cornudos como cabritos, covardes como lebres e cruéis como leões, sempre cantando e dançando: eram chamados títiros ou sátiros. O seu número era de oitenta e cinco mil cento e trinta e três.

Pan conduzia a retaguarda; homem horrífico e monstruoso, pois na parte inferior do corpo parecia um bode, tendo as coxas peludas, e tinha chifres na cabeça, bem retos. O rosto era vermelho e afogueado, e a barba bem comprida; homem ousado, corajoso, atrevido e fácil de se enraivecer; na mão esquerda tinha uma flauta, na direita um bastão recurvado. Seu bando era igualmente composto de sátiros, egipãs, agripãs, silvanos, faunos, larvas, lêmures, lares e duendes, em número de setenta e oito mil cento e quatorze. A senha comum a todos era a palavra: Evoé!

CAPÍTULO XL
DE COMO, EM MOSAICO, ERA FIGURADO O COMBATE DE BACO CONTRA OS INDIANOS

Em seguida era figurado o choque e o assalto que desfechou o bom Baco contra os indianos. Via-se que Sileno chefe da vanguarda, suava em bicas e que o seu asno acremente atormentava; o asno escancarava a boca, corcoveava, sacudia-se de maneira espantosa, como se tivesse um moscardo no cu.

Os sátiros, capitães, sargentos de batalha, chefes de esquadra, cabos, com as cornetas tocando a carga, furiosamente giravam, correndo em torno do exército com saltos de cabra, pulando, peidando, espinoteando, dando coragem aos companheiros para virtuosamente combaterem. Todo o mundo na figura gritava Evoé. As mênades em primeiro lugar investiram contra os indianos com gritos horríveis e ruídos espantosos em seus tamborins e escudos; e o céu retumbava, como mostrava o mosaico; a fim de que tanto mais não admireis a arte de Apeles, Aristides Tebano e outros que têm pintado tempestade, raios, ventos, palavras, ecos, os costumes e os espíritos.

Consequentemente foram os indianos advertidos que Baco devastava todo o país. Na frente estavam os elefantes, carregando torres, com guerreiros em número infinito,

---
775. Arma com ganchos recurvados. (N. do T.)

mas todo o exército estava derrotado, e contra eles e sobre eles se viravam e marchavam os seus elefantes pelo tumulto horrível das bacantes e o terror pânico que deles se apoderara. Adiante se via Sileno furiosamente incitar seu asno, e esgrimir com o seu bastão, voltear atrás dos elefantes de boca escancarada, como se berrasse; e berrando marcialmente (com a mesma fúria que outrora despertou a ninfa Lótis em plena bacanal, quando Príapo, cheio de priapismo, a quis adormecida priapisar sem pedir), tocou o assalto.

Era de se ver Pã saltar com as suas pernas tortas em torno das mênades, com sua flauta rude as incitando a virtuosamente combaterem. Lá também teríeis visto depois um jovem sátiro levar prisioneiros dezessete reis; uma bacante arrastar com as suas serpentes quarenta e dois capitães; um pequeno sátiro carregar doze bandeiras tomadas do inimigo, e o bom Baco em seu carro andar em segurança por todo o campo, rindo, rejubilando-se e bebendo à vontade. Enfim, era representada, em mosaico, o troféu da vitória e o triunfo do bom Baco.

Seu carro triunfal estava todo coberto de hera, apanhada e colhida na montanha Meros, e usada por sua raridade, a qual eleva o preço de todas as coisas, na Índia daquela erva. No que depois o imitou Alexandre, o grande em seu triunfo índico, e era o seu carro puxado por juntas de elefantes. No que depois o imitou Pompeu o grande em Roma, em seu triunfo africano. Em cima estava o nobre Baco bebendo em um cântaro. No que depois o imitou Caio Mário, depois da vitória contra os cimbros, que alcançou perto de Aix na Provença. Todo o seu exército estava coroado de hera, seus tirsos, escudos e tambores estavam de hera cobertos. Só o asno de Sileno não estava ajaezado.

Aos lados do carro estavam os reis indianos, aprisionados e acorrentados em grandes cadeias de ouro: toda a brigada marchava com pompa divina, com júbilo e alegria indizíveis, carregando infinitos troféus, e despojos dos inimigos, entoando alegres epinícios e cançonetas e ditirambos ressoantes. No fim, era descrito o país do Egito com o Nilo e os seus crocodilos, cercopítecos, ibidos, macacos, carriças, hipopótamos e outros animais por ele domesticados; e Baco marchava para aquele país conduzindo dois bois, em um dos quais estava escrito com letras de ouro *Ápis* e no outro *Osíris*, porque no Egito, antes da vinda de Baco, não se vira boi ou vaca.

CAPÍTULO XLI
DE COMO O TEMPLO ERA ILUMINADO POR UMA LÂMPADA ADMIRÁVEL

Antes de entrar na exposição da Botelha, eu vos descreverei a figura admirável de uma lâmpada, mediante a qual se espalhava a luz por todo o templo, tão copiosa, que, conquanto ele fosse subterrâneo, ali se via como vemos em pleno meio-dia o sol claro e sereno, iluminando a terra. No meio da abóbada havia um anel de ouro maciço, da grossura de mão inteira, do qual pendiam, de grossura pouco menos, três cadeias bem artificiosamente feitas, as quais, a dois pés e meio abaixo, sustentavam em figura de triângulo uma lâmina de ouro fino, redonda, de tal grandeza que o diâmetro excedia dois côvados e meio palmo. E nela estavam quatro bocas ou buracos, em cada uma das quais estava fixamente presa uma bola vazia, oca por dentro, aberta por cima, como uma pequena lâmpada, tendo de circunferência cerca de dois palmos, e eram todas de pedras bem preciosas: uma de ametista, a outra de carbúnculo líbio, a terceira de opala, a quarta de topázio. Cada uma estava cheia de aguardente cinco vezes distilada por alambique serpentino, inconsumível como o óleo que outrora pôs Calímaco na lâmpada de ouro de Palas na Acrópole de Atenas, com uma mecha ardente, parte de linho asbestino[776] (como havia outrora no templo de Júpiter em Amônia, e o viu Cleombroto, filósofo muito estudioso), parte de linho carpático, os quais pelo fogo são antes renovados do que consumidos.

Abaixo daquela lâmpada, cerca de dois pés e meio, as três cadeias se entrelaçavam formando três sustentáculos, os quais saíam de uma grande lâmpada redonda de cristal mui puro, tendo de diâmetro um côvado e meio, a qual em cima estava aberta cerca de dois palmos; por essa abertura fora colocado um vaso de cristal de formato semelhante a um urinol, e descia até o fundo da grande lâmpada, com tal quantidade da referida aguardente, que a chama do linho asbestino ficava bem no centro da grande lâmpada. Parecia então todo o corpo esférico daquela arder e flamejar; porque o fogo estava no centro e não no meio.

E era difícil ali manter firme e constante olhar, como não se pode olhar para o sol, obstando a matéria de tão maravilhosa perspicácia e a obra tão diáfana e sutil, pela reflexão das diversas cores (que são naturais às pedras preciosas) das quatro pequenas lâmpadas superiores para a grande inferior, e daquelas quatro era o esplendor de todos os pontos inconstante e vacilante pelo templo. Vindo com vantagem aquela vaga luz tocar o polimento do mármore que estava incrustado em todo o interior do templo, e apareciam as cores que vemos no arco celeste, quando o claro sol toca as nuvens chuvosas.

A invenção era admirável; mas ainda mais admirável, ao que me parecia, era ter o escultor, em torno da corpulência daquela lâmpada cristalina, gravado, em obra entalhada, uma viva e galharda batalha de meninos nus, montados em cavalinhos de pau, com arcos e lanças de brinquedo, e flâmulas feitas de cachos de uvas entrelaçados de pâmpanos, com gestos e esforços pueris, tão engenhosamente expressados pela arte que mais não poderia a natureza. E era como se não estivessem gravados dentro do material, mas em verdade se divertissem e brincassem, mediante a diversa e agradável luz, a qual, contida dentro, saía pela escultura.

---

776. Linho com asbestos ou amianto, material incombustível, como é bem sabido. (N. do T.)

CAPÍTULO XLII
DE COMO PELA PONTÍFICE BACBUC NOS FOI MOSTRADO DENTRO DO TEMPLO UMA FONTE FANTÁSTICA; E DE COMO A ÁGUA DA FONTE TOMAVA GOSTO DE VINHO, SEGUNDO A IMAGINAÇÃO DOS BEBEDORES.

Quando contemplávamos em êxtase aquele templo mirífico e lâmpada memorável, apareceu diante de nós a venerável pontífice Bacbuc com a sua companhia, de fisionomia alegre e risonha, e nos vendo dispostos como foi dito, sem dificuldade nos levou para o meio do templo, onde, sob a lâmpada supramencionada, havia uma bela fonte fantástica, de material e construção mais preciosos, raros e miríficos, com que jamais sonhou Dédalo dentro dos infernos. A fímbria, o plinto e o envasamento eram de puríssimo e translúcido alabastro, tendo a altura de três palmos, ou pouco mais, em figura heptágona, igualmente dividida por fora, com muitas estilóbatas, cimalhas e sinuosidades dóricas. Por dentro era exatamente redonda. Sobre o ponto médio de cada ângulo, à margem, estava assentada uma coluna ventriculada, em forma de balaústre, e eram sete em número total, segundo os sete ângulos. O comprimento delas, desde a base até a arquitrave, era de sete palmos, ou pouco menos, na justa e exata dimensão de um diâmetro passando pelo centro da circunferência e rotundidade interior. E estava assentada de tal maneira, que se projetando a vista atrás de uma, qualquer que fosse, em seu encaixe, para se olhar as outras opostas, verificávamos que o cone piramidal de nossa linha visual acabava no centro supramencionado, e lá recebia, pelos dois opostos, o encontro de um triângulo equilateral, do qual duas linhas dividiam igualmente a coluna (a que queríamos medir), e, passando de um lado e de outro, duas colunas paralelas à primeira, na terça parte do intervalo, reencontravam a sua linha básica e fundamental; a qual por linha casual, levada até o centro universal, igualmente semipartida, tornava em justa partida a distância de sete colunas, e não era possível fazer-se o encontro de outra coluna oposta em linha reta, principiando no ângulo obtuso da margem, pois sabeis que, em toda figura angular ímpar, um ângulo sempre está no meio de dois outros achado intercalante. Pelo que nos estava tacitamente exposto que sete semidiâmetros fazem, em proporção geométrica, amplitude e distância, pouco menos tal que a circunferência da figura circular da qual seriam extraídos, a saber, são três inteiros com uma oitava parte e meia pouco mais ou menos, uma sétima e meia pouco mais ou menos, segundo a antiga advertência de Euclides, Aristóteles, Arquimedes e outros.

A primeira coluna, a saber a primeira a qual à entrada do templo se apresentava à nossa vista, era de safira azul-escuro e azul-celeste. A segunda de jacinto, candidamente a cor (com as letras gregas A I em diversos lugares) representando aquela flor, na qual foi de Ajax o sangue colérico convertido. A terceira de diamante, brilhante e resplandecente como o raio. A quarta de rubi, masculino e amestitizado, de maneira que a chama e o clarão acabavam em violeta, como é a ametista. A quinta de esmeralda, quinhentas vezes mais magnífica do que foi o colosso de Serápis dentro do labirinto dos egípcios, mais florida e mais luzidia do que as que, em lugar dos olhos, tinha sido postas no leão de mármore, no túmulo do rei Hermias. A sexta de ágata mais bela e variada em distinções de máculas e cores do que foi a que era tão cara a Pirro, rei dos epirotas. A sexta de selenita transparente, com brancura de berilo, tendo um resplendor como o mel himeliano[777], e dentro dela parecia a lua, em figura e em movimento, tal como está no céu, cheia, nova, crescente ou minguante.

Aquelas são pedras atribuídas pelos antigos caldeus e magos aos sete planetas do céu. Para tal coisa mais rude Minerva entender, sobre a primeira, de safira, havia acima do capitel em viva e central linha perpendicular, a imagem de Saturno segurando a sua foice, tendo aos pés um grou de ouro artificiosamente esmaltado, segundo a competência de cores naturalmente devida à ave saturnina. Na segunda de jacinto, virando à esquerda, estava Júpiter, em estado jupiteriano, tendo no peito uma águia de ouro esmaltado, segundo o natural. Sobre a terceira, Febo em ouro fundido, tendo na mão direita um galo branco. Na quarta, em bronze coríntio, Marte, tendo aos seus pés um leão. Na quinta, Vênus, em cobre, material igual àquele com que Aristonidas fez a estátua de Atamas expressando em avermelhada brancura a vergonha de ter visto Learco seu filho morto de uma queda: aos seus pés, uma pomba. Na sétima, a Lua, em prata, a seus pés um galgo. E eram as estátuas de tal altura que corresponde à terça parte das colunas, ou pouco mais; tão engenhosamente representadas segundo a dedução dos matemáticos, que o cânone de Policleto, do qual foi a arte com a ajuda da arte ter feito, mal teria sido comparável.

As bases das colunas, os capitéis, os arquitraves, zoóforos e cornijas eram em estilo frígio, maciços, de ouro mais puro e mais fino do que o tem o Lez perto de Montpellier, o Ganges na Índia, o Pó na Itália, o Hebro na Trácia, o Tejo na Espanha, o Pactolo na Lídia. Os arcos entre as colunas surgiam da própria pedra, da mesma indo até a próxima por ordem: a saber, de safira para jacinto, de jacinto para o diamante, e assim consecutivamente. Acima dos arcos e capitéis da coluna na face interior, estava erguida uma cúpula para cobertura da fonte, a qual, atrás da base dos planetas começava em figura heptagonal e lentamente acabava em figura esférica; e era de cristal tão limpo, tão diáfano e tão polido, inteiro e uniforme em todas as suas partes, sem veios, sem nuvens, sem manchas, sem nervuras, que Xenócrates não veria um outro que lhe fosse igual. Dentro estavam por ordem figura e caracteres belamente esculpidos os doze signos do zodíaco, os doze meses do ano, com as suas propriedades, os dois solstícios, os dois equinócios, a linha elíptica com algumas das estrelas fixas mais insignes,

---

777. Mel de altíssima qualidade, sendo relacionado ao povo que vivia próximo ao Monte Hymettus, na Grécia, e colhia um saboroso mel de tomilho. (N. do R.)

em torno do polo antártico e alhures, com tal arte e expressão que pensei ser obra do rei Necepso, ou de Petosiris, antigo matemático.

Sobre o cimo da supramencionada cúpula, correspondendo ao centro da fonte, havia três pérolas enlequias[778] uniformes, de figura feita com total perfeição lacrimal, todas juntas e combinadas em forma de flor-de-lis, tão grandes que a flor excedia um palmo. Do cálice da mesma saía um carbúnculo do tamanho de um ovo de avestruz, talhado em forma heptagonal (é um número muito amado pela natureza) tão prodigioso e admirável que, levantando os olhos para contemplá-lo, pouco faltou para que perdêssemos a vista. Pois era mais flamejante, mais coruscante do que o fogo, o sol, ou o raio, senão quando ele nos aparece; e teria também facilmente obscurecido o pantarbe[779] de Iarcas mágico índico, como são as estrelas obscurecidas pelo sol ao claro meio-dia. A tal ponto que, entre justos avaliadores, julgado facilmente seria conterem aquela fonte e lâmpadas acima descritas mais riquezas e singularidades do que contêm Ásia, África e Europa juntas.

Vá agora se vangloriar Cleópatra, rainha do Egito, com as suas duas pérolas pendentes das orelhas, uma das quais presente de Antônio triúnviro, com vinagre dissolveu na água e bebeu, sendo o seu valor estimado em cem vezes mil sestércios. Vá se vangloriar Lolia Plantina, com suas vestes todas cobertas de esmeraldas e pérolas, em tecido alternativo, as quais tanta admiração causavam ao povo de Roma; das quais se dizia ser depósito e armazém dos vencedores ladrões de todo o mundo.

O escoamento da fonte se fazia por três tubos e canais feitos de *murrihine*[780] e os canais se apresentavam em linha limaciforme bipartida. Depois de olhá-los, para alhures voltamos nossa vista, quando Bacbuc nos mandou olhar a saída da água; ouvimos, então, um som maravilhosamente harmonioso, confuso todavia e discreto, como de longe vindo e subterrâneo. O que mais nos pareceu deleitável do que se abertamente e de perto tivesse sido ouvido. De sorte que tanto pelas janelas dos nossos olhos os nossos espíritos se dedicavam à contemplação das coisas supramencionadas, como nos deleitava aos ouvidos a audiência daquela harmonia.

Então nos disse Bacbuc: — Os vossos filósofos negam ser em virtude de figuras o movimento feito, aqui ouvis e vedes o contrário. Pela única figura limaciforme que vedes bipartida, juntamente com uma quíntupla incrustação de folhas móveis em cada reencontro interior, tal como na veia cava no lugar em que entra no ventrículo direito do coração, é esta sagrada fonte escoada e por isso desprende uma harmonia tal, que sobe até o mar do vosso mundo.

Depois ordenou que fossem taças, copos e cálices apresentados, de ouro, prata, cristal e porcelana; e fomos graciosamente convidados a beber a linfa

---

778. No original (*élenchies*), em forma de peras. (N. do T.)
779. Aparelho mencionado por Filostrato, destinado a provocar a admiração. (N. do T.)
780. Material cuja composição se desconhece e com o qual eram feitos vasos muito apreciados pelos antigos. (N. do T.)

que manava daquela fonte, o que fizemos mui prazerosamente. Pois, para bem vos advertir, não somos como aqueles paspalhões que, como os pássaros que só comem quando se lhes toca na cauda, também só comem e só bebem quando são obrigados; jamais recusamos, quando alguém nos convida cortesmente a beber. Depois, Bacbuc nos interrogou, perguntando o que nos parecia. Respondemos que nos parecia boa e fresca água da fonte, límpida e argentina, mais do que a de Agirondes na Etólia, Peneus na Tessália, Axius em Midgnoia, Cidno na Cilícia, vendo a qual Alexandre Macedônio tão bela, tão clara e tão fria em pleno verão, superpôs a volúpia de dentro dela banhar-se ao mal que previa lhe advir daquele transitório prazer. — Ah! — disse Bacbuc. — Eis o que é não considerar em si, nem entender os movimentos que faz a língua musculosa quando a bebida corre de cima para descer, não aos pulmões pela artéria desigual como foi a opinião do bom Platão, de Plutarco, Macróbio e outros, mas ao estômago pelo esôfago. Gente peregrina, tendes vós a goela endurecida, calçada e esmaltada, como teve outrora Fitilo, dito Teutes, que desse licor deífico não reconhecestes o gosto e o sabor? Trazei aqui, disse ela às suas damas, meus raspadores que conheceis, a fim de lhes raspar, limpar e assear o palato.

Foram então trazidos belos, grandes e deleitáveis pernis, belas, grandes e deleitáveis línguas de boi defumadas, carnes salgadas, belas e boas, salsichões, caviar, boas e belas salsichas e outros raspadores da goela; por sua ordem, comemos até confessarmos que tínhamos o estômago bem provido, e a sede nos importunava muito; então nos foi dito: — Outrora um capitão judeu, douto e cavalheiresco, conduzindo o seu povo pelos desertos com fome extrema, implorou do céu o maná, o qual lhe era de gosto tal pela imaginação quanto antes realmente lhe eram as viandas. Aqui do mesmo modo, bebendo este licor mirífico, sentireis o gosto de vinho, como o tereis imaginado. Agora, imaginai e bebei. — O que fizemos: depois exclamou Panúrgio, dizendo: — Por Deus, é vinho de Beaune, melhor do que jamais bebi, ou me dou de graça a dezesseis diabos. Oh, para mais longamente o saborear, quisera eu ter um pescoço de três covados, como desejava Filoxeno, ou como um grou, à semelhança do que desejava Melâncio! — À fé de lanterneiro — exclamou Frei Jean —, é vinho de Grave, bom e macio. Por Deus, minha amiga, ensinai-me a maneira de fazê-lo! — Quanto a mim — disse Pantagruel —, parece-me vinho de Mirevaulx. Pois antes de beber eu o imaginava. Só tem de mal ser fresco, digo mais frio do que o gelo, do que a água de Nonacres e Dircê, mais que a da fonte Contoporia em Corinto, que gelava o estômago e as partes nutritivas de quem a bebia. — Bebei — disse Bacbuc — uma, duas ou três vezes. Mudando logo a imaginação, achareis a gosto o sabor que tereis imaginado. E de agora em diante dizei que para Deus nada é impossível. — Jamais dissemos o contrário — respondi. Afirmamos que ele é todo-poderoso.

CAPÍTULO XLIII
DE COMO BACBUC VESTIU PANÚRGIO PARA TER A PALAVRA DA BOTELHA

Terminadas aquelas palavras e bebidas, Bacbuc perguntou: — Qual de vós quer ter a palavra da diva Botelha? — Eu — disse Panúrgio —, vosso pequeno e humilde servidor. — Meu amigo — disse ela — só tenho de vos dar uma instrução, é que, chegando ao oráculo, tende o cuidado de escutar a palavra só com um ouvido.

Depois o vestiu com uma jaqueta verde, pôs-lhe na cabeça uma touca, meteu-lhe um calção de hipocraz, na extremidade do qual em vez de borla pôs três obreias; cingiu-o com duas cornamusas presas uma à outra, banhou-lhe o rosto três vezes na supramencionada fonte; afinal atirou-lhe ao rosto um punhado de farinha, colocou três penas de galo do lado direito do calção hipocrático, fê-lo caminhar nove vezes em torno da fonte, dar três pulinhos, esfregar sete vezes o traseiro no chão, sempre dizendo não sei que esconjuros em língua etrusca, e algumas vezes lendo em um livro ritual, que era levado por uma de suas mistagogas. Penso que Numa Pompílio rei segundo dos romanos, os sacerdotes de Tuscia e o santo capitão judeu não instituíram tantas cerimônias como vi então, nem também os vaticinadores menfíticos de Ápis no Egito, nem os eubeios na cidade de Rames na Ramúsia, nem para Júpiter Amon, nem para Ferônia usaram os antigos observâncias tão religiosas como ali observei.

Assim preparado, o separou de nossa companhia, e o levou à direita por uma porta de ouro, fora do templo, a uma capela redonda, feita de pedras fengite[781] e especulares, pela sólida corpulência das quais, sem janela nem outra abertura, era recebida a luz do sol, ali luzindo pelo precipício da rocha que cobria o templo maior, tão facilmente e com tal abundância que a luz parecia dentro nascer, não de fora vir. A obra não era menos admirável do que foi outrora o sagrado templo de Ravena ou no Egito o da Ilha de Chemis. E não deve passar em silêncio que a obra daquela capela redonda era em tal simetria disposta que o diâmetro do projeto era a altura da abóbada. No meio dela estava uma fonte de fino alabastro, em figura heptagonal, de construção e acabamento singular, cheia de água tão clara, que podia ser um elemento em sua simplicidade, dentro da qual estava semideitada a sagrada Botelha, toda revestida de puro e belo cristal, em forma oval, exceto que o limbo estava um tanto patente, mais que aquele formato admitia.

---

781. Pedra da Capadócia, dura e transparente. (N. do T.)

CAPÍTULO XLIV
DE COMO A PONTÍFICE BACBUC LEVOU PANÚRGIO DIANTE DA DIVA BOTELHA

Ali fez Bacbuc, a nobre pontífice, Panúrgio ajoelhar-se e beijar a beira da fonte; depois fê-lo levantar-se dançar em torno três danças báquicas. Isso feito, o mandou sentar entre duas cadeiras ali dispostas, de bunda no chão. Em seguida, tirou o seu livro ritual, e, soprando-lhe no ouvido esquerdo, o fez cantar o seguinte canto:

Ó Botelha
Em absoluto
Misteriosa,
De atenta orelha
Eu te escuto,
Sê caridosa

Dize a palavra gloriosa
Que meu coração pede com ardor.

Dá-me também esse santo licor,
Essa linfa em teu seio conservada.
Baco, dos indianos vencedor,
Traz consigo a verdade bem guardada.

É o vinho divino, diva amada,
Que deste mundo vence a tempestade.
Desde Noé a vinha abençoada
Nos ampara, qualquer que seja a idade
Dize a palavra núncia da verdade.

Não se perca uma gosta preciosa,
da linfa, branca ou tinda, nova ou velha.
Eu espero resoluto,

Ó Botelha
Em absoluto
Misteriosa,
De atenta orelha
Eu te escuto,
Sê caridosa

Terminada esta canção, Bacbuc atirou não sei o quê dentro da fonte; e de súbito começou a água a borbulhar, como faz o grande caldeirão de Bourgueil, quando ali se celebra a festa dos bastões. Panúrgio escutava com um ouvido em silêncio, Bacbuc se mantinha ajoelhada ao seu lado; então da sagrada Botelha saiu um ruído, tal como fazem as abelhas antes nascidas da carne de um jovem touro morto e disposto segundo a arte e invenção de Aristeu, ou tal como faz uma seta partindo do arco ou uma chuva forte caindo de súbito. Ouviu-se então esta palavra: "Tim!" — Ela está — exclamou Panúrgio —, pela virtude de Deus, rachada ou quebrada; não minto: assim falam as garrafas cristalinas de nosso país, quando arrebentam perto do fogo.

Então Bacbuc se levantou, e tomou Panúrgio pelo braço, delicadamente, dizendo: — Amigo, rendei graças aos céus, a razão vos obriga; tiveste prontamente a palavra da diva Botelha. Digo: a palavra mais agradável, mais divina, mais certa que jamais dela se tem ouvido, desde o tempo que aqui ministro em seu santíssimo oráculo. Levantai--vos, vamos ao capítulo, em cuja glosa é a bela palavra interpretada. — Vamos — disse Panúrgio —, e que Deus nos ajude. Estou tão sábio quanto antes. Esclarecei-me, onde está o livro? Passai, qual é o capítulo? Vejamos essa amável glosa.

CAPÍTULO XLV
DE COMO BACBUC INTERPRETOU A PALAVRA DA BOTELHA

Bacbuc, lançando não sei o que no tanque, fez de súbito a ebulição da água contida, levou Panúrgio ao templo maior, no ponto central, onde ficava a fonte vivificante. Ali, tomando um grosso livro de prata, em forma de meio tonel, o jogou dentro da fonte, dizendo: — Os filósofos, pregadores e doutores do vosso mundo vos transmitem belas palavras pelos ouvidos, aqui nós realmente incorporamos os nossos preceitos pela boca. Portanto eu não vos digo; lede este capítulo, entendei esta glosa; eu vos digo; saboreai este capítulo, engoli esta glosa. Outrora um antigo profeta da nação judaica comeu um livro e ficou douto até a raiz dos dentes; presentemente, ireis beber um, e ficareis douto até o fígado. Vinde, abri as mandíbulas.

Tendo Panúrgio a goela escancarada, Bacbuc tomou o livro de prata, e pensamos que fosse verdadeiramente um livro por causa de sua forma que era a de um breviário, mas era um venerável, verdadeiro e natural garrafão cheio de vinho Falermo, o qual ela fez Panúrgio engolir todo.

— Eis — disse Panúrgio — um notável capítulo e glosa muito autêntica; era tudo isso que quis dizer a palavra da Botelha trimegista? Verdadeiramente estou muito bem.

— Nada mais — respondeu Bacbuc —, pois *Tim* é uma palavra panonfeia[782] celebrada e entendida em todas as nações, e significa Bebei. Dizeis em vosso mundo que *sac* é

---

782. Comum a todos os idiomas. (N. do T.)

vocábulo comum a todas as línguas e a bom direito por todas as nações reconhecido. Pois como está no apólogo de Esopo, todos os humanos nascem com um saco nas costas, sofredores por natureza e mendigando uns dos outros. Não há rei por mais poderoso debaixo do céu que possa passar sem os outros, pobre tão arrogante que possa passar sem o rico, ainda que fosse Hipiaste, filósofo que fazia tudo. Ainda menos se passa sem beber do que sem usar um saco. E assim, não menos que rir, beber é próprio do homem. Não digo beber simples e absolutamente, pois assim também bebem os animais; digo beber vinho bom e fresco. Notai, amigos, que do vinho vem o divino;[783] e não há argumento mais seguro, nem arte de adivinhação menos falaz. Os vossos acadêmicos afirmam, concernente à etimologia de Vinho, em grego OINOS, ser como (vis), força, potência. Pois poder tem ele de encher a alma de toda a verdade, todo saber e toda a filosofia. Se notaste o que em letras jônicas está escrito acima da porta do templo, pudestes entender que o vinho é a verdade oculta. A diva Botelha para ele vos manda, sede vós mesmos os intérpretes de vossa empresa. — Possível não é — disse Pantagruel — melhor falar do que falou esta venerável pontífice; o mesmo eu vos disse, quando primeiramente me falastes. Tim, portanto dizeis de coração, exaltado pelo entusiasmo báquico. — Bebamos, pois — disse Panúrgio:

Pelo bom Baco bebamos.
As nossas taças ergamos
À nossa, à minha saúde.
É essa a minha virtude,
Tenho fé na humanidade
E mais: na paternidade.
Tudo me diz, e não mente,
Que hei de ser não somente
Homem reto e afortunado,
Como também bem casado.
Minha mulher na porfia
Venérea será meu guia,
Prevejo. Eu me esforçarei,
Serei forte como um rei,
Pois sou destro e bem nutrido.
Hei de dar um bom marido.
O bom dos bons, evoé!
Evoé! Isto é que é!
Caro Frei Jean, eu te digo,
Irás concordar comigo,

---

783. No original: "*que de vin, divin on devient*". (N. do T.)

O destino é invencível,
O oráculo é infalível,
Ele é forte, ele é profético.

CAPÍTULO XLVI
DE COMO PANÚRGIO E OS OUTROS RIMAM POR FUROR POÉTICO

— Ficaste — disse Frei Jean — louco ou encantado? Vede como ele espuma; ouvi como rima. Quantos mil diabos terá comido? Revira os olhos como uma cabra que está morrendo. Que fará ele? Vai comer erva como os cães para consertar o estômago? Ou, segundo o uso monacal, vai enfiar o braço na goela até o cotovelo para limpar o hipocôndrio? Será que vai achar um pelo do cão que o mordeu?

Pantagruel replicou a Frei Jean e lhe disse:

Sabei que é furor poético.
Do bom Baco o vinho eclético,
Nos torna alegre cantor.
Pois noite e dia,
Sem nostalgia,
Ele alegria
Traz com o licor.
Melancolia
Feia, sombria,
Já desafia,
Seja onde for.
Do mal, da dor
É vencedor,
É nosso guia.
E só mesmo um espírito caquético
Poderá, desprezando seu louvor,
Querer zombar de tão nobre senhor.

— Como? — disse Frei Jean. — Rimais também? Pelas virtudes de Deus, estamos todos arrebatados. Quisesse Deus que Gargântua nos visse neste estado. Não sei, por Deus, o que fazer, ou igualmente rimar como vós, ou não. Não sei nada, todavia estamos em tempo de rima. Por São João, vou rimar como vós outros. Escutai, e desculpai se a rima não sai perfeita.

Ó Deus, bondade paterna,

Que mudas a água em vinho,
Faze de meu cu lanterna
Pra iluminar meu vizinho.

Panúrgio continuou seu propósito, e disse:

De Pítias e profecia
Nunca pôde dar um dia
Resposta de tanta fé.
Esta fonte, eu acho até,
Foi de Delfos transportada.
Se aqui tivesse bebido,
Plutarco houvera sabido
Muita coisa perguntada
Que ficou ignorada.
Porque de Delfos em suma
Não teve resposta alguma.
Não é em Delfos que está,
Está aqui e não lá
O afamado tripé,
Pois Ateneu nos deu fé
Que ele era um frasco repleto
Do bom vinho predileto.
De vinho, falo a verdade.
Não há tal sinceridade
Na arte da adivinhação
Como na insinuação
Partida de um vinho velho.
Frei Jean, eu te aconselho,
Enquanto estamos aqui,
Que seja ouvida por ti
A garrafa trimegista;
(Não há quem a ela resista)
Que não te deves casar,
Com medo de variar.

Frei Jean respondeu com furor, e disse:

Casar! Homessa! Casar!
Pelo sapato do Santo

GARGÂNTUA & PANTAGRUEL

Benedito eu vos garanto
(E amo a vida entretanto)
Que eu me prefiro enforcado
Do que vivo mas casado.
Jamais serei despojado
Da bendita liberdade,
Mulher prender-me não há de.
Em liberdade caminho,
Vivo bem feliz sozinho.
Não me curvaria eu
Nem a César ou Pompeu
Nem a ninguém neste mundo.

Panúrgio muito ancho com sua jaqueta e seus trajos místicos, respondeu:

Assim serás, bicho imundo,
Danado como a serpente,
Pobre de ti, sem juízo,
Irás queimar-te no inferno,
Danar-te no fogo eterno.
E de ti o que será
Enquanto eu irei contente
Ao terrestre paraíso.
Tu haverias então
De entacrorar na combinação.
Confessa: rejeitarias
Um bom banquete, iguarias,
Se quando chegares lá,
Prosérpina a velha dama
Do amor queimar-se na chama
E de tua sociedade
Buscar a oportunidade?
Um bom vinho, um bom Falerno,
Numa taverna do inferno?
Além do mais, sabes: ela
Gosta de frades e é bela.

— Deixa lá, velho louco — disse Frei Jean. — Vai-te para o diabo. Não saberei mais rimar; a rima me toma a garganta; tratemos de agradecer a acolhida.

CAPÍTULO XLVII
DE COMO, DEPOIS DE TEREM SE DESPEDIDO DE BACBUC, A OUVEM DISCORRER SOBRE O ORÁCULO DA DIVA BOTELHA

— Em agradecer — respondeu Bacbuc — não vos preocupeis; tudo estará bem se conosco estiverdes contentes. Aqui em baixo, nestas regiões circuncentrais estabelecemos o bem soberano, não em tomar e receber, e sim em oferecer e dar, e felizes nos reputamos, não se de outrem tomamos e recebemos muito, como porventura decretam as seitas do vosso mundo, e sim a outrem sempre oferecermos e darmos muito. Somente vos peço vossos nomes e país neste livro ritual por escrito nos deixardes.

Então abriu um belo e grande livro, no qual, ditando nós e uma das mistagogas executando, foram com uma pena de ouro alguns traços projetados, como se tivessem sido escritos, mas de escritura nada vimos.

Isso feito, encheu três recipientes com a água fantástica, que nos entregou e disse: — Ide, amigos, sob a proteção dessa esfera intelectual, da qual em todos os lugares é o centro, e não há em lugar algum circunferência, que chamamos Deus. E chegados ao vosso mundo, levai o claro testemunho de que, debaixo da terra estão os grandes tesouros e coisas admiráveis. E não à toa é Ceres reverenciada por todo o universo, porque ela mostrou e ensinou a arte da agricultura, e pela invenção do trigo, eliminou entre os humanos o brutal alimento das bolotas, tanto tendo lamentado que sua filha fosse raptada para as regiões subterrâneas, certamente prevendo que sob a terra mais bens e excelências encontraria a sua filha do que ela, sua mãe, em cima encontrara. O que é feito da arte de invocar dos céus o raio e o fogo celeste, outrora inventada pelo sábio Prometeu? Certamente a perdestes; ela partiu do vosso hemisfério; aqui sob a terra está em uso. E sem razão algumas vezes vos admirais vendo cidades se incendiarem e arderem com o raio e o fogo etéreo, e ignorais que, se aquilo se mostra horrível a vosso respeito, para nós é familiar e útil. Os vossos filósofos, que se queixam de terem sido pelos antigos todas as coisas descritas, nada lhes sendo deixado de novo para inventar, estão muito evidentemente errados. O que o céu vos mostra, e chamais fenômenos, o que a terra vos exibe, e o que o mar e outros rios contêm, nada é comparado com o que está na terra escondido.

Portanto é equitativamente o subterrâneo dominador quase em todas as línguas chamado por epíteto de riquezas. Ele (quando seu estudo se dedicarem e seu trabalho a bem procurar por imploração ao Deus soberano, o qual outrora os egípcios chamavam em sua língua o absconso, o oculto, o escondido, e por esse nome o invocando, suplicavam-lhe que a eles se manifestasse e descobrisse) lhes ampliará o conhecimento de si e de suas criaturas; também por conduta de boa lanterna. Eis que todos os filósofos e sábios antigos, para bem segura e prazerosamente trilharem o caminho do conhecimento divino e da busca à sapiência, estimaram ser duas coisas necessárias: guia de Deus e companhia do homem.

Assim, entre os persas, Zoroastro tomou Arismaspo por companheiro de toda a sua misteriosa filosofia; Hermes Trismegisto entre os egípcios teve Esculápio; Orfeu na Trácia teve Museu; do mesmo modo teve Pitágoras Agaofêmio; entre os atenienses Platão teve primeiramente Dion de Siracusa na Sicília, morto o qual tomou em segundo lugar Xenócrates; Apolônio teve Davo. Quando então os vossos filósofos, guiando-os Deus, acompanhados por alguma clara lanterna, se dedicarem a cuidadosamente procurar e investigar como é o natural dos humanos (e nessa qualidade são Heródoto e Homero chamados alfestos, quer dizer, pesquisadores e inventores) acharão ser verdadeira a resposta dada pelo sábio Tales a Amasos rei dos egípcios, quando, por ele interrogado em que coisa havia mais prudência e sabedoria, respondeu: no tempo: pois pelo tempo têm sido e pelo tempo serão todas as coisas latentes inventadas; e é essa a causa de terem os antigos chamado Saturno o Tempo, pai da Verdade, e a Verdade filha do Tempo. Infalivelmente também acharam todo o saber dele e de seus predecessores, ser apenas a mínima parte do que há e não sabem. Destes três recipientes que presentemente vos entrego, tirareis julgamento, conhecimento, como diz o provérbio, das unhas do leão. Pela rarefação de nossa água dentro contida, intervindo o calor dos corpos superiores e fervor do mar salgado, assim como é a natural transmutação dos elementos, tereis lá dentro ar mui salutar engendrado, o qual de veículo claro, sereno, delicioso vos servirá, pois o vento não é senão o ar flutuante e ondulante; mediante esse vento, ireis em rota reta, sem terra abordar se quiserdes, até o porto de Olonne, em Talmondois, soltando-o através de vossas velas, por este pequeno orifício de ouro que aqui vedes aposto como uma flauta, tanto quanto achardes suficiente para cautamente navegar, sempre com prazer e segurança, sem perigo de tempestade. Do que não duvideis, e não penseis que a tempestade sai e procede do vento: o vento vem da tempestade excitada debaixo do abismo; não penseis também que a chuva vem por impotência das virtudes retentivas dos céus e das gravidades das nuvens suspensas: ela vem por evocação das regiões subterrâneas como pela evocação dos corpos superiores; ela debaixo para o alto é imperceptivelmente puxada; e vos testemunha o rei poeta cantando e dizendo que o abismo invoca o abismo. Dos três recipientes, dois estão cheios da referida água, o terceiro de água extraída do poço de sábios indianos, o qual se chama o tonel dos brâmanes.

Encontrareis além disso as vossas naves devidamente supridas de tudo que vos poderá ser útil e necessário para o resto de vossa viagem. Enquanto aqui estivestes, dei ordem para que tudo bem se fizesse. Ide, amigos, com alegria de espírito, e levai esta carta ao vosso rei Gargântua, e saudai-o em nosso nome, assim como aos príncipes e oficiais de sua nobre corte.

Ditas estas palavras, ela nos entregou uma carta fechada e selada; e, depois de ações de graças imortais, nos fez sair por uma porta adjacente à capela diáfana onde Bacbuc se dedicava a propor questões duas vezes mais altas do que o monte Olimpo. Para um país repleto de todas as delícias, agradável, mais temperado que Tempe na Tessália, mais salubre que aquela parte do Egito que se volta para o mar Jônico e mais verdejante que Termiscre, mais fértil que uma parte do monte Tauro, mais que a Ilha Hiperbórea no mar Índico, mais que Caliges no monte Cáspio, fragrante, sereno e gracioso como o país de Touraine; enfim encontramos os nossos navios no porto.

FIM DO QUINTO LIVRO

E DE TUDO QUE FOI PUBLICADO DOS FATOS E DITOS HEROICOS DO BOM PANTAGRUEL.